FANTASY

Autorin

Die in Los Angeles lebende Melanie Rawn ist eines der großen Talente der zeitgenössischen Fantasy. Ihre Drachenprinz-Saga war in den USA nicht nur ein großer Publikumshit, sondern auch ein Lieblingskind der Kritik. »Die Entdeckung des Jahres«, jubelte das Magazin *Rave Reviews*. »Melanie Rawn tut für die Fantasy das, was Frank Herbert mit *Der Wüstenplanet* für die Science-fiction getan hat.«

Melanie Rawns Drachenprinz-Saga
im Goldmann Verlag:

1. Das Gesicht im Feuer (24556)
2. Die Braut des Lichts (24557)
3. Das Band der Sterne (24558)
4. Der Schatten des Bruders (24559)
5. Die Flammen des Himmels (24560)
6. Der Brand der Wüste (24561)

FANTASY

Melanie Rawn

DAS GESICHT IM FEUER

DRACHENPRINZ 1

Aus dem Amerikanischen
von Dagmar Hartmann

GOLDMANN VERLAG

Die Originalausgabe erschien 1988
unter dem Titel »Dragon Prince,
Chapters 1–18« bei DAW Books, New York

Deutsche Erstveröffentlichung

Umwelthinweis:
Alle bedruckten Materialien dieses Taschenbuches
sind chlorfrei und umweltschonend.
Das Papier enthält Recycling-Anteile.

Der Goldmann Verlag
ist ein Unternehmen der Verlagsgruppe Bertelsmann

Umschlaggestaltung: Design Team München
Umschlagillustration: Whelan/Schlück, Garbsen
Satz: IBV Satz- und Datentechnik GmbH, Berlin
Druck: Elsnerdruck, Berlin
Verlagsnummer: 24556
Lektorat: SN
Redaktion: Antje Hohenstein
Herstellung: Peter Papenbrok/sc
Made in Germany
ISBN 3-442-24556-7

3 5 7 9 10 8 6 4

FANTASY

Melanie Rawn

DAS GESICHT IM FEUER

DRACHENPRINZ 1

Aus dem Amerikanischen
von Dagmar Hartmann

GOLDMANN VERLAG

Die Originalausgabe erschien 1988
unter dem Titel »Dragon Prince,
Chapters 1–18« bei DAW Books, New York

Deutsche Erstveröffentlichung

Der Goldmann Verlag
ist ein Unternehmen der Verlagsgruppe Bertelsmann

Umschlaggestaltung: Design Team München
Umschlagillustration: Whelan/Schlück, Garbsen
Satz: IBV Satz- und Datentechnik GmbH, Berlin
Druck: Elsnerdruck, Berlin
Verlagsnummer: 24556
Lektorat: SN
Redaktion: Antje Hohenstein
Herstellung: Peter Papenbrok/sc
Made in Germany
ISBN 3-442-24556-7

3 5 7 9 10 8 6 4

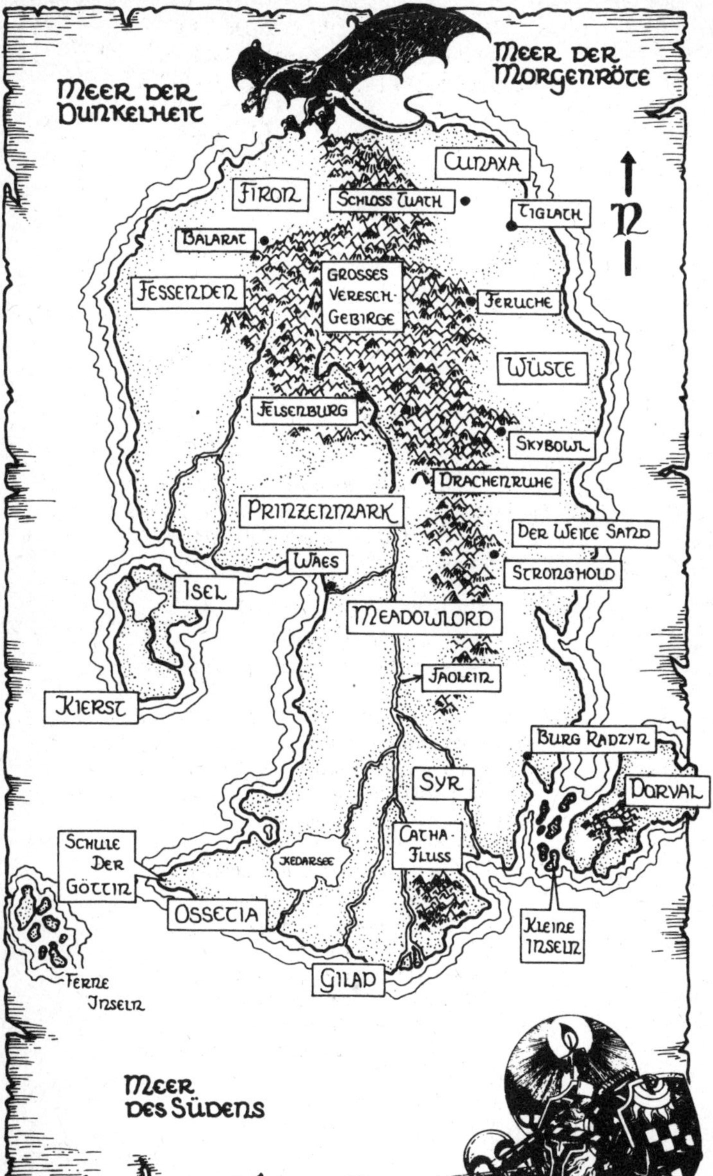
Meer der Dunkelheit
Meer der Morgenröte
N
Cunaxa
Firon
Schloss Tuath
Tiglath
Balarat
Grosses Veresch-Gebirge
Fessenden
Feruche
Wüste
Felsenburg
Skybowl
Drachenruhe
Prinzenmark
Der Weite Sand
Stronghold
Waes
Isel
Meadowlord
Faolein
Kierst
Burg Radzyn
Syr
Dorval
Schule der Göttin
Kedarsee
Catha-Fluss
Ossetia
Kleine Inseln
Gilad
Ferne Inseln
Meer des Südens

Teil 1

Gesichter im Feuer

Kapitel eins

Prinz Zehava blinzelte in die Sonne und lächelte zufrieden. Die Zeichen für die Jagd heute standen gut: Klauenspuren in den Felsen, Flügelspuren im Sand, und dann die abgefressenen Bittersüßpflanzen am Rande des Canyon. Doch der Prinz war auf so offensichtliche Zeichen gar nicht angewiesen. Er spürte die Gegenwart seiner Beute auf der Haut, roch sie in der Luft, fühlte sie mit jedem Nerv. Die ihn bewunderten, behaupteten auch, ein einziger Blick zum Himmel reiche ihm, zu erkennen, wann die Zeit auf die Jagd reif sei. Seine Feinde erklärten, es sei nicht verwunderlich, daß er solche Dinge spüre, denn er selbst sei von Drachen gezeugt.

Tatsächlich ähnelte er einem menschlichen Abbild des Drachens, den er heute jagte. Eine lange, stolze Nase ragte aus einem schmalen, herrischen Gesicht, das nur deshalb nicht rücksichtslos wirkte, weil die Mundwinkel Humor verrieten. An die sechzig Winter hatten seine Augen mit tiefen Falten gerahmt, aber sein Körper war noch immer fest und geschmeidig, er saß aufrecht und locker im Sattel, und sein Rücken war so gerade und ungebeugt wie sein Schwert. Zehava war der stolzeste unter den alten Prinzen; ein Mantel, so schwarz wie seine Augen, blähte sich hinter ihm wie Flügel, als er nun auf seinem mächtigen schwarzen Kriegspferd in die Wüste hinausritt, über die er seit vierunddreißig Wintern herrschte.

»Rücken wir vor, mein Prinz?«

Zehava warf seinem Schwiegersohn einen Blick zu. »Wir rücken vor«, antwortete auch er mit der Formel, die seit Urzeiten hochgehalten wurde. »Und ob wir vorrücken, Chay, es sei denn, dein Schwertarm ist bereits müde.«

Der junge Mann grinste zurück. »Das war nur ein einziges Mal der Fall. Damals, als wir gegen die Merida kämpften, und auch da nur ein wenig und nur, weil Ihr so viele in meine Richtung getrieben habt.«

»Tobin wollte doch mit deiner Geschicklichkeit angeben, und ich konnte meiner Tochter noch nie einen Wunsch abschlagen.« Er hieb seinem Pferd die Fersen in die Flanken, und die Truppe rückte hinter ihm in die Wüste vor. Sie hatten alle sonst üblichen Verzierungen von Zaumzeug und Sattel entfernt, damit sie nicht klirren und so den Drachen warnen konnten.

»Noch zehn Längen, schätze ich«, bemerkte Chaynal.

»Fünf.«

»Zehn! Dieser Sohn des Sturmteufels wird sich in den Hügeln verschanzen und von dort aus zuschlagen.«

»Fünf«, sagte Zehava noch einmal. »Und er wird am Mund von Rivenrock lauern, so wie Hoheprinz Roelstra auf der Felsenburg.«

Chaynal verzog das hübsche Gesicht zu einer Grimasse. »Und ich wollte mich amüsieren! Warum mußtet Ihr *den* nur erwähnen?«

Zehava lachte. Insgeheim jedoch wünschte er, daß dieser prächtige junge Mann sein leiblicher Sohn wäre, sein Erbe. Er fühlte sich Chay viel näher verbunden als seinem Sohn, dem Prinzen Rohan – einem schlanken, ruhigen Jugendlichen, der sich mehr zu Studien und Nachdenklichkeit als zu männlichen Künsten hingezogen fühlte. Rohan war ein zuverlässiger Schwertkämpfer, ein ausgezeichneter Jäger – außer von Drachen –, und ein wahrer Wirbelwind im Kampf mit dem Messer, aber Zehava konnte nicht verstehen, daß diese Dinge seinem Sohn nicht das Ein und Alles im Leben bedeuteten. Rohan fand Geschmack an Büchern und gelehrten Diskussionen, und das ging weit über Zehavas Verstehen hinaus. Als ehrlicher Mann mußte er zwar zugeben, daß auch Chaynal noch andere Interessen hatte als Jagd und

Scharmützel, aber wenigstens waren ihm diese Dinge nicht wichtiger. Wenn Zehava jedoch nur versuchte, Rohan zu anderen Aktivitäten zu bringen, dann stürzten sich seine Frau und seine Tochter auf ihn wie wütende Drachenweibchen.

Zehava grinste vor sich hin, als er durch die sengende Hitze auf den Rivenrock Canyon zuritt. Tobin hätte sein männlicher Nachkomme sein sollen. Als junges Mädchen hatte sie jeden Knaben ihres Alters beim Reiten und im Messerkampf besiegt. Ehe und Mutterschaft hatten sie zwar besänftigt, aber noch immer war sie zu glutäugigen Wutausbrüchen fähig, die denen Zehavas in nichts nachstanden. In Chaynals Ehevertrag war auch eine Klausel enthalten, die es ihr verbot, einen Dolch mit ins Schlafzimmer zu bringen. Das war natürlich nur ein Witz von Chay, der bei jedem – einschließlich Tobin – brüllendes Gelächter hervorgerufen hatte. Aber immerhin wurde er der Familienlegende hinzugefügt, und Zehava hegte kaum Hoffnung, daß Rohan diese ebenfalls bereichern würde.

Nicht, daß es Tobin an Weiblichkeit gefehlt hätte, überlegte er und warf Chaynal erneut einen Blick zu. Nur eine vollkommene Frau hatte den feurigen jungen Herrn von Burg Radzyn einfangen und halten können. Nach sechs Jahren Ehe und der Geburt von Zwillingssöhnen waren die Prinzessin und ihr Gemahl noch immer so verliebt wie am ersten Tag. Ein Jammer, daß Rohan bislang noch kein Mädchen gefunden hatte, das auch ihm das Rückgrat und seine Männlichkeit gestärkt hätte. Es gab nichts Besseres als den Wunsch, ein hübsches Mädchen zu beeindrucken, um aus einem Knaben einen Mann zu machen.

Zehavas Vorhersage erwies sich als richtig. Der Drache hatte den Aussichtspunkt an der Canyon-Öffnung gewählt, um sich auf die Lauer zu legen. Die Jäger zügelten ihre Pferde eine volle Länge entfernt und bewunderten das Tier: Es war so dunkelgolden wie der Sand, der es hervorgebracht hatte, mit einer Flügelspanne, die die Höhe dreier Männer übertraf. Das böse Funkeln seiner Augen konnten sie selbst auf diese Entfernung noch fühlen.

»Ein wahrer Edler unter seinesgleichen«, murmelte Chay bewundernd. »Habt acht, mein Prinz.«

Zehava nahm die Worte, wie sie gemeint waren – nicht als Warnung, daß er den Kampf verlieren könnte, sondern als Mahnung, sich dabei nicht zu verletzen. Wenn er mit mehr als ein paar Kratzern heimkehrte, würde sein Weib abwechselnd seine Wunden pflegen und über seine Ungeschicklichkeit zürnen, daß er sie sich überhaupt zugezogen hatte. Prinzessin Milar war für ihr Temperament ebenso berühmt wie für ihr lichtes Aussehen, das hier in der Wüste so selten war und das sie ihrem Sohn weitergegeben hatte.

Die zwanzig Reiter schwärmten aus und nahmen die Positionen ein, die bei diesem Spiel vorgeschrieben waren. Zehava ritt allein voran. Der Drache beäugte ihn unheilvoll, und der Prinz lächelte. Ein wahrhaft bösartiges Tier. Der Gestank von Öl hing in der heißen Luft und entwich den Drüsen auf der Unterseite seines langen, stachelbewehrten Schwanzes. Er war bereit, die in ihren Höhlen verborgenen Weibchen zu begatten, und jeder, der ihn von seinem Ziel abhielt, war eines schmerzhaften Todes gewiß.

»Bist wohl heiß auf sie, was, Teufelsrachen?« summte Zehava tief in der Kehle. Er ritt in gleichmäßigem Schritt, den Mantel über der Schulter, und verhielt eine halbe Länge vor dem Felsenturm. Gemaserter Sandstein in einem Dutzend Schattierungen von Bernstein bis Granat ragten vor ihm auf wie der Turm der ewigen Flamme in Zehavas Schloß Stronghold. Der Drache krallte sich mit Klauen an den Stein, die so dick waren wie das Handgelenk eines Mann. Obwohl er heftig mit seinem gold-schwarz gemusterten Schwanz schlug, verlor er nicht das Gleichgewicht. Die beiden Herrscher der Wüste musterten sich abschätzend. Auf den ersten Blick schien es ein lächerlich ungleicher Kampf zu sein: der massige, säbelzahnige Drache gegen einen Mann zu Pferde.

Aber Zehava hatte einen Vorteil, der ihn zuvor schon neun Mal aus einer derartigen Begegnung als Sieger hatte hervorgehen lassen, häufiger als jeder andere lebende Mann, und dies hatte ihn zu einem Teil der Familienlegende werden lassen. Zehava verstand Drachen.

Dieser hier brannte darauf, ein Dutzend oder mehr Weibchen zu begatten, aber er wurde alt. Auf dem dunkelgoldenen Panzer zeigten sich Narben aus zahlreichen Schlachten, und eine Kralle hing als Folge eines früheren Kampfes in einem unnatürlichen Winkel herab. Als er drohend seine riesigen Schwingen entfaltete, als er deren samtige, schwarze Unterseite zeigte, wurden schlecht verheilte Risse ebenso sichtbar wie schiefe Flügelknochen, die nach einem Bruch nicht richtig zusammengewachsen waren. Dies war vielleicht die letzte Paarung des Drachen, und Zehava vermutete, daß das Tier das auch wußte.

Trotzdem war er sicher in der Lage, dem Prinzen einen guten und langen Kampf zu liefern. Aber Zehava wußte noch mehr über Drachen. Wenn sie auch berühmt waren für ihre Hinterlist, so konnten sie doch immer nur an eine Sache denken. Dieser hier wollte sich paaren. Deshalb würde er direkt angreifen und offen in den Kampf gehen, ohne die Tricks, die ein Drache anwendete, wenn die Paarungszeit für die nächsten drei Jahre vorüber war. Er hatte den Duft seiner eigenen Sexualität bereits seit Tagen während der Vorspiele eingeatmet – während des Sandtanzes und des Klippentanzes, die seine Weibchen angelockt hatten. Jetzt war sein Verstand betäubt, und auch sein Kampfgeschick würde geschmälert sein, denn sein einziges Ziel bestand darin, seinen Samen in seine Weibchen zu versenken, und das machte ihn bösartig und gleichzeitig leichter verletzbar. Obwohl Zehava gesunden Respekt vor diesen Krallen und Zähnen empfand, lächelte er doch auch in der Erwartung eines zehnten Triumphes. Er würde diesen alten Drachen besiegen, und er würde dabei einen Heidenspaß haben.

Fünfzig Längen entfernt saß Prinzessin Milar mit ihrer Schwester Andrade in einer Festung, die von vielen Generationen aus Zehavas Familie in den festen Stein gehauen war. Im Augenblick schwiegen die beiden Frauen; ein Diener war mit kühlen Getränken und Früchten eingetreten und hatte die Zwillingsschwestern bei ihrem stürmischen Wortgefecht über Prinz Rohan unterbrochen.

Nachdem sich der Diener verbeugt und zurückgezogen hatte, funkelte Lady Andrade ihre Schwester an. »Hör endlich auf, den Jungen zu verwöhnen! An Roelstras Hof entwickeln sich Dinge, die Zehava wohl nie verstehen wird. Rohan dagegen kann es!«

»Bezichtigst du meinen Mann etwa der Dummheit?« fuhr Milar sie an.

»Spar dir deine Theatralik, Milar. Er ist ein brillanter Kämpfer und ein feiner Mann, aber wenn du wirklich glauben solltest, daß der bevorstehende Konflikt mit Waffen zu lösen ist, dann denk besser noch einmal nach. Der Gott des Sturms allein weiß, was Roelstra plant, aber eines ist sicher: Man kann nicht mit einer Armee dagegen angehen.« Sie streckte den Arm aus, angelte sich ein Bündel Trauben aus einer Schüssel und unterzog deren rubinroten Schimmer einer kritischen Inspektion. »Du hältst euer Prinzenreich vielleicht für zu reich und mächtig, um bedroht zu werden. Aber der Hoheprinz ist grundsätzlich nicht in der Lage, zu dulden, daß jemand reicher ist als er. Und Zehava hat seinen Reichtum ja nicht gerade verheimlicht. Ich habe von dem Geburtstagsgeschenk gehört, das er Roelstra gesandt hat.«

»Es harmonierte prächtig mit –«

»Zehavas Dünkel! Zwei Pferde, oder sogar vier, hübsch herausgeputzt, wären in Ordnung gewesen. Aber zwanzig! Und alle in Silber! Er prahlt mit seinem Reichtum, Milar, und das ist gefährlich – wie diese dumme Drachenjagd heute. Er hat schon neun von diesen Ungeheuern getötet, warum braucht er einen zehnten?«

Prinzessin Milar setzte ein Gesicht auf, vor dem ganze Reihen Edler zurückgewichen wären; doch trotz ihres eisigen Hochmuts war ihr Gesicht reizend. »Es ist seine Pflicht, die Wüste von Drachen zu befreien. Außerdem demonstriert er so List und Kraft, die im Krieg schließlich sehr wichtig sind. Daher ist es auch Politik.«

»Es ist Dummheit. Er hätte lieber Rohan losschicken sollen, um diesen Drachen zu töten, damit klargemacht wird, daß sein Erbe über Kraft und Geschicklichkeit verfügt.« Andrade schob eine Traube in ihren Mund und saugte den süßen Saft heraus, ehe sie die Überreste in eine Silberschüssel spie, die für diesen Zweck bereitstand.

»Rohan hat unglücklicherweise keine Lust, gegen Drachen zu kämpfen«, gestand Milar ein.

»Aber er ist Krieger genug, und er hat auch genug Mut«, widersprach Andrade. »Wie er sich beim letzten Kampf gegen die Merida als gemeiner Soldat verkleidet hat, und das, obwohl du ihm verboten hattest, Stronghold zu verlassen –«

»Wir haben uns nie wegen seines Kampfgeistes gesorgt. Aber du weißt, daß er zuviel Zeit mit seinen Büchern verbringt und mit den unmöglichsten Menschen spricht. Ich habe ihn bisher immer verteidigt, aber allmählich stimme ich Zehava zu. Rohan muß lernen, ein ebensolcher Prinz zu werden wie seine Ahnen.«

»Genau das muß er eben nicht! Der Aufbau eines Prinzenreichs ist gute Arbeit für einen Soldaten, und Zehava hat das prächtig gemacht. Er hat zu Ende geführt, was sein Großvater angefangen hat, hat festgehalten, was sein Vater den Merida entrissen hat, und hat das Ganze durch eigene Kraft vergrößert. Ehrlich gesagt«, fügte Andrade nachdenklich hinzu, »kann man es ihm nicht verübeln, wenn er jetzt damit prahlen möchte. Er hat Wunder gewirkt, vor allem gegen die Merida.«

»Wenn ich eine Lektion in Geschichte wünsche, lasse ich nach meinem Barden schicken«, fuhr Milar sie an.

Andrade ignorierte die Bemerkung. »Zehavas Problem ist, daß er jetzt nichts mehr zu tun hat. Ihm fällt nichts anderes ein, als Geld für dich, Tobin und diesen Steinhaufen auszugeben, in dem wir hocken – und seine Zeit mit dem Töten von Drachen totzuschlagen. Glaube mir, liebe Schwester, Roelstra dagegen fällt noch eine Menge ein, wie er sich die Zeit vertreiben kann, und keine dieser Beschäftigungen ist für Euch sehr gesund.«

»Ich verstehe nicht –«

»Das solltest du aber«, unterbrach Andrade sie. »Laß Rohan seine Bücher lesen und mit den Botschaftern reden – ja, sogar auch mit den Dienern der Botschafter! Er wird so Dinge lernen, die Zehava ihm niemals beibringen könnte.«

»Warum kehrst du nicht zu deinen Pflichten in dieser schimmeligen alten Schule zurück und überläßt die Arbeit der Welt den Leuten, die etwas davon verstehen?«

»Was glaubst du wohl, was ich in meiner schimmeligen, alten Schule tue – stricken?« schnaubte Andrade und pickte sich eine zweite dicke Traube heraus. »Wenn ich aus albernen Knaben und Mädchen gute *Faradh'im* mache, höre ich ihnen auch zu. Und was ich in letzter Zeit höre, Milar, ist nicht erfreulich.« Sie fing an, einzelne Punkte an ihren langen, schlanken Fingern abzuzählen, von denen jeder einen Ring aus Gold oder Silber trug, jeweils mit einem anderen Edelstein besetzt. Die Ringe waren durch zarte Ketten miteinander verbunden, die über die Handrücken zu den Armbändern verliefen, die sie als Herrin der Schule der Göttin auswiesen. »Erstens: Roelstra plant keinen Krieg gegen irgendwen, also ist Zehavas Demonstration von Kraft und Geschicklichkeit bei der Jagd auf Drachen zu nichts nutze. Zweitens: Der Hoheprinz, hat Spione an jedem Hof – auch an Eurem.«

»Unmöglich!« widersprach Milar heftig.

»Euer Kellermeister sieht unangenehm aus, und für Euren zweiten Stallmeister würde ich auch nicht die Hand ins

Feuer legen. Drittens: Der Fürst hat siebzehn Töchter, von denen einige die legitimen Nachkommen der armen, verstorbenen Lallante sind. Sie alle brauchen Ehemänner. Wo wird Roelstra in Frage kommende Männer für sie finden? Ich werde es dort sagen: an den wichtigsten Höfen, selbst für seine Bastarde.«

Die Prinzessin richtete sich auf der blauen Samtliege kerzengerade auf. »Meinst du etwa, auch Rohan würde ein Angebot gemacht werden?«

»Hervorragend, wie du das erkannt hast!« rief Andrade mit vor Ironie triefender Stimme aus. »Ja, es wird bestimmt ein Angebot gemacht werden. Fällt dir ein besserer junger Mann ein als dein Sohn? Er ist reich, von edelstem Blut, er wird eines Tages über dieses Ödland herrschen – und wenn das an sich auch nicht als Empfehlung ausreicht, so verspricht es doch eine gewisse Macht. Und so schlimm ist sein Anblick nun auch wieder nicht.«

»Mein Sohn ist der hübscheste junge Mann auf dem ganzen Kontinent!« verteidigte Milar ihn. »Er ist perfekt und schön, und ich –«

»Und noch völlig unerfahren?«

Milar zuckte die Achseln. »Zehava behauptet, man könnte eine Frau allein durch ihren Gang von einer Jungfrau unterscheiden, aber ich habe noch niemals von etwas Ähnlichem bei Knaben gehört. Aber ist das wichtig? Es ist die Braut des Prinzen, die als Jungfrau ins eheliche Bett kommen soll, nicht der Prinz selbst.«

»Ich wollte nur wissen, ob etwa sein Herz gebrochen ist. Er ist nicht der Typ, der nur aus Spaß an der Freud jedes Paar weiblicher Schenkel spreizt, das er finden kann. Rohan gehört zur romantischen Sorte, der arme Kerl.« Sie dachte einen Moment darüber nach, ehe sie seufzte. »Auf jeden Fall wird ihm ein Angebot bezüglich einer der legitimen Prinzessinnen unterbreitet werden, denn ein Bastard wäre eine Beleidigung für Euer Haus, und –«

»Aber das ist ja wundervoll!« Milars blaue Augen strahlten unter dem seidigen Sonnenglanz ihrer Haare auf. »Diese Ehre – und die Mitgift! Wir müssen unbedingt Schloß Feruche verlangen. Rohan könnte es gar nicht besser treffen als mit einer Tochter des Fürsten!«

»Milar, denk doch mal nach! Du würdest durch so eine Ehe zur Verbündeten von Roelstra –«

»Aber ich habe nachgedacht! Den Gatten seiner Tochter würde er wohl kaum angreifen!«

»Jetzt hör mir mal zu! Rohan und seine Prinzessin werden Söhne bekommen, die eines Tages die Wüste beherrschen. Was wäre natürlicher, als wenn der Enkel des Fürsten sein Reich mit dem seines geliebten Ahnen zusammenlegen würde?«

»Niemals! Das Linser Abkommen schreibt die Wüste Zehavas Familie zu, so lange, wie der Sand Feuer hervorbringt.«

»Sehr schön. Wörtlich zitiert, nehme ich an? Aber die Wüste wird doch durch Rohan weiterhin im Besitz von Zehavas Familie bleiben. Außerdem gehört sie dann aber auch Roelstras, durch die Tochter, die er als Rohans Braut schickt. Der Fürst ist heuer gerade fünfundvierzig Jahre alt, Milar. Soll ich dir eine Vision heraufbeschwören?«

Die Prinzessin riß die Augen auf. »Nein! Andrade, das darfst du nicht! Nicht hier!«

»Nur mit Worten, Schwester. Sagen wir, Rohan ehelicht dieses Mädchen, welches auch immer es sein mag. Ich kann sie nie auseinanderhalten. Sagen wir, sie bekommen innerhalb von zwei Jahren ein Kind. Roelstra wird dann siebenundvierzig sein. Nehmen wir weiter an, er lebt bis zum Alter von achtzig. Das ist nicht unwahrscheinlich. Sein Großvater war dreiundneunzig, als er starb –«

»Und sein Vater kaum achtundzwanzig.«

»Klägliches Alter. Ich hatte immer so meine Vermutungen, was diese Flasche schlechten Branntwein anging, der seinen Tod verursacht haben soll. Aber wo war ich stehengeblieben? Ach ja, Zehava wird dieses Jahr sechzig, und er entstammt keinem langlebigen Clan. Ach hör auf, sieh mich nicht so traurig an, Milar. Wahrscheinlich stellt er mich rein aus Trotz als Lügnerin hin und wird einhundertundfünfunddreißig! Aber nehmen wir einmal an, etwas würde ihm zustoßen, ehe seine Enkel erwachsen sind. Rohan wird zum Prinzen. Nehmen wir weiterhin an, daß Rohan etwas passiert – und glaube mir, meine Liebe, wenn seine Söhne erst die üblichen Kinderkrankheiten hinter sich haben, wird Rohan überflüssig. Damit bleiben uns die verwitwete Prinzessin, ihre Söhne von zehn oder zwölf Wintern – und Roelstra, gesund und munter und noch nicht einmal so alt, wie Zehava es jetzt schon ist.«

»Eine lächerliche Vorstellung!« rief Milar aus, aber Schatten verdunkelten ihren Blick.

»Wenn du meinst. Noch eine Beschwörung mit Worten. Rohan wird tatsächlich überflüssig, wenn er mit diesem Mädchen ein oder zwei Söhne gezeugt hat. Ist er aus dem Weg geräumt und Zehava der Vormund der Knaben, bis sie volljährig sind, dann kann Roelstra deinen Gatten im Bette sterben lassen und *immer noch* tun, was er will, sobald seine Enkel geerbt haben.«

Lady Andrade genehmigte sich noch ein paar Trauben und wartete ab, daß ihre Zwillingsschwester diese Zukunftsaussichten verarbeitete. Eigentlich hatte Andrade keine Ahnung, warum sie sich mit ihrer hübschen, aber dummen Schwester abmühte. Milar hatte alles an gutem Aussehen geerbt, was in der Familie vorkam, so daß sich Andrade mit Verstand und Energie durchschlagen mußte. Was bei Milar zart und golden war, war rötlich bei Andrade; das Temperament, für das beide Frauen bekannt waren, war ein wütendes Aufblitzen bei Milar, aber sorgfältig kalkuliert bei Andrade. Milar war vollkommen zufrieden damit, die Ehefrau eines recht beachtenswerten Mannes zu sein (insgeheim konnte Andrade durchaus zugestehen, daß Zehava Tugenden besaß), die Mutter seiner Kinder und Herrin seiner Festung. Andrade wäre mit so einem Leben niemals zufrieden gewesen. Sie hätte möglicherweise einen Mann heiraten können, durch den sie über weite Gebiete des Kontinents geherrscht hätte, aber als Herrin der Schule der Göttin regierte sie indirekt über ein größeres Gebiet als selbst Roelstra. Ihre *Faradh'im*, gewöhnlich Lichtläufer genannt, waren überall, und durch sie beeinflußte oder besser gesagt, kontrollierte sie jeden Prinzen und Herrn zwischen dem Meer der Dunkelheit und dem Meer der Morgenröte.

Sie sagte sich, daß sie sich Rohans wegen mit Milar abgab. Er schlug in seinem Charakter weder seinem Vater noch seiner Mutter nach – aber er ähnelte auch Andrade nicht, so daß sie in ihm auch kein männliches Abbild ihrer selbst sehen konnte. Er war einzigartig, und dafür schätzte sie ihn. Milar liebte den Knaben abgöttisch, und Zehava hatte seinen Sohn ebenso gern, wenn Rohan ihn auch verwirrte. Einzig Andrade verstand ihn und hatte einen Blick dafür erhascht, was aus ihm werden konnte.

»Ich verstehe dich ja, Andri«, sagte Milar zögernd. »Ich wünschte, du hättest das alles gleich klar und deutlich erklärt. Wir müssen das Angebot des Prinzen tatsächlich ablehnen, sofern es wirklich gemacht wird.«

Lady Andrade seufzte. »Und wie?« fragte sie spitz und überlegte, ob ihre Schwester tatsächlich so dumm war, wie sie sich manchmal verhielt.

Das Gesicht der Prinzessin, das nach Jahren des rauhen Lebens in der Wüste kaum Falten zeigte, verzog sich vor Schreck. »Eine offene Ablehnung wäre eine schreckliche Beleidigung! Roelstra würde sich auf uns stürzen wie ein Drache auf einen Jährling!« Einen Augenblick lang grübelte sie ängstlich, dann lächelte sie. »Zehava kann jeden Kampf gewinnen. Wenn Roelstra einen Angriff wagt, dann wird er sich vollkommen geschlagen nach Felsenburg zurückziehen.«

»Du Idiotin!« höhnte Andrade, die nun vollends die Geduld verloren hatte. »Hast du mir denn überhaupt nicht zugehört? Was ist mit den Punkten vier, fünf und sechs?«

»Ich habe nicht zugehört, weil du die bisher gar nicht genannt hast!« fauchte Milar. »Wie kannst du von mir eine richtige Entscheidung erwarten, wenn du Informationen zurückhältst?«

»Tut mir leid«, murmelte Andrade. »Also schön, Punkt vier: Prinz Chale aus Ossetia befindet sich in Roelstras Lager. Er hat ein Handelsabkommen dabei, das sie in diesem Jahr auf dem *Rialla* bekanntgeben wollen. Fünftens: Lord Daar von der Seeburg Gilad braucht eine Frau und hält Ausschau nach einer Prinzessin. Punkt sechs: Aus denselben Gründen ist dieses Stück Mist, Prinz Vissarion von Grib, ebenfalls auf Roelstras Seite. Glaubst du im Ernst, daß Zehava es mit denen allein aufnehmen kann, zusätzlich zu den Verbündeten, die Rohan offen eingesteht? Sie haben alle gesehen, was du mit Zehava hier aufgebaut hast. Die Wüste wird niemals ein Garten sein, aber ihr habt Teile davon fast zu so etwas gemacht. Diese Burg, Chaynals Radzyn, Tiglath und Tuath und Whitecliffe Manor – all die Arbeit, die Zehavas Ahnen begonnen haben, trägt endlich Früchte. Glaubst du nicht auch, daß die alle nur nach einer Ausrede suchen, um die Ernte einzutreiben? Die Beleidigung einer Tochter des Fürsten wäre ein feiner Grund für sie, ihre Ehre zu rächen, besonders, wenn einige von ihnen mit ihren Schwestern verlobt oder verheiratet sind.« Sie brach ab, als sie dem Gesicht ihrer Zwillingsschwester ansah, daß Milar endlich den Ernst ihrer Lage begriffen hatte – oder besser gesagt der ihres Sohnes Rohan.

»Andri«, hauchte sie erschüttert, »wenn das alles so ist, wie du sagst, was können wir dann tun? Ich kann nicht zulassen, daß Rohan eine von Roelstras Töchtern ehelicht – ich würde damit ja selbst seinen Scheiterhaufen anzünden! Und wenn wir ablehnen –«

»Oh, Rohan wird bestimmt heiraten, und das schon bald«, beruhigte Andrade sie, nachdem sie ihre Schwester genau dort hatte, wo sie sie haben wollte. »Ich habe genau das richtige Mädchen für ihn. Roelstra kann schließlich einem Mann, der bereits verheiratet ist, keine Ehe vorschlagen, nicht wahr?«

Die Prinzessin sank auf ihrer Liege zurück. »Ist sie hübsch?« fragte sie traurig. »Und wie ist ihre Familie?«

»Sehr hübsch«, beruhigte Andrade sie, »und aus guter Familie. Aber selbst wenn sie häßlich wäre wie ein Drachenweibchen und als Tochter einer Hure geboren, so wäre sie dennoch perfekt für Rohan.« Andrade warf den abgerupften Traubenstiel in eine Schüssel und lächelte. »Meine liebe Milar, das Mädchen hat Verstand.«

Die Mittagshitze war erstickend. Lord Chaynal beobachtete seinen Schwiegervater, wie er mit dem Drachen focht. Er wischte sich den Schweiß von der Stirn und fragte sich, wie lange das noch dauern sollte. Blut sickerte aus Rissen in der goldenen Schuppenhaut des Drachen, und ein langer Schnitt war in einem Flügel zu sehen; den Zuckungen nach zu urteilen war dabei auch ein Nerv getroffen worden. Der Drache fauchte wütend, als Zehava mit ihm spielte. Aber es dauerte lange, bis das wilde Tier überwältigt war, und Chay fing an, sich Sorgen zu machen.

Auch die anderen Reiter waren ratlos. Sie waren noch immer zum Halbkreis formiert und hatten sich nur geringfügig zurückgezogen, als der Drache von seinem Ausguck abhob, um Zehava vom Maul des Canyons aus anzugreifen. Die Entscheidung, ob sie angreifen sollten oder nicht, oblag Chaynal, und er hatte den Befehl, dies erst dann zu tun, wenn keine andere Wahl mehr blieb. Alle anwesenden Männer und Frauen hatten Übung mit kleineren Drachen, denn Zehava war ein großzügiger Prinz und sah es gern, wenn jeder mit einem Zahn oder einer Kralle als Souvenir aus den

Jagden zwischen den Jahren hervorging. Aber nur der Prinz durfte paarende Urväter wie diesen hier töten, und niemand mischte sich ohne einen schwerwiegenden Grund ein.

Chay wurde immer nervöser und sehnte sich nach den kühlen Lüften in Burg Radzyn. Die Luft geriet bei jedem wütenden Schlag der Drachenflügel um ihn her in wirbelnde Bewegung, aber dennoch saugte die Hitze ihm den Schweiß aus dem Körper, trocknete ihn augenblicklich auf der Haut, noch bevor die Luft eine Chance bekam, den Schweiß kühl werden zu lassen. Er blinzelte in die Schlucht, wo sich das gnadenlose Sonnenlicht auf den Felsen brach, wandte sich dann ab und schloß die Augen ein paar Herzschläge lang, um den Schmerz, den das gleißende Licht verursachte, zu lindern. Während er unruhig im Sattel hin- und herrutschte, spürte er, daß sich sein Unbehagen auf sein Pferd übertrug. Es legte die silbrigen Ohren flach nach hinten, und ein Schauder nach dem anderen jagte über die seidigen Muskeln unter dem glänzenden, schwarzen Fell.

»Geduld, Akkal«, murmelte Chay. »Er weiß, was er tut.« Jedenfalls hoffte er das. Viel Zeit war vergangen, seit der Drache seine Stellung bezogen hatte und seit Zehava ihm die erste blutende Wunde geschlagen hatte. Die Bewegungen des Prinzen waren jetzt langsamer, die Kurbetten seines großen Schlachtrosses waren ungenau. Es schien Chay, als wären die beiden alten Krieger, Drache und Prinz, einander jetzt ebenbürtig.

Der Drache brüllte und schnappte nach Zehava, dessen Pferd ihn nur mit Mühe rechtzeitig außer Reichweite brachte. Felsbrocken klapperten in den Höhlen in der Schlucht, und das Wimmern der wartenden Drachenweibchen stieg zum Geheul an. Jede von ihnen war in Sicherheit, war nervös und begierig darauf, mit dem von ihr gewählten Drachen allein zu sein, rief nach ihm und verlangte nach seiner Gegenwart.

Wieder bebte Akkal, und Chay beruhigte das Tier. Um

sich von seiner wachsenden Sorge um Zehava abzulenken, während dieser Klauen und Zähnen auswich, fing Chay an zu rechnen, wie viele Weibchen unbegattet in den Höhlen sterben und wie viele Eier unbefruchtet liegen bleiben würden, wenn dieser Drache hier tot war. Fünfzehn Drachen-Weibchen vielleicht, ein jedes mit etwa zwanzig Eiern, von denen höchstens fünf oder sechs lange genug überleben würden, um fliegen zu können. Diese Zahl, multipliziert mit den neun anderen Drachen, die Zehava in Paarungsjahren getötet hatte, dazu die übrigen Drachen-Weibchen, eine verblüffende Zahl. Und dennoch gab es immer mehr Drachen. Die Wüste spie alle drei Sommer Hunderte von Jungtieren aus, die das Prinzenreich heimsuchten und Ernten und Herden vernichteten. Die wirksamste Art, die Verbreitung der Drachen zu begrenzen, bestand darin, die Alten zu töten, bevor sie sich paarten, denn dadurch waren auch die unbegatteten Drachen-Weibchen und ihre unbefruchteten Eier verloren. Doch selbst so war es ein endloser Kampf. Und am Ende gab es nur noch mehr Drachen.

Chaynal seufzte und strich über Akkals Nacken. Zehavas Macht beruhte zum Teil auf seiner Fähigkeit, die Zahl der Drachen gering zu halten. Würde Rohan in der Lage sein, es ebenso zu halten, wenn seine Zeit gekommen war? Der Gedanke stimmte ihn nicht gerade glücklich. So gern er den Bruder seiner Gemahlin hatte, und so sehr er Rohans Fähigkeiten respektierte, so wußte er doch, daß der junge Prinz nicht den Mut hatte, Drachen zu töten. Doch die Kraft im Kampf, die bei diesen Jagden demonstriert wurde, war ein wesentlicher Bestandteil der Macht in der Wüste. Welche andere Basis würde es für seine Herrschaft aber geben können als die militärische Überlegenheit?

Chays eigene Familie hatte den einzigen sicheren Hafen des Wüstenreiches durch Generationen bewacht, und ihr Ansehen gründete sich fest auf dem Handel, den sie trieben und beschützten. Er war ehrlich genug – und verfügte über ausreichenden Sinn für Humor –, um sich einzugestehen, daß die ursprüngliche Macht seiner Vorfahren kühner Piraterie entsprungen war; das Geld, mit dem Burg Radzyn errichtet worden war, entstammte nicht legitim eingetriebenen Hafengebühren. Doch in der jetzigen zivilisierten Zeit suchten die schnellen Schiffe mit dem rot-weißen Banner Radzyns nicht länger die Kleinen Inseln heim oder versteckten sich in Höhlen, um auf reiche Händler zu warten. Heutzutage patrouillierten seine Schiffe auf den Meeren, um sie sicher zu halten. Doch Krieg und Diebstahl blieben in seiner Familie erhalten, sagte er sich lächelnd. Mit großem Genuß hatte er unter Zehavas Kommando in der Schlacht gekämpft, und alle drei Jahre amüsierte er sich auf dem *Rialla* mit legaler Räuberei, dann nämlich, wenn er seine Pferde verkaufte. Die Herausforderung in einer Schlacht und das Hereinlegen seiner Handelspartner: beides waren ausgezeichnete Grundlagen der Macht. Rohan hatte sich zwar auch als fähiger Krieger erwiesen, als er an jenem denkwürdigen Tag gegen die Merida gekämpft hatte – wenngleich seine Eltern einen Schock erlitten hatten, als sie seine Anwesenheit bemerkten –, und er konnte schlau sein, wenn er nur wollte. Aber Rohan war weder ein Krieger aus eigenem Antrieb, noch bestimmte ihn sein Instinkt zum Händler.

Chays Aufmerksamkeit wurde wieder auf die Schlacht vor ihm gelenkt, als der Drache die Flügel ausbreitete und sein Schatten den jungen Krieger erreichte. Auf der Thermik schwang er sich nach oben und bellte seine Wut hinaus, ehe er sich mit ausgestreckten Klauen auf Zehava stürzte. Der Prinz berechnete seinen Sprung haargenau und wartete bis zum letzten Augenblick, ehe er sein wütendes Schlachtroß herum- und damit aus der Reichweite des Drachen riß. Gleichzeitig hieb er mit dem Schwert einen blutigen Riß in die Schuppenhaut des Drachen. Das Tier schrie schmerzerfüllt auf, und gedämpfter Jubel erhob sich unter den Reitern, als sich die Hinterbeine des Drachen in den weichen Sand senkten und er verzweifelt mit den Flügeln schlug. Zehava zwang sein Reittier schnell herum und hieb direkt hinter dem linken Flügel in die Flanke des Drachen. Die Drachenweibchen in ihren Höhlen heulten auf als Antwort auf den Schmerzensschrei ihres Gefährten.

Chay fühlte sich jetzt besser. Zehava war noch der Prinz, der er immer gewesen war, geschickt und listig wie eh und je. Der Drache blutete jetzt, und seine Bewegungen und sein Atem wirkten angestrengt. Doch das Feuer in seinen Augen hatte nicht abgenommen, und sobald er wieder auf die Füße kam, wirbelte er herum, Tod in seinem hitzigen Blick.

Prinzessin Tobin liebte ihre Kinder von ganzem Herzen, fühlte sich aber nicht verpflichtet, ihre ganze Zeit damit zu verbringen, sie zu beaufsichtigen. In der Burg ihres Gemahls gab es genügend Bedienstete, die sicherstellten, daß die Zwillinge Essen, Unterricht und Erziehung erhielten und vor ernstem Unheil bewahrt wurden, während ihre Eltern damit beschäftigt waren, die enormen Ländereien zu führen. Hier auf Stronghold gab es bei dem alljährlichen Besuch noch mehr Diener, die glücklich waren, sich um die jungen Herren kümmern zu dürfen. Als sie also Gelächter vom Haupthof vor ihren Fenstern hörte, vermutete sie, daß die Knaben von einem Diener unterhalten würden. Sie warf einen Blick hinaus und entdeckte Jahni, der rittlings auf einem gescheckten Pony saß. Maarken ritt einen Braunen, und beide Kinder hieben mit Holzschwertern nach einem jungen Mann, der einen karmesinroten Umhang wie Drachenflügel schwenkte. Doch der Spielkamerad der Zwillinge war ganz entschieden keiner der Knechte.

»Rohan!« rief sie in den Hof hinunter. »Was zum Teufel treibst du da?«

»Ein Drache, Mama!« kreischte Jahni und schwenkte sein Schwert. »Guck mal!«

Als die Zwillinge sich bemühten, den Erben des Prinzen-

reichs der Wüste gemeinsam niederzureiten, schüttelte Tobin in liebevoller Verzweiflung den Kopf. Sie entließ den Sekretär und hastete die Treppe hinab, wobei sie vor sich hinmurmelte: »Also ehrlich! Den haben sie vollkommen um den Finger gewickelt! Ein Prinz in seiner Position, der für ein paar Fünfjährige den Drachen spielt!« Aber aus ihrer Stimme klang Zuneigung, und als sie aus der Halle in den Hof eilte, lachte sie, weil Rohan von Maarkens Schwert einen herben Schlag auf den »Flügel« versetzt bekam, mit dem Umhang schlug und dann wie ein sterbender Drache zu Boden sank.

Seufzend betrachtete Tobin ihren triumphierenden Sprößling, ehe sie sich ihrem Bruder zuwandte. »Jetzt steh auf, und mach dich nicht länger zum Narren«, schalt sie. Mit leuchtenden Augen blinzelte er unter seinem Umhang hervor zu ihr empor. »Und was euch angeht«, sagte sie zu ihren Söhnen, »bringt jetzt die Ponies in den Stall zurück und kommt erst wieder, wenn ihr dafür gesorgt habt, daß es ihnen gutgeht. Euer Großvater hat sie euch nicht geschenkt, damit ihr sie vernachlässigt.«

»Ich hab' den Drachen getötet, Mama, hast du gesehen?« schwärmte Maarken.

»Ja, Liebling, ich hab's gesehen, du bist wirklich ein sehr guter Krieger. Aber jetzt müßt ihr den Drachen entschuldigen. Er will sich ein Weilchen mit mir unterhalten.«

Der Drache erhob sich und wischte den Staub von seinen Kleidern. »Ich habe gehört, Drachen hätten eine Vorliebe dafür, Prinzessinnen zu verschlingen – je hübscher, desto besser.«

»Nicht diese Prinzessin«, erklärte Tobin mit fester Stimme, lachte aber gleich wieder, als Rohan mit flatterndem Umhang auf sie zustapfte. »Wag es ja nicht!«

Die Zwillinge kreischten vor Vergnügen, als er vorwärtsstürzte und sie in seinen Umhang hüllte. Ohne auf ihr Protestgeschrei zu achten, tauchte er sie ganz unzeremoniell in den Pferdetrog. Tobin hustete, spie Wasser und funkelte ihren Bruder wütend an.

»Heiß wie in einer Bruthöhle heute«, bemerkte er beiläufig und kletterte neben ihr ins Wasser.

Mit einem wohlgezielten Tritt riß sie ihm die Füße fort. Er brach im kniehohen Wasser zusammen und brüllte seine Empörung hinaus »Hast du schon mal 'nen ertrunkenen Drachen gesehen?« erkundigte sie sich honigsüß und wich dann hastig zurück, als er die Hände nach ihr ausstreckte.

»Du hättest fast einen Prinzen ertränkt!« grinste er und strich sich das nasse Haar zurück.

Tobin raffte ihre triefenden Röcke und kletterte aus dem Trog. »Wenn ihr beiden nicht ein ähnliches Schicksal erleiden wollt...«, warnte sie ihre Söhne spielerisch.

Das war genug der Einladung. Die Kinder hüpften von ihren Ponies und hechteten zum Wasserkampf in den Trog. Fröhlich machte sie mit und half den Knaben, Rohan gründlich einzutauchen. Schließlich machten sich die Knaben – atemlos, klatschnaß und siegreich – auf, um ihre Ponies zu versorgen. Rohan richtete sich auf und kletterte aus dem Trog. Er grinste Tobin zu.

»Ha! Du hast in den letzten Tagen wirklich zu ernst und königlich ausgesehen. Jetzt bist du wieder menschlich.«

Sie hieb nach seinem nassen, blonden Kopf. »Dummkopf! Komm schon, wir sollten uns im Garten trocknen lassen, wo uns niemand sieht. Mutter zieht uns das Fell über die Ohren, wenn wir auf ihren neuen Teppichen aus Cunaxa Tropfen hinterlassen.«

Rohan legte freundschaftlich einen Arm um ihre Schultern, als sie über den Hof zum Gartentor hinüberschlenderten. Die Blumen standen in voller Spätfrühlingsblüte, und wieder einmal staunte Tobin über das Wunder, das Rosen in der Wüste blühen ließ. Die Veränderung hatte eingesetzt, als sie ein Kind gewesen war, und inzwischen konnte sie sich kaum noch an eine Zeit erinnern, als Stronghold nicht so edel und gemütlich gewesen war wie jetzt. Der Luxus auf Radzyn war für sie selbstverständlich, doch ihre Seele gehörte noch immer dem Stronghold ihrer Ahnen, und sie freute sich über die Schönheit, die ihre Mutter an diesen Ort gebracht hatte.

Sie wählte eine Steinbank in der prallen Sonne und breitete ihre Röcke zum Trocknen aus. Rohan öffnete ihre langen schwarzen Zöpfe und half ihr, das Haar mit den Fingern durchzukämmen.

»Weißt du noch, wie Vater für uns den Drachen gespielt hat?« wollte er wissen.

»Und du hast mir immer die bessere Chance bei ihm überlassen«, antwortete sie zärtlich. »Aber er hatte nicht dieses Flair wie du im Spiel mit dem Umhang. Du bist der geborene Schauspieler.«

»Das will ich hoffen«, erwiderte er ein wenig grimmig.

»Jahni und Maarken beten dich an«, fuhr Tobin fort und tat so, als hätte sie den Unterton in seiner Bemerkung überhört. »Du wirst einen wundervollen Vater für deine eigenen Söhne abgeben.«

»Jetzt fang du nicht auch noch an«, murmelte er. »Mutter redet von nichts anderem mehr, das ganze Frühjahr schon. Beim *Rialla* wird sie irgendeine fruchtbare, langweilige Närrin von Edelfrau für mich finden, mit der ich Kinder zeugen kann.«

»Niemand wird dich zwingen, ein Mädchen zu heiraten, das du nicht lieben kannst. Du kannst frei wählen.«

»Ich bin einundzwanzig und habe noch kein einziges Mädchen getroffen, mit dem ich zwei Tage verbringen möchte, geschweige denn mein ganzes Leben. Du und Chay, ihr könnt euch glücklich schätzen, daß ihr euch so jung gefunden habt.«

»Mit dem Segen der Göttin«, meinte Tobin. »Aber du hast ja auch noch nicht richtig gesucht.«

»Mutter und Vater beabsichtigen, das für mich zu tun«,

seufzte er. »Und das ist das Problem. Mutter sucht nach einer Jungfrau von so hohem Stand, daß sie wahrscheinlich nicht einmal weiß, wie sie sich ohne die Hilfe von drei Zofen ankleiden soll. Und Vater wünscht sich eine Hübsche und Fruchtbare –, sagt, er will hübsche Enkelsöhne.« Rohan lachte reumütig. »Und ich will –«

»Nun spiel mir gegenüber bloß nicht den Unterwürfigen und Gehorsamen«, erklärte sie ernst. »Ich kenne dich, kleiner Bruder. Wenn du ein bestimmtes Mädchen nicht heiraten willst, dann wirst du es sicher nicht tun, ganz gleich, was Vater und Mutter dazu zu sagen haben.«

»Aber früher oder später muß ich für das eine oder andere Fräulein den Hengst spielen. Sind deine Kleider schon trokken? Vater wird bald mit seinem Drachen heimkehren.«

»Diesmal hätte es deiner sein sollen.«

»Nein, danke. Ich beobachte sie lieber, als sie zu töten. In ihrem Flug ist etwas…, und wenn man ihnen zuhört, Tobin, wie sie brüllen, wenn sie gejagt werden…« Er zuckte mit den Schultern. »Jaja, ich weiß, sie sind ein Ärgernis. Aber die Wüste wird ohne sie ärmer sein.«

Tobin runzelte die Stirn. Jeder wußte schließlich, daß die Drachen getötet werden mußten. Sie waren mehr als nur ein Ärgernis – sie waren eine Bedrohung. Radzyn hatte in diesem Frühjahr sechs gute Stuten und acht vielversprechende Jährlinge an die Drachen verloren, und auch die Karawanen, die die Wüste durchquerten, waren nie sicher. Seit Jahrhunderten schon trieben Drachenschwingen zerstörerische Winde, die Vieh und Ernte vernichteten, von Gilad zu den Veresch-Bergen.

»Ich weiß, du bist nicht meiner Meinung«, bemerkte Rohan lächelnd; und er deutete ihre Miene richtig. »Aber du hast auch nie Interesse daran gehabt, sie beim Tanzen zu beobachten oder mehr über sie herauszufinden. Sie sind so schön, Tobin – stolz und stark und frei –«

»Du bist ein Romantiker«, sagte sie und strich sich das

Haar aus der Stirn. »Die Drachen müssen getötet werden, und wir beide wissen das. Chay sagt, wenn sie erst einmal zum Großteil ausgemerzt sind, wird die Natur die restliche Arbeit tun. Es werden nicht mehr genügend Drachen übrig sein, daß sich neue Schwärme bilden können.«

»Ich hoffe, daß es nie so weit kommen wird.« Er stand auf und prüfte, wie feucht sein Hemd noch war. »Ich glaube, wir tropfen nicht mehr allzu sehr. Wir sollten hineingehen und uns für das Heimkehr-Fest herrichten.«

»Und die Risse in Chays Haut flicken.« Tobin verzog das Gesicht.

»Der braucht doch nur ein paar Kratzer, damit du einen Grund hast, ihn anzuschreien. Ich habe noch nie einen Mann gesehen, der sich den Launen seiner Gemahlin so bereitwillig gestellt hat.«

»Ich bin von ausgesprochen süßem, sanftem Wesen«, protestierte sie.

Er nickte, und seine blauen Augen tanzten. »Genau wie der Rest der Familie.«

Wie aufs Stichwort stürzten die Zwillinge durchs Gartentor und riefen nach ihrer Mutter, damit sie einen Streit schlichtete. Tobin seufzte, Rohan zwinkerte ihr zu, und gemeinsam machten sie sich auf den Weg, um Ordnung in ihre wilden Nachkommen zu bringen.

Nachdem Lady Andrade die Ängste ihrer Schwester, die sie zuvor absichtlich erweckt hatte, beschwichtigt hatte, schlug sie vor, Schach zu spielen, um sich die Zeit bis zu Zehavas Rückkehr zu vertreiben. Die beiden Frauen verließen das Sonnenzimmer und begaben sich in das große, private Gemach der Familie, das elegant möbliert, im Augenblick aber vor allem mit Jahnis und Maarkens Spielzeug dekoriert war. Angesichts der Sage, die Festung sei in grauer Vorzeit von Drachen hervorgebracht worden, war Stronghold bemerkenswert zivilisiert, ja, sogar schön. Andrade wußte, daß dies Milars Werk war. Feinste, klare Scheiben zierten die Fenster, die einst mit grobem Rauchglas gefüllt waren. Auf den Böden, die einstmals kahl oder mit abgetretenen Webteppichen bedeckt gewesen waren, prangten jetzt Teppiche, die dick genug waren, um darauf zu schlafen. Überall gab es geschnitztes Holz zu sehen, dessen natürlicher Schimmer von Ölen hervorgehoben wurde, die den Glanz erhielten und das Holz vor der Zerstörung durch das Klima schützten. Es gab Zierat aus Gold, Kristall und Keramik im Überfluß, und die kostbarsten Teile waren in gläsernen Vitrinen ausgestellt. Milar hatte freie Hand mit Zehavas Reichtum, und ständig empfing sie Händler, die eifrig erpicht waren, ihr noch mehr Luxusgüter zu verkaufen; dafür verbreiteten diese Händler Geschichten von der Pracht und Herrlichkeit einer einstmals trostlosen Burg. Gewiß bedeutete es kein Ungemach für Rohans künftige Gemahlin, hier zu leben.

Andrade war damit beschäftigt, taktvoll gegen ihre Schwester zu verlieren, als Rufe von draußen ihre Aufmerksamkeit vom Spiel ablenkten. »Was bedeutet dieser Lärm?«

»Zehava ist mit dem Drachen zurück«, antwortete Milar aufgeregt und sprang mit geröteten Wangen und sprühenden Augen auf wie ein junges Mädchen.

»Er hat kurzen Prozeß mit dem Tier gemacht. Ich hatte ihn nicht vor dem Abend erwartet.« Andrade gesellte sich zu ihrer Zwillingsschwester ans Fenster.

»Wenn er das Ding in den Haupthof zerrt wie beim letzten Mal, dann hängt der Gestank wochenlang in den Mauern und Hallen«, klagte Milar. »Aber ich sehe keinen Drachen – und Zehava auch nicht.«

Stronghold war in eine Vertiefung zwischen den Hügeln gebaut, die man nur durch einen langen Tunnel erreichen konnte, der durch die Klippen führte. Reiter tauchten aus dem Gang auf und ritten in den Außenhof. Die Tore in der Mauer, die den Haupthof schützten, waren aufgerissen worden. Andrade machte Chaynals dunkles Haupt und seine rote Tunika aus und fragte sich, ob Zehava und sein Drache ihm langsamer nachfolgten. »Gehen wir hinunter und begrüßen wir sie«, schlug sie vor.

»Eure Hoheit! Hoheit!« Milars Kammerherr empfing sie auf der Treppe. Seine schrille Stimme kratzte an Andrades Nerven. »Oh, kommt, kommt sofort, bitte!«

»Wurde der Prinz beim Kampf mit dem Drachen verwundet?« wollte Milar wissen. Sie beschleunigte ihren Schritt ein wenig, ohne jedoch übermäßig beunruhigt zu sein. Es wäre ein Wunder, wäre Zehava ohne einen Kratzer aus dem Kampf hervorgegangen.

»Ich denke, ja, Euer Gnaden. Ich –«

»Andrade!« dröhnte Chays Stimme von unten aus der Halle herauf. »Verdammt, ihr müßt sie auf der Stelle finden!«

Milar stieß den Kammerherrn beiseite und hastete die Stufen hinab. Andrade folgte ihr auf dem Fuße. Sie packte Chay am Arm, während Milar in den Hof hinausstürzte. »Wie schlimm?« Ihre Stimme klang angespannt.

»Schlimm genug.« Er wich ihrem Blick aus.

Andrade holte scharf Atem. »Dann bringt ihn hinauf. Vorsichtig. Und sucht Tobin und Rohan.«

Sie eilte in Zehavas Suite zurück und bereitete das Bett für ihn vor. Er würde darin sterben, sagte sie sich traurig. Chay war kein Narr; er hatte genügend Schlachten ausgefochten, um eine tödliche Wunde zu erkennen, wenn er eine sah. Aber vielleicht würde Zehava bei sorgfältiger Pflege dennoch überleben. Andrade wollte die Hoffnung nicht aufgeben, doch als sie den Prinzen brachten und auf die weißen, seidenen Laken legten, wußte sie, daß Chay recht hatte. Sie entfernte Kleider und provisorische Verbände und konnte ein Stöhnen nicht unterdrücken, als sie die entsetzliche Wunde in Zehavas Unterleib sah. Sie war sich kaum der Tatsache bewußt, daß Tobin neben ihr stand und Milar stumm und entsetzt vom Fußende des Bettes zusah. Verzweifelt arbeitete sie mit Wasser und sauberen Tüchern, mit schmerzstillenden Salben und Nadeln mit Seidenfäden. Aber sie wußte, daß alles vergebens war.

»Wir hielten den Drachen schon für besiegt«, erzählte Chay heiser. »Er war unzählige Male verwundet – überall war Blut. Zehava holte zum tödlichen Schlag aus, und wir dachten... aber da waren die Zähne, die sein Pferd erwischten, und die Krallen, die ihn selbst aufrissen...« Chay brach ab, und sie hörten, daß er etwas schluckte. Andrade hoffte, daß der Wein für ihn stark genug wäre. »Wir konnten nur noch den Drachen von ihm vertreiben. Wir hoben ihn auf mein Pferd und – nach drei Längen mußten wir halten. Er hatte seine Eingeweide mit den Händen im Leib gehalten und hatte so getan, als wäre er nicht sehr schwer verwundet.«

Andrade säuberte und vernähte die Wunde in dem Bewußtsein, daß diese Arbeit nutzlos war. Jetzt, da das Blut fortgewaschen war, konnte sie das furchtbare Werk der Drachenklauen genau erkennen: durch die Haut und das Fleisch hindurch direkt bis in die Muskeln und die dicken Windungen der Eingeweide selbst, die nicht nur freigelegt, sondern an manchen Stellen glatt durchtrennt worden waren. Sie konnte es Zehava so bequem wie möglich machen, konnte ihm seine Schmerzen erleichtern, aber schon in ein paar Tagen würde Rohan zum herrschenden Prinzen werden. Beim Gedanken an ihren Neffen sah sie sich um und stellte fest, daß er noch nicht eingetroffen war.

»Wir säuberten ihn und haben ihn verbunden, so gut wir konnten«, fuhr Chaynal fort. »Dann sind wir hierher gekommen, so schnell wir es wagten. Er hat kein einziges Wort gesagt, nicht einmal die Augen aufgeschlagen.« Die Stimme des jungen Herrn brach vor Kummer. »Tobin, vergib mir...«

Die Prinzessin wandte sich kurz von ihrer Arbeit an Andrades Seite zu ihm um. »Du hast getan, was du konntest, Geliebter.« Mit einer Hand rieb sie sich die Augen.

Andrade war fast fertig damit, die Haut zu nähen. Sie arbeitete sehr schnell, ohne daran zu denken, wie es verheilen würde, denn sie wußte, daß dies für Zehava nicht mehr zählte. Tücher mit einer schmerzstillenden Lösung wurden aufgelegt, und abschließend wickelte sie dem Prinzen saubere Bandagen um seine Mitte. Ihr Rücken schmerzte, und ihre Augen brannten von der Anstrengung, so feine Arbeit so schnell zu erledigen. Sie richtete sich auf und drehte sich zu ihrer Schwester um. Deren blaue Augen sahen nur Zehavas aschfahles Gesicht. Andrade wusch die Hände in einem Becken mit blutig-rotem Wasser, trocknete sie ab und warf ihren langen Zopf über die Schulter zurück. »Milar«, fing sie an.

»Nein«, wisperte ihre Schwester. »Laßt mich mit ihm allein.«

Andrade nickte und schickte mit einem Blick alle anderen hinaus. Im Vorzimmer schloß sie die Tür und machte den verschreckten Bediensteten ein Zeichen, worauf diese eilig davonschlurften.

»Er wird sterben, nicht wahr?« fragte Tobin leise, und Tränen liefen langsam über ihre Wangen. Sie wischte sie fort. Schmale Spuren blieben auf ihrem Gesicht zurück.

Chaynal gab einen erstickten kehligen Laut von sich und marschierte davon. Andrade sagte ruhig: »Ja.«

»Arme Mutter. Und armer Rohan.«

»Ich brauche deine Hilfe, Tobin. Der Kummer muß warten. Du weißt, daß ich eine Fähigkeit besitze, die deine Mutter nicht hat. Diese Veranlassung überspringt manchmal Generationen, so, wie du Zwillinge geboren hast, Milar aber nicht. Was in mir ist, ist auch in dir.«

Die Augen der Prinzessin weiteten sich vor Schreck. »Heißt das, ich –«

»Ja. Ich bin müde, und ich brauche jetzt die Kraft, die dir innewohnt, die zu benutzen du nie gelernt hast.« Sie führte Tobin den langen Gang entlang in die Gemächer, die sie bewohnte, und versperrte die Tür hinter ihnen. Sonnenschein fiel herein und tauchte die Möbel und Bettvorhänge in goldenes Licht. Andrade stand mit ihrer Nichte an den Fenstern, von denen aus man die langsam sinkende Sonne sehen konnte. »Vielleicht hätte ich es dir sagen sollen, hätte ich dir zeigen sollen, wie du die Gabe nutzen kannst, die die Göttin dir geschenkt hat. Aber du warst zufrieden so, wie es war, und *Faradhi*-Macht wird jene, die sie nicht benötigen, nicht gelehrt.«

»Du willst mich also benutzen, wie du jeden benutzt«, sagte Tobin. Es war jedoch kein Vorwurf in ihrer Stimme. »Was soll ich tun?«

»Hör mir zu. Schau nicht direkt in die Sonne, Mädchen, sonst verbrennst du dir die Augen. Schau dir statt dessen an, was sie mit dem Land macht – die Vertiefungen, die sich mit Licht füllen, wie Wasser hohle Steine füllt und Luft die Drachenhöhlen und Feuer die Höhlungen der Erde. Das Licht bewegt sich«, hauchte sie, »es liebkost die Erde wie ein Liebhaber, es erwärmt die Luft, funkelt auf dem Wasser und findet seinen Partner im Feuer. Aus diesen vier Dingen ist alles gemacht. Berühre mit mir das Sonnenlicht, Tobin – fühle, wie sich seine Stränge zwischen deinen Fingern verweben, und seine Farben wie Seidenfäden aus Juwelen... ja, genau so. Jetzt folge ihm mit mir. Werde zum Sonnenlicht, schwinge dich empor über das Land...«

Kapitel zwei

Als Sioned drei Jahre alt war, wurde ihr Bruder Davvi, zwölf Winter älter als sie, durch den Tod ihrer Eltern zum Herrn von River Run. Wenige Jahre darauf heiratete er. Der Vater seiner Braut hatte keine anderen Erben, und so erbte seine Tochter alles, als er starb. Davvi sah sich plötzlich als *Athri* zweier prächtiger Burgen und Ländereien, die sich über zwanzig Längen am Catha-Fluß hin erstreckten. Doch die neue Herrin von River Run war ungeheuer besitzergreifend. Sie neidete Sioned nicht nur den Anteil des Reichtums, der deren Mitgift ausmachen würde, sondern selbst die Zuneigung zwischen Bruder und Schwester. So erkaufte sie sich – zu einem Preis, der weit niedriger war als die Ehe mit einem ihr ebenbürtigen Lord – Sioneds Eintritt in die Schule der Göttin. Die zwölfjährige Sioned war daheim so unglücklich, daß sie freudig in das große Schloß am Rande der Klippen von Ossetia zog. Hier fand sie Freundschaft unter den anderen Schülern und Kenntnisse genug, um ihren gierigen Wissensdurst zu stillen. Die kleinen Merkwürdigkeiten, die ihre Schwägerin als »Weltentrücktheit« bezeichnet hatte, erwiesen sich als Hinweise darauf, daß sie die *Faradhi*-Gabe in sich barg und ein Lichtläufer werden konnte.

Nicht jeder, der in die Schule der Göttin eintrat, wurde ein *Faradhi,* und Lady Andrade duldete weder Überheblichkeit bei jenen, die es wurden, noch Neid unter jenen, die es nicht werden konnten. Doch es gab auch Unterschiede zwischen denen, die Lichtläufer wurden: die Ringe des erworbenen Ranges und die periodischen Besuche des Pinienhains in der Nähe der Schule. Im Jahre 693, als Sioned sechzehn war und den ersten silbernen Ring am Mittelfinger der rechten Hand trug, war sie an diesen Ort hinausgegangen, um dort, wenn ihr Talent mächtig genug und die Göttin Enthüllungen nicht abgeneigt war, einen Blick auf ihre Zukunft zu erhaschen.

Nach einem langen Marsch durch den Wald trat sie endlich in den strahlenden Sonnenschein hinaus, der ihren Körper wärmte und auf den Wellen weit unter ihr tanzte. Pinien ragten empor und bildeten einen Kreis um eine kleine Felsenquelle, aus der Wasser sprudelte und zum See hinabplätscherte. Sioned blieb außerhalb dieses Kreises stehen, entledigte sich all ihrer Kleider und schritt leichtfüßig über den Teppich aus blauen und purpurnen Blüten zu der Quelle hinüber.

Jeder der fünf Bäume hatte einen Namen: Baum des Mädchens, Baum der Jungfrau, Baum der Frau, Baum der Mutter und Baum der Alten. Nur eingehüllt von ihrem langen rotgoldenen Haar, kniete Sioned neben den Steinen nieder und fing das Wasser mit ihren Händen auf. Sie verschüttete ein paar Tropfen für die beiden ersten Bäume, ehe sie sich dem Baum der Frau zuwandte. Sie war schon zwei Mal hierher gekommen – zuerst als kleines Mädchen, um etwas Wasser und eine Locke von ihrem Haar zu opfern, dann, ein Jahr später, als ihre erste Blutung anzeigte, daß sie kein Kind mehr war. Nun war sie bereit zum nächsten Schritt: sich als Frau zu erkennen zu geben. Denn in der vergangenen Nacht hatte sie sich zum ersten Mal einem Mann hingegeben.

Sie kehrte zu der Quelle zurück und kniete nieder, das Gesicht dem Baum der Frau zugewandt. Das Meer rauschte leise gegen die Klippen, und das Geräusch ließ sie an die leisen Laute denken, als sich in der letzten Nacht Fleisch an Fleisch gerieben hatte. Kein Wort war gesagt worden, und in der totalen Finsternis hatte sie nicht erkennen können, wer der Mann war; es war auch nicht von Bedeutung gewesen. Kein Mädchen erfuhr es jemals, denn der Zauber, der hier gewebt wurde, war mächtig. Außerdem wurde sorgfältig darauf geachtet, daß der Nacht des Frau-Werdens keine Kinder entsprangen; nachdem Sioned ihren Ehemann ausgewählt hatte, würde sie erneut in den Hain kommen und den Baum der Mutter bitten, ihr einen Blick auf die Kinder zu gewähren, die sie bekommen konnte.

Doch darauf konnte sie warten. Das lag noch einige Jahre entfernt, und schließlich war sie gerade erst sechzehn. Ein Lächeln huschte über ihr Gesicht, als sie an die stumme Begegnung in der Dunkelheit dachte, ganz Wärme, Erregung und Potenz. Aber sie wußte auch, daß etwas gefehlt hatte. Sie hatte Zuneigung und Freude empfunden, doch es hatte die Gemeinschaft gefehlt, von der ihre Freundin Camigwen berichtete, daß sie sie mit ihrem Auserwählten, Ostvel, verspürte. Sioned wollte dasselbe auch für sich. Vielleicht würde der Baum der Frau ihr den Mann zeigen, mit dem sie es finden könnte.

Sie warf das Haar zurück, betrachtete den Baum und überlegte, was die Knaben und jungen Männer in der Schule hier wohl bei ihren Ritualen empfinden mochten. Für sie hatten die Bäume andere Namen: Baum des Knaben, des Jünglings, des Mannes, des Vaters und des Alten. Niemand sprach jemals davon, was in diesen Augenblicken geschah, aber sie hoffte, daß andere das Wasser singen hörten und hörten, wie ihre Namen durch die Zweige seufzten. Sie lächelte, während sie zuhörte. Dann hob sie beide Hände.

Ihr erster Ring war ihr am Vortag verliehen worden, als sie ihre Fähigkeit bewiesen hatte, Feuer herbeizurufen, und winzige Flammen brannten auf ihren Ruf hin oben auf den Steinen. Ihr eigener Atem fachte sie an, bis sie höher und höher aufstiegen und immer heller wurden, bis sie sich schließlich ganz deutlich im Wasser spiegelten. Sie zupfte ein einzelnes Haar von ihrem Kopf, das für die Dinge der Erde stand, aus denen sie geschaffen worden war. Sie ließ das Haar auf dem Wasser schwimmen. Ihr eigenes Gesicht spiegelte sich dort – blaß, mit großen Augen und mädchenhafter Sanftmut, eingerahmt von einem Gewirr heller Haare. Sie ließ die Hände ins Wasser gleiten und starrte auf den Baum der Frau. Dann hielt sie den Atem an.

Das Feuer loderte auf den Felsen auf und erschreckte sie. Und ihre Finger krampften sich um silbernes Wasser. Ihr Gesicht hatte sich verändert: Die Wangen waren schmaler, die Wangenknochen und das zarte Kinn wirkten stolz. Die grünen Augen blickten dunkler und ernster, und ihr Mund hatte seinen kindlichen Schwung verloren. Dies war die

Frau, die sie einmal werden würde, und sie war in ihrer Eitelkeit erfreut, wenngleich sie sich deswegen selbst des Verrates bezichtigte.

Sioned prägte sich das Gesicht ein, das sie eines Tages haben würde. Sie konnte es kaum erwarten, zu dieser Frau mit diesen zuversichtlichen Augen und den beherrschten Zügen zu werden. Doch während sie noch ihr künftiges Spiegelbild betrachtete, flammte das Feuer erneut auf. Ein anderes Gesicht war jetzt im Wasser neben dem ihren zu sehen und brannte in einem eigenen Licht in den Spiegelflammen. Es war das Gesicht eines Mannes: Helles Haar fiel in eine breite Stirn und warf seinen Schatten über wasserblaue Augen. Es war ein Gesicht mit kräftigen Knochen und einem ernsten Mund. Doch in dem Schwung der Lippen lag auch Zärtlichkeit und Sanftmut, die die störrische Linie des Kiefers ausglichen.

Feuer glitt die Hänge hinab und entzündete den Tümpel, und Sioned zog mit einem Angstschrei ihre Hände zurück. Das einzelne rotgoldene Haar, das auf dem Wasser trieb, kräuselte sich und wurde zu einem schmalen Flammenband, das sich um die Stirn des Mannes wand wie ein prinzliches Zeichen – und sich dann ausdehnte, bis auch sie dieselbe königliche Krone trug.

Es dauerte lange, bis Sioned sich erhob. Selbst noch nachdem das Feuer erstorben und das Bild im Wasser vergangen war, nachdem die Luft aufgehört hatte, in den Bäumen zu singen und die Erde unterhalb des Tümpels ruhig geworden war, starrte sie mit aufgerissenen Augen auf den Steinhaufen und die Quelle. Schließlich umhüllte die Kühle der hereinbrechenden Nacht ihren nackten Körper, und sie schauderte. Der Bann war gebrochen.

Am nächsten Tag suchte sie Lady Andrade auf, verängstigt durch das, was sie erblickt hatte. »War es wahr?« drängte sie. »Was ich da gestern gesehen habe – wird es wahr werden?«

»Vielleicht. Wenn die Vision dich beunruhigt hat, kann sie geändert werden. Nichts ist im Stein festgeschrieben, mein Kind. Und selbst wenn, so könnten Steine zerschmettert werden.« Nachdenklich blickte die Herrin in den strahlenden Sonnenschein hinaus. »Als ich etwa in deinem Alter war, warf ich einen Blick ins WASSER und sah das Gesicht eines Mannes. Es war nicht der Mann, den ich selbst mir ERWÄHLT hätte, und so tat ich alles, was in meiner Macht stand, um die Vision zu ändern. Heute weiß ich, daß das, was die Göttin mir zeigte, eine Warnung war, kein Versprechen. Vielleicht hat sie es mit dir ebenso gehalten.«

»Nein«, murmelte Sioned. »Diesmal war es gewiß ein Versprechen.«

Ein trockenes Lächeln spielte um die Lippen der Herrin. »Wie auch immer. Aber vergiß nicht, ein Mann ist mehr als nur Gesicht und Körper und Name. Manchmal ist er eine ganze Welt für sich, selbst wenn er kein großer Lord oder Prinz ist.«

»Ich glaube, ich habe die ganze Welt in seinen Augen gesehen«, gab Sioned mit gerunzelter Stirn zu. »Ist es das, was Ihr meint?«

»Wie jung du noch bist!« bemerkte Lady Andrade mild, und das Mädchen errötete.

Heute, fünf Jahre später, wußte Sioned, daß ihr eigenes Gesicht sich verändert hatte und schon fast der Vision entsprach, die sie an jenem Tag gesehen hatte. Nur der königliche Reif fehlte noch und ihre erste Begegnung mit diesem Mann. In den letzten Jahren hatte sie jeden blonden, blauäugigen Mann, der in die Schule der Göttin kam, sorgfältig gemustert, hatte aber keinen wie ihn gefunden. Wer war er?

Auf die Antwort war sie ganz plötzlich gestoßen, als sie Lady Andrade geholfen hatte, für deren Reise nach Stronghold zu packen. Blondes Haar, blaue Augen, eine gewisse Stellung der Knochen – Sioned war verblüfft gewesen, daß es ihr nie zuvor aufgefallen war. Dann begriff sie, daß ›zuvor‹

nicht der richtige Zeitpunkt gewesen war, nicht für ein derartiges Wissen. Nun endlich sah sie das Echo dieses maskulinen Gesichts in Lady Andrade, erinnerte sie sich des königlichen Reifes und der Tatsache, daß der Neffe der Lady ein Prinz war. Obwohl sie nichts gesagt hatte, hatte Andrade aus ihrem Blick den Schock erkannt, und sie hatte mit einem stummen Nicken die Wahrheit bestätigt.

Eines jedoch verwirrte Sioned noch immer. Sie selbst hatte den Reif geformt, das auf dem Wasser treibende Haar. Aber er war doch bereits von königlichem Blut, war bereits der Erbe; wie konnte seine Ernennung zum Prinzen der Wüste etwas mit ihr zu tun haben? Sie dachte darüber nach, als sie eines Nachmittags an den sonnigen Zinnen der Schule der Göttin entlangschlenderte. Das Meer war unter einem wolkenlosen Himmel von sanftem Blau, Sonnenschein senkte sich tief ins Wasser, um das neue Leben dort zu wärmen, und überall auf den Klippen lachten Otter, die mit ihren Jungen spielten. Sioned war vom Wasser fasziniert, gleich, ob es sich um den Ozean unterhalb der Schule der Göttin oder um den Catha-Fluß handelte, wo sie ihre Kindheit verbracht hatte. Aber gleichzeitig war sie wie alle Lichtläufer davor auf der Hut, denn nur wenige *Faradh'im* waren in der Lage, den Fuß auf irgend etwas zu setzen, das im Wasser schwamm, ohne daß ihnen gleich so übel wurde wie einem vollgestopften Drachen.

Sioned löste ihr geflochtenes Haar und fuhr mit den Fingern hindurch. Sie spürte den Sonnenschein warm auf jeder Strähne. Bald würde sie wieder hineingehen müssen, um bei der Zubereitung des Abendessens zu helfen – nicht, daß irgend jemand sie auch nur in die Nähe der Kochtöpfe gelassen hätte, außer um abzuschmecken. Sie war hoffnungslos ungeschickt bei all den Fähigkeiten, die Camigwen so problemlos praktizierte, ja, sie hatte es niemals auch nur gelernt, Kräuter und Klee zu einer anständigen Tasse Taze zu verarbeiten. Sioned lachte leise vor sich hin und hoffte, sie würde tatsächlich den Prinzen heiraten – denn dann brauchte sie sich niemals Sorgen wegen ihres völligen Mangels an praktischen Fähigkeiten zu machen. Seine Diener würden für alles sorgen, und –

Sioned.

Sie wirbelte herum und blickte nach Osten, von wo der Ruf gekommen war. Automatisch öffnete sie sich den Farben, die ihren Geist streiften. Es war immer ein Lichtläufer im Dienst, der die Botschaften empfing, die mit dem Licht gesandt wurden, aber heute war es nicht Sioneds Aufgabe. Jemand rief ganz bewußt nach ihr.

Sie webte ihr Lichtband über Felder und Täler, Flüsse und die weiten Grasebenen von Meadowlord. Die Fäden traf sich, und ihre eigenen Farben mischten sich mit jenen von Lady Andrade. Da war aber noch eine zweite Gegenwart, ähnlich und doch anders, merkwürdig vertraut in manchen Schattierungen und stark auf eine Art und Weise, die ganz anders war als die von Lady Andrade. Manchmal, wenn das Licht unsicher war – besonders in der Morgen- oder Abenddämmerung – arbeiteten mehrere *Faradh'im* zusammen. Aber Sioned war sich sicher, daß die Person, die bei Andrade war, nicht ausgebildet war, obwohl ihre *Faradhi*-Gabe in den strahlenden Farben Bernstein, Amethyst und Saphir unverkennbar war und das Muster einen kräftigen Geist verriet.

Danke, daß du mir entgegen gekommen bist, mein Kind. Aber du muß noch weiter kommen, und zwar in Person. Stell einen Begleittroß aus zwanzig Personen zusammen, Sioned. Es handelt sich nicht um eine Vergnügungsreise. Du mußt in sechs Tagen hier sein. Doch ehe du Stronghold betrittst, putze dich schön und vornehm heraus. Du kommst als Braut hierher.

Obwohl sie seit fünf Jahren darauf gewartet hatte, war der Schock heftig. Ihr fiel keine andere Frage ein als die:

Weiß er es?

Noch nicht – aber er wird es wissen, sobald sein Blick auf dich fällt. Eile hierher zu mir, Sioned. Zu ihm.

Andrade und die geheimnisvolle andere Person zogen sich auf den schwächer werdenden Strahlen der Sonne zurück, und Sioned hastete auf dem von ihr selbst gewebten Band zurück in die Schule der Göttin. Dabei hielt sie nicht inne, wie sie es für gewöhnlich tat, um die Schönheit des Landes unter ihr zu bewundern. Sie fand sich fast zu abrupt in der Festung wieder und gewann erst langsam ihr geistiges und körperliches Gleichgewicht zurück. Unten auf den Feldern wurden mächtige Elche aus den Pflügen gespannt, und die Sonne war schon fast im Meer versunken. Sioned zitterte. Sie wußte, daß sie den Schattentod hätte sterben können, wenn sie ihre Rückkehr verzögert hätte und mit der Sonne im Meer der Dunkelheit versunken wäre.

»Sioned? Was machst du da oben? Und was ist überhaupt los?

Camigwen näherte sich von der Treppe her. Sie runzelte die Stirn als Reaktion auf das, was – wie Sioned wußte – in ihrem Gesicht geschrieben stehen mußte. Sie waren zur selben Zeit in die Schule der Göttin eingetreten, der Altersunterschied betrug nur ein Jahr, und schon am ersten Tag waren sie enge Freundinnen geworden. Neben Andrade war Camigwen die einzige, die wußte, was Sioned im Wasser und Feuer gesehen hatte. Daher gab Sioned ihr eine einfache Erklärung.

»Die Zeit ist gekommen, Cami. Ich gehe zu ihm.«

Die bräunliche Haut der Älteren lief rot an. In den großen, dunklen Augen, die ein wenig schräg in ihrem hübschen Gesicht standen, lagen tausend Fragen. Doch sie tat nichts weiter, als nach Sioneds Hand zu greifen.

»Kommt ihr mit mir, du und Ostvel?« bat Sioned., »Ich brauche euch beide – ich weiß nicht, was ich tun oder sagen muß –«

»Nicht einmal tausend Drachen auf dem Weg könnten

mich davon abhalten, einen Blick auf diesen Mann zu werfen!«

Sioned lachte nervös. »Nun, das mit den Drachen hast du schon richtig erkannt.«

»Die Wüste? Aber wer –?«

»Der junge Prinz«, erwiderte Sioned und fühlte sich seltsam unfähig, seinen Namen auszusprechen.

Camigwen starrte sie an und brachte kein Wort heraus. Doch als sie schließlich ihre Stimme wiedergewann, stöhnte sie nur verzweifelt. »O Schreck – und wir haben noch keinen einzigen Stich am Brautkleid genäht!«

Die Spannung wich Gelächter, und Sioned umarmte ihre Freundin. »So praktisch kannst in einem solchen Augenblick auch nur du denken!«

»Irgend jemand muß das doch, wenn du da herumstehst wie völlig verwirrt! Ach, Sioned! Es ist einfach wundervoll!« Camigwen trat einen Schritt zurück und musterte ihre Freundin aus zusammengekniffenen Augen. »Du findest das doch auch wirklich wundervoll, oder?«

»Ja«, hauchte Sioned. »O ja.«

Camigwen nickte befriedigt. »Ich sage Ostvel gleich, daß er eine Eskorte zusammenstellen muß. Was glaubst du, wie viele brauchen wir?«

»Lady Andrade sagte zwanzig. Und wir müssen in sechs Tagen dort sein.«

»Sechs?« Camigwen stöhnte und schüttelte den Kopf. »Das schaffen wir nie. Aber wir müssen es, und noch dazu rechtzeitig, oder ich bekomme meinen sechsten Ring nie, und Ostvel wird zum Stallknecht degradiert, anstatt zum Präfekten in der Schule aufzusteigen! Wir brechen morgen bei Tagesanbruch auf. Ich werde heute abend noch den Stoff zuschneiden, dann kann ich unterwegs nähen!«

Dank Camigwens Tüchtigkeit und Ostvells Autorität wurde alles so schnell arrangiert, daß Sioned nur noch der Kopf wirbelte. Schon vor Sonnenaufgang saß sie am nächsten Morgen auf dem Pferd und ritt gen Osten, der Wüste entgegen. Nur ein einziges Mal wandte sie sich zu dem Haus auf den Klippen um. Blaugraue Nebelschleier zogen um das Gebäude, und dahinter wölbte sich der Himmel noch nachtblau über dem Meer. Sie wußte, daß sie sich die Zeit hätte nehmen sollen, den Baum der Mutter nach ihrer Zukunft zu befragen, aber sie hatte keine Gelegenheit gehabt. Doch sie verspürte kaum Bedauern; alles, was zur Schule der Göttin gehörte, lag jetzt hinter ihr, und sie ritt in ihre Zukunft.

Eine Zukunft mit einem Mann, den sie noch nicht einmal kannte.

Am ersten Abend hielten sie vor Einbruch der Dämmerung an einem Seitenarm des Kadar-Flusses. Sie waren im Laufe dieses harten Tages ein gutes Stück vorangekommen. Sioned wurde von lebenslangen Freunden begleitet – Antoun, Meath, Mardeem, Palevna, Hildreth, alle ungefähr in ihrem Alter und mit derselben *Faradhi*-Ausbildung –, aber auch von einigen anderen, die Verwandte unterwegs hatten, die sich freuen würden, ihren *Faradhi*-Verwandten zu sehen und ihnen allen Schutz für die Nacht zu bieten. Die jüngeren Knaben und Mädchen waren für die Pferde und den Proviant verantwortlich, und so kam die verlangte Zahl von zwanzig zusammen. Sioned war erstaunt darüber, daß so viele Menschen bereit gewesen waren, so weit zu reiten, ihretwegen und auf Grund einer so lächerlichen Nachricht.

Die meisten von ihnen saßen nach dem Essen ums Feuer. Mardeem sang ein Liebeslied und warf Sioned verstohlene Blicke zu, wann immer er eine besonders vielsagende Zeile erreichte. Camigwen saß im sicheren Kreis von Ostvels Armen und schimpfte, daß es nicht mehr hell genug war, um weiter am Brautkleid zu nähen. Sioned fiel in das allgemeine Gelächter ein, als Ostvel sie deswegen aufzog. Sie fragte sich, ob sie mit *ihm* wohl dieselbe liebevolle, spielerische Beziehung haben würde. Sie kannte ihn nicht, sondern hatte nur sein Gesicht im Feuer gesehen, vor Jahren schon.

Sie war noch immer ein Mädchen, das sich von blauen Augen und ihrer Vorstellung, was in ihnen liegen könnte, verzaubern ließ. Warum ritt sie über so viele hundert Längen, um einen Mann zu heiraten, den sie nicht einmal kannte?

»Bist du müde? Oder denkst du bloß nach?« Ostvel lächelte freundlich.

»Ein bißchen von beidem«, antwortete Sioned. »Außerdem fürchte ich mich bereits bei dem Gedanken, daß wir in ein paar Tagen den Faolain überqueren müssen.«

»Das ist für lange Zeit der letzte Fluß, den du überqueren mußt«, erinnerte er sie, und seine Augen funkelten belustigt im Feuerschein. »Die Wüste ist genau der richtige Ort für euch Lichtläufer. Sag mal, Sioned, bist du auch wie Camigwen, der schon übel wird, wenn sie bloß eine Badewanne sieht?«

Cami hieb ihm die Faust in die Rippen. »Paß auf, was du sagst, sonst speie ich noch auf dich, wenn wir den Fluß überqueren!«

Brummend stand Ostvel auf. »Kommt schon, Meath, Antoun – werfen wir lieber einen Blick auf die Pferde, ehe meine sanfte und empfindsame Geliebte noch beschließt, mir den Arm zu brechen.«

Mardeem, der mit seinen Liedern bei Sioned nicht mehr als ein leichtes Erröten hervorgebracht hatte, erklärte, er hätte seine Stimme verloren und benötige Schlaf. Die meisten anderen folgten seinem Beispiel und rollten sich in ihren Decken auf dem Boden in der Nähe zusammen, taktvoll außerhalb der Hörweite von Sioned und Camigwen, die am Feuer sitzen blieben. Ohne Musik war es zu still. Sioned langte nach einem Zweig, zog ihn aus dem Feuer und betrachtete schweigend die kleine Flamme.

»Cami – du und Ostvel, würdet ihr eine kleine Weile mit mir dort bleiben? Wenn ich...« Sie brachte es nicht über sich zu sagen: ...verheiratet bin. Die Bezeichnung Prinzessin aber galt erst der Frau, die sie vor Jahren im Feuer gesehen hatte. »Ich glaube, ich werde jemanden brauchen, mit dem ich reden kann«, schloß sie.

»Wir bleiben so lange, wie du willst. Aber du wirst uns nicht brauchen, Sioned. Du hast doch ihn.«

»Davor habe ich ja Angst«, murmelte sie.

»Was ist denn los? Seit Jahren hast du gehofft, daß es passiert, und heute warst du den Tag über doch so glücklich.«

»Was, wenn wir nicht miteinander reden können?« brach es aus Sioned heraus. »Wenn wir nichts zu sagen finden? Cami, sieh mich an. Ich bin ein Nichts. Eine Lichtläuferin mit sechs Ringen, die kaum ihr Handwerk versteht, geboren in einer Burg, von der noch nie jemand etwas gehört hat! Kannst du in mir wirklich eine Prinzessin sehen?«

»Du fürchtest die Schatten, Lichtläuferin«, bemerkte Camigwen. »Sei nicht so albern. Natürlich werdet ihr einander lieben.«

»Und wenn wir es nun nicht können? Ich kenne ihn nicht, und er kennt mich noch weniger. Ich will mich nicht an einen Mann binden, den ich nicht lieben kann.«

»Hör mir zu, Sioned. Schau ins FEUER. Es gibt keine Schatten, in denen du dich verlierst und aus denen du niemals mehr herausfindest. Es gibt nur Licht.«

Auf die Bitte ihrer Freundin hin ließ Sioned den Zweig zurück ins Feuer fallen und betrachtete die Flammen, und in ihnen war sein Gesicht zu sehen. Sie zuckte zusammen angesichts des Kummers, der seine Augen und seinen sensiblen Mund gezeichnet hatte. Unwillkürlich streckte sie die Hände aus und schrie auf, als FEUER ihre Finger und ihren Geist versengte.

»Sioned.«

Sie war sich des kalten Wassers kaum bewußt, das Camigwen über ihre verbrannten Finger goß, ebenso wenig wie der besorgten Stimmen um sie her. Der Schmerz war über die Hände und die Arme zu ihrem Herzen geeilt und tief hinein in jenen Teil ihres Denkens, der wußte, wie man auf den gewebten Strahlen des Sonnenlichts reitet. Sie schaukelte hin und her und hüllte den Schmerz in Stöhnen, bis er langsam verging und sie wieder klar sehen konnte.

Ihre Freunde hatten sich besorgt um sie versammelt. »Es tut mir leid«, murmelte sie beschämt, senkte den Kopf und verbarg ihre verbrannten Finger in ihrem Schoß.

»Das Feuer hat Funken gesprüht«, erzählte Camigwen den anderen.

»Sei in Zukunft vorsichtiger, Sioned«, warnte Meath und tätschelte ihr in rauher Zärtlichkeit die Schulter. Sie nickte wortlos. Sie war unfähig, auch nur einen ihrer Freunde anzusehen.

»Ja«, fügte Ostvel hinzu. »Wir sollten dem Prinzen eine Braut bringen, die nicht vor Schmerzen aufschreit, wenn er ihr die Hand küßt. Alle sollten jetzt schlafen. Wir haben morgen einen langen Ritt vor uns.« Als alle gegangen waren, ging er neben Sioned in die Hocke, legte einen Finger unter ihr Kinn und zwang ihr Gesicht zu sich empor.

»Es tut mir leid«, wiederholte sie.

»Nein, ich bin es, der es leid tut«, widersprach Camigwen. »Ich wollte nur, daß du ihn noch einmal ansiehst und erkennst, daß du keine Angst haben mußt.«

»Du hast die Kontrolle über eine Flammenbeschwörung verloren?« fragte Ostvel, und als Sioned unglücklich nickte, stieß er einen Pfiff aus. »Ich kann es kaum erwarten, diesen Prinzen zu sehen. Jeder Mann, der schuld daran ist, daß ein Lichtläufer von deinem Rang einen derartig gravierenden Fehler macht –«

»Es war nicht er, ich war es«, erklärte ihm Sioned. Dann platzte sie los: »Und Cami hat mir erzählt, ich hätte nichts zu befürchten!«

»Wenn du etwas zu befürchten hast«, murmelte Ostvel, »dann ist das zu viel Licht. Zu viel FEUER. Nicht die Schatten, Sioned – die niemals.«

»Ich könnte mich in dem einen ebenso leicht verlieren

wie in dem anderen«, flüsterte sie und starrte auf ihre Hände hinab.

Rohan schaffte es, seiner Tante bis zum Abend nach der Drachenjagd aus dem Weg zu gehen. Nachdem sie Tobin fortgeschickt hatte, damit diese sich ausruhte und von dem Zugriff auf ihre Energie erholte, hatte Andrade den jungen Prinzen gesucht, aber nicht gefunden. Ihre Würde untersagte es ihr, irgend jemand zu fragen, wo er sich aufhielt. Schließlich mußte sie auf ihren Ruf achten, und so weigerte sie sich zuzugeben, daß sie nicht in der Lage war, einen einzigen Mann in einem begrenzten Gebiet zu finden. Wütend über seine Fähigkeit zu verschwinden, wann immer er es wollte, und obwohl sie seit seiner Kindheit mit dieser Fähigkeit vertraut war, beschloß sie, noch sturer zu sein als er. Sie wußte nur zu gut, daß er Zeit und Ort ihres Treffens festlegen wollte.

Einen Teil des Tages verbrachte sie mit Tobin und gab ihrer Nichte die Erklärungen, die sie verdient hatte. Chay schlief seine körperliche und emotionale Erschöpfung aus – und all den Wein, den er auf leerem Magen bei dem Versuch getrunken hatte, den Anblick von Zehava zu vergessen, wie er vom Drachen durchbohrt wurde –, als Andrade am späten Vormittag an der Tür von Tobins Zimmer erschien. Die beiden Frauen begaben sich für ein Gespräch unter vier Augen in den Garten.

»Es war äußerst merkwürdig«, gab Tobin zu, als Andrade sich nach ihrer Reaktion auf das Geschehen vom Vorabend erkundigte. »Ich habe mich schon immer gefragt, wie die *Faradh'im* mit dem Licht der Sonne arbeiten.«

»Glaube nur ja nicht, du könntest es allein tun, nur weil du mir einmal dabei geholfen hast«, warnte Andrade. »Es ist schwer, das Gleichgewicht zu halten, und die Kontrolle erfordert eine gründliche Ausbildung.« Sie unterbrach sich, als ein Bodenmeister sich unter Verbeugungen aus ihrer Gegenwart in der Nähe der Rosen zurückzog. »Aber ich glaube, ich werde dir einiges von Sioned beibringen lassen, wenn sie kommt.«

»Ist das ihr Name? Sioned?«

»Ja, aber betone die zweite Silbe stärker. ›Sh-*ned*‹«, wiederholte Andrade.

»Ein hübscher Name«, meinte Tobin nachdenklich. »Weiß Rohan schon, daß von ihm erwartet wird, daß er diesem Namen ein ›Prinzessin‹ hinzufügt?«

»Ich dachte mir schon, daß du sicher dahinterkommen würdest. Ja, sie soll seine Frau werden. Er weiß es noch nicht, aber das wird sich bald ändern.«

»Sie hat mir gefallen. Es kommt mir vor, als hätte ich sie irgendwie berührt. Da waren – Farben, fast so, als könnte ich sie in meinen Händen halten. Schöne Farben.«

»Ich glaube nicht, daß dir diese Art der Berührung so völlig neu ist.« Andrade sah die Prinzessin mit hochgezogenen Brauen prüfend an.

»Manchmal, wenn ich mit Chay zusammen bin, fühle ich etwas Ähnliches«, gab Tobin zögernd zu. »Fast so, als könnte ich in ihn hineinsehen und als bestünde er aus allen Arten von Farben. Heißt das, ich könnte auch lernen, *Faradhi* zu sein?«

»Sioned könnte dir ein wenig beibringen – aber wirklich nicht mehr. Es ist gefährlich.«

»Ich kann mich noch gut daran erinnern, wie Kessel den Schattentod starb«, erwiderte sie still. »Mutter und ich haben ihn bis zu seinem Tod gepflegt.«

Andrade wandte sich ab. Sie erinnerte sich auch an den hübschen jungen Lichtläufer, der eine Zeitlang in Stronghold einen Posten innegehabt hatte. Er hatte das Licht am späten Nachmittag falsch eingeschätzt. Der Schattentod war das am meisten gefürchtete Risiko, das ein *Faradh'im* eingehen konnte, denn Gedanken, die durch die Dunkelheit entwirrt wurden, ließen sich nie wieder neu weben, und Farben, die durch die Nacht in Vergessenheit gerieten, erblickten nie wieder das Licht der Sonne. Der geistlose Körper starb bald darauf, und seine Essenz folgte der Sonne ins Wasser der Dunkelheit.

»Dann kennst du ja die Folgen einer Selbstüberschätzung«, bemerkte Andrade. »Und wenn wir schon von Arroganz sprechen: Rohan scheint sich einen Spaß daraus zu machen, mir aus dem Weg zu gehen.«

»Mutter sagt, er wäre gestern abend spät für eine kurze Weile in Vaters Zimmer gewesen. Wo er heute morgen ist, weiß ich aber auch nicht.« Sie ließ sich auf eine Bank im Schatten sinken. »Und um deiner Frage zuvorzukommen – ja, ich kenne die meisten seiner Lieblingsplätze, aber ich werde sie dir nicht verraten. Er kommt schon, wenn er bereit dazu ist. Dränge ihn nicht, Tante. Nicht jetzt. Ich mache mir Sorgen um ihn.«

Andrade zuckte ärgerlich die Achseln und nahm neben ihr Platz. Wahrscheinlich war Rohan nicht in der Verfassung, um mit irgend jemandem zu sprechen, nicht einmal mit seiner Familie, und vor allem nicht mit Andrade. »Irgendwann einmal muß er mir gegenübertreten.«

»Wie kannst du unterstellen, daß er ein Feigling ist!«

»Das meine ich nicht. Aber warum ist er nicht bei Zehava?«

Tobin seufzte. »Ich denke, er ist wie ich und kann einfach nicht glauben, daß Vater im Sterben liegt.«

Andrade verstand. Am einen Tag noch ein starker, lebhafter Mann, lag Zehava am nächsten Abend im Sterben. Und doch verharrte das Leben schmerzlich in seinem geschundenen Körper und weigerte sich, das Fleisch aufzugeben.

»Und überhaupt ist es verboten, daß der künftige Prinz seinen Vater sterben sieht«, fuhr Tobin fort.

»Ein sehr schlechter Brauch. Rohan muß es sehen, sonst wird Zehavas Bildnis sein Leben lang vor seinem geistigen Auge stehen, und sein Vater wird für ihn niemals wirklich tot und verbrannt sein.«

Tobins schwarze Augen glänzten silbrig unter Tränen wie Regen um Mitternacht. »Du bist die grausamste Frau, die ich jemals kennengelernt habe«, hauchte sie.

Andrade biß sich auf die Lippen. Dann ergriff sie die Hand ihrer Nichte. »Glaube nur nicht, ich würde nicht um deinen Vater trauern. Zehava ist ein guter Mann. Er hat mir dich und Rohan geschenkt, so daß ich euch lieben konnte wie eigene Kinder. Aber ich bin, was ich bin, Tobin. Und du und ich, wir sind beide Frauen mit Verantwortungsgefühl. Wenn wir die Zeit dazu haben, lassen wir unsere Gefühle zu. Aber jetzt ist dafür keine Zeit. Wir müssen es Rohan sagen.«

Aber er wich ihr auch für den Rest des Vormittags und Nachmittags aus. Andrade wurde wütend über den Tanz, den er mit ihr aufführte. Es kam dahin, daß sie sich erniedrigen mußte, einen Lichtläufer vor seiner Zimmertür zu postieren, der den Auftrag hatte, augenblicklich Nachricht zu geben, wenn der Prinz auftauchte. Ihre übrigen *Faradh'im* stellte sie an verschiedenen Orten in der Burg auf, alle mit demselben Befehl. Aber keiner von ihnen brachte eine Nachricht, den ganzen Tag über nicht.

Der Abend kam, und Andrade war erschöpft. Sie hatte Zehava zweimal versorgt und hatte gehofft – aber eigentlich nicht erwartet –, er werde wach sein. Mehrere Stunden lang hatte sie zusammen mit Milar in der stickigen Hitze an seinem Bett gewacht. In der Abenddämmerung beschloß sie schließlich, zum Turm der ewigen Flamme hinaufzugehen. Vielleicht gab es dort ein wenig Luft, um sich abzukühlen. Stöhnend öffnete sie die Tür des höchsten Raumes, nachdem sie die Treppen erklommen hatte, und fluchte heftig – denn Rohan war in dem riesigen, kreisrunden Raum. Allein.

Der Schein des kleinen Feuers in der Mitte des Zimmers ließ sein Haar golden schimmern und den Schweiß funkeln, der auf seiner Stirn und in der Vertiefung seiner Kehle stand. Als Andrade eintrat, blickte er ohne Neugier von seinem Platz vor der kleinen Flamme auf.

»Du hast lange gebracht, um mich zu finden«, bemerkte er.

Sie widerstand dem Impuls, mit ihrer Antwort seine Ohren zum Klingen zu bringen. Statt dessen zog sie sich einen Stuhl aus dem kleinen Stapel heran, der an der gegenüberliegenden Wand lehnte, stellte ihn dem seinen gegenüber ans Feuer und starrte in die Flammen. »Nett von dir, daß du dich schließlich doch noch hast finden lassen«, erwiderte sie mit harter, beherrschter Stimme. »Wenn dies auch nicht gerade der angenehmste Ort für ein Gespräch ist – oder der gemütlichste.« Sie deutete auf das Feuer, das Tag für Tag in Gang gehalten wurde.

»Gemütlich?« Rohan zuckte die Schultern. »Wohl nicht. Ich sehe Vater in den Flammen.«

»Ein bißchen früh. Er ist noch nicht tot.«

»Nein. Aber wenn ich nicht Vater sehe, dann sehe ich mich selbst.« Er erhob sich und trat an eine Fensteröffnung. Die Spitzbögen waren offen für jeden Windhauch, der blasen mochte. Sie umgaben den Raum in regelmäßigen Abständen, und jede einzelne krönte ein schlafender Drache, der in den Stein gehauen war. Rohan machte langsam einen Rundgang durch den Raum. Hin und wieder raufte eine leichte Brise, die nach Rauch roch, sein schweißnasses Haar.

»Von hier oben aus wird sein Tod verkündet werden«, murmelte er nachdenklich. »Sie werden das Feuer so hoch und heiß auflodern lassen, daß dieser Raum von den Flammen erfüllt wird. Man kann immer noch den Ruß sehen von damals, als mein Großvater starb und all die anderen Prinzen unserer Familie, bis dreihundert Jahre oder so zurück...« Er fuhr mit den Fingerspitzen an den Mauern entlang. »Und dann werde ich die Glut von hier nehmen, mit der ich seinen Scheiterhaufen entfache, und dieses Feuer, das seines war, wird gelöscht werden. Mutter und Tobin werden den Boden persönlich reinigen – hast du das gewußt? Eigentlich sollte das meine Gemahlin machen, aber ich habe keine Gemahlin. Ich werde dann hier herauf kommen und neue Flammen entzünden, die irgendwann zu meinem Scheiterhaufen werden.«

Die Schatten züngelten über sein Gesicht, während er sprach, ein stolzes, zurückhaltendes, nicht leicht zu durchschauendes Gesicht. Aber Andrade kannte ihn und hörte ihm still zu.

»Eines Tages wird mein Sohn für mich tun, was ich in ein paar Tagen für Vater tun muß. Und so wird es weitergehen, viele Generationen hindurch. Alles, was am Ende zurückbleibt, ist das.« Er hielt seine schwarzen Fingerspitzen hoch und lächelte. Ein freudloses Lächeln. »Himmel, welch morbider Gedanke!« Sein Gesicht wurde ernst, als er wisperte: »Warum muß er sterben?«

Es war der Aufschrei eines Knaben angesichts dessen, daß er den geliebten Vater verlor, aber es war auch ein Aufstöhnen aus Furcht. Auch für Andrade hatte es einen solchen Moment gegeben, vor mehr als zwanzig Jahren, als der Herr der Schule der Göttin gestorben war und man sie auserwählte, die Ringe an seiner Stelle zu tragen. Sie war damals sehr allein gewesen.

Aber für Rohan gab es jemanden, an den er sich in seiner Not würde wenden können. Sie fing seinen Blick auf und lenkte ihn nur mit der Kraft ihres mächtigen Willens auf die Flammen. Und dann streckte sie eine Hand nach dem Feuer aus und hauchte Sioneds Namen.

Rohan erstarrte. Sein Puls schlug schneller in seinem Hals. Ein Gesicht formte sich in den glühenden Flammen, ein bleiches Oval aus zarten Knochen und grünen Augen, eingerahmt von rotgoldenem Haar. Andrade hielt die Beschwörung einen Augenblick fest, ließ sie dann verblassen und sank müde auf ihren Stuhl.

»Wer ist das?« flüsterte der junge Mann.

Andrade blieb stumm. Sie war so müde, daß es ihr fast

gleichgültig war, ob er in sein eigenes Herz sehen konnte. Viel Zeit verging, bis er wieder sprach, und als er es tat, war sein Ton bewußt gleichgültig.

»Ich habe nicht mehr gesehen, daß du etwas beschworen hast, seit ich elf Jahre alt war. Damals hast du es getan, um ein Kind zu erfreuen. Ich glaube, heute wolltest du mir etwas versprechen. Welche Bedeutung wird sie für mich haben, Andrade?«

Wie sonderbar, daß er dasselbe Wort gewählt hatte wie Sioned: Versprechen.

»Du weißt es bereits.«

»Du möchtest also, daß ich eine Hexe der Lichtläufer heirate?«

»Erschreckt dich der Gedanken an eine Lichtläuferin wie mich, Junge?« fuhr sie ihn an.

»Du erschreckst mich nicht, und deine Schüler ebenso wenig. Aber ich kann keine *Faradhi*-Frau heiraten.«

»Ist ihr Blut für dich nicht rein genug, Prinzchen?«

Rohans Lippen verzogen sich zu einem hochmütigen Lächeln, wie sie nie zuvor an ihm gesehen hatte. »Laß uns erst einmal eines klarstellen: Ich bin weder ein ›Junge‹ noch ein ›Prinzchen‹. Ich respektiere dich als meine Tante und auf Grund deiner Stellung, aber vergiß nie, wer ich bin.«

Sie verneigte sich in einer ironischen Verbeugung. »Ich soll wohl auch vergessen, wem ich die Nase geputzt und die abgeschürften Knie verbunden habe.«

Ganz plötzlich lachte er. »O Göttin – das hab' ich wohl verdient, was?« Er setzte sich, stützte die Ellbogen auf die Knie und verschränkte die Hände dazwischen. »Also schön, Andrade, reden wir wie vernünftige Leute über alles, nicht wie der arrogante Prinz und die Herrin der Schule der Göttin. Wenn ich heirate, dann brauche ich nicht nur eine Ehefrau, sondern ebenso eine Verbündete. Was gewinne ich aber, wenn ich eine von deinen *Faradh'im* nehme?«

»Du könntest es schlechter treffen. Viel schlechter.« Sie

verbarg ihre Freude über das, was sie soeben mit ihm erlebt hatte. Nie hätte sie ihn einer solchen Hochnäsigkeit für fähig gehalten, und jetzt war sie froh, daß er die nicht nur einsetzen, sondern auch darüber lachen konnte. Arroganz – oder zumindest ein Auftreten, was so wirkte – würde ihm helfen zu herrschen, aber sein Lachen würde ihn geistig gesund erhalten, wenn er sie einsetzte. »Du hast doch nicht etwa eine andere Frau im Sinn?«

»Ich habe erst gestern ihr Fehlen beklagt.« Wieder zuckte er mit den Achseln. »Weißt du, ich bin mir nicht sicher, was ich fühlen soll. Ich möchte nicht, daß mein Vater stirbt. Ich weiß, ich sollte außerdem Angst davor haben, herrschender Fürst zu werden – aber die habe ich nicht. Die Göttin helfe mir, Andrade, aber ich will endlich die Macht. Es gibt so viel, was ich tun möchte. Aber warum muß Vater erst sterben, damit ich das tun kann?«

»Du bist es also müde, immer einen Schritt von der Macht entfernt zu sein, die dir zusteht. Das ist nur natürlich, Rohan, besonders, wenn du Träume hast. Ein Feuer verlöscht, und ein anderes wird entfacht. Du möchtest deine Schwingen erproben, und das ist ein sehr schöner Zug –«

»Für den Sohn eines Drachen?« unterbrach er sie.

Sie brummte anerkennend, als sie das hörte. »Lassen wir das jetzt mal beiseite, ja? Was ich aber auch sagen wollte, ist, daß es auch gut ist, beim Flug vorsichtig zu sein.« Sie machte eine kurze Pause, ehe sie losplatzte: »Stößt das Mädchen dich denn ab?«

»Nein!« lautete die schnelle Antwort. »Sie ist schön!« Er errötete. »Das kann jeder Dummkopf erkennen. Männer in meinem Alter machen sich normalerweise wegen so einer Frau zum Narren.«

»Dann stößt sie dich also nicht körperlich ab. Das ist schon mal ein Anfang«, bemerkte Andrade trocken. »Also, da wir uns klar darüber sind, daß es sich hier um eine Frau und nicht um eine Hexe handelt –«

»Sind wir das?« Er schenkte ihr ein kaum merkliches Lächeln. »Du hast mir zwar dein Wort darauf gegeben, aber ihr Gesicht in den Flammen verriet etwas anderes. Wenn sie auch keine Hexe ist, dann ist sie doch ganz gewiß verzaubert. Was sonst könnte aus der Schule der Göttin stammen?«

»Oho, sehr hübsch«, spöttelte sie und konnte nur mit Mühe ein Lachen unterdrücken. Er gefiel ihr immer besser. »Hast du diese charmanten Sätze eingeübt, oder kommen die von selbst? Was das Mädchen angeht – sie ist eine angemessene Partnerin für den Sohn eines Drachen. Eure Kinder müßten eigentlich die Wunder der Welt werden.«

Heiß schoß die Farbe zurück in seine Wangen. Und diese Reaktion verriet Andrade nicht wenig. Er erhob sich und trat wieder an die Fensterbrüstung. Um Gleichmut bemüht, erklärte er: »Eines von ihnen werden wir dir überlassen, dafür, daß du die Heiratsvermittlerin gespielt hast.«

»Sei nicht albern.« Sie wartete, bis er sie wieder ansah, ehe sie fortfuhr: »Du möchtest eine Verbündete. Das hatte ich erwartet. Aber du bist so reich, daß nur sehr wenige gleichzeitig nach deiner Hand und deinem Bett trachten können.« Diesmal errötete er bei dieser Anspielung nicht, und daraus schloß Andrade zu Recht, daß er als Prinz solche Dinge bedenken mochte, daß Rohan aber davor zurückschreckte. »Von den großen Lords und Prinzen haben nur wenige Töchter im heiratsfähigen Alter. Die meisten von ihnen stehen außer Frage. Sie sind entweder bereits versprochen oder aber zu häßlich oder zu dumm, um in Betracht gezogen zu werden. Keiner von uns wünscht, daß du an eine Närrin gefesselt wirst.«

»Willst du damit auf höfliche Weise ausdrücken, daß ich jede nur mögliche Hilfe brauchen werde?«

»Als kleiner Junge warst du einsam«, erwiderte sie mit einer Sanftheit, die sie selbst verblüffte. »Ich möchte nicht, daß du als Mann deine Zeit ebenfalls in Einsamkeit erlebst.« Um ihre Gefühle zu verbergen, fuhr sie fröhlicher fort: »Es gibt nur wenige Damen, die in Frage kommen, und die meisten davon sind Töchter des Fürsten.«

Rohan verzog das Gesicht zu einer Grimasse. »Nein, danke. Der Sohn des Drachen verspürt nicht den geringsten Wunsch, eine Tochter dieser Echse zu ehelichen. Lieber verlebe ich meine Zeit als Mann in Einsamkeit, wie du es ausdrückst, aber dafür in der Gewißheit, sie überhaupt zu erleben.«

»Was meinst du nun wieder damit?« erkundigte sie sich und überlegte, ob er wohl selbst zu dieser Erkenntnis gekommen war.

Seine Antwort bestand aus ziemlich genau denselben Überlegungen, über die sie mit Milar gesprochen hatte, und Andrade dankte der Göttin aus tiefstem Herzen. Rohan würde als regierender Prinz kein leichtes Leben haben, aber er würde sicher nicht das Opfer von Menschen werden, die klüger waren als er. Davon würde es ohnehin nicht viele geben. Als er ihr erklärt hatte, warum sein Leben keinen Pfifferling mehr wert sein würde, sobald er eine von Roelstras Töchtern mit einem Erben beglückt hätte, lächelte Andrade anerkennend.

»Dein Verstand arbeitet jedenfalls«, war alles, was sie ihm an Lob zukommen ließ. »Nachdem du jetzt Gelegenheit hattest, darüber nachzudenken, sag mir, warum du vielleicht besser meine *Faradhi*-›Hexe‹ heiraten solltest.«

Rohan ließ sich Zeit mit der Antwort, aber dann meinte er mit wachsender Begeisterung: »Zum einen wegen der Information. Ein Kelte von *Faradh'im,* über das ganze Prinzenreich verteilt, könnte ausgesprochen nützlich sein.«

»Und wie kommst du auf einmal darauf, daß ich dir erlauben würde, sie zu benutzen?«

»Weil ich glaube, daß du etwas Größeres für mich planst, und das bedeutet auch, daß du alles und jeden benutzt, den du in die Hände bekommst. Ich weiß, warum du deine Schwester gedrängt hast, meinen Vater zu heiraten, und ich weiß alles über deine Spione – ich spreche hier nicht von den offiziellen Lichtläufern, Andrade.« Seine Zügen wurden härter und entschiedener. »Was willst du wirklich? Warum hast du mir dieses Gesicht gezeigt? Du wußtest, daß ich sie schön finden würde. Wie willst du uns benutzen?«

»Wenn ich lange genug lebe – wenn *du* lange genug lebst –, finden wir das vielleicht noch heraus. Ich tue nur, was die Göttin von mir verlangt.«

»Drachendreck«, erklärte Rohan. Seine Stimme war freundlich, aber seine Augen funkelten wie blaues Eis. »Sie sagt dir, was du hören möchtest. Du stellst mich als direkten Gegner von Roelstra auf. Warum?«

»Soll das heißen, daß du das trotz all deiner Studien und deines gründlichen Nachdenkens nicht erkannt hast?« spottete sie. Wie klar er seine Lage erkannte, hatte sie zornig und ein wenig ängstlich gemacht.

Er trat einen Schritt auf sie zu. Das Feuer brannte zwischen ihnen, und nichts Sanftes oder Jungenhaftes ging mehr von ihm aus. »Was hast du für Pläne mit mir, Andrade?«

Die Jahre und die Verantwortung, alter Haß und Hoffnungen und selbst ein paar Träume hüllten sie ein wie ein eiserner Mantel. »Rohan – was Roelstras Töchter angeht, ist genauso, wie du es gesagt hast. Ich fürchtete nur, er könnte sein Angebot machen, ehe ich Zeit hätte, mit dir zu reden. Dein Vater hat niemals auch nur auf ein einziges Wort gehört, das ich gesagt habe. Er hat mir nicht recht vertraut.«

»Und wieso sollte ich das tun?« Seine Stimme war kalt.

»Wenn nicht mir, dann doch Sioned.«

»Sie hat also einen Namen. Ich habe mich schon gewundert.«

»Sie bedeutet mir sehr viel, Rohan. Aber was ich will, zählt nicht. Sie war es, die dich schon vor Jahren im Feuer gesehen hat.«

»Hat sie das?«

»Hast du nichts gefühlt, als du sie heute angesehen hast?«

»Was ich fühle, geht dich nichts an. Hast du etwa schon nach ihr geschickt?«

»Sie wird bald eintreffen.«

»Und du nennst *mich* arrogant! Das liegt im Blut – wie die *Faradhi*-Eigenschaften, die Tobin hat und ich nicht. Das wolltest du also von meinen Eltern, oder nicht? Einen *Faradhi*-Prinzen. Tut mir leid, daß ich dich enttäuscht habe. Aber jetzt versuchst du dasselbe noch mal, ja? Ich frage mich nur, ob Sioned das weiß.«

Andrade erwiderte seinen Blick, ohne auf seinen Sarkasmus einzugehen – denn ihr war nicht entgangen, wie er den Namen des Mädchens auf der Zunge zergehen ließ, als wollte er sie an die Silben und seine Ohren an den Klang gewöhnen. »Du mußt sie nicht heiraten, wenn sie dir nicht gefällt. Wenn sie ankommt, werdet ihr es wissen.«

»Hast du nicht alles längst geplant?« Doch schon im nächsten Augenblick veränderte sich sein Ausdruck, und er murmelte: »Es tut mir leid.«

Sie beobachtete ihn, diesen Kindsmann mit den täuschend sanften Augen, dieses Prinzchen, das bald über die Weite der Wüste herrschen würde – und eines Tages vielleicht, wenn ihre verschwommenen Visionen richtig waren und die Göttin sie nicht mit Lügen verspottet hatte… Es wäre aber auch genug, wenn Rohan und Sioned zusammen sein konnten; sie waren füreinander bestimmt. Andrade wußte es. »Ich möchte mich für meine Schärfe entschuldigen«, sagte sie. »Du hast recht – ich sollte wirklich nicht vergessen, wer du bist.«

»Nein, du hast dich ganz richtig verhalten. Ich kann wahrhaftig nicht hier oben sitzen bleiben und mich selbst bemitleiden. Aber es ist schrecklich, weißt du. Darauf zu warten, daß Vater stirbt. Angst zu haben, und das verstecken zu müssen. So – allein zu sein. Ich kann mit niemandem offen sein, außer mit dir. Verstehst du?«

Sie nickte und dachte daran, daß er an dem Tag, an dem er Sioned das alles eingestehen konnte, nicht mehr allein sein würde. »Geh jetzt nach unten und schlafe ein wenig. Zehava wird noch einige Tage leben. Er ist zu stur, um sich so schnell dem Tod zu ergeben. Deine Mutter braucht dich sehr.«

Rohan lächelte traurig. »Niemand braucht mich wirklich, bis die Zeit gekommen ist, wo sie mich als Prinzen anerkennen. Und dann werden sie sogar noch mehr brauchen, als ich geben kann. Was ich ihnen zu bieten habe, wird ihnen wenig erscheinen – verglichen mit meinem Vater.«

Kapitel Drei

Die höheren Gipfel des Veresch erstickten in Weiß und würden auch bis weit in den Sommer hinein davon bedeckt bleiben. Sie krönten die Berge oberhalb der Felsenburg. Die Burg selbst lag weiter unten in den Bergen, kauerte am Rande einer erschreckenden Schlucht wie ein Drache, der seine Klauen tief in die Klippen bohrt. Das Land zu beiden Seiten des Canyons, den der Faolain ausgehöhlt hatte, war sommergrün; dicht mit Bäumen bestanden und mit leuchtenden bunten Blumen übersät, erstreckte es sich unter einem Himmel, in den in der Ferne der höchste Gebirgszug mit seinen schneebedeckten Gipfeln ragte.

Neben ihrer eigenen Schönheit, interessierte Lady Palila jedoch keine andere. Sie stand oberhalb des dichten Rasens auf den Stufen zum Garten und runzelte zornig die Stirn, weil die Gärtner ihren Lieblingsrosenstrauch gestutzt hatten, gerade den, dessen Blüten das Rosa ihrer Wangen spiegelten. Doch im selben Augenblick erinnerte sie sich daran, daß ungute Gefühle Falten verursachten, und so glättete sie ihr Gesicht wieder. Ihre Macht lag im Moment noch in ihrer Schönheit, und sie besaß sie im Überfluß. Es fing mit der Fülle ihres kastanienbraunen Haares an, das von einer dünnen Goldkette zurückgehalten wurde, die mit braunen Achaten in der Farbe ihrer Augen besetzt war. Ihre Haut hatte die Farbe hellen Honigs; ihre Knochen waren von einer Zartheit, von der die Bildhauer träumten und der sie in Silber, Bronze, Marmor und sogar in Gold Ehre erwiesen hatten; zart geschwungene Brauen und ein fein geschnittener, leidenschaftlicher Mund – Palila war die schönste Frau ihrer Generation, und daher war es nur angemessen, daß der Hoheprinz sie zu einer Herrin erwählt hatte. Sie hatte sorgfältig darauf geachtet, daß die vier Schwangerschaften keine Spuren an ihrem perfekten Körper hinterlassen hatten, und ebenso wenig würde sie zulassen, daß dieses fünfte Kind – ein Knabe, endlich ein Knabe, summte sie innerlich – ihrem Körper seinen Stempel aufdrücken würde. Der Schnitt ihres Gewandes in dunklem Violett verbarg im Augenblick noch ihre runder werdende Taille. So heiß Roelstra auch einen Sohn begehrte, Schwangerschaft stieß ihn ab. Aber Palila wußte, daß sie immer wieder schwanger werden mußte, bis sie ihm endlich seinen männlichen Erben schenken konnte. Danach würde sie nicht mehr seine Mätresse sein, sondern seine Ehefrau. Prinzessin. *Gemahlin des Hoheprinzen.*

Überall im Garten sah man an diesem Nachmittag Töchter des Hoheprinzen. Vier davon mit dem Titel »Prinzessin«, außerdem dreizehn andere Töchter, die sich durch den Titel »Lady« auszeichneten – siebzehn Mädchen, dachte sie voll Abscheu. Von sechs verschiedenen Frauen. Alles, was Roelstra zustande gebracht hatte, waren Mädchen und immer mehr Mädchen. Seine einzige angetraute Ehefrau, Lallante, hatte drei Knaben geboren, die alle schon nach wenigen Tagen gestorben waren. Nach dem Tode seiner Gemahlin hatte der Wunsch des Fürsten nach einem einzigen männlichen

Nachkommen ihn in die Arme von fünf Mätressen getrieben – alle von hoher Geburt und jetzt alle tot, mit Ausnahme von Palila. Sie hatte sich viel Mühe gegeben, um sicherzustellen, daß sie wirklich die Ausnahme blieb. Die Felsenburg barst regelrecht von Frauen, und dieser Überfluß zerrte an ihren Nerven. Sie haßte ihr eigenes Geschlecht schon aus Prinzip und sah in allen anderen Frauen Rivalinnen im Kampf um Roelstras Gunst. Sie hatte ihre eigenen Töchter zwar gern, aber nicht einmal diese blieben von ihrem Mißtrauen verschont. Palila legte eine Hand auf ihren Bauch und schwor sich, daß es *diesmal* ein Sohn sein würde.

Sie schritt die wenigen Stufen hinab, erneut zornig darüber, daß Roelstra an einem anderen Ort in der Burg beschäftigt war, denn der Garten gab einen reizvollen Hintergrund für ihre Schönheit ab – und für das kleine Spielchen, das sie im Verlauf der letzten Jahre zur Perfektion entwickelt hatte. Er war wie eine große, in den Felsen eingelassene Schüssel, angefüllt mit blühenden Ranken und Töchtern in sommerlicher Seide. Palila besuchte jede der kleinen Gruppen, blieb stehen, lächelte und plauderte und spielte ihnen allen gegenüber ihre Rolle der liebevollen Ziehmutter. Ihre Position als einzige Mätresse ihres Vaters seit nunmehr vier Jahren hatte ihr Respekt eingebracht, wenn nicht gar ihre Liebe. Es kümmerte sie wenig, ob sie sie mochten oder nicht, solange nur jede so tat, als würden sie einander von Herzen lieben.

Die vier Prinzessinnen saßen in einer Laube und spielten Karten. Große, dunkelhaarige Mädchen mit guten Figuren; von allen vieren hatte einzig Ianthe die Klugheit ihres Vaters geerbt. Naydra war sanft und fügsam, Lanela war einfach nur dumm, und Pandsala hatte eine Art, Menschen versteckt zu mustern, bei der Palila nicht sicher war, ob es ein Zeichen von Verschlagenheit, Intelligenz oder beidem war. Aber Ianthe, mit ihren zweiundzwanzig Jahren die jüngste der vier, hatte einen wachen Verstand und bemühte sich auch gar nicht, das zu verbergen.

Die vier Töchter von Lady Vamana waren nichtssagend und langweilig. Die Schönheit ihrer Mutter zeigte sich bei ihnen nicht; auch Vamana selbst hatte sie durch eine Krankheit verloren, die vielleicht hätte geheilt werden können, wenn Palila nicht die Medizinfläschchen vertauscht hätte. Sie hatte Vamana nicht töten wollen – aber sie hatte an ihrem Scheiterhaufen auch nicht geweint. Lady Karaynas Töchter standen an der Rosenwand und warfen ernst einen Ball hin und her. Palila schüttelte die kleine Kiele und Lamia mit einem Achselzucken ab, so, wie sie auch ihre Mutter mit einem Tropfen Gift im Frühstückswein aus Roelstras Diensten geschüttelt hatte.

Lady Suryas Mädchen, Moria und Cipris, waren etwa im selben Alter wie Palilas ältere Töchter und wetteiferten mit ihnen um Roelstras Aufmerksamkeit, wie es Palila mit ihrer Mutter getan hatte, bis ein Sturz auf den feuchten Fliesen am Badebecken Suryas blonden Schädel hatte aufplatzen lassen. Palila hatte sie nicht einmal sehr heftig stoßen müssen. Doch nachdem sie sich dreier Rivalinnen entledigt hatte, sah sie sich schon bald einer vierten gegenüber. Roelstras Begeisterung für die charmante, hohlköpfige Lady Aladra hatte zwei unglückliche Jahre lang angehalten. Alle Töchter hatten sie ehrlich gern gehabt; Palila hatte sich der Magen umgedreht, wann immer die hübsche Idiotin den Mund aufgemacht hatte. Ihr Tod im Kindsbett, nachdem sie einer weiteren Tochter das Leben geschenkt hatte, hatte das Schloß in echte Trauer gestürzt. Palila, wenngleich in diesem Fall unschuldig, hatte der Schule der Göttin eine großzügige Spende Wein zukommen lassen – angeblich im Gedenken an Aladra, in Wirklichkeit jedoch als Dank für ihr Hinscheiden.

Seither hatte es keine neuen Mätressen mehr gegeben. Palila regierte uneingeschränkt. Obwohl sie nicht neu für ihn war, hing Roelstra noch immer sehr an ihr, und die Schwangerschaft hatte ihren Halt noch verstärkt. Doch so gern er die

Töchter hatte, die sie ihm geschenkt hatte – seine »kleinen Blumen« nannte er sie –, und wenn auch nichts darauf hindeutete, daß er sich mit Palila langweilte, sie wußte doch, daß weder Sentimentalität angesichts seiner Kinder noch Sinnlichkeit in ihrem Bett sie vor einer Frau schützen würde, die ihm einen Sohn gebären konnte. Deshalb beabsichtigte sie, ihm den langersehnten Erben selbst zu schenken, seine legitime Gemahlin zu werden und den Hochzeiten seiner siebzehn Töchter vorzustehen.

Das einzig Gute an ihnen war, daß sie sich prächtig »vermarkten« ließen. In naher Zukunft konnten sie wie Goldmünzen an Männer vergeben werden, die sich nützlich gemacht hatten. Roelstra würde sicher erfreut sein, wenn Palila die ermüdenden Verhandlungen übernahm, und noch größer wäre gewiß seine Freude, wenn ihre Vorkehrungen auch noch seine Macht steigerten. Sie würde sich politisch unersätzlich für ihn machen und einen winzigen Gewinn für sich persönlich aus den Bestechungsgeldern der Prinzen und Lords holen, die die ansonsten nutzlosen Töchter des Fürsten zu ehelichen begehrten.

Sie ging zu ihren eigenen Töchtern hinüber und umarmte sie, laut lachend aus Vorfreude auf den Tag, an dem sie sie mit den reichsten und wichtigsten Männern des ganzen Prinzenreiches verheiraten würde. Aber sie waren noch sehr jung, und sie brauchte sich noch keine Sorgen um ihre Zukunft zu machen. Derzeit hielt sie Ausschau nach Männern, die die legitimen Töchter heiraten könnten, und ihr erstes Opfer sollte Prinz Rohan sein. Es ging das Gerücht, er wäre nachdenklich, also würde ihm Naydras ruhige Art vielleicht gefallen; aber es hieß auch, daß er gelegentlich beide Augen zukniff, also würde ihm vielleicht Lenalas Dummheit zusagen. Palila nahm sich vor, daß weder die kluge Ianthe noch die verschlagene Pandsala ihn bekommen sollten, denn die Vorstellung, eine von beiden könnte mit einer solchen Macht verheiratet sein, war unerträglich.

»Sieh sie dir nur wieder an«, wisperte Pandsala Ianthe zu. »Diese Ziege!«

Ianthe lächelte süßlich. »Lenala, du kannst nicht mit dem Pferd auf dem Reiter spielen, Liebes. Naydra, erklär ihr bitte noch einmal die Regeln, ja? Sala und ich werden einen Spaziergang machen.«

Das jüngere Paar verließ das ältere und schlenderte über den Rasen. Weinreben zauberten Farbflecken auf grob behauene Steinmauern, die zweimal so hoch waren wie die Prinzessinnen und den Garten schützten, so daß auch die Felsenburg nach außen abgeschlossen war. Und damit ihre ganze Welt. Sie konnten förmlich spüren, wie die Klippen jenseits der Mauer steil nach unten abfielen, spürten das Rauschen des Faolain weit unten, genauso wie sie auch, ohne sich umzudrehen, den stummen, turmbewehrten Klotz der Burg in ihrem Rücken spürten. Generationen ihrer Ahnen hatten daraus die imposanteste Burg in allen Prinzenreichen gemacht. Die Fülle von Räumen und Korridoren, von Vorzimmern und Treppenhäusern wurde gekrönt von Türmen und Erkern überall dort, wo die Erbauer Raum zum Atmen gefunden hatten – mit dem Ergebnis, daß es jetzt inmitten der Massen aus grauen und schwarzen Steinen keinen Raum zum Atmen mehr gab. Es hieß, daß vor langer Zeit die Drachen diese Klippen zu ihrem sommerlichen Heim für die Jahre auserkoren hätten, in denen sie sich nicht paarten, und daß sie so zahlreich durch die Wolken geflogen wären, daß sie die Sonne versperrten. Ianthe und Pandsala wünschten sich ebenso verzweifelt wie einst die Drachen, von diesem Ort zu fliehen.

Pandsala pflückte eine Rose von der Wand und steckte sie sich ins Haar. »Wann unternehmen wir endlich etwas wegen Palila?«

»Ich habe darüber nachgedacht.« Ianthes Augen funkelten lustvoll. »Hast du bemerkt, wie viele Frauen es hier in der Felsenburg gibt? Und wie viele davon schwanger sind?«

»Das muß in der Luft liegen«, antwortete Pandsala und verzog das Gesicht. »Die Frauen brüten, und Töchter schlüpfen aus.«

»Nicht immer.«

Pandsala runzelte die Stirn und starrte ihre Schwester an. Ianthe lachte. »Für den Fall, daß Palila einen Sohn bekommt – was nicht wahrscheinlich ist, aber alles ist möglich –, habe ich mehrere Mädchen im Auge, deren Schwangerschaft in etwa so weit gediehen ist wie ihre.«

»Warum machen wir mit ihr nicht dasselbe, was sie mit der armen Surya getan hat?«

»Daran habe ich auch schon gedacht«, gab Ianthe zu. »Aber ihre Leibdiener sind absolut loyal – die Göttin allein weiß, warum! Sie schläft entweder mit Vater oder hat Wachen vor ihrer Tür und zwei Frauen auf dem Boden ihres Zimmers. Sie geht nicht reiten, sie verläßt niemals unseren Grund und Boden, sie badet nicht mit uns anderen, und sie ißt niemals etwas, was nicht ihre eigenen Diener zubereitet haben. Wenn du trotzdem eine Gelegenheit findest, hast du meine volle Unterstützung!«

»Ich war immer schon der Meinung, ihr ›empfindlicher Magen‹ wäre eine dumme Ausrede.«

»Sie traut uns genauso wenig wie wir ihr. O ja, sie macht uns schöne Augen und tut so, als wären wir alle die besten Freundinnen. Ich weiß nicht, wen sie damit zum Narren halten zu können glaubt – Vater gewiß nicht!«

»Den kümmern wir alle einen Deut, außer wir unterhalten ihn. Und ich bin es so leid, ihn zu unterhalten! Ianthe, sag mir, was du vorhast!«

»Wenn wir sie loswerden wollen, müssen wir noch verschlagener sein als sie. Du weißt doch, daß sie plant, uns an den Meistbietenden zu verkaufen.«

»Ich könnte schon einen Ehemann gebrauchen. Damit käme ich aus diesem Kindergarten hinaus!« Sie deutete auf den Rasen, wo ihre Halbschwestern in der Sonne spielten.

Ianthe schritt an der Gartenmauer entlang, bis sie eine perfekte, violette Rose fand. Sie pflückte sie und strich mit den weichen Blütenblättern über ihre Wangen und Lippen. »Es spricht nichts gegen einen Ehemann, den man sich selbst aussucht. Aber erinnerst du dich, wer kürzlich Abgesandte geschickt hat? Prinz Vissarion – nun, kein schlechter Kerl, wenn man Lüstlinge mag. Und dann war da noch dieser lispelnde Idiot, den Prinz Ajit geschickt hat. Würde es dir gefallen, zu der Liste von Gemahlinnen zu gehören, die er begraben hat? Vier sind es inzwischen, nicht wahr?«

»Fünf – auch nicht schlimmer als Vater«, gab Pandsala zurück, aber in ihren dunklen Augen stand Furcht. »Also schön. Es geht also darum, daß wir das Kind gegen ein Mädchen austauschen, wenn es Palila doch noch gelingen sollte, einen Sohn zu bekommen.«

»Wenn Vater einen Erben bekommt, sind wir weniger als Nichts wert.«

»Ich weiß.« Pandsala stieß mit der Spitze ihres Slippers gegen einen Klumpen frisch umgegrabener Erde. »Aber Ianthe – wir reden hier von unserem Bruder.«

»Und wenn er als Sohn eines Dieners aufwächst anstatt als Prinz, was ist daran so schlimm? Wir müssen an unsere Zukunft denken, Sala! Vaters Reichtum geteilt durch siebzehn, das ist schon schlimm genug – aber wenn er einen Sohn hat, dann können wir von Glück sagen, wenn wir anstelle des siebzehnten Teils ein Hundertstel bekommen. Du, ich, Naydra und dieser Dummkopf Lenala, wir bekommen zwar einen größeren Anteil, weil wir Prinzessinnen sind. Aber fünf Hundertstel ist immer noch Nichts multipliziert mit Fünf.« Sie zerdrückte die Rose in ihrer Hand. »Wenn es aber keinen Sohn gibt, muß Vater den nächsten Fürsten unter unseren Söhnen wählen.«

Pandsalas Augen verengten sich einen Moment lang, aber dann glättete sie ihren Ausdruck hastig wieder. »Eine andere Frau, nicht Palila, könnte ihm doch auch noch einen

Sohn schenken. Weißt du, Ianthe, am besten würden wir ihn kastrieren.«

Das jüngere Mädchen lachte laut auf. »Und du schimpfst mich gemein!«

Pandsala fiel in ihr Gelächter ein. »Ich würde uns beide als praktisch bezeichnen, findest du nicht?«

Doch als sie weitergingen und sich dabei unterhielten, sprach keine von ihnen von den Söhnen, die *sie* zu haben hofften – oder von dem Ehemann, der sie zeugen würde.

* * *

Der Hoheprinz – der sich seiner Töchter sehr wohl bewußt war, wenn sie das auch nicht glaubten – saß hinter seinem Schreibtisch in seinem privaten Arbeitszimmer hoch über dem Garten. Roelstras fünfundvierzig Winter zeigten sich in einer oder zwei weißen Strähnen in seinem dunklen Haar, an ein oder zwei Falten um seine hellgrünen Augen und daran, daß er seinen Gürtel ein, zwei Löcher weiter geschnallt hatte. Er war als Jugendlicher auffallend hübsch gewesen und zu einem gutaussehenden Mann herangereift; mit zunehmendem Alter war er nur schöner geworden. Aber die vielen Jahre der Alleinherrschaft hatten gewisse Dinge in seine Augen treten lassen – Arroganz, Zynismus, Verachtung. All das war sichtbar, als er jetzt seinen wichtigsten Diener ansah.

»So. Der alte Drache liegt im Sterben. Ist das sicher, Crigo?«

»Ja, Euer Gnaden. Er wurde schrecklich zugerichtet und liegt jetzt in seinem Bett, und aus dem wird er sich nicht mehr erheben.«

»Hmm.« Roelstra tippte mit dem Zeigefinger an seine Lippen und betrachtete Crigo. »Du siehst müde aus. Hattest du zuviel oder zuwenig?«

Der Mann neigte den hellen Kopf. »Ich… bitte für meinen Zustand um Vergebung, Euer Gnaden.«

»Schlaf dich aus. Komm bei Mondaufgang wieder zu mir, ich wünsche, daß du eine Botschaft an unsere Kontaktperson in Stronghold sendest. Und du mußt besser auf dich achtgeben, Crigo«, ermahnte er ihn und lächelte freudlos. »Nicht jeder Prinz hat seinen ganz eigenen Lichtläufer, der Verrat geübt hat.«

Crigos schmale Schultern zuckten, als er daran erinnert wurde, was er war. Roelstra musterte ihn noch ein paar Augenblicke länger und überlegte, ob es wohl nötig werden würde, bald einen neuen *Faradhi* zu erwerben. Crigo fing an, abgenutzt auszusehen.

»Laß mich allein«, befahl er und erhob sich, um aus dem Fenster zu sehen. Der Türriegel klickte leise, und Roelstra war allein. Er beobachtete seine Töchter, sah Palilas kastanienbraunes Haar im Sonnenschein leuchten und überlegte, welche Ränke sie heute wohl schmiedeten. Die Prinzessinnen kamen in ein gefährliches Alter – sie wurden zu alt, um mit Spielzeug besänftigt zu werden, und alt genug, um sich mehr Seide und Juwelen zu wünschen, Zeitvertreib müßiger Frauen. Vor allem Ianthe und Pandsala mußten beobachtet werden, denn sie waren intelligent. Eine Frau mit Verstand durfte nicht vernachlässigt werden.

Er fragte sich, ob das junge Prinzchen wohl Verstand hatte. Der Sohn des alten Drachen und Neffe der gestrengen Lady Andrade – vielleicht konnte er denken. Roelstra hoffte es. Das würde das Leben viel interessanter machen.

Er fragte sich auch, ob Andrade über Crigo oder das *Dranath* Bescheid wußte. Eine so unauffällige, kleine Pflanze, die nur in den höchsten Höhen des Veresch vorkam, aber unglaublich potent war, wenn sie gekocht, getrocknet und zu feinem Puder gemahlen wurde. Crigo war davon abhängig, und weil Roelstra der Herr über seinen *Dranath*-Vorrat war, war der Lichtläufer Roelstras Sklave. Ein Jammer, daß sich ein so nützliches Werkzeug schließlich abnutzte.

Der Hoheprinz atmete tief die feuchte Brise ein, die vom

Fluß heraufkam, und dachte an die trockene Hitze der Wüste. Er grinste. Eine seiner Töchter würde schon bald herausfinden, wie die Menschen dort überlebten. Die Göttin hatte ihm nicht umsonst den Fluch so vieler weiblicher Nachkommen auferlegt. Prinz Zehava würde bald sterben; und im Spätsommer, wenn die Jungdrachen-Jagd vorüber war, würde man den jungen Prinzen als den Schwächling erkennen, der er war. Beim *Rialla* im Herbst würde Rohan sich mit einer passenden Prinzessin verheiratet sehen und würde feststellen, daß ihr Vater ihn in den Verhandlungen bei weitem übertraf.

Roelstra reckte seine breiten Schultern und lächelte. Die Gedanken an das *Rialla* riefen in ihm Erinnerungen an die Brochwel-Bucht wach und wie er Palila dort geliebt hatte. Doch dann sagte er sich, daß die Schwangerschaft sie bis dahin zu grotesken Formen aufgetrieben haben würde. Roelstra zog sehr schlanke Frauen vor. Doch wenn ihre Schönheit geopfert wurde, weil sie seinen Sohn in sich trug... Er biß sich auf die Lippen angesichts einer Hoffnung, die nach siebzehn Töchtern längst hätte erloschen sein sollen.

Aber welche sollte Rohans Braut werden? Naydra käme vielleicht in Frage; Lenala war unmöglich. Pandsala oder Ianthe – nun, das war eine Überlegung wert. Die schöne, geistreiche Ianthe. Aber würde sie nicht vielleicht die Macht genießen und darüber vergessen, wer sie ihr geschenkt hatte, indem er sie zu Rohans Gemahlin machte? Er versuchte, sich an die Gesichter und Eigenschaften der anderen Mädchen zu erinnern, vermochte es aber nicht; es waren so verdammt viele! Aber sie waren ihm nur selten aufgefallen, und das ließ ihn vermuten, daß sie vielleicht vertrauenswürdiger waren als Ianthe. Frauen, die seine Aufmerksamkeit suchten, wollten unweigerlich immer etwas – Gewänder, Schmuck, Kleinigkeiten, die sie für eine Weile besänftigten, ehe sie mehr wollten. Diese Dinge wogen nicht schwer, verglichen mit der Macht, die er verschenken konnte. Kein

Kind von seinem Blut würde sich je mit weniger zufrieden geben.

Welche von ihnen würde seine Ziele am besten verstehen und das Spiel mit demselben Genuß spielen, den er dabei empfand? Welche von ihnen ließ sich am besten benutzen, und welcher konnte er am ehesten vertrauen? Ein hübsches Problem, und er grübelte darüber nach, während er auf seine Töchter hinabschaute. Ein Jammer, daß Kiele so jung war; abgesehen von Ianthe und Pandsala war sie die lebhafteste. Aber vielleicht würde ihn eine der anderen noch überraschen. Er würde sie für den Rest des Sommers im Auge behalten müssen.

Welche es auch werden würde, er würde gut für sie sorgen müssen. Eine hübsche, fette Mitgift, dazu noch Schloß Feruche an der Grenze in den Handel geworfen... nicht, daß es schwer gewesen wäre, sich davon zu trennen, denn innerhalb von zehn Jahren würde er alles zurückgewinnen, und außerdem noch die Wüste selbst. Der ganze Reichtum aus Minen und Salz, Pferden und Seidenhandel wäre sein. Er würde alles haben.

Außer einen Sohn.

Crigo schauderte trotz der Wärme des Sommertages, als er zwischen die Laken kroch. Sein Kopf schmerzte erbärmlich, seine Zunge wölbte sich dick in seinem Mund vor Sehnsucht nach *Dranath*, und seine Finger zitterten, als er die Hände um die Decken krampfte. Aber er war an das körperliche Unbehagen gewöhnt und wußte, wieviel er ertragen konnte. Er hatte sich jedoch niemals an den Verrat all dessen, was er wirklich war, gewöhnen können.

Vor fünf Jahren war er auf dem Weg nach Norden gewesen, nach Fessenden, wo er auf Lady Andrades Geheiß hin einen *Faradhi* ersetzen sollte, der bei einem Bergunfall ums Leben gekommen war. Crigo war angesichts dieser Ehre schrecklich aufgeregt gewesen und entzückt von der weiten

Reise durch das Land, denn abgesehen von der Schule der Göttin und seinen heimatlichen Gut in Grib war er in seinem ganzen Leben noch nirgendwo gewesen. Seine Eindrücke hatte er auf dem Sonnenlicht zu seinen Freunden in der Schule der Göttin gesandt. Das hatte sie viele Tage lang amüsiert und neidisch werden lassen. Doch kaum hatte er die Prinzenmark erreicht, als es nötig wurde, einen Nebenfluß des Faolain zu überqueren, und schon diese kurze Fahrt über ruhiges Wasser hatte ihn bewußtlos werden lassen. Und im selben Augenblick hatten die Männer des Fürsten ihn gepackt.

Crigo war nicht gefesselt worden; dazu bestand keine Notwendigkeit. Sie mußten nichts weiter tun, als ihn auf dem Fluß lassen. Daher war er eigentlich jeden Augenblick frei zu gehen – aber ihm war übel, er zitterte und war unfähig, an etwas anderes zu denken als an sein körperliches Elend, und so war die Reise flußabwärts zur Felsenburg kaum in sein Bewußtsein gedrungen. Als er schließlich wieder im Vollbesitz seiner Kräfte war, lag er in einem weichen Bett in einem luxuriösen Zimmer. Dieser Raum, mit den Brokatvorhängen und dem Blick auf die Berge, war sein Gefängnis geworden – denn in diesem Zimmer hatte ein Krug mit Wein gestanden, der mit *Dranath* versetzt war.

Anfangs hatte er es nicht gewußt. Lady Palila selbst hatte ihm den Wein gebracht, und die Tatsache, daß sie ihn bediente, war ihm nicht ungewöhnlich erschienen, da er als Lichtläufer daran gewöhnt war, überall mit Respekt und Gastfreundschaft empfangen zu werden. Sie hatte ihm erzählt, daß man die Schule der Göttin benachrichtigt hätte, daß er in Sicherheit sei, und daß er sich nicht zu sorgen brauche. Sie hatte nur aus Lächeln und Zuvorkommenheit bestanden. Daher hatte er keinen Verdacht gehegt.

Aber der Wein hatte sich verändert. Die Überquerung des Wassers war nichts gewesen im Vergleich zum Verlust von *Dranath* in diesen regnerischen Tagen des Spätherbstes, als sich die Sonne vor ihm verbarg und die Monde hinter den Wolken verschwanden. Sein körperliches Leiden wurde noch durch die Tatsache verschlimmert, daß er jetzt voll bei Verstand war. Schließlich war der Fürst eines späten Abends nach einer Feier persönlich zu ihm gekommen, eingehüllt in einen Umhang aus Goldstoff, der im Schein des Feuers funkelte. Sein Strahlen schmerzte Crigos Augen und sandte Schwerter aus Feuer in sein Gehirn. Nachdem er den Wein getrunken hatte, den Roelstra ihm anbot, hatte er mit wachsendem Entsetzen zugehört, als der Fürst genau erklärte, warum sich Crigo jetzt besser fühlte.

Seit jener Nacht hatte er sich unzählige Male gefragt, warum er denn nicht den Tod gewählt hatte. Darauf gab es einfache Antworten: Er war jung, er liebte das Leben, er hatte geglaubt, von der Droge loszukommen, er hatte beabsichtigt, Lady Andrade heimlich davon in Kenntnis zu setzen. Doch schon vor langer Zeit war ihm klargeworden, daß all diese Antworten nichts als Lügen waren. Zwischen den Laken schaudernd, fragte er sich verbittert, warum er noch immer solche Scham empfinden konnte, und schloß die Augen angesichts des kühlen Silberkruges auf seinem Tisch. Er haßte ihn und sehnte sich nach ihm, er segnete ihn und verfluchte ihn. Er hatte Macht über ihn, so sicher, wie auch Roelstra Macht über ihn hatte. Und das war die einzige Antwort, die zählte.

Seit jener Nacht hatte er Tausende von Malen für den Hoheprinzen das Licht beschritten, hatte seine *Faradhi*-Talente eingesetzt, um mit Roelstras Spionen an den wichtigsten Höfen in Verbindung zu treten. Heute hatte er seinen regelmäßigen Kontakt mit Strongholds Kellermeister hergestellt, hatte sich gegen diesen habsüchtigen Geist gestählt, um die Information zu erlangen, die der Fürst wünschte. Heute abend würde er das Mondlicht benutzen, um den Kellermeister erneut anzurufen, und diesmal sollte er eine Nachricht von Roelstra übersenden, was immer es war.

Crigo hätte fast laut aufgeheult, als sein Körper schmerzhaft nach der Droge verlangte. Lady Andrade hatte ganz besondere Verbindungen zu Stronghold, Bande aus Verwandtschaft und Zärtlichkeit. Wenn er den jungen Prinzen verriet, dann bedeutete das, daß er sich selbst doppelt und dreifach verfluchen mußte. So wertlos er in seinen eigenen Augen war, so wertvoll war er für Roelstra. Der Unterschied bestand in dem Preis, den seine Seele ihnen beiden wert war.

Langsam, unter Schmerzen, setzte sich Crigo auf. Er strich sich das dünne, blonde Haar aus den Augen, holte tief Luft – und goß sich ein Maß drogenversetzten Wein ein.

Palila hielt sich in Roelstras Gemächern auf, als der verräterische Lichtläufer gemeldet wurde. Sie war in Crigos Gegenwart immer nervös, denn er erinnerte sie an die bizarre alte Frau, die ihr vor Jahren das *Dranath* geliefert hatte. Sie hatte damals von einer Hexe in den Bergen gehört, die alle Arten von Flüchen und Wundermitteln garantierte. Von dem verzweifelten Wunsch nach einem Sohn beseelt – und da sie etwas brauchte, was sie in Lady Karayans Wein tun konnte, und das man weder feststellen noch auch nur vermuten würde –, hatte Palila die alte Frau heimlich zur Felsenburg kommen lassen. Allerdings war aus der Begegnung kein Sohn hervorgegangen, obwohl Palila alles getan hatte, was die Alte verlangt hatte. Aber Karayan war an etwas gestorben, von dem die Alte behauptete, es wäre Drachenblut, und zusätzlich hatte Palila das Geheimnis von *Dranath* kennengelernt. Ein Sohn wäre ihr weit lieber gewesen als die Gegenwart dieses bleichen, hageren Lichtläufers in der Felsenburg. Lady Andrade hatte Roelstra einen offiziellen *Faradhi* aus Gründen versagt, die nicht einmal gerüchteweise bekannt geworden waren. Palila fehlte er allerdings nicht, denn Lichtläufer taten Dinge, die ihr angst machten, und in den fünf Jahren, die Roelstra Crigo benutzt hatte, war sie den Verdacht niemals losgeworden, daß er eines Tages an seine

Grenzen stoßen würde. Wer konnte schon wissen, was jemand zu tun vermochte, den diese Hexe Andrade ausgebildet hatte? Aber Palila war klug genug, stumm auf ihre Liege sitzen zu bleiben und ihre Sorge zu verbergen, denn Roelstra wünschte, daß sie Zeugin dessen wurde, was in dieser Nacht geschah.

»Komm herein, Crigo«, forderte der Fürst ihn auf. »Nimm Platz.«

Ein Stuhl war mitten ins Mondlicht gestellt worden. Crigo hockte sich darauf, in einen dicken Mantel gehüllt, obwohl der Raum noch immer warm war von der Sonne des Tages. Er schauderte, und seine Augen waren leicht getrübt von der Droge. Die drei kleinen Monde standen in weiter Ferne am Himmel, warfen ihre unscharfen Schatten und ließen Crigos sonst so bleiches Gesicht grünlich schimmern.

»Ehe die Nachricht übersandt wird, mußt du etwas für mich tun, Crigo«, sagte Roelstra. Er zog eine Kerze aus der Tasche seiner Tunika, und Crigo schrak zusammen. »Ich möchte diesen jungen Prinzen sehen. Beschwöre ihn für mich herauf.«

Palila hielt den Atem an, und Roelstra warf ihr über die Schulter einen Blick zu. Hastig sagte sie: »Verzeiht mir, Herr, aber ich habe niemals –«

»Ich bin überzeugt, du wirst es interessant finden.« Er hielt dem *Faradhi* die Kerze hin. »Zünde sie an«, befahl er leise. »Zeige mir das Prinzchen, Crigo. Ich möchte sehen, welches dumme Kind mich beim *Rialla* erwartet.«

Crigo hob seine beiden dünnen Hände. Die sechs Ringe seines erworbenen Ranges schimmerten im Mondlicht. Der Docht erwachte zum Leben. Dumpf starrte Crigo zu Roelstra empor. Die winzige Flamme spiegelte sich in seinen Augen. Palila bemühte sich, nicht zurückzuweichen, als der Lichtläufer in das Feuer starrte, das er heraufbeschworen hatte.

Die Flamme wuchs, und ein Gesicht formte sich in ihm. Gegen ihren Willen fühlte sich Palila vorwärts gezogen und fasziniert. Zuerst das schwache Oval eines Gesichtes, gekrönt von hellem Haar; dann die Linien des Kinns, der Stirn, der Nase; schließlich traten die Züge deutlich hervor, sogar der Schwung der Lippen und die Farbe der Augen waren zu erkennen. Ein stolzes, sehr junges Gesicht, unreif und sich Roelstras feiner Manipulation der Macht nicht bewußt.

»Nun?« fragte der Fürst abrupt. »Welche meiner Töchter paßt zu ihm, Palila? Ich schätze deine Meinung.«

Schockiert starrte sie ihn an, abgelenkt von dem Gesicht im Feuer. Deshalb also hatte er beim Abendessen mit seinen älteren Töchtern gesprochen, dachte sie. Für gewöhnlich ignorierte er sie und zog es vor, sich auf die Kleinen zu konzentrieren, die ihn mit ihrem Geplapper amüsierten. Aber heute abend hatte er eine jede von ihnen getestet. Und jetzt testete er sie! Ihr Verstand arbeitete fieberhaft, während sie versuchte, ihn zu durchsuchen. Er hatte sicher längst beschlossen, welche seiner Töchter Rohan heiraten sollte. Sie mußte jetzt diesen Entschluß erraten. Seine grünen Augen beobachteten sie in den wenigen Sekunden, die ihr zum Überlegen blieben, kalt und belustigt.

»Ianthe«, antwortete sie.

Er runzelte die Stirn, und sie wußte, daß die Antwort falsch gewesen war. »Warum sie?«

»Sie ist die hübscheste Eurer legitimen Töchter, und im Alter diesem Knaben sehr nahe. Sie ist sinnlich, und dieser Kindmann ist offensichtlich noch unberührt. Das kann jeder erkennen, der ihn ansieht. Ianthe wird in der Lage sein, ihn durch seine Sinne zu beherrschen, wenn sie schlau genug ist. Und die Göttin weiß, das Mädchen ist schlau.« Sie zwang sich, noch einmal in die Flamme zu blicken.

»Warum sollte ich ihm eine meiner legitimen Töchter geben?«

»Würde ein Mann von seinem Reichtum, seiner Herkunft und seiner Position einen Bastard akzeptieren?« fragte sie grob.

»Jede meiner Töchter wäre eine Ehre, aber ich schätze, du hast recht. In diesem Gesicht liegt großer Stolz – und seine Mutter ist sogar noch schlimmer. Mach weiter.«

»Ianthe ist außerdem intelligent. Sie wird begreifen, wo der Vorteil für sie liegt. Ich nehme doch an, daß dieser Vorteil gerade nicht ihr neuer Ehemann sein soll?« Sie lächelte. »Und sie ist ehrgeizig.«

»Wie sollte mir das nützen, wenn sie mit diesem mächtigen jungen Prinzen verheiratet ist?«

»Wie lange wird er denn in der Lage sein, diese Macht für sich zu behalten?« gab sie zurück. »Ich habe nie etwas anderes von ihm gehört, als daß er ruhig und nachdenklich ist. Du würdest niemals eine Tochter an einen Mann verschwenden, der sich Macht durch die Finger rinnen läßt. Ianthe wird sie für ihn bewahren – und für dich. Die Merida sitzen noch immer in Cunaxa, im Norden der Wüstengrenze. Würde Ianthe zulassen, daß sie auch nur einen Stiefelabsatz auf etwas stellen, das ihr gehört?«

»Sie hat aber recht akquisitorische Instinkte. Ich sehe nicht, wie ich sicher sein kann, sie bei der Stange zu halten.«

»Sie ist ehrgeizig und intelligent – und nicht dumm auf eine der vielen Arten, die mir bekannt sind. Natürlich kannst du ihr nicht trauen. Aber du kennst wenigstens ihre guten Eigenschaften. Kannst du dasselbe von Naydra behaupten, die kaum zwei zusammenhängende Sätze sprechen kann, oder von Pandsala, die niemals sagt, was sie denkt – wenn sie überhaupt denkt? Was nun Lenala angeht – wir wissen alle sehr wohl, daß sie nicht denken kann. Aber du kennst Ianthe. Und Ianthe weiß das.« Insgeheim dachte sie, daß es außerdem für sie wundervoll sein würde, dieses Mädchen loszuwerden, das der Hauptgrund dafür war, daß sie so überaus vorsichtig lebte.

Als hätte Roelstra ihre Gedanken gelesen, lächelte er und meinte: »Und für dich läge der Vorteil darin, daß sie aus der Felsenburg entfernt würde.«

Palila erwiderte sein Lächeln und verfluchte innerlich sein feines Gespür. »Ihre Ernennung wird deine Macht und Ehre noch vergrößern.«

»Dann könnte es tatsächlich Ianthe sein«, murmelte er nachdenklich.

Crigo gab einen leisen Laut von sich, und das Gesicht des jungen Prinzen erlosch in der Flamme. Mit gerunzelter Stirn wandte Roelstra sich ihm zu. »Beherrsche dich, Lichtläufer. Du bist für heute noch nicht am Ende.«

»Ich – ich bitte um Vergebung, Euer Gnaden –«, murmelte Crigo und hielt die Kerze jetzt mit beiden Händen fest.

»Ianthe ist tatsächlich ein kluges Mädchen«, wandte sich Roelstra an Palila. »Aber ich mache mir Sorgen, daß sie möglicherweise zu klug ist.«

»Sie wird über ihren Gatten herrschen, und du über sie«, antwortete Palila achselzuckend. »Du hast genügend Spione in Stronghold, Herr, um sie zu allen Zeiten wirkungsvoll unter Kontrolle zu halten. Sie muß eigentlich nichts weiter tun, als ein paar Söhne zu gebären – Enkelkinder, die du beschützen kannst.«

Roelstra lachte. »Wir müssen sichergehen, daß ihr dieser Gedanke nicht auch kommt – oder daß sie vor dem *Rialla* in Waes irgend etwas über ihre Zukunft erfährt. Ich werde dich dort brauchen, meine Liebe.«

»Ich stehe zu deiner Verfügung«, erwiderte sie förmlich, aber mit einem Lächeln, das zu Anordnungen aufforderte, die sich auf sein Schlafgemach erstreckten. Ihr Gesichtsausdruck verbarg die Erleichterung darüber, daß sie sich aus einer potentiellen Gefahr herausgeredet hatte.

Roelstra lachte erneut und legte die Hände auf Crigos Schulter. »Du kannst das Feuer jetzt ersticken und dich bereit machen, um auf dem Mondschein nach Stronghold zu reisen.«

Doch in plötzlichem Schmerz schrie Crigo auf, die Flamme flackerte empor und wurde zu einer Säule aus wirbelndem Feuer, aus der Klauen, Zähne und Drachenschwingen wuchsen. Palila schrie auf, als sich Gesichter formten und vergingen: Roelstra, Ianthe, Pandsala, sie selbst, Prinz Rohan, Zehava und das Gesicht eines Mädchens, umgeben von einer Haarwolke, die aus Feuer zu bestehen schien. Der Drache richtete sich auf und fauchte, und die Flammen leckten nach Crigos Ärmel. Er stürzte zu Boden und griff mit den Händen ins Leere. Visionen tauchten in dem Licht des unkontrollierten Feuers auf.

Roelstra riß die Vorhänge von den Fenstern und bedeckte fluchend den *Faradhi* damit. Drachen und Feuer vergingen. Der Hoheprinz hob Crigos schlaffe Gestalt hoch und trat die Tür auf. Er schleuderte den bewußtlosen Lichtläufer ins Vorzimmer und brüllte seinen Dienern zu: »Bringt ihn fort von hier!« Er warf die Tür zu und wischte sich den Schweiß von der Stirn.

Palila schloß zitternd die Augen. Sie fürchtete nur wenig im Leben, abgesehen von dem Verlust ihrer Schönheit, aber Feuer lähmte sie. Vor ihrem inneren Auge entsprangen Bilder, wie der ganze Raum in Flammen stand, die an den Tapeten und den Holzpaneelen emporzüngelten, nach ihrem Haar griffen und ihr Fleisch und ihre Knochen verzehrten, während sie noch am Leben war. Sie wimmerte und schlang die Arme um sich, und fühlte das Kind in ihrem Bauch zukken und beben als Reaktion auf ihr Entsetzen.

»Du warst nicht in Gefahr«, beruhigte Roelstra sie. »Palila, hör auf damit. Du könntest dem Kind Schaden zufügen.«

Sie blickte zu ihm auf. Er war so groß und mächtig. Ihre Finger gruben sich in seine Tunika, und sie stöhnte, als er sie in seine Arme zog, um sie zum Bett hinüber zu tragen.

»Palila, so beruhige dich doch.«

Sie fuhr mit den Nägeln über seine Brust und zerriß die Seide seiner Tunika. Einen Augenblick sah er sie überrascht an, dann fing er an zu lachen. Die Flammen brannten noch immer heiß in ihrer Phantasie – in ihrem Körper jetzt und verzehrten sie von innen heraus. Roelstra drehte eine dicke Haarsträhne von ihr zu einem Strang und schlang ihn um ihren Hals, während er sie entkleidete.

»So, deine Angst vor dem Feuer läßt dich also heiß werden, hm? Erinnere mich daran, daß ich meine Hinrichtungsmethode ändere«, brummte er zärtlich. »Ich kann es kaum erwarten, herauszufinden, was mit dir passiert, wenn du zusehen kannst, wie jemand bei lebendigem Leib verbrannt wird. Würdest du das gerne sehen, mein Liebes? Stell dir nur die Flammen vor, wie sie einen hilflosen Mann oder eine Frau verschlingen. Wie heiß Feuer brennen kann, mein Schatz«, flüsterte er, als er ihren Kopf nach hinten bog und das Band um ihre Kehle fester zog. Seine Lippen streiften ihren Mund, heiß und feucht, und mit der letzten Luft in ihren Lungen stieß sie einen Schrei aus.

Kapitel vier

Am Morgen des dritten Tages kam Prinz Zehava wieder zu sich. Er war ein erfahrener Krieger und erkannte schon wenige Minuten nach seinem Erwachen, daß seine Wunden tödlich waren. Andrade, die an seinem Bett saß, während Milar die Augen geschlossen hatte um sich ein wenig Ruhe zu gönnen, die sie dringend benötigte, sah in seinen schwarzen Augen die Erkenntnis, daß er sterben würde.

»So«, hauchte er, eine Braue fast verwegen hochgezogen, »dann hat der alte Drache den Drachen-Töter also doch getötet. Lieber so, Andrade, als durch Krankheit oder das Schwert eines Feindes.«

»Wie du meinst, Zehava. Aber wenn du Schmerzen hast, sag es mir. Ich kann sie lindern.«

»Nein, ich fühle keine Schmerzen. Wenigstens nicht für mich.« Er schloß wieder die Augen und nickte. »Ein gutes Mittel, Andrade. Es betäubt die Glieder, aber der Verstand bleibt wach. Meinen Dank dafür. Aber ich bezweifle, daß du irgend etwas hast, was Milars Schmerz lindern könnte.«

»Nicht einmal die Zeit kann den Schmerz einer Frau heilen, die einen Mann wie dich verliert, Zehava.«

Überrascht blickte er auf. Ein Lächeln huschte über sein Gesicht. Doch seine Worte waren nur: »Ich wünsche meinen Sohn zu sehen.«

»Ich werde nach ihm schicken.«

»Allein. Verstehst du nicht, Andrade? Allein.«

Rohan kam schnell. Dunkle Ringe lagen unter seinen Augen, und Sorge schärfte seine Züge. Andrade blieb noch lange genug, um zu sehen, wie er sich setzte und die Hand seines Vaters ergriff. Dann ließ sie die beiden allein.

Rohan drückte Zehavas kalte Finger zwischen seinen eigenen. »Ich bin da, Vater.«

Die Hand seines Vaters schloß sich um seine. »Es gibt da Dinge, die ich dir erzählen muß. Wirst du mir schließlich doch noch zuhören?«

»Ich habe immer zugehört.«

»Und hast dann getan, was du wolltest. Nun, ich werde nicht mehr lange hier sein, damit du zuhören kannst, also paß auf.« Zehava fuhr sich über die Lippen und verzog das Gesicht. »Nicht die Klauen des Drachen werden schuld an meinem Tod sein, auch wenn meine Eingeweide mich umbringen. Aber ich werde an Hunger und Durst sterben. Bring mir was zu trinken.«

Rohan nahm ein in Wasser getränktes Stück weißer Seide und drückte es auf die Lippen seines Vaters. Mehr war nicht gestattet; alles, was Zehava schluckte, würde seine Schmerzen nur verschlimmern. Andrade hatte Anweisung gegeben, daß dem Prinzen nichts anderes verabreicht wurde als ihre eigenen Mixturen, die die Schmerzen abtöteten.

Zehava saugte an der Feuchtigkeit, verzog erneut das Gesicht und schloß die Augen. »Traue niemandem, Rohan. Vor allem nicht den Merida, und ganz besonders nicht dem Hoheprinzen. Die ersten werden sich in die Wüste schleichen und angreifen, wenn du es am wenigsten erwartest – und der zweite täte das genauso gern.«

»Tatsächlich werden die Merida wohl im nächsten Frühjahr versuchen, mich zu testen«, erwiderte Rohan. »Ich dachte, es könnte interessant sein, sie eine Weile zu bekämpfen und sie dann zu bestechen. Oh, ich weiß, daß das riskant ist«, gab er zu, als er sah, wie sein Vater wütend die Augen aufriß. »Sie werden Waffen kaufen, und dadurch wird es nicht gerade leichter werden, sie zu besiegen, wenn sie anmaßend genug werden, um in voller Kraft anzugreifen. Aber wenn sie uns nicht schlagen können, nachdem ich ihnen das Geld dafür gegeben habe – und das werden sie nicht, das verspreche ich – dann trocknen ihre Quellen aus. Trotzdem fürchte ich, daß ich eine Menge Geld aufwenden muß, damit sie tun, was ich will.«

»Sie bestechen! Von allen –!« Aber dann stieß Zehava ein kurzes, bellendes Lachen aus. »Als ob ich jetzt noch irgend etwas dazu zu sagen hätte! Mein Stolz hätte das niemals zugelassen. Aber ich muß dir vertrauen, nicht wahr, Rohan? Lach für mich, wenn sie zurückgeschlagen sind.«

»Das werde ich tun.«

Zehava nickte und wechselte das Thema. »Du wirst bald eine Gemahlin benötigen.«

Rohan lächelte ein wenig. »Ich verspreche, sie wird hübsch sein. Du willst doch hübsche Enkelkinder haben.«

Zehava grinste anerkennend. Seine Zähne blitzten weiß in seinem schwarzen Bart, der ganz plötzlich graue Strähne bekommen hatte. »Hübsch oder nicht, behandle deine Frau so, wie du auch einen Drachen behandeln würdest. Bereite dich sorgfältig darauf vor, sie zu treffen, und nähere dich ihr mit Respekt und Bewunderung. Verletze niemals ihren

Stolz, sondern laß sie ihre Kraft zeigen – und dann lehre sie, wer der Herr ist.«

Rohan dachte an das Gesicht im Feuer und sagte nichts.

»Die Versprechungen eines Prinzen sterben mit ihm«, fuhr Zehava fort und bewegte sich ein wenig im Bett. »Du wirst dich bald um den Besitz kümmern müssen. Schicke Chay als deinen Abgeordneten zu den unwichtigeren Pächtern, aber begib dich persönlich zu denen mit den großen Ländereien. Man muß deine Hand fühlen, so, wie die Leute auch meine gespürt haben. Versuche nicht, auch sie zu bestechen.«

»Nein, das werde ich nicht.«

»Ich wünschte, ich hätte noch sehen können, wer deine Gemahlin wird«, ärgerte er sich. »Gib nur acht, daß sie nicht zu schön ist. Eine schöne Frau ist eine Versuchung für sich selbst. Sie wird mehr an sich als an dich denken. Die einzige Ausnahme, die mir je untergekommen ist, war deine Mutter.«

»Ja, Vater.«

»Dein wahrer Reichtum liegt in deinen Kindern, Rohan.« Der feurige, schwarze Blick glitt in die Ecke des Raumes. »Bei mir ist es so gewesen.«

Rohans Augen brannten auf diese seltenen zärtlichen Worte hin. »Wirklich?« Seine Kehle schnürte sich zusammen. »Ich bin nicht der Sohn, den du dir gewünscht hast. Du wärest mit jemandem wie Chay besser bedient gewesen.«

»Ich hätte ihn besser verstanden«, gab Zehava zu. »Ich kenne dich nicht sehr gut, nicht wahr? Und deshalb habe ich Angst um dich. Ich hinterlasse dir ein starkes Prinzenreich, das vier Generationen erbaut haben. Halte es fest, Rohan.«

»Meine Art ist nicht die deine, Vater. Aber ich verspreche dir, ich werde festhalten, was unser ist.«

»Deines jetzt«, brummte Zehava. »Ich vermache alles dir allein. Vergiß das nicht. Kein Sandkörnchen, kein Windhauch über den Dünen gehört irgend jemand anderem als dir. Du wirst noch deine Schlachten schlagen müssen, um alles zu behalten. Ich wünschte, ich könnte auch die sehen.« Er brach ab und schenkte seinem Sohn ein kaum merkbares Lächeln. »Ich habe dir nie gesagt, wie stolz ich auf dich war, hm? Mein gelehrter Narr von einem Sohn in der Rüstung eines einfachen Kriegers, bedeckt von Merida-Blut...«

»Du hast es mir nicht gesagt, aber ich wußte es.«

»Du wirst als Lügner besser werden müssen«, bemerkte Zehava trocken.

»Nicht denen gegenüber, die ich liebe«, antwortete Rohan entschieden.

»Tust du das?«

Er hielt die Hand seines Vaters fester. »Ja. Ich habe dich auch nie wirklich gekannt. Und das bedaure ich. Aber ich liebe dich.«

Das Sonnenlicht kroch einen Fingerbreit über das Bett, ehe der alte Prinz wieder sprach. »Ein Jammer, daß wir nie zuvor richtig miteinander geredet haben. So wie jetzt.«

»Aber jetzt reden wir, und das ist es, was zählt.« Rohan versuchte, das zu glauben, versuchte all die Jahre zu vergessen, in denen einer auf den anderen zugegangen und nur auf Unverständnis gestoßen war.

»Wenn du Töchter hast – und ich hoffe es, denn es gibt kein Entzücken im Leben eines Mannes, das an eine Tochter heranreicht –« Er hustete, und wieder reichte Rohan ihm ein Stück feuchter Seide. Zehava nickte zum Dank und fuhr fort: »Verwöhne deine Töchter so schamlos, wie ich es mit Tobin getan habe. Es ist die Pflicht eines Ehemannes, seine Frau zu zähmen, nicht die des Vaters.«

Rohan kicherte. »Chay war da nicht sehr erfolgreich, soweit ich das sehen kann.«

Zehava grinste. »Vergiß das nicht bei deinem eigenen Weib! Du sollst nicht ihren Willen brechen, aber laß sie wissen, wer der Herr im Bett ist. Hast du jemals eine Frau gehabt?«

Rohan verfluchte sich selbst, weil er errötete. »Ich bin nicht völlig unwissend.«

»Eine hübsche, ausweichende Antwort. Dafür hast du Talent. Ich wünschte, ich könnte das Mädchen kennenlernen, das aus dir einen Mann machen wird. Aber vergiß nicht, du mußt aus ihr im selben Augenblick auch eine Frau machen. Deine Frau.«

Wieder dachte Rohan an das ernste, offene, von blondem Haar umrahmte Gesicht, und er sagte nichts.

»Nimm Rücksicht auf die Gefühle deiner Mutter, aber laß sie sich nicht einmischen. Deine Gemahlin wird hier die Prinzessin sein, und du darfst nie zulassen, daß Milar das Mädchen unterdrückt.«

»Ich bin sicher, daß Mutter das versteht.«

»Deine Mutter versteht jetzt nichts, außer, daß ich sterbe.«

»Sie liebt dich so«, flüsterte Rohan. »Ich hoffe, ich habe mit meiner Frau ebenso viel Glück.«

Zehava seufzte leise. »Bring meine Asche zum Rivenrock und blase sie dem verdammten Großvater ins Gesicht, der mich getötet hat.«

»Ich werde etwas viel Besseres tun«, versprach Rohan. »Ich werde seine Asche mit deiner mischen, und sie wird vom Wind über die Länge und Breite der Wüste verteilt werden.«

Die schwarzen Augen leuchteten. »Wenn du nicht der perverseste Sohn bist, den je ein Mann gehabt hat! Ja, tu das. Das gefällt mir. Zwei alte Drachen!«

»Genau«, erwiderte Rohan lächelnd, überrascht und dankbar, daß sein Vater seine Fähigkeit, den Drachen zu töten, nicht in Frage gestellt hatte.

»Laß mich ein Weilchen schlafen, und dann schicke deine Mutter zu mir. Sie braucht dich, Rohan. Tobin hat Chay, und du wirst deine Pflichten haben. Aber Milar hat bald niemanden mehr.« Er sank tiefer in die Kissen. »Arme Milar. Mein armer Liebling...« Er machte eine kurze Pause und wiederholte dann: »Du hast deine Pflichten. Es ist gut, daß du sie allein auf dich nehmen mußt. Das ist grausam, aber notwendig. Du wirst dich allein bewähren müssen, mein Sohn. Tue es voll Stolz. Nicht einmal dein Weib kann alles mit dir teilen. Suche dir eine, die das versteht.«

Rohan zögerte, dann beschloß er, es Zehava zu erzählen. »Ich habe bereits eine Gemahlin gefunden.«

Sein Vater kämpfte einen Moment mit funkelnden Augen, um sich aufzusetzen. Dann sank er mit einem Grunzen wieder in die Kissen zurück. Rohan versuchte nicht, ihm zu helfen. Er wußte, es würde ihn nur erzürnen. »Wer ist sie?« wollte der alte Prinz wissen. »Wie heißt sie?«

»Sioned«, murmelte er.

»Weiß deine Mutter es?«

»Niemand weiß es, außer Andrade.«

Ein weiteres kurzes Lachen kam über seine Lippen. »Andrade, ja? Nun ja. Die Familienhexe. Laß dich von ihr nicht einfangen. Sie ist schlau und macht, was ihr gefällt.«

»Ich weiß. Ich habe im Laufe der Jahre ein paar Dinge von ihr gelernt.« Er grinste auf seinen Vater hinab.

Zehava drohte an seinem Lachen zu ersticken, zwang sich dann aber zur Ruhe, als der Schmerz seinen Körper zusammenkrampfte. »Oh, beim Sturmteufel, ich wünschte, ich könnte sehen, was für einen Prinzen du abgeben wirst! Ich habe dich nie richtig kennengelernt, Rohan. Versprich mir, daß du mit deinen eigenen Söhnen mehr reden wirst, als ich es mit dir getan habe.«

Rohan fiel keine Antwort ein, also nickte er nur. Dann bückte er sich und preßte seine Lippen auf die Hand seines Vaters, als Ausdruck seines Respekts und seiner Liebe. Ehe das Brennen in seinen Augen zu Tränen werden konnte, sagte er: »Ruh dich jetzt aus. Ich werde Mutter in einer Weile zu dir schicken.« Dann verließ er das Zimmer.

In seinen eigenen Gemächern entließ er seinen Kammerdiener, trat an die offenen Fenster und schaute auf die Gärten seiner Mutter hinab. Er hatte gesagt, was er hatte sagen wollen, um die Sorgen seines Vaters zu erleichtern, so daß dieser in Frieden sterben konnte. Zehava hatte keine Angst mehr um seinen Sohn oder seine Besitztümer. Doch es würde noch lange Zeit dauern, bis auch sein Sohn keine Angst mehr haben würde.

Das Leben in Stronghold verlief gedämpft, und so würde es bleiben, bis Zehava tot und sein Scheiterhaufen abgebrannt war. Rohan hatte das Gefühl, in einer stummen Schattenwelt zu leben, allein und nicht ganz real. Die einzige Realität war das Feuer – die ersterbende Lebensflamme seines Vaters, die Flammen, die Zehavas Überreste verschlingen würden, das Licht im Turm der Ewigen Flamme, das ausgelöscht und dann neu entfacht werden würde, und das Gesicht, das er gesehen hatte, umrahmt von flammendem, rotgoldenem Haar. Er selbst dagegen war ein Geist, in Schatten gehüllt. Er konnte an diese Feuer denken, aber nicht davon erhellt werden. Flammen würden ihn zum Prinzen machen, zum Ehemann und – so hoffte er – zum Geliebten. Aber im Augenblick hatten sie nicht die Macht, seine Zukunft zu erhellen.

Er lauschte auf die Stille und beobachtete das Spiel der Schatten in den Bäumen unter seinem Fenster. Er sollte an die Zeit denken, wenn sein eigenes Licht entzündet werden und sich über die Wüste breiten würde, mit einer ganz anderen Flamme als derjenigen seines Vaters. Er sollte an die Ankunft seiner Braut denken, an den Schmerz seiner Mutter, an das Erbe von Zehava, das seiner Schwester und seinen Neffen zustand. Die hundert Einzelheiten des Todes und die Millionen des fortbestehenden Lebens sollten ihn beschäftigen. Aber Rohan lebte in den Schatten von Stronghold und wartete auf das Feuer.

Die Sage berichtete, daß vor langer Zeit, als die Welt noch sehr jung war, die ersten Lichtläufer von der Göttin selbst gelehrt wurden, Licht zu weben. Das Feuer, erfreut über die

Quelle ihrer Webereien, verhandelte mit seinen Brüdern Erde und Luft, so daß die *Faradh'im* ihren Zauber ungestört ausüben konnten. Aber ihre Schwester Wasser erwies sich als störrisch, war sie doch der natürliche Feind des Feuers; wenngleich sie auch nichts ausrichten konnte, wenn die Lichtläufer auf dem Licht über sie dahinglitten, so erwies sie sich doch als ausgesprochen hinterhältig, wenn sie sie in Person überqueren wollten. Die ruhige Erde kümmerte sich nicht sonderlich darum, was über ihr geschah, war sie doch ständig mit ihren eigenen Angelegenheiten beschäftigt, doch die launische Luft half Wasser manchmal und schickte schreckliche Windstöße, wann immer ein *Faradhi* dumm genug war, auf offener See zu segeln. Hilfe oder nicht, Wasser hatte ihren Spaß, wann immer ein Lichtläufer auch nur über einen Fluß ruderte.

So kam es, daß die zehn Lichtläufer in Sioneds Brautzug verzweifelt auf die weite Wasserfläche des Faolain schauten und schluckten. Camigwen zügelte ihr Pferd und starrte auf den brausenden Fluß. »Darauf freue ich mich nicht«, bemerkte sie.

Ostvel lachte sie aus. »Das ist doch nur ein kleiner Fluß.«

»Klein?«

»Wir haben bereits einen Umweg von einhundert Längen gemacht, um die breiteren Furten zu meiden«, erinnerte er sie.

Sioned seufzte. »Das war auch gut so, sonst wäre ich bei meiner Ankunft in Stronghold nicht fähig, auch nur ein Wort mit ihnen zu reden.«

Als Ostvel erneut lachte, schalt ihn Cami: »Ach, hör auf! Du hast keine Ahnung, was es heißt, diesen Fluß ansehen zu müssen und zu wissen, daß man sterbenskrank sein wird.«

»Ach, und du weißt nicht, was es heißt, Segel zu setzen, um nach Kierst-Isel zu gelangen, die Sonne über dir und den Wind im Rücken, die Segel gebläht und das Deck unter deinen Füßen schwankend –«

»Ostvel, bitte!« flehte Sioned.

Er zwinkerte ihr zu. »Du begibst dich ganz eindeutig in das richtige Land«, neckte er. Dann warf er Cami seine Zügel zu und sprang vom Pferd. »Hier, halt das fest, während ich mit dem Fährmann verhandle.«

Camigwen warf dem Fluß einen weiteren nervösen Blick zu und murmelte: »Warum bauen die nicht einfach eine Brücke?«

»Das wäre zu einfach«, gab Sioned seufzend zurück. »Ostvel sagt, er schickt uns zuerst hinüber und das Gepäck als letztes. Nett von ihm, uns etwas Zeit zu lassen, damit wir uns erholen können.«

»Und auf dem Rückweg müssen wir dieses Monstrum noch mal überqueren«, stöhnte Cami. »Möglicherweise bleibe ich für ewig bei dir in der Wüste! Schau dir nur einmal dieses klapprige Floß an!«

»Sieht gar nicht so schlecht aus«, gab Sioned zurück und versuchte, zuversichtlich zu klingen. Sie war sich aber ganz und gar nicht sicher darüber, wie sie den Fluß überqueren sollten. Sie stieg ab, wünschte sich schönen, festen Boden unter den Füßen, solange es ging, und half Meath, die Pferde in einer Reihe zum Verladen aufzustellen. Schon jetzt waren alle *Faradh'im* unter ihrer Sonnenbräune grün im Gesicht.

Als Ostvel mit dem Fährmann zurückkehrte, wollte Cami von ihm wissen: »Warum gibt es keine Brücke?«

»Über dieses Wasser, Lady? Wie sollen wir denn wohl eine solche Entfernung überbrücken?« Stolz wies er auf den Fluß. »Im Frühjahr schwillt diese Dame an wie eine schwangere Hirschkuh. Dann reicht sie bis an die Mauern meines Hauses. Mein Großvater, nun, der hat einmal im Herbst eine Brücke gebaut, und das hat bestens funktioniert, bis die Dame Fluß im Frühjahr beschlossen hat, daß die ihr nicht gefällt. Da hat sie die Brücke fortgespült – und meinen Großvater gleich mit.«

»Oh«, sagte Cami und warf einen Blick auf die täuschend

glatte Wasseroberfläche. »Nun, jetzt sieht der Fluß aber nicht sehr wütend aus«, fügte sie dann hinzu.

»Seht Ihr das Gekräusel auf halber Strecke im Fluß?« Er deutete auf einen Flecken im Wasser. »Dort ist die Strömung schneller als die besten und heißblütigsten Pferde, die Lord Chaynal von der Burg Radzyn je gezüchtet hat. Ich habe seine Lordschaft vor ein paar Jahren übergesetzt, und er selbst hat mir das gesagt.«

Sioned hätte zu gern Fragen nach Lord Chaynal gestellt, denn sie wußte, daß er der Schwager des Prinzen war. Aber sie biß sich auf die Zunge, denn derartiges Geschwätz schickte sich nicht für eine künftige Prinzessin.

»Keine Angst, meine Damen«, beruhigte der Fährmann sie fröhlich »Meine Mutter nannte mich Eldskon, so, wie jeder gute Name in der alten Sprache eine Bedeutung hat, und in meinem Beruf ist das ein guter Name, verheißt er doch eine ›ruhige Überfahrt‹. Und das verspreche ich auch Euch«, schloß er galant.

»Bei der Göttin, das hoffe ich«, murmelte Camigwen.

Das Floß war groß genug, um zwölf locker gefesselte Pferde aufzunehmen, die an der Reling befestigt wurden. Es bestand aus kräftigen Baumstämmen, die mit faustdicken Tauen zusammengebunden waren. Doch im selben Augenblick, als Sioned ihren Fuß auf die flachen Holzplanken setzte, flatterte ihr Magen, und ihre Augen brannten als Zeichen der einsetzenden, üblichen *Faradhi*-Reaktion auf Wasser. Sie schluckte krampfhaft. Hier war es noch seicht, und das Floß schaukelte nur leicht auf dem ruhigen Wasser, denn es gab keine Strömung. Sie sagte sich, daß sie ihre Würde zu bewahren hätte, und schwor sich mit versteinertem Gesicht, ruhig zu bleiben und ihr Frühstück bei sich zu behalten.

Es war schwer zu sagen, ob die Pferde oder die Lichtläufer den Fluß mit größerer Angst betrachteten. Das Floß machte einen Satz vorwärts und wurde dann von den beiden enormen Kabeln geführt, die am jenseitigen Ufer verankert waren. Ostvel achtete auf die Pferde und Eldskon auf die schweren Eisenringe, durch die die Kabel durchliefen. Das Floß nutzte die Strömung des Flusses bei der Überquerung, denn die Kabel verliefen flußabwärts, um die Wasserkraft voll auszunutzen. Eine ähnliche Vorrichtung gab es flußaufwärts für die Reisenden von Ost nach West. Sioned hatte die Vorkehrungen sorgfältig untersucht, aber obwohl ihre Vernunft ihr sagte, daß das System in Ordnung war, erstarrten ihre Sinne, als das Floß in der Strömung hüpfte und sie begriff, daß sie ihr Leben einigen wenigen Planken, Seilen und einem Paar abgenutzter Kabel anvertraut hatte. Diese Erkenntnis bedeutete nicht gerade eine Beruhigung für ihren Magen.

Camigwen kauerte auf den Knien und hielt mit beiden Händen das untere Seil der Reling umklammert. Sioned war die einzige *Faradhi,* die noch aufrecht stand. Die Pferde traten nervös von einem Fuß auf den anderen und wieherten ihren Kameraden am Westufer zu, als das Floß schwankend und holpernd von der Hauptströmung ergriffen wurde. Es gelang Sioned, auf den Füßen zu bleiben, aber als sie in das schnelle Wasser in der Mitte des Flusses gerieten, konnte sie ihr Frühstück nicht länger bei sich behalten. Sie klammerte sich an die Seile, beugte sich hinüber und erbrach sich wenig elegant.

Eine Weile später wurde sie sich vage bewußt, daß jemand sie auf trockenes Land führte. Sie wurde auf ein warmes, sonniges Fleckchen Gras gesetzt und hörte jemanden in amüsiertem Ton sagen, daß sie sich bald besser fühlen würde. Sie wollte ihm erklären, daß er ein verdammter Lügner sei, hatte aber nicht die Kraft dazu. Es war ein Fehler, die Augen zu öffnen; das Sonnenlicht traf sie wie ein Schwert. Sie krächzte einen schwachen Fluch und wurde ohnmächtig.

Erregte Rufe weckten sie. Benommen setzte sie sich auf

und hielt mit beiden Händen ihren Kopf umklammert. Sie schluckte die Übelkeit hinunter und überlegte, warum ihr Magen glaubte, daß noch etwas übriggeblieben war, von dem er sich befreien mußte. Wieder stach der Sonnenschein in ihre Augen, aber jetzt war er wenigstens erträglich. Unfaßbar jedoch war das, was sich vor ihren Augen abspielte. Die Pferde, die in der Nähe festgebunden waren, waren einmal sehr groß, dann wieder sehr klein, wurden dann so unscharf, als hätte sich Winternebel über die Schule der Göttin gesenkt. Das Flußufer verging in weiter Ferne und kehrte dann so plötzlich zurück, daß sie die Hände ausstreckte, um es abzuwehren. Sioned war versucht, sich zurückzulegen und ein paar Tage krank zu sein, nachdem es schien, als würde sie das hier tatsächlich überleben. Sie hoffte nur, der Prinz würde es zu schätzen wissen.

Doch irgend jemand rief immer noch, und trotz der Verwirrung ihrer Sinne zwang sie sich auf die Knie. Sie kniff die Augen zusammen und versuchte, das Floß deutlich auszumachen. Es war auf halbem Weg über den Fluß und schien nicht mehr von dieser Welt.

Und die Pferde, die sich darauf befinden sollten, waren fort.

»Gütige Göttin«, hauchte sie. Flußabwärts sah sie die verängstigten Tiere verzweifelt gegen die Strömung kämpfen. Ihre eigene Stute ging unter und tauchte nicht wieder auf. Sioned versuchte aufzustehen, fiel um und versuchte es wütend noch einmal. Diesmal gelang es ihr, und sie bohrte sich die Nägel in die Handflächen. Sie stolperte zum Flußufer und stürzte; der eisige Schock des Wasser, die Steine, die in ihre Knie und Hände schnitten, trugen kräftig dazu bei, daß ihr Kopf wieder klar wurde. Sie schluckte das Wasser hinunter, hustete, würgte und hob den Kopf.

Auf einmal begriff sie, was geschehen war. Die Kabel am jenseitigen Ufer waren gerissen, und das Floß war auf Gedeih und Verderb dem Fluß ausgeliefert. Der Satz, den es gemacht hatte, als die Taue rissen, hatte die Pferde gegen die Reling geworfen, und die hatte unter ihrem Gewicht nachgegeben. Die Kabel auf dieser Seite des Flusses waren der einzige Grund dafür, daß das Floß noch nicht flußabwärts trieb, und ihre Gefährten an Bord klammerten sich fest und versuchten, das Floß in Sicherheit zu bringen. Sioned schrie auf, als ihr Blick auf die Verankerungen fiel. Die Taue, die an den vier massiven Pfeilern zerrten, die sie halten sollten, fingen an auszufransen.

Sioned zwang sich auf die Füße und stolperte dorthin, wo Mardeem mit dem Gesicht nach unten im Gras lag. Sie rollte ihn herum und schlug ihn, brüllte seinen Namen und zerrte ihn dann an den Knöcheln zum Fluß hinab. Genauso behandelte sie auch Meath und Antoun, und das eiskalte Wasser tat bald seine Wirkung.

»Mardeem!« schrie Sioned, und er zuckte bei dem Klang ihrer Stimme zusammen. »Weck die anderen, schnell! Antoun, Meath, steht auf und kommt mit. Beeilt euch!«

Sie zerrte die beiden Männer auf die Füße und zog sie mit sich zu den Tauen. Sie schlangen die Hände um die festgespannten Seile und fingen an zu ziehen. Die Kraft von drei Menschen gegen den reißenden Fluß war hoffnungslos, und Sioned war sich darüber im klaren. Schmerz tobte durch ihre Schultermuskeln, und sie stöhnte vor Anstrengung auf. Sie hörte Mardeems gesungenes Fluchen gleich hinter sich. Ein Teil von ihr wollte lachen, hysterisch auflachen, denn seine Flüche waren ebenso poetisch wie seine Lieder.

Eldskon und Ostvel banden die Taue an den Eisenringen fest, denn wenn sie jetzt zögen, würde das Sioneds Plan nur behindern. Immer mehr Hände kamen jetzt zu Hilfe. Sie sah sich um und entdeckte, daß Camigwen zwei Pferde brachte. Ostvel brüllte ihnen eine Ermutigung zu, als die Seile an den Sätteln befestigt wurden, und mit dieser zusätzlichen Kraft gelang es ihnen, das Floß langsam zum Ufer zu bewegen. Doch als die Entfernung sich verringerte, bemerkte Sioned, daß ein Ring sich aus dem gesplitterten Holz löste. Die Menschen an Bord packten die Taue, um den Zug zu verringern.

Endlich gab der Fluß das Floß frei, und sie konnten es ins seichte Wasser ziehen. Die zitternden Reisenden sprangen an Land, wo die *Faradh'im* wie gefällte Bäume umfielen. Sioned konnte sich nicht daran erinnern, im Sand zusammengebrochen zu sein, ebenso wenig daran, daß sie ins weiche, warme Gras getragen wurde. Mittag war vorüber, ehe sie überhaupt eine Erinnerung hatte, und ihre ersten Empfindungen waren entschieden angenehm. Sie lag eingehüllt in eine Decke aus Schatten und Sonnenlicht, und ihre Lippen schmeckten nach frischen Beeren, süß und würzig. Sie seufzte genießerisch, drehte den Kopf, um in die lächelnden blauen Augen zu blicken, die sie beobachten würden, das wußte sie, gekrönt von seidig-sonnigem Haar.

»Na endlich«, vernahm sie eine Stimme in der Nähe. »Nett von dir, daß du aufwachst, damit wir uns bei dir bedanken können, Sioned.«

Enttäuschung durchfuhr sie. Das war nicht die Stimme, die sie hören wollte. Die Erinnerung kehrte zurück, und sie öffnete die Augen und stützte sich auf die Ellbogen, um zu Ostvel emporzusehen. Im nächsten Augenblick schien sich jeder einzelne Muskel in ihrem Körper zu verspannen, und sie sank ins Gras zurück, die Unterlippe zwischen den Zähnen. Dem Prinzen würde es gar nicht gefallen, einen Krüppel willkommen zu heißen.

»Bleib liegen. Alles ist jetzt in Ordnung – oder wenigstens fast.« Ostvel hielt ihr eine Tasse an die Lippen. »Trink ein wenig Wasser. Es ist nur ein Fingerhut voll im Vergleich zu dem, was ich geschluckt hätte, wenn ihr beide, du und Cami, nicht so schnell reagiert hättet. Ich stehe in deiner Schuld, Sioned.«

Das Wasser schmeckte nach Preiselbeeren, und wieder durchzuckte sie Bedauern. »Was ist passiert?« murmelte sie.

»Nichts, das man als große Tragödie bezeichnen müßte.

Abgesehen von dem Verlust der Pferde. Wir sind alle zwanzig sicher auf dieser Seite. Aber wir haben nur noch zwölf Pferde. Ein etwas unausgewogenes Verhältnis, könnte man sagen.«

Sie setzte sich wieder auf, streckte sich vorsichtig und zuckte zusammen. »Also werden zwölf von uns weiterreisen. Der Rest kann hierbleiben, bei unserem Freund von der ›ruhigen Überfahrt‹.« Sie lächelte schwach. »Ich hoffe, er denkt jetzt ernsthaft über den Bau einer Brücke nach.«

»Ich bezweifle, daß er im Augenblick überhaupt denken kann. Er ist betäubt vor Entsetzen und Furcht davor, was Andrade mit ihm angestellt hätte, wenn er uns verloren hätte – oder was er zumindest glaubt, daß die allmächtige Lady getan hätte.« Ostvel hockte sich auf die Fersen und zuckte die Achseln. »Aber er ist jetzt nicht unser Problem. Du bist es.«

»Ich?«

»Sioned, ich kann dich nicht mit nur elf Dienern nach Stronghold bringen. Du wirst eine Prinzessin!«

»Eine Prinzessin ohne Brautkleid«, erinnerte sie ihn. »All meine Sachen waren auf den anderen Pferden. Ostvel, wir müssen so weiterreisen, wie wir sind. Sie hat mir schließlich aufgetragen, in sechs Tagen dort zu sein.«

»Du solltest aber in einem Staat anreisen, der der Braut eines Prinzen geziemt«, erklärte er hartnäckig, und sein freundliches Gesicht legte sich in tiefe Sorgenfalten.

Sie lächelte ihm liebevoll zu. »Ich kann von Glück sagen, daß ich überhaupt anreise, so wie die Dinge stehen. Wie geht es Cami?«

»Sie ist noch immer schwach, der arme Liebling. Ich bin erstaunt, daß sie überhaupt fähig ist, aufzustehen, ganz zu schweigen davon, an die Pferde zu denken. Ich bin überrascht, daß ihr alle so schnell gehandelt habt. Wir verdanken euch Lichtläufern unser Leben.«

»Denk daran, wenn du uns das nächste Mal damit aufziehst, wie wir auf Wasser reagieren.« Sioned fuhr sich mit den Händen durch das feuchte Haar. »Wir vergeuden den Tag, Ostvel. Heb Cami auf ihr Pferd. Binde sie am Sattel fest, wenn es sein muß, aber wir müssen weiter.«

Camigwen erholte sich soweit, daß sie auf dem Pferd sitzen konnte, ohne daß Ostvel zu dem Mittel greifen mußte, das Sioned vorgeschlagen hatte. Den Rest des Nachmittags jammerte sie über den Verlust von Sioneds Gewändern und die Folgen. Nichts konnte sie trösten und davon überzeugen, daß es Sioned gar nicht soviel ausmachte. Tatsächlich war Sioned sogar erleichtert darüber, daß sie in einfachen Gewändern in Stronghold eintreffen würde und nicht in großem Staat. Noch war sie keine Prinzessin, und noch immer konnte sie nicht ganz glauben, daß sie es je sein würde.

Als sie schließlich zur Nacht einkehrten, waren alle erschöpft. Ihre Muskeln, die ans Reiten gewöhnt waren, waren nicht dazu gedacht, sich an Tauen entlangzuhangeln, und gedämpftes Stöhnen war zu vernehmen, als die zwölf abstiegen. Sie verbrachten die Nacht auf einer Farm, die Palevnas Onkel mütterlicherseits gehörte, aber die *Faradh'im* fühlten sich außerstande, den Kochkünsten seiner Gemahlin Gerechtigkeit widerfahren zu lassen, und gleich nach dem Abendessen schleppten sie sich in die Scheune hinaus, wo sie auf Decken ins weiche Heu sanken.

»Stellt Euch bloß vor«, meinte Ostvel fröhlich, und seine grauen Augen funkelten, »auf dem Rückweg müssen wir den Faolain noch einmal überqueren!«

Camigwen blitzte ihn wütend an. »Denk gut nach«, erklärte sie düster. »Ich lasse Mardeem eine Brücke zusammensingen, wenn es sein muß, aber ich werde das Wasser auf nichts anderem als auf meinen beiden Füßen überqueren.« Sie warf die Arme um ihren Geliebten und verbarg das Gesicht in der Krümmung seines Nackens. »Ich hätte dich in diesem verdammten Fluß beinahe verloren.«

Sioned beobachtete, wie er sie tröstete, und lächelte. Ganz gewiß lag der Segen der Göttin auf diesem Paar. Ihr Lächeln verging, als sie begriff, daß sie selbst weit fort sein würde, wenn diese beiden heirateten, und daß sie an den Feierlichkeiten nicht teilnehmen würde.

Und ihre eigene Hochzeit? Sie konnte sie sich weder vor Augen rufen noch daran glauben. Den Mann, ja – den konnte sie in jeder Farbe des Himmels und in jedem Sonnenstrahl erblicken. Aber der Prinz war ein Fremder. Wer war er? Gab es einen Geist, der zu diesen strahlenden Augen paßte?

Nachdem die anderen schon lange eingeschlafen waren, lag sie noch wach und starrte durch das Scheunentor zu den Sternen empor. Dieses klare, süße Licht der Mondnacht; es gehörte Meisterschaft dazu, darauf zu reisen. Wenn man es konnte, dann konnte man selbst in Nächten, in denen die Monde nicht aufgingen, hingehen, wohin es nötig war, indem man auf diesen bleichen Lichtspuren dahintanzte. Aber den Schimmer der Sterne zu nutzen, war den Lichtläufern untersagt. Vielleicht erstreckte sich der Schutz der Göttin nicht auf diese fernen Lichtpünktchen. Das Feuer der Sonne und der Monde stand unter ihrem Segen, aber was war mit den Sternen? Sie warfen feinste Schatten auf die Wiesen und Berge, mysteriös und verträumt. Welche Farben verbargen sich in ihnen? Sioned, mit ihren sechs Ringen an den Fingern, war in der Lage, sowohl das Sonnenlicht als auch das Licht der Monde zu betreten. Sie zählte diese Ringe im Sternenschein, vier aus Gold und zwei aus Silber, schlichte Reife, die sie in der Schule der Göttin nicht hervorhoben, sie aber draußen in der Welt als ein anderes Wesen auszeichneten. Sie dachte an ihre Kindheit in River Run und wie ihre Schwägerin sie schief angesehen und ihrem Bruder Davvi etwas zugeflüstert hatte. Nun, als Erwachsene, konnte Sioned mit einem Gefühl an Lady Wisla denken, das an Dankbarkeit grenzte, denn wäre diese nicht so eifrig darauf erpicht gewesen, alleinige Herrin über die Ländereien und Reichtümer von River Run zu sein, dann wäre Sioned niemals zur Schule der Göttin gesandt worden.

Und dann wäre sie jetzt nicht unterwegs, um die Gemahlin eines Prinzen zu werden.

Warum tat Andrade das nur? überlegte sie. Die letzte ausgebildete *Faradhi,* die in den Hochadel eingeheiratet hatte, war Sioneds Großmutter gewesen, die, wenngleich selbst nicht von höchstem Adel, einen Prinzen von Kierst geehelicht hatte. Ihre Tochter hatte den Vater von Sioned und Davvi geheiratet, aber nie zu erkennen gegeben, daß sie die Gabe in sich trug. Die jüngeren Söhne und Töchter der Hochwohlgeborenen wurden manchmal zu Lichtläufern, aber für gewöhnlich blieben sie unausgebildet, auch wenn es Hinweise auf die Gabe gab. Sie heirateten lieber, als zur Ausbildung in die Schule der Göttin einzutreten. Man hatte nie von einem Prinzen oder Lord gehört, der die *Faradhi*-Ringe trug. Sioned interessierte sich nicht sonderlich für die Angelegenheiten der Prinzenreiche, aber sie wußte genug, um zu begreifen, daß ein Lichtläufer-Prinz auf andere bedrohlich wirken würde. Es bestand aber eine gute Wahrscheinlichkeit, daß eines ihrer Kinder genau das sein würde. Obwohl Prinzessin Milar die Gabe nicht besaß, hatte man schon davon gehört, daß sie eine oder mehrere Generationen übersprang, ehe sie sich wieder zeigte.

Ganz plötzlich begriff Sioned, daß ein Sohn, den sie dem Prinzen schenken würde, nach ihm an die Herrschaft käme. Sie verfluchte ihre Dummheit, daß sie nicht früher daran gedacht hatte; sie war so in ihre Gedanken an ihn versunken gewesen, daß sie überhaupt nicht an Kinder gedacht hatte. Und sie erkannte schließlich auch, was Andrade von ihr wollte: einen *Faradhi*-Prinzen, der die Wüste regierte, der alle Macht seiner Position und seiner Gabe einsetzte, um – um was? Das war es, was sie nicht verstand. Besser gesagt: Sie hoffte, daß sie da etwas nicht verstand.

Kapitel fünf

Prinz Zehava starb am sechsten Tag kurz vor Sonnenaufgang, umgeben von seiner Familie. Im Laufe des vorhergehenden Tages und der Nacht war er immer wieder kurz bei Bewußtsein gewesen, aber der Tod näherte sich und hatte seinen Geist umnebelt und seine Sprache undeutlich werden lassen. Er starb jedoch frei von Schmerzen und ohne Angst um die Zukunft seines Sohnes, der zum regierenden Prinzen werden würde, sobald Zehava seinen letzten Atemzug getan hatte. Ungeachtet der Tradition, die ihm das Betreten des Todesgemaches untersagte, war Rohan bei seinem Vater, als dieser starb. Milar schloß die Augen ihres Gatten; Tobin fuhr mit den Fingerspitzen sacht über seine Stirn, um die Sorgenfalten zu glätten. Rohan bückte sich und küßte seinen Vater. Dann wandte er sich um und verließ den Raum.

Andrade wartete eine Weile, ehe sie ihm nachging. Er war dort, wo sie ihn vermutete: im Turm der Ewigen Flamme, wo er den Dienern half, das Feuer hoch genug zu schüren, damit es überall in der Wüste zu sehen war und Zehavas Volk von seinem Dahinscheiden unterrichtet wurde. Die Flamme würde von fernen Hügeln aus gesehen werden, und dort würden andere Feuer entfacht werden, bis eine Kette aus Licht entstand, die bei Anbruch der Dunkelheit das Prinzenreich in Länge und Breite umgab.

Der Schweiß lief als unangenehmes Rinnsal ihr Rückgrat hinunter und zwischen ihre Brüste, ehe Rohan endlich überzeugt war, daß das Feuer hell genug brannte. Sie war ohnehin nicht bester Laune, und die Hitze verschlechterte ihre Stimmung nur noch mehr. Wenngleich sie Zehava nie zutiefst zugetan gewesen war, so hatte sie ihn doch geschätzt, und sie wußte, daß die Welt nach seinem Tod ärmer war.

Aber nun hatte sie es mit einem neuen Prinzen zu tun, und als sie den Glutherd hinter sich ließen, klang ihre Stimme vielleicht schärfer, als es nötig gewesen wäre.

»Keine einzige Vorbereitung ist für Sioneds Ankunft getroffen worden. Warum verweigerst du deiner Braut die ihr zustehenden Ehrenbezeigungen? Ich verwahre mich dagegen, das Mädchen hier wie einen ganz gewöhnlichen Gast eintreffen zu sehen, schlimmer noch, wie einen ganz unwichtigen!«

»Friede, Andrade«, murmelte Rohan müde. »Es war eine lange Nacht, und ich habe einen noch längeren Tag vor mir.«

»Antworte mir, ehe er noch länger wird, Knabe!«

Ein scharfer Blick kreuzte den ihren, feurig wie ein Drache auf der Jagd. »Das Mädchen kommt in meine Burg, Andrade, nicht in deine. Ihr Empfang oder auch der Mangel daran wird so ausgeführt werden, wie ich es bestimme.«

»Rohan!«

Aber er war schon davon, die Treppen hinunter. Mit seinen geschmeidigen Gliedern legte er ein Tempo vor, das für ihre älteren Knochen nicht mehr zu schaffen war. Sie spie eine ganze Reihe Flüche hinter ihm her, die jeden entsetzt hätten, der sie kannte. Dann begab sie sich in ihre Gemächer, wo sie vergebens zu schlafen versuchte.

Das Signalfeuer brannte den ganzen Tag über, aber Rohan war nicht in Stronghold und konnte nicht fühlen, wie die Hitze sich langsam in der Burg ausbreitete. Bei Tagesanbruch ritt er durch den Tunnel, der in den Felsen gehauen war und in die Wüste führte, aus dem Hof, Chaynal an seiner Seite und die Oberkommandierenden der Wache, Maeta, mit neun weiteren Soldaten hinter sich. Entschlossen ritt er zum Rivenrock Canyon.

Die Sonne ging auf, die Luft waberte, strich über seine Kleider, und die Mähne seines Pferdes flatterte im sanften Wind. Schon bald war Rohans blondes Haar dunkel von Schweiß, und die dünne, graue Seide seiner Tunika klebte in feuchten Flecken an seiner Brust und an seinem Rücken. Er redete sich ein, daß das Salz, das in seinen Augen brannte, Schweiß sei, und daß die Leere in seinem Körper nur das Knurren eines leeren Magens wäre. Mehr als vierzig Längen ritten sie schweigend dahin. Die wabernde Luft hielt alle Tiere in ihren Höhlen fest, wo sie kaum genug Energie aufbrachten, ihre Klageschreie auszustoßen. Ein paar Vögel schwebten hoch oben auf ihrem Weg nach irgendwo, wie es bei Vögeln in der Wüste immer war. Manchmal hörte man das leise Rauschen von Sand oder ein Schnauben, wenn sich eines der Pferde die Nüstern freiblies. Doch für lange Zeit sagte keiner der Männer oder Frauen ein Wort.

Schließlich schloß Chay, der mit seinem Pferd ein Stück hinter Rohan zurückgeblieben war, damit dieser für sich allein sein konnte, wieder zu ihm auf. Sie ritten vor der Truppe her, außerhalb ihrer Hörweite in der tiefen Stille. Rohan sah sich nach ihm um. »Ja?«

»Du hast nie zuvor einen Drachen gejagt. Die Zeit der Paarung ist vorüber, und da wird er noch bösartiger sein.«

»Ich habe es Vater versprochen.«

»Rohan, ich wünschte, du würdest mich –«

»Nein. Dieser Drache gehört mir.«

Chay wandte sich ab. »Wie Ihr wünscht, mein Prinz«, erklärte er steif.

»Nicht! Chay, laß das – so etwas will ich von dir niemals hören!«

Dieser Schrei aus tiefstem Herzen stimmte Chaynal milder. »Vor den anderen muß ich dich so nennen, das weißt du doch. Aber trotzdem werden wir einander immer dasselbe sein wie zuvor, wenn du das willst.«

Rohan nickte dankbar. »Ich brauche das, Chay. Ich werde deine Hilfe benötigen.«

»Die hast du. Du brauchst nicht zu fragen.« Chay zuckte mit den Schultern, als wollte er die Hitze abschütteln. »Ich kann schon fast hören, wie sich die Merida vorbereiten. Bis zum Abend werden sie die Feuer gesehen haben und wissen, daß Zehava tot ist. Es wird Ärger geben, Rohan.«

»Ich habe schon ein paar Ideen«, erwiderte der junge Prinz. »Und nicht nur, was die Merida angeht.«

»Roelstra?« vermutete Chay und sah die Bestätigung in Rohans vorgerecktem Kinn. »Du solltest besser verdammt fest im Sattel sitzen, ehe das *Rialla* beginnt.«

»Ich werde mich in einer Position befinden, die er unhaltbar finden wird. Das wird ihm gefallen. Er wird glauben, daß ich bereit sei, nach jeder Unterstützung zu greifen, die ich kriegen kann, selbst nach seiner. Und diese Unterstützung wird er mir in Form einer seiner zweifellos charmanten Töchter als Gemahlin andienen.«

»Aber Tobin hat erzählt, Andrade –«

»Glaub nicht alles, was du hörst.«

»Willst du der Herrin der Schule der Göttin etwa nicht gehorchen?« Chay pfiff leise durch die Zähne.

»Ich habe davor eine Todesangst, wenn du es unbedingt wissen willst«, gestand er. »Sie hat über Tobin und mich geherrscht wie ein Drachenweibchen, als wir noch klein waren, und die Erinnerung daran habe ich noch immer nicht überwunden. Aber ich will mein eigenes Leben leben, nicht ihre Version davon. Und deshalb brauche ich deine Unterstützung, ganz besonders beim *Rialla.*«

»Ich mache natürlich, was immer du willst. Aber weißt du wirklich, was du tust?«

»Ja«, antwortete Rohan leise. »Ich werde ein Prinzenreich aufbauen, das nicht von meinem Schwert abhängt. Vater hat erklärt, die Versprechungen eines Prinzen sterben mit ihm. Nicht bei diesem Prinzen, Chay! Wenn ich sterbe, werden meine Söhne Frieden erben, nicht nur Ruhe vor dem Krieg für ein paar Sommer oder Jahre, in denen die Feinde sich neue Angriffsmöglichkeiten ausdenken.« Er wartete auf Chays Reaktion, und als keine kam, fuhr er fort: »Du bist nicht gerade enthusiastisch.«

»Das ist eine hübsche Idee«, meinte Chay vorsichtig. »Aber ich halte sie nicht für besonders praktikabel.«

»Ich werde schon dafür sorgen. Warte nur ab.«

Rivenrock ragte vor ihnen auf. Die rötlichen Streifen an den Felsen konnten getrocknetes Blut sein, vom Drachen oder Menschen. Rohan zog die Zügel an und musterte den Eingang des Canyons und seinen großen Gipfel.

»Er ist immer noch hier.« Rohan wies auf dunkle Pflanzenbüschel. »Siehst du den Bittersüß-Nachtschatten oben auf der Klippe? Er hat ihn gefressen, um stark zu bleiben, denn er hat sich noch nicht mit allen gepaart. Für gewöhnlich wächst der praktisch über Nacht wieder nach, aber dieser hier ist bis ganz zum Boden abgefressen.«

»Ein Drache braucht keine sechs Tage, um sich mit seinen Weibchen zu paaren«, widersprach Chay.

»Vater hat ihn schwer verletzt. Spürst du denn nicht, daß er noch immer da hinten im Canyon lauert?«

Chay sah und hörte nichts, und das sagte er auch. Rohan lächelte bloß. Ganz plötzlich brach sich ein Schrei an den Wänden des Canyons, und der Lärm ließ lose Steine herabpoltern. »Er ist hier«, wiederholte Rohan und ritt vorwärts. Nach einer halben Länge im Canyon stieg er ab, zog sein Schwert und bedeutete Chaynal, er soll es ihm gleichtun. »Maeta«, wandte er sich an die Kommandeurin, »halte alle anderen zurück. Ihr seid nur hier, um mir zu helfen, das Monster heimzuschleppen, das ist alles. Chay, komm mit mir.«

»Euer Gnaden«, fing Maeta an, und ihre Augen wurden schmal vor Sorge – schwarze Augen wie die von Zehava, dessen Blutsverwandte sie sein mochte oder auch nicht, je nachdem, welchem Familiengerücht man Glauben schenkte. Rohan warf ihr einen langen Blick zu, und sie zog sich mit einem gehorsamen Nicken zurück.

Rohan und Chaynal kletterten den schmalen Grat entlang, der sich an der Felswand entlangzog. Der säuerliche Geruch des Drachenpaarens lag in der Luft. Überall in den Klippen befanden sich Höhlen, viele von ihnen bereits von den Drachenweibchen verschlossen, die ihre Eier darin abgelegt hatten. Acht Höhlen auf der gegenüberliegenden Seite des Canyons waren bereits so versiegelt, und Rohan fragte sich, wie viele Drachen in Schalen dahinter lagen und in der ofengleichen Hitze ausgebrütet wurden. Drachen mit breiten, grazilen Schwingen zum Fliegen, mit langen Kehlen, damit sie einander über den Wind hinweg rufen konnten – und mit tödlichen Krallen, die Fleisch in Fetzen rissen. Heute mußte Rohan in dem Drachen einen Mörder sehen, nicht eine der schwebenden, schönen Kreaturen, die ihn von Kindheit an bezaubert hatten.

Er war überzeugt gewesen, daß der Großvater noch hier war. Zehava hatte den Drachen verwundet und ihn daran gehindert, zu seinen Weibchen zu gelangen. Noch waren zwei Höhlen auf der gegenüberliegenden Mauer offen, und das Poltern von Steinen darin verriet ihm, daß sich Drachenweibchen dort aufhielten und ungeduldig auf ihren Herrn warteten. Ein unbegattetes Drachenweibchen, so schwer mit Eiern, daß es nicht fliegen konnte, starb schnell; die Skelette derer, die trotzdem zu fliegen versucht hatten, übersäten den Boden der Schlucht. Rohan war oft hierher geritten und hatte Krallen, Zähne und die seltsamen Schwingen- oder Schenkelknochen für seine Studien gesammelt. Er wußte, wie ein Skelett sich zusammensetzte, wie die Muskeln an den Knochen anlagen, wie sich aus dem Ganzen ein Tier von seltener Schönheit zusammensetzte – jedenfalls schön für ihn. Aber jetzt wollte er einen Drachen töten und die Arbeit beenden, die sein Vater begonnen hatte, ehe er sich an seine eigene Arbeit machte.

Er kletterte schneller. Es war sehr hinderlich, mit einem bloßen Schwert in der Hand eine Felswand emporzuklettern, aber er wagte nicht, es wieder in die Scheide zu schieben, da der Drache ihn jederzeit überraschen konnte. Allein der Augenblick, den er benötigen würde, um sein Schwert zu ziehen, konnte seinen oder Chays Tod bedeuten. Es war so schon gefährlich genug, Felsbrocken nach unten poltern zu lassen, aber er hoffte, der Drache würde es bloß für das Gepolter der Steinöfen halten, die ihren Platz für den Sommer einnahmen.

Endlich erreichten sie die Höhle, die er von unten ausgemacht hatte. Nachdem er Luft geholt hatte, wandte er sich an Chay, damit er sich versteckte.

»Rohan, vergib mir, aber du hast den Verstand verloren! Das ist ja alles schön und gut, aber ich würde mich weit besser fühlen, wenn ich wüßte, was wir hier tun.«

»Sieh dir mal diese Höhle an. Sie ist zugemauert, die Eier sind abgelegt, das Drachenweibchen ist fort. Wenn du jetzt der Großvater wärest, wenn du in diesem Jahr durch die Hölle gegangen wärest, um dich zu paaren, und wenn du jetzt zwei jämmerliche Geschöpfe sehen würdest, die sich anschicken, die Frucht deiner Arbeit anzugreifen –«

Chay brüllte vor Lachen. »Du bist wirklich verrückt. Also gut, was soll ich tun?«

»Nicht viel, außer ich werde getötet. Sollte das der Fall sein – renn um dein Leben. Und bitte Mutter, mir zu vergeben.«

»Wenn sie von dem hier wüßte, würde sie sich selbst umbringen und dem Drachen die Mühe ersparen.« Chay schüttelte den Kopf und ging dann ans andere Ende des Simses, wo ein Stapel aus Felsbrocken angemessenen Schutz bot.

Rohan wischte sich den Schweiß von der Stirn und drehte sich um, um die gegenüberliegende Wand zu beobachten. Leere Höhlen klafften dort verführerisch auf. Aus welcher würde der Drache auftauchen? Oder war er in einer Höhle auf dieser Seite? Rohans Instinkt sagte nein. Er weigerte sich, über den Irrsinn seines Unterfangens weiter nachzudenken, und glitt hinter einen Felsvorsprung, um zu warten. Das Sims maß etwa sechs Schritt in der Breite und war ungeführ doppelt so lang – ausreichend Platz für ihn, um zu agieren, aber schwierig für einen Drachen.

Die Schatten wurden kürzer, und es ging auf Mittag, als der Drache aus einer Höhle gegenüber von Rohans Platz hinkte. Erschöpft nach einem Vormittag, an dem er sich aus vollem Herzen einer seiner Damen gewidmet hatte, gähnte er und reckte erst ein Hinterbein, dann das andere. Rohan hörte Chays ersticktes Lachen ganz in der Nähe. Es war wirklich komisch zu sehen, wie schläfrig dieser geile, alte Kerl nach seinen sexuellen Ausschweifungen war. Doch Rohan verging jegliche Fröhlichkeit, als er die zahlreichen Risse im Panzer des Drachen entdeckte, aus denen noch immer Blut sickerte. Als der Drache die großen Schwingen zum Flug ausbreitete, bemerkte Rohan außerdem, wie steif er sich bewegte. Auf der Unterseite des einen Flügels war ein großer Fleck getrockneten Blutes und ein kleinerer an einer Flanke. Rohan riß sich zusammen, trat in den Sonnenschein hinaus und schleuderte dem Drachen, der seinen Vater getötet hatte, eine höhnische Herausforderung entgegen.

Da sich die Sonne in Rohans Rücken befand und er weiter oben im Canyon stand, mußte der Drache die Augen zusammenkneifen, um ihn zu sehen. Unter anderen Umständen wäre auch das komisch gewesen: zu sehen, wie sich die großen, bösen Augen auf der Suche nach der Quelle dieses Rufes verengten. Rohan sandte der Göttin ein Dankgebet, daß sie es so arrangiert hatte; der Drache würde heftig mit seinen verletzten Flügeln schlagen müssen, um sich auf eine Höhe mit Rohan zu bringen. Mit seinen Wunden und erschöpft nach der Paarung würde diese Anstrengung gewaltig sein.

Heiterkeit durchfuhr Rohan, als die Schwingen ein-, zweimal schlugen, offenbar ihrer Kraft nicht sicher. Der Drache brummte vor Schmerz und Wut und erhob sich mühsam in die Luft. Einen Augenblick war seine Flugtüchtigkeit zweifelhaft. Doch mit drei kräftigen Schlägen seiner Schwingen erhob er sich in die Lüfte – und hielt direkt auf Rohan zu.

Der Prinz würgte sein Entsetzen herunter, streckte sein Schwert aus und wich nicht von der Stelle. Der Drache ragte über ihm empor, und der Sonnenschein funkelte auf seinem goldenen Panzer. Die geöffneten Kiefer enthüllten abgenutzte Zähne, und Rohan spürte den heißen Atem des Drachen im Gesicht. Vor seinem inneren Auge tauchte plötzlich ein Bild davon auf, wie sein eigener Kopf in diesem klaffenden Schlund verschwand. Nie zuvor war er einem Drachen so nah gewesen, und er wünschte sich jetzt nichts sehnlicher, als sich zu verstecken, bis das Ungeheuer davonflog.

Statt dessen sprang er zur Seite und hieb sein Schwert mit aller Kraft nach unten. Nur um Fingerbreite entging er dem Schicksal, von den Drachenkiefern gespalten zu werden. Das Biest heulte auf, als es gegen das Gesims krachte. Ein Flügel wurde gegen seinen Körper gepreßt, und Blut strömte aus der Wunde, die Rohan ihm neu geschlagen hatte. Als der Drache versuchte, den Flügel wieder auszubreiten, knirschten Knochen wie Blitze am Himmel. Er hatte das Gleichgewicht verloren und konnte nicht mehr fliegen, und so klammerte sich der Drache mit den Hinterbeinen an den Felsenrand, während er mit den Vorderbeinen in die Luft schlug und versuchte, Halt zu finden – vorzugsweise an Rohan.

Als er in die geröteten, zornigen Augen des Drachen blickte, spürte Rohan, wie sein eigenes Blut zu kochen anfing. Dies war der Feind. Etwas sehr Altes und Feuriges erhob sich in ihm, und er hieb nach dem nächsten Vorderbein und lachte, als der Drache aufbrüllte. Der eine Flügel schlug verzweifelt, und der andere hing nutzlos herab. Rohan trieb die Klinge in den langen, gebogenen Nacken. Blut spritzte hervor, als er das Schwert herauszog, und er stach erneut zu. Der Kopf des Drachen fuhr mit einem Schmerzensschrei zurück und fiel dann noch vorne. Rohan holte ein letztes Mal mit dem Schwert aus und bohrte es dem Drachen ins Auge.

Ein heißes Gefühl durchzuckte seinen Arm, als er wieder zurücksprang. Sein Schwert war noch einen Augenblick zuvor so leicht gewesen, und jetzt schien es ihm unerträglich schwer, als er versuchte, es aus der Augenhöhle zu reißen, wo es sich hinter dem Knochen verklemmt hatte. Rohan schrie laut vor Anstrengung und dem Schmerz, der in seiner Schulter brannte. Der Kopf des Drachen wurde gen Himmel geschleudert, und das Schwert ragte noch immer aus dem blutigen Loch, das sein Auge gewesen war. Er hieb nach den Felsen und fand keinen Halt. Sein Flügel schlug vor und zurück, sein Instinkt gebot ihm zu fliegen, und der Schweif hämmerte gegen die Felswand. Der sterbende Drache stieß einen letzten, schrecklichen Schrei aus und glitt an der Klippe hinab. Sein riesiger Körper krachte auf das Felsgestein am Boden.

Rohan warf einen Blick auf seinen Arm. Eine Klaue hatte Fleisch und Muskeln verletzt. Er hielt es nur für eine kleine Wunde, als er sie abgewischt hatte, und von der er auch nicht wußte, welches sein Blut war und was vom Drachen stammte. Ohne sonderliches Interesse überlegte er, ob die Geschichten wahr wären, daß Drachenblut giftig sei.

Plötzlich war da keine Wärme mehr. Die Sonne strahlte keine Hitze aus, die Luft verwandelte sich in eisiges Wasser, durch das er mit schmerzhafter Langsamkeit wandelte. Der Wind ließ den Schweiß an seinem Körper gefrieren und verwandelte die blutigen Flecken in Eis. Über das Sims hinweg warf er einen Blick auf den Drachen, den er getötet hatte. Ihm wurde übel. Schwankend taumelte er zurück, fiel auf die Knie und übergab sich.

Der Canyon und der Himmel drehten sich noch immer um ihn, als er spürte, daß ihm kaltes Wasser ins Gesicht gegossen wurde. Verärgert schüttelte er den Kopf und stöhnte. »Kau das«, befahl Chays Stimme, und Rohan würgte an etwas Bitterem, Salzigem, bis er den Wunsch hatte, sich noch einmal zu erbrechen. Er schluckte krampfhaft und zwang sich, sich aufzusetzen. »Es dauert einen Moment, bis es wirkt«, erklärte Chay. Die kleine Waffel aus Kräutern und

Salz traf seinen Magen wie ein Kelch starken Weines vor dem Frühstück. Sein Arm schmerzte jetzt stark, und er zuckte zusammen.

Chay hockte vor ihm auf den Fersen. »Eine Weile dachte ich, ich müßte zu den Fernen Inseln segeln und dürfte nie zurückkehren. Tobin hätte mich nur so lange leben lassen, bis ich ihr von deinem Tod erzählt hätte. Aber du hast ihn getötet, Rohan – heilige Göttin, und wie du ihn getötet hast! Es war wundervoll! Und alle haben es gesehen. Dein erster Drache.«

»Mein erster und letzter! Nie wieder, Chay. Ich will das nie wieder tun.«

Er akzeptierte es, daß sein Freund ihm auf die Füße half. Langsam gingen sie den felsigen Pfad hinab. Unsicher glitten sie auf den losen Steinen aus. Rohans Knie arbeiteten kaum noch. Maeta hielt ihre Pferde bereit, als sie unten ankamen, und Chay benötigte eine Weile, um den nervösen Akkal zu beruhigen, der nie zuvor bei einer Drachenjagd ohne Reiter gewesen war. Dann gesellte er sich zu Rohan und den anderen neben dem mächtigen Leichnam.

Es bedurfte all seiner verbliebenen Kraft, um sein Schwert aus dem Auge des Drachen zu ziehen. Rohan nahm seine Tunika ab und wischte damit die Schneide sauber. Dann wies er Maeta an, nur die Klauen und Zähne an sich zu nehmen. »Morgen kann jemand die Reste abholen.«

»Jawohl, Herr.« Maeta verbeugte sich tief. Sie hatte ihm das Bogenschießen beigebracht und das Reiten, hatte mit ihm gespielt, als er noch ein Knabe gewesen war, und hatte viele seiner Eskapaden vor seinen Eltern verborgen gehalten. Und jetzt verneigte sie sich vor ihm.

Rohan goß sich einen halben Trinksack mit Wasser die Kehle hinunter und wünschte, es wäre Brandy. Chay half ihm, sich einen Teil des Blutes von Gesicht und Brust zu waschen. Er stieß einen überraschten Schrei aus angesichts des langen Klauenkratzers von der rechten Schulter bis zum Ellbogen. Die Wunde wurde gereinigt und mit den Überresten von Rohans Tunika verbunden. Der Prinz unterdrückte ein Zusammenzucken bei der groben, aber erfahrenen Behandlung durch seinen Schwager.

Plötzlich erklang ein tiefes, düsteres, erschreckendes Grollen im Canyon. Er wirbelte herum, eine Hand am Schwert. Die anderen brachen ihr Tun ab, erstarrten und starrten zu der leeren Schlucht hinüber. Der Ton wurde intensiver und nahm ein ganzes Dutzend unterschiedlicher Klänge an, alle unwirklich genug, um Rohans Nackenhaare zu Berge stehen zu lassen.

»Sie beklagen ihn«, erklärte Chay und durchbrach den entsetzlichen Bann der Drachenstimmen.

Das Geheul schwoll an und ab, während sie arbeiteten. Die Drachenweibchen weinten um ihren Toten, so wie auch Rohan und seine Familie morgen abend trauern würden, wenn sie die Fackel an Zehavas Scheiterhaufen hielten. Endlich befanden sich alle Klauen und Zähne in großen Samthüllen und klapperten leise den Rhythmus zu dem Requiem, das Rohan und seinen Leuten in die Wüste hinaus folgte. Er schauderte im glühenden Sonnenschein und wiederholte insgeheim seinen Schwur. *Niemals wieder.*

* * *

Sioned zog an den Zügeln und richtete sich in den Steigbügeln auf, als sie die Reiter erblickte. Deren Ziel war dasselbe wie ihres: der Spalt in den Vere-Hügeln, wo Stronghold zwischen den Felsen kauerte. Sie erhaschte einen Blick auf die Nachmittagssonne, die auf blondem Haar schimmerte, und fühlte, wie jegliche Farbe aus ihrem Gesicht wich.

»Er?« murmelte Ostvel an ihrer Seite.

Sie nickte, ohne ein Wort sagen zu können.

»O du liebe Göttin!« rief Camigwen aus. »Schnell, schnell, Sioned – wasch dein Gesicht, und hier ist mein Kamm – beeil dich!«

»Laß sie doch, Cami«, mischte sich Ostvel ein. »Welcher Mann kann von einer Frau erwarten, daß sie die Wüste durchquert und aussieht, als hätte sie eben erst ihre Gemächer verlassen?«

Sioned versuchte sich einzureden, daß die Welt voll war von blonden Männern. Sie sank zurück auf ihren Sattel und schloß die Hände fester um die Zügel, bemüht, ihren angespannten Atem zu beruhigen. Die graue Trauerkleidung der Gruppe verriet ihr, daß eine wichtige Persönlichkeit verstorben war. Doch der Prinz trug weder Hemd noch Tunika. Ein Streifen Seide war um seinen rechten Arm gewickelt, und als die Reiter näher kamen, erkannte Sioned, daß es sich um einen hastig gefertigten, blutgetränkten Verband handelte.

»Ich hoffe, wir müssen nicht zu lange warten. Es ist verdammt heiß hier draußen«, bemerkte Ostvel mit der für ihn typischen Untertreibung. »Nehmt Lady Sioned in die Mitte.«

Der Titel ließ sie überrascht zusammenfahren, aber Ostvel hatte die gewünschte Wirkung erzielt. Die anderen bildeten einen Halbkreis um sie, als wären sie eine Ehrengarde und Sioned bereits eine Prinzessin. Sonnenschein glänzte auf dem Sand, als die Reiter sich näherten, und Sioned wünschte vergebens, sie hätte Camis Rat befolgt. Sie warf einen Blick auf ihre braune Reitkleidung, dachte an den zerzausten Knoten in ihrem Nacken, und bedauerte, nicht frisch gewaschen zu sein. Wenigstens würde er das Schlimmste von ihr als erstes sehen, dachte sie ergeben. Danach konnte sie sich nur noch verbessern.

Die Reiter zügelten ihre Pferde auf einer Düne, und der blonde Mann ritt voraus, eine größere, dunklere Gestalt an seiner Seite. Das Antlitz aus der Flammenbeschwörung tauchte nun leibhaftig vor Sioned auf. Was den Rest von ihm anging – so war er mittelgroß, aber elegant proportioniert, was ihn größer wirken ließ, Schultern gerade, trotz der offensichtlichen Erschöpfung. Es waren gute Schultern, breit und kräftig. Seine Brust war glatt, die festen Muskeln unter der goldenen Haut glänzten vor Schweiß und waren verschmiert mit getrocknetem Blut.

Er zügelte sein Pferd und nickte zum Gruß. »Seid willkommen, Mylady.«

Sie neigte den Kopf. »Ich danke Euch, Herr.« Ihre Stimme funktionierte noch. Erstaunlich.

»Darf ich Euch den Gemahl meiner Schwester vorstellen? Lord Chaynal von Burg Radzyn.«

Sie blickte in ein Paar bezwingender grauer Augen, die tief in einem sonnengebräunten Gesicht lagen. »Mylord«, grüßte sie mit etwas weniger formellem Nicken. Er war, so fand sie, außerordentlich gutaussehend. Sein Interesse an ihr war schon fast peinlich, und ein Winkel seines Mundes verzog sich zu einem kleinen, trockenen Lächeln.

»Ich fühle mich in der Tat geehrt, Mylady«, erklärte er und verneigte sich.

Sioned fiel plötzlich wieder ein, was die Sitte erforderte, und sie deutete auf die Freunde an ihrer Seite. »Darf ich Euch meine Begleiter vorstellen, Herr? Ostvel, zukünftiger Präfekt der Schule der Göttin, und die Lichtläuferin Camigwen. Auch die anderen hier sind meine Freunde.«

»Ich heiße Euch in meinem Land willkommen«, erklärte der Prinz, und Sioneds Körper wurde gefühllos. *Sein* Land, nicht das seines Vaters. Sie trugen Trauer wegen des alten Prinzen, und das bedeutete, daß sie nicht nur einen Erben ehelichen würde, sondern einen Herrscher. Er sprach noch immer, und sie konzentrierte sich verzweifelt auf seine Worte. »Es trifft sich glücklich, daß ich meine Angelegenheiten rechtzeitig regeln konnte, um Euch nach Stronghold zu geleiten. Lady Andrade wird erfreut sein, Euch wohlbehalten zu sehen.«

»Ich freue mich darauf, mit ihr zu reden«, hörte sich Sioned antworten.

Lord Chaynals Blick schien zu sagen: Darauf möchte ich

wetten, und sein Mundwinkel zuckte noch ein wenig höher. Doch das Gesicht des Prinzen blieb ganz ruhig, als er sagte: »Mylady, würdet Ihr mir die Ehre eines kurzen Gesprächs unter vier Augen erweisen?«

Ehe sie antworten konnte, sprang er vom Pferd, und ihr fiel gerade noch rechtzeitig ein, daß sie sich von ihm aus dem Sattel heben lassen sollte. Seine Finger schlossen sich um ihre Taille, und sie errötete und hoffte, daß ihr Sonnenbrand die plötzliche Farbe überdecken würde. Wenn es schon mit diversen Stoffschichten zwischen ihnen so erging, wie würde es dann erst sein, wenn sich Haut und Haut berührten? Sioned starrte auf ihre Stiefelspitzen, während sie gingen, und kämpfte um ihre Beherrschung, und als sie sich von den anderen entfernt hatten, riskierte sie einen Blick auf ihn. Ihre Augen waren auf einer Höhe mit seinen Lippen. Sie fragte sich, wie sein Lächeln wohl sein mochte und ließ ihren Blick hinab wandern, dorthin, wo sein Puls in seiner Kehle schlug. Als ihr klar wurde, daß er ebenso angespannt war wie sie, fühlte sich Sioned ein wenig wohler.

»Es sieht aus, als wären Eure Angelegenheiten gefährlich gewesen«, bemerkte sie mit erstaunlich beherrschter Stimme. »Es ist doch hoffentlich nicht Euer eigenes Blut?«

»Nein. Von einem Drachen. Er hat mich nur ein wenig verwundet.« Er sprach fast abwesend, den Blick auf die Hügel geheftet.

Sioned beschloß, den Mund zu halten, bis er ihr eine direkte Frage stellte. Noch viele Schritte mußte sie über den weiß-goldenen Sand zurücklegen, ehe er stehenblieb, sich ihr zuwandte und eilig erklärte: »Ihr wißt, warum Ihr hier seid, und ich weiß es ebenfalls. Andrade erwartet, daß wir heiraten.«

»Andrade erwartet vieles«, antwortete Sioned.

»Weiter«, fuhr er fort, als hätte sie nichts gesagt, »erwartet sie, daß das bald geschieht. Aber das kann nicht sein. Noch nicht.« Er sah ihr in die Augen. Seine waren sehr blau, mit schwarzen Ringen um die Iris. »Bitte glaubt mir, wenn ich sage, daß ich Euch und keine andere Frau heiraten werde. Ich wußte es von dem Augenblick an, als Andrade Euer Gesicht im Feuer beschwor. Aber es gibt Dinge, die ich erledigen muß, bevor wir heiraten können. Einiges davon wird Euch möglicherweise verletzen, und das tut mir leid – aber mein Vater ist tot, und ich bin der herrschende Prinz. Was der Prinz jedoch tun muß, wird der Mann häufig bedauern.«

Sioned verschlug diese außergewöhnliche Rede die Sprache. Sie starrte ihn nur an.

»Ich muß allen zeigen, welche Art von Prinz ich zu sein beabsichtige«, fuhr er fort. »Ich werde Euch alles erklären, sobald wir Zeit dafür haben, und ich hoffe, Ihr seid eine Frau, die derartige Dinge verstehen kann. Falls nicht, werdet Ihr es lernen müssen«, schloß er grob. »Aber ich würde nicht so handeln, wenn es für unser gemeinsames Leben nicht notwendig wäre. Ich wünsche ein Leben in Frieden, nicht auf Messer Schneide. Versteht Ihr?«

Sie war noch immer unfähig zu sprechen, jetzt allerdings aus einem anderen Grund.

»Das Spiel fängt für uns an, wenn wir in Stronghold eintreffen. Ich habe den Drachen getötet, der meinen Vater getötet hat, versteht Ihr?« Leichte Röte stieg ihm in die Wangen. »Keiner von ihnen hat geglaubt, daß ich das könnte.«

»Warum denn nicht?« Die Worte kamen über ihre Lippen, ehe sie nachdenken konnte, aber sie fand sie vollkommen natürlich. Wer könnte diesen Mann für unfähig halten, das zu tun, was er tun wollte?

Seine blauen Augen wurden mißtrauisch zusammengekniffen, doch dann stahl sich ein Lächeln auf sein Gesicht und veränderte es. Sie hätte fast den Atem angehalten. »Danke«, sagte er. »Ihr schmeichelt mir nicht. Das kann ich wohl sehen. Ihr müßt immer ehrlich zu mir sein, Sioned.«

Der Klang ihres Namens aus seinem Mund bedeutete ihren Ruin, aber sie hatte nicht die Absicht, ihn das wissen zu lassen. Statt dessen klammerte sie sich an ihren Stolz und bemühte sich, sein Lächeln zu erwidern. »Das werde ich tun, wenn Ihr mir dasselbe versprecht.« Soviel hing von seiner Antwort und von seiner Bereitschaft ab, dieses Versprechen zu halten.

»Das werde ich, Mylady. Mein Wort darauf.« Er berührte ihren Arm und ließ sie voller Verblüffung hastig wieder los. Vom Feuer berührt, dachte sie, als sie es endlich in seinem Blick sah.

»Sagt mir, wie ich mich verhalten soll«, bat sie. »Wir sollten zu den anderen zurückkehren, und wir werden erst später Gelegenheit haben, miteinander zu reden. Wenn überhaupt.«

»Wie ich sehe, kennt Ihr das Leben auf einem Schloß«, bemerkte er. »Wir werden nur Zeit füreinander finden, wenn wir es so einzurichten wissen – und das werde ich. Aber ich kann jetzt nicht offen zeigen, daß ich beabsichtige, Euch zu ehelichen, und Ihr werdet auch keinen brautgerechten Empfang in Stronghold erhalten. Es tut mir leid. Wenn es nur um uns beide ginge, würde ich Euch –« Er brach ab, und wieder stieg Farbe in seine Wangen. »Aber wir sind keine Privatleute und werden es auch niemals sein können. Seid Ihr sicher, daß Ihr diese Art Leben wirklich wünscht?«

Sie zögerte, zuckte dann mit den Schultern und beschloß, ihm die Wahrheit zu sagen, so wie sie es versprochen hatte. »Als ich sechzehn Jahre alt war, sah ich Euer Gesicht im Feuer. Lady Andrade erzählte mir damals, daß ich die Vision verändern könnte, wenn ich es wünschen sollte. Ich verspürte diesen Wunsch jedoch niemals – und das wird immer so sein.«

Er schien hin- und hergerissen zwischen einem Dutzend widersprüchlicher Empfindungen, sprachlos jetzt, wie sie es zuvor gewesen war. Sie lächelte ihn an.

»Albern, nicht wahr?« meinte sie achselzuckend.

Er schluckte, räusperte sich und stieß hervor: »Nicht alberner als das, was mir geschah, als Andrade mir Euer Gesicht in den Flammen zeigte.«

Um ihre Gefühle zu verbergen, fragte sie erstaunt: »Wie soll ich mich denn verhalten? Soll ich schmollen, es tapfer ertragen, oder so tun, als hätte ich überhaupt nichts im Kopf, schon gar nicht die Heirat mit Euch?«

»Diese Rolle würdet Ihr nicht lange durchhalten können«, erklärte er mit plötzlichem Grinsen. Dann wurde er wieder ernst. »Aber habt Ihr darüber nachgedacht? Mich zu heiraten, meine ich.«

Impulsiv forderte sie das Feuer heraus, indem sie seine Wange berührte. Der Schock der Berührung durchfuhr sie beide, und hastig zog sie ihre Finger zurück. Doch das Gefühl für seine Haut, seinen feuchten Schweiß, die kleinen Bartstoppeln seines unrasierten Gesichts war in ihre Fingerspitzen eingebrannt. »Antwort genug?« hauchte sie.

»Ihr fühlt es also auch«, flüsterte er erschüttert. »Ich wollte es nicht glauben, als ich Euch sah – daß es bei mir genauso sein könnte wie bei meiner Schwester und Chay. Ich muß heiraten, das habe ich immer gewußt, und ich hatte mir eine Frau erhofft, die hübsch genug sein und ein bißchen Verstand haben würde –, aber als ich Euch sah –« Er holte tief Luft und schüttelte den Kopf. »Ich kann nicht erwarten, daß Ihr versteht, was ich zu sagen versuche, wenn ich es selbst nicht verstehe.«

»Oh, ich verstehe es«, widersprach sie fast reumütig. »Es ist ein Schock, wenn man feststellt, daß die Gefühle einen um den Verstand bringen können, nicht wahr?«

Wieder lächelte er. »Genau. Aber dennoch muß ich mich so verhalten, als wäre ich mir Euretwegen noch nicht sicher.« Er berührte ihre Schulter, und sie starrten einander schweigend an, bis er seine Hand zurückzog. »So etwas darf nicht zu oft passieren, vor allem nicht in der Öffentlichkeit. Sonst werde ich niemals in der Lage sein, meine Rolle zu spielen.«

»Vielleicht sollte auch ich vorgeben, noch unsicher zu sein. Würde das in Eure Pläne passen?«

»Ja«, entschied er augenblicklich. »Perfekt. Verhaltet Euch so, als wäret Ihr noch nicht sicher, ob Ihr mich heiraten wollt, sowohl den Mann als auch den Prinzen. Das rettet wenigstens einen Teil Eures Stolzes«, fügte er hinzu und verzog das Gesicht. »Ich werde es wiedergutmachen, Sioned, wenn wir erst einmal verheiratet sind. Doch das kann erst nach dem *Rialla* in Waes sein. Ich werde Euch alles erklären, wenn wir allein miteinander reden können. Aber nun müssen wir zurückkehren.«

»Ich kann spüren, wie sie uns beobachten«, stimmte sie zu. Als sie den Rückweg antraten, sagte sie: »Auf der Reise hierher hatte ich Angst. Die habe ich nun nicht mehr.«

»Auch ich hatte Angst, daß Andrades Feuer gelogen haben könnte. Ich habe in den vergangenen Tagen im Schatten gelebt – mein Leben lang, so erscheint es mir jetzt. Ich danke der Göttin, daß sie mir eine Lichtläuferin gesandt hat.«

»Ich denke, wir sollten lieber Andrade dafür danken«, erwiderte Sioned verschmitzt.

»Seht mich nicht so an, sonst halten wir dieses Spiel nie durch!«

Sie legte ihr Gesicht in ernste Falten. »Besser?«

»Viel besser. Aber ich kann noch immer so vieles in Euren Augen sehen. Steht denn das auch in meinen geschrieben?«

Sie warf ihm einen verstohlenen Blick zu und erklärte: »Wenn das nicht der Fall wäre, würde ich alles in meiner Macht Stehende tun, um das zu ändern, Rohan.«

Es war das erste Mal, daß sie seinen Namen laut aussprach. Er murmelte: »Es wird nicht einfach sein.«

»Nein.«

»Ich lasse Euch durch meinen Knappen Nachricht zukommen – er ist zwölf, mit schwarzem Haar und Sommersprossen. Sein Name ist Walvis. Er wird Euch gefallen.« Er machte eine Pause. »Sioned?«

»Ja, Herr?«

»Der Drache heute – er hat nichts bedeutet. Ihr bedeutet alles.«

Sie wagte es nicht, darauf zu antworten. Doch als er sie in ihren Sattel hob und das Feuer wieder durch ihren Körper lief, blickte sie in seine Augen und spürte, wie alle Angst von ihr wich. Zwischen Ostvel und Camigwen ritt sie nach Stronghold, benommen und glücklich, und es machte ihr nichts aus, daß kein Empfang für sie vorbereitet worden war und daß man ihre Situation unmöglich nennen mußte und daß ein Mann, den sie kaum kannte, ein gefährlicher Mann, ihr so etwas antun konnte, ihr eine schwierige Rolle zu übertragen und ihr nur die flüchtigsten Anweisungen dafür zu geben. Als er heimritt, mit den Beweisen dafür, daß er den Drachen getötet hatte, sah er sie nicht an, nicht einmal, als sie im riesigen Innenhof der Burg angelangt waren. Es gab keine Anzeichen dafür, daß er sich ihrer Gegenwart bewußt war. Aber sie wußte es. Sie war sich sicher. Sie beide wußten es.

Kapitel sechs

Ein ganzer Nachmittag, ein kühles Bad und ein Besuch von Lady Andrade waren nötig, um Sioned wieder zur Vernunft zu bringen.

Während des Empfangs, der für Rohan gegeben wurde, stand sie mit Camigwen und Ostvel abseits. Letzterer hatte ihre Begleiter ausgesandt, um die Lichtläufer zu suchen, die sich bereits in Stronghold befanden, und sie zu fragen, was vor sich ging. Sioned hörte ihn den Befehl geben und ärgerte sich ein wenig; Rohan würde jeden einzelnen wissen lassen, was er wissen sollte. Sie sollten ihm ebenso vertrauen, wie sie es tat.

Sein Volk vertraute ihm nicht nur, es betete ihn offensichtlich an. Die Liebe dieser Menschen hatte er wohl schon als Kind gewonnen, und sie vermutete, daß er sich ihren Respekt heute erworben hatte, als er den Drachen tötete. Es gab keine Anzeichen von Vorsicht, Mißtrauen oder auch nur strikten Förmlichkeiten in seiner königlichen Gegenwart. Darüber war Sioned froh. Ein Hof, der von der Etikette geknebelt war, oder Schweigen aus Angst vor dem Zorn des Herrschers hätten sie unangenehme Dinge über den Regierenden vermuten lassen.

»Hast du eine Ahnung, wer diese Leute sind?« flüsterte Cami.

»Ich denke schon«, antwortete Sioned. »Die blonde Dame, die weint, muß Prinzessin Milar sein.«

»Oh, wundervoll – welche Beobachtungsgabe!« spottete Cami ungeduldig. »Jeder, der Augen im Kopf hat, kann sehen, daß sie die Zwillingsschwester von Andrade ist. Und wenn wir schon von ihr sprechen: Die sah nicht sonderlich glücklich aus, als sie soeben an uns vorüberging.«

Sioned tat so, als hätte sie die Bemerkung nicht gehört. »Die schwarzhaarige Frau muß Lord Chaynals Gemahlin sein.«

»Wer anders als eine Ehefrau könnte einen Mann so schelten?« fragte Ostvel trocken, aber in seinem lockeren Ton lag eine Nervosität, die Camigwen deutlich spürte, Sioned dagegen nicht.

Prinzessin Tobin bearbeitete ihren Gatten tatsächlich mit spitzer Zunge. Sie war über die Jagd nicht informiert worden und schimpfte in aller Öffentlichkeit mit ihm. Die Diener versuchten vergebens, Lächeln und Augenzwinkern angesichts einiger Ausdrücke zu unterdrücken, die über ihre Lippen kamen. Ihr Temperament schien allgemein bekannt, und wenn es sich nicht gegen sie selbst richtete, konnten sie es genießen. Lord Chaynal ließ die bissigen Kommentare seiner Ehefrau über seine voraussichtliche Lebenszeit und seine Herkunft geduldig über sich ergehen, während er den Sattel löste und die Hufe seines Hengstes nach Steinen absuchte. Schließlich, nachdem er seinen Pflichten dem Tier gegenüber nachgekommen war, wandte er seine ganze Aufmerksamkeit seiner Ehefrau zu. Er nahm einen ihrer langen Zöpfe in jede Hand, zog sie an sich und verschloß ihren Mund mit einem Kuß.

Zwei kleine Jungen stürzten in den Hof und rannten um Pferde, Knechte und Schloßdiener herum. Sie verlangten, die Trophäen der Drachenjagd augenblicklich zu sehen. Ihre grauen Augen verrieten, daß es sich um Lord Chaynals Söhne handeln mußte, und Sioned lächelte, als dieser seine atemlose Gemahlin losließ und die Zwillinge liebevoll umarmte.

Rohan war Mittelpunkt der Aufmerksamkeit seiner Mutter und seiner Tante. Geduldig ertrug er Milas besorgte Fragen über sein Wohlbefinden und die düstere Haltung von Andrade. Als die Familie auf die Treppe zuging, die zur Haupthalle der Burg führte, sah sich Ostval verblüfft um. »Sioned – niemand hat dich auch nur willkommen geheißen!«

»Es wird keinen Empfang für mich geben – nicht so, wie du es erwartest«, sagte sie und folgte dem Prinzen mit ihren Blicken.

Camigwen starrte sie an. »Was? Wie kann er das wagen!«

»Bitte, Cami! Sein Vater ist tot. Wir können nicht erwarten –«

»Ich kann und tue es!« gab diese zurück.

»Cami – nicht jetzt«, befahl Sioned ihr.

Lady Andrade trennte sich am Fuß der Treppe von den anderen und näherte sich Sioned mit grimmigem Gesicht. »Du bist sehr schnell gekommen.«

»So schnell wir konnten«, antwortete Sioned.

Nach einem vernichtenden Blick auf Sioneds schmutzige Reisekleidung sagte Andrade: »Das sehe ich. Geh nach oben. Urival wird sich um dich kümmern, da sonst niemand Zeit für dich hat. Ich erwarte, daß du vor Anbruch der Nacht bereit bist, mich zu empfangen, Sioned.« Mit diesen Worten schritt sie voran.

»Warum ist sie denn so wütend?« beschwerte sich Camigwen, als sie den Hof durchquerten. »Wir haben doch nichts Falsches getan!«

»Wenn hier irgend jemand etwas falsch gemacht hat, dann der Prinz«, erklärte Ostvel. »Was ist denn das für ein Empfang für eine Braut?«

»Ich will ab sofort nichts mehr davon hören!« rief Sioned aus. »Und redet nicht so, als wäre ich mit ihm bereits verlobt, denn das bin ich nicht – und ich weiß noch nicht einmal, ob ich es will!«

Sie sah traurig den Schock und den Schmerz in den Gesichtern ihrer Freunde. Sie sorgten sich nur um ihre Ehre und ihr Glück; sie liebten sie. Sie hoffte, Rohan würde ihr gestatten, ihnen zu erzählen, warum diese Scharade notwendig war – und sie trat die Rückkehr zur Vernunft mit dem Gedanken an, daß er gut daran täte, zuerst einmal sie mit einer passenden Erklärung zu versehen. Urival, der Präfekt der Schule der Göttin, wartete in der mit Bannern geschmückten Eingangshalle auf sie. Er rief Sioneds Namen, als die drei sich bemühten, nicht mit offenem Mund auf die Teppiche, edlen Möbel und das geschnitzte Holz zu starren, das sie umgab. Sein Lächeln verriet Mitleid, als er vortrat, um sie zu begrüßen.

»Du hast sicher einen besseren Empfang erwartet, aber nach dem Tod des alten Prinzen kurz vor Tagesanbruch und der verrückten Drachenjagd von Rohan, der unbedingt das Tier töten wollte, das seinen Vater…« Er zuckte mit den Achseln. »Du hättest dir keinen schlechteren Augenblick für deine Ankunft aussuchen können, Sioned.«

»Das macht nichts.« Sie wußte, daß es der bestmögliche Zeitpunkt gewesen war. Niemand würde unter dem Druck der Ereignisse auf sie achten, und sie war so in der Lage, unbemerkt ein Gefühl für den Ort und die Personen zu entwickeln, die in Stronghold lebten.

»Ich habe veranlaßt, daß Zimmer, Bäder und frische Kleider für euch vorbereitet werden. Das Grau der Trauer«, erinnerte er sie. »Ich mußte eure Größen schätzen.«

Camigwen seufzte. »Das heißt, daß ich ständig über meinen Saum stolpern werde, während man bei Sioned die Knöchel sieht. Wenn wir nur nicht all unser Gepäck im Fluß verloren hätten!«

»Na, die Geschichte würde ich gern hören«, war Urivals Kommentar. »Aber erst einmal erzähle ich euch wohl besser etwas über die Burg, damit ihr euch nicht verlauft.« Sie schritten die Haupttreppe empor, ein Wunder aus seidig schimmerndem Holzgeländer und dickem, blauem Teppich. »Zuerst einmal ist sie riesig. Fünf Stockwerke über der Erde, eines unter der Erde, zur kalten Lagerung – oder jedenfalls so kalt, wie es hier nur eben möglich ist –, und der Turm der Ewigen Flamme ist so hoch, daß man angeblich an manchen Tagen bis zum Meer der Morgenröte sehen kann. Im Augenblick brennen dort die Feuer als Zeichen von Prinz Zehavas Hinscheiden.«

»Wir haben sie gesehen, als wir herritten«, warf Ostvel ein. »Wann findet denn das Ritual statt?«

»Morgen abend. Ich weiß nicht, ob man von euch erwartet, daß ihr ihm beiwohnt.«

»Natürlich wird Sioned teilnehmen!« ließ sich Camigwen vernehmen.

»Nur als eine der *Faradh'im,* nichts weiter«, erklärte Sioned entschieden.

»Aber du wirst –«

»Nein!« Zum ersten Mal in ihrem Leben funkelte sie die Freundin wütend an, und Camis dunkle Haut rötete sich vor

Überraschung und Entsetzen. »Ich bin nicht *sicher,* habe ich gesagt. Vielleicht nehme ich ihn, vielleicht aber auch nicht.« So also benahm sie sich nach nur einem kurzen Gespräch mit Rohan ihren lebenslangen Freunden gegenüber – was hatte er mit ihr gemacht? Sie begriff langsam, daß er tatsächlich ein gefährlicher Mann war.

Sie versuchte zu lächeln und ihre Bemerkung wiedergutzumachen. »Komm, wir sind alle müde, und ich wollte dich nicht so anfahren. Urival, erzähl uns bitte mehr über Stronghold, ja?«

Seine Augen wiesen einen ungewöhnlichen goldbraunen Ton auf. Riesig und schön lagen sie in seinem schmalen, dreieckigen Gesicht unter den dichten Brauen. Sie war noch nie fähig gewesen, irgend etwas vor diesen Augen zu verbergen, und auch jetzt machte der Ausdruck darin sie nervös. Doch er entschloß sich, ihr gefällig zu sein, und erklärte ihr die Räumlichkeiten und Wunder der Burg. Sie erreichten das zweite Stockwerk, schritten mehrere Gänge entlang und betraten den Nordflügel, wie Urival ihn nannte. Die deckenhohen Fenster an der Seite der Galerie standen offen, und eine Vielfalt von Düften aus dem Garten darunter erfüllte den sonnenwarmen Korridor.

»Dies alles ist Prinzessin Milars Werk«, erklärte Urival. »Die Gärten sind nichts weiter als nackter Fels und Sand. Sie hat sie geplant, hat die Wege entworfen und den kleinen Bach anlegen lassen. Auf der Seite des Gebäudes, wo die Familie lebte, gibt es sogar einen kleinen Springbrunnen.«

Sioned schaute auf die sauber angelegten Blumenbeete und Bäume hinab, durch die sich ein Bach und Pfade mit silbrigen Kieseln wanden wie die Fäden in einem Wandteppich. Hier und da entdeckte sie Steinbänke und kleine, weiß-blau gestrichene Brücken, die ein dünnes Rinnsal aus Wasser überspannten. Wasser war das kostbarste Element hier in der Wüste. Es bedeutete wahren Reichtum, so viel davon zu haben, daß man sich zum Vergnügen einen Bach und einen Springbrunnen leisten konnte. Vergnügen? Dort, wo sie herkam, hatte man Angst vor Überflutung. Es schoß ihr durch den Kopf, daß sie anfing wie jemand zu denken, der in diesem Land geboren war, und erneut machte sie sich Gedanken, welchen Einfluß Rohan auf sie hatte.

»Es ist schön«, seufzte Camigwen. »Wie die Hand eines Riesen mit einem kleinen Garten in der Mitte. Aber was machen sie, wenn sie den Himmel sehen wollen?«

»Oh, es ist hier nicht wie in der Schule der Göttin, wo wir im Winter soviel Nebel haben«, lächelte Urival. »Wenn es zwischen dir und dem weiten Himmel nichts anderes geben würde und kaum einmal einen hohen Felsen inmitten all des Sandes, dann würdest du dich in diesen Klippen sehr sicher fühlen.« Er strich sein dunkles Haar zurück, das langsam grau wurde, und lächelte. »Beeilt euch, Kinder. Euer Badewasser wird warm.«

»Warm?« staunte Ostvel. »Nur ein Narr würde in einem Ofen wie diesem ein heißes Bad nehmen wollen.«

Sioned wurde in einer Kammer neben ihrem Hauptgemach allein gelassen. Sie war nur klein, erfüllte aber all ihre Bedürfnisse. Das Bad war fertig, aber eine Weile interessierte sie sich mehr für den winzigen Raum, der die Wanne enthielt. Fröhliche blaue und grüne Fliesen bedeckten den Boden und nahmen die Farben des Schlafgemachs wieder auf. Eine große, weißgestrichene Wanne war in einen geschnitzten Holzrahmen eingelassen. Waschbecken, Handtuchhalter – selbst die Toilette – waren so zart und elegant wie die Rosen in einer Keramikvase aus Kierst, die neben der Wanne standen. Ganz offensichtlich hatte Prinzessin Milar feste Vorstellungen von Komfort, sowohl für die Öffentlichkeit als auch für das Privatleben.

Wenn man einem unwichtigen Gast wie ihr einen derartigen Raum überließ, wie mußte da erst der Rest der Burg aussehen? Sioned kleidete sich aus und tauchte in das kühle Wasser. Sie kam zu dem Schluß, daß Urival eines der größeren Gemächer für sie verlangt haben mußte. Sie schwelgte in dem Bad, das ihren müden Körper reinigte, und war froh, daß er sich diese Mühe gemacht hatte. Aber würde sie wirklich die Herrin dieses sonderbaren Ortes werden?

Sie wusch ihr langes Haar und sah zu, wie Strähnen auf dem Wasser schwammen. Dabei fiel ihr etwas ein, was sie wußte, Rohan aber nicht. Von ihr würde seine Krone kommen, das Feuer von ihr selbst würde zu dem goldenen Reifen werden, der seine Stirn zierte. Und doch war er es, der sie zur Königin machte, wenn er sie heiratete. Sie rief sich den schmutzigen, erschöpften jungen Mann in Erinnerung, dem sie am Nachmittag begegnet war, seine ruhige Stimme und seine Fähigkeit, ihre Sinne zu erhitzen, seinen geheimnisvollen Plan, dem sie zugestimmt hatte, ohne weiter darüber nachzudenken. Er wollte sie benutzen, dachte sie plötzlich. Was war das nur für ein Mann, der Menschen so leicht ausnutzte?

Die Antwort kam aus dem praktisch denkenden Teil ihres Geistes, dem Teil, der vom Feuer unberührt war. Er war ein Prinz. Sie würde Macht und Ländereien und Ehrgeiz ehelichen, nicht einfach einen Mann. Wenn er überhaupt wirklich beabsichtigte, sie zu heiraten.

Sie erhob sich aus dem Bad und zog den Stöpsel, bemerkte, wie schnell das Wasser ablief – wahrscheinlich, um den Schmutz mitzureißen, überlegte sie und wußte die Wirksamkeit und Reinlichkeit zu schätzen. Während ihrer Kindheit in River Run waren sie jeden Sommer in ein nahegelegenes Herrenhaus umgezogen, damit die Räume gereinigt werden konnten. Wieder wurde ihr bewußt, wieviel Wasser es hier geben mußte, wenn man es darauf verschwenden konnte, nicht nur die Körper, sondern das ganze Schloß sauber zu halten.

Nachdem sie sich abgetrocknet hatte, begab sie sich in ihr Schlafgemach und zog die Gewänder an, die man für sie vorbereitet hatte. Das Kleid paßte gut, trotz Camis Befürchtungen, und es war bei weitem das hübscheste, das sie jemals getragen hatte. Sioned bürstete und flocht ihr Haar und legte dann einen zarten Schleier aus silbergrauer Seide über ihren Kopf und befestigte ihn mit einigen schlichten Nadeln. Umgeben von Kacheln, war in eine der Wände ein großer Spiegel eingelassen, und als sie sich darin betrachtete, lächelte sie. Rohan hatte sie in ihrer schlimmsten Verfassung gesehen, doch das würde nie wieder geschehen, wenn sie es verhindern konnte.

Die Dämmerung nahte, aber niemand klopfte an ihre Tür. Sioned spielte mit dem Gedanken, die Burg auf eigene Faust zu erforschen, zog es dann aber vor, in ihrem Zimmer zu bleiben und dessen Bequemlichkeit zu genießen. River Run war ein angenehmer Ort gewesen, und einige der Räumlichkeiten in der Schule der Göttin waren der Gipfel eleganten Lebens. Doch die Räume, die denjenigen zugeteilt worden waren, die dort lebten, waren nicht halb so groß oder schön wie derjenige, in dem sich Sioned jetzt befand, und sie untersuchte ihn interessiert. Das Bett war groß genug für vier Personen. Ein Stapel dicker Kissen in blauen und grünen Seidenbezügen schmückte es. Die Vorhänge bestanden nicht aus dem dicken Wollstoff aus Gilad oder Cunaxa, der für gewöhnlich im kälteren Klima verwendet wurde, sondern aus Seide, die so zart war, daß man hindurchsehen konnte. Sie waren mit winzigen, weißen Blüten bestickt. Der Zweck war natürlich, Insekten fern zu halten, nicht, die Wärme im Haus zu bewahren. Der Boden bestand aus poliertem Holz. Bis auf einige Teppiche, die verstreut herumlagen, waren sie kahl, und Sioned begriff, daß sie niemals wieder am Morgen nach dem Aufwachen ihre Füße auf einen eiskalten Steinboden stellen mußte. Dieselben Kacheln, die auch im Bad verwendet worden waren, rahmten den Spiegel, die Fenster und die Türbogen. Alles andere war weißer Gips über geglätteten Steinen.

Die Außentür öffnete sich, und Sioned sprang auf. Aber es

war Camigwen, nicht Andrade, die hereinschaute und zufrieden nickte. »Ich wußte es! Es ist größer als meins oder Ostvels. Ich war sicher, daß Urival dir etwas geben würde, was deinem künftigen Rang angemessen ist.«

Sioned überging diese Andeutung. »Hübsch, nicht wahr? Wie ist deins?«

»Im großen und ganzen genauso, nur nicht so groß und mit weniger Möbeln. Außerdem muß ich das Bad teilen. Hör zu, wenn du Prinzessin Milar vorgestellt wirst, sorge dafür, daß sie dir Seide für ein paar neue Gewänder anbietet. Sie wird es wahrscheinlich von sich aus erwähnen, aber für den Fall, daß sie es nicht tut –«

»Cami, ich werde nicht betteln –«

»Du Idiotin, bald wird dir das alles hier gehören, und jetzt fang nicht wieder an, das abzustreiten! Ich hab' deine Augen gesehen – und seine!«

»Du hast überhaupt nichts gesehen.«

»Und ihr habt wunderbar dafür gesorgt, daß ich nichts höre, was? Also, was ist da draußen zwischen euch vorgefallen?«

»Genau das würde ich auch gern wissen.« Lady Andrades Stimme von der Tür ließ die beiden Mädchen zusammenfahren. »Camigwen, du wirst uns gewiß entschuldigen.«

Jede Faser ihres Körpers verriet Zögern, als Cami das Zimmer verließ und die Tür hinter sich schloß. Andrade sah in der dunkelgrauen Seide und dem passenden Schleier, der ihr helles Haar bedeckte, eindrucksvoller aus denn je. Sie musterte Sioned kühl, als sie in einem blau-gepolsterten Sessel am Fenster Platz nahm.

»Was hältst du jetzt von dem Gesicht im Feuer?«

»Ich bin nicht sicher, ob ich Euch richtig verstehe, Mylady.« Sioned nahm in dem anderen Sessel Platz, ohne um Erlaubnis gebeten zu haben.

»Mein liebes Kind, wir wissen beide, daß du über eine gehörige Portion Witz und eine noch größere Portion Stolz verfügst. Lassen wir die Formalitäten, und seien wir ehrlich miteinander. Willst du ihn haben?«

»Ich weiß nicht.«

»Er ist jung, reich, gutaussehend, intelligent und ein Prinz. Was fehlt ihm deiner Meinung nach noch? Du hast mir einmal gesagt, daß ein Blick in seine Augen dir sagen würde, was er dir bedeutet.«

»Es sind interessante Augen«, gab Sioned zu. »Aber ich habe das Gefühl, sie verbergen eine Menge.«

»Was, im Namen der Göttin, habt ihr beiden miteinander geredet?« rief Andrade aus.

Es verursachte Sioned ein grimmiges Vergnügen, die mächtige Herrin der Schule der Göttin im unklaren zu lassen. »Wir kamen überein, noch zu warten«, erzählte sie wahrheitsgemäß.

»Und wie lange?«

»Er erwähnte das *Rialla.*«

»Was? Für derartige Dinge wird er in Waes keine Zeit haben! Jeder Prinz wird ihn beobachten, Roelstra wird bereit sein zu –« Sie lachte laut heraus. »Roelstra! Oh, dieser hinterlistige Sohn eines Drachen!«

Verblüfft starrte Sioned sie an. Ihr Verstand arbeitete fieberhaft, während sie versuchte, sich an alles zu erinnern, was sie jemals von dem Hoheprinzen gehört hatte. Rücksichtslos, verschlagen, intrigant – Eigenschaften, die Andrade in Fülle besaß –, und Roelstra war Andrades Feind aus Gründen, die niemand wirklich kannte. Von der Felsenburg aus regierte er die Prinzenmark, hatte seine Finger in den Angelegenheiten der meisten anderen Prinzenreiche – und litt unter einem Haufen Töchter.

Durch zusammengebissene Zähne holte sie tief Luft. Also *das* war es, was Rohan vorhatte, hm?

»Gut. Du verstehst es jetzt also«, meinte Andrade, die Sioneds grimmiges kleines Lächeln richtig deutete. »Vertraust du ihm?«

Nach kurzem Zögern antwortete Sioned, diesmal vollkommen ehrlich: »Ich bin mir nicht sicher. Wenn ich mit ihm zusammen bin, ist es unwichtig. Nichts ist wichtig außer ihm. Ich vertraue ihm, wenn er mir Grund dazu gibt.«

»Sorg dafür, daß er dich ins Vertrauen zieht, Sioned. Zwinge ihn, die Wahrheit zu sagen, und erweise dich dann ihrer würdig – und lasse ihn dasselbe tun. Mißtrauen ist schön und gut, um den Appetit eines Liebhabers anzuregen, aber zwischen Ehemann und Ehefrau ist es fatal.«

»Wir müssen einander glauben«, murmelte Sioned. Sie stand auf und warf Andrade einen flehenden Blick zu. »Versprecht mir, daß es gut ausgehen wird. Bitte.«

»Ach, Sioned.« Andrade erhob sich ebenfalls und nahm das Gesicht des Mädchens zwischen ihre Hände. »Mögest du Feuer erwecken und niemals verbrannt werden. Möge die Luft dir niemals Stürme über den Weg senden, möge dein Weg über die Erde ein leichter sein, und mögest du immer nur Freudentränen weinen.» Sioneds Augen füllten sich mit Tränen, als sie den uralten Segen empfing, und die Herrin wischte sie ihr von den Wangen. »Laß ihn dich nur lieben, und liebe du ihn deinerseits.«

Auf dem ganzen Weg zurück nach Stronghold hatte Chaynal eine Unmenge Fragen zurückgehalten. Rohan war nicht in der Stimmung für eine Unterhaltung gewesen. Als Tobin ihm ins Bad folgte und verlangte, er möge ihr alles erzählen, konnte Chay nur mit den Schultern zucken.

»Wenn ich irgend etwas wüßte, würde ich es dir erzählen. Wäschst du mir den Rücken?«

Sie zog sich bis auf die Unterwäsche aus, während er in die Wanne stieg, und bearbeitete ihn so energisch mit der Bürste, daß er aufheulte. »Ach, stell dich nicht so an. Du bist genauso schmutzig wie die Jungs nach einem Tag im Pferdestall, und du riechst noch schlimmer. Ich kenne wenigstens den Namen des Mädchens.«

»Und der wäre?«

»Sioned. Sie wird Rohan heiraten.«

»Oh, darauf wäre ich nie gekommen, so, wie er sie angesehen hat.«

»Aber hier im Hof hat er sie keines Blickes gewürdigt, und es gab keinen Empfang für sie. Chay, er hat sie nicht einmal Mutter vorgestellt!« Sie fing an, einen Arm einzuseifen. »Erzähl mir von dem Drachen.«

Sein kurzer Bericht wurde häufig durch ihre Ausrufe unterbrochen. Chay schloß: »Erzähl bloß niemandem, daß ihm anschließend übel war. Das ist nicht gerade heldenhaft und würde im Lied eines Barden unpassend wirken.«

Sie grinste ihn an. »Wir werden dafür sorgen, daß es in der offiziellen Version nicht auftaucht. Ach, Chay, wie stolz wäre Vater auf ihn gewesen!«

»Es ist der letzte Drache, den er jemals töten wird, weißt du. Selbst wenn er es nicht gesagt hätte, ich habe es in seinem Gesicht gelesen.«

»Das dachte ich mir. Dreh dich um, Liebster.«

Er gehorchte und rutschte in der Wanne herum, bis er ihr das Gesicht zuwandte. »Auf jeden Fall sind wir zurückgeritten, und verdammt, da tauchte dieses Mädchen im Sand auf wie eine Fata Morgana! Er hat sie für ein Gespräch beiseite genommen. Ich konnte nicht so zusehen, wie ich es gern getan hätte, weil das dunkelhaarige Mädchen – Cami Irgendwas, die mit den Augen – immerzu Fragen stellte. Ihr junger Freund hat mir recht gut gefallen. Guter Sitz zu Pferde, und eine besondere Art von Autorität, wenn man bedenkt, daß er kein *Faradhi* ist.« Chay schloß die Augen, als seine Gemahlin ihm Seife auf die Brust rieb, wobei ihre Finger eher liebevoll als tüchtig waren. »Oh, das tut gut«, murmelte er.

»Erzähl weiter«, befahl Tobin.

»Na, wie es scheint, haben sie einige ihrer Pferde und ihr gesamtes Gepäck bei der Überfahrt über den Faolain verloren. Ich kenne diese Furt. Sie ist für die meisten Menschen schon gefährlich genug, und ich kann mir vorstellen, was diese armen Lichtläufer durchgemacht haben. Dieses Mädchen hat sich immer wieder für ihr Aussehen entschuldigt. Ich glaube, sie hatte erwartet, daß sie einen großen Auftritt in Stronghold haben würden.«

»Andrade auch, und sie ist überhaupt nicht glücklich über das alles. Warum will Rohan Sioned bloß nicht anerkennen?«

»Ich habe ihn heute mit diesem Drachen beobachtet«, erzählte Chay leise. »Wir haben immer gewußt, daß er schlau ist, aber ich habe noch nie irgend etwas gesehen wie seine Art, diesen Drachen hereinzulegen. Er kannte all seine Schwächen und hat sie zu seinem eigenen Vorteil ausgespielt. Ich habe das Gefühl, daß es von nun an immer so sein wird, Tobin. Und keiner von uns wird wirklich in der Lage sein, ihn im voraus richtig zu beurteilen.«

»Er wird mir bestimmt alles erzählen, was ich wissen will«, erklärte sie mit fester Stimme.

»Da wäre ich vorsichtig, wenn ich du wäre. Er ist nicht mehr dein kleiner Bruder.«

»Er wird immer mein kleiner Bruder sein, und die Göttin möge ihm helfen, wenn er das vergißt!« Sie seifte Chays Haar ein. »Und was ist dann passiert?«

Chay kniff die Augen zusammen, als ihm das Seifenwasser über das Gesicht lief. »Auf dem Rückweg hat keiner ein Wort gesprochen. Aber Rohan hat nicht an Drachen gedacht, das kannst du mir glauben.«

»Hmmm.« Tobin goß einen Krug sauberes Wasser über seinen Kopf. »Den Rest kannst du selbst waschen. Du weißt ja, was passiert, wenn ich auch das erledige, und jedes Mal wieder.«

Er lächelte ihr über die Schulter zu. »Und dabei wurde es gerade interessant!«

Rohans Bad war weit weniger interessant und wurde lange hinausgeschoben. Seine Mutter blieb geraume Zeit bei ihm und ließ ihn die ganze Geschichte des Drachentötens zweimal erzählen, wobei sie seine Wunde reinigte und verband. Anschließend erklärte sie ihm, daß er entschieden ein Narr gewesen sei, eine solch gefährliche Sache zu unternehmen – ehe sie plötzlich zu weinen anfing.

Endlich erschien Andrade, schickte die Prinzessin in ihre eigenen Gemächer und deutete wortlos auf die Badezimmertür. Rohan zuckte zusammen.

»Ich habe dich am Morgen deiner Geburt gewaschen«, erinnerte sie ihn. »Damals hast du mir die Faust ins Auge gebohrt. Das war dir nur ein einziges Mal erlaubt, Prinz oder nicht Prinz, also sieh mich nicht so mordlustig an. Ich will unter vier Augen mit dir reden.« Sie musterte den kleinen Knappen, Walvis, der sie ins Zimmer geleitet hatte. »Geh nur, Kind. Ich bin sehr wohl in der Lage, ihm Seife und Handtücher zu reichen.«

Walvis warf Rohan einen unsicheren Blick zu. Der nickte jedoch und meinte: »Komm später wieder. Ich habe noch Arbeit für dich.« Der Knabe verbeugte sich und eilte davon.

Rohan ging ins Bad, entledigte sich seiner Kleider – errötend, als der kritische Blick seiner Tante über ihn glitt – und stieg in das kühle Wasser. Sie fing sofort an zu reden, ganz, wie er es erwartet hatte.

»Ich weiß nicht, welches Spielchen du zu spielen gedenkst, aber ich mag keine Intrigen, die nicht meine eigenen sind. Schon gar nicht, wenn der Herr dieses Plans mein eigener Verwandter ist und mir nicht erzählen will, was er vorhat.«

»Warum glaubst du denn, daß ich etwas vorhabe?«

»Süße Unschuld! Du machst das sehr gut, Rohan, aber versuch es nicht bei mir! Warum hast du diesem Mädchen nicht den gebührenden Empfang bereitet? Oh, nicht gleich als künftige Prinzessin, ich gebe zu, daß ich das in gewisser

Weise verstehen kann. Aber wenn sich Urival nicht um sie gekümmert hätte, dann stände sie noch immer im Hof.«

»Ich wußte doch, daß ich auf ihn zählen kann.« Entschlossen bearbeitete Rohan seinen schmutzigen Fuß.

»So, das wußtest du, ja? Und zählst du auch auf Sioned? Sie sagt nur sehr wenig – auf dein Geheiß hin, vermute ich –, nämlich nur, daß ihr übereingekommen seid, bis zum *Rialla* zu warten.« Sie schnaubte. »Als ob ihr so lange brauchen würdet, um einander kennenzulernen, wo ihr doch das Feuer schon gespürt habt.«

»Hast du es je gespürt?« fragte er plötzlich.

»Das geht dich überhaupt nichts an«, bellte sie.

Nachdem sein Ablenkungsversuch mißglückt war, beschloß er, sich einem Thema zuzuwenden, das ihn zutiefst beschäftigte. »Was hat sie sonst noch gesagt?« Seine Nerven waren angespannt. Wenn er Sioned nicht vertrauen konnte, war alles ruiniert.

»Daß du interessante Augen hast«, antwortete Andrade verächtlich.

Rohan unterdrückte ein Lächeln. »Du hast mir übrigens nicht gerade viel von ihrer Familie erzählt.«

»Ich sagte, Genealogie sei Milars Hobby, nicht deines. Väterlicherseits stammt Sioned von einem Prinzen von Syr ab, dessen jüngerer Sohn den Landbesitz am River Run erbte. Ihre Großmutter mütterlicherseits war Lichtläuferin, bis Prinz Sinar von Kierst ein Auge auf sie warf und sie auf seine Insel entführte. Sioneds Stammbaum ist also gut genug für dich.«

»Du hast sie für mich ausgesucht, deshalb habe ich nie daran gezweifelt«, erklärte Rohan bewußt süß. »Was glaubst du denn, daß ich plane?«

»Du mußt noch subtiler werden«, schalt sie, und er spürte, wie ihm brennende Hitze in die Wangen schoß. »Die Sache mit dem *Rialla* verrät mir eine Menge, mußt du wissen. Ich freue mich schon darauf, zu sehen, wie du Roelstra mit großen Augen anblinzelst und ihn glauben machst, du wärest ein Dummkopf.«

Er lachte. »Ziemlich dumm und sehr jung, aber bitte, kein kompletter Idiot!« Er stieg aus der Wanne und schlang sich ein Handtuch um die Hüften.

»Sioned hätte wohl auch noch etwas über andere Körperteile als deine Augen zu sagen«, bemerkte Andrade boshaft.

Wenn es ihre Absicht gewesen war, Rohan erröten zu machen, so konnte sie jetzt Erfolg verzeichnen. Er verfluchte seine helle Haut und funkelte sie wütend an. »Ich nehme an, du wirst mir berichten, was sie noch gesagt hat, wenn du damit fertig bist, mich in Verlegenheit zu bringen.«

»O nein«, kicherte sie. »Das mußt du schon selbst herausfinden.« Sie wand ein Handtuch um seinen Kopf und rieb sein Haar trocken. »Schmiede deine Pläne, wie du willst. Ich werde dir helfen, wenn du mir ausreichend vertraust. Aber du mußt mir versprechen...«

»Was?« fragte er mißtrauisch und blinzelte sie unter dem Handtuch an.

»Heirate sie, Rohan. Ihr bedeutet mir beide sehr viel«, sagte sie und sah dabei alles andere an, nur nicht ihn. »Denn du wirst niemals eine Frau finden, die besser zu dir paßt als Sioned.«

»Und wenn ich es nicht verspreche?«

Wieder lachte sie. »Dein Körper hat es bereits getan, als ich nur ihren Namen erwähnt habe.«

Rohan dachte, sie hätte es nicht bemerkt, und war beschämt. Aber sein Sinn für Humor half ihm, und er grinste. »Was schlägst du vor? Eine längere Tunika?«

»Oder einen hübschen, alles verdeckenden Umhang«, antwortete sie boshaft.

Rohan wartete zwischen den Bäumen in der Nähe der Grotte verborgen, die seine Mutter als Zuflucht vor der schlimmsten Sommerhitze entworfen hatte. Obstbäume waren unter enormen Kosten aus Ossetia, Meadowlord und Syr gebracht und mit so viel fürsorglicher Liebe in den Wüstenboden verpflanzt worden, daß nicht ein einziger verlorengegangen war. Zehn Jahre lang waren sie gehegt und gepflegt worden, und jetzt wuchsen sie in üppiger Pracht neben der Felsengrotte, in der sich die Quelle, die Stronghold versorgte, in einen kleinen Tümpel ergoß. Als Kind hatte er gerne hier gespielt und hatte diesen Ort immer für einen guten Platz gehalten, um zu sitzen und zu träumen und dem Plätschern des Wassers zu lauschen. Er wollte der erste sein, der ihn Sioned zeigte.

Walvis hatte alles vorbereitet. Der Knappe war gleich nach dem Abendessen zu ihm gekommen und hatte ihm atemlos zugeflüstert: »Herr, Eure Dame wird Euch um Mitternacht aufsuchen.« Die Ausdrucksweise des Knaben ließ Rohan lächeln. Walvis war kein Dummkopf. Er war in einem Alter, in dem eine Romanze zwischen einem Prinzen und einer hübschen Dame seine Phantasie beflügelte, und geheime Treffen spät nachts entsprachen genau seinem Geschmack. Rohan wußte, was es bedeutete, in Walvis' Alter zu sein und als Mittler zu fungieren, denn er war gerade elf Jahre alt gewesen, als Chaynal Radzyn geerbt hatte und gekommen war, um Zehava seine Ehre zu erweisen. Obwohl Rohan seine Schwester gnadenlos verspottet hatte, war es doch aufregend gewesen, die Treffen zwischen ihr und dem gutaussehenden jungen Lord zu arrangieren. Chay hatte von Anfang an seine Lebe und Bewunderung genossen; denn trotz des Altersunterschieds von zehn Jahren hatte der Ältere ihn nie wie ein Kind behandelt. Politik, dachte Rohan heute amüsiert. Man verärgerte seinen künftigen Prinzen besser nicht, und schon gar nicht den Bruder der Frau, die man zu heiraten hoffte. Aber ihre Freundschaft beruhte auf mehr als nur Eigeninteresse, das wußte er. Sie war im Laufe der Jahre immer stärker geworden, und Chay war einer der wenigen Menschen, denen Rohan wirklich vertraute.

Viel hing nun davon ab, ob er Sioned vertrauen konnte. Viel hing auch von Roelstra ab, von dem er sehr wohl wußte, daß er ihm nicht trauen konnte. Sein ganzer Plan beruhte auf dem Eindruck, den zwei Menschen von ihm hatten – oder vielmehr auf seiner Fähigkeit, zwei ganz verschiedene Personen dazu zu bringen, zwei ganz verschiedene Dinge von ihm zu glauben.

Prinz Zehava hatte mit dem Schwert regiert und hatte durch Siege über Drachen und die Merida Kraft demonstriert. Der Hoheprinz Roelstra herrschte durch seinen Verstand und demonstrierte seine Macht durch politische und persönliche Erniedrigung. Rohan beabsichtigte, seine Macht für den Augenblick auf beidem aufzubauen – dem Sieg über die Merida, nachdem er Roelstra beim *Rialla* erniedrigt hatte –, und schließlich wollte er sich mit Hilfe des Gesetzes zum Führer machen. Sioned brachte ihm zwar keine Verbündeten und kein Land, aber sie brachte ihm etwas viel Nützlicheres: die *Faradh'im*. Die gegenwärtige Lichtläuferin der Wüste, Anthoula, wurde alt, und Rohan beabsichtigte, sie mit Andrade zur Schule der Göttin zurückzuschikken, so daß sie die letzten Jahre, die ihr verblieben, ungestört von der glühenden Hitze der Wüste verleben konnte. Anthoula hatte ihm beigebracht, wie das Netz der *Faradh'im* funktionierte und auf wessen Seite sie standen – nicht den Höfen, denen sie dienten, waren sie treu ergeben, sondern der Schule der Göttin. Es war ihnen verboten zu kämpfen, außer um ihr eigenes Leben zu schützen, verboten, Stellung in einer Auseinandersetzung zu beziehen, und vor allem war es ihnen untersagt, ihre Macht einzusetzen, um zu töten. Mit Andrade als Herrin waren die Grenzen jedoch ein wenig verwischt worden, wenngleich sie sich auch bislang vollkommen unparteiisch erwiesen hatte. Sie hatte darauf gewartet, daß er erwachsen wurde, damit er eine Lichtläuferin heiraten konnte.

Aber Sioneds Loyalität mußte ihm gelten, nicht Andrade.

Er wollte sich nicht mit Zweifeln an seiner Fähigkeit quälen, ihren Geist für sich zu gewinnen, denn offenbar hatte er bereits ihren Körper und vielleicht auch ihr Herz gewonnen. Ein trauriges Lächeln kam über seine Lippen, als er begriff, daß sie beide vom Feuer versengt worden waren. Aber er benötigte eine Prinzessin, nicht nur eine Gemahlin.

Schon lange hatte er geahnt, daß Andrade die Verbindung zwischen seinen Eltern bewußt arrangiert hatte. Milar hatte Zehavas Reichtum dazu verwendet, sein Heim und ihr Leben zu verschönern, und hatte sein Ansehen und seine Macht vergrößert, indem sie seine Erfolge zur Schau stellte. Dies, so erkannte Rohan jetzt, war die Basis für seine eigene künftige Macht. Er war dankbar für das unermüdliche Werk seiner Mutter. Aber er brauchte nicht nur eine Frau, die sein Schloß führen konnte, seine Kinder bekommen und Teppiche bestellen würde. Er brauchte, was Chay in Tobin gefunden hatte: eine Frau, der er vertrauen und mit der er zusammenarbeiten konnte. Die ihn und seine Ziele verstand. Eine *Faradhi*-Prinzessin würde ihn wirklich zu einem sehr mächtigen Mann machen. Rohan mußte zugeben, daß sein Plan, wie er seine eigenen Ziele erreichen würde, für die meisten wohl unverständlich sein würde. Er würde den unentschlossenen Prinzen spielen, wenn die Vasallen eintrafen, um ihm ihre Ehre zu bezeugen; im nächsten Frühjahr dann wollte er die Merida eine Weile bekämpfen, ehe er sie bestechen und als reiche Männer heimschicken würde, so daß sie seine Vernichtung planen konnten. Er wünschte ihnen angenehme Träume von der Eroberung Strongholds, denn im zweiten oder dritten Frühjahr von nun an würde er sich ihnen als wahrer Sohn des Drachen zeigen.

Was das *Rialla* anging – Rohan lächelte und strich mit den Fingern über die glatte, silbrige Rinde eines Baumes. Roelstra würde ihm eine Tochter anbieten. Und er würde so tun, als zöge er das in Erwägung. Der Hoheprinz würde die Angelegenheit noch mit Verträgen versüßen, mit Belohnungen, und Rohan würde dafür sorgen, daß sie verbindlich wären, nicht so wie die Versprechungen, die mit seinem Vater gestorben waren. Er würde Roelstra in einem wunderbaren Tanz führen, würde ihn wunderbare Verträge unterzeichnen lassen, und die ganze Zeit über würde er eine wundervolle Zeit haben und so tun, als müsse er unter den Prinzessinnen noch wählen. Und dann würde er Sioned heiraten.

Rohan ließ kühl die möglichen Reaktionen auf seine Ehe Revue passieren, ganz besonders auf seinen Entschluß, sich nicht mit einer von Roelstras Töchtern zu vermählen. Prinz Clutha von Meadowlord würde wahrscheinlich einen Herzanfall bekommen, sein Land war traditionsgemäß das Schlachtfeld zwischen der Prinzenmark und der Wüste. Der letzte Krieg hatte zu Zeiten von Rohans Großvater Zagroy stattgefunden, der Roelstras Vorfahren das Abkommen von Linse abgerungen hatte. In dem Vertrag war festgelegt worden, daß die Wüste so lange im Besitz seines Geschlechtes bleiben würde, wie der Sand Feuer spie. Wenn Roelstra wütend war – und ausreichend Unterstützung zusammentrommeln konnte, um »Rache« für seine zurückgewiesenen Töchter zu nehmen –, würde Clutha wohl verzweifelt versuchen, einen weiteren Krieg in seinem Land zu verhindern. Kurz gesagt, er würde Rohans Arbeit erledigen. Aber es gab noch einen anderen Ort, von dem aus Roelstra angreifen konnte: mit der Hilfe der Bewohner von Cunaxa und der Merida, die sie beherbergten. Sehnsüchtig dachte Rohan an Schloß Feruche, das am Bergpaß gleich oberhalb der Wüste lag. Lange im Besitz der Merida, hatte Zehava es vor einigen Jahren Roelstra im Tausch für seine Unterstützung versprochen. Es war seinetwegen von Vorteil für den Hoheprinzen gewesen, Zehava in jenem letzten Feldzug gegen die Merida zu unterstützen, denn Feruche bewachte die Hauptroute nach Norden. Die Gebühren für die sichere Passage der Karawanen waren überaus einträglich.

Rohan hatte Feruche bei der einzigen Schlacht gesehen,

an der er teilgenommen hatte. Als gemeiner Soldat verkleidet, hatte er an der Seite der Vasallen-Rekruten gekämpft, während seine Eltern ihn sicher und gemütlich in Stronghold wähnten. Anschließend hatte er mit seinen neuen Kameraden im Sand unterhalb der Burg genächtigt, denn er hätte seine wahre Identität bekanntgeben müssen, um mit seinem Vater und Chay die Burg zu betreten. Feruche schmiegte sich in die Berge wie ein Schmuckstück. Es würde mit seinen kühlen Türmchen aus rosa- und goldfarbenem Gestein die perfekte Sommerresidenz abgeben. Er beschloß, es Sioned als Hochzeitsgeschenk zu überlassen. Wenn sie ihre Rolle in seinen Plänen so gut spielte, wie er hoffte, dann würde sie dieses Geschenk verdienen.

Aber alle Gedanken an ihre Nützlichkeit verflogen, als er sie auf sich zukommen sah. Der Mondschein hüllte sie vom Schleier über ihrem Haar bis zum Saum ihres Kleides in dunkles Silber. Er hatte ihre Figur natürlich besser gesehen, als sie ihre lederne Reitkleidung trug, aber die Schatten, die über ihre langen Beine glitten, hatten etwas so Verführerisches, daß es ihm den Atem raubte. Er befahl seinem Körper, ihn in Ruhe zu lassen, und rief leise ihren Namen. Sie wandte sich um, nicht unbedingt erschreckt, und näherte sich ihm mit einem scheuen Lächeln.

»Ich habe noch niemals heimlich und mitten in der Nacht einen Mann getroffen. Ich könnte mich daran gewöhnen!«

Rohan segnete sie, denn sie hatte genau das Richtige gesagt. »Ich werde es so oft wie möglich arrangieren, wenn wir erst einmal verheiratet sind. Wenn ich auch nicht weiß, was die Leute wohl sagen würden, wenn sie wüßten, daß ihr Prinz heimlich im Dunkeln herumschleichen muß, um ein paar Minuten allein mit seiner zukünftigen Gemahlin zu verbringen!« Er machte eine kurze Pause, ehe er fortfuhr: »So, wie ich mich heute verhalten habe, bin ich überrascht, daß Ihr überhaupt noch mit mir sprecht. Sioned, habt Ihr über alles nachgedacht?«

»Zuerst einmal muß ich wissen, um was es geht«, antwortete sie, ohne ihn anzusehen.

Rohan nickte. Er billigte ihre Vorsicht. Aber ein Teil von ihm war enttäuscht, weil sie ihm nicht einfach blind vertraute. Er wußte, daß das absurd war – schließlich war es der Beweis dafür, daß sie nicht nur fühlen, sondern auch denken konnte –, und führte sie zu einer der Bänke. Als sie schließlich Seite an Seite saßen, ohne sich jedoch zu berühren, setzte er an.

»Ihr wißt, was beim *Rialla* geschieht. Jeder kommt, um den Handel für die nächsten drei Jahre vorzubereiten, um Streitigkeiten beizulegen, und so weiter. Es gibt auch einen Jahrmarkt und Rennen – Chay gewinnt für gewöhnlich die meisten und macht Unmengen Geld mit dem Verkauf seiner Pferde.«

»Der Hoheprinz wird ebenfalls dort sein – mit seinen Töchtern«, schnurrte Sioned.

»Den heiratsfähigen«, erklärte Rohan und unterdrückte ein Grinsen. »Und deshalb seid Ihr so wichtig. Wenn sie glauben, daß Ihr mir gleichgültig seid – und ich Euch, Ihr gleichzeitig aber auch voll verletztem Stolz – dann werden sie reden. Meine Schwester bekommt immer alle möglichen nützlichen Informationen, wenn sie beim *Rialla* mit den anderen Frauen schwatzt. Und sie war immer Expertin darin, Informationen weiterzugeben, von denen mein Vater und Chay wünschten, daß sie die Runde machten. Tobin wird Euch gefallen«, fügte er hinzu.

»Mir gefällt, wie sie ihren Gemahl behandelt«, antwortete Sioned.

Rohan hatte eine plötzliche Vision von seinem Schlafzimmer, wie es in eine Art verbales Schlachtfeld verwandelt wurde, so, wie das bei Chay manchmal der Fall war – doch das Bild einer zornigen Sioned wurde überdeckt von dem sogar noch reizvolleren Bild von ihr zwischen den Laken seines Bettes. Er holte tief Luft, brachte ein Lächeln zustande und meinte: »Sie wird Euch sicher noch einiges beibringen, so wie ich sie kenne.«

»Oh, ich habe nicht gesagt, daß ich mit ihr wetteifern will«, entgegnete Sioned ernst. »Ich würde Euch niemals in aller Öffentlichkeit anschreien, Rohan.«

Er musterte sie mit einem sonderbaren Lächeln. »Keine voreiligen Versprechungen, meine Dame. Noch kennt Ihr mich nicht so gut.«

»Aber wir können miteinander reden und es herausfinden. Ich fürchtete schon, wir würden einander nichts zu sagen haben oder Ihr würdet zu stolz oder zu ernst sein, um mir zu sagen, was Ihr im Sinn habt. Und ich hatte Angst, daß Ihr möglicherweise keinen Verstand haben würdet.«

Er hätte fast ihre Hand genommen, doch dann fiel ihm ein, was vorher am Tag geschehen war. »Ich habe mir fast dieselben Sorgen gemacht. Ihr wißt gar nicht, wie froh ich darüber bin, daß Ihr ebenso klug wie schön seid.«

»Ihr habt mir aber immer noch nicht erzählt, was Ihr vorhabt«, erinnerte sie ihn.

»Oh.« Zum ersten Mal sah er sich einer Frau gegenüber, die nach einem Kompliment nicht lächelte. »Nun, ich bin mir selbst noch nicht ganz sicher. Roelstra wird einen naiven kleinen Prinzen erwarten, und genau das werde ich ihm vorspielen, wobei ich vorgebe, seine Töchter zu mustern.«

»Den Köder auswerfen«, nickte sie. »Aber ich glaube kaum, daß Ihr in der Wüste zu angeln versteht!«

»Chay und ich gehen segeln, wenn ich Radzyn besuche. Ich hätte Euch das auch gern angeboten, aber man hat mir erzählt, Ihr *Faradh'im* hättet ein kleines Problem mit dem Wasser.«

Sie verzog das Gesicht. »Ich habe mich in meinem ganzen Leben noch nie so schlecht gefühlt wie bei der Überquerung des Faolain. Und jetzt muß ich noch zwei Mal übersetzen, um nach Waes und zurück zu kommen. Rohan, ich hoffe nur, Ihr seid das wert!«

Das war eine Herausforderung, die sich kein Mann entgehen lassen konnte. Er legte den Arm um ihre Taille, ehe er noch über die Gefahr nachdenken konnte, und zog sie an sich. »Ich hoffe, die Belohnung wird ausreichend sein, meine Dame«, murmelte er. Aber da noch ein Funken Vorsicht übriggeblieben war, drückte er seine Lippen auf ihre Schläfe statt auf ihren Mund.

Sie überhaupt nur zu berühren war schon ein Fehler. Ihr Körper war warm und schlank und geschmeidig und wurde scheinbar von innen heraus von demselben Feuer erleuchtet, das auch seine eigenen Nerven erhitzte. Ihre Arme legten sich um ihn, ihre Finger zausten sein Haar, und er fühlte, wie ihr Schenkel an seinem bebte, wie die Muskeln zuckten, als seine Hand wie aus einem eigenen Willen heraus von ihrem Knie zu ihrer Hüfte emporglitt. Ihre Finger nahmen einen ähnlichen Weg zu seiner Lende, und sie wandte ihm das Gesicht zu, und ihre Augen und Lippen luden ihn ein.

Rohan hielt den Atem an und schauderte. Es brachte ihn fast um, sie loszulassen. Hastig sprang er mit geballten Händen auf. Sioned stöhnte leise auf, eine Mischung aus Überraschung und Enttäuschung, als er auf sie hinabstarrte.

»Nie zuvor habe ich eine Frau so berührt«, sagte er mit rauher Stimme. »Sioned, es ist nicht nur deine Nähe, es reicht schon aus, deinen Namen zu hören.«

»Für dich ist es also auch so?« hauchte sie erstaunt und schüttelte dann den Kopf. »Rohan, wie sollen wir das nur schaffen? Wir kennen uns erst einen Tag! So etwas habe ich noch nie für einen Mann empfunden!«

In diesem Augenblick lernte er die Eifersucht kennen. Er wollte die Namen aller Männer hören, die sie auch nur angesehen hatte, wollte wissen, ob sie sie berührt hatten – und vor allem, wo er diese Männer finden konnte, um sie umzubringen. Was war nur los mit ihm? Sie war doch noch nicht seine Gemahlin; er hatte noch nicht einmal ihre Lippen geküßt, geschweige denn, sie geliebt. Doch weil auch er denken und nicht nur fühlen konnte, erkannte er, daß er bei seiner Scharade mit Roelstras Töchtern sehr vorsichtig sein mußte, wenn sie unter derselben Eifersucht litt wie er, andernfalls würde es Prinzessinnen mit blauen Flecken geben. Er betrachtete ihre strahlend-grünen Augen und berichtigte sich: so sanft würde sie nicht sein, seine Sioned.

»Wir haben von Anfang an gewußt, daß es nicht einfach sein würde«, erklärte er mit traurigem Lächeln. »Ich verspreche dir, Augen und Hände bei mir zu behalten.«

»Aha, jetzt machst du voreilige Versprechungen«, neckte sie ihn.

»Alle werden glauben, du hättest irgendeine Krankheit, wenn ich niemals auch nur auf Armeslänge an dich herankomme.«

»Ich bekomme Pickel, wenn ich grüne Äpfel esse«, berichtete sie in ernstem Ton, aber ihre tanzenden Augen straften ihre Worte Lügen. »Soll ich ein paar essen und ganz fleckig und pickelig werden? Würde das die Dinge erleichtern?«

»Fleckig, wenn es sein muß, Sioned, aber nicht pickelig.« Sie lachten beide, und er rief aus: »Weißt du was? Ich habe das Gefühl, ich wäre schon ewig mit dir verheiratet!«

»Du kennst mich aber auch nicht, Rohan«, erinnerte sie ihn. »Vielleicht stellst du fest, daß ich –«

»– eine Hexe bin«, schloß er für sie. »Zu dem Schluß bin ich bereits gekommen, als ich dich im Feuer gesehen habe. Aber ich habe meine eigene Magie, weißt du. Komm mit, ich möchte dir etwas zeigen.«

Sie ging mit ihm tiefer in die Grotte hinein und auf die Klippen zu. Nach einem vorsichtigen Blick aus dem Augenwinkel meinte sie: »Du mußt auch etwas von der Gabe haben. Schließlich ist deine Mutter Andrades Schwester.«

»Und das heißt?«

»Ach, nichts.«

Rohan wollte die Stirn runzeln, unterließ es aber. Sie wußte genauso gut wie er, daß Andrade wünschte, daß aus dieser Ehe *Faradhi*-Kinder hervorgingen. Warum vertraute sie ihm nicht genug, um das zu sagen? Er beschloß, ihr mehr von seinen eigenen Plänen zu erzählen – soviel er im Augenblick wagte –, und gestand sich ein, daß er ihr auch noch nicht völlig vertraute.

»Roelstra wird mich mit Abkommen und Verträgen ködern wollen, und ich habe vor, sie von ihm unterschreiben zu lassen, ehe wir über seine Töchter sprechen. Aber ich schwöre dir, Sioned, sobald ich mit diesem Spiel fertig bin, werde ich vor allen um dich anhalten.« Er blieb stehen und sagte: »Hier – das wollte ich dir zeigen, ehe das irgend jemand anderes tut.«

Die Bäume um den stillen Teich teilten sich und machten einem langen, bleichen Wasserfall Platz, der hoch über ihren Köpfen aus dem Nichts auftauchte. Moos und Farn ließen den rauhen Fels weicher erscheinen, und der Mondschein verwandelte das Wasser in ein silbriges Band. Dies sicherte das Leben des Schlosses, dieses kostbare Wasser aus dem Norden. Es verlief unter der Erde, geschützt vor der Hitze, stürzte dann herab, um diese einzige Vertiefung im Felsen zu versorgen. Rohan schaute in Sioneds Augen und begriff plötzlich, was seine Ahnen gefühlt haben mußten, als sie das Geschenk dieses kühlen, süßen Wassers in der Wüste zum ersten Mal entdeckten.

Doch als sie den Mund öffnete, sprach sie nicht über das Wunder vor ihnen. »Macht es dir etwas aus, daß ich eine *Faradhi* bin?« fragte sie leise.

»Nein«, erwiderte er wahrheitsgemäß. »Warum sollte es?«

»Es wird deinem Volk zu denken geben, weißt du. Eine Lichtläufer-Hexe, mit ihrem Prinzen verheiratet, die Herrin über all diesen Reichtum ist und ihm hilft, die Wüste zu regieren.«

»Du wirst sie ebenso schnell für dich gewinnen wie mich«, antwortete er ruhig.

Sie warf ihm einen kurzen Blick zu und wandte sich dann zum Wasser um. Sie hob die Hände, und das Mondlicht funkelte auf ihren Ringen, als sie die silbrigen Strahlen zu einer Beschwörung über dem Teich verwebte. Er sah sein eigenes Gesicht und auch ihres, und eine einzige rotgoldene Strähne, die die Reife bildeten, die ihre Kronen darstellten. Nach einem Moment verblaßte die Beschwörung, und Sioned erwiderte seinen Blick erneut.

»Ich mußte das tun, um mir selbst etwas zu beweisen. Ich habe auf dem Weg hierher die Kontrolle über eine Flammenbeschwörung verloren, und ich hatte Angst davor, es noch einmal zu versuchen. Aber nun habe ich keine Angst mehr, Rohan. Es ist zu früh, als daß ich dir vollkommen vertrauen könnte. Mein Verstand sagt mir das immer wieder, und ich muß darauf hören. Aber auf jede Weise, die wirklich zählt, vertraue ich dir dennoch.« Sie zuckte leicht mit den Schultern. »Ich hätte das wohl nicht sagen sollen, und ich weiß, ich sollte das auch nicht tun, aber –«

Ihr Kuß auf seinem Mund war flüchtig und so überraschend wie ein heißer Blitz, der über den Wüstenhimmel zuckt. Doch noch ehe er die Hände nach ihr ausstrecken konnte, war sie fort.

Kapitel sieben

Die Nachricht von Prinz Zehavas Tod erreichte die Felsenburg bei Tagesanbruch. Crigos Kontakt mit dem Kellermeister in Stronghold gab dem ohnehin schon überanstrengten Lichtläufer den Rest, und so ging er zu Bett, nachdem er einen großen Kelch Wein mit *Dranath* geleert hatte. Roelstra begrüßte die Neuigkeit mit lautem, anhaltendem Gelächter und einem ausgiebigen Frühstück. Danach zog er sich für den Rest des Tages mit seinen Ministern zurück. Es blieb Palila überlassen, das abendliche Ritual vorzubereiten und dafür zu sorgen, daß alle Töchter sich ins Grau der Trauer kleideten, um ihrem königlichen »Vetter« Ehre zu erweisen. Was Palila anging, so hielt sie das für Unsinn und war zudem doppelt erzürnt, weil Grau ihr nicht stand. Doch man mußte seine Trauer zeigen, und so tröstete sie sich mit dem Wissen, daß das schieferfarbene Gewand zumindest ihre Schwangerschaft verbarg.

Roelstra führte die Prozession in die Kapelle der Felsenburg, sobald sich die ersten Abendsterne zeigten. Der Raum bestand aus einem Halbkreis aus Fironeser Kristall, der wie eine gigantische Seifenblase aus den Klippen hervorragte. Bei Tage strömte Sonnenschein herein und tauchte alles in Gold, das auf Ornamenten und Platten funkelte. Stühle aus weißem Holz und mit Polstern von weißer Seide standen auf einem dicken, schneeweißen Wollteppich, der jegliches Geräusch schluckte. Vor diesem Hintergrund funkelten die bunten Fenster, versprühten Regenbogenfarben und die Wände und schmückten den Boden mit leuchtenden Farben. Doch des Nachts schien nur der bleiche Mond, und die Kapelle war ein Ort der silbernen Schatten. Farblose Gesichter zeigten Augen und Münder in dunklen Höhlen, überirdisch betont durch die weißen Kerzen, die jeder Trauernde trug.

Nach den strengen Regeln der Vorschrift traten sie ein und nahmen ihre Plätze ein. Palila saß mit gesenktem Kopf und gefalteten Händen in der ersten Reihe, die Töchter um sie herum. Botschafter, Minister, Beamte und der niedrige Adel aus Prinzenmark saßen hinter ihr – eine Versammlung von Männern und Frauen, die sie von Grund auf verabscheuten, dachte sie mit kaum merklichem Lächeln. Fast alle waren irgendwann einmal in der Hoffnung zu ihr gekommen, Roelstra durch sie beeinflussen zu können. Sie hatte alles angenommen, was man ihr bot, und nichts versprochen – schließlich konnten sie schlecht zum Hoheprinzen laufen und sich beklagen, daß ihr Bestechungsversuch bei seiner Mätresse fehlgeschlagen war. Roelstra lachte, wann immer Palila ihm ein neues Schmuckstück oder Gewand zeigte, das ihr in der Hoffnung zum Geschenk gemacht worden war, daß sie ihm etwas zuflüstern würde, wenn sein Kopf auf ihrem Kissen lag. Er ermutigte sie, die Bestechungsgeschenke zu behalten, da diese ihr einnehmendes Wesen befriedigten, ohne daß es ihn etwas kostete. Die Pracht der Geschenke war außerdem ein Zeichen für ihn, wie sehr die Schenkenden sein Gefallen wünschten. Er ließ sich von Geschenken für seine Mätresse niemals beeinflussen, aber gelegentlich gab er vor, daß es der Fall war, um auch weiterhin teure Gaben zu erhalten.

Sie haßten Palila aber noch aus einem anderen Grund. Sie war eine Adlige, die die Würde ihres Standes beschmutzt hatte, wenn die Stellung als Mätresse des Hoheprinzen auch eine gewisse Ehre mit sich brachte. Sie hatte sie verraten, indem sie nicht aktiv zu ihren Gunsten tätig wurde, sondern statt dessen versuchte, Roelstras Macht auf ihre Kosten zu vergrößern. Außerdem hatte sie noch keinen Sohn geboren. Und was noch schlimmer war: Sie hinderte Roelstra daran, eine andere Frau zu suchen, die ihm vielleicht den männlichen Erben schenken würde. Sie alle hatten Kandidatinnen, die als Roelstras nächste Mätresse in Frage kamen, aber Palila ließ ihn nicht los.

Die Adligen, Minister und Botschafter hatten aber auch Kandidatinnen, die als Braut für Prinz Rohan in Frage kamen. Niemand wußte mehr über ihn, als daß er ruhig und belesen war, und beim letzten *Rialla* war es ihm gelungen, sich so unauffällig zu benehmen, daß sich nur wenige erinnern konnten, wie er überhaupt aussah. Palila konnte fühlen, wie sie ihre Töchter abwägend musterten und überlegten, welche von ihnen Rohan beim *Rialla* für sich gewinnen würde.

Die Töchter überlegten dasselbe. Palila war sicher, daß zumindest Ianthe genau wußte, in welche Richtung sich die Gedanken ihres Vaters bewegten, denn das Mädchen strengte sich an, ihn gewogen zu machen. Auch Pandsala war nicht dumm; in den vergangenen Tagen hatte sie sich bei Tisch in die Gespräche eingeschaltet und Bemerkungen gemacht, die zeigen sollten, wie loyal und intelligent sie war. Gevina und Rusalka, den ältesten der illegitimen Töchter, war wohl kaum entgangen, daß sich ihre Schmuckkästchen und Kleiderschränke vor kurzem gefüllt hatten. Sollen sie nur nervös werden, dachte Palila. Soll sich Eifersucht unter ihnen wie ein Feuer ausbreiten – sollen die Adligen doch ihre Wetten darauf abschließen, welche der Prinzessinnen den Prinzen zum Gemahl bekommen würde. Sie allein wußte, was Roelstra im Sinn hatte, und dieses Wissen wollte sie mit niemandem teilen.

Nach einer Weile des Schweigens, um dem Toten Respekt zu erweisen, trat Roelstra vor die flackernden Kerzen der Versammlung. Er hatte eine gute Stimme, wie geschaffen für Zeremonien und das Geflüster im Bett, und er wußte die Resonanz seiner Töne vorteilhaft einzusetzen. Er hielt eine kurze Ansprache und drückte sein Bedauern darüber aus, daß der große und edle Prinz Zehava so früh von dieser Welt gegangen war, und dann bat er die Göttin, Zehavas Geist wohlwollend in ihre liebevollen Arme zu schließen. Keinem der Anwesenden entging es, daß ihm keines seiner Worte ernst war. Alle nahmen an dem Ritual teil, nicht um sicherzugehen, daß die Form gewahrt wurde, sondern um Roelstras Ironie zu genießen und über die köstlichen Zukunftsaussichten nachzudenken, die sich ihnen boten. Es gab kaum einen Kopf in der Runde, der nicht einen Plan zu Rohans Nachteil schmiedete.

Als Roelstra verstummte, blickte Palila zu ihm auf. Sein dunkles Haar krönte silbriges Licht, seine Augen waren nahezu farblos, die Kerze in seiner Hand verströmte einen dünnen, gelblichen Glanz, der die kräftigen Knochen in seinem Gesicht und den teuflischen Zug um seinen Mund betonte. Ihre Blicke trafen sich, und sie lächelte leicht. Welch ein Glück war es doch, so sagte sie sich, daß sie einander verstanden. Ihre Position wäre riskant, bis sie ihm einen Sohn geschenkt hatte, aber weil sie ihren Herrn verstand, konnte sie ihm, wenigstens manchmal, zuvorkommen.

Einer nach dem anderen, in der Rangfolge ihrer Bedeutung, erhoben sich die Versammelten und begaben sich hinaus. Sie ließen ihre Kerzen auf Regalen zu beiden Seiten des Torbogens zurück. Palila hatte die Ehre, direkt vor dem Hoheprinzen hinauszugehen und ihre Kerze neben der Stelle zu plazieren, wo er seine eigene ablegen würde. Dies war ein Privileg, das niemandem außer seiner angetrauten Gemahlin hätte eingeräumt werden sollen, aber sie genoß viele ähnliche Privilegien in der Felsenburg und hütete sie eifersüchtig. Eines Tages würden sie ihr rechtmäßig zustehen.

Sie war müde, und die silbernen Schmucknadeln, mit denen ihr Schleier befestigt war, verursachten ihr Kopfschmerzen. Als die anderen jetzt in die Haupthalle hinübergingen, in der ein üppiges Mahl auf sie wartete, gesellte sich Palila nicht zu ihnen. Ebensowenig suchte sie jedoch ihr Bett auf. Sie kehrte in die Kapelle zurück und bahnte sich durch die mondhelle Kammer vorsichtig ihren Weg zum Kristall. Crigo würde bald kommen, um auf dem Mondlicht nach Stronghold zu reisen. Er erledigte häufig ohne Roelstras Wissen derartige kleine Dienste für sie, denn es war Palila, die Roelstra mit seinem Vorrat an *Dranath* versorgte.

Das gedämpfte Wispern, als die Tür geöffnet wurde, ließ sie herumfahren, den Namen des Lichtläufers auf den Lippen. Aber nicht Crigo trat ein. Es war Pandsala.

Palila unterdrückte ihre Verblüffung und hoffte, Crigo wäre klug genug, von draußen zu lauschen, ehe er die Tür öffnete. Sie lächelte die Prinzessin süß an und fragte: »Na so etwas, was machst du denn hier?«

»Dasselbe könnte ich dich fragen.« Ein kleines Lächeln spielte um Pandsalas Mund. Es war selbst in der Dunkelheit sichtbar und machte Palila nervös. Die Prinzessin schritt über den weißen Teppich graziös vorwärts, fast so, als handelte es sich um eine Hochzeitsprozession. »Es ist gewiß nicht die Trauer um den alten Prinzen, die uns zurückgerufen hat. Ehrlich gesagt, weiß ich nicht, weshalb du gekommen bist, und es interessiert mich auch nicht, abgesehen von der Tatsache, daß wir allein sind. Ein seltener Umstand, nicht wahr?«

»Allerdings, ja. Aber warum willst du allein mit mir sprechen, Pandsala?« Ihre Gedanken jagten sich, und ihr Blick glitt über das Gewand des Mädchens. Ein Messer? Gift? Wer würde schon eine Prinzessin des Mordes verdächtigen? Der Sohn, den Palila ihrer Überzeugung nach in sich trug, bedeutete eine Gefahr für alle Töchter. Vielleicht war Pandsala geschickt worden, um diese Gefahr zu beseitigen. In der Felsenburg hielten sich genügend Fremde auf, denen man die Schuld zuweisen konnte, genügend Menschen, die sie haßten, so daß die Liste der Verdächtigen praktisch endlos sein würde.

»Möchtest du dich nicht setzen?« forderte Palila Pandsala auf, nachdem sie zu der Ansicht gekommen war, eine sitzende Feindin würde sich leichter überwältigen lassen als eine stehende.

»Hör auf, die Schloßherrin zu spielen, Palila«, fuhr die andere sie an. »Ich bin hier die Prinzessin, nicht du – ganz gleich, wie mein Vater dich behandelt. Ich mag dich ebensowenig wie du mich, aber wir können uns gegenseitig von Nutzen sein.«

»In welcher Weise, meine Liebe?« Palila legte Belustigung in ihre Stimme, ahnte aber, daß ihr die Kontrolle aus der Hand geglitten war, und das machte ihr angst.

Pandsalas lange Finger glitten über die Stuhllehnen, als sie näherkam. Ein blasses Lächeln lag auf ihrem Gesicht.

»Laß uns erst darüber reden, wie du mir helfen kannst«, schlug sie vor. »Ich bin kein Dummkopf, wie du wohl weißt. Ich habe Ohren und Verstand. Und meine Ohren haben interessante Dinge vernommen, die ich – so sagt mir mein Verstand – zu meinem Vorteil verwenden kann.«

Palila fing an, zu verstehen, worauf Pandsala hinauswollte, und entspannte sich ein wenig. »Prinz Rohan braucht eine Gemahlin, und du möchtest ausgewählt werden.«

»Sorge dafür, daß Vater mich sieht«, drängte die Prinzessin. »Das kannst du, Palila.«

»Warum sollte ich das tun?« gab sie mit einer Sorglosigkeit zurück, die sie ganz und gar nicht empfand. »Ianthe wäre die bessere Wahl.«

»Könnte Vater sicher sein, sie zu beherrschen? Für Ianthe zählt doch nur Ianthe.«

»Während du die perfekte, liebevolle, loyale Tochter bist«, höhnte Palila.

»Sachte, sachte«, murmelte Pandsala. Ihr Lächeln war verflogen, und ihre dunklen Augen lagen im Schatten. »Fang an, im guten an mich zu denken, das rate ich dir.«

»Warum sollte ich?« Die Sache fing an, Palila zu gefallen.

»Weil ich dir das Leben retten kann!«

Palila lachte laut heraus, aber innerlich kämpfte sie gegen eine plötzliche Furcht an. War Pandsala gekommen, um sie zu töten? Sie verfluchte sich selbst, weil sie die Prinzessin in all den Jahren für weniger gefährlich gehalten hatte als Ianthe.

»Du glaubst also, du trägst den Erben meines Vaters«, fuhr Pandsala fort. »Vielleicht ist das so. Aber wenn nicht – muß ich die Einzelheiten erwähnen? Eine andere Mätresse, jünger und schöner, wird deine Stelle einnehmen. Eine Frau, die ihm einen Sohn schenken kann. Du hattest bereits vier Chancen, Palila. Dieses ist deine letzte, und das weißt du auch.«

Sie gab jegliches Theater auf, ließ sich auf einen Stuhl fallen und machte Pandsala wortlos ein Zeichen, sie sollte fortfahren. Die Prinzessin nahm auf der anderen Seite des Ganges Platz. Sie lächelte jetzt wieder.

»Wenn du einen Sohn bekommst, gibt es für dich keinen Grund zur Sorge. Vater wird dich heiraten, und deine Stellung ist gesichert. Aber wenn du ein weiteres Mädchen bekommst, könnte das das Ende deines Lebens bedeuten, oder siehst du das anders?«

Palila riß sich soweit zusammen, daß sie als Antwort lächeln konnte. »Nein, meine Liebe. Man könnte ihn allerdings kaum als gleichgültig meinem Bett gegenüber bezeichnen.«

»Aber wenn diese jüngere, schönere Frau daherkommt – woher willst du wissen, daß sie nicht genauso handelt wie du und dich aus dem Weg schafft, so wie du es mit Surya getan hast?«

Sie verriet sich mit einem Stöhnen und fluchte gleich darauf. Die Prinzessin lachte und breitete weit ihre Arme aus, als wolle sie den Augenblick des Triumphes festhalten.

»Nicht einmal Ianthe weiß, daß ich es weiß. Ich war erst fünfzehn, aber ich kann mich noch an jede Einzelheit erinnern – wie du eines Morgens im Garten gestanden bist und die Dienerin bezahlt hast, die dir geholfen hatte. Gut für dich, daß Vater so wütend war, daß er die Frau hinrichten ließ, ehe sie gegen dich aussagen konnte.«

»Roelstra würde eine so lächerliche Geschichte niemals glauben!«

»Vielleicht nicht. Aber er braucht nur einen Vorwand, um dich loszuwerden, wenn er erst ein anderes Mädchen hat. Er ist nicht unfreundlich, wenn es ihm gerade gefällt. Vielleicht schickt er dich einfach nur fort. Aber wenn ich ihm von Lady Surya erzähle, dann verrate ich auch den Namen des Mannes, der das Gift in Lady Karayans Wein getan hat.«

»Vater der Stürme!« schrie Palila auf. »Du Biest!« Die

Strafe für Mord war Exekution – und sie erinnerte sich plötzlich und voll Schrecken an Roelstras Worte über eine andere Methode – mit Feuer!

»Wie schön, daß du mit dem Theater aufhörst«,bemerkte die Prinzessin. »Kommen wir also zum Geschäft. Ich will Prinz Rohan. Ich habe es satt, im Kinderzimmer zu hausen, und ich will einen reichen, mächtigen Ehemann. Man sagte mir, er wäre außerdem recht gutaussehend. Er ist also genau richtig für mich. Und jetzt, wo du weißt, daß ich Bescheid weiß, siehst du mich doch gewiß gerne ziehen, nicht wahr? Welcher Ort wäre besser für mich geeignet als die ferne Wüste?«

Palila sammelte sich. »Woher weißt du, daß ich mit dir nicht dasselbe mache wie mit ihnen?« zischte sie.

»Weil ich noch etwas anderes weiß, Palila, und das könnte dir wirklich das Leben kosten. Nun? Was sagst du? Sollen wir den Handel abschließen?«

Palila erhob sich müde und ging zum langen Tisch hinüber, wo silberne Leuchter im schwachen Mondlicht schimmerten. Dazwischen befand sich eine kunstvoll gehämmerte Goldplatte. Sie stellte sie auf und sah ihr eigenes Spiegelbild, überzogen von winzigen Falten – eine Vision des Alters, wenn ihre Schönheit und ihre Macht vergangen sein würden, wenn sie nur noch ihren Sohn haben würde, der ihr Luxus ermöglichte. Es mußte ein Sohn sein. Roelstra mußte sie zu seiner Gemahlin machen. Sie mußte tun, was immer Pandsala verlangte.

»Ich werde dafür sprechen, daß du Prinz Rohans Braut wirst«, versprach sie tonlos, wobei sie noch immer ihr Spiegelbild auf der flachen, goldenen Platte anstarrte. »Ich werde tun, was ich kann, um Ianthes Chancen zunichte zu machen. Aber ich kann dir nichts versprechen, Pandsala. Du kennst deinen Vater.«

»Alles, was ich verlange, ist dein Einfluß – unauffällig, wenn ich bitten dürfte. Ich meinerseits werde Vater nicht erzählen, was ich weiß. Und ebensowenig werde ich mit meinen Geschichten zu Ianthe laufen. Ich wußte, daß dich das nervös macht«, fügte die Prinzessin verschlagen hinzu, und Palila haßte sie. »Sie hat dir schon nach dem Leben getrachtet.«

»Mehr als einmal«, sagte Palila und stellte die Platte ab. Sie drehte sich um. »Meine Diener sind loyal.«

»Damit rechne ich. Aber werden sie auch dann noch sagen, was du ihnen befiehlst, wenn sie glühende Eisen vor Augen haben?«

Feuer – Palila unterdrückte ein Schaudern. »Sie wissen, daß ich ihnen noch Schlimmeres antun werde, wenn sie nicht gehorchen.«

»Ausgezeichnet. Dann höre mir jetzt gut zu, Palila. Ianthes Plan ist sehr verwickelt, und du mußt ihn ganz genau verstehen, wenn wir ihn zu unserem Vorteil nutzen wollen.« Pandsala lachte plötzlich, ein Laut, der an Palilas Nerven zerrte. »Du wirst einen Sohn bekommen, Palila – so oder so!«

Crigo blieb vor dem Eingang zur Kapelle stehen – nicht aus Vorsicht, sondern einfach, weil die Schönheit der hölzernen Tür ihn immer wieder überwältigte. Unterhalb des Steinbogens war sie in gleich große Felder eingeteilt; sie zeigten das Wasser des Meeres, die Schaumkronen silbern betont; den Wind, der durch ein goldenes Weizenfeld strich; die majestätische Erde des Veresch-Gebirges, gekrönt von silbernem Schnee; und schließlich das Feuer eines Sonnenaufgangs, tief ins Holz geschnitzt und üppig vergoldet. Doch selbst jetzt, wo sein Geist angesichts dieser Schönheit jubelte, krümmte er sich innerlich, wußte er doch, wie wenig er es verdiente, diesen Ort zu betreten.

Voller Hohn über seine eigenen Skrupel verzog er das Gesicht. Die Göttin hatte diese Kapelle gewiß schon vor langer Zeit verlassen, voll Abscheu über diesen Mann, der sie hatte errichten lassen. Er würde ihre Gegenwart hier nicht spüren, mißbilligend und vielleicht ein wenig bekümmert. Nein, das bestimmt nicht; das einzig Traurige war sein eigenes Selbstmitleid. Er verzog die Lippen und streckte seine Hand aus, um die Türen aufzustoßen. Aber auf einmal hörte er ein schwaches Lachen von innen. Das war nicht Lady Palilas Stimme, wenngleich sie fast ebenso boshaft klang. Dieses Lachen war tiefer und kehliger. Crigo öffnete die Tür gerade weit genug, um hineinsehen zu können, und spähte in die Dämmerung.

Zwei Frauen saßen zu beiden Seiten des Ganges in der ersten Stuhlreihe. Er erkannte Palila an den silbernen Nadeln, die den Schleier auf dem Scheitel ihres Kopfes hielten, aber es bereitete ihm Mühe, die größere Frau zu erkennen. Doch dann wandte sie den Kopf und zeigte ihm ihr Profil mit der feinen, stolzen Nase und der hohen Stirn der fürstlichen Prinzessin. Crigo schluckte voll Entsetzen. Prinzessin Pandsala verabscheute die Mätresse ihres Vaters ebensosehr, wie seine anderen Töchter es taten. Was tat sie hier? Warum redete sie unter vier Augen mit Palila?

Er wollte es wirklich nicht wissen. Er kannte bereits zu viele Geheimnisse, Dinge, die seinen Tod bedeuten würden, sollte Roelstra jemals den Glauben an die Macht des *Dranath* verlieren. Doch die Versuchung war zu groß. Er schuldete Palila noch etwas, da sie ihm das *Dranath* zum »Geschenk« gemacht hatte; sollte er etwas Nützliches hören, könnte er sich vielleicht endlich rächen. Er öffnete die Tür ein wenig weiter und spitzte die Ohren.

Pandsala sprach leise und beugte sich auf ihrem Stuhl vor. »...austauschen... vier von ihnen... bestimmt ein Knabe darunter...« Crigo hörte nur ein paar Worte, die keinen Sinn für ihn ergaben. Aber Palila richtete sich plötzlich kerzengerade auf. Ihre Haltung verriet höchste Aufmerksamkeit und auch nicht gerade wenig Angst.

»Aber das Risiko!« stöhnte sie. »Das ist doch Irrsinn!«

»Ruhig!« rief die Prinzessin. »Soll das ganze Schloß uns hören?« Wieder senkte sie die Stimme, und Crigo runzelte vor Konzentration die Stirn. »Inathe plant sehr gründlich... sollte funktionieren... aber meine kluge Schwester hereinlegen... rettet dein Glück... Vater bekommt endlich seinen Sohn... traust du deinen Dienern das zu?«

Crigo biß sich auf die Lippe, als die Bedeutung der Worte der Prinzessin ihn wie ein Faustschlag traf. Geräuschlos schloß er die Tür und schlich den Gang entlang. Er wagte kaum zu atmen, bis er wieder in seiner eigenen Kammer war und die Tür fest hinter sich verschlossen hatte. Augenblicklich wandte er sich dem drogenversetzten Wein zu.

Mit dem Kelch in der Hand sank er in einen weichen Sessel und nahm einen tiefen Zug. Er schluckte die Flüssigkeit nicht nur wegen der Wirkung, die Alkohol nun einmal hat, sondern auch, um das *Dranath* so schnell wie möglich in seinen Kreislauf zu bekommen. Das erste Symptom waren Kopfschmerzen, so stark, daß er mit den Zähnen knirschte. Aber wie er wußte, vergingen sie bald wieder; an ihre Stelle trat eine zarte Benommenheit, die gerade so lange anhielt, daß er sie als warmes Fließen durch seine Adern und Beine erkennen konnte. Im ersten Jahr seiner Sucht war dieses Gefühl überdeckt worden von einem starken Verlangen nach einer Frau, aber schon seit langer Zeit war jetzt das *Dranath* seine einzige Liebe. Er wartete auf die eigentliche Wirkung der Droge, diejenige, die er heute nacht brauchte, und endlich spürte er, wie seine Sinne schärfer wurden, bis eine fast schmerzhafte Klarheit erreicht war. Er hatte fast die Hälfte des Weines für später aufgehoben, denn dann würde er die Bewußtlosigkeit einer großen Dosis benötigen.

Er öffnete die Augen, starrte zu den Deckenbalken empor und rief sich in Erinnerung, was er in der Kapelle gesehen und gehört hatte. Er glaubte zu verstehen, was Pandsala Palila angeboten hatte – und wünschte, er täte es nicht –, aber was hoffte die Prinzessin ihrerseits dadurch zu gewinnen?

Die Antwort war so offensichtlich, daß er an seinem krampfhaften Lachen fast erstickte. Er wußte nicht, ob er es lustig oder abstoßend finden sollte. Die Töchter waren seit Tagen aufgeregt, seit es ihnen klargeworden war, daß einige von ihnen als Braut für Prinz Rohan in Frage kommen würden. Er wünschte, er könnte in diesem Jahr am *Rialla* teilnehmen und sich von ihren Intrigen unterhalten lassen – ganz besonders von dem kleinen Tanz, den Ianthe und Pandsala aufführen würden. Crigo hatte so wenig Abwechslung; und das war eine, die auch Lady Andrade gutheißen würde, und er wünschte, er brächte den Mut auf, sie über den Mondschein zu informieren. Palila zu beobachten würde ebenso amüsant sein, besonders, wenn sie und Pandsala wirklich glaubten, sie könnte Roelstras Entschluß beeinflussen. Ihre Rolle würde offensichtlich darin bestehen, Pandsala im Gegenzug für das heute geschmiedete Komplott zu unterstützen. Aber Crigo unterschätzte Ianthes Fähigkeit, Ränke zu schmieden, ganz und gar nicht – schon gar nicht, wenn es um einen solchen Preis ging. Das war das Schreckliche an der ganzen Sache, der Gedanke an den jungen Prinzen, der mit einer von Roelstras Töchtern verheiratet werden sollte. Crigo kannte die Töchter des Fürsten. Da der Quell vergiftet war, waren es auch die Bäche.

Er drehte den Weinkelch in der Hand und überlegte, ob er Roelstra erzählen sollte, was er gehört hatte. Ein hartes Lächeln verzog seine Lippen. Auf der einen Seite Palilas Ruin, auf der anderen das Schwelgen in dem geheimen Wissen, daß Roelstras Sohn in Wirklichkeit nicht sein eigener war – die Entscheidung könnte schwierig werden. Beides versprach Befriedigung.

Crigo stellte den Kelch beiseite und erhob sich. Ein wenig unsicher trat er ans Fenster, das offen stand und den Mondschein ins Zimmer fallen ließ. Die Felsen gegenüber der Felsenburg waren kalt und hart, der Fluß unterhalb blieb unsichtbar. Doch er konnte sein gedämpftes Grollen von Norden her hören, wo er über eine Klippe rauschte und in Stromschnellen schäumte, ehe er an der Burg vorüberfloß. Mit geschlossenen Augen lauschte er und zitterte. Diesem Geräusch konnte er niemals entfliehen, aber er sehnte sich nach der absoluten Stille, die ihm nur der Schlaf brachte, den das *Dranath* ihm brachte.

In der Wüste würde es jetzt still sein, während sie zusahen, wie Prinz Zehavas Leichnam verbrannte. Lady Andrade würde dort sein, von vielen *Faradh'im* begleitet. Der alte Prinz hatte sich einen günstigen Zeitpunkt zum Sterben ausgesucht. Sehr viele waren dort, um ihm die letzte Ehre zu erweisen. Morgen würde Crigo von den Spionen in Stronghold einen ausführlichen Bericht bekommen, die das Ritual sicher mit zynischen Augen betrachtet hatten. Er spürte das kühle Mondlicht im Gesicht, die Kraft der Droge in seinen Adern, und entschied sich für das Wagnis, mit seinen eigenen Augen zuzusehen. Er sehnte sich danach, mit seinen eigenen Leuten zu kommunizieren und wieder zu ihnen zu gehören. Das war ihm für immer versagt, und er wußte das – aber ebensowenig konnte er dieser Gelegenheit widerstehen, ihr Werk zu betrachten, selbst wenn er sich nicht mit ihnen auf dem reinen, bleichen Licht vereinen konnte.

Er hob sein Gesicht zu den drei glühenden Kreisen am Nachthimmel empor und verwebte ihr zartes Licht zu einem Stoff von ausgesuchter Schönheit. Er schleuderte ihn nach Osten und Süden, wie man einen Teppich ausrollt, und frohlockte, als er darauf zu dem Sand außerhalb Strongholds eilen konnte. Er fühlte sich frei, so sehr, als ob er fliegen würde, so daß er die Schultern reckte, als würde er Drachenschwingen besitzen. Er entdeckte ein winziges Licht unter sich, wie ein goldener Stern auf dem Weg zur Erde, und als er sich dorthin hinabließ, sah er graue Gestalten, die in der Nähe standen. Crigo sehnte sich danach, sie anzurufen und die strahlenden Farben ihres Geistes zu fühlen. Aber er hielt sich zurück, denn die Scham brannte erneut in ihm, als er zusah, wie sie dem toten Prinzen mit dem Feuer der Lichtläufer Ehre erwiesen, einem Feuer, das Zehavas Geist freisetzte, so daß er auf dem Wüstensand reiten konnte.

Tobin hielt die Hände ihrer Söhne, als die Monde über ihnen aufstiegen. Jahni und Maarken waren erschöpft, denn sie hatten ihren Vater und Maeta begleitet und geholfen, die sterbliche Hülle des Drachen aus Rivenrock zu holen. Ihre Gesichter wurden von grauen Kapuzen verborgen, aber trotz ihrer Müdigkeit hielten sie sich, wie es jungen Edlen, die sie waren, geziemte. Aber ihre Hände waren feucht, und sie bewegten sich unruhig, während die Versammlung darauf wartete, daß Rohan mit dem Ritual begann.

Zusammen mit der Familie und zweihundert anderen Personen waren sie ihm schweigend die drei Längen bis zum Füllhorn der Göttin gefolgt, einer Ansammlung riesiger Felsbrocken, die beim Schein des Mondes sonderbare, furchterregende Gestalt annahmen. Es ging die Sage, die Steine wären vom Himmel gefallen, als die Berge gebaut worden waren, und wären im Sand liegen geblieben und vergessen worden. Maarken und Jahni hatten selbst für Fünfjährige eine lebhafte Phantasie, und Tobin wußte, daß sie hinter jedem Stein ein Ungeheuer lauern sahen. Sie hätte ihnen gern ein paar beruhigende Worte zugeflüstert, aber Schweigen war jetzt oberstes Gebot.

Rohan stand allein abseits und hielt eine Fackel in seiner Hand. Die Flamme verwandelte sein Haar zu flüssigem Gold und tauchte seine Augen in Dunkelheit. Heute abend war er ein Fremder. Zum ersten Mal konnte Tobin in ihm ihren Vater wiedererkennen; die Wüste hatte ihn zum Prinzen erkoren. Auch Zehava hatte diese Aura umgeben, denn trotz aller Bequemlichkeiten, die Milar in Stronghold eingeführt hatte, hatten ihn Sand und Wind geprägt. Der Drache, der den alten Prinzen getötet hatte, lag hingestreckt zwischen den größten Felsen. Durch den Sand wand sich ein langer, tiefer

Graben, die Spur, die der schwere Leichnam hinterlassen hatte, als er zu seinem Platz geschleift worden war. Ganz in der Nähe lag Zehava auf einem flachen Stein, der durch fünfzehn Generationen das Totenbett des Prinzen gewesen war. Ein silberner Umhang bedeckte seinen Körper vom Hals bis zu den Füßen. Der Fackelschein betonte sein scharfes Profil und den schwarzen Bart, die ihn so sehr von den feinen Zügen und den glatt rasierten Wangen seines Sohnes unterschieden. Und doch waren sie sich ähnlich, waren Abkömmlinge von Wüste und Drachen.

Schließlich wandte sich Rohan Prinzessin Milar zu, die sich dem Begräbnisstein mit den Schritten einer alten Frau näherte. Tränenspuren schimmerten auf ihren Wangen, und lange blieb sie an der Seite ihres Gemahls stehen, strich sein Haar zurück und ließ das Wasser ihres Kummers auf sein Gesicht tropfen. Andrade trat vor und ließ eine Handvoll Sand auf Zehavas reglose Brust rieseln, die Erde, aus der er hervorgegangen war. Anthoula, seit vielen Jahren die *Faradhi* des toten Prinzen, hinkte zu seiner Totenbahre und breitete weit die Hände aus. Der Saum ihres Umhangs flatterte, als sie die Luft anrief und sie bat, ihn zum Abschied leicht zu berühren. Dann neigte sie einen Moment lang den Kopf in Respekt und kehrte zusammen mit Andrade dorthin zurück, wo die anderen Lichtläufer standen, eingehüllt in ihre Umhänge und Kapuzen und abseits von den anderen.

Endlich näherte sich Rohan seinem Vater. Er trug das FEUER. Er hob es hoch, ein wenig steif von der Wunde an seinem rechten Arm. Das Licht fiel auf Zehavas Leichnam und den Koloß des Drachen hinter ihm und leuchtete bis in den Sand. Mit der Flamme berührte Rohan die vier Ecken von Zehavas Umhang. Das Material fing Feuer, flammte auf und war der Anfang des Brandes, der Zehavas Geist freisetzen und ihn befreien würde von den Elementen, aus denen sein Körper gemacht worden war.

Und dann tat Rohan etwas Schockierendes. Er trat zum

Drachen hinüber, nahm einen kleinen Wasserschlauch von seinem Gürtel und goß den Inhalt über die Schwinge des Tieres. Er ergriff eine Handvoll Sand, schleuderte sie ins Wasser und vollführte schließlich mit der Fackel über dem Haupt des Drachen einen feurigen Bogen. Anschließend steckte er den Leichnam in Brand und trat zurück, die Schultern trotzig gereckt.

Tobin war verblüfft. Sie wußte, daß er beabsichtigt hatte, den Drachen zu verbrennen, aber daß er dieses Geschöpf geehrt hatte, wie Zehava geehrt worden war – unglaublich. Doch als sie in das Gesicht ihres Bruders blickte, glaubte sie ihn zu verstehen. Feinden, die im Kampf fielen, wurde eine anständige Verbrennung zuteil; und ebenso einem Drachen.

Schweiß fing an, auf Tobins Stirn zu perlen, als die Flammen immer höher und heißer wurden, verstärkt noch durch die stummen Bemühungen der *Faradh'im,* die in der Nähe standen. Süße Kräuter und Weihrauch waren um die beiden Toten aufgeschichtet worden, doch nichts konnte den Gestank verkohlenden Fleisches überdecken. Sie warf einen Blick in die Gesichter um sie her und stellte fest, daß Strongholds Bewohner um ihren Prinzen weinten, ohne sich ihrer Tränen zu schämen. Zahllose Fremde, die sich zufällig gerade in der Burg aufhielten, standen in kleinen Gruppen beisammen und trugen die vorgeschriebene Maske der Trauer. Tobin störte ihre Gegenwart, aber sie mußten der Zeremonie beiwohnen und mußten sehen, wie Rohan sich hielt. Zweifellos hatte er sie alle schockiert, als er den Drachen ehrte, aber das würde ihnen auch zeigen, daß er sich keine Vorschriften machen ließ.

Als die erste Wartezeit vorüber war, gingen die Fremden zu Rohan hinüber, verbeugten sich und traten den Rückweg nach Stronghold an. Die Diener und Soldaten folgten ihnen, nachdem auch sie ihren neuen Prinzen anerkannt hatten. Nicht mehr lange, dann würden nur noch die Familie und die *Faradh'im* anwesend sein. Tobin versuchte, in der

Gruppe anonymer, grau gekleideter Lichtläufer Sioned auszumachen. Endlich entdeckte sie das feuergoldene Haar, das offen unter Sioneds Schleier über ihren Rücken fiel. Es gab so vieles, was Tobin von dieser Frau wissen wollte, deren Farben sie kurz berührt hatte, aber es hatte sich noch keine Gelegenheit zu einem Gespräch ergeben. Was hielt Sioned von Rohan, von Stronghold, von der Wüste – und wie gefiel ihr die Vorstellung, eine Prinzessin zu werden?

Rohan nahm die Ehrerbietung der letzten Knappen entgegen. Dann ging er zu Anthoula hinüber, berührte ihren Arm und nickte Tobin und den Zwillingen zu. Das Hinken der *Faradhi* war jetzt noch ausgeprägter, als sie näher kam und die Hände nach Maarken und Jahni ausstreckte. Sie führte sie zu ihrem Großvater, damit sie ihm die letzte Ehre erweisen konnten. Danach drehten sie sich um, verbeugten sich vor Rohan und traten den Rückweg zur Burg an. Tobin war dankbar für die Freundlichkeit ihres Bruders – Anthoula war zu alt, um die ganze Nacht hier draußen zu verbringen, und die Knaben waren dazu noch zu jung. In stummem Dank drückte sie seine Hand und stand dann neben ihm und starrte in die Flammen.

Szenen ihrer Kindheit schienen im Feuer zu flackern, und ein Lächeln trat unter dem Schleier auf ihr Gesicht. Ihr Vater war so gut zu ihnen gewesen. Er hatte sie mit unendlicher, brummiger und nachsichtiger Zärtlichkeit geliebt, obwohl er sie nicht ganz verstanden hatte. Die Stunden vergingen, und sie durchlebte in den Flammen die Vergangenheit noch einmal, sah Zehava, der mit ihnen Drachen spielte, der sie lehrte, wie man in der Wüste überlebt, der sie mitnahm, wenn er über Land ritt – Radzyn, Tiglath, Schloß Tuath, Skybowl, Remagev, die Faolain-Tiefebene und ein Dutzend kleinerer Burgen. So lernten Rohan und sie, was es hieß, der Herrscher der Wüste zu sein. Tobin fühlte, wie ihr Kummer verging, während diese Erinnerungen ihr Herz erhellten.

Ich danke dir für mein Leben, Vater. Du konntest mit

Ritualen niemals viel anfangen, nicht wahr? Aber dieses hier erinnert mich an all die Dinge, die du mir geschenkt hast, indem du mir das Leben geschenkt hast. Ich liebe dich, wie ich das WASSER liebe, das ich trinke, und die LUFT, die ich atme, die Früchte der ERDE, die mich nährt, und das FEUER zwischen Chay und mir. All das hast du mir gegeben. Ich danke dir für mein Leben.

Als die drei stillen, silber-umhüllten Monde den höchsten Stand erreicht hatten und ihr Licht sehr rein war, bildeten die *Faradh'im* einen Halbkreis so nah am Bestattungsstein, wie das Feuer es zuließ. Rauch und Ascheflocken stiegen auf und bildeten einen schwarz-grauen Hintergrund, als sie sich an den Händen faßten, fünfundzwanzig schiefergraue Gestalten mit Lady Andrade in der Mitte. Zu jeder anderen Zeit hätte Anthoula dieses Ritual allein vollziehen müssen. Tobin war froh, daß der alten Frau diese Mühe erspart blieb – und daß sich so viele eingefunden hatten, um diesem Ritual Kraft zu geben. Sie spürte Energie um sich her aufflammen und schwankte ein wenig. Chaynal, der neben ihr stand, legte einen Arm um ihre Taille. Sie war sich der fragenden Blicke bewußt, die Rohan und er über ihren Kopf hinweg wechselten, konnte aber keinen von ihnen ansehen. Ganz in der Nähe wurde Macht verwebt, und sie spürte es mit jedem Nerv.

Die *Faradh'im* verwebten das Mondlicht zu einer seidengleichen Decke, die so lang und breit war wie das Land vom Meer der Morgenröte bis zur Insel Kierst-Isel, und die alle anderen *Faradh'im* davon in Kenntnis setzte, daß der alte Prinz gestorben war. Tobins Augen brannten angesichts der Vielfalt von Prismen, von unterschiedlichen Farben, die alle zu einem lockeren und doch dichteren Material verwebt wurden, das sich in alle Richtungen erstreckte. Und sie war ein Teil davon – sie glitt mit ihnen an den Kettfäden entlang, über mondhelle Wiesen und Berge, über Wälder und Seen und tiefe Schluchten, vorbei an schneebedeckten Bergen und weiten, mit Weizen bestellten Ebenen. Sie war ein silberflügeliger Vogel, unter dessen Blick sich der ganze Kontinent erstreckte, und der Federn aus Licht nach unten treiben ließ, wo sie von den *Faradh'im* in Hunderten von Burgen eingefangen wurden. Sie war sie selbst, aber sie war auch jeder der Lichtläufer, die mit dem Gesicht zur Flamme standen.

Wie wunderschön sie war, diese traumhafte Landschaft. Sie flog mit ihnen, in ihnen, und die Farben veränderten sich und tanzten um sie her. Ohne jegliche Ausbildung und bar jeder Kontrolle abgesehen von der Führung durch Andrade war Tobin Teil des leuchtenden Stoffes aus Mondschein, der über dem Land lag; war sie ein frei fliegender Vogel; war sie ein brüllender Drache, der durch den Nachthimmel glitt. Sie verlor sich in Bildern und Farben und tanzte verzückt durch Licht und Schatten.

»Tobin!«

Sie empfand vage Mißbilligung, als jemand die Tradition störte und die Stille durchbrach. Ihr Name erklang erneut, und etwas in ihr krümmte sich. Zu abrupt machte sie kehrt und stand auf einmal wieder in der Wüste, nahe dem Scheiterhaufen ihres Vaters. Chays Arme lagen um sie, und sein Gesicht war starr vor Entsetzen. Ein heftiger Schmerz durchzuckte ihren Schädel, und sie wimmerte und suchte tastend nach dem Teil von sich, der noch immer über dem Mondschein schwebte. Aber sie war allein, auf der Erde, und schrie auf aus Kummer über den Verlust dieser unglaublichen Schönheit. Von irgendwoher ertönte ein Antwortschrei, ebenso verzweifelt wie ihr eigener, die Stimme eines unbekannten *Faradhi,* der ihre Pein besser begriff, als die anderen es vermochten. Ein flüchtiges Bild strahlender Farben, die dunkel geworden waren, durchzuckte sie, und sie wollte weinen.

»Sioned!« rief eine andere Stimme, und überrascht wurde ihr klar, daß sie zum ersten Mal gehört hatte, daß ihr Bruder den Namen des Mädchens aussprach. Sie zitterte wie ein Mobile im Sturm, ihre Knochen bebten, und jeder Herzschlag ließ neuen Schmerz durch ihren Kopf zucken. »Sioned!« rief Rohan wieder.

Aber es war Andrade, die antwortete. »Urival – sorg dafür, daß sie weiter atmet! Sioned, hilf mir!«

Die Farben wurden noch intensiver. Nadeln aus Rot, Blau und Grün stachen in ihr Fleisch und ihre Knochen. Einige von ihnen schmerzten, als sie ausgerissen wurden, andere verschmolzen mit ihrem Körper, und sie erkannte sie als ihre eigenen.

Tobin wurde sich bewußt, daß sie gegen die Brust eines Menschen gelehnt war und daß sich Hände um ihre Rippen schlossen und rhythmisch dagegen drückten, um sie am Atmen zu halten. Urival, dachte sie und wunderte sich nicht einmal, woher sie das wußte. Jemand anders kniete an ihrer linken Seite und hielt ihre Hände, und ohne die Augen zu öffnen, wußte sie, daß es Sioned war. Genauso leicht konnte sie Andrade zu ihrer Rechten fühlen. Sie sackte zusammen, ungemein schwach und unsagbar froh, am Leben zu sein.

»Tobin?« flüsterte Chay, und endlich öffnete sie die Augen. Er kniete neben Sioned. Die Flammen zuckten über sein Gesicht und seine Schulter. Sie rückte von Urival ab und zu ihrem Gatten hinüber. Sie löste ihre Hände und berührte leise lächelnd seine Wange.

»Bleib, wo du bist«, befahl Andrade scharf. »Ich werde dir das nicht ein zweites Mal sagen, also hör genau zu. Du wärest heute nacht beinahe den Schattentod gestorben, Tobin, und wenn Sioned und ich nicht deine Farben gekannt hätten, wärest du tot. Versuche niemals wieder, einem Lichtläufer zu folgen!«

Milar stöhnte auf. »Ist es das gewesen? Aber wie konnte sie das tun?«

»Ist das nicht ganz offensichtlich?« meinte Andrade achselzuckend. »Sie hat doch die Gabe, Milar.«

»Von mir.« Die Prinzessin wandte den Kopf ab.

»Aber es war schön!« protestierte Tobin. »Dafür muß man sich doch nicht schämen!«

»Natürlich nicht«, bestätigte Andrade und warf einen wütenden Blick auf ihre Zwillingsschwester. »Trotzdem hättest du das nicht machen dürfen.«

»Es war nicht die Schuld Ihrer Hoheit, Mylady«, hauchte Sioned mit hängendem Kopf. »Ich war die Ursache. Vergebt mir. Es ist passiert, weil ich sie früher schon berührt habe. Ich – ich bin meiner Ringe nicht würdig...«

Mit zornig gerunzelter Stirn hockte Andrade auf den Fersen. Doch es war Urival, der schließlich in betont mildem Ton erklärte: »Ich dachte, ich hätte dich etwas Besseres gelehrt.«

»Wie es scheint, hat sie nicht genügend aufgepaßt«, warf Rohan kühl ein.

Sioned fuhr zusammen. Aber obgleich ihn alle entsetzt anstarrten, wagte doch keiner, ihm die Antwort zu geben, die eine so arrogante Grobheit verdiente. Heute nacht war er weder Bruder noch Sohn noch Freund; er war der Prinz.

Andrade war es, die schließlich das Schweigen brach. »Chay, bring sie in die Burg zurück. Sie soll sich ausruhen. Sie braucht Zeit zum Heilen.«

»Aber sie wird wieder ganz in Ordnung sein«, sagte er, ohne direkt zu fragen.

Tobin richtete sich auf, um zu sitzen, und verbarg ihren plötzlichen Schwindel. »Ich wünschte, ihr würdet endlich aufhören, über mich zu reden, als wäre ich nicht da. Es geht mir gut.«

»Wir werden sehen. Chay, bring sie zu Bett.« Andrade erhob sich, ergriff Milars Arm und kehrte mit ihr zu Zehava zurück.

Tobin ließ es geschehen, daß Urival ihr auf die Füße half und sie dann Chays besorgter Fürsorge überließ. Obwohl er sich vergewissert hatte, daß sie gehen konnte, erlaubte er es nicht; er hob sie hoch und trug sie die ganze Strecke von drei Längen, und befahl ihr, den Mund zu halten, als sie zum Protest ansetzte. Einmal schaute sie über ihre Schulter zurück zu ihrem Bruder, der allein und starr dort stand und auf Sioneds gebeugten Kopf niederblickte.

Es gelang Tobin, wach zu bleiben, bis Chay sie zu Bett gebracht und zugedeckt und dafür gesorgt hatte, daß sie ein Glas Wein trank. Nach dem Fasten dieses Tages und den Ereignissen der Nacht wirkte der Wein wie ein Kinnhaken auf sie. Das nächste, was sie wußte, war, daß es Morgen war und er noch immer an ihrer Seite wachte. Die dunklen Stoppeln seines Bartes kratzten an ihrer Wange, als er sie fest an sich drückte.

»Du hast mir eine Todesangst eingejagt, du dummes Ding«, brummte er.

Sie kuschelte sich in seine Arme, denn sie interpretierte seine Worte zu Recht als Beweis seiner Liebe. Dann küßte sie ihn auf den Nacken und löste sich von ihm. »Jetzt geht es mir wieder gut. Bist du die ganze Nacht über wach geblieben?«

Er drückte sie zurück in die Kissen, als wäre sie aus Fironeser Kristall. »Du hast da draußen aufgehört zu atmen, weißt du. Deshalb habe ich ständig mitgezählt, während du geschlafen hast.«

Sie biß sich auf die Lippen und brachte dann ein »Es tut mir leid, mein Herz« hervor.

»Das sollte es auch. Dreh dich um und schlaf weiter.«

»Ich kann nicht. Ich muß mit Sioned sprechen, ehe Rohan es tut – und vor allem, ehe Andrade Gelegenheit bekommt, sie anzuschreien. Es war wirklich nicht ihre Schuld, weißt du.«

»Ich verstehe überhaupt nichts Derartiges.« Er runzelte die Stirn.

»Chay.« Tobin seufzte ungeduldig. »Kommt sie dir wirklich vor wie ein Mensch, der einfach unvorsichtig ist? Oder, um es anders auszudrücken, hätte Andrade sie für Rohan ausgewählt, wenn sie das wäre? Ich weiß genau, welche Erfahrung ich letzte Nacht gemacht habe. Ich möchte nur, daß sie mir genau erklärt, was passiert ist, das ist alles. Wir müssen es beide wissen.«

»Das kann ich nicht abstreiten.«

Sie zögerte und zupfte an seinem Ärmel. »Ist das für dich wichtig? Daß es sich herausgestellt hat, daß ich –«

»Für mich ist nur wichtig, ob du noch sicher bist. Und es war noch kein wirklicher Beweis dafür, daß du eine *Faradhi* bist. Ich werde einen Diener bitten, das Mädchen zu suchen.« Er erhob sich und ging zur Tür. Dort drehte er sich um. »Aber wenn so etwas noch einmal passiert –«

»Das wird es nicht«, versprach sie, hielt es aber nicht für ratsam, ihm schon jetzt zu erklären, daß es sich nicht wiederholen würde, weil Sioned ihr beibringen sollte, wie man die Gabe einsetzt.

Die Lichtläuferin erschien schon wenige Augenblicke später – als hätte sie darauf gewartet, gerufen zu werden, oder es befürchtet. Sie trug noch immer dasselbe graue Gewand, allerdings ohne Schleier; der Sand, der noch immer unterhalb der Knie an ihrem Gewand klebte, und die dunklen Augen unter ihren Augen verrieten Tobin, daß Sioned nicht geschlafen und sich wahrscheinlich nicht einmal auf ihr Bett gelegt hatte. Sioned verneigte sich tief und setzte sich in einen Sessel neben dem Bett, als sie dazu aufgefordert wurde, sah aber keinen von ihnen an.

»Es gibt nichts zu verzeihen«, fing Tobin an. »Es war ein Unfall, wenn ich verstanden habe, was geschehen ist.«

»Ich wünschte, irgend jemand würde es auch mir erklären«, murmelte Chay.

Sioned starrte auf ihre fest verschränkten Finger. »Vor einigen Tagen hat Lady Andrade über das Sonnenlicht mit mir in der Schule der Göttin Kontakt aufgenommen, Herr. Prinzessin Tobin war Teil dieses Lichtlaufes, und so lernte ich die Farben ihrer Hoheit kennen.«

»Meine Gemahlin ist keine *Faradhi*«, sagte Chay.

Tobin zuckte mit den Schultern. »Kannst du dich noch an das einzige Mal erinnern, wo du mich zum Segeln mitgenommen hast? Mir wurde im selben Augenblick übel, als ich ins Boot trat.«

»Ja, weil du schwanger warst und wir es noch nicht wußten«, erklärte er stur.

»Nein, Lieber«, sagte sie sanft. »Das war nicht der Grund.«

Er funkelte sie böse an. Dann wandte er sich Sioned zu, die mit gebeugtem Kopf dasaß. »Also schon«, meinte er schließlich. »Erzählt mir, was passiert ist.«

»Ich bin unwürdig, meine Ringe zu tragen«, murmelte Sioned. »Der Prinz hatte recht.«

»Es war nicht dein Fehler, und mein Bruder ist ein Narr«, widersprach Tobin. »Andrade hätte schließlich auch wissen müssen, daß es mich fesseln würde.«

»Nicht einmal sie weiß alles«, warf Chay ein.

»Aber sie hat immer gewußt, daß ich die Gabe besitze.« Tobin hielt für einen Moment seinen Blick fest, ehe sie sich wieder Sioned zuwandte. »Es war unbeschreiblich, Sioned. Nie im Leben habe ich solche Schönheit gesehen.«

»Ihr habt gefühlt, was wir taten, und wolltet daran teilhaben, Hoheit. Aber Ihr seid niemals ausgebildet worden. Weil wir uns schon einmal berührt hatten, habt Ihr meine Farben erkannt und ich die Euren. Es ist äußerst schwer zu erklären, Herr«, fuhr sie fort und sah endlich Chay an. »Ihr müßt es Euch wie ein Fironeser Kristallfenster vorstellen, durch das Sonnen- und Mondschein fallen. Jeder Mensch besteht aus einem einzigartigen Muster von Farben, die die *Faradh'im* berühren können. Ich weiß, das klingt sonderbar – als wäre man in der Lage, einen Duft zu berühren. *Faradh'im* lernen ihre eigenen Farben sehr früh kennen und prägen sich die Muster ein, so daß sie zu ihrem eigenen Licht zurückkehren können.«

»Und weil du und Andrade Tobins Farben kanntet, konntet ihr sie zurückbringen. Andernfalls hätten wir sie verloren.«

»Es hätte nicht geschehen dürfen, Herr. Es tut mir leid.« Sie brach ab und rang ihre Hände in ihrem Schoß. »Es tut mir leid«, wiederholte sie.

»Es war schön«, meinte Tobin nachdenklich. »So viel Licht, ineinander verwoben wie ein großer Teppich aus Juwelen.«

»Und die Schatten, die sie geworfen haben«, fügte Sioned leise hinzu. »Wir sind alle auch aus Schatten gemacht.«

Chay schüttelte den Kopf. »Ich bin nicht sicher, daß ich das alles verstehe, aber...« Er begegnete Tobins Blick, die zur Tür schaute. »Ich wünsche keine weiteren Entschuldigungen von Euch, Mylady«, erklärte er Sioned, als er aufstand. »Es ist passiert, und nun ist es vorbei. Ich denke, ich sehe mal nach den Knaben.« Er beugte sich über Tobin, küßte sie und ging.

Tobin richtete sich im Bett weiter auf und wünschte, Sioned würde sie ansehen. »Rücksichtsvoll, nicht wahr?« versuchte sie die Spannung zu lindern.

Die Lichtläuferin erwiderte endlich ihren Blick. Ein kleines Lächeln spielte um ihren Mund. Tobin überflog hastig ihre Züge, sah Leidenschaft und Hartnäckigkeit, Intelligenz und Stolz. Sioned war Rohan sicher ebenbürtig, sagte sie sich.

»Ich muß noch einiges darüber lernen, eine *Faradhi* zu sein. Bringst du es mir bei, Sioned?«

»Wenn Lady Andrade sagt, daß ich es darf –«

»Ich glaube schon, daß sie das wird. Sie läßt sich niemals irgend etwas oder irgend jemanden entgehen, das oder der möglicherweise von Nutzen für sie sein könnte. Ich kenne meine Tante sehr gut. Ich möchte dich aber noch nach etwas anderem fragen, was gestern abend passiert ist. Ich habe nämlich gespürt, wie jemand gerufen hat, jemand, der nicht Teil dieser Gruppe hier war.«

Die Lichtläuferin runzelte die Stirn. »Gerufen? Wie?«

Sie überlegte einen Augenblick. »Es war schrecklich, wie ich von dem Gewebten fortgerissen wurde«, erklärte sie langsam. »Er schien das zu verstehen. In seiner Stimme lag eine solche Verzweiflung.«

»Seiner?«

»Ich weiß zwar nicht, woher ich es weiß, aber ich bin sicher, daß es ein Mann war.«

Sioned erhob sich und trat an die Fenster, die auf den tiefer liegenden Garten hinausgingen. »Ihr seid talentierter, als Lady Andrade vermutet. Es ist nicht leicht, auf das Geschlecht eines Menschen aus seinen Farben zu schließen. Welche habt ihr gefühlt?«

»Hauptsächlich Saphir – und dann noch etwas, das sich anfühlte wie ein schwarzer Diamant, wenn es so etwas gibt. Warum?«

»Ihr denkt in Juwelenfarben«, lautete Sioneds Kommentar, ehe sie sich wieder Tobin zuwandte. »Das ist eine sehr alte Art der Identifikation von *Faradh'im.* Die Farbmuster bleiben dieselben, aber die Schattierungen können manchmal wechseln. Urival hat die Theorie entwickelt, daß etwas geschehen ist, was die Persönlichkeit eines Lichtläufers verändert hat, wenn helle Farben dunkler werden, so wie bei diesem schwarzen Diamanten, den Ihr gefühlt habt. Manchmal spiegeln sie auch die Stimmung wider.«

»Weißt du, wer dieser Mann sein könnte?«

»Nein, Hoheit. Aber ich werde Urival davon erzählen, wenn Ihr wollt.«

»Wahrscheinlich war es nur ein Echo meines eigenen Verlustes. Es war tatsächlich eine unglaubliche Erfahrung. Eine, die ich wirklich gerne wiederholen würde, wenn du mir ein paar Dinge beigebracht hast. So, ehe Chay zurückkehrt, und von Frau zu Frau – was hältst du von meinem Bruder?«

Diese unvermittelte Frage trieb die Röte in Sioneds Wangen. »Ihr kennt die Farben meiner Gedanken, Hoheit«, erwiderte sie mit bewundernswerter Beherrschung. »Ihr solltet auch das wissen.«

»Ich fürchte, du hast mehr über mich herausgefunden als ich über dich. Du bist Saphir und Smaragd und noch etwas anderes, aber das ist es nicht, was mich im Augenblick interessiert. Was hältst du von Rohan?«

Sioneds Rücken wurde steif, und der Blick ihrer grünen Augen wanderte erneut zu den offenen Fenstern. Ehe Tobin etwas einfiel, womit sie dem Mädchen die Spannung nehmen und ihr die gewünschte Information entlocken konnte, wurde die Tür aufgestoßen und ihre Söhne stürzten ins Schlafgemach. Sie zog sie an sich, umarmte sie, und als die beiden dann neben ihr auf dem Bett saßen, stellte sie fest, daß Sioned leise aus dem Zimmer geschlüpft war.

Kapitel acht

Lady Andrade hielt sich auch nach dem Tag, an dem sie eigentlich in die Schule der Göttin hatte zurückkehren wollen, noch lange in Stronghold auf. Einige ihrer Gründe waren persönlicher, andere politischer Natur. Ihrer verwitweten Schwester gegenüber fühlte sie sich zu einem längeren Aufenthalt verpflichtet, und es wurde zu ihrer Hauptbeschäftigung, Milar daran zu hindern, ihrer Trauer zu unterliegen. Sie wollte der Versammlung von Rohans Vasallen durch ihre bloße Gegenwart Gewicht verleihen, wenn die Männer zur Jungtier-Jagd eintrafen. Außerdem wollte sie selbst ihren Spaß daran haben, zu sehen, wie er mit den Männern umging. Sie ließ es zu, daß Andeutungen gemacht, später Gerüchte in Umlauf gebracht und schließlich ihr Entschluß verbreitet wurde, daß sie in diesem Jahr das *Rialla*

mit ihrer Gegenwart beehrten würde. Diese Neuigkeit würde in Roelstra unendlich Zorn erregen und dafür sorgen, daß die anderen Prinzen sich von ihrer besten Seite zeigten. Doch persönliche und politische Ziele verbanden sich in ihrer Absicht, erst dann heimzukehren, wenn Rohan und Sioned verheiratet waren. Seit Jahren war dies ihr Ziel gewesen, und sie würde dafür sorgen, daß es auch geschah. Abgesehen davon beunruhigten sie Sioneds Schweigen und die Art, wie sie sich vom täglichen Leben im Schloß zurückzog.

Rohan war viel zu beschäftigt, um sich Sorgen um Sioned zu machen. Das war nur gut so; Sioned machte sich Sorgen genug für sie beide. Das Unglück beim Mondlauf hatte sie stark erschüttert. Sie hatte das Vertrauen in ihre Fähigkeiten als *Faradhi* verloren, und wenn sie Rohan mit ihrem Talent von Nutzen sein wollte, dann würde sie den Glauben an ihre eigenen Kräfte wiedererlangen müssen. Zu diesem Zweck hatte sie um die Erlaubnis ersucht, in der kleinen, aber eindrucksvollen Bibliothek von Stronghold ihren Studien nachzugehen. Die große Mehrheit der Bücher war von dem jungen Prinzen selbst gesammelt worden, und Sioned staunte über das weitgefächerte Interesse dieses Mannes. Geschichte, Geographie, Landwirtschaft, Geologie, Botanik, Tierzucht – er besaß mindestens drei, häufig ein Dutzend Bücher zu jedem Thema, und dazu noch über viele andere Themen. Sioned verbrachte viel Zeit damit, die Sammlung durchzugehen, und bekam so ein Gefühl für die Grundlinien seines Verstandes. Nachdem sie jedoch zu ihrer Zufriedenheit festgestellt hatte, daß der Prinz gebildeter war als irgendein Prinz vor ihm, kümmerte sie sich nicht weiter um die Bücher, sondern benutzte die Bibliothek statt dessen als privates Arbeitszimmer. Sie saß mit Urival an Rohans langem, hölzernen Schreibtisch und stellte unaufhörlich Fragen, übte und ging mit dem älteren Lichtläufer noch einmal all die Dinge durch, die sie in der Schule der Göttin gelernt hatte. Abgesehen von seiner Stellung als Andrades Präfekt, war er auch ein angesehener Lehrer, der seine neun Ringe mehr als verdient hatte. Er verstand ihre Ängste. Er ging mit Sioned die einfachsten Lektionen durch, verbesserte ihre Technik und brachte ihr subtile Dinge bei, die die meisten *Faradh'im* erst lernten, wenn sie mindestens sieben Ringe besaßen.

Sie rief das FEUER an und entzündete eine Kerze nach der anderen, bis das Arbeitszimmer taghell erleuchtet war. Dann löschte sie alle mit einem einzigen Gedanken aus. Sie webte ihr eigenes, komplexes Muster aus Farben in den Sonnenschein, der durch die offenen Fenster strömte, und rief die LUFT an, um den Raum an den heißen Nachmittagen zu kühlen. Sie rief sich alles in Erinnerung, was ihr im Laufe mehrerer Jahre beigebracht worden war, bis sie den dritten Ring erneut erreicht hatte, die Stufe eines Lichtläufer-Lehrlings. Doch der nächste Schritt, eine Feuerbeschwörung, wurde schwierig für sie. Die einzige Vision, die sie dem Kerzenlicht entlocken konnte, war Rohans Gesicht. Urival gab keinen Kommentar zur Wahl ihres Objektes ab, sondern drängte sie weiter zur nächsten Stufe.

Sie reiste auf dem Sonnenlicht bis zum Heim ihrer Kindheit, nach River Run, und kehrte in perfekter Beherrschung zurück. Noch in derselben Nacht verwebte sie das zarte Mondlicht zu einem Pfad, der sie bis zur Schule der Göttin führte, und als sie zurückkam, empfing sie Urival mit säuerlichem Lächeln.

»Ich weiß nicht, warum du dir solche Sorgen machst«, grollte er. »Wie oft soll ich dir denn noch sagen, daß du keine Schuld daran trägst, was Prinzessin Tobin passiert ist? Alle wissen das. Außer dir.«

»Ich muß selbst sicher sein«, antwortete sie hartnäckig. »Ich muß ganz genau wissen, was ich tue.«

Er lehnte sich auf seinem Stuhl zurück. Der Schein einer einzelnen Kerze zuckte über sein faltiges Gesicht mit den großen, schönen, goldbraunen Augen. »Warum bleibst du nicht in der Schule der Göttin, wenn es die Lichtläufer-Ringe sind, die du dir wirklich wünschst? Du bist schon immer wissensdurstig gewesen, Sioned, seit du damals zu uns gekommen bist. Hinter was bist du her?«

»Wenn ich mich entschließe, Rohan zu heiraten, bekommt er durch mich weder Land noch Gold noch irgend etwas sonst, was ein Prinz für gewöhnlich bei seiner Heirat erhält. Seine Vasallen werden darüber unglücklich sein. Ich muß ihnen zeigen, daß ich ihr Vertrauen und ihre Loyalität verdiene. Und sollte ich ihn doch nicht heiraten, dann muß ich wissen, wie ich mein Talent an einem anderen Hof einsetzen kann.« Sie zuckte die Achseln. »Ich gehöre nicht mehr in die Schule der Göttin, Urival.«

»In Wirklichkeit bist du also hinter einem siebenten Ring her. Und einem achten.«

»Ja. Wirst du mich unterrichten?«

Er legte seine gespreizten Hände flach auf den Tisch. Bis auf den linken Ringfinger wiesen alle Gold oder Silber auf, die meisten Reifen waren mit winzigen Edelsteinen besetzt. »Du wünschst dir gefährliche Dinge. Erzähl mir, warum – und keine weiteren Geschichten über die Ehe, bitte. Du magst mit diesem Unsinn, daß du nicht sicher bist, Cami und Ostvel, vielleicht sogar Andrade zum Narren halten. Aber nicht mich.«

Sioned ließ sich mit ihrer Antwort Zeit. »Als ich damals in die Schule der Göttin kam, zählte für mich nur die Tatsache, daß ich nicht für verrückt gehalten wurde und für eine Außenseiterin wie dort, wo mein eigenes Heim gewesen war. Die Frau meines Bruders gab mir dieses Gefühl, und ihre Diener folgten ihrem Beispiel. Ich mache ihr keinen Vorwurf, daß sie so gedacht hat, Urival. Für sie war ich merkwürdig. Und durch sie wurde ich dorthin geschickt, wohin ich tatsächlich gehörte. Wo ich lernen konnte. Sobald ich herausgefunden hatte, was ich werden konnte, wenn ich nur hart genug arbeitete, schmerzte der Gedanke, nicht alles zu lernen, was möglich war, mehr als alle Lektionen es jemals vermochten.«

»Dann möchtest du die Ringe also für dich behalten?«

»Nicht unbedingt. Für mich und für Rohan. Nicht nur, weil ich ihn für meinen Mangel an Land und Reichtum entschädigen möchte. Ich muß ihn auch beschützen, so wie die ganze Wüste. Das bin ich seinem Volk schuldig, wenn er mich zur Frau nimmt.«

Urival sagte eine Weile gar nichts. Dann meinte er leise: »Ich werde dich nichts weiter lehren.«

Sioned sprang von ihrem Stuhl auf und rief: »Aber warum? Was habe ich falsch gemacht?«

»Du wünschst dir die Ringe aus den falschen Gründen. Ist es dir jemals in den Sinn gekommen, daß eine *Faradhi,* die auch eine Prinzessin ist, eine Ungeheuerlichkeit bedeutet, Sioned? Glaubst du, weitere Ringe würden dir genügend Macht geben, um die zu ignorieren, die dich – wie die Frau deines Bruders – für sonderbar halten oder sogar für gefährlich? Der Friede zwischen den Prinzenreichen hängt von dem Gleichgewicht der Macht ihrer Herrscher ab. Die *Faradh'im* weben dieses Netz aus Macht und halten es fest.«

»Andrades Netz!« erklärte sie wütend. »Andrade, die mir befohlen hat, die Schule der Göttin zu verlassen und Rohans Gemahlin zu werden!«

»Andrade«, stimmte er ruhig zu, »deren Gründe vielfältig sind und vielleicht nicht dieselben wie deine.«

»Was will sie dann? Erklär es mir.«

Er stand auf. Mitleid stand in seinen Augen, aber seine Stimme war kalt, als er sagte: »Befiehl mir nicht, Lichtläufer. Noch bist du keine herrschende Prinzessin.«

Sie sah ihn gehen, starr vor Wut. Was wollten sie von ihr? Rohan hatte ihr befohlen, eine Rolle zu spielen, die sie schmerzte; seine grausame Bemerkung über ihre Ausbildung hatte sie zusammenzucken lassen, denn sie zeigte einen Mangel an Vertrauen in die Vorteile, die sie ihm als seine Gemahlin einbringen konnte. Andrade bestand auf dieser Ehe aus Gründen, die sie nicht kannte. Urival weigerte sich, sie Dinge zu lehren, die sie möglicherweise nicht klug verwenden würde. Keiner von ihnen glaubte an sie, abgesehen davon, daß sie ihnen nützlich sein konnte.

Sie lief die Gänge zu Urivals Zimmer entlang und verlangte Einlaß. Urival saß am Fenster und sah ihr ruhig und mitleidig entgegen. Ihr Zorn verging, und sie hauchte beschämt seinen Namen, als ihre Stimme vor unterdrückten Tränen bebte.

»Ach, Sioned«, murmelte er und breitete die Arme für sie aus. Sie kniete neben ihm nieder und barg zitternd ihr Gesicht an seinem Knie. Urival strich ihr Haar glatt und sagte nichts, bis sie wieder ruhiger war. Dann hob er ihr Gesicht zu sich empor. »Verstehst du jetzt? Siehst du, wie schwierig es für dich werden wird?«

»Ich – ich sehe Andrade auf der einen Seite und die *Faradhi*-Tradition der Vergangenheit. Und Rohan ist auf der anderen, mit meiner Zukunft und meinem Herzen. Aber wenn sie nicht wünscht, daß ich mein Können zu seinen Gunsten einsetze, warum hat sie mir dann befohlen, hierherzukommen und seine Frau zu werden? Ich verstehe nichts davon, Urival! Hilf mir!«

»Ich denke, sie vertraut darauf, daß du deine Gaben klug verwendest; und das zugunsten von jedermann – nicht nur von Rohan.«

»Aber sie benutzen mich beide. Ich bin kein Seil, dessen eines Ende an einen Ochsen und das andere an einen Hengst gebunden ist im Versuch, sie gemeinsam etwas ziehen zu lassen!«

»Ich kann mir auch denken, wen du in der Rolle des Ochsen siehst«, meinte er, und sie konnte ein Lächeln nicht unterdrücken. »So, das ist schon besser«, lobte er. »Ich muß zugeben, daß ich unsere liebe Herrin schon mit weniger schmeichelhaften Tieren verglichen habe. Sioned, ich würde es lieber sehen, wenn du diese beiden sturen Tiere führen und deine Fähigkeiten als Bindeglied zwischen ihnen einsetzen würdest. Sie können dich nur ausnutzen, wenn du das zuläßt, mein Kind. Du bist frei zu wählen.«

»Bin ich das? Ich bin mit der *Faradhi*-Gabe geboren, und was ich im Feuer gesehen habe, hat mir überhaupt keine Wahl gelassen.« Sie seufzte und schüttelte den Kopf. »Tut mir leid, daß ich dich angeschrien habe.«

»Das sollte es auch. Jetzt geh zu Bett und schlafe, und morgen abend lehre ich dich, was du wissen möchtest.«

Sie fuhr zusammen. »Aber – du hast gesagt –«

»Ja, und ich habe dafür gesorgt, daß du über ein paar Dinge nachgedacht hast, nicht wahr?«

Sioned erhob sich. »Du bist selber ein hinterlistiges, stures, altes Biest, Urival. Warum lassen wir dir das nur alle durchgehen?«

»Der Segen der Göttin«, lächelte er. »Und jetzt geht, Prinzessin.«

Sie starrte ihn an, als sie diesen Titel aus seinem Mund vernahm. Er war der erste Mensch, der sie so nannte. Er zwinkerte ihr zu und machte eine beruhigende Bewegung mit der Hand. »Das wirst du werden, das weißt du doch. Alles andere wäre Verschwendung.«

Die Tage vor der Jungtierjagd verstrichen, und weder Sioned noch Urival ließen sich viel blicken. Rohan wußte, daß er nicht dankbar sein sollte, weil sie anderweitig beschäftigt war, aber tatsächlich hatte er zuviel zu tun, um sich ihretwegen groß Gedanken zu machen. Doch jede Nacht, wenn er im Bett lag, träumte er davon, sie an seiner Seite zu haben, und jeden Morgen, wenn die Sonne sein Gesicht streichelte, dachte er im Halbschlaf, daß es eine Liebkosung ihrer Lippen sei. Wenn er zuweilen einen Blick auf sie erhaschte, war es immer wie ein Schock für ihn; er mußte sich in Erinnerung rufen, daß er sie noch nicht anrufen, ihr nicht zulächeln, nicht zu ihr gehen durfte, um sie zu liebkosen oder zu küssen, kurz gesagt, daß er sich nicht so benehmen durfte, als gehörten sie zusammen. Er durfte nicht einmal dabei ertappt werden, daß er sie ansah. Er war stolz darauf, wie gut er seine Miene beherrschte, aber er wußte, daß jeder Blick auf Sioned, der mehr als flüchtig war, seine Gefühle auf sein Gesicht zaubern würde. Ein Teil von ihm verabscheute ihre Scharade und haßte es, daß Sioned ihm dies antun konnte. Schlimmer noch, sie war sich nicht einmal bewußt, daß sie dazu in der Lage war. Sie schien ihn im gleichen Maße zu übersehen, wie er sich ihrer Gegenwart bewußt war. Es war zum Verrücktwerden – und gleichzeitig eine exzellente Lektion in Geduld.

Nach und nach trafen die Vasallen ein. Statt nun seine Tage mit dem Studium früherer Vereinbarungen zu verbringen, verbrachte Rohan seine Zeit damit, sie unauffällig zu veranlassen, alle Veränderungen vorzunehmen, die er wünschte. Er hatte sie alle schon früher getroffen, doch damals noch an der Seite seines Vaters. Man hatte sich respektvoll vor ihm verneigt, aber nichts wirklich Wichtiges mit ihm besprochen. Jetzt galten alle Ehrungen ihm, aber er trug auch alle Verantwortung. Früher war ihm die Spannweite ihrer Forderungen an Zehava niemals bewußt gewesen. Jedes Herrenhaus, jede Burg hatte eigene Probleme, eigene ehrgeizige Ziele. Rohan war dankbar für Tobins unaufdringliche Anwesenheit bei einigen dieser Treffen, denn ihre besonderen Kenntnisse als Herrin von Burg Radzyn waren ihm eine unauffällige Richtschnur, wenn es um die *Athr'im*-Kameraden ging. Manchmal war auch Chay anwesend; als Zehavas Kommandeur hatte er an der Seite all dieser Männer gekämpft, und daß er sie kannte, war ein wesentlicher Punkt. Andrade nahm niemals teil, aber gerade ihre Abwesenheit stellte sicher, daß alle Vasallen an sie dachten. Rohan staunte, wie sie das schaffte.

Pflichtschuldig lauschte er den verschiedenen Wünschen und Bedürfnissen, die vor ihm geäußert wurden. Er würde seine Vasallen beim *Rialla* vertreten, und was er dort für sie gewann, entschied über ihren Reichtum oder ihre Armut in den kommenden drei Jahren. Ihre Listen umfaßten alles, vom Holz für ihre Häuser und Schiffe bis hin zu Taufkelchen aus Fironeser Kristall. Ein Lord erbat eine Anzahl Kurz-Bart-Schafe aus Gilad, um seine Herden zu verbessern; ein anderer wünschte ein Collier aus Silber und Achaten – den Juwelen der Verführung –, um seine eifersüchtige Gemahlin zu besänftigen. Rohan hörte allen zu, ohne zu lächeln oder die Stirn zu runzeln; nicht nur, daß sein Vater es immer so gehandhabt hatte – es war auch eine gute Übung für seinen Auftritt als Dummkopf beim *Rialla*. Einige würden ihn für zu dumm halten, um zu verstehen, was sie sagten; andere würden glauben, er imitiere seinen Vater und denke sich währenddessen Möglichkeiten aus, um sich seinen Verpflichtungen zu entziehen; und noch mehr würden ihn für zu verängstigt halten, um irgendeinen Ausdruck zu zeigen. Derartige Einschätzungen paßten Rohan sehr gut... im Augenblick jedenfalls.

Insgeheim jedoch, und nur für die Ohren von Chay und Tobin bestimmt, platzte er manches Mal vor Vergnügen angesichts der Dinge, von denen seine Vasallen behaupteten, sie könnten nicht ohne sie leben. Aber er wußte, daß das Ausmaß ihrer Forderungen ganz und gar nicht lustig war; vor ihm lagen lange, harte Verhandlungen in Waes, und er hatte nicht die Absicht, sich schon jetzt zu ermüden, indem er sich mit seinen Vasallen herumstritt.

»Vater hat sie immer schmoren lassen, während er vorgab, er müsse noch überlegen«, erinnerte sich Tobin eines Abends, als sie noch spät bei einem Glas kühlen Weins und einer Platte mit Käse und Brot beisammensaßen. »Das meiste haben sie untereinander ausgemacht.«

»Zehava war ein sparsamer Geist«, fügte Chaynal grinsend hinzu. »Wenn zwei Lords mit angrenzendem Besitz beide einen neuen Hengst für ihre Stuten erbaten, dann hat er sie selbst ausdiskutieren lassen, wer den Hengst und wer das kostenlose Decken erhalten sollte.«

»Das kann ich nicht mehr zulassen«, erklärte Rohan. »Sie glauben, ich werde dieses Jahr ohnehin nicht viel für sie herausholen, und deshalb sind ihre Forderungen so überhöht. Wenn sie eine Menge verlangen, so haben sie sich ausgerechnet, könnten sie schließlich das bekommen, was sie wirklich brauchen – wenn die anderen Prinzen nett zu dem Idiotenkind sind.« Er verzog das Gesicht. »Was meine Vasallen bieten, reicht nicht einmal für ein Drittel dessen, was sie verlangen, und ich müßte die Differenz ausgleichen.« Er trank einen Schluck Wein und lachte dann laut auf. »Stellt Euch vor, Lord Baisal wünscht genügend Stein aus Syr, um eine neue Burg zu bauen! Das, was er mir dafür anbietet, würde nicht einmal ausreichen, um für die Keller zu bezahlen!«

»Befindet sich nicht unter Sioneds Vorfahren ein Prinz aus Syr? Das könnte doch vielleicht hilfreich sein«, murmelte Chay – doch Rohan überging diesen Hinweis.

»Das einzige, was ich im Augenblick tun kann, ist, zuzuhören, ohne Entscheidungen zu treffen. Dann kann man sich auf kein Abkommen berufen, wenn ich erst einmal habe, was ich wünsche.«

»Aber da du mit ihnen Vereinbarungen getroffen hast, werden sie unruhig«, warnte Tobin.

»Das sind sie bereits. Die glauben nicht, daß ich so viel Verstand habe, daß ich überhaupt denken kann. Außerdem wird es ihnen noch weniger gefallen, wenn sie erfahren, daß ich dieses Spektakel mit Tanz und Gesang alle drei Jahre abschaffen werde.« Er lachte, als sie ihn anstarrten. »Denkt doch mal eine Minute nach. Ich werde mit ihnen allen Standardvereinbarungen treffen – eine festgelegte Produktionsmenge jedes Jahr. Und dann gibt es keine weiteren Versuche mehr, dem Prinzen noch Extras aus der Nase zu ziehen. Sie sagen mir, was sie brauchen, und wenn ich in meiner Weisheit entscheide, daß sie es wirklich verdienen, dann bekommen sie es. Dieses Herumfeilschen ist verdammt entwürdigend und die Sache nicht wert.«

Er leerte sein Glas und hielt es Tobin hin. Sie tat ihm den Gefallen und schenkte nach, aber ihre Aufmerksamkeit galt ihrem Gatten. Rohan grinste.

»Aha, wie ich sehe, wird mein wichtigster Vasall nervös«, spottete er.

»Verdammt richtig«, stimmte Chay zu. »Das ergibt doch alles keinen Sinn. So, wie es jetzt ist, bieten sie doch gerade mehr von ihren eigenen Erzeugnissen, wenn sie etwas Besonderes wollen – z. B. Steine für eine neue Burg.«

»Ist dir je aufgefallen, wie häufig sie zu liefern versäumen? Vater besorgte ihnen die Dinge, ohne die sie nicht leben konnten – wie sie immer wieder beschworen –, und dann brachten ihre Minen weniger hervor als erwartet, oder es wurde auf mysteriöse Weise nichts geerntet, oder irgend etwas anderes geschah, so daß sie nicht zu zahlen brauchten. Vater hat sich darüber nie Gedanken gemacht, weil er ein Prinzenreich aufbaute und wichtigere Dinge zu tun hatte. Aber meine Aufgabe ist es, das festzuhalten, was er aufgebaut hat, und es zum Blühen zu bringen. Chay, was ich vorschlage, ist folgendes: Jeder gibt mir eine festgelegte Summe – jedes Jahr –, oder ich schicke meine Leute aus, um die Gründe in Erfahrung zu bringen. Aber dafür gebe ich ihnen auch mehr, als Vater je getan hat, und das noch dazu regelmäßig.«

»Und wenn du ihnen nicht geben kannst, wozu du dich verpflichtet hast?« wollte Tobin wissen.

»Dann erstatte ich die Differenz aus meiner eigenen Tasche. Ich wünsche, daß jeder ganz genau weiß, woran er ist. Kein Herumfeilschen mehr über die Zahl der Ziegen, Teppiche oder Weinfässer.«

»Und wenn sie ihren Verpflichtungen nicht nachkommen können?« fuhr sie fort.

»Dann wird der fehlende Betrag im nächsten Jahr miterhoben.« Er drehte sein Glas zwischen den Händen. »Mich interessiert nur, daß ich regelmäßig bekomme, was ich wirklich brauche. Tobin, du weißt, wie oft wir von einer Sache mehr bekommen haben, als wir brauchen konnten, nur weil es ein Vasall als Bezahlung gebracht hat und Vater den Überschuß beim *Rialla* nicht verkaufen konnte.«

Sie schnitt eine Grimasse. »Ich kann mich noch an das Jahr erinnern, als wir Lord Baisals Blaubeeren den ganzen Sommer über in jeder nur erdenklichen Form zu essen bekamen! Seither kann ich sie nicht mehr riechen!«

»Genau das möchte ich vermeiden. Ich entscheide, was ich hier auf Stronghold für ein Jahr benötige, und vereinbare mit den Vasallen, daß sie mich damit versorgen. Dafür bekommen sie von mir die Grundbedürfnisse erfüllt, die nur ich für sie besorgen kann – Wolle, Delikatessen, Bausteine, Dinge aus anderen Prinzenreichen. Ich bekomme genau die Menge, die ich wirklich benötige, und sie ebenfalls.«

»Dabei werden sie wahrscheinlich reich«, war Chays Kommentar.

»Komm mir jetzt bloß nicht mit Vaters Ansicht, daß ein reicher Mann eine Gefahr für seinen Herrn darstellt. Vater war im Irrtum. Ein reicher Vasall ist ein loyaler Vasall, weil er seine Reichtümer nämlich schützen will, und ich bin derjenige, der die Verantwortung trägt. Deshalb versorgt er mich mit Essen und Wein – und Pferden«, fügte er grinsend hinzu.

»Den *besten* Pferden, wenn ich bitten darf!« gab Chay zurück und lachte ebenfalls.

»Oh, natürlich«, stimmte Rohan zu. »Ich bitte um Verzeihung, mein lieber Herr von Radzyn. Aber wie du siehst, gewinnen nach meinem Plan beide Seiten. Wir bekommen alle, was wir brauchen, und die Vasallen gewöhnen sich an die Vorstellung, daß das, was sie bekommen, von mir kommt. Ich bin der einzige, der sie in Waes vertreten kann, und ich bin auch der einzige, der ihre Ländereien schützen kann.«

»Gilt die Vereinbarung auch in Kriegszeiten?«

»Ich werde für alles, was ich mir nehme, bezahlen, Chay, und das ist der Unterschied zwischen meinem Vater und mir. Er war damit beschäftigt, die Grenzen zu sichern, und er hatte das Recht, alles zu verlangen, was er brauchte, um dies zu tun. Aber ich möchte eine andere Art von Sicherheit aufbauen, und das kann ich nicht auf Vaters Art.«

»Nennst du Zehava etwa einen Dieb?« Chays graue Augen tanzten.

»Einen von der besten Sorte«, erwiderte Rohan, ohne eine Miene zu verziehen.

»Rohan!« Tobins Faust traf seinen Arm, und er zuckte zusammen. »Ach, hör auf. Du bist schon längst wieder gesund – und außerdem war es sowieso der andere Arm. Wie kannst du behaupten, Vater hätte seine Vasallen bestohlen?«

»Aber das hat er doch. Zu einem guten Zweck natürlich, aber wie nennst du es denn, wenn man etwas nimmt, ohne dafür zu bezahlen?«

»Seine Bezahlung war die Sicherheit, von der du selbst gesprochen hast.«

»Aber dafür waren sie ärmer an den einzigen Dingen, an denen ihnen etwas liegt: Geld, Pferde, Essen.«

Sie runzelte die Stirn. »Ach komm, du schacherst einfach nicht gern, und das ist der Grund. Ich glaube, du willst zu viel zu schnell verändern. Aber ich habe noch eine andere Frage. Was ist mit Sioned?«

Chay stieß einen leisen Pfiff aus und lehnte sich zurück, die Hände abwehrend erhoben. »Haltet mich da bitte raus!«

Wie durch ein Wunder gelang es Rohan, nicht zu erröten und den Blick seiner Schwester ruhig zu erwidern. »Sie tritt auf den Plan, wenn und falls es mir paßt.«

»Wag das ja nicht«, warnte sie ihn. »Du bist diesem Thema – und vor allem ihr! – den halben Sommer über ausgewichen, und ich bin es leid! Niemand hat das arme Mädchen länger als auch nur einen Augenblick gesehen, seit sie hierher gekommen ist. Sie spricht mit niemandem und sieht schrecklich unglücklich aus. Welches Spiel auch immer du spielen magst, Rohan, sie ist zu gut dafür.«

»Wenn sie eine so feine Lady ist, dann ist sie ohnehin die Falsche für mich«, gab er brüsk zurück. »Ich suche kein Opfer, Tobin. Ich brauche eine Frau und eine Prinzessin. Ich will dasselbe, was auch du mit Chay hast. Wie hätte ich euch all die Jahre beobachten können, ohne für mich dasselbe zu erhoffen? Aber wenn wir einander nicht ebenso trauen können, wie ihr das könnt, du und Chay, dann muß ich eine andere finden. Und da du es schon erwähnst: Sie hat auch noch keinen Entschluß gefaßt, was mich angeht.«

»Hast du überhaupt schon mit ihr geredet? Gütige Göttin, Rohan, weißt du überhaupt, was sie denkt oder fühlt?«

»Tobin«, meldete Chay sich leise, »laß ihn.«

»Sie hat wahrscheinlich schon Angst davor, einfach nur in die Halle zu kommen, weil du sie wieder zurechtweisen könntest! Sie hat Stolz, Rohan –«

»Ich auch!« erinnerte er sie betont. »Ich denke gar nicht daran, hinter einer dummen Frau herzulaufen, die sich nicht einmal entscheiden kann, ob sie mich will oder nicht!« Er stellte sein Weinglas ab und erhob sich. »Es ist schon spät, und ich habe morgen noch eine Menge zu tun.«

»Dieses Gespräch ist noch lange nicht zu Ende!« tobte seine Schwester.

»Laß ihn«, warnte Chay, diesmal mit festerer Stimme.

Sie funkelte beide wütend an. »Ach, dann geh doch! Wenn du mir schon nichts erzählen willst, dann weigere ich mich, mich länger mit dir abzugeben, damit du deinen Spaß haben kannst!«

»Aber soviel Spaß habe ich den ganzen Sommer über

nicht gehabt«, antwortete er unschuldig. Dann wich er zurück. »Chay! Halt sie fest, ehe sie mich umbringt!«

»Sie festhalten? Ich werde ihr helfen!«

Rohan flüchtete eilends und lachend aus Tobins Gemächern. Er ging jedoch noch nicht zu Bett. Schnell lief er über die Treppe in den Garten hinab und schlenderte die Kieswege zum Teich entlang. Der Springbrunnen war seit dem Tod seines Vaters nicht mehr in Betrieb; Milar konnte das funkelnde Schauspiel, das sie zur Freude ihres Gatten geschaffen hatte, vor ihrem Fenster nicht ertragen. Rohan bückte sich, spritzte sich Wasser ins Gesicht und setzte sich dann auf eine Bank, um auf Sioned zu warten.

Es war schon geraume Zeit her, daß sie sich auf diese Weise getroffen hatten. Walvis hatte ihm immer die Nachricht übermittelt, daß die Dame zu müde sei oder zu beschäftigt oder einfach nicht in der Lage, sich heimlich davonzustehlen. Ihre Absagen gingen immer mit respektvollen Entschuldigungen einher, aber Rohan hatte inzwischen genug davon. An diesem Nachmittag hatte er Walvis in ihr Zimmer geschickt, als die Hitze des Tages am größten war und jeder halbwegs vernünftige Mensch sich zurückgezogen hatte, um die Zeit bis zum Abend irgendwie zu überstehen. Die Nachricht war kurz und bündig gewesen: Seine Gnaden Prinz Rohan verlangt von Lady Sioned, daß sie ihn um Mitternacht in der Nähe des Teiches treffen möge. Rohan hatte sich gefragt, ob sie es wagen würde, ihm auch diesmal abzusagen. Diesmal hatte sie es nicht getan. Daraufhin war er den ganzen Tag über von fiebriger Ungeduld besessen gewesen. Er sehnte sich danach, sie wieder einmal allein zu sehen.

Er schaute sich um und sah überall Anzeichen des schwindenden Sommers – Gras, das tapfer gekämpft hatte, jetzt aber trocken und gelb war, reifende Früchte an den nahen Bäumen. Die Jungtierjagd rückte näher, wenn der Sommer zu Ende ging, und Rohan mußte in diesem Fall den unentschlossenen Prinzen nicht einmal spielen. Er wußte wirklich nicht, was er tun sollte, wenn der Tag kam. Ein einziges Mal hatte er an einer solchen Jagd teilgenommen, und ihm war übel geworden, als die schlüpfenden Drachen abgeschlachtet wurden, sobald sie aus den Höhlen ins Sonnenlicht krochen. Aber es wurde von ihm erwartet, daß er daran teilnahm und dem Gemetzel applaudierte – und selber auch viele Tiere tötete. Sein Vater hatte das immer getan; und dessen Vater davor auch.

Er wandte das Gesicht dem sternenübersäten Himmel zu und überlegte, wann die Drachenweibchen wohl ihre Wachtposten in Rivenrock verlassen würden. Ihretwegen konnte sich niemand den Höhlen nähern und die Mauern durchbrechen, um an die Eier zu gelangen. Doch wenn die Weibchen erst einmal fort waren, würde es nur noch wenige Tage dauern, bis die Jungen schlüpften. Alle sahen im Drachentöten einen wundervollen Sport. Rohan stand auf und fing an, unruhig auf und ab zu gehen. Er fühlte sich hilflos, weil er nicht wußte, wie er dem Gemetzel schon in diesem Jahr entgehen sollte.

»Du verlangtest mich zu sehen?« fauchte eine wütende Stimme in der Dunkelheit, und er fuhr zusammen. Sioned tauchte aus dem Nichts auf, bebend vor Zorn. »Man hat allerdings versäumt, mich darüber zu informieren, daß ich lediglich eine von vielen unter Euren Bediensteten bin, Herr!«

An die Wutausbrüche der beiden anderen Frauen in seinem Leben gewöhnt, fiel es Rohan leicht, Sioneds Zorn ruhig zu begegnen, wenn auch mit einer gewissen Belustigung. »Ich habe dich mehrfach höflich gebeten, aber da bist du nie gekommen. Ich dachte, ein Befehl würde dich aus der Reserve locken – und sei es, daß du mich auch nur anbrüllst.«

»Wie kannst du es wagen, mich herumzukommandieren, als würde ich dir gehören! Wenn du mir jemals wieder eine solche Nachricht zukommen läßt, werde ich dafür sorgen, daß du nicht in der Lage sein wirst, für irgendeine Frau den Gatten zu spielen, und schon gar nicht für mich!«

Sie sah aus, als meinte sie es ernst, und das hatte er bei den Temperamentsausbrüchen seiner Mutter oder Schwester nie bemerkt. Offensichtlich gab es solche und solche Wut, grübelte er. Er würde nie wieder den Fehler machen, Sioned an anderen Frauen zu messen. Doch sein eigener Stolz verlangte eine entsprechende Erwiderung, die er in ebenso scharfen Tönen von sich gab. »Wenn ich Euch zu sehen wünsche, meine Liebe, dann werdet Ihr kommen, ganz gleich, welcher Art der Ruf ist.«

»Aber ich wünsche Euch nicht zu sehen!«

»Warum bist du dann gekommen?«

Im Gegensatz zu allem, was er von wütenden Frauen erwartete, schrie sie ihn nicht an, schlug ihn auch nicht ins Gesicht, ja, stürmte nicht einmal davon. Statt dessen seufzte sie auf und unterdrückte ein Kichern. »Jetzt hast du mich«, gab sie reumütig zu. »Soviel zu einem guten Kampf!«

Rohan starrte sie völlig überrascht an, und seine Verblüffung wuchs noch, als sie nur die Schultern zuckte und seufzte.

»Ich mußte dich sehen, Rohan. Ich erhasche immer wieder einmal einen flüchtigen Blick auf dich, aber du bist immer beschäftigt, und ich kann dich nicht erreichen. Ich habe ein Treffen bislang immer abgelehnt, weil ich dir keine zusätzliche Last sein wollte. Du hast schon so genug Sorgen mit den Vasallen hier und den Vorbereitungen zum *Rialla* und allem.«

Auf einmal wurde ihm bewußt, daß das Feuer auch so angenehm warm sein konnte wie ein Kamin an einem kalten Winterabend. »Sioned, du bedeutest nie eine Last für mich. Du bist das einzige Versprechen, das ich für die Zukunft habe.« Er legte leicht den Arm um ihre Schulter, und sie lehnte sich an ihn. Er lächelte, als er seine Wange an ihr Haar legte.

»Danke. Ich verzeihe dir fast, was du über meine Ausbildung gesagt hast. Und wenn wir schon dabei sind: Ich habe mit Urival gelernt. Es gibt so vieles, was ich wissen muß, und es bleibt nicht mehr viel Zeit, bis wir nach Waes abreisen.«

Es gab ihm einen Stich, daß sein eigenes romantisches Gefühl sich nicht auf sie übertragen hatte. Heute abend hatte er keine Lust, über Pläne und Probleme zu sprechen. Er wollte all die Sätze ausprobieren, die er allein im Bett geübt hatte.

»Ich habe außerdem sehr genau beobachtet, was in Stronghold vorgeht«, fuhr sie fort. »Ich bin mir überhaupt nicht sicher, ob ich eine gute Prinzessin abgeben werde. Cami hat mich immer wieder aufgezogen, ich wäre genauso chaotisch wie ein Wintersturm. Also hab' ich mir von ihr auch ein paar Lektionen erteilen lassen. Ich fürchte nur, ich bin ein ziemlich hoffnungsloser Fall.«

»Cami? Oh – das Mädchen mit dem dunklen Gesicht und den prachtvollen Augen.«

Sie wich zurück und schnitt ihm eine Grimasse. »Eine Lektion, die ich nicht brauche, betrifft Eifersucht! Nein, vielen Dank.«

Er grinste, als er erkannte, daß er seinen Weg zur Romantik gefunden hatte – in gewisser Weise. »Ich glaube kaum, daß du auf diesem Gebiet überhaupt trainieren mußt!«

»Wenn du eine dieser Prinzessinnen nur zu lange ansiehst, wirst du schnell herausfinden, wieviel ich schon darüber weiß«, warnte sie scherzhaft.

»Sioned, selbst wenn ich dir niemals begegnet wäre, es gibt nichts unter der Sonne oder den Monden, was mich veranlassen könnte, eine von Roestras Töchtern zu heiraten. Ich will nämlich uralt und gebrechlich werden. An dem Tag aber, an dem eine von ihnen einen Sohn von mir zur Welt bringen würde, wäre mein letztes Stündlein gekommen.«

Sie riß die Augen auf. »Aber – ach du liebe Göttin, daran habe ich überhaupt nicht gedacht! Rohan, sie könnten dir nach dem Leben trachten. Du darfst nicht hingehen!«

Er lachte entzückt angesichts ihrer Sorge. »Niemand wird

versuchen, mich da umzubringen, und ich muß gehen. Außerdem habe ich ja meinen Lichtläufer-Fee bei mir, die mich beschützen wird.«

»Mach dich nicht über mich lustig!« fuhr sie ihn an. »Wenn sie erst herausgefunden haben, daß ich es bin, die du erwählt hast, werden wir beide nicht mehr sicher sein.«

»Sieh doch nicht schon wieder Schatten, wo keine sind. Und stell dir nur mal den Spaß vor, den wir haben werden, wenn wir sie so ärgern! Am letzten Abend des *Rialla* wirst du an meinem Arm den Bankettsaal betreten, über und über behängt mit Smaragden. Die Frauen werden dich alle umbringen wollen, weil du so schön bist, und die Männer möchten mich am liebsten kastrieren, und...«

Ihr Schnauben war eine Mischung aus Lachen und Wut. »Also gut. Wenn es dich glücklich macht, dann trage ich ein Kleid, das vorne und hinten tief ausgeschnitten ist, und ich werde mich bemühen, nicht herauszufallen. Aber hast du dir wirklich ernsthaft überlegt, wie viele Feinde du dir mit diesem Spiel machen wirst? Wenn diese Prinzessinnen tatsächlich heiraten, werden sie sich an die Beleidigung erinnern und versuchen, ihre Gemahle gegen dich aufzubringen.«

»Meine Position wird stark sein, und die Vorteile für diejenigen, die mit mir gemeinsame Sache machen, sehr überzeugend. Deshalb wird der Einfluß ihrer Weiber gleich Null sein.«

»Und mein Einfluß als Gemahlin?«

Er lächelte. »Kannst du dir diese Frage immer noch nicht selbst beantworten? Oder glaubst du mir erst, wenn du in so einem schockierenden Gewand und mit Unmengen von Smaragden neben mir stehst?«

»Du hast auch auf alles eine Antwort, oder? Aber du weißt, was ich gemeint habe. Werde ich auch außerhalb deines Schlafzimmers Teil deines Lebens sein?« fragte sie dann rundheraus.

»Ich werde dich antreiben wie eine Sklavin«, versprach er lächelnd. »Stronghold läuft von allein, also gib dich nicht damit ab, diese Dinge zu lernen. Ich brauche dich, damit du mir hilfst, ein ganzes Prinzenreich zu regieren. Mein Vater hat die Dinge geschehen lassen. Ich möchte, daß wir die Dinge in Bewegung bringen.«

Sioned nickte nachdenklich. »Das ist dir ganz recht, nicht wahr? Ich habe mir deine Bücher angesehen, weißt du. Und all die kleinen Anmerkungen, die du an den Rand gekritzelt hast.« Sie lachte ihn plötzlich an. »Und auch die rüden Bemerkungen über deine Tutoren.«

»Ich war sehr jung«, setzte er an.

»Und hättest in so einem zarten Alter derartige Worte noch gar nicht kennen sollen«, unterbrach sie ihn. »Ich muß allerdings zugeben, daß einige von ihnen ausgesprochen kreativ sind...«

»Wenn du mir ein Beispiel gibst, werde ich –«

»Soll das eine Drohung sein?«

Er zog sie fester an sich. »Ein Prinz spricht niemals eine Drohung aus. Er... verspricht nur.«

»Aha.« Sie nickte weise. »Dann versprecht nur immerzu, mein Prinz. Ich bin entsetzt.«

Rohan gab es auf und lachte. »Das sehe ich.« Nach einer kurzen Pause fügte er ernst hinzu: »Kommst du mit mir zur Jungtierjagd? Nicht offiziell natürlich, aber wir können es sicher so einrichten, daß wir eine Weile allein sind. Ich möchte dir Rivenrock zeigen.«

»Wo du deinen ersten Drachen getötet hast? Ja, gern.«

»Ich glaube, ich brauche dich dort«, meinte er zögernd und ließ den Kopf hängen. »Das Gemetzel ist entsetzlich, Sioned. Ich sollte dir den Anblick ersparen, aber ich möchte dir wirklich gern die Höhlen zeigen. Ich hatte immer ein sonderbares Gefühl, was die Drachen angeht, als ob sie wichtiger seien, als irgend jemand auch nur ahnt. Ich kann es nicht richtig erklären.«

»Ich habe sie fliegen sehen. Sie sind immer über River Run nach Norden zum Veresch geflogen. Aber sie waren zu hoch am Himmel, als daß ich sie hätte hören können.«

»Dieses Jahr lauschen wir ihren Liedern gemeinsam. Ich –« Er brach ab und warf einen Blick über die Schulter. »Da kommt jemand.«

Sie lösten sich voneinander, als eine zierliche Gestalt aus dem Schatten auftauchte. Rohan seufzte erleichtert, als Walvis mit sehr verlegener Miene vortrat und sich tief verneigte.

»Eure Mutter verlangt nach Euch, Herr«, murmelte der Knabe. »Es tut mir leid.«

»Schon gut, Walvis. Danke für die Warnung. Ich werde sofort zu ihr gehen.«

Der Knappe nickte und verschmolz mit der Dunkelheit. Sioned berührte leicht Rohans Arm und sagte: »Dann sehe ich dich bei der Jungtierjagd.« Sie hauchte einen Kuß auf seine Lippen und eilte davon. Rohan schlenderte in die entgegengesetzte Richtung. Sein Körper prickelte, und seine Gedanken kreisten um die Stunden, die er allein mit ihr in der Wüste verbringen würde. Er schwelgte so sehr in freudiger Erwartung, daß er unversehens mit seiner Schwester zusammenstieß.

»So, so«, meinte Tobin mit süßer Stimme. »Und ich dachte, du wärest müde und direkt zu Bett gegangen.«

Er überlegte fieberhaft, wieviel sie wohl gesehen oder gehört hatte. »Nein – ich – Mutter wartet auf mich, Tobin.« Er schickte sich an, an ihr vorbeizugehen, aber sie legte eine Hand auf seinen Arm.

»Nein, das tut sie nicht. Das habe ich bloß Walvis erzählt.«

»Du hast was?«

»Ich bin ihm gefolgt«, erklärte sie achselzuckend. »Rohan, ich habe dir doch gesagt, ich wünsche eine Antwort, und die wirst du mir jetzt geben. Warum warst du eben allein mit Sioned hier draußen?« Als er mit gerunzelter Stirn zornig auf sie herabblickte, verstärkte sich der Druck ihrer Finger auf seinem Arm und erinnerte ihn daran, daß sie weit stärker war, als ihr zartes Äußeres vermuten ließ. »Erzähl es mir! Sie ist in dich verliebt, hat du das noch nicht bemerkt? Wozu benutzt du sie?«

»Warum glaubst du, daß nicht sie mich benutzt?«

»Versuch bloß nicht, mich zu belügen. Darin bist du nicht sehr gut. Wenn sie dich verführen und zu einer Heirat zwingen wollte, dann hätte sie das längst tun können. Andrade bildet ihre *Faradh'im* ziemlich gründlich aus!«

Alles Blut wich aus seinem Gesicht. »Was?« hauchte er tonlos.

Tobin ließ ihn los und stöhnte leise. »Hast du das nicht gewußt?«

»Erzähl es mir. Sofort.« Er packte ihre Arme, alle beide, und hielt sie fest.

Tobin starrte ihn mit großen, besorgten und ängstlichen Augen an. »Ehe ich Chay heiratete, hat Andrade mich damit aufgezogen, daß ich nicht wüßte, wie man einen Mann am besten erfreut, und hat mir angeboten, mir eine ihrer *Faradh'im* zu leihen, die mir denselben Unterricht erteilen sollte, wie sie ihn auch in der Schule der Göttin erhalten.«

Stockend erklärte sie, daß die Lichtläufer, wenn sie ihren ersten Ring erhielten, eine Nacht mit einem unbekannten Liebhaber verbrachten, damit sie, wenn sie am nächsten Tag den Hain aufsuchten, keine Kinder mehr waren. »Ein Mädchen kann nicht sehen, was der Baum der Frau ihr zeigt, solange sie keine Frau ist«, schloß Tobin. »Rohan, ich dachte, du wüßtest das.«

»So. Unsere liebe Tante leitet also ein Hurenhaus. Und wie viele Männer übernehmen diesen Unterricht, liebe Schwester? Wie viele hat Sioned berührt, ihren Mund geschmeckt, ihren geschmeidigen Körper gehalten und ihre geheimsten Stellen erforscht –«

»Sei kein Narr! Es ist doch nur ein Mal, eine einzige Nacht –«

»Ein Mal? Und du erwartest, daß ich dir das glaube?«

»Du bist doch nur wütend, weil du nie –« Sie brach ab und trat einen Schritt zurück. Jetzt hatte sie wirklich Angst.

»Wie wenig du doch von mir weißt, Tobin«, sagte er sanft. Da war ein Mädchen gewesen – einmal, nach dem Sieg über die Merida, als er unglaublich betrunken gewesen war. Sie war Bogenschützin aus einer der kleinsten Burgen an der Küste gewesen und hatte nicht gewußt, wer er war. Er war am nächsten Tag mit bohrenden Kopfschmerzen aufgewacht und hatte, von Panik erfaßt, beschlossen zu verschwinden, ehe sie seine wahre Identität entdeckte. Das größte Problem für ihn war gewesen, daß er sich nicht klar erinnern konnte, was wirklich zwischen ihnen geschehen war. Er war auf sexuellem Gebiet nicht völlig unwissend, aber richtig Bescheid wußte er auch nicht, und das nagte an ihm.

»Rohan –«

»Was hat Andrade sonst noch zu erwähnen vergessen? Glaubt sie im Ernst, ich würde jemanden Gebrauchtes in mein Bett nehmen?«

»Rohan! Wie kannst du an Sioned denken und so etwas sagen?«

Er ignorierte Tobin und marschierte davon. Er staunte darüber, daß er noch atmen konnte, wo doch Drachenklauen seine Brust umklammert hielten. Unerfahren? War er das? Er unterdrückte den Impuls, nach irgend etwas zu treten, und sagte sich wütend, daß es Möglichkeiten gab, diese Situation zu ändern – je früher, desto besser.

Kapitel neun

Rohan hätte sich keinen schlechteren Zeitpunkt aussuchen können. Familie, Diener und Vasallen beobachteten jeden Schritt, den er machte. Er hätte nicht einmal eine Maus in sein Zimmer schmuggeln können, geschweige denn ein Mädchen. Nachdem er jedoch so weit gekommen war, daß es ihm nicht einmal mehr etwas ausgemacht hätte, wenn alle in der Halle angetreten wären, um seine Wahl einer Bettgenossin zu begutachten, stieß er auf eine unerwartete Schwierigkeit. Nicht ein einziges weibliches Wesen in Stronghold – mit einer Ausnahme! – reizte ihn.

Die Hübschen waren entweder zu jung oder verheiratet oder verlobt und kamen somit nicht in Frage. Schließlich war er ein ehrenhafter Mann. Außerdem war es lächerlich, wenn er sich als Verführer aufgeführt hätte. Nachdem er die Hübschen verworfen hatte, versuchte er, sich für die Unauffälligen zu interessieren. Doch da rebellierte sein Stolz. Warum sollte ein so reicher und bedeutender Prinz wie er sich mit einem langnasigen, breithüftigen und nach Zwiebeln stinkenden Mädchen zufrieden geben? Er konnte sich unmöglich für eine derartige Lösung begeistern. Also fiel sein Blick wieder auf die Hübschen, aber auch sie verloren jeden Reiz, den sie sonst vielleicht für ihn gehabt hätten, wenn er sie mit Sioned verglich.

Wie es bei einem so jungen Menschen nicht überraschend ist, richtete sich sein Zorn schließlich gegen sie. Sein männlicher Stolz hatte einen schlimmen Schlag hinnehmen müssen, und trotz seines Humors war er diesmal nicht in der Lage, seine Ausgeglichenheit wiederherzustellen. Rohan verfluchte seine Stellung und seinen Charakter, die ihn in diese Lage gebracht hatten. Die Zeugung königlicher Bastarde war noch nie eine gute Idee gewesen, und er hatte schon vor langer Zeit beschlossen, die Thronfolge keinesfalls dadurch zu komplizieren, daß er Bastarde zeugte. Da er außerdem wählerisch war, hatte er seine Gunst niemals auf die Mädchen in Stronghold verteilt – sehr zu deren Kummer übrigens. Wenn er es jetzt täte, wo doch jeder wußte, daß er beim *Rialla* seine Frau wählen würde, hätte das einen Sinneswandel bedeutet, der ihn nur lächerlich gemacht hätte. Und da er somit gezwungen war, sich in ein eheliches Bett zu begeben, ohne seinen Mangel an praktischer Erfahrung vor einer Frau von Sioneds Kenntnissen verbergen zu können, wurde seine Laune zunehmend schlechter.

Das änderte sich auch nicht, als er an einem Nachmittag im Spätsommer auf einen Stapel von Pergamenten starrte, die seine uneingeschränkte Aufmerksamkeit erforderten, und plötzlich eine Veränderung in der Luft spürte. Ohne zu wissen warum, begriff er, daß die Drachenweibchen ihren Flug angetreten hatten. Er beugte sich aus dem Fenster seines Arbeitszimmers – Sioned und Urival hatten noch immer die Bibliothek mit Beschlag belegt, und er mied sie wie die Pest – und sah die dunklen Gestalten, die sich zum Himmel erhoben hatten. Sein Herz schwang sich zu ihnen empor, Luft füllte seine Lungen, als könnte er sie anrufen und würde gehört werden. Doch im nächsten Augenblick fiel ihm ein, was ihr Flug bedeutete.

Am selben Abend jubelten die Vasallen in der Halle, Rohan beobachtete sie vom Tisch aus. Er trank zu viel Wein und schob das Essen auf seinem Teller herum. Das sollte die letzte Jungtierjagd sein, schwor er schon. Was bedeutete es schon, ein Prinz zu sein, wenn man nicht hin und wieder einen Befehl erteilen konnte? Er hörte zu, wie seine Vasallen Wetten abschlossen, wer die meisten der schlüpfenden Drachen töten würde, und ihm wurde übel. Konnten sie denn nicht verstehen, daß etwas so Schönes wie ein Drache frei fliegen sollte, wie die Göttin es offensichtlich beabsichtigt hatte?

Der nächste Tag zog kühl und prachtvoll herauf. Rohan begrüßte ihn mit gerunzelter Stirn und nahm zögernd seinen Platz an der Spitze der Jagdgesellschaft ein. Er konnte fühlen, wie sich Blicke wie dünne Messer in seinen Rücken bohrten. Seine Vasallen waren unsicher, was ihn anging, und seine offensichtliche Mißbilligung ihres Sportes verunsicherte sie nur noch mehr. Daß er bewußt dazu beigetragen hatte, ihre Zweifel zu wecken, bedeutete keinen Trost. Daß er von der Tradition zu diesem Gemetzel alle drei Jahre gezwungen wurde, ärgerte ihn; der strahlendblaue Himmel und der im Sonnenschein funkelnde Sand waren eine Beleidigung für seine düstere Stimmung, und er haßte sich noch mehr, als er feststellte, daß sich seine Gefühle auf sein Pferd übertrugen. Das Tier bewegte sich unruhig zwischen seinen Schenkeln, und es erforderte Rohans ganzes Geschick, den Hengst im Zaum zu halten.

Jahni und Maarken hatten die Ehre, zwischen ihrem Vater und ihrem Prinzen an der Spitze der Jagd zu reiten. Die beiden Knaben plapperten vor Aufregung unaufhörlich, hüpften in ihren Sätteln und trieben ihre Ponys an. Jahni quälte Rohan mit Fragen darüber, wie viele Krallen und Zähne sie sammeln durften, und Maarken beklagte sich wohl zum hundersten Mal, daß ihr Vater ihnen streng verboten hatte, mit den anderen Jägern den Canyon zu betreten. Chay ertrug die Tiraden seiner Söhne lange mit gewohnter Geduld, bis sie einmal zu oft den Mund öffneten.

»Wenn ihr schon eurem Vater nicht gehorcht, dann laßt wenigstens den Prinzen in Ruhe«, bellte er. »Habt ihr vergessen, was er euch gestern abend gesagt hat?«

In der – richtigen – Annahme, daß von ihm erwartet wurde, daß er seine Warnung wiederholte, sagte Rohan: »Ich muß euch doch wohl nicht erst daran erinnern, wie gefährlich das alles werden wird? Wenn ihr beiden nicht eure Pferde zügelt und eure Zungen zurückhaltet, dann könnte es mir leid tun, daß ich euch überhaupt mitgenommen habe.«

Diese unerwartete Strenge von seiten ihres gutmütigen Onkels, den sie so sehr bewunderten, brachte beide Knaben für eine Weile zum Schweigen. Schließlich warf Maarken Rohan einen Blick von der Seite zu und murmelte: »Vorher hat es mit dir viel mehr Spaß gemacht.«

Das ganze Leben hatte vorher viel mehr Spaß gemacht, sagte sich Rohan wütend. Er hatte geglaubt, sich aller Schwierigkeiten bewußt zu sein, denen er sich als herrschender Prinz gegenübersehen würde. Aber das waren so viele, auf die er nicht vorbereitet gewesen war, er war so unerfahren – schon wieder dieses verfluchte Wort! Er drehte sich im Sattel um, als einer der Vasallen mit einem Ruf auf ein Drachenweibchen am Himmel deutete. Rohan sah nicht wie die anderen nach oben, denn sein Blick war plötzlich auf Sioned gefallen. Er fühlte, daß sich seine Kiefermuskeln anspannten, und blickte schnell wieder nach vorne. Doch ihr Bild, ihre braune Reitkleidung, der Knoten ihres hellen Haares im Nacken, die zarten Linien ihrer Wangen und ihrer Stirn waren in ihn eingebrannt. Sie erwartete sicher, daß er dafür sorgte, daß sie eine Zeitlang alleine waren, und er konnte an nichts anderes denken als daran, wie er ihr aus dem Weg gehen konnte.

Die Jagdgesellschaft blieb stehen, um dem grünlich-bronzenen Drachen nachzusehen, der durch die Lüfte schwebte, die Schwingen ausgebreitet, so daß die glänzende, schwarze Unterseite enthüllt war. Chay blinzelte nach oben und murmelte: »Ist sie nicht eine Schönheit? Ich glaube, ich habe diese Farbe nur zwei oder drei Mal gesehen.«

»Wird sie uns angreifen?« fragte Jahni, halb ängstlich, halb kampflustig.

»Nein, die interessiert sich nicht für uns«, antwortete Rohan. Der Drache schlug kräftig mit den Flügeln und änderte seine Richtung. »Da, siehst du? Sie will zum Veresch. Kommt, reiten wir weiter. Ich will bis Mittag in Rivenrock sein.«

Aber was er dort tun würde, wußte er immer noch nicht. Er wußte nur, daß er nicht noch einen Drachen töten wollte. Diese Ermordung von Jungtieren, wenn sie zum ersten Mal das Licht der Sonne erblickten, war widerlich. Ihre Flügel waren noch nicht ganz trocken, und sie stolperten auf unsicheren Beinen umher. Über den Kopf der Knaben hinweg sah er Chay an. Auch seinem Schwager gefiel so ein ungleicher Kampf nicht. Aber Chay zweifelte nicht an der Notwendigkeit, die Drachen auszurotten. Wieder einmal fragte sich Rohan, warum er so sehnlich wünschte, diese Geschöpfe zu beschützen, die Land und Herden verwüsteten. Nie fiel ihm eine bessere Antwort ein, als daß sie schön und frei seien und Teil der Wüste. Aber gab es überhaupt eine bessere Antwort? überlegte er. Irgend etwas in seinem Innern schrie angesichts ihrer Vernichtung auf. Die Vasallen würden heute ihren Spaß haben und in den nächsten drei Jahren mit dieser Jagd prahlen. Rohan konnte nichts anderes tun, als in stummer Verbitterung zuzusehen und sich zu weigern, daran teilzunehmen.

Am Zugang zur Schlucht, unterhalb der Felsentürme, hielt die Gesellschaft an. Wasser- und Weinschläuche und Essen wurden herumgereicht. Rohan aß nichts. Die Feiertagsstimmung um ihn her verursachte ihm Übelkeit. Während sich die Gruppe erfrischte, drangen Maeta und zwei weitere Reiter in den Canyon ein und kehrten dann zurück, um Rohan Bericht zu erstatten.

»Die Drachenweibchen sind tatsächlich fort, Herr«, erklärte Maeta. »Die Mauern vor drei Höhlen sind niedergetrampelt, und die Jungtiere sind geflohen, aber nach meiner Rechnung sind noch zwölf übrig, die sich in unterschiedlichen Stadien der Zerstörung befinden.« Sie warf einen Blick auf die Vasallen, die sich dicht um sie drängten, um die Nachricht zu vernehmen. »Ich wünsche Euch viel Vergnügen, meine Herren.«

Rohans Gesicht versteinerte, und er bedeutete Maeta

wortlos, Chay bei der Organisation der Jagd zu helfen. Er würde zusehen, wenn es sein mußte, aber er wollte verdammt sein, wenn er daran teilnehmen würde.

Lachend und sich gegenseitig anstachelnd, ritten die Jäger in die Schlucht. Schon bald stiegen sie von ihren Pferden und kletterten die schmalen, schlüpfrigen Pfade zu Fuß empor. Maeta wartete mit ihrem Trupp Soldaten in der strahlenden Sonne und hielt die Pferde fest. Keiner der Jäger war so dumm, die Überreste einer Mauer vor irgendeiner der Höhlen abzubrechen, denn dahinter befand sich eine unbekannte Zahl schlüpfender Drachen. Wenn sie auch noch klein und unsicher auf den Füßen standen, so konnten sie trotzdem schon sengendes Feuer speien. Die Flammen trockneten und härteten ihre Schwingen – und konnten die Haut eines Menschen durch Lederkleidung hindurch verbrennen. Der Trick bestand darin, zu warten, bis die Drachen selbst den größten Teil der Mauer eingerissen hatten und sie erst dann zu töten, wenn sie ins blendende Licht hinausstolperten.

Rohan schloß die Augen. *Göttin, was lasse ich hier geschehen? Sie greifen unsere Herden an, also töten wir sie. Aber was ist mit den Wölfen, den Raubvögeln, den Meeresungeheuern? Sind nicht auch die Drachen ein Teil unserer Welt? Wie kann ich das Treiben hier rechtfertigen? Wie kann ich es aufhalten?*

»Es scheint, als wären wir allein, Mylord«, erklang eine sanfte Stimme neben ihm.

Er zuckte zusammen. Sein Hengst reagierte auf die Bewegung und tänzelte über den steinigen Boden. Er zügelte ihn und klopfte dem Tier beruhigend auf den Hals.

»Rohan, was ist denn los?« fragte Sioned direkt.

»Ich hasse das hier«, flüsterte er und starrte auf die Wände der Schlucht, um nicht in Versuchung zu geraten, sie anzusehen. »Ich habe es immer gehaßt. Aber ich kann es nicht verhindern.«

»Wenn du ein anderer Mann wärest, würde ich sagen, du als ihr Prinz kannst ihnen doch befehlen, zu tun, was du willst.«

»Aber ich bin ein zu großer Feigling, meine Macht einzusetzen, ja?«

»Nein, das wollte ich nicht sagen, und das weißt du auch, Rohan. Sieh mich an, bitte.«

Er tat es, weil er nicht anders konnte. In ihren Augen stand nichts als zärtliche Sorge. Sie liebte ihn; er spürte, wie sich ihr Gefühl ihm entgegenstreckte, ihn umhüllte wie die Weberei eines Lichtläufers, wie ein Gespinst aus Kraft und Licht.

»Was ist denn nicht in Ordnung?« wisperte sie.

»Dieser Tag.« Er hieb seinem Pferd die Fersen in die Flanken und galoppierte in die Schlucht hinein, denn er fühlte sich außerstande, den Ausdruck in Sioneds Augen zu ertragen. Er hörte, daß ihm ein anderes Pferd folgte, und zügelte seinen Hengst. Aber es war Andrade, die an seine Seite ritt, nicht Sioned.

»Was hast du zu Sioned gesagt? Wie sehr du haßt, was heute hier geschieht? Aber es hilft überhaupt nichts, wenn du deine Wut an ihr ausläßt. Es ist nicht so schön, wie man meinen könnte, ein Prinz zu sein, hmm?«

»Nein.« Er konnte die Jagd mit einem einzigen Wort beenden. Niemand würde seinen Befehl mißachten. Er war ihr Prinz. Das Wissen, daß er alles anordnen konnte, was er wollte, erschreckte ihn, ohne daß er einen wirklichen Grund dafür hätte nennen können. »Welches Recht habe ich schon?« platzte es aus ihm heraus. »Warum habe ich all diese Macht und nicht jemand anders? Was macht mich so besonders? Und komm mir nicht mit dem Zufall der Geburt. Das war kein Zufall, und wir wissen es alle beide.«

»Ich habe mich schon seit längerem gefragt, wieviel du darüber weißt«, erwiderte sie ruhig. »Es war nicht allein mein Tun. Oh, ich habe Milar vielleicht mit Zehava zusammengebracht, aber keiner von beiden mußte gedrängt werden.«

Schrille Schreie ertönten jetzt, als die ersten Jungdrachen aus ihren Höhlen kamen und starben. Der Geruch von Blut erfüllte die warme Luft.

»Mein Vater hatte einen bestimmten Mann für mich im Sinn«, fuhr Andrade fort. »Ich lehnte ihn ab. Also war es an Milar. Sie hatte die Gabe, hat sie aber niemals eingesetzt. Sie hat sie an Tobin weitergegeben, und ich vermute, du wirst sie an deine Kinder vererben, verstärkt durch Sioned. Wenn du eine größere Bestimmung suchst, Rohan die gibt es nicht. Mein Vater und ich wollten dasselbe: Unsere Familie sollte mächtig sein.«

Es steckte mehr dahinter, und er wußte es, aber etwas anderes beunruhigte ihn im Moment mehr. »Wenigstens hast du meinem Vater eine Jungfrau geschickt, eine *Faradhi*-Hure«, stieß er verbittert hervor.

Andrade hielt den Atem an. »Du junger Narr«, zischte sie. »Wenn es das ist, was du in Sioned siehst, dann wünsche ich dir viel Spaß in eurem gemeinsamen Leben. Du hast sie im Blut, Rohan. Du hast das Feuer zwischen euch entzündet, und es bleibt dir überlassen, ob du dich daran wärmen willst oder deine Seele damit verbrennst.«

Er trieb sein Pferd wieder an, und diesmal folgte sie ihm nicht. Der Morgen verstrich, und das Gemetzel ging weiter. Manchmal schwebte ein kleiner, verängstigter Schatten durch die Schlucht davon, und Rohan freute sich, daß wenigstens ein paar Drachen in die Freiheit flogen. Es gab lange Perioden fast völliger Stille, während der die Jäger darauf warteten, daß die Drachen die Mauern niederbrachen, aber als immer mehr Höhlen geöffnet wurden, war die Luft von Schreien und Tod erfüllt. Einer von Rohans älteren Vasallen, Abidias von Schloß Tuath, kletterte zu seinem Pferd herab. Die Hitze war zu viel für ihn. Von seinem Sattel hing ein Leichnam von der Größe eines vierjährigen Kindes.

»Der wird meine Schafe im nächsten Jahr nicht verschlingen!« Fast liebevoll tätschelte er den kleinen Körper. Es war ein rötlicher Drache mit schwarzen Schwingenunterseiten. »Ich werde die Haut gerben und seine Krallen und Zähne an meine Kriegsausrüstung hängen.«

Haß pochte schmerzhaft in Rohans Schädel, Haß auf dieses Spektakel und auf sich selbst, denn letztendlich war er dafür verantwortlich. Er fühlte jeden Todesschrei wie ein Schwert in seinem Herzen. Und er konnte nichts tun.

Er wirbelte wütend herum, als er Sioneds Stimme erkannte. Wie lange hatte sie ihn beobachtet – und wie konnte sie es wagen, hier einzudringen? Doch das Entsetzen auf ihrem Gesicht wischte seinen Zorn sofort beiseite. Sie deutete auf die Wand der Schlucht. Hoch über ihnen befand sich eine kleine Höhle. Das Sims davor war schmaler als die meisten anderen. Schatten fielen von den überhängenden Felsen, so daß er nicht erkennen konnte, ob es sich um eine von Drachen gemachte Wand handelte. Aber er sah ganz deutlich zwei kleine Gestalten, die sich an dem Sims festklammerten. Jahni und Maarken hatten sich hochgezogen und blickten nun auf Rivenrock herab.

Rohan brüllte den Knaben etwas zu, während er vom Pferd sprang, aber Drachengeschrei und Menschenrufe hallten zu laut durch die Schlucht, und so konnten sie ihn nicht hören. Er fing an, emporzuklettern, suchte Halt in dem lokkeren Gestein und hörte, daß Sioned ihm folgte. Den Blick auf den Rand der Höhle geheftet, stöhnte er laut auf, als ein Lichtblitz aus dem Schatten zuckte. Sioneds angestrengtes Atmen erklang hinter ihm. Während sie weiterkletterten, schrien die Knaben vor Angst auf. Wieder rief er ihnen zu, sie sollten Schutz suchen, aber der Sims war weder breit noch lang genug, und es gab auch keine großen Felsbrocken, um sich dahinter zu verstecken. Wenn den Zwillingen irgend etwas zustieß, würde Tobin ihn umbringen – und er würde sich das sogar wünschen.

Auf allen vieren kämpfte sich Rohan zum Sims empor. Als er sich aufrichtete, sah er, wie Jahni sich an die Klippe drängte und am ganzen Körper zitterte. Er hielt sich so weit vom Eingang der Höhle entfernt, wie es möglich war, ohne in die Schlucht zu stürzen. Maarken stand reglos auf dem steinernen Sims und starrte einen Jungdrachen an, der ebenso klein und verängstigt war wie er selbst. Rohan wußte, daß er sein Schwert sicher nicht rechtzeitig ziehen können würde, um den Drachen zu töten. Die Augen der kleinen Kreatur funkelten bereits, er hatte seine Lungen mit Luft gefüllt, und die Zähne blitzten wie feine weiße Nadeln, als er die Kiefer öffnete, um eine Flamme auszustoßen, die Maarkens sicheren Tod bedeuten würde.

»Maarken!« schrie Sioned hinter Rohan. »Wirf dich hin!« Im nächsten Augenblick flackerte ein dünnes, breites Tuch von Lichtläufer-Feuer zwischen dem Drachen und dem Jungen aus dem Felsen empor, ohne einen von beiden zu berühren.

Der Jungdrache wich zurück. Ein Angstschrei entrang sich seiner Kehle zusammen mit einem Feuersturm, der zum Himmel gerichtet war. Rohan fand Halt auf dem Sims und zog sich nach oben. Obwohl er nur unsicher stehen konnte, wich er Sioneds Feuer aus, zog sein Schwert und hieb dem Drachen die flache Seite der Klinge auf den Panzer. Das Tier heulte vor Schmerz auf, schlug mit den Flügeln und sprang zur Seite. Zu verängstigt, um sich gegen den schwertschwingenden Prinzen zu verteidigen, bewegte sich der Drache um die Flammen herum, schlug mit der Kraft der Verzweiflung mit seinen kleinen Flügeln und flog davon.

Das Feuer erlosch, und Rohan warf einen Blick über die Schulter zurück. Sioned kletterte auf das Sims. Sie zitterte vor Erleichterung. Auch Maarken bebte, als Rohan ihn an sich zog.

»Ist alles in Ordnung? Keine Verbrennungen irgendwo? Maarken, so sag doch etwas!«

Das Kind zitterte so, daß Rohan glaubte, die zarten Knochen würden zerspringen. Doch schließlich legte er die Arme um Rohans Hals und stammelte: »Ich bin… in Ordnung…«

Aus dem Augenwinkel sah Rohan, daß Sioned den verängstigten Jahni in den Armen wiegte. Er zog Maarken noch fester an sich und sagte: »Ihr habt mich zu Tode erschreckt! Wißt ihr, daß ihr hättet getötet werden können?«

»Wir wollten d-doch nur die D-drachen s-sehen! Es tut mir leid«, schluchzte Maarken. »Mutter wird schrecklich böse mit uns sein.«

»Und ob.«

»Hast du den Drachen getötet?«

»Nein. Er ist fortgeflogen.«

»Gut. Das freut mich.« Der Knabe lehnte sich zurück und rieb sich die Augen. »Er war doch noch ein Baby. Er wußte ja nicht, daß wir ihm nicht weh tun wollten.«

Rohan nickte. »Gehorchen dir deine Beine jetzt wieder?« Er setzte Maarken ab. »Wir verschwinden hier wohl besser, ehe die Brüder und Schwestern des Drachen herauskommen, um zu sehen, was der Lärm zu bedeuten hat.« Er warf einen Blick auf Sioned und Jahni. »Alles in Ordnung?«

»Ja«, antwortete sie und stellte den Knaben auf die Füße. Er klammerte sich mit beiden Händen an ihr Handgelenk, aber seine Tränen waren getrocknet. »Eine Beule, vielleicht auch zwei, denke ich. Aber es hätte viel schlimmer kommen können, nicht wahr? Ich hoffe, das hat euch beiden gezeigt, daß ihr eurem Prinzen gehorchen müßt.« Sie sah beide Kinder nacheinander ernst an, und Rohan unterdrückte ein Lächeln, als sie sich mit beschämten Gesichtern abwandten.

»Ich glaube, sie haben ihre Lektion gelernt«, bemerkte Rohan. »Kommt, gehen wir zurück.«

Sie rutschten die lockeren Steine viel schneller herab, als sie heraufgeklettert waren, und als sie schließlich unten ankamen, wurden sie bereits von Chaynal empfangen. Er nahm jeden Sohn in einen Arm und drückte beide so fest an sich, daß sie kaum mehr atmen konnten. Dabei erklärte er ihnen, daß sie kleine Ungeheuer wären, die ausgepeitscht gehörten – und drückte sie dann wieder an seine Brust, die Augen geschlossen, die Lippen in einem stummen Dankgebet zukkend.

Rohan sah einen Moment lang zu, ehe er sich suchend nach Sioned umschaute. Sie ging denselben Weg wieder zurück, und er lief ihr nach. »Was tust du?«

»Du hast dein Schwert fallen gelassen. Ich wollte zurückgehen, um es dir zu holen.«

Er fuhr mit seiner Hand an die leere Scheide. »Ich will verdammt sein. Ich habe es nicht einmal bemerkt. Aber ich werde gehen, Sioned. Du gehörst nicht zu meinen Dienern«, fügte er hinzu, und ein winziges Lächeln zuckte um seinen Mund.

Ihre Augen hatten plötzlich wieder ihren alten Glanz. »Du hast mir zwar eine Zeit mit dir allein versprochen – aber ich hatte keine Ahnung, daß das so viel Mühe kosten würde!«

Rohan kicherte. »Also schön, aber laß mich zuerst gehen. Es könnten da oben noch ein oder zwei Jungdrachen übrig sein.«

Er ging voraus. Seine Muskeln protestierten gegen diesen zweiten Aufstieg. Als sie den Sims erreichten, reckte er vorsichtig den Kopf und hielt nach verräterischen Anzeichen von Drachen Ausschau. Es gab keine. Er zog sich nach oben und drehte sich um, um Sioned zu helfen. Aber sie stand bereits neben ihm, wischte sich den Schmutz von den Händen und sah sich um.

»Ein Wunder, daß keiner von uns heruntergefallen ist«, bemerkte sie kopfschüttelnd. »Brauchst du Licht?«

Ohne seine Antwort abzuwarten, beschwor sie eine kleine Flamme gleich am Eingang zur Höhle. Rohan lächelte, denn er wußte, sie hatte den wahren Grund seiner Rückkehr zur Höhle erraten. Vielleicht teilte sie sogar sein Verlangen danach, alles zu untersuchen. Er spähte in die Dunkelheit, doch abgesehen von einigen leeren Eierschalen gab es keinen Hinweis auf Drachen.

»War da nur der eine?« staunte sie. »Was ist mit all den anderen Eiern?«

»Komm mit, ich zeige es dir.« Die kleine Flamme beleuchtete ihren Weg, und kurz darauf standen sie in der Mitte der Höhle. Neben ihnen ragten die Wände auf und trafen sich weit oben über ihren Köpfen. »Es müssen ungefähr zwölf Eier gewesen sein. Aber nur einer aus der Gruppe war kräftig genug, um zu überleben.«

»Aber... oh!« Sie schluckte, als das Licht auf mehrere Flügel und Flecken aus getrocknetem Blut fiel. »Du meinst, der, den wir gesehen haben, hat überlebt, weil er...«

»Genau. Es ist ungewöhnlich, daß nur ein einziger aus einem ganzen Gelege überlebt, aber ich schätze, dieser hier war ganz besonders rücksichtslos.« Er zuckte mit den Schultern und stocherte mit der Stiefelspitze in den Eierschalen herum. »Sie sind gar nicht so verschieden von uns, weißt du«, überlegte er. »Wir warten bloß, bis wir erwachsen sind, um uns gegenseitig umzubringen. Und man könnte sogar sagen, daß wir uns ebenfalls gegenseitig auffressen. Denk mal darüber nach.«

»Lieber nicht. Brauchen wir noch mehr Licht?«

»Ja, bitte.«

Die Flamme flackerte heller, und jetzt konnten sie die rauhen Steine der Wände und die hohe Decke ausmachen. Die Höhle war groß genug für ein Drachenweibchen und ihren Partner. Rohan fuhr mit den Fingern über den Stein. »Hier ist vor langer Zeit ein Fluß hindurchgeströmt. Der hat das weiche Gestein ausgehöhlt. Aber die Drachen haben auch eine Menge Arbeit geleistet. Siehst du, wo sie mit ihren Klauen am Werk gewesen sind?« Er deutete auf die Spuren, die zeigten, daß die Höhle vergrößert worden war. »Die Abfälle verwenden sie, um die Jungtiermauern aufzurichten.«

»Und die Kleinen reißen sie dann wieder ein. Die als erste ausschlüpfen, leisten die meiste Arbeit und sind so erschöpft, daß sie leichte Beute für die späteren sind.«

»Sehr gut. Wir werden aus dir noch einen richtigen Wüstendrachen machen.« Er hockte sich in den Sand, nahm eine Handvoll auf und ließ ihn durch die Finger rieseln. Er funkelte im Schein des Lichtläufer-Feuers.

»Schön, nicht wahr?« murmelte Sioned.

»Gib mir deinen Wasserschlauch«, befahl er abrupt. Sie tat es, und er zog mit den Zähnen den Korken heraus. Während er den Inhalt über seine Hand goß, rieb er den feinen Sand zwischen den Fingern. Glänzende Körner blieben in seiner Handfläche. Mit einem leisen Ausruf der Verblüffung leerte er den Wasserschlauch und schüttete Sand durch die schmale Öffnung.

»Was machst du da?« fragte Sioned erstaunt.

»Ist das nicht offensichtlich?«

»Rohan, noch mehr Sand ist nun wirklich das Letzte, was du brauchst.«

»Sieh ihn dir genau an, Sioned. Und dann die Schalen.«

Mit einem Fingerschnippen ließ sie das Feuer höher leuchten. In seinem Schein funkelte die ganze Höhle. Sie hob eine herumliegende Schale auf und untersuchte sie. »Da, wo der Drache sie mit seinen Krallen bearbeitet hat, ist sie uneben«, stellte sie zögernd fest. »Aber auf dieser Seite ist sie glatter. Fast als wäre sie – geschmolzen?«

»Um ihre Schwingen zu trocknen und zu härten, wenn sie geschlüpft sind, atmen sie Feuer. Sie blasen sich auch gegenseitig an. Geröstetes Drachenfleisch ist ihre erste Mahlzeit.«

Sie würgte. »Weiter.«

»Diese Fähigkeit verlieren sie im Winter. Aber nun schau dir an, was passiert, wenn ihr Feueratem ihre eigenen Schalen trifft.« Er verschloß den Wasserschlauch und rührte mit den Fingern den feinen Sand um.

»Rohan«, flüsterte sie, »das kann doch kein Gold sein.«

Er griff nach dem Wasserschlauch, den er mit dem Sand gefüllt hatte. »Den nehme ich mit heim und mache ein paar Experimente, bis ich sicher bin. Aber weißt du, was es bedeutet, wenn ich recht habe?«

»Du kannst die Drachen nicht länger töten lassen – aber du kannst auch niemandem davon erzählen! Es würde nur wenige Tage dauern, und alle anderen Prinzen würden in dein Land einfallen.«

»Sehe ich etwa so dumm aus?« Grinsend stand er auf.

Sioned lachte. »Du siehst aus wie jemand, der seinen Herzenswunsch erfüllt sieht. Ich hatte keine Ahnung, daß du so gierig bist.«

»Und ob ich das bin!« Nach dieser Entdeckung mit all ihren Möglichkeiten erwiderte er unbeschwert ihr Lachen. »Und meinen Herzenswunsch habe ich schon zu Beginn des Sommers gefunden, damals genauso dreckig und verschwitzt wie jetzt.«

»Du sagst ja herrliche Dinge, um mich zu verführen«, schalt sie übermütig.

Seine überschäumende Erregung erstarb. »Und du weißt alles über Verführungen, nicht wahr, Sioned? Wer war es für dich?«

Sie blinzelte. »Was?«

»Wer war es?« wollte er wissen. »Der Mann, der dir beigebracht hat –«

»Ich weiß es nicht. Ich wollte es niemals wissen. Was macht das für einen Unterschied?«

»Was hat er getan? Im Bett eine Maske und einen Umhang getragen? Nie ein Wort gesagt, damit du seine Stimme nicht erkennst? Hast du erwartet, daß ich die Vorstellung gutheißen könnte, daß du mit anderen Männern zusammen warst?«

Ihre grünen Augen funkelten wütend, und das Feuer, das sie beschworen hatte, flackerte dazu. »Soll ich mich etwa schämen? Es ist geschehen und hat nichts mit uns zu tun.«

»Wie viele, Sioned?«

Sie sog die Luft ein. »Wie kannst du es wagen! Du hast kein Recht, mich das zu fragen. Als ob jeder Mann in der Schule der Göttin in meinem Bett gewesen wäre! Ich habe dich auch nie nach deinen Frauen gefragt, oder?«

Er war so überrascht, daß er einen Augenblick lang sogar vergaß, wütend zu sein. »Wovon sprichst du?«

»Glaubst du, ich hätte mich nicht auch gefragt, ›wie viele‹ von den Frauen in Stronghold in deinem Bett gewesen sind?« schleuderte sie ihm entgegen. »Weder deine Hände noch deine Lippen sind ausgesprochen jungfräulich! Es war eine Nacht, Teil meiner Ausbildung als Lichtläufer, und es ist geschehen, ehe ich dein Gesicht im Feuer gesehen habe!« Sie trat einen Schritt näher an ihn heran und funkelte ihn an. »Hast du geglaubt, ich würde versuchen, dir das Kind eines anderen Mannes unterzuschieben? Ist das der wahre Grund dafür, daß du so lange mit unserer Hochzeit warten willst? Wie kannst du es wagen zu fragen, ›wie viele‹? Wie viele waren es denn für dich? Aber ich verspreche dir heute eines, mein Prinz – es wird keine anderen Frauen mehr für dich geben, wenn du erst einmal mein bist! Ich habe vielleicht nicht das Recht, dich nach deiner Vergangenheit zu fragen – aber deine Zukunft gehört mir!«

Sie stapfte aus der Höhle, und das Feuer verging mit ihr. Rohan blieb sprachlos und allein in der Dunkelheit zurück. Er blieb noch ein paar Minuten dort zurück. Sein Verstand sagte ihm, daß er einen Narren aus sich gemacht hatte. Aber etwas anderes, Weiseres in ihm lachte vor Zufriedenheit. Dieses innere Lachen hielt auch noch an, als er sich vorsichtig seinen Weg ins Tageslicht ertastete. Er fand sein Schwert, dessentwegen sie ja angeblich gekommen waren, und schob es in die Scheide, ehe er am Rand des Gesimses stehenblieb, um Sioneds Abstieg zu beobachten. Ein wenig von seinem Lachen entfloh. Und das Lächeln wich während des langen Rittes zurück nach Stronghold nicht von seinem Gesicht.

Sioned warf sich auf ihre blau-grün gemusterte Bettdecke, nachdem sie die Tür vor Camigwens erstauntem Gesicht zugeworfen hatte. Sie hatte weder Lust, zu erklären, warum sie sich weigerte, am abendlichen Bankett teilzunehmen, noch wollte sie Gründe hören, warum sie ihren Entschluß ändern sollte. Sie schlug auf ein unschuldiges Kissen ein und verschwendete eine Menge Energie darauf, Männer im allgemeinen und Rohan im besonderen zu verfluchen. Dumm, arrogant, dickschädelig, eifersüchtig, besitzergreifend –

Ein Klopfen an der Tür unterbrach ihre gemurmelten Verwünschungen. »Geh fort!« rief sie und hieb erneut auf das Kissen ein.

Die Tür wurde geöffnet, und eine sanfte Stimme, die allerdings nicht Cami gehörte, meinte: »Vielleicht kann ich dir helfen, meine Liebe.«

Sioned sprang auf die Füße und wurde dunkelrot, als sie sich vor Prinzessin Milar verneigte. Sie hatte nur zwei Mal mit Rohans Mutter gesprochen, offizielle Worte in Begleitung der anderen *Faradh-im,* und Sioned fiel kein Grund für diesen Besuch ein – außer daß Andrade geredet hatte. Sie schluckte, als die Prinzessin lächelnd in einem Sessel Platz nahm.

»Ich bin froh, daß wir Gelegenheit zu einem kurzen Gespräch haben werden«, begann die Prinzessin mit entwaffnendem Lächeln. »Ich habe auf den richtigen Augenblick gewartet, aber wir waren alle so beschäftigt.« Sie wies auf den anderen Sessel. »Bitte. Außer du würdest es vorziehen, daß ich an einem anderen Tag wiederkomme.«

Sioned setzte sich. Sie war unfähig, ein Wort zu sagen.

»So, jetzt können wir es uns wenigstens gemütlich machen, während wir verschiedene Dinge miteinander besprechen. Ich war ungefähr in deinem Alter, als ich hierherkam, um Rohans Vater zu heiraten, mußt du wissen. Welch schwieriger Mann war er doch! Fast so schlimm wie sein Sohn, wenn du die Wahrheit wissen willst. Es ist ein merkwürdiger Ort, diese Wüste, und an ihre Herrscher muß man sich ebenso gewöhnen wie an ihr Klima. Als ich damals hierher kam, befand sich Stronghold in einem schrecklichen Zustand. Es gab keinerlei Komfort. Kannst du dir vorstellen, daß es in der Großen Halle nur einen einzigen Tisch gab? Der gehörte Zehava, und alle anderen mußten beim Essen stehen! Aber ich habe das alles geändert, und ich habe auch Zehava geändert.«

So fuhr sie eine Weile lang fort, während Sioned überlegte, wohin das führen sollte. Doch während des scheinbar ziellosen Geplappers der Prinzessin wich langsam die Spannung von ihr. Auf ihre Art war Milar ebenso geschickt wie Andrade. Sioned lächelte.

Die Prinzessin bemerkte es sofort und brach mitten in einem Satz über die Gärten ab. »So ist es schon besser. Weißt du, du mußt vor nichts und niemandem hier Angst haben, am wenigsten vor mir. Und ganz gewiß nicht vor dem Bankett heute abend.«

»Ich bin nicht verängstigt, Euer Hoheit«, erklärte Sioned, »nur eine Närrin.«

»Dann paßt du ja hervorragend zu meinem Sohn«, bemerkte Milar trocken. »Aber wir sind alle irgendwann einmal Narren, nicht wahr? Meine Schwester scheint zu glauben, daß ich darin Karriere gemacht habe. Du mußt dir keine Sorgen machen wegen einiger kleiner Mißverständnisse zwischen dir und Rohan. Ich hatte unzählige mit seinem Vater! Und die Schimpfworte, mit denen wir uns tituliert haben! Du mußt heute abend wirklich kommen, weißt du. Wir möchten dir in aller Öffentlichkeit dafür danken, daß du Jahni und Maarken gerettet hast. Mach dir keine Gedanken darüber, was du tragen sollst. Darum habe ich mich bereits gekümmert. Du kommst einfach und genießt es, ja? Bitte sag, daß du kommen wirst.«

Die blauen Augen blickten sie mit solcher Offenheit flehend an, daß es ihr unmöglich wurde, die Einladung abzulehnen. Wenn Rohan sie jemals so ansehen würde, wäre sie verloren. Ärger durchzuckte sie, als sie sich eingestehen mußte, daß das bereits der Fall war, ob es ihr nun gefiel oder nicht. Im Augenblick gefiel es ihr ganz und gar nicht. Sie nickte langsam, und Prinzessin Milar klatschte entzückt in die Hände.

»Oh, prächtig! Ich werde dir das Gewand sofort bringen lassen, und eine meiner Kammerfrauen wird dich frisieren. Ich denke, das Kleid wird dir gefallen«, schloß sie glücklich lächelnd und erhob sich unter dem Rascheln grauer Röcke und in einer Wolke aus Rosenduft. »Meinem Sohn jedenfalls ganz bestimmt.«

»Hoheit, es ist sehr freundlich, daß Ihr Euch meinetwegen soviel Mühe macht, aber ich glaube, ich sollte Euch etwas über mich und Euren Sohn sagen und –«

»Ach, meine Liebe!« Prinzessin Milar lachte. »Es gibt nichts Wichtiges, was du mir sagen könntest, das ich nicht längst wüßte! Und es bedeutet überhaupt keine Mühe für mich, passende Kleider für dich zu finden. Wenn ihr aus Waes zurückkommt, werde ich einen ganzen Schrank für dich gefüllt haben. Frauen in unserer Stellung haben gewisse Verpflichtungen, weißt du. Deine Freundin Camigwen versteht das sehr gut. Ich mag sie sehr gern, Sioned. Was nun die Verpflichtungen angeht – ich hoffe, du wirst sie nicht zu langweilig finden. Wir werden dafür entschädigt, selbst wenn unsere Männer schwierig sind.«

Sioned sah zu, wie sich die Tür hinter der Prinzessin schloß. Benommen fragte sie sich, ob es in Stronghold überhaupt noch jemanden gab, der nicht sicher war, daß Rohan sie heiraten würde. War ihr »Geheimnis« so bekannt, daß sie niemals in der Lage sein würden, ihren Plan auszuführen?

Milars Kammerfrau traf einige Zeit später ein, verneigte sich ehrerbietig und tief genug, um zu zeigen, daß sie in Sioned bereits eine Prinzessin sah, und sagte: »Guten Abend, Mylady. Ich lege das Gewand nur aufs Bett, und dann kümmern wir uns um Euer Bad, ehe ich mit Eurem Haar anfange. Ihre Hoheit sagt, Ihr solltet Euch keine Sorgen machen, wenn Ihr ein wenig zu spät kommt, weil dies der perfekte Abend für einen großen Auftritt wäre. Wenn Ihr fertig seid, Mylady, können wir anfangen.«

Sioned vermutete allmählich, daß Andrade – und Camigwen – ihre Finger im Spiel hatten, was die allgemeine Haltung ihr gegenüber anging. Sie glaubten wahrscheinlich, wenn jedermann sich so benahm, als wäre Sioned Rohans offizielle Braut, dann würde er gezwungen sein, sie öffentlich anzuerkennen. Sie bezweifelte, daß sie seine Sturheit wirklich richtig einschätzten.

Sioned selbst war in bezug auf ihre Zukunft geteilter – sogar dreifach geteilter – Ansicht. Sie wollte Rohan. Sie wünschte, daß seine Pläne Erfolg haben würden, denn sie wußte, daß ein gemeinsames Leben in Frieden von Vereinbarungen abhängen konnte, die er beim *Rialla* mit dem Hoheprinzen treffen wollte; die Scharade war notwendig. Aber sie haßte auch Andrade dafür, daß sie sich in ihr Schicksal einmischte, und ihr Zusammenstoß mit Rohan hatte dafür gesorgt, daß sie ihn in ihrer Wut in einem anderen Licht sah.

Die Zofe schwatzte munter drauflos, und Sioned lernte etwas Interessantes: Leeres Geplapper war eine sehr gute Sache, wenn man nicht auf seine eigenen Gedanken lauschen wollte.

»Wo ist er?« Milar faltete ihre Serviette und blickte erneut durch die Große Halle.

»Wenn ich es wüßte, würde ich ihn holen und an der Nase hierher ziehen«, fauchte Andrade. Nach dem langen Ritt durch die Hitze war sie müde und wünschte sich nichts sehnlicher als ihr Dinner. Doch die Vasallen und Gäste würden keinen Bissen und keinen Tropfen Wein anrühren, bevor sich nicht der Prinz dazu herablassen würde, ihren Tisch schließlich mit seiner Gegenwart zu beehren. Er war nicht dumm genug, um sich zu verstecken, doch wenn er an Sioneds Augen während des Rittes aus Rivenrock dachte, schien es am klügsten, sich zu verstecken, bis ihre Laune sich abgekühlt hatte. Andrade konnte raten, welche Worte zwischen ihnen gefallen waren.

Sie rutschte auf ihrem Stuhl hin und her. Das Kissen trug nur wenig dazu bei, die Schmerzen ihres wunden Körpers nach dem ungewohnt langen Ritt zu lindern. Der Rest der Gesellschaft wurde langsam nervös und beäugte die Eingangstür. Andrade nahm im Geiste den Bestand auf und ordnete jedem Vasallen seine Kriegsfahne zu. Die Flaggen waren hoch über den Fackeln dekoriert, die ihrerseits so hoch angebracht waren, daß sie zwar ausreichend Licht verströmten, aber nicht zuviel Hitze in diesem beständig warmen Raum. Am Ende der Halle standen zwei riesige Doppeltüren weit offen, ebenso die Fenster zu beiden Seiten davon und entlang der Außenwand, um jede Brise hereinzulassen und den Raum für das Festmahl abzukühlen. Doch die Flaggen bewegten sich kaum, und die Flammen der Fackeln brannten gleichmäßig und rauchlos. Andrade fuhr mit der Zunge über ihre trockenen Lippen, schob eine Locke aus dem Nakken und verfluchte die Verspätung ihres Neffen.

Doch dann sprangen ihre Augen fast aus den Höhlen, als Rohan in die Halle stolzierte. Er ging den langen Gang zwischen den Tischen mit Leichtigkeit und Selbstverständlichkeit entlang, mit der Autorität absoluten Besitztums. Er war ganz in Schwarz und Silber gekleidet, und sein goldenes Haar glänzte wie poliert. Andrade drohte an einem Kichern zu ersticken, das ihrem Alter und Rang ganz und gar nicht entsprach. Sein Auftritt war reinster Zehava, Sohn des Drachen, und sie verzieh ihm alles angesichts der Belustigung, die sie darüber empfand, wie er alle anderen im Raum in Verwirrung stürzte.

Ein eng anliegendes, am Hals offenes Hemd war in eine hautenge, schwarze Hose geschoben. Am Hals, an den

Handgelenken und oben an den glänzenden, hohen schwarzen Stiefeln blitzte silberne Stickerei. Zwei Ringe – ein Topas und ein Smaragd – glänzten an seinen Fingern, und ein einzelner, dicker Onyx pendelte an einer silbernen Schließe, die sein Ohr umgab, direkt neben seiner Wange. Die Wirkung war perfekt – und zielte nicht nur darauf ab, die Vasallen zu beeindrucken.

Rohan blieb stehen, um sich vor seiner Mutter zu verbeugen. Die beiden Hälften des Tisches waren auseinander gerückt worden, so daß Milar auf der einen Seite saß und Rohan auf der anderen. Er nahm neben Andrade Platz, und als Walvis vortrat, um ihm Wein einzuschenken, konnte das Fest endlich beginnen. Andrade musterte ihn von oben bis unten und murmelte: »Nun, ich frage mich, wozu das alles nützlich sein soll?«

Tobin starrte ihn offen an. »Du siehst einfach wunderbar aus!«

»Danke dir«, erwiderte er vergnügt. »Aber ich muß sagen, Tobin, du überraschst mich! Deine Hände sind gar nicht rot vom Verprügeln deiner beiden Bengel.«

»Das hat Chay für mich übernommen – sie werden zwei Tage lang nicht sitzen können. Aber wo ist Sioned? Ich möchte ihr danken.«

»Ist sie noch nicht da?« fragte er und blickte sich flüchtig in der Halle um.

»Sie kommt noch«, sagte Milar. »Hör zu, Rohan, bring sie nicht in Verlegenheit. Sie ist wirklich ziemlich schüchtern, weißt du. Wie gut du aussiehst, mein Lieber. Ich bin froh, daß ich nicht umsonst soviel genäht habe, daß meine Augen heute fast nichts mehr sehen.«

»Das hätten doch deine Damen für dich erledigen sollen«, schalt er sie zärtlich.

»Sei nicht albern. So hatte ich wenigstens etwas zu tun, während mich Andrade mit ihren Geschichten gelangweilt hat. Außerdem sind meine Damen mit den Plänen für die neue Prinzen-Suite beschäftigt. Sie soll fertig sein, wenn ihr zurückkommt.«

»Das klingt ja, als würdest du nicht mit uns kommen«, bemerkte Chay.

»Ich habe hier zuviel zu tun.« Sie tauchte die zarten Finger in eine Schüssel mit Duftwasser, die ihr Knappe ihr reichte. »Rohan wird seine Braut in Gemächer führen wollen, die ihr angemessen sind. Dabei fällt mir ein – geh nach oben und suche sie, Jary.«

Der Knappe eilte davon. Jegliches Gespräch verstummte ein paar Augenblicke lang, während alle so taten, als hätten sie Rohans Erröten nicht bemerkt. Andrade winkte Walvis mit dem Finger herbei. »Lege für Lady Sioned ein Gedeck am Ehrentisch auf.«

Der Knabe verbeugte sich. Seine Wachsamkeit ihr gegenüber wich einem breiten Grinsen. »Mein Herr hat das bereits früher angeordnet, Mylady.«

Andrade zwinkerte ihm zu. »Sehr rücksichtsvoll. Ich billige das.« Sie wandte sich an ihren Neffen. »Dafür bringt sie dich um.«

»Sie hätte an die offiziellen Folgen denken sollen, bevor sie Jahni und Maarken gerettet hat.« Seine Augen blitzten in boshafter Vorfreude. »Es wäre eines Prinzen unwürdig, ihr nicht in aller Öffentlichkeit zu danken.«

»Ich behaupte dennoch, sie bringt dich dafür um.«

»Dieses Ei ist noch nicht ausgebrütet. Aber was hältst du von meinem ersten offiziellen Auftritt als regierender Prinz?« Er ergriff seinen Weinkelch und setzte sich in Positur.

Sie lachte. »Sehr eindrucksvoll. Mir gefällt der Schmuck. Trag niemals mehr als das, Rohan. Dein Haar und deine Augen sind genug! Es gibt keine einzige Frau in diesem Raum, der bei deinem Anblick nicht das Wasser im Mund zusammenläuft. Aber ich vermute, es ist die Frau, die noch nicht hier ist, der du gefallen möchtest.«

»Liebste Tante, dieses Ei hat noch nicht einmal einen Sprung. Also sieh den Flug des Drachen nicht schon voraus.«

Sie zog die Brauen hoch. »Oh, wie poetisch unsere Ausdrucksweise geworden ist, mein lieber Prinz! Übst du für Roelstra – oder für Sioned?«

»Ersteres natürlich. Lieber hochfliegende Phrasen als das, was ich gern wirklich zu ihm sagen würde.«

»Du hast Tage damit verbracht, sie dir auszudenken, was?«

»Jahre.« Er verzog das Gesicht, hob seinen Kelch an die Lippen und brach auf einmal mitten in der Bewegung ab. Andrade folgte seinem Blick und hörte in der plötzlichen Stille Chay einen leisen, bewundernden Pfiff ausstoßen. Es gab viel zu bewundern, als Sioned nun die Halle durchquerte und zu ihrem Tisch trat.

Schlicht gekleidet, ohne Schmuck, das Haar zu einem einfachen Zopf mit schmalen Goldbändern geflochten, wirkte sie dennoch in ihrem dunkelgrünen Seidenkleid so königlich wie eine Prinzessin. Sie schaute weder links noch rechts, und ihre Bewegungen waren ein wenig steif, als sie unter aller Augen den Mittelgang entlangschritt. Walvis wollte an ihre Seite eilen, um ihr zu helfen, aber Rohan hielt ihn zurück. Andrade nickte vor sich hin; Sioned mußte sich daran gewöhnen, angestarrt zu werden, denn wenn sie erst einmal Rohans Gemahlin war, würde sie häufig in der Öffentlichkeit auftreten müssen.

Der Prinz erhob sich, als die Lichtläuferin sich vor ihm verneigte. Als sie Kopf und Knie beugte, den Blick stur zu Boden gerichtet, trat Rohan zwischen die Tische und stand nun am Podium vor ihr.

»Einen Augenblick, Mylady«, sagte er, als sie sich erhob, und seine Stimme war bis in den letzten Winkel des Saales zu vernehmen. Die Wangen des Mädchens liefen scharlachrot an, als sie verzweifelt aufblickte, und ihre Augen erinnerten an einen verängstigten Vogel. Rohan fuhr fort: »Wir möchten Euch für Euren Mut danken, den Ihr heute bei der Jagd bewiesen habt. Im Namen Unserer Schwester und ihres Gemahls, im Namen Unserer Mutter und Unserer Tante, besonders aber in Unserem eigenen Namen danken Wir Euch. Ihr habt die beiden jungen Herren gerettet, die Unsere Erben sind – bis Wir einen eigenen bekommen können.«

Andrade lehnte sich zurück, um das Schauspiel zu genießen. Rohans Worte gefielen ihr genauso wie das wütende Aufblitzen in Sioneds grünen Augen. Ungezogener Bursche! Verwendete das königliche »Wir«, um auf ihre gemeinsamen Kinder anzuspielen!

Rohan streckte ihr eine Hand entgegen. Hilflos legte sie ihre Finger hinein und trug einen Augenblick später den Smaragdring. Andrade wäre fast erstickt. Er hatte ihn an den Mittelfinger der linken Hand gesteckt, der für einen zehnten Lichtläufer-Ring bestimmt war. Eine *Faradhi* trug an diesem Finger niemals einen anderen Ring.

»Es ist Unser Wunsch, daß Ihr ihn tragt. Möge er Euch immer daran erinnern, daß Wir in Eurer Schuld stehen«, sagte er. Entschlossen zog er Sioned neben sich aufs Podium, übergab sie Walvis, und als der Knappe sie zu ihrem Platz am Tisch führte, hob Rohan seinen Weinkelch. »Auf Lady Sioned«, rief er aus.

Die Versammlung brüllte ihren Namen und trank auf ihre Gesundheit. Sioned sah jetzt allerdings wie jemand aus, dessen Gesundheit dringend einiger Toasts bedurfte. Andrade grinste hinter ihrem Kelch und überlegte, zu welchen Methoden das Mädchen greifen mochte, um Rohan das heimzuzahlen.

Er wartete, bis in der Halle wieder Ruhe eingekehrt war, ehe er erneut sprach. »Meine Herren, ich habe mir Eure Wünsche und Bedürfnisse sorgfältig angehört. Sie sind vielfältig und zahlreich. Aber noch nie zuvor habe ich beim *Rialla* verhandelt, und daher zögere ich, mich an Versprechungen zu binden, die ich vielleicht nicht einhalten kann. Deshalb bitte ich Euch, aus Eurer Mitte drei Männer zu wählen, die mich nach Waes begleiten und mich dort beraten können.«

Andrade starrte ihn an. Chay würde wie üblich zum *Rialla* reisen, natürlich, aber es ziemte sich nicht, daß geringere Lords ihren Prinzen begleiteten. Was heckte der Junge nun schon wieder aus?

»Mein Vater, Prinz Zehava, hat mir einmal erklärt, daß die Versprechungen eines Prinzen mit ihm sterben. Ich will nicht, daß das auch bei mir der Fall ist. Ich weiß nicht, was er Euch in früheren Jahren versprochen hat, aber ich weiß, daß seine Hauptsorge immer der Reichtum und das Glück in seinem Land waren. Wenn wir die Wüste stark und wohlhabend erhalten wollen, dann müssen wir zusammenarbeiten. Ich habe mir jedoch gedacht, daß –« Er brach ab und holte tief Luft, nicht nur, um mehr Wirkung zu erzielen, wie Andrade mit zusammengekniffenen Augen bemerkte. »Ihr und Eure Familien habt mir und den Meinen lange und gut gedient. Doch mit Ausnahme des Herrn von Burg Radzyn, der die Burg anläßlich seiner Hochzeit mit meiner Schwester als Geschenk erhielt, besitzt keiner von Euch die Ländereien und Burgen, die Ihr verwaltet, auch wirklich. Deshalb schlage ich Euch Folgendes vor: Nach meiner Rückkehr vom *Rialla,* also im Herbst, werde ich zu jedem meiner Besitztümer reisen, werde es inspizieren und werde mir von Euch seine Schwächen und Stärken zeigen lassen. Wenn alles zu meiner Zufriedenheit ist, werde ich diejenigen, die sich als wert erweisen, mit jenem Privileg auszeichnen, das derzeit allein Lord Chaynal besitzt.«

»Ich hoffe, du weißt, was du tust!« brüllte Chaynal Rohan über den Krach hinweg zu.

»Liebster«, meinte Milar besorgt, »hältst du das wirklich für klug? Zehava hat alles bisher Dagewesene durchbrochen, als er Chay Radzyn schenkte, und es war zum Besten, aber –«

»Du bist verrückt geworden!« schrie Tobin.

Aber Andrade verstand ihn. Die Vasallen würden damit beschäftigt sein, ihre Burgen für Rohans Inspektion vorzubereiten -- und wenn er von den Verhandlungen beim *Rialla* mit dem zurückkehrte, was sie seiner Meinung nach verdienten, dann wären sie mit allem einverstanden, nur um ihre Ländereien wirklich zu besitzen. Hinzu kam, daß Sioned Rohan auf seiner Reise begleiten würde. Das gab jedermann Gelegenheit, sie kennenzulernen. Und schließlich – wenn sie ihn richtig verstand, und davon war sie überzeugt – stand im nächsten Frühjahr ein Krieg mit den Merida bevor. Menschen, die loyal für den Prinzen eintraten, der sie regierte, würden noch heftiger kämpfen, um Ländereien zu beschützen, die ihnen schriftlich zugestanden worden waren – ein Versprechen, das nicht mit dem herrschenden Prinzen verstarb.

Sie berührte Rohans Arm, und er drehte sich zu ihr um. »Laß sie dafür bezahlen«, riet sie.

»Jedes Jahr, so daß Stronghold davon leben kann«, stimmte er zu.

Andrade zeigte mit einem Nicken ihre Zustimmung. »Du gibst ihnen, was sie bereits haben, und sie bezahlen für das Privileg. Sehr wirtschaftlich, Rohan.«

Er setzte sich und nahm einen langen Zug aus seinem Kelch. »Es macht durstig, ein Prinz zu sein«, lautete sein Kommentar.

Als die Monde am Himmel aufstiegen, floß der Wein in Strömen, und die Unterhaltung in der Halle brach niemals ab. Andrade entspannte sich glücklich bei all dem Tumult und genoß die Unterhaltung, die Rohan ihr geboten hatte. Es war Jahre her, daß sie sich inmitten derartiger Geschehnisse befunden hatte, und wenn er hier in Stronghold zu einem solchen Schauspiel fähig war, dann würde sein Auftritt beim *Rialla* himmlisch sein. Sie konnte es kaum erwarten.

Doch das war noch nicht die letzte Überraschung an diesem Abend. Andrade behielt Sioned im Auge. Ihr fiel auf, daß das Mädchen kaum etwas aß und trank. Steif und beherrscht saß sie da, die Hände im Schoß gefaltet, die Lippen verkniffen. Im Gegensatz zum Feuer ihrer Haare war ihre ganze Haltung Eis. Als die Teller abgeräumt und dampfende Krüge mit Taze auf die Tische gestellt wurden, bemerkte Andrade, daß Sioned nicht mehr auf ihre Hände starrte, sondern den langen Gang entlang und zur Haupttür. Neugierig blickte auch Andrade in diese Richtung. Der Mondschein ließ die hohen Fenster zu beiden Seiten des Eingangs wie verschwommene Rechtecke erscheinen. Das kühle Silberlicht wetteiferte mit dem warmen Glühen der Fackeln. Aber Sioned betrachtete nicht das Licht. Ihre Aufmerksamkeit galt jemandem am anderen Ende der Halle. Sie stand langsam auf und glitt den äußeren Gang entlang, hinter den Rükken der Dinierenden. Andrade schätzte ihren Kurs ab und erstarrte, als sie das Objekt von Sioneds Aufmerksamkeit erblickte.

Der Kellermeister, vor dem Andrade Milar gewarnt hatte, stand in einem der Flecken aus Mondschein neben den Türen. Seine blassen Augen waren trüb, sein Gesicht leer und sein Körper starr. Sie erkannte das Aussehen eines Menschen, der von einem Lichtläufer aus der Ferne als Auge und Ohr benutzt wurde.

Sioned stand nun vor dem zweiten Fenster. Ihre schlanke Gestalt wurde umrahmt von silbrigen Schatten. Andrade sprang auf, wußte aber, daß es bereits zu spät war, um die *Faradhi* aufzuhalten. Kühl erkannte sie, daß es tatsächlich keinen geeigneteren Augenblick für Sioned gab, um unter Beweis zu stellen, wie nützlich sie Rohan als Prinzessin sein konnte.

Schweigen breitete sich als langsame Welle in der Halle aus, als die Menschen Sioned bemerkten. Sie hob beide Hände. Der Smaragd spie Feuer an ihrem Finger, und ihre anderen Ringe strahlten eigentümlich. Als sich das Licht zwischen ihren Fingern sammelte, stöhnte Andrade ebenso auf wie der Rest der Versammelten. Doch nur sie und die anderen *Faradh'im* wußten, daß dies etwas war, was Sioned nicht hätte können dürfen. In dem unbeleuchteten Raum vor der offenen Tür erschien eine Gestalt, die von dem Feuer herbeigerufen worden war, das Sioned ins Mondlicht gewebt hatte. Das Bild schwankte, wurde deutlicher und war schließlich genau zu erkennen. Andrade ballte die Fäuste, als sie Roelstra erkannte. Jemand schrie.

»Wer seid Ihr?« wollte Sioned wissen, doch ihre Frage galt nicht dem Kellermeister, sondern dem unbekannten *Faradhi,* der ihn beherrschte. »Was habt Ihr sonst noch für Euren Herrn, den Hoheprinzen, gesehen? Sagt mir, was Ihr gegen meinen Herrn im Schilde führt, oder ich folge Euch bis zur Felsenburg und hülle Euch in Eure eigenen Schatten!«

Das Bildnis des Hoheprinzen bewegte sich. Seine Lippen formten unhörbare Worte, seine Hände reckten sich empor, um unsichtbare Schultern zu packen. Der Kopf des Kellermeisters rollte im Einklang mit Roelstras Bewegungen hin und her, während der den fernen *Faradhi* schüttelte.

»Sagt es mir!«

Das Gesicht des Kellermeisters war jetzt eine Maske des Schreckens. »Ich schwöre bei meiner Seele –«

»Ihr habt keine! Habt Ihr geplant, ihn zu töten? Sagt es mir!«

»Nein! Nein, ich schwöre Euch –«

»Hört mich an, Roelstra! Überbringt ihm meine Worte, Verräter! Sagt ihm, ich werde ihn und seine Toten aufsuchen, wenn er meinem Herrn auch nur ein Haar krümmt!«

Andrade packte Rohans Arm, um ihn daran zu hindern, zu Sioned zu laufen. Wütend wirbelte er zu ihr herum. »Nein!« zischte sie. »Laß sie!«

Sioneds Augen waren wild, als sie sich ihrer Ringe würdig erwies, indem sie den anderen *Faradhi* in Angst und Schrecken stürzte und ihm mit grenzenlosen Schatten drohte. Doch es hatte zu lange gedauert; Andrade spürte die Spannung der Beschwörung, das Gewebe zerrte an ihrer eigenen Wahrnehmungskraft, und sie erkannte, daß Sioned nicht die Kraft besaß, noch lange weiterzumachen. Mit den Fähigkeiten, die nur eine Herrin oder ein Herr der Schule der Göttin beherrschte, sammelte Andrade eilig Lichtstränge; sie trennte und sortierte. Es war, als würde sie einen zarten seidenen Schleier entwirren, der aus tausend Farben bestand, jede aus Silber und Feuer, und sie dann zu dem einzigartigen Muster verweben, das Sioned war. Doch das Mädchen schüttelte sie ab. Sioneds Kraft war noch immer bemerkenswert, als sie darum kämpfte, die Verbindung zwischen sich selbst und dem *Faradhi* in der Felsenburg aufrechtzuerhalten. Fast alle Kraft, die Andrade aufbringen konnte, war nötig, um Sioned ihrem Willen zu unterwerfen.

Ganz plötzlich wandte sich der Kellermeister um, und selbst auf die Entfernung zwischen ihnen konnte Andrade jemand anders aus seinen Augen blicken sehen. Bar jeder Hoffnung, vollkommen verzweifelt, schrie der Mann mit einer Stimme, die nicht die seine war: »Herrin – vergebt mir!« Sie schrak zurück vor dem flehenden Ton und versuchte, das Farbmuster zu finden, das den Lichtläufer identifizieren würde. Doch der Körper des Kellermeisters bog sich in einem entsetzlichen Krampf, und dann glitt er zu Boden, während Roelstras geisterhafte Finger den unsichtbaren Verräter losließen. Lichtwellen zogen sich um Andrade zusammen und zersplitterten dann in Farbfragmente hinter ihren Augen. Sie stöhnte und hielt mit beiden Händen ihren schmerzenden Kopf umklammert. Ein Nebel aus wirbelnden Farben verdeckte Roelstras Bildnis. Dann war alles verschwunden.

»Warum habt Ihr mich zurückgehalten?« ertönte Sioneds Stimme in wütender Anklage. Doch dann schwankte sie, und das Feuer des Smaragdrings verging endlich, als sie als formloser Haufen zu Boden sank. Während Rohan zu ihr lief, um sie in die Arme zu nehmen, hörte Andrade jemanden verzweifelt ihren Namen rufen. »Andrade! Andri, bitte, sieh mich an!«

Mit schmerzenden Augen wandte sie sich zu ihrer Schwester um. Sie begriff sofort, daß Milar trotz der fehlenden Ausbildung den Rückstoß von Sioneds Macht aufgefangen hatte. Sie klammerte sich an den Arm ihrer Zwillingsschwester. »Milar – bring mich fort von hier. Ich darf keine Schwäche zeigen!«

»Urival!« rief Milar.

Irgendwie gelang es ihr, sich zu beherrschen und aufrecht zu halten, während sie an Urivals Seite die Halle verließ. Doch kaum hatten sie die Tür hinter sich geschlossen, als sie hinfiel. Ohne weitere Zeremonie hob er sie hoch und trug sie nach oben in ihre Gemächer. Sie bemerkte nur am Rande, daß er sie zwischen weiche Kissen ins Bett legte.

Nach langer Zeit erst öffnete sie die Augen. Urival saß neben ihr und wartete, und als sie ihn mit gerunzelter Stirn ansah, meinte er: »Wieviel ich ihr beigebracht habe? Offensichtlich genug. Ich wußte, daß es dich erstaunen würde.«

»Wieviel weiß sie?« Andrade zuckte zusammen, als sie sich aufsetzte.

»Nicht alles. Noch nicht. Ich nehme doch an, du sprichst nicht von ihren *Faradhi*-Kenntnissen.«

Andrade stöhnte und sank wieder zurück. »Du hast sie zuviel gelehrt.« Als er zur Antwort nur mit den Schultern zuckte fuhr sie vorwurfsvoll fort: »Du hast sie immer vorgezogen – hast ihr geholfen, sie unterrichtet, dich um sie gekümmert –«

»Und du nicht?«

»Ich hätte sie niemals zu dir schicken sollen. Du hättest nicht derjenige sein dürfen, der sie zur Frau gemacht hat.«

»Vielleicht könnte man dasselbe von dir sagen, nachdem du in jener Nacht zu mir gekommen bist, um mich zum Mann zu machen. Sie weiß, daß du sie benutzt, so wie ich weiß, daß du auch mich benutzen würdest. Ich war bereit mitzuspielen, aber ich glaube nicht, daß Sioned es dir auch so leicht machen wird. Du hast sie heute abend gehört.«

»Sie wird ihre Ringe aus den Augen verlieren und in erster Linie Rohans Prinzessin sein und erst in zweiter ein Lichtläufer. Das ist es nicht, was ich vorhatte, Urival.«

»Wir haben immer gewußt, daß es ein Risiko war. Aber um ehrlich zu sein, ich glaube, keiner von uns hat mit ihrer Kraft gerechnet.«

»Du hast ihr zuviel beigebracht«, grollte sie wieder. »Du liebst sie zu sehr!«

»Und du liebst deine Macht zu sehr!« Urival erhob sich und schenkte Wein ein. Mit ruhigerer Stimme fuhr er fort: »Sie wird sich erholen, genau wie Tobin. Camigwen ist bei ihr und Sioned, und Ostvel beruhigt Chay und Rohan. Milar hat befohlen, den Leichnam des Kellermeisters unauffällig zu versorgen.«

Sie richtete sich noch einmal auf. Diesmal war es nicht so unangenehm, und sie nippte an dem Weinkelch, den er ihr reichte. »Wie lange weißt du schon, daß ich es in jener Nacht gewesen bin?«

»Der Zauber der Göttin kann enthüllen wie verbergen«, antwortete er achselzuckend. »Was gedenkst du wegen Sioned zu unternehmen?«

»Ihr den siebten Ring zu geben, natürlich. Ein Jammer, daß mein Tresor nicht hier ist. Aber ich bin sicher, meine Schwester wird sich von einem ihrer eigenen Schmuckstücke trennen, um diese Gelegenheit zu kennzeichnen.«

»Sioned hat ihren siebten Ring heute abend bereits erhalten – und noch dazu, ehe sie ihre Fähigkeiten demonstrierte«, erinnerte er sie.

»Verdammter Rohan.« Sie leerte ihren Kelch.

»Es geht nicht nur um den Ring an ihrem Finger. Es geht auch um seine Vasallen. Ich habe ihre Gesichter gesehen.«

»Du meinst, sie haben Angst, ihre Macht könnte sich einmal gegen sie kehren. Verdammt sollen sie sein, alle miteinander!« Sie schleuderte den leeren Kelch durch den Raum. Er prallte klirrend gegen den Ankleidetisch, ehe er über den Boden rollte.

»Leg dich hin und sei still«, befahl Urival. »Wenn du dich bereits völlig erholt hättest, hätte der Kelch die Wand getroffen.«

»Was hat Roelstra getan?« wollte sie von ihm wissen. »Die normalen Spione reichten ihm nicht aus – er hat einen von uns genommen, einen Lichtläufer –«

»Aber gegen den Willen dieses Lichtläufers, Andrade. Dieser Schrei kam aus tiefstem Herzen.«

»Was macht das für einen Unterschied? Er ist ein Verräter, wer immer er ist.« Sie blickte lange zu Urival auf. »Vielleicht ist es ganz gut, daß du Sioned soviel beigebracht hast. Kann sein, daß sie es nötig hat.«

Teil 2

Das Rialla

Kapitel zehn

Rohan hatte beschlossen, weit weniger aufwendig zu reisen, als sein Vater es immer getan hatte. Er fühlte sich nicht wohl mit all dem Pomp, der Zehava so sehr entzückt hatte, und Zeremonien wirkten sich auf die Menschen aus, die sie vorbereiteten. So erstreckte sich auf der Straße nach Wals die Schlange aus Dienern und Gepäckwagen nur eine halbe Länge hinter ihm, und das Lager ließ sich abends schnell aufschlagen. Ein wahrer Segen! Nicht, daß sie dadurch sehr viel schneller vorangekommen wären, aber wenigstens konnte er das Ende der Schlange sehen, wann immer er einen Blick über seine Schulter warf.

Das trockene Gebiet des Vere-Gebirges wich dem sommergrünen Land der Tiefebene, die vom Faolain-Fluß bewässert wurde. Sie durchquerten sie schnell und erreichten Meadowlord. Ihr Tempo wurde langsamer, als ihre Augen, die nur an den Anblick von Sand gewöhnt waren, im Anblick von Bäumen, Gras und Kies schwelgten. Auch die Menschen waren hier ganz anders als in der Wüste – rund und rosig, und ihre Haut war weder sonnengebräunt noch faltig. Kein Reiter eilte vor Rohan her, um zu verkünden, daß Seine Königliche Hoheit schon bald die bescheidene Erde dadurch ehren würde, daß er vorüberritt, und niemand erteilte den Befehl, Schafe und anderes Vieh aus dem Weg zu treiben. Rohan genoß die Verzögerungen, die es ihm ermöglichten, mit den Hirten und Dorfbewohnern zu reden, von denen die meisten nicht einmal wußten, daß der unauffällige junge Mann, den sie da grüßten, der Besitzer all dieser Pferde und Wagen war. Man bot ihm Schalen mit frischer Milch an und an den Bäumen gereifte Pfirsiche, zeigte ihm lachende Babys, und hin und wieder erhaschte er sogar den Blick eines errötenden Mädchens, dessen bewundernde Blicke viel für sein Selbstbewußtsein taten.

Die Reisegruppe hatte sich schon am ersten Tag dreigeteilt: Rohan an der Spitze, mit seiner Familie und ihrem persönlichen Gefolge, dann die Lichtläufer, und zum Schluß die Gepäckkarren mit Dienern und Soldaten, um sie zu beschützen. Nicht, daß sie im friedlichen Meadowlord Schutz benötigt hätten. Wenn von den Soldaten jemand seinen – oder ihren – Bogen nahm, dann nur, um für die abendlichen Kochstellen ein Stück schmackhaftes Wild zu erlegen.

Rohan genoß das schlichte Vergnügen eines langen Ausritts im offenen Land nach der Spannung in Stronghold und dem, was in Waes noch vor ihm lag. Niemand näherte sich ihm mit schwerwiegenden Problemen. Er wurde höchstens gefragt, wo man am Abend das Lager aufschlagen sollte. Und für gewöhnlich ritt jemand aus seiner Familie an seiner Seite. Vor allem Tobin war eine ausgezeichnete Gesellschafterin – wenn man sie von ihrem Herrn und Gebieter trennen konnte. Immer schmückten Blumen ihr Haar, die Chay jeden Morgen pflückte, und er hob einen Stengel von allem, was er gefunden hatte, auf, um ihn in seinen Gürtel zu schieben. Jetzt, wo ihre Kinder in der Obhut einer liebenden Großmutter in Stronghold zurückgeblieben waren, benahmen sich der Herr und die Herrin von Radzyn wieder wie Frischverliebte. Rohan lächelte nachsichtig und stellte sich Sioned und sich selbst unter ähnlichen Umständen vor.

Sie ritt mit seinen anderen Begleitern aus der Schule der Göttin, und so sah er nur wenig von ihr. Rohan hatte sein Ziel erreicht und dafür gesorgt, daß all seine Vasallen wußten, wer sie war, aber er hatte nicht damit gerechnet, daß sie ihre Vorzüge als seine Gemahlin so überzeugend demonstrieren würde. Es wäre dumm gewesen, ihr während der Reise eine Sonderstellung einzuräumen, auch wenn er wußte, daß keiner seiner Leute beim *Rialla* über seine mögliche Braut reden würde. So beobachtete er sie besorgt aus der Ferne. Ihre Augen waren glanzlos, und sie ritt mit rundem Rücken und hängenden Schultern und schien die Schönheit der Landschaft um sie her überhaupt nicht zu bemerken.

Auch die Vasallen, die ausgewählt worden waren, um ihn zu begleiten, ritten manchmal neben ihm. Das Resultat seines Schachzugs hatte ihn gefreut. Er selbst hätte keine bessere Wahl treffen können. Farid aus Skybowl war ein Mann mittleren Alters und von trockenem Humor, der ausgewählt worden war, weil er Profit aus einem Besitz zu ziehen vermochte, der aus Felsen, Wasser und sonst nichts bestand. Hoch droben in den Vere-Hügeln lag Skybowl an den Ufern eines alten Sees, der an eine runde Schüssel unter dem Himmel erinnerte. Die Burg war Handbreit für Handbreit aus grauem Stein errichtet worden, der mühsam die Seiten des Kraters emporgeschleppt worden war. Auf Feldern, die in Terrassen angelegt waren, wuchs hier gerade genug, um eine kleine Schafherde zu ernähren, aber auch nicht viel mehr. Doch irgendwie hielt Lord Farid durch und machte sogar noch Gewinn mit seiner Herde und seinem kleinen Steinbruch, und nur selten erbat er etwas anderes von seinem Prinzen als Wein oder ein wenig Nahrung, wenn er einen außergewöhnlich langen Winter überbrücken mußte.

Rohan hatte Skybowl als Kind besucht, und der Anblick von so viel Wasser auf einem Fleck hatte ihn in Erstaunen versetzt. Doch sein Staunen war Entsetzen gewichen, als sein Vater ihn einfach hochgehoben und in die Fluten geworfen hatte. Zehava war wenige Augenblicke später hinterhergesprungen, um sicherzustellen, daß sein Erbe nicht ertrank, während er die Kunst des Schwimmens erlernte. Lord Farid jedoch hatte Zehava ins Gebet genommen, weil er Rohan so erschreckt hatte, und in den folgenden Tagen hatte er den Jungen mitgenommen und ihm demonstriert, wie man sich gekonnter über Wasser hielt. Rohan hatte seine Furcht vor dem Wasser bald überwunden und es sogar bedauert, als sie Skybowl verließen – und niemals hatte er vergessen, wie Farid ihn verteidigt hatte.

Der zweite Vasall, den sie ausgewählt hatten, war Eltanin, der Tiglath regierte, eine von Mauern umgebene Stadt im Norden, die einst den Merida gehörte. Eltanin war ein junger Mann und hatte das Erbe seines Vaters erst vor wenigen Jahren angetreten. Sein Eifer, am *Rialla* teilzunehmen, wurde noch durch die Hoffnung gesteigert, dort eine Gemahlin zu finden. Rohan mochte ihn, und in ihren Gesprächen gab Eltanin schüchtern zu verstehen, daß er nachempfinden konnte, wie Rohan sich als unerfahrener junger Mann in so einer wichtigen Stellung fühlte.

Was den dritten Mann anging, so war Rohan nicht so recht glücklich mit der Wahl seiner Vasallen, hoffte aber, Baisal aus der Faolain-Tiefebene zu seinem Vorteil einsetzen zu können. Die einzige Sorge dieses *Athri* galt seiner neuen Burg. Das machte ihn in mancher Hinsicht zum perfekten Advokaten für die anderen Lords. Die Steine für seine Burg standen weit unten auf jedermanns Liste, und so würde er mit Zähnen und Klauen für die Wünsche der anderen Lords kämpfen, um zu erreichen, daß Rohan schließlich auch noch dazu gebracht werden konnte, um sein Syrener Gestein zu verhandeln. Der junge Prinz staunte angesichts der sonderbaren Logik seiner Vasallen, Baisal zu entsenden, aber irgendwie machte es auch Sinn. Wenigstens hatten sie ihm nicht Abidias von Schloß Tuath aufgezwungen.

Die Reise war ein Wunderwerk an Organisation, vor allem weil nahezu einhundert Personen beaufsichtigt werden mußten. Prinzessin Milars Haushofmeister war in Stronghold geblieben, um dabei zu helfen, die Gemächer für Rohan vorzubereiten, und es war ein Segen, daß er nicht ständig nervös umherflatterte. Rohan hatte erwartet, daß Urival als Andrades Präfekt die offizielle Verantwortung übernehmen würde, aber statt dessen war diese Pflicht Ostvel und Camigwen zugefallen. Die junge Frau war ein Quell an Tüchtigkeit und Entschlossenheit, und ihr Auserwählter war ein Mann von Takt und ständig guter Laune. Gemeinsam sorgten sie für Mahlzeiten, die sowohl schmackhaft als auch pünktlich auf den Tisch kamen, organisierten das Lager perfekt und überwachten wirklich alles. Rohan überlegte, ob er Andrade überreden könnte, sich von ihnen zu trennen. Der Haushofmeister seiner Mutter würde ihn zum Wahnsinn treiben, wenn sie täglich miteinander zu tun haben würden, und Sioned hatte bereits zugegeben, daß ihr all die Talente fehlten, die Camigwen schon seit langem entwickelt hatte. Außerdem würde sie sich sicher freuen, ihre Freunde bei sich in Stronghold zu haben.

So trug Rohan Walvis am vierten Nachmittag ihrer Reise auf, Ostvel von seinem üblichen Platz bei den *Faradh'im* zu holen. Respektvoll, aber nicht unterwürfig und mit einem offenen, fröhlichen Lächeln redete Ostvel mit ihm; nicht wie ein Untertan mit seinem Prinzen – was Rohan nur in Verlegenheit gebracht hätte –, sondern von Ritter zu Lord. Diese Haltung lernte Rohan immer mehr zu schätzen, als die Zeit verging und seine neue Macht ihn von den anderen trennte.

»Ich wollte Euch danken, weil Ihr diesen Zirkus während der Reise in Ordnung haltet«, fing Rohan an.

»Vielen Dank, Herr, aber so schlimm ist das eigentlich nicht. Nicht, solange meine Camigwen alle herumscheucht!«

»Bitte grüßt Eure Dame von mir. Plant Ihr, bald zu heiraten?«

»Nun, Herr, sie entstammt einer sehr guten Familie in Firon – wie Ihr an ihrer Hautfarbe und ihren Augen unschwer erkennen könnt –«

»Mmmh, ja. Diese Augen«, murmelte Rohan, und Ostvel lächelte über das Kompliment.

»Ich muß gestehen, Herr, in dem Moment, als ich sie sah –« Er zuckte mit den Schultern und stieß ein komisches Jammern aus. »Und dabei waren wir nicht älter als fünfzehn, alle beide! Ihre Familie ist zwar nicht so wohlgeboren wie einige von Sioneds Angehörigen, aber sie sind ganz gewiß höher gestellt als meine Familie. Ich habe ihr schon vor geraumer Zeit erklärt, daß ich ihr keinen Antrag machen werde, ehe ich nicht Haushofmeister in der Schule der Göttin bin.«

»Ich bin sicher, das ist für sie nicht wichtig. Aber der Stolz läßt uns manches Mal merkwürdige Dinge tun, nicht wahr?« bemerkte Rohan mit einem traurigen Lächeln.

»Das kann man wohl sagen«, stimmte Ostvel seufzend zu. »Aber ich denke, ich werde bald nachgeben. Sie ist eine Überredungskünstlerin, meine Cami – und ich werde jede Nacht überredet.« Rohan blinzelte bei dieser beiläufigen Anspielung auf ihr Liebesleben. Chay und Tobin machten zwar auch niemals ein Hehl daraus, daß sie einander ihre Liebe häufig im Bett bewiesen, aber sie waren immerhin verheiratet, nicht nur verlobt.

»Ich bin nicht als *Faradhi* ausgebildet«, fuhr Ostvel fort. »Aber deshalb schätze ich mich um so glücklicher, daß sie mich auserwählt hat, Herr. Die Lichtläufer sind nicht unerfahren, wenn es darum geht.«

»Das habe ich gehört«, murmelte Rohan.

»Lust hätte sie mit einem Dutzend anderer Männer empfinden können, aber für sie gibt es Liebe nur mit mir«, erzählte Ostvel schüchtern und stolz. »Ich habe es also nicht mit einem scheuen, verängstigten Mädel zu tun, das auf mich wartet.« Er lachte. »Das macht sie ja so verdammt überzeugend!«

Rohan kicherte. »Nun, schrecklich scheint das Problem gerade nicht zu sein!«

»Das ist das Schöne an den Frauen, Herr. Die Schwierigkeiten, in die sie uns bringen, sind immer die exquisitesten.«

»Von allen mißlichen Lagen, die mich beim *Rialla* erwarten, sind allerdings die mit den Frauen die interessantesten

– wenn ich sie auch nicht unbedingt als ›exquisit‹ bezeichnen möchte.«

Ostvels Lächeln verging. »Wie Ihr meint, Herr«, murmelte er tonlos. »Wenn Ihr mich jetzt entschuldigt. Ich sollte mich um das Gepäck kümmern. Die Wagen bleiben ein wenig zurück.« Er nickte kurz und riß sein Pferd herum.

Rohan bedauerte, die Herzlichkeit bei einem Mann, von dem er überzeugt war, daß er mit der Zeit ein guter Freund werden würde, so schnell vergehen sehen zu müssen. Aber nachdem er die Scharade nun einmal begonnen hatte, mußte er damit auch weitermachen.

Am achten Tag überquerten sie den Faolain – zur Erleichterung der *Faradh'im* diesmal über eine Brücke. Sie ertrugen den Spott ihrer weniger empfindlichen Kameraden gern, solange sie nur über eine Brücke reiten konnten, anstatt auf ein Floß angewiesen zu sein. Rohan ließ das Lager schon früher aufschlagen und befahl Ostvel zum ersten Mal seit Antritt der Reise, die Zelte aufzustellen. Möbel wurden noch nicht herausgeholt, denn sie wollten nur herausfinden, welche Art der Gruppierung beim *Rialla* am besten war.

Die Größe des Lagers erwies sich als schwierig. Rohans Zelt war das größte, ein Gebilde aus blauer, silberner und goldener Seide, das noch Zehava für dieses *Rialla* hatte anfertigen lassen. Der Pavillon war in der Wüste selbst nutzlos, da jeglicher Schutz dort mit den Farben des Sandes verschmelzen mußte. Doch Rohan konnte nicht umhin, seine Proportionen zu bewundern, als er ihn umrundete und feststellte, daß sein Vater sowohl für einen privaten als auch für einen öffentlichen Bereich gesorgt hatte. Rohan und Ostvel umkreisten das Lager, setzten die genaue Lage jedes einzelnen Zeltes in Waes fest, und verzweifelten fast, als sie versuchten, die Dinge zur allgemeinen Zufriedenheit und Bequemlichkeit zu arrangieren – bis Camigwen erschien und alles innerhalb der kurzen Zeit regelte, die sie benötigte, um eine Skizze in den Sand zu zeichnen.

Rohan behielt das Paar eine Weile bei sich und erkundigte sich nach den Pferden, den Möbeln, den Nahrungsmitteln. Ihre Antworten interessierten ihn zwar auch, aber wichtiger war es ihm, sie zu beobachten. Cami war flink und entschlußfreudig, erinnerte sich an jede Einzelheit und führte im Geiste Buch über alles. Sie war in ihrem Element, und Rohan wußte, daß sie genau die Richtige war, um Sioned die Führung von Stronghold abzunehmen. Ostvel war ihr logistisches Äquivalent, wenn es um die Pferde und Wachen ging. Rohan beschloß, ihnen seinen Vorschlag zu unterbreiten, sobald das *Rialla* vorüber war – wenngleich er sich im Augenblick kaum vorstellen konnte, daß das alles in zehn, zwölf Tagen vorbei sein und Sioned bei ihm sein würde.

Er schlenderte langsam zwischen den Zelten herum, nachdem die beiden gegangen waren, und dachte über seine Zukunft nach. Wenn doch nur alles schon jetzt vorbei sein könnte und er bereits mit Sioned nach Stronghold zurückkehren könnte, Hand in Hand und einander sicher. Seine Pläne, die ihm so klug und aufregend erschienen waren, ärgerten ihn nun bloß. Er trat nach einem Zelthaken und redete sich ein, er wollte nur prüfen, wie sicher er im Boden verankert war. Aber er hatte sich noch niemals selbst gut belügen können.

»Nun, Neffe.« Andrades Stimme an seiner Seite erschreckte ihn. »Deine kleine Unterhaltung wird bald beginnen. Ich freue mich schon darauf.«

Im Licht des frühen Abends wirkte sie müde. Ihr helles Haar war staubig, und die Falten ihres Gesichts wiesen nach unten. »Ich hoffe, im Zelt schläfst du heute nacht besser«, meinte er besorgt.

»Ich schlafe erst wieder gut, denn du und Sioned –« Achselzuckend brach sie ab. »Aber ich vermute, dazu kommt es erst, wenn du deinen Plan erfolgreich umgesetzt hast.«

»Wird das je dazu kommen?«

»Nicht für einen Prinzen. Ich habe darauf gewartet, daß du

mich fragst, was ich über Roelstra weiß. Er weiß durch seine Spione wahrscheinlich alles über dich.« Ihre Augen sahen ihn gequält an, aber ehe er irgend etwas sagen konnte, fuhr sie kühl fort: »Wenngleich ich hoffe, daß es nur Dinge sind, die du ihn ohnehin wissen lassen willst.«

Rohan nahm ihren Arm, und sie schlenderten durchs Lager. »Ich bin mehr an seinen Töchtern interessiert.«

»Darauf möchte ich wetten. Er hat sie in der Felsenburg festgehalten, deshalb nehme ich an, daß sie gierig nach Freiheit sind. Allerdings werden dir natürlich nur die legitimen Töchter vorgeschlagen werden, wegen der anderen brauchst du dir also keine Gedanken zu machen.«

»Ich werde sie mir alle anschauen. Je mehr, desto lustiger.«

»Der Drache inmitten der Herde, hmm?« konterte sie lächelnd. »Ich entdecke immer mehr von deinem Vater in dir, Rohan – auf deine eigene, süße, rücksichtslose Art. Da diese Mädchen wahrscheinlich kein Herz haben, kannst du auch nichts zerbrechen. Aber du wirst ihren Stolz verletzen, und das ist noch gefährlicher.«

»Auch dein Stolz ist verletzt worden«, bemerkte er sanft. »Hast du irgend etwas über diesen *Faradhi* herausgefunden?«

»Nein, aber das werde ich«, antwortete sie grimmig. »Roelstra wird mir dafür geradestehen. Ich warte, bis du mit ihm fertig bist, aber laß mir noch ein paar Stücke übrig.«

»Er hat deinen Lichtläufer benutzt, um mich auszuspionieren – er ist uns beiden Rechenschaft schuldig. Aber erzähl mir von seinen Töchtern.«

Das tat sie. Andrade berichtete ihm alles, was sie wußte, und Rohan hörte aufmerksam zu. Naydra war hübsch, sanft und gefügig; Lenala war dumm, Ende des Berichts. Ianthe und Pandsala waren die beiden, vor denen er sich hüten mußte.

»Ianthe ist die Schönste und scheint die Intelligenteste zu

sein, also wird sie schon längst die Vorzüge einer Ehe mit dir erkannt haben. Es würde mich überraschen, wenn sie sich nicht eines Nachts in dein Zelt stehlen würde. Was Pandsala angeht, so ist sie fast ebenso hübsch und beinahe ebenso intelligent wie Ianthe. Zumindest hat man mir das erzählt.«

»Wer?« fragte er, obwohl er wußte, daß sie seine Frage nicht beantworten würde.

»Das braucht dich nicht zu kümmern. Denk du nur an Sioneds Gefühle. Tobin und ich werden tun, was wir können, um dich vor ihrem Zorn zu schützen. Hast du eigentlich schon entschieden, wie und wann du deine kleine Komödie beenden willst?«

»Ich dachte, ich warte ab, was sich entwickelt«, antwortete er. »Ist das das Abendessen, was ich da rieche?«

»Eines schönen und nicht mehr fernen Tages wirst du mir schon eine richtige Antwort geben müssen. Ja, das ist das Abendessen, und ich bin am Verhungern. Chay und Tobin kommen heute zu einem Familienessen in mein Zelt. Du würdest mir einen Gefallen tun, wenn du dich dazu gesellen würdest, damit ich ein wenig intelligente Unterhaltung habe. Ich weiß nicht, wie lange ich es aushalten kann, den beiden dabei zuzusehen, wie sie sich ansehen.«

Stunden später, als Rohan das Zelt seiner Tante in der Dunkelheit verließ, versuchte er das Gefühl von Freiheit wieder einzufangen, das er während der Reise verspürt hatte. Jetzt war es unmöglich. Die Unterhaltung bei Tisch hatte sich ausschließlich um das *Rialla* gedreht. Morgen würden sie Waes erreichen, und schon am ersten Tag würden die Prinzen ihre Gespräche aufnehmen. Rohan ging langsam zu seinem Zelt und stand noch eine Weile davor und starrte düster auf die vergoldeten Pfosten mit dem stilisierten Drachenkopf an der Spitze. Ostvel hatte Wachen eingeteilt, die das königliche Zelt heute nacht umstanden. Das war eine gute Übung für die Zeit des *Riallas,* wo das notwendig sein würde. Einer von ihnen blieb jetzt stehen und salutierte.

»Zieht Ihr Euch jetzt zurück, Herr?«

»Nein. Noch nicht.«

»Sehr wohl, Herr.« Nachdem er erneut salutiert hatte, setzte der Mann seine Runden fort.

Rohan dachte an das letzte *Rialla,* bei dem er weit weniger formell beobachtet worden war und bei dem die Aufmerksamkeit in erster Linie seinem Vater gegolten hatte. Er konnte nicht mehr länger dorthin gehen, wohin er wollte; von nun an würden aller Augen auf ihm ruhen, würden seine Bewegungen beobachtet, seine Worte untersucht, jede einzelne seiner Gesten kommentiert werden. Er fühlte sich plötzlich bedrückt, drehte sich um und machte sich auf den Weg zum Fluß hinab.

Er stand am Ufer und betrachtete das schwarze Wasser. Noch waren die Monde nicht aufgegangen, und das Sternenlicht schimmerte nur schwach zwischen den Wolken. Auf dem gegenüberliegenden Ufer zauberten Bäume dunklere Schatten, und eine Brise hauchte durch die Blätter, Antwort auf das leise, unaufhörliche Gemurmel des Flusses. Rohan schauderte als Reaktion auf die Andeutung von Herbst in der Luft und rieb sich die Hände, damit sie warm wurden. Er war für diese Orte nicht geschaffen, sagte er sich, Orte mit einem sorglosen Überfluß an Wasser, an denen man mühelos ernten und Vieh züchten konnte. Er war in der knochentrokkenen Hitze der Wüste aufgewachsen, in dem harten Winterwind jenseits des Weiten Sandes, der einem Mann das Fleisch von den Knochen peitschen und sein Skelett spurlos vergraben konnte. Selbst die Drachen suchten mildere Zonen auf – um sie kahlzufressen. Wieder schauderte Rohan, aber diesmal nicht vor Kälte, ehe er sich umwandte, um den Rückweg zu seinem Zelt anzutreten.

Diese leichte Bewegung rettete ihm das Leben. Einen Fingerbreit von seinen Rippen entfernt zischte plötzlich ein Messer durch die Luft. Augenblicklich fiel er auf die Knie, ein Messer in der Hand und suchte die Dunkelheit ab. Eine zweite Klinge zischte an ihm vorbei, verfehlte seinen Kopf um eine Handbreit, und er verfluchte sein helles Haar, das selbst in einer mondlosen Nacht noch leuchtete. Die nächste Deckung war zwanzig Schritte entfernt oben am Hügel. Er konnte nichts anderes tun, als ein Schatten unter anderen zu werden.

Ein Vogel zwitscherte, und einige kleine Tiere piepsten wütend, als ihr Nest zerstört wurde. Rohan blieb wie angewurzelt stehen und lauschte. Als es wieder ruhig wurde und nichts außer dem Fluß zu hören war, zwinkerte er den kalten Schweiß der Anspannung aus seinen Augen und kam langsam auf die Füße.

Obwohl er jetzt ein leichtes Ziel bot, gab es keine weiteren Messer mehr. Er wartete einen Moment und suchte dann das Flußufer ab. Eine schmale Klinge war in den Schlamm eingesunken, in einem Winkel nach unten, weil der Mörder damit gerechnet hatte, daß Rohan sich zur Verteidigung duckte. Er zog das Messer heraus und fuhr mit dem Finger über die feine, glatte Klinge. Ihm stockte der Atem. Diese hier war nicht aus Cunaxa-Stahl, sondern aus Glas.

Er verbarg das Messer zusammen mit seinem eigenen oben in seinem Stiefel und kehrte in sein Zelt zurück. Walvis döste in einer Ecke nahe der Lampe. Rohan hielt das Glasmesser ans Licht. Die charakteristische Kerbe bedeutete keine Überraschung für ihn. Sie diente dazu, das Messer im Fleisch des Opfers zu verhaken, falls es versuchte, die Klinge herauszuziehen. Der Schaft war mit einem schmalen Streifen aus braunem Leder umwickelt, die Klinge bestand aus grünem Glas. Ein hartes Lächeln stahl sich auf Rohans Gesicht, und er versteckte das Messer tief unten in seinen Satteltaschen, wo sein Knappe es nicht finden würde.

So, die Merida wollten ihn also warnen, dachte er, als er sich in seine Decke wickelte und sich zum Schlafen niederlegte. »Merida« bedeutete »sanftes Messer« in der alten Sprache – sanft, weil die scharfen Glasklingen so schnell und todbringend waren wie Stahl. Die Merida hatten Macht erlangt, weil sie als eine Gilde von Mördern Ruhm erlangt hatten, bekannt für ihr Geschick und ihr Schweigen. Rohans Tod wäre für sie hübsch gewesen, aber nachdem das nicht geklappt hatte, hatte das Messer ihm wenigstens gezeigt, daß sie nicht fern waren. Sie wollten ihn nervös und mißtrauisch sehen und hofften, daß er dann Fehler machen würde. Wieder lächelte Rohan und streckte sich unter seiner Decke aus. Dieses neue Problem kam noch zu all den anderen hinzu. Erregung wallte in seinem Blut, Eifer angesichts der bevorstehenden Witz- und Nervenschlachten. Wenn die Merida beabsichtigt hatten, ihn zu erschrecken, dann war ihnen das gründlich mißlungen.

Oben auf dem Berg zügelte Sioned ihr Pferd und bestaunte die Ausdehnung des Lagers. Andere Prinzen waren schon früher eingetroffen und hatten ihre Zelte aufgeschlagen, und Sioned erklärte Cami und Ostvel, um wen es sich im einzelnen handelte. Die beiden waren mit ihr vorausgeritten, um die Gegend zu inspizieren, ehe der Hauptteil von Rohans Gefolge eintraf.

»Die gelbe Gruppe da drüben beim Wald, das ist Prinz Saumer aus Isel. Er ist so weit wie möglich entfernt von Prinz Volog untergebracht – sie teilen sich ihre Insel und sind darüber beide sehr unglücklich, deshalb halten sie sich während des *Rialla* voneinander fern. Die orangefarbenen Zelte gehören Prinz Durriken. Der wird da unten gebraten werden, so weit fort von den Bäumen.«

»Wer hat dir denn all dieses Wissen eingebläut?« wollte Cami wissen. »Urival?«

»Prinzessin Milar. Laßt sehen – rot ist Prinz Vissarion aus Grib, das alberne Pink steht für Seldeen aus Gilad, Grün für Chale aus Ossetia – der ist leicht zu erkennen, Cami. Erinnerst du dich noch daran, als er die Schule der Göttin besucht hat und alles war überschwemmt von grünen Uniformen?« Mühelos identifizierte sie auch die Farben und ihre Eigentümer, jetzt froh über die Instruktionen der Prinzessin. Scharlachrot, schwarz, blattgrün, das Türkis ihrer eigenen Heimat Syr – sie kannte sie alle. Ihr fiel auf, daß die violetten Zelte des Hoheprinzen fehlten, und als sein Name bei ihrer Auflistung fehlte, warf Ostvel ihr einen neugierigen Blick zu.

»Will der seinen großen Auftritt haben?«

»Den wird er haben«, bestätigte sie. »Er wird morgen vormittag den Faolain herabsegeln und mit allen ihm gebührenden Ehren empfangen werden. Sieht aus wie im Karneval, findet ihr nicht? All diese Farben, so bunt durcheinander?«

»Und die Menschen genauso«, bemerkte Camigwen. »Besonders die Prinzessinnen. Nein, ich werde nicht den Mund halten, Sioned! Zwei Gewänder – mehr wolltest du dir von Prinzessin Milars Damen nicht nähen lassen – zwei, wo du bei mindestens fünfmal so vielen Anlässen erscheinen mußt!« Sie wandte sich mit blitzenden Augen in ihrem Sattel um. »Wie lange sind wir jetzt schon Freundinnen? Weißt du denn nicht, wie sehr ich dir Glück wünsche? Warum willst du nichts tun, um es festzuhalten?«

»Erst wenn er die Prinzessinen genau angesehen hat und mich dann noch erwählt, weiß ich, daß er mich wirklich will.«

»Zum Teufel mit den Prinzessinnen!« explodierte Camigwen.

»Die anderen sind fast hier«, unterbrach Ostvel die beiden Mädchen. »Wir müssen einen guten Platz für unser Lager finden. Streite später mit ihr, Cami, wir haben eine Menge zu tun.«

»Wie kann ich mit ihr streiten, wenn es ihr gleichgültig ist?« Camigwen folgte Ostvel den Hügel hinab, während Sioned auf das bunte Treiben hinabschaute und sich dabei auf die Lippe biß.

Bis zum Abend war auch die Abordnung aus der Wüste in

ihren blauen Zelten untergebracht. Nachdem Sioned ihren Teil entsprechend Camigwens Anweisungen erledigt hatte, schlüpfte sie fort, um die Gegend zu erforschen. Das *Rialla* würde erst morgen offiziell beginnen, mit der Ankunft des Hoheprinzen, und sie würde für Rohan extra Augen, extra Ohren, extra Zunge sein müssen. Sie mußte so tun, als wollte sie ihn nicht, und mußte sich öffentlich wie auch privat still und bescheiden verhalten – und versuchen, ihr wachsendes Verlangen zu ignorieren, sich auf die königlichen Töchter zu stürzen und ihnen die Haut in Streifen abzuziehen.

Aber etwas anderes beunruhigte sie, das weitaus ernster war, und das war jener Lichtläufer, den Roelstra korrumpiert hatte. Andrade hatte ihr unterwegs Fragen gestellt, aber Sioned war nicht in der Lage gewesen, ihr die gewünschten Einzelheiten über ihn zu nennen. Sie war jedoch sicher, daß er, wer immer es auch war, auch in jener Nacht anwesend gewesen war, als Prinzessin Tobin beim Lauf über das Mondlicht fast den Schattentod gestorben wäre. Es war ein Jammer, daß sie diesen *Faradhi* nicht identifizieren und aufsuchen, ihm nicht helfen konnte. Sioneds Herz krampfte sich zusammen, wann immer sie sich sein verzweifeltes Flehen um Vergebung in Erinnerung rief.

Als die Sonne unterging, wurde in den Zelten Licht gemacht, wodurch sie aussahen wie riesige, bunte Lampions. Sioned blieb stehen – geschützt durch ihre Ringe – und sah den Schatten-Vorstellungen zu, die die Menschen gaben, ohne sich bewußt zu sein, daß ihre Bewegungen sich deutlich vor dem Licht abzeichneten. Eine Wand aus scharlachroter Seide zeigte ihr einen Mann und eine Frau in enger Umarmung; Lachen erklang, und das Licht wurde abrupt gelöscht. Ein Stück weiter zeigte ein türkisfarbenes Zelt einen Mann, der einen anderen mit wütenden Gesten bedrohte. Die trotzige Haltung des zweiten verging allmählich, bis er mit hängendem Kopf auf den Knien lag. Sioned fragte sich, was wohl in anderen Nächten zu sehen sein würde, besonders an den blauen Wänden von Rohans Zelt.

Sie kehrte ins Wüstenlager zurück und setzte sich auf einen kleinen Schemel vor dem Zelt, das sie mit Camigwen und drei anderen *Faradhi*-Frauen teilen würde. Eine Schale mit glühenden Kohlen stand vor ihr, und mit einer Handbewegung rief sie die Flammen wach. Diese Bewegung ließ den Smaragd an ihrem Finger kurz aufleuchten. Beide Hände vor sich ausgestreckt, starrte sie auf ihre Ringe. Jetzt waren es acht, aber nur sieben davon hatte sie als *Faradhi* erworben. Sie wußte noch immer nicht, warum sie etwas so Gefährliches unternommen und sich in den Lichtteppich des fernen *Faradhi* eingebracht hatte – oder besser, sie wußte es und scheute sich, es zuzugeben. Was würde sie nicht für Rohan tun? fragte sie sich, angesichts ihrer Reaktion auf ihn wieder von Sorge erfaßt. Urival war zu Recht auf der Hut. Sie würde ihre Gaben und Fähigkeiten zu Rohans Gunsten einsetzen, ungeachtet seiner Absichten. Ihre Macht über Sonnen- und Mondschein war nichts, verglichen mit der Macht, die er über sie hatte.

Rebellion regte sich, und sie schwor sich, sie würde kein weiterer *Faradhi* werden, wie der andere es offensichtlich für Roelstra war. Doch der Mann haßte seine Sklaverei; Sioned jedoch wußte, daß sie ihre Sklaverei willkommen heißen würde. Gütige Göttin, welch eine Närrin hatte ihr Herz aus ihr gemacht. Sie funkelte den Smaragd an, von dem Tobin ihr erzählt hatte, daß er der Familie seit Urzeiten gehörte. Es hieß, er besäße einen ganz eigenen Zauber. Grün für ihre Augen, dachte sie und verfluchte Rohan noch einmal, weil er sie vor aller Öffentlichkeit zur Schau gestellt hatte.

Die goldenen Ringe zogen ihre Aufmerksamkeit auf sich, und ihre Gedanken wandten sich der Entdeckung in der Drachenhöhle zu. Wenn Rohan recht hatte, dann würde sich das Leben in der Wüste drastisch verändern. Mit unbegrenztem

Reichtum würde er kaufen können, was immer er für sich und sein Volk begehrte. Er würde ganze Prinzenreiche und ihre Prinzen dazu kaufen können – oder die Prinzessinnen, fügte sie mit einer Grimasse hinzu. Jeder hatte seinen Preis.

Sie versuchte zu glauben, daß das für sie nicht galt, und daß nichts sie dazu bewegen konnte, ihre Ausbildung zu verraten, so wie es dieser andere *Faradhi* getan hatte – doch die lebende Widerlegung trat plötzlich in ihr Blickfeld, die Arme ausgebreitet, als er sich streckte. Heiße Röte stieg ihr in die Wangen , und sie wandte ihr Gesicht den Flammen zu. Für ihn würde sie alles tun; und das erschreckte sie. Er würde es nie verlangen – das mußte sie wenigstens glauben –, aber es war bitter zu wissen, daß sie für ihn alles und jeden verraten würde.

»Sioned?«

Seine Schritte raschelten im feuchten Gras. Sie streckte die Hände der Wärmepfanne entgegen, den Blick auf ihre Ringe geheftet, als er sich neben sie hockte.

»Du bist so spät noch auf? Du mußt doch müde sein – es war ein langer Ritt, und ich bin sicher, Camigwen hat dafür gesorgt, daß auch du deinen Teil Arbeit leisten mußtest.«

»Ich bin nicht müde.«

»Ich auch nicht. Roelstra trifft morgen ein, und ich mache mir Sorgen.«

»Du weißt doch bestimmt, was du tust.« Ihr Blick fiel auf seine feinen, sonnengebräunten Hände, die er dicht neben ihre hielt, als er sie am Feuer wärmte.

»Mehr oder weniger. Aber das kann sich alles ändern, wenn ich ihm von Angesicht zu Angesicht gegenüberstehe. Ein Prinz dem anderen. Was wird, wenn er mich durchschaut?«

»Wenn diejenigen, die dich lieben, so ihre Zweifel haben, warum machst du dir dann Gedanken wegen eines Fremden?«

»Ach, ich habe meine Familie jahrelang zum Narren gehalten«, gab er zurück, und sie wußte, daß er den Hintersinn in ihren Worten nicht verstanden hatte. »Sioned, wenn ich nun versage? Ich muß diese Verträge haben. Erst dann kann ich anfangen, ein Leben für uns beide aufzubauen.«

»Wenn du es wirklich willst, wirst du auch einen Weg finden.« Sie hörte selbst, wie platt das klang, und haßte sich dafür.

»Sioned, bitte, sieh mich an.«

Unwillkürlich tat sie es. Sein Gesicht war ganz Gold und Feuer, und seine Augen spiegelten die Flammen wider.

»Es ist wichtig für mich, daß du das auch willst. Früher war es wegen mir selbst und dem Besitz, den mein Vater mir hinterlassen hat. Aber jetzt ist es ebenso sehr deinetwegen. Die privaten Gründe sind genauso wichtig wie die offiziellen.«

Sie zögerte, ehe sie achselzuckend meinte: »Es ist schwierig, und es wird für uns beide noch schlimmer werden, ehe es besser werden kann. Was du bei der Jungtierjagd zu mir gesagt hast, zum Beispiel. Ich kann vorgeben, etwas zu sein, was ich nicht bin, aber ich kann und will die Vergangenheit nicht ändern, selbst wenn ich es könnte. Du mußt mir vertrauen.«

Er hielt ihren Blick schweigend fest, so lange, daß sie innerlich zu zittern anfing. »Sag mir eines«, forderte er sie schließlich auf.

»Ja?« erkundigte sie sich mißtrauisch.

»Sag mir, daß du mich liebst.«

Sioned wandte sich von diesen unmöglichen Augen ab, unfähig, ein Wort zu sagen.

»Du tust es, und ich weiß es. Aber ich muß hören, wie du es sagst, Sioned. Und das sollte dir doch alles über mich verraten, was du wissen mußt. Vielleicht kosten uns die nächsten Tage mehr, als wir zu zahlen bereit sind, aber ich muß daran glauben können, daß die Sache es wert ist. Wenn hier alles vorbei ist, können wir heimkehren und einander in

Frieden lieben. Das ist für uns aber noch nicht der Anfang. Der muß warten, bis wir sicher wieder in unserem eigenen Land sind. Aber das Leben, das wir führen werden, Sioned, wenn ich in der Lage bin, mein Schwert für immer beiseite zu legen – zusammen können wir –«

»Hoheit?« ließ sich jemand von der anderen Seite des Feuers vernehmen, und Rohan fluchte leise. Er stand auf und fuhr mit den Fingerspitzen behutsam über Sioneds Haar, als er sie verließ.

»Ja, Lord Eltanin. Verzeiht mir, ich hatte vergessen, daß wir heute abend miteinander reden wollten. Sollen wir in mein Zelt gehen und es uns bequem machen?«

Der Feuerschein streckte sich nach ihm aus und schien die Berührung seines Körpers und seines Haares nicht aufgeben zu können. Sioned ging in ihr Zelt, lag auf dem Bett, konnte aber nicht schlafen.

Bei Tagesanbruch erhob sie sich und schlüpfte in ihre Reitkleider, sorgsam darauf bedacht, die anderen *Faradh'im* nicht zu wecken. Aber als sie ihre Stiefel anzog, erwachte das Lager mit einem Lärm zum Leben, den ein Krieger sicher mit einem bevorstehenden Angriff in Verbindung gebracht hätte. Schwerter klirrten, Stiefel und Hufe donnerten durch den Sand, und die Wachen brüllten Befehle. Sioned sprang auf und zog die Klappe vor dem Zelt beiseite. Die plötzliche Aktivität erstaunte sie.

»Was, im Namen der –?« Camigwen, ihr langes Haar offen, zwängte sich an Sioneds Seite. »Warum rennen die denn alle herum und brüllen einander an?«

Die anderen Lichtläufer, ebenso aus dem Schlaf gerissen, drängten sich heran und stellten ihre eigenen Spekulationen an, aber niemand hatte eine Antwort, bis Ostvel am Zelt vorbeikam und rief: »Zieht euch an! Alle! Schnell!«

»Ist etwas nicht in Ordnung?« fragte Cami verblüfft.

»So könnte man es auch sehen«, gab er zurück und ließ sie noch verwirrter als zuvor zurück.

Cami zog ihre Kleider über und folgte Sioned nach draußen. Sie entdeckten Ostvel in der Menge, die zum Fluß hinabströmte. Als sie ihn erreichten, hörten sie, wie er den Wachen in scharfem Ton befahl, Haltung anzunehmen.

»Macht Eure Tunika zu, Frau! In geraden Reihen jetzt! Seht lebendig aus, auch wenn Ihr noch nicht wach seid!« Als alle zu seiner Zufriedenheit Aufstellung genommen hatten, drehte er sich um, erblickte die *Faradh'im* und salutierte ironisch. »Guten Morgen, meine Damen. Ihr kommt gerade rechtzeitig, um mit uns anderen armen Sterblichen Aufstellung am Flußufer zu nehmen. Der Hoheprinz ist eingetroffen.«

»Das alles geschieht seinetwegen?« staunte Cami und deutete auf die Betriebsamkeit um sie her, die sich in jedem anderen Prinzenlager ebenfalls zeigte.

»All das und noch mehr. Aber wir aus der Wüste werden ihm nicht die Freude machen, uns als ein bewaffneter Rüpelhaufen zu präsentieren«, fügte er an seine Truppen gewandt streng hinzu. Er bellte einen Befehl, und die Soldaten marschierten den Hang hinab zum Fluß. Sioned und Camigwen folgten, dankbar für den Pfad, den sie ihnen durch die Menge bahnten.

Flußaufwärts konnte Sioned in der Morgensonne schlaff und reglos violette Segel ausmachen. Man hatte Roelstra erst viel später erwartet, und Sioned vermutete, daß er absichtlich so früh eingetroffen war. Es schien das Lieblingsvergnügen aller Prinzen zu sein, Menschen aus der Ruhe zu bringen. Die Barke umrundete eine leichte Kurve im Faolain und trieb majestätisch auf das Dock zu. Sie war riesengroß, weiß und gold und violett gestrichen, und konnte sicher mehr als hundert Personen in Luxus und Komfort beherbergen.

»Nun schau dir das bloß an!« hauchte Camigwen.

Ein Mann in der Nähe schnaubte: »Aye, und seht euch nur die Galionsfigur an! Manche benutzen Drachen, andere Ungeheuer, die so entsetzlich sind wie die Meereskreaturen, die sie erschrecken sollen – aber das Schiff Seiner Gnaden wechselt die Galionsfiguren wie Seine Gnaden selbst die Mätressen. Wie es heißt, hat er die letzte dabei, mit dickem Bauch und allem.«

Obwohl Sioneds Interesse nicht Roelstras Mätresse, sondern seinen Töchtern galt, musterte sie doch das prächtige Schnitzwerk. Sie mußte zugeben, daß der Handwerker von unübertroffener Geschicklichkeit gewesen war und die Mätresse des Hoheprinzen, wenn das Bild zutraf, von unübertroffener Schönheit sein mußte. Als die Barke vorüberglitt, wurden erst Gestalten, dann Gesichter auf dem Oberdeck sichtbar. Die meisten gehörten Frauen, und das Gesicht, das mit der Galionsfigur übereinstimmte, gehörte in der Tat zu einer Dame, die hochschwanger war. Die anderen Frauen waren schlank und elegant, in ihrem hochgetürmten Haar funkelten Juwelen, und die weißen Gewänder schmückten violette Bordüren. Vier von ihnen waren dunkelhaarig, eine blond, und die sechste hatte Haar von der Farbe polierten Kupfers. Alle sechs waren ausgesprochen schön.

Roelstra selbst war noch eindrucksvoller als sein Schiff. Groß, in einen weißen Umhang und eine violette Tunika gehüllt, stand er an der Reling des Oberdecks, eine Hand erhoben, um die Menge zu grüßen. Doch als Sioned ihn genau beobachtete, bemerkte sie, daß sein Blick auf niemandem haften blieb; er schien nach jemandem Ausschau zu halten, und Sioned wußte, wer das sein mußte.

»Und da ist ER höchstpersönlich«, murmelte der Mann an ihrer Seite, »hübsch herausstaffiert, um meinen eigenen Herrn und alle anderen zu verspeisen. Seine Hure sieht aus, als würde sie jeden Augenblick werfen – möge es noch ein Mädchen werden! Die Prinzessinen sind eine hübsche Bande – lieblich wie die reinsten Vollblutfüllen von Lord Chaynal und bereit, ihren Stall einzureißen und sich auf den besten Hengst zu stürzen, nämlich den jungen Prinz Rohan – bitte um Vergebung, meine Damen, aber was ich denke, das sage ich auch offen und gerade heraus. Siebzehn Töchter, könnt Ihr euch das vorstellen? Man sollte meinen, bei so vielen Frauen, wie sie Seine Gnaden begattet hat, sollte mindestens ein Knabe herausspringen. Aber nein, die Göttin gibt, was sie für richtig hält, und in ihren Gaben liegt Gerechtigkeit. Mein eigener Herr, nun, ich bin froh, daß der glücklich verheiratet ist. Ich möchte keine der königlichen Hündinnen zur Herrin haben, wirklich wahr – bitte erneut um Vergebung für mein unziemliches Geschwätz, und noch dazu in der Gegenwart so vornehmer *Faradhi*-Damen, wie Ihr es seid! Kommt mit mir, wenn Ihr einen guten Blick auf das Schauspiel haben wollt. Ich werde Euch bis in die Nähe geleiten. Da könnt Ihr meinen Herrn und all die anderen sehen, wie sie Seine Gnaden begrüßen.«

»Das ist sehr freundlich von Euch«, bedankte sich Camigwen mit strahlendem Lächeln. »Unser eigener Begleiter scheint uns verlassen zu haben. Geht nur voraus, Herr!«

»Die Fürsorge für einen Lichtläufer bringt den Segen der Göttin«, antwortete er zwinkernd und zeigte ein zahnlückiges Grinsen. »Aber die Wahrheit ist, daß ich mich gerne in der Begleitung so hübscher Damen sehen lasse!«

Er bahnte ihnen den Weg, indem er andere grob beiseite stieß, und jeglichem Protest hielt er ein gebrummtes *»Faradh'im!«* entgegen. Sioned unterdrückte ein Lächeln, als ihr klar wurde, daß er sie zwar schützte und zu einem guten Aussichtsplatz führte, sie gleichzeitig aber auch dafür benutzte, selbst in die Nähe des Schauspiels zu gelangen. Sie näherten sich der Anlegestelle, und Sioneds Blick suchte unter den Edlen nach Rohan. Auf dem kurzen Pier drängte sich der Adel – selbst Lady Andrade war dort, zusammen mit Tobin und Chay. Doch von Rohans blondem Kopf sah sie nichts.

Der Hoheprinz und seine Mätresse waren vom Oberdeck herabgestiegen, gefolgt von seinen Töchtern. Die Barke glitt sanft ans Dock, Trompeter schmetterten eine Fanfare, und als Antwort ertönte ein Trommelwirbel von acht jungen Männern in der leuchtend rot-gelben Tracht des Stadtkommandanten von Waes. Sioneds Begleiter drängte sich bis in die erste Reihe der Menge am Ufer durch, und noch einmal ließ sie ihren Blick über die Köpfe wandern. Noch immer war von Rohan nichts zu sehen. Sicher war es unklug, zum Empfang des Fürsten zu spät zu erscheinen – und noch schlimmer, überhaupt nicht zu kommen. Sie bekam es langsam mit der Angst, denn sie sah keinen Grund, warum er Roelstra auf diese Weise beleidigte.

Beim ersten Schritt, den Roelstra auf die Holzplanken tat, sank jeder Hochwohlgeborene auf ein Knie – alle, außer Lady Andrade, die nur den Kopf neigte. Er bedeutete ihnen mit einer graziösen Geste, sie sollten sich erheben. Einige von ihnen zeigten respektvolle Mienen, andere wirkten abgestoßen von diesem Akt der Ehrenbezeigung. Lord Chaynals helle, graue Augen verrieten keinerlei Gefühl, aber Prinzessin Tobin sah in ihrem Gewand – weiß und rot, entsprechend den Farben ihres Gemahls – aus, wie aus Eis geschnitzt. Roelstra lächelte in die Runde und wandte sich dann Andrade zu.

Diese lächelte giftig, was selbst auf diese Entfernung zu sehen war, als Roelstra ihr seine Mätresse vorstellte. Sioned und Cami wechselten ein Grinsen. »Ich würde viel darum geben, zuhören zu können«, flüsterte sie, und ihr Begleiter kicherte.

Eine Bewegung an den Stufen zum Pier ließ alle Köpfe herumfahren. »Platz da! Macht *Platz!*« bellte ein Mann. »Tretet beiseite für Seine Königliche Hoheit Prinz Rohan!«

Sioned schlug sich eine Hand vor den Mund, um ein Kichern zu unterdrücken – nicht, daß irgend jemand sie in dem plötzlichen Summen aus Spekulation und Wut vernommen hätte, das auf diese arrogante Ankündigung von Rohans Ankunft folgte. Er nahm immer zwei Stufen auf einmal, zupfte dabei an den Manschetten seines Hemdes und fuhr sich mit einer Hand durchs Haar, als hätte er sich so hastig angekleidet, daß ihm keine Zeit zum Kämmen geblieben war. Es war eine meisterhafte Vorstellung, stellte Sioned fröhlich fest. Er war sicher absichtlich so spät gekommen, damit er sein Knie nicht vor dem Hoheprinzen beugen mußte.

Andrade war zu demselben Schluß gelangt, wenn es ihr auch besser gelang, ihre Belustigung zu verbergen. Sie warf einen verstohlenen Blick auf Tobin, deren Wangen gerötet waren und deren schwarze Augen vor Vergnügen funkelten. Chaynal verbarg sein Grinsen vorsichtshalber hinter einem Hustenanfall, der es erforderlich machte, daß er den unteren Teil seines Gesichtes hinter einer Hand verbarg. Seine Quecksilberaugen tanzten fröhlich, als Rohan sich so knapp vor Roelstra verbeugte, wie es unter Prinzen gerade noch höflich war.

Atemlos erklärte der junge Mann dann: »Verzeiht mir, Vetter! Ausgerechnet heute habe ich verschlafen! Ich habe von all dem Tun und Treiben nichts gehört, könnt Ihr Euch das vorstellen? Warum habt Ihr mir nicht Bescheid gegeben, Tante?« wandte er sich vorwurfsvoll an Andrade, die Augen aufgerissen wie ein kleiner Junge. »Der Hoheprinz muß mich für einen vollkommenen Wirrkopf halten!«

»Aber überhaupt nicht, Vetter«, beruhigte ihn Roelstra aalglatt. »Ich weiß doch, daß ein gesunder, junger Mann ausreichend Schlaf benötigt.«

Rohan schenkte ihm sein bezauberndstes Lächeln. »Mein Vater hat immer gesagt, Eure Großzügigkeit wäre schon fast ein Fehler – und ich bin froh, daß Ihr nun mit meinem Fehler großzügig seid!« Sein Blick wanderte zu der Frau hinter Roelstra, und seine Augen wurden noch größer und runder. Andrade wäre fast erstickt. Die Anstrengung, nicht zu lachen, trieb Tränen in ihre Augen.

»Ist alles in Ordnung, Tante?« erkundigte sich Rohan liebenswürdig, ohne das geringste Anzeichen von boshafter

Freude im Blick. Als sie nur hilflos nickte, wandte er sich wieder Roelstra zu. »Ich weiß, es ist unhöflich zu starren, aber –« Er zuckte mit den Schultern, seufzte und starrte weiter.

»Ich war es, der nicht höflich war. Ich habe vergessen, Euch mit meinen Töchtern bekannt zu machen. Tretet vor«, bellte Roelstra über die Schulter.

Sie wurden vorgestellt: Naydra, Lenala, Pandsala und Ianthe als Prinzessinnen, Gevina und Rusalka mit ihrem Titel: Lady. Rohan beugte sich über sechs schmale Hände und drückte seine Lippen auf die Innenseite von sechs juwelengeschmückten Handgelenken. Naydra bewunderte ganz offen Rohans goldene Locken; Lenala zierte sich; Pandsala lief rot an. Ianthe sah Rohan offen in die Augen und hielt seinen Blick kühn und lange fest, ehe sie sich abwandte. Gevina kicherte und protestierte, daß er sie kitzeln würde, und Rusalka zog ihre Finger zurück, so schnell sie konnte.

»Meine Töchter«, bemerkte Roelstra beiläufig, nachdem Rohan sie alle begrüßt hatte. »Diejenigen, die alt genug sind, um mich dieses Jahr auf meiner Reise zu begleiten.«

»Und sogar noch mehr daheim!« rief Rohan bewundernd aus. »Welches Glück für Euch, Vetter, in einem so leuchtenden Garten zu leben! Mein Vater hat immer gesagt, seine Tochter wäre sein größter Schatz – und Ihr habt siebzehn davon! Oh – kennt Ihr meine Schwester, Prinzessin Tobin? Und ihren Gemahl, Chaynal von Burg Radzyn?«

Sie wurden vorgestellt. Andrade freute sich auf ein herzhaftes Lachen, wenn sie Zeit dazu hätte und die Ruhe, um es wirklich zu genießen.

»Aber Ihr müßt müde sein«, fuhr Rohan mit der süßen Überängstlichkeit eines jungen Mannes um einen, der schon fast senil ist, an den Hoheprinzen gewandt fort. »Ich sollte Euch nicht hier in der heißen Sonne festhalten. Ich freue mich darauf, schon sehr bald mit Euch zu reden, Vetter – und, darf ich hoffen, auch mit Euren reizenden Töchtern?«

Der Hoheprinz und sein Gefolge kehrten auf die Barke zurück, bis ihre Zelte aufgestellt und eingerichtet waren. Die anderen Prinzen und Edlen kehrten in ihre eigenen Lager zurück. Die Willkommensfarce war vorüber. Alle Punkte in diesem Spiel, von dem nur wenige überhaupt wußten, waren an Rohan gegangen. Als Andrade die Stufen des Piers hinabstieg, erhaschte sie einen Blick auf ein bleiches, aufmerksames, von unordentlichem rot-goldenem Haar gekröntes Gesicht. Jegliche Belustigung über Rohans Spiel wich von ihr. Sioned hatte Augen nur für ihn, und in diesen Augen lag ihr Herz.

Kapitel elf

Ein violetter Himmel türmte sich düster über ihnen auf, und brennender, kristallharter Regen tropfte daraus hervor und stach ins Fleisch. Er stöhnte und bedeckte sein Gesicht mit Händen, die zu sprödem, geschnitztem Eis gefroren waren. Keuchend atmete er die wasser-dicke Luft ein. Sie schmerzte, als sie in seine Lunge eintrat, schmerzte sogar noch mehr, als sie keuchend mit einem Schluchzer entwich. Also war es endlich geschehen, stellte ein Teil seines Verstandes fest, er hatte zuviel *Dranath* geschluckt und war tot. Von diesem Gedanken ging ein gewisser Frieden aus, wenngleich der Tod noch schmerzhafter war als das Leben. Vielleicht geschah ihm das ganz recht.

Durch die gespreizten Finger blinzelte er zum Himmel empor und sah, daß der aus klaren Segmenten bestand, die sich zu beiden Seiten von ihm erhoben und in einem Punkt über seinem Kopf vereinten. Das war überhaupt nicht der Himmel, nur eines von Roelstras violetten Zelten. Auch keine gefrorenen Nadeln aus Regen, nur der Mangel an *Dranath,* der seine Nerven in schmerzende Nadelspitzen verwandelte.

Crigo setzte sich auf und hielt den hämmernden Schädel zwischen seinen Händen. Neben seinem Bett stand ein Tisch mit einer silbernen Weinkaraffe. Er schüttete die Hälfte des drogenversetzten Weines direkt aus dem kühlen Behälter in seine Kehle, ehe er mit einem Schauder der Erleichterung in die Kissen zurückfiel.

Er konnte sich an keine Reise erinnern, aber es gab nur einen Ort, wo er jetzt sein konnte: in Waes. Das Zelt um ihn her, die Stimmen draußen, der Geruch von zertretenem Gras und der Fluß sprachen für diesen Ort. Aber er hätte sich erinnern müssen, daß er den Faolain von der Felsenburg aus herabgesegelt war – es sei denn, daß sein Drogenhunger bedeutete, daß man ihm sein *Dranath* bewußt entzogen hatte, damit die Fahrt über das Wasser ihn außer Gefecht setzte. Entweder das, oder er hatte sich in jener Nacht, als er den Mondscheinpfad nach Stronghold gewebt hatte, wirklich fast umgebracht.

Jene Nacht war das letzte, an das er sich wirklich erinnern konnte, und er wünschte, er könnte es nicht. Besonders gut erinnerte er sich an die Farben des Geistes jener *Faradhi,* durchscheinend und eindeutig weiblich: Feuergold, das ihn verbrannte, Wasserblau, das ihn ertränkte, Sommergrün, das seinen unfruchtbaren Geist mit ihrem verschmelzen ließ, und der schwarze Zorn entschlossenen Beschützens und unerbittlicher Verdammnis. Er zwang sich, die Szene zu rekonstruieren, und sah durch die Augen des Kellermeisters noch einmal die Versammlung der Vasallen in Stronghold. Er hatte das schon früher getan und sich der Augen und Ohren dieses Mannes bedient, um für Roelstra zu beobachten. Aber sie hatte ihn dabei erwischt. Er stöhnte auf, als er in Gedanken ihr Gesicht wieder vor sich sah – stolze Züge, zu ausgeprägt für herkömmliche Schönheit, bohrende grüne

Augen, rotgoldenes Haar. Doch mehr als ihr Anblick entsetzte ihn die Erinnerung an die Kraft des Geistes. Wie geschickt sie den Mondschein zu einer Falle verwebt hatte, bis er aufgeschrien, Lady Andrade angerufen und schließlich die Kontrolle verloren hatte.

Er machte eine Pause, um sein rasendes Herz zu beruhigen, und ließ die Droge stärker wirken. Er kannte jetzt die Farben des Mädchens, doch auch sie mochte in der Lage sein, die seinen zu identifizieren. Aber wer war sie? Der Kellermeister war lange seinen Pflichten in der Küche nachgegangen, deshalb hatte Crigo nicht gesehen, warum sie einen Platz am Tisch des Prinzen eingenommen hatte. Die anderen *Faradh'im* hatten an anderen Tischen in der Großen Halle gesessen. Warum war sie herausgestellt worden?

»Wie ich sehe, bist du endlich wach.«

Auf den Klang von Roelstras Stimme hin zog sich Crigo in eine verkrampfte, sitzende Haltung hoch. Der Hoheprinz stand mitten auf dem Teppich. In seiner violetten Seidentunika sah er prächtig aus, wütend und dominant. »H-herr –« stammelte Crigo.

»Du warst zwei Tage lang bewußtlos, und selbst als du zu dir gekommen bist, hast du nichts Vernünftiges von dir gegeben, sondern bist sofort wieder in Bewußtlosigkeit verfallen. Erzähl mir endlich, was in jener Nacht geschehen ist.«

»Ich weiß es nicht.« Crigo zog die knochigen Knie bis an sein Kinn und schlang die Arme darum. »Ich habe zugesehen, wie Ihr mir aufgetragen habt. Da war aber ein Mädchen gewesen –«

»Was für ein Mädchen? Wie sah sie aus?«

»Grüne Augen, rotes Haar. Eine *Faradhi.*« Er runzelte die Stirn und rief sich das Bild ins Gedächtnis. »Sieben Ringe – nein, sechs, und ein Smaragd, den ihr aber nicht Andrade gegeben hat. Wir – sie – tragen nicht viel Schmuck. Sie war mächtig, Herr, sie hat mich erwischt –«

»Ihr Name?«

Crigo schüttelte den Kopf. »Ich kenne ihn nicht.«

»So lange bist du noch nicht aus der Schule der Göttin fort. Sie muß doch ihre Ausbildung begonnen haben, ehe du fort bist. Denk nach, verdammt noch mal! Sag mir ihren Namen!«

Unaufgefordert tauchte das Bild eines rothaarigen Mädchens vor seinem geistigen Auge auf, eines von einer ganzen Reihe von Mädchen in der Schule der Göttin, die von einem arroganten jungen Lichtläufer wie ihm selbst beaufsichtigt wurden. Und doch erinnerte er sich an sie. »Sioned«, hauchte er.

»Sioned«, wiederholte Roelstra leise. »Eine *Faradhi* mit dem Namen Sioned... Wenn ich sie von Andrade loslösen kann –«

»Die Lady ist hier?« stöhnte Crigo.

»Das muß dich nicht kümmern.« Der Hoheprinz trat näher und warf einen Blick in den halbleeren Krug. »Trink aus, Crigo«, forderte er ihn mit kaltem Lächeln auf. »Nach so langer Zeit brauchst du das.«

Der Lichtläufer gehorchte, als Roelstra aus dem Zelt stapfte. Andrade war hier. Entsetzen packte ihn. Doch dann wich dieses plötzlich einer merkwürdigen Freude. Er konnte den Fürsten ruinieren, indem er enthüllte, daß der *Faradhi,* den sie so viele Jahre hindurch für tot gehalten hatte, noch am Leben war. Dieser Gedanke ließ ihn leise auflachen, und er klammerte sich an ihm fest wie an einem langersehnten Liebhaber. Doch schon im nächsten Augenblick zitterte er und war wieder einmal vollkommen leer, bis auf die Droge. Roelstra hätte ihn niemals hierher gebracht, wenn er Verrat fürchten müßte. Crigo hatte keinerlei Macht, über niemanden, schon gar nicht über den Hoheprinzen. Das Spiel ging, wie immer, allein an Roelstra.

Tobin gab ihrem Gemahl einen solchen Guten-Morgen-Kuß, daß er versuchte, sie zu sich in ihr gemeinsames Bett zu ziehen. Als sie sich lachend wehrte, öffnete Chay die Augen und riß sie dann erstaunt vollends auf. Tobin war vollkommen angekleidet, das Haar zu einem kühlen Knoten auf dem Scheitel ihres Kopfes gedreht, und an ihrem Gürtel hing eine dicke Lederbörse. Chay stöhnte.

»Oh, du meine Göttin! Du willst mich schon wieder arm machen!«

»Und ich werde mich herrlich dabei amüsieren«, grinste sie. »Komm schon, beweg deine müden Knochen. Es ist schon lange nach Sonnenaufgang. Und du weißt ja, alles, was ich ausgebe, kannst du nur dadurch wieder wettmachen, daß du mit Akkal als erster ins Ziel kommst.«

»Du gibst also nur daher so viel aus, daß ich einen Anreiz habe, zu gewinnen«, brummte er.

»Wie gut du mich doch kennst! Nun ja, es ist nicht nur unseres. Mutter hat mir etwas gegeben, das ich für Rohan ausgeben soll, und er hat mir auch nicht wenig zukommen lassen. Er hat gesagt, daß ich es ausgeben soll, wie ich will, aber in Wirklichkeit hat er gemeint, ich soll Sioned etwas kaufen.«

»Sie geht mit?«

»Natürlich.« Wieder küßte Tobin ihn. »Wie es scheint, werde ich durchschaubar. Du wirst dich bald mit mir langweilen.«

Sie warf ihm seine Kleider zu, bevor sie das Zelt verließ. Draußen in der warmen Sonne reckte sie sich ausgiebig, nieste die ungewohnten Düfte fort, die sie in der Nase kitzelten, und ging dann zu dem Zelt der Lichtläufer hinüber, wo Sioned und Camigwen schon auf sie warteten. Neben ihnen stand ein junger *Faradhi,* den sie als Meath vorstellten.

»Wenn es Eurer Hoheit genehm ist, begleite ich Euch heute«, sagte er und verneigte sich so elegant vor ihr wie ihr Gemahl.

»Das ist sehr freundlich von Euch«, antwortete Tobin. »Ihr könnt die Pakete tragen.«

Meath seufzte. »Genau das hatte auch Cami im Sinn, Euer Gnaden.«

»Ich fände es schöner, wenn Ihr mich beim Namen nennen würdet. Und vergeßt diesen Unsinn mit den Titeln«, meinte Tobin, als sie sich auf den Weg machten.

»Danke«, sagte Camigwen schüchtern. »Meine Freunde nennen mich Cami, und wenn Sioned nicht verspricht, auch etwas Hübsches für sich selbst zu kaufen, dann verrate ich Euch, wie sie als Kind genannt wurde!«

»Untersteh dich!« protestierte Sioned, und ihre Augen tanzten. »Und außerdem, vergiß nicht, was ich alles über dich weiß! Ich werde jeden Kupfertaler ausgeben, den ich besitze. Ich war doch noch nie auf einem *Rialla*-Markt. Gibt es dort wirklich alles, was man uns erzählt hat, Eu- Tobin?« verbesserte sie sich lächelnd.

»Und noch mehr«, versprach Tobin. Sie gesellten sich zu der Menschenschlange, die darauf wartete, die Brücke zum Markt zu überqueren. Ein Stück flußaufwärts schaukelte die Barke des Hoheprinzen sanft auf dem Wasser, die violetten Segel fest um die Masten gewickelt. Tobin wandte den Blick ab, entschlossen, sich diesen Morgen nicht durch politische Gedanken verderben zu lassen. Schließlich war heute der erste Tag des *Rialla.* »Haltet doch bitte die Augen offen nach Dingen, die meinen Söhnen gefallen könnten. Wir treiben zwar blühenden Handel in Burg Radzyn, aber heute möchte ich etwas Besonderes für sie finden.«

Meath war dafür, sich gewaltsam einen Weg durch die Menge zu bahnen bis in die erste Reihe, aber Tobin erklärte, daß heute alle denselben Rang innehätten. Dadurch sollte vermieden werden, daß man Zeit mit albernen Fragen bezüglich Ehre und Prestige vergeudete. Davon gab es noch mehr als genug bei den offizielleren Anlässen, und es hatte bei einem Ausflug auf den Jahrmarkt gewiß nichts zu suchen. Als sie die Brücke überquerten, blickte Camigwen grimmig geradeaus. Tobin bemerkte es und lächelte.

»Sogar der Anblick von Wasser ist schon hart, hm?«

»Ich kann nicht einmal zusehen, wie sich die Wellen an den Klippen brechen, ohne daß mir übel wird.«

»Wie ist das mit dir, Sioned?«

»Sie würde das niemals zugeben«, gluckste Meath.

»Ich war daran gewöhnt, ehe ich mein Heim verließ«, erzählte sie. »Die Burg meines Vaters heißt River Run, das heißt also, daß ich mein ganzes Leben am Wasser verbracht habe.«

Tobin zog für den Bruchteil einer Sekunde die Brauen hoch. River Run gehörte der Familie der Prinzen von Syr; Sioneds Blut war demnach besser, als Tobin vermutet hatte. Nicht, daß es für sie wichtig gewesen wäre, aber eine Braut mit Verbindung zum Adel war besser als eine ohne, was die Vasallen anging. Sie nahm sich vor, dieses Wissen zu verbreiten, und fragte sich, warum Rohan oder Andrade es nicht schon getan hatten.

Meath mußte tatsächlich mehr und mehr die Rolle eines Packesels übernehmen. Der Markt war eine Schatzkammer, angehäuft mit Gütern aus aller Herren Länder, und Tobin konnte gar nicht schnell genug einkaufen. Camigwen fügte seiner Last auch noch einiges hinzu. Nadeln, Stickgarne, Kerzen, Töpferwaren, geschnitzte Kästchen, Fironeser Kristall, bemalte Zinndöschen mit Taze-Gewürzen – unbekümmert gaben die beiden Frauen das Geld aus, ließen sich Pakete einwickeln und übergaben sie Meath. Zuerst verstaute er sie an seiner Person, aber schon bald hatte er keine leere Tasche mehr. Also erstand er einen Sack, den man zuziehen konnte. Der war schnell gefüllt; also kaufte er einen zweiten. Wann immer Tobin einen Händler anwies, einen auf Bestellung gefertigten Artikel zu Prinz Rohans Zelten zu bringen, leuchteten Meaths Augen dankbar auf.

Sioned betrachtete die angebotenen Waren, ohne etwas zu kaufen. Gegen Mittag lud sie die anderen zu einem köstlichen Mahl aus frischem Gewürzbrot, Obst und Käse ein, dazu einer kleinen Flasche Beerenwein für jede. Sie saßen unter einem der Spaliere, die sich am Ufer entlangzogen, und lachten, als Meath rätselte, ob es die Holzpfosten oder die Weinreben waren, die die alten Bögen hochhielten.

Sioned öffnete ihre Weinflasche und erklärte: »Den machen wir in meiner Heimat Syr. Ich habe davon nichts mehr getrunken, seit ich ein kleines Mädchen war.« Sie nahm einen kräftigen Schluck, schloß die Augen, schluckte und lächelte glücklich. »Perfekt!«

»Dann mach schnell meine auf«, drängte Meath. »Meine Kehle glaubt schon, sie wäre wieder in der Wüste.«

Nach dem Essen ruhten sie sich noch eine Weile aus und genossen die kühle Brise, die vom Fluß herüberwehte und nach den roten und blauen Blumen über ihren Köpfen duftete. Andere Besucher des Marktes schlenderten vorüber, und während Tobin ihre Grüße erwiderte, wurde sie nicht müde, ihren Kommentar zu den Leuten abzugeben, so daß Sioned etwas über die Menschen lernen konnte, mit denen sie als Rohans Prinzessin zu tun haben würde. Nicht viele *Athr'im* waren gekommen, nur die wichtigsten und jene, die bei ihren Prinzen in hoher Gunst standen – oder die jungen, die Bräute suchten, wie auch ihr eigener Lord Eltanin aus der Wüste. Tobin fragte Sioned, warum ihr Bruder nicht hier wäre, wo er doch eine so enge Beziehung zum Syrener Königshaus habe.

Die *Faradhi* schnaubte. »Davvi verläßt River Run nur einmal im Jahr, um Prinz Haldor in Hoch-Kirat seine Aufwartung zu machen. Ich glaube, seine Gemahlin fürchtet, jemand könnte mit ein oder zwei Körnchen ihrer Vorräte verschwinden, wenn er öfter fort ist. Sie ist ziemlich – sparsam.«

»Lady Wisla«, fügte Cami grimmig hinzu, »ist geizig. Du weißt selbst, daß das wahr ist, Sioned. Sie hat dir deine Mitgift nicht gegönnt, nur deshalb bist du in die Schule der Göttin geschickt worden. Und seither ist Sioned nicht ein einziges Mal eingeladen worden, ihr Heim zu besuchen«, fügte sie an Tobin gewandt hinzu.

»Ich habe gehört, River Run wäre ein herrlicher Besitz«, sagte die Prinzessin und dachte dabei, daß es wirklich sehr gut war, daß Sioned keine engen Bande zu Syr mehr hatte. Nachdem ihr ihre frühere Heimat versagt war, würde sie um so leichter bereit sein, Stronghold und die Wüste ins Herz zu schließen. Sie erhob sich und wischte sich den Staub von den Röcken. »Ich muß noch immer etwas für die Knaben finden. Und Sioned hat noch überhaupt nichts gekauft, abgesehen von unserem Essen.«

Camigwen stieß den armen Meath an die Schulter. »Aufwachen, wir gehen.«

»Huh?« Er richtete sich aus dem Gras auf, wo er ein Nikkerchen gemacht hatte. »Oh – Verzeihung. Geht nur voraus, meine Damen. Das alte Pferd hat noch ein paar gute Längen in sich, muß aber heute abend sehr gut gefüttert und getränkt werden.«

»Vielleicht kannst du Hildreth überreden, daß sie dich striegelt«, spottete Sioned, und Meath sah sie wütend an, um zu verbergen, daß er bei der Erwähnung der hübschen *Faradhi* errötete.

Als sie zum Markt zurückkehrten, sah Camigwen plötzlich eine Reihe von Lauten und stieß einen entzückten Schrei aus. Dann schickte sie sich an, um eine zu feilschen, die mit weißen Einlegearbeiten verziert war. Tobin schlenderte weiter zum nächsten Stand, wo sie Seidenbänder in allen Regenbogenfarben bewunderte. Doch Sioneds aufgeregter Ruf lenkte sie ab. Das Mädchen stand an einer Bude, die vollgestopft war mit Spielwaren. Sie hielt ein Paar holzgeschnitzte Ritter auf Pferden in der Hand. Einer trug eine rote Tunika mit weißem Umhang, bei dem anderen waren die Farben umgekehrt kombiniert.

»Die Sättel sind aus echtem Leder«, erklärte Sioned. »Und sieh nur – die Sattelgurte lassen sich richtig verstellen, und man kann die Schwerter aus der Scheide nehmen, und auch die Köpfe und Arme der Ritter bewegen sich! Sind sie nicht wundervoll?«

Jeder war volle zwei Handbreit hoch und es waren ausgezeichnete Kunstwerke. Tobin wußte, die Zwillinge würden verrückt danach sein. »Und noch dazu in Chays Farben! Danke, daß du die gefunden hast, Sioned!« Dann, nach einem Blick auf den Spielzeugmacher, der in ihrem Lob schwelgte, fragte sie: »Was verlangt Ihr dafür?«

Während sie feilschten, nahm Sioned ein anderes Spielzeug auf. Tobin beobachtete aus den Augenwinkeln, wie sie eine glasierte Tonpuppe bewunderte, die nach der neuesten Mode gekleidet war. Große blaue Augen blitzten in einem reizenden kleinen Gesicht, das von Haar aus feinen Seidenfäden gekrönt wurde, das zu goldenen Zöpfen geflochten war. »Ich wünschte, ich würde jemanden kennen, der eine kleine Tochter hat«, murmelte Sioned traurig.

»Du könntest bald eine haben«, bemerkte Tobin ebenso leise.

»Ein sehr guter Preis, meine Dame«, erklärte der Spielzeugmacher, der einen weiteren Handel witterte. »Das Entzücken jedes Kindes – und sie bekommt noch ein weiteres Kleid. Seht Ihr?« Er holte ein Kistchen hervor und zeigte ihnen ein Gewand aus rosafarbener Seide, mit Kristallsplittern besetzt. »Seht nur, wie es zu ihrer Halskette paßt«, drängte er. »Welche kleine Dame würde nicht eine solche Puppe bewundern? Wenn jetzt noch kein kleiner Liebling in seiner Wiege in Eurer Burg liegt, dann freut Euch auf die Zeit, wenn es soweit sein wird – stellt Euch nur vor, wie sie mit diesem reizenden Spielzeug spielen wird!«

Ein Lächeln zuckte um Sioneds Mundwinkel. Doch noch ehe sie etwas sagen konnte, wurde sie von hinten angerempelt und hätte die Puppe fast fallen gelassen. Sie stieß einen leisen Schrei aus und wandte sich um, die Stirn in zornige Falten gelegt.

»Wie ungeschickt!« rief eine scharfe Stimme hinter ihr aus. Als Tobin sich mit eisigem Gesicht umwandte, wurde der Ton glatt und süß wie Öl und Honig. »Vergebt mir, Base! Jemand ist in uns hineingelaufen!«

»Es hat ja keinen Schaden gegeben«, erwiderte Tobin und blickte Prinzessin Pandsala direkt in die großen, braunen Augen. »Basen«, fügte sie als beleidigendes Anhängsel für Pandsala und ihre Schwester Ianthe hinzu. Sie hatte beide gestern am Pier kennengelernt und sie vom ersten Augenblick an nicht leiden können. Eine von ihnen mit Rohan verheiratet – undenkbar!

»Wie klug von dir, deine Kammerfrau mitzubringen, damit sie dir helfen kann«, erklärte Ianthe mit einem kurzen Blick auf Sioned. »Sala und ich wollten eigentlich nur schauen, aber wir haben so viele hübsche Sachen gesehen, und nun müssen wir all unsere Pakete selbst tragen.«

Tobins Rückgrat versteifte sich, aber ihre Stimme klang ebenso süß wie Ianthes. »Ich weiß zwar, wie abgeschieden ihr all die Jahre in der Felsenburg gehaust habt, aber ihr werdet doch gewiß die Ringe einer *Faradhi* erkennen. Erlaubt mir, euch mit Lady Sioned bekannt zu machen.«

»Oh, ich bitte um Vergebung«, meinte Ianthe. »Ihre Finger waren in den Kleidern der Puppe verborgen.«

Das entsprach allerdings nicht der Wahrheit, stellte Tobin fest, als sie sie vorstellte; der Smaragd war deutlich zu sehen und blitzte an Sioneds Finger. Die Lichtläuferin hatte ihre Haltung zurückgewonnen, und ein kleines Lächeln lag um ihren Mund, in ihren grünen Augen jedoch schimmerte ein gefährliches Licht.

Tobin fuhr fort: »Wir haben gerade Geschenke für ein paar Kinder ausgesucht. Vielleicht könntet Ihr uns beraten, da Ihr ja von so vielen kleinen Schwestern umgeben seid. Zweifellos seid Ihr daran gewöhnt, mit deren Sachen zu spielen – um ihnen Freude zu machen, natürlich.«

Die Spitze traf offensichtlich mit Wucht, aber Ianthe überging sie mit einem taktischen Manöver. »Sioned?« fragte sie. »Oh, natürlich – die Lichtläuferin, die Lady Andrade Prinz Rohan als Braut vorgeschlagen hat. Das ist doch das Gesprächsthema Nr. 1 hier beim *Rialla.*«

Pandsala stieß ihre Schwester an. »Ianthe, du bringst sie in Verlegenheit.«

»Aber überhaupt nicht«, widersprach Sioned kühl. »Einige mögen uns ja für ein gutes Paar halten, ich aber nicht. Prinzessin Tobin hat sich hervorragend für ihren Bruder eingesetzt, aber ich finde ihn ein wenig…« Sie schloß mit einem leichten Achselzucken, das alles bedeuten konnte.

Tobin bewunderte ihren Überlebensinstinkt und eilte ihr dennoch entschlossen zu Hilfe: »So sind die Männer! Eine Frau ist nötig, um sie Klugheit zu lehren – und du bist genau die richtige dafür, Sioned. Aber ich sollte wirklich nicht über Dinge reden, die nur meinen Bruder angehen«, fügte sie hinzu und deutete mit Blicken an, daß sie nichts lieber täte.

»Wie es scheint, sorgt sich alles beim *Rialla* um Prinz Rohan«, beobachtete Ianthe kalt. »Ich hoffe, wenigstens die Spielwaren sind zu Eurer Zufriedenheit, Lady Sioned – wenn es schon Prinz Rohan nicht ist. Komm weiter, Sala.«

Die Schwestern schlenderten davon und verschwanden in der Menge. Tobin zählte stumm bis dreißig, ehe sie einen besonders obszönen Fluch flüsterte, der ihren Gemahl sicher entsetzt hätte – obwohl sie ihn von ihm gelernt hatte. Sioneds Lächeln hielt jedoch an, und ihre dichten Wimpern senkten sich leicht über ihre wutglänzenden Augen.

»Ziegen, alle beide«, erklärte Tobin. »Kümmere dich nicht um sie.«

»Nein? Er kann keine von beiden heiraten und erwarten, die Geburt seines ersten Sohnes um mehr als ein paar Tage zu überleben. Aber trotzdem – bei der Göttin, Tobin, sie sind beide so schön –«

»Und du nicht?«

Camigwen trat mit triumphierender Miene zu ihnen. Die

Laute hatte sie unter dem Arm. Sioned fing an, das Instrument fast fieberhaft zu bewundern, und geizte nicht mit ihrem Lob. Tobin beschloß, sich von den königlichen Ziegen nicht den Tag verderben zu lassen, und schmiedete hastig neue Pläne. Sie bezahlte für die beiden Ritter und befahl, diese einzupacken und zu ihrem Zelt zu bringen.

»Packt auch die Puppe ein«, lautete ihre Anweisung. »Sioned, Cami, als nächstes suchen wir einen Juwelier auf, und dann –«

»Nein«, murmelte Sioned und stellte die Puppe ins Regal zurück. »Vielen Dank, daß Ihr sie mir gezeigt habt. Ich bin sicher, irgendein glückliches kleines Mädchen wird sie von Herzen lieben. Ich bin älter, und der Sinn steht mir nach etwas anderem. Cami, nun wird dir dein Wunsch erfüllt.«

Tobins Pläne segelten auf der Nachmittagsbrise davon, als sie und Cami Sioned über den Markt folgten, stumm begleitet von Meath. Vorbei an Buden mit Teppichen, Kupferwaren, Decken und Sätteln und Büchern aus Pergament marschierten sie, und jeder von Sioneds Schritten drückte Entschlossenheit aus. Sie blieb stehen, um eine einzelne blaue Kerze zu kaufen, ging dann weiter, ohne sich um die ausgestellten Möbelstücke, Lederwaren und das bunte Glas zu kümmern. Schließlich blieb sie bei einem Seidenhändler stehen, und nachdem sie einen Augenblick damit verbracht hatte, dessen Ware zu mustern, deutete sie herrisch auf einen Ballen, der auf der Rückseite der Bude fast verborgen war.

»Den möchte ich sehen«, teilte sie dem Händler mit.

Er musterte sie von oben bis unten, offensichtlich mit geringer Erwartung angesichts ihrer schlichten Kleidung. Tobin, die neben und ein wenig hinter Sioned stand, machte ihm mit einem Nicken und einem erhobenen Finger ein Zeichen. Der Händler zuckte die Schultern, und die Seide wurde hervorgeholt.

Es handelte sich um einen dicken, schweren Stoff in hellem Cremeton, der durch die mit Silberfäden gestickten Blätter und Blüten noch steifer wurde. Im Sonnenschein wirkte er erdrückend; bei Kerzenlicht aber würde er sicher funkeln wie aus Sternen gemacht.

»Ja«, bestätigte Sioned. »Macht ihn mir zum Bankett des Letzten Abends fertig.«

»Unmöglich!« heulte der Mann.

»Alles ist möglich. Ich werde jemanden mit dem Entwurf schicken, und die Göttin helfe Euch, wenn Ihr Euch nicht genau daran haltet.« Schweigend streckte sie die Hand aus, und Camigwen reichte ihr eine Börse. Sioned zählte Goldmünzen ab. »Den Rest bekommt Ihr, wenn ich das fertige Gewand sehe. Und für diesen Preis erwarte ich Stiche, die so fein sind, daß ich sie nicht sehen kann.«

»Sehr wohl, meine Dame«, hauchte er, als sie die Münzen in seine aufgehaltene Hand fallen ließ.

»Das dachte ich mir.« Sie hielt auf die nächste Bude zu, wo sie weißen Leinenstoff erstand, der so schlicht war wie die Seide prunkvoll. Er wurde eingewickelt und Meath übergeben, der ihn philosophisch in Empfang nahm und zu seinen anderen Paketen packte. Den nächsten Halt gab es an einem Stand mit Fironeser Kristall, der in einem Umkreis von zehn Schritten Funken versprühte. Cami, die aus Firon stammte, handelte mit großer Sachkenntnis, und Sioned erstand ein Paar kunstvoll gravierte blaue Kelche. Bei einem weiteren Händler wurden Schuhe gekauft, die zu dem Seidenstoff paßten, und als Sioned abschließend noch eine Flasche besten Syrener Weines erstanden hatte, war sie endlich zufrieden. Sie kehrten über die Brücke zurück, und Meath tat so, als taumele er unter dem Gewicht seiner Last.

»Möglicherweise suche ich mir einen anderen Beruf: Einsiedler! Fern von Frauen und vor allem von Händlern! Aber es war wirklich ein Vergnügen, meine Damen, zu sehen, wie ihr all das Geld ausgegeben habt; denn schließlich war es ja nicht meines.«

Er brachte ihre Einkäufe in Tobins Zelt, während die Frauen am Fluß entlangschlenderten, bis sie an eine einsame Stelle unter einem Baum anlangten. Camigwen setzte sich, den Rücken resolut dem Wasser zugekehrt, die Arme um ihre Laute geschlungen.

»Ich schätze, du hast vergessen, daß Ostvel keine einzige Note kennt«, bemerkte Sioned.

»Aber er hat eine wundervolle Stimme, und er hat mir einmal erzählt, daß er schon immer spielen lernen wollte. Das wird mein Hochzeitsgeschenk für ihn.« Sie blinzelte. »Er weiß es zwar noch nicht, aber bei den Zeremonien des Letzten Tages werden auch wir dabei sein!«

»Das freut mich«, erklärte Tobin herzlich. »Chay und ich werden auf euch beide anstoßen. So, wäre jetzt vielleicht eine von euch so freundlich, mich über Sioneds Einkäufe aufzuklären?«

Die *Faradh'im* grinsten sich an, und Camigwen sagte: »Sie hat einen Vorteil gegenüber diesen Prinzessinnen, weißt du. Die sind Jungfrauen!«

»Bis hinab zu den Zehenspitzen«, stimmte Sioned zu.

»Ihr Leben lang in der Felsenburg isoliert –«

Tobin fiel lachend ein. »Kostbare Blumen, die nicht einmal einen Bruder haben, der ihnen den Unterschied zwischen Knaben und Mädchen zeigen könnte –«

»Und wahrscheinlich nicht wissen, was sie machen müssen, selbst wenn sie den Unterschied kennen!« schloß Camigwen mit boshaftem Lächeln.

»Mein Vater hat immer behauptet, man könnte eine Frau von einer Jungfrau an der Art ihres Hüftwackelns unterscheiden«, grübelte Tobin. »Ich könnte schwören, er hat es gleich am nächsten Morgen gemerkt, nachdem Chay und ich zum ersten Mal –« Errötend brach sie ab.

»Ich nehme an, das war einige Zeit vor der Hochzeit?« spottete Sioned.

»Ein wenig«, gab Tobin zu. »Aber das heißt doch, daß du

meinen Bruder verführen willst, was bedeutet, daß du auch die Absicht hast, ihn zu heiraten. Oh, Sioned, ich bin ja so erleichtert!«

»Ich habe es die ganze Zeit über gewußt«, murmelte Camigwen und stieß ihre Freundin spielerisch in die Rippen.

»Das hast du nicht! Jedenfalls warst du dir nicht sicher. Bitte sag, daß ich keine so schlechte Schauspielerin bin, sonst bleibt mir keine Hoffnung, daß ich irgend jemanden zum Narren halten könnte.«

»Du weißt, daß du Zweifel in mir geweckt hast«, tröstete Cami sie. Dann wandte sie sich an die Prinzessin. »Aber es geht hier nicht um eine einfache Verführung. Es gibt gewisse Zauber, die uns niemand beibringen darf, ehe wir mindestens acht Ringe tragen, und Andrade weiß nicht, daß wir sie kennen.« Sie seufzte. »Ich hatte niemals Grund, sie bei Ostvel anzuwenden.«

»Es ist nicht gefährlich, Tobin. Nur ein wenig FEUER hier und da – deshalb die Kerze – und nichts, was man bei einem Mann gegen dessen Willen anwenden kann. Ehrlich gesagt, ich glaube, es liegt in erster Linie an dem Wein.« Sie zwinkerte Camigwen zu.

»Sagt mir, wie ich helfen kann«, forderte Tobin sie auf.

»Schläft außer ihm irgend jemand anders in dem Zelt?«

»Sein Knappe, Walvis.«

»Oh, den können wir einweihen. Er ist ohnehin auf meiner Seite. Wenn du dafür sorgen kannst, daß die Wachen in die andere Richtung schauen... den Rest erledige ich.«

»Schon geschehen.« Die Prinzessin blickte sich um, um sich zu vergewissern, daß sie nicht belauscht worden waren. Dann beugte sie sich vor und sagte: »Du hast meine Hilfe und meinen Segen, aber ich möchte ein paar Dinge wissen.«

Camigwen lachte. »Aber wie willst du Lord Chaynal erklären, wo du sie gelernt hast?«

»Er wird weder die Kraft noch ausreichend Atem haben, um zu fragen«, schnurrte Tobin.

Nach einem Dinner mit Prinz Clutha von Meadowland und Lord Jervis aus Waes, seinen hiesigen Gastgebern, zog sich Roelstra auf seine Barke zurück und verbrachte einige Zeit mit seiner Mätresse und seinen Töchtern. Der erste Tag des *Rialla* war immer langweilig, denn es wurden noch keine richtigen Geschäfte gemacht, während alle über den Markt schwärmten. Roelstra war in seinem Zeit geblieben, und die Prinzen waren gekommen, um ihm ihren Respekt zu zollen. Der einzige Vorteil der ganzen langweiligen Angelegenheit bestand darin, daß gelegentlich einer von ihnen irgendeinen Hinweis fallenließ, so daß Roelstra etwas zum Nachdenken hatte. Doch seine Spione waren ohnehin tüchtig, und daher hatte er heute nichts Neues erfahren.

Als er dann mit den Frauen in seinem Besitz bei Wein und süßem Kuchen beisammen saß, überlegte er, daß sich dieser Tag schließlich doch gelohnt hatte. Pandsala und Ianthe waren wie befohlen zum Marktplatz gegangen und waren mit ihren Eindrücken bezüglich Lady Sioned zurückgekehrt.

»Dürr«, höhnte Ianthe, als Palila fragte, wie das Mädchen aussehe. »Nur Haut und Knochen – mit Sommersprossen und sonnengebräunt vom Leben in der Wüste, das sie den ganzen Sommer über geführt hat.«

»Ich fand sie recht hübsch«, widersprach Pandsala unwillig. »Und sie hatte keine Sommersprossen.«

»Dann waren es Schmutzflecken.«

Naydra blickte von ihrer Stickerei auf. »Was kann man schon von einer Lichtläuferin erwarten?«

»Stimmt es, daß sie Rohan heiraten soll?« erkundigte sich Palila auf einen Blick von Roelstra hin.

»Ich habe meiner Zofe befohlen, mit einem von ihren Lakaien zu reden«, erzählte Gevina. »Sie sind verwirrt, was das angeht. Sie ist auf Lady Andrades Geheiß hin gekommen, um Rohans Braut zu werden, aber er wollte sie offenbar nicht. Und was noch mehr ist, es heißt, daß sie ihn auch nicht will!«

Lenala räusperte sich. »Er sieht aber sehr gut aus.«

Roelstra bedachte sie mit einem geduldigen Blick. »Wie gut beobachtet von dir, meine Liebe.«

»Gevina hat recht«, warf Pandsala ein. »Das Mädchen hat heute nachmittag selbst gesagt, es wäre sich nicht sicher, ob es ihn haben will. Welch eine Närrin!«

»Er sieht sogar sehr gut aus«, ließ sich Lenala vernehmen, kühn geworden durch die Anerkennung ihres Vaters.

Ianthe stand auf und schob Palila, die auf einem Samtsofa saß, ein Kissen in den Rücken. »Ist es so besser?« erkundigte sie sich mitfühlend, als die Mätresse erstarrte.

»Es geht mir gut«, fuhr Palila sie an, und Roelstra unterdrückte ein Grinsen. Manchmal vermißte er den Reiz, den mehrere Mätressen versprachen, die einander verabscheuten, aber die Zusammenstöße zwischen seinen Töchtern und Palila waren fast ebenso amüsant. Aladra war die erste wirklich nette Frau gewesen, zu der er sich nach dem Tod seiner Gemahlin hingezogen gefühlt hatte, aber er kannte sich gut genug, um zu wissen, daß er ihrer schnell überdrüssig geworden wäre. Da war es besser, daß sie gestorben war und ihm nur die schönen Erinnerungen blieben. Hätte sie Frieden und Liebe in seinen Haushalt eingeführt, wäre er über kurz oder lang an Langeweile eingegangen.

»Wie es scheint, ist Prinzessin Tobin auf ihrer Seite«, berichtete Ianthe, nachdem sie wieder in der Nähe der Fenster Platz genommen hatte. »Sioned hat das ausdrücklich betont.«

»Sie hat außerdem erklärt, daß Rohan nicht ihrem Geschmack entspricht«, fügte Pandsala hinzu. »Ich denke, das ist viel wichtiger. Sie scheint kein Typ zu sein, der sich Lady Andrades Wünschen beugt, wenn die ihren eigenen zuwiderlaufen. Offen gesagt, mir kommt sie unglaublich stur vor.«

»Sie gefällt mir mehr und mehr«, bemerkte Roelstra gedehnt, nur um die Reaktion der Frauen zu sehen. Ein Lächeln spielte um Ianthes Lippen, Palilas Augen verengten sich, und die anderen stimmten einen Protestchor über die Dummheit ungehorsamer Frauen an. Roelstra hob eine Hand, um sie zum Verstummen zu bringen. »Das gilt für keine von Euch, meine gehorsamen Lieblinge. Ihre starrsinnige Natur wird es euch vor dem Prinzen nur leichter machen, euch von ihr abzuheben – zu eurem Vorteil.«

Palila wedelte mit einer Hand, und Roelstra fiel auf, wie dick und aufgedunsen ihre Finger geworden waren. »Euer Interesse an ihm wird ihm nach ihrer Gleichgültigkeit Trost und Vergnügen sein«, erzählte sie den Mädchen. »Ihr dürft nie vergessen, sanft zu sein, meine Lieben. Männer mögen keinen Streit. Und Rohan ist sehr jung. Er wird wünschen, bewundert und umsorgt zu werden und möchte sicher das Gefühl bekommen, als Mann wichtig zu sein.«

»Sein Aussehen gefällt mir«, murmelte Lenala.

»Das weiß jetzt jeder, mein Schatz«, sagte Roelstra.

Die Töchter kehrten in ihre Zelte und an ihre Aufgaben zurück, aber Roelstra hielt sich noch eine Weile in Palilas Raum auf. Ihr Anblick widerte ihn an, aber mit ihren Instinkten war alles in Ordnung.

»Und nun?« fragte er mit hochgezogenen Brauen.

»Pandsala will ihn. Ianthe scheint er gleichgültig zu sein, aber sie will ihn trotzdem genauso haben. Ich würde jedoch auf Sala setzen.«

»Sie könnte es übertreiben.«

»Sie ist nicht dumm, Mylord. Und Ianthe sieht man ihre Klugheit zu sehr an – Rohan ist zu jung, um Intelligenz bei einer Gattin zu schätzen.« Ein kunstvolles Nachtgewand verhüllte ihren unförmigen Leib zum Großteil, aber ihre Finger waren nackt, nachdem sie die Ringe nicht mehr aufstekken konnte, und die Armbänder um ihre Handgelenke schnitten in das aufgeschwollene Fleisch. Sie schenkte ihm ein verführerisches Lächeln auf einem noch immer hübschen Gesicht, und einen Moment spielte er mit dem Gedanken an das Vergnügen, das sie ihm selbst in diesem Zustand noch schenken konnte. Aber er ertappte sich dabei, daß er statt dessen an ein schlankes Mädchen mit rotem Haar und brauner Haut dachte, an ein Mädchen, das er noch nicht einmal gesehen hatte. Doch er beabsichtigte, das bald zu ändern. »Bleibt Ihr heute nacht bei mir, Herr?« lud Palila ihn ein.

»Ich habe andere Dinge, um die ich mich kümmern muß, sonst würde ich die ganze Nacht bleiben«, log er lächelnd. Er ging auf die Tür zu, wandte sich aber schließlich noch einmal um. »Warum Pandsala?«

»Warum nicht?«

»Früher hast du Ianthe den Vorzug gegeben.«

»Ich habe meine Meinung geändert, nachdem ich Rohan gesehen habe.«

»Du könntest recht haben, meine Liebe. Schlaf gut.«

Kapitel zwölf

Am nächsten Tag war Rohan es bereits gründlich leid, für Roelstra den naiven Prinzen zu spielen. Er lehnte sich gegen diese Rolle auf, und die Tatsache, daß er sie sich selbst auferlegt hatte, trug auch nicht dazu bei, seine Laune zu verbessern. Sein Plan, der ihm zu Beginn des Sommers so klug erschienen war, bedeutete jetzt eine größere Belastung, als er jemals für möglich gehalten hätte – und das lag nicht nur daran, daß er unerwartet Sioned als Zugabe zu seinen Plänen erhalten hatte. Der Plan war von einem Prinzen in Wartestellung ausgeheckt worden, von einem Knaben, der sein ganzes Leben damit verbracht hatte, nicht aufzufallen (was angesichts der übermächtigen Präsenz seines Vaters nicht sehr schwierig gewesen war), einem Knaben, der zugehört und alles gelernt hatte, was er konnte, und das von jedem, der seinen Weg kreuzte. Den Hoheprinzen zum Narren zu halten – das war ihm zuvor nur wie eine vorübergehend notwendige Verlängerung dieser Jahre der Täuschung erschienen.

Aber zwischen der Planung und dieser Zeit der Verstellung hatte er die Macht kennengelernt. Er hatte den Drachen getötet, der seinen Vater umgebracht hatte, und dadurch hatte er seine Geschicklichkeit und seinen Mut in einem tödlichen Kampf erfahren. Die Begegnung mit Sioned hatte ihm eine andere Art von Macht gezeigt – das FEUER, das sie zusammenkettete und das in der Lage war, seine Seele zu verbrennen. Er hatte den Vorsitz gehabt bei der Verbrennung seines Vaters und bei dem Bankett in der Großen Halle. Er herrschte über seine Vasallen, und das alles hatte in ihm Gefallen daran erweckt, Herr der Wüste zu sein – und es war ihm zu Kopf gestiegen. Er mußte sich auch eingestehen, daß er seit der Abreise aus Stronghold eine Freiheit kennengelernt hatte, wie er sie niemals zuvor erlebt hatte. Den Blicken seiner Eltern entzogen, hatte er die gesamte Gesellschaft befehligt. Alle Entscheidungen oblagen jetzt ihm – nein, es war nicht einfach, die Rolle des Idioten zu spielen, nachdem er wußte, daß er die Stellung verdiente, die er hier aber nicht öffentlich beanspruchen wollte.

Er gab vor, sich vom Rat seiner Vasallen leiten zu lassen, und es war nur gut, daß ihre Vorschläge klug waren; so mußte er ihnen nicht widersprechen, was den so schwer erworbenen Eindruck zunichte gemacht hätte. Die anderen Prinzen waren der festen Überzeugung, er könnte wie ein Lamm gelenkt werden. Aber die Spannung zerrte an seinen Nerven.

Roelstra spielte ständig auf seine Töchter an, was nur noch zu Rohans Unwohlsein beitrug. Lenala und Naydra waren dabei gewesen, als Rohan zur morgendlichen Versammlung in Roelstras Zelt eingetroffen war. Sie hatten ihm Wein eingeschenkt und ihn dabei aufs Peinlichste betrachtet. Die anderen Prinzen zwinkerten sich zu und stießen einander an. Zur Pause am späten Vormittag waren Ianthe und Gevina aufgetaucht und hatten Erfrischungen gebracht; das neuerliche Grinsen und Anstoßen hatte Rohan bis über die Ohren erröten lassen. Wenigstens trug das zu seiner Verkleidung als Dummkopf bei, tröstete er sich mißgestimmt.

Er hatte sich inzwischen seine Meinung über Roelstras Töchter gebildet. Wenn er bei seiner Durchsicht der Frauen in Stronghold festgestellt hatte, daß denen einiges fehlte, so reichten diese Prinzessinnen noch weit weniger an den Eindruck der Vollendung heran, den er mit Sioned verband. Gevina neigte zu albernem Kichern; Rusalka benahm sich, als würde Rohan einer ganz anderen Spezies angehören als sie selbst, und sah derart überrascht aus, als zweifelte sie daran, daß er aß, trank und sich an der Nase kratzte wie andere Männer. Er dankte der Göttin für Sioned, deren Lachen offen und ehrlich war und die in ihm den Menschen sah, ebenso wie ein Mann.

Naydra war ausgesprochen hübsch, wenn man ihren Typ schätzte. Aber Rohans Geschmack war durch die goldene Schönheit seiner Mutter und die lebhaften, dunklen Farben seiner Schwester geprägt worden, und so wirkte Naydra auf ihn einfach nur farblos. Außerdem hatte sie einen leicht lüsternen Ausdruck in den Augen und neigte dazu, seine Lenden zu betrachten, als wollte sie ihn taxieren. Er war dankbar für Sioneds offene Sinnlichkeit; Naydras verstohlene Art fand er abstoßend.

Lenala starrte ihn geradeheraus an. Rohan vermutete, es hätte schmeichelhaft sein können, so offen bewundert zu werden, wenn da auch nur der kleinste Funke von Verstand in ihrem Blick gelegen hätte. Dankbar für Sioneds Intelligenz empfand er Mitleid mit dem Mann, der diese hohlköpfige Prinzessin ehelichen würde.

Was nun die beiden anderen anging – sie waren unbestreitbar schön. Anmutig und bezaubernd in ihren Farben, benahmen sie sich wie Frauen, nicht wie Mädchen. Pandsala legte eine leichte Zurückhaltung an den Tag, und Rohan vermutete, sie glaubte ihn damit reizen zu können. Ianthes Blicke hingegen waren eine offene Einladung, wann immer sie ihn ansah. Rohan war ehrlich genug, sich einzugestehen, daß – wäre Sioned nicht gewesen – Pandsala wirklich ausgesprochen verführerisch gewesen wäre und Ianthe nahezu unwiderstehlich. Er kam zu der Erkenntnis, daß es wirklichen Genuß bedeuten konnte, ein junger, reicher und gutaussehender Prinz zu sein.

Es war jedoch nicht mehr angenehm, als Roelstra ihn allein abpaßte, nachdem die Sitzung dieses Tages beendet war. »Meine Mädchen können den Blick nicht von dir wenden«, lachte der Hoheprinz. »Ich habe sie zu lange in der Felsenburg behalten, wo es nicht viele junge Männer gibt, die sie ansehen können. Es wird mir schwerfallen, mich von ihnen zu trennen, weißt du.«

Glaubte er etwa, Rohan würde sie ihm gleich im Dutzend abnehmen? Rohan setzte eine verlegene Miene auf und murmelte unbestimmt, daß sie wirklich sehr nette Mädel wären.

»Lieber Vetter, du könntest mir vielleicht bei einem kleinen Problem behilflich sein, das ich mit ihnen habe. Ich kann nie entscheiden, welche die Hübscheste ist. Ich würde gern deine Meinung über meine Mädel hören – deine Mutter war zu ihrer Zeit eine der größten Schönheiten, und deine Schwester ist die herrlichste Frau, die ich je gesehen habe.«

Rohan entzog sich dieser Entscheidung mit einem weiteren Murmeln und der Frage nach dem Ausstoß an Cunaxa-Wolle, eine Information, die es ihnen beiden ermöglichen sollte, dem geizigen Prinz Durriken eine weitere Konzession zu entringen. Rohan war Experte geworden in der Kunst, errötend auszuweichen, als würde der bloße Gedanke an Roelstras Töchter ihn so vollständig verwirren, daß er sich in praktische Dinge flüchten mußte. Und dabei schmeichelte er dem Hoheprinzen die ganze Zeit, bis dieser mehr und mehr Dokumente unterzeichnete.

An diesem Tag waren es schon mehrere gewesen: eine Erneuerung der Vereinbarung, daß Feruche Roelstra gehörte, aber die darunter liegenden Ländereien zu Rohans Besitz zählten; ein Pakt über gegenseitige Unterstützung, sollten die Merida angreifen und den Handel durchbrechen; und, lächerlich genug für Roelstra, aber wichtig für Rohan, eine Vereinbarung darüber, daß die Prinzenmark eine Zählung der Drachen vornehmen würde, wenn sie im nächsten Jahr nordwärts flögen.

»Ich habe von deinem ersten Drachen gehört«, erzählte Roelstra. »Tüchtige Arbeit! Und ihn dann mit deinem Vater zusammen zu verbrennen, die Asche von *Faradh'im* in den Morgenwind streuen zu lassen – ich weiß, daß Zehava das geschätzt hätte.«

»Ich gebe zu, daß ich vor Angst fast den Verstand verloren hätte, als ich diesen Drachen auf mich zukommen sah«, meinte Rohan.

»Nur ein Narr hat keine Angst, wenn Gefahr besteht. Aber nur tapfere Männern tun trotz ihrer Angst, was getan werden muß.«

Rohan pflichtete ihm aus vollem Herzen bei. Er sah sich einem harten Test seines Mutes gegenüber, wenn Pandsala oder Ianthe trickreich versuchten, mit ihm allein zu sein. Aber es war angenehm, begehrt zu werden, wenn auch nur seines Geldes und seiner Macht wegen. Ihm kam der Gedanke, daß er auf ihre Manöver eingehen könnte, nur einmal, um zu sehen, welche neuen Erfahrungen er sammeln könnte. Doch er verwarf diesen Gedanken unverzüglich. Solche Dinge tat man Prinzessinnen nicht an, und schon gar nicht, wenn man in eine andere Frau verliebt war, bei der es sich noch dazu um eine Lichtläuferin handelte. Aber er fand es hart, ein ehrenhafter Mann zu sein.

An diesem zweiten Abend gab Prinz Clutha ein Festessen für seine Mitprinzen und eine auserwählte Gruppe von *Athr'im,* und Rohan war höchst dankbar, daß sich alle Gespräche um die Rennen des nächsten Tages drehten, nicht um Politik, Handel und Verteidigung. Allerdings nur fast alle Gespräche.

»...und der Strom feuergoldenen Haares auf ihrem Rükken? Unglaublich!« Lord Ajit mit den fünf Frauen leckte sich die Lippen und grinste direkt gegenüber von Rohan Lord Bethoc an. »Ihr seid ein junger Mann, Bethoc, und unbeweibt – aber ich kann Euch aus Erfahrung sagen, daß Rotschöpfe innen und außen wie Feuer sind!«

»Sie ist eine Lichtläuferin«, schniefte Bethoc und machte damit jeglichem Zweifel ein Ende, den Rohan bezüglich der Dame, über die sie sprachen, möglicherweise noch gehegt hatte. Der Herr der Catha-Höhen wählte eine reife Pflaume aus der Obstschale, drückte darauf, um das Fruchtfleisch zu lösen, und schlitzte die Haut mit einem Messer auf. »Eine *Faradhi*-Hure in meiner Burg – ah!« Er saugte die Pflaume aus und warf die leere Haut ins Gras. »Ich bat sie, mir in einer kalten Nacht ein wenig Feuer zu beschwören, und sie erklärte, ich könnte doch wie jeder andere Mann Stahl an Feuerstein wetzen, und wenn ich zu schwach würde, hätte ich sicher eine ganze Armee aus Dienern, die das für mich tun könnten.«

Ajit grinste breit. Seine dunklen Augen funkelten im Fakkelschein. »Dann habt Ihr also versucht, sie zu verführen, was? Ein Fehler, mein Freund. Versucht es noch einmal, und Andrade stürzt sich auf Euch wie ein Drachenweibchen!«

»Wie ich sehe, hindert Euch das nicht, nach diesem Feuer-Wesen zu lechzen.«

»Lust ist eine Sache, Vorsicht eine andere. Nicht einmal Roelstra wagt es, Andrade zu erzürnen. Es gibt Zeiten, in denen glaube ich, daß sie wirklich eine Hexe ist.«

»Ist Euch das erst jetzt aufgefallen?« brummte Bethoc ironisch. »Das sind sie doch alle, einschließlich dieses Mädchens.«

»Anständige Frauen sind so langweilig. Meine dritte Frau war ein wahres Wunder an Langeweile. Das Aufregendste, was sie je getan hat, war, im Schlaf zu sterben.«

Rohan fragte sich, ob sie ihn für so dämlich hielten, daß er den Namen seiner Tante sogar überhörte, wenn er direkt vor ihm ausgesprochen wurde. So, Sioned wurde also bewundert, ja? Er fühlte sich gleichzeitig stolz und eifersüchtig und vermutete, daß er nur noch Stolz empfinden würde, wenn sie seine offizielle Auserwählte wäre.

Prinz Lleyn aus Dorval, der zu seiner Rechten saß, lenkte seine Aufmerksamkeit auf sich und bat: »Ich kann Euch wohl nicht überzeugen, daß Ihr Lord Chaynal überredet, morgen nicht zu reiten? Ihr könntet zumindest dafür sorgen, daß er nur an der Hälfte der Rennen teilnimmt. Er verdirbt uns den ganzen Spaß, weil er unweigerlich gewinnt.«

Rohan lachte. Ihm gefiel der alte Mann, dessen Sohn Chadric Knappe in Stronghold gewesen war, als Rohan noch klein war. »Ihr würdet ihm den ganzen Spaß verderben, wenn er nicht an den Rennen teilnehmen darf. Er liebt es, meine Schwester in Angst und Schrecken zu versetzen, und lacht dann, wenn sie mit ihm schimpft, weil er nicht vorsichtiger gewesen ist.«

Lleyns blaue Augen, mit den Jahren blaß geworden, aber immer noch fröhlich wie die eines Knaben, blitzten vor Vergnügen. »Ich nehme mir die Freiheit, das zu bezweifeln, Rohan. Ich glaube nicht, daß Eure Schwester in ihrem Leben jemals Angst gehabt hat, und ich bin überzeugt, daß selbst ihr Schimpfen in den Ohren jedes Mannes wie Musik klingt.«

Rohan beugte sich vor und klopfte Chay auf die Schulter. »Hast du das gehört? Er meint, Tobins Wutanfälle sollten in Musik umgesetzt werden!«

»In Kriegstrommeln«, stimmte Chay zu. »Euch lächelt sie an, Lleyn, weil Ihr sie als Kind auf den Knien geschaukelt und ihr Süßigkeiten geschenkt habt, damit sie fett würde. Und noch immer flirtet Ihr mit ihr, daß ich Euch eigentlich töten müßte! Aber ihr Gemahl zu sein ist nicht ganz so, wie man denken mag!«

»Um ihrem Zorn zu entgehen, werdet Ihr also morgen nicht reiten?« erkundigte sich Lleyn mit verschmitztem Grinsen.

»Kommt nicht in Frage! Mein Akkal ist mehr als bereit, und er wird gewinnen, wenn nicht jemand irgend etwas mit vier guten Beinen daran noch versteckt hält.«

»Wenn ich dreißig Jahre jünger wäre –« Lleyn kicherte.

»Aber ich dachte, das wäret Ihr!« mischte sich Rohan ein. »Auf jeden Fall scheint ihr alle unter den Tisch zu trinken.«

»Die einzigen Freuden, die einem im Alter bleiben, sind Essen und Trinken – und manchmal kann man gerade noch hübschen Mädchen wie Tobin zublinzeln. Aber wenn ich etwas reiten könnte, das zu mehr als einem Trab fähig ist, dann würde ich gegen Chay um das Preisgeld antreten.«

»Ja, habt Ihr es denn nicht gehört?« fragte Chay. »In diesem Jahr geht es um Juwelen, nicht um Geld. Schade, daß ich das erst erfahren habe, nachdem mein teures Weib gestern auf dem Markt ein halbes Vermögen ausgegeben hat. Trotzdem, das Rennen wird mir eine große Handvoll Rubine einbringen, und kein Stein steht meiner Tobin besser.«

Rohan wandte sich an den Hoheprinzen, der zwei Plätze weiter auf der anderen Seite des Tisches saß. Roelstra hatte dem Gespräch offensichtlich gelauscht und lächelte, als Rohan sagte: »Das ist eine interessante Veränderung der Tradition – die Handwerker werden gute Geschäfte machen, und das stimmt sie sicher glücklich.«

»Das war auch mein Ziel. Sie haben sich beklagt, daß die Damen nicht mehr genügend Schmuck tragen und daß das ihren Handel beeinträchtigt. Ich rechne damit, daß die

Nachfrage wieder steigt – und wie immer wird Prinzessin Tobin diejenige sein, die Maßstäbe setzt«, fügte er mit einer leichten Verbeugung vor Chay hinzu. »Aber eigentlich war es nicht meine Idee. Ianthe ist dafür verantwortlich.«

»Sie ist ein kluges Mädchen«, lobte Rohan. Und er meinte es ehrlich.

Fedrige, lavendelfarbene Wolken zogen durch das tiefe Blau des Himmels, wie Drachenschwingen, die in der Dunkelheit verschwanden, und die Abendgesellschaft näherte sich ihrem Ende. Rohan zog sich zusammen mit Chay zurück, nachdem sie ihren Gastgebern gedankt hatten. Die kühle Nachtluft unten am Fluß ließ ihm den Atem stocken. »Oh, das fühlt sich gut an! Laß uns einen Spaziergang machen und so etwas von dem Essen loswerden, sonst weigert sich Akkal morgen, dich zu tragen.«

»Wir sollten auch nüchtern werden. Ich glaube, ich habe heute abend so viel getrunken, daß sogar diese verdammte Barke von Roelstra darauf schwimmen könnte.«

Chaynal legte einen Arm kameradschaftlich um Rohans Schultern, und sie schlenderten am Ufer entlang. Mondschein tauchte den Fluß in silbriges Licht.

»Wenn wir doch nur ein bißchen von diesem Wasser in der Wüste hätten«, seufzte Rohan.

»Dann wäre es keine Wüste mehr, oder?« gab Chay zu bedenken.

»Bist du immer so klug, wenn du betrunken bist?«

»Bist du immer so dumm, wenn es um Frauen geht?«

»Was?«

Chay ließ sich ins Gras sinken und streckte seine langen Beine von sich. Er lehnte sich auf die Ellbogen zurück und blinzelte zu Rohan empor. »Diese Sioned. Ich habe gehört, was dieser Lüstling Ajit heute abend gesagt hat. Dein Gesicht war so starr und kalt wie Schneehöhlen mitten im Winter.«

»So weit im Norden bist du doch noch nie gewesen.«

»Versuch nicht, das Thema zu wechseln«, bemerkte Chay

ernst. »Paß besser auf deine Augen auf, Rohan. Ich habe es nur deshalb gesehen, weil ich dich so gut kenne, aber wenn Roelstra dich ertappt, wird dein Plan nicht funktionieren.«

»Und was glaubst du von meinem Plan zu wissen?«

Chay schnaubte. »Setz dich. Mir tut schon der Hals weh.« Als Rohan sich in der Nähe hinhockte und anfing, Gras mit den Wurzeln auszurupfen, fuhr er fort: »Und zerstöre nicht die Landschaft. Ich habe dich beobachtet, wie du um die Prinzessinnen herumscharwenzelt bist, und ich habe auch gesehen, wie du Roelstra beobachtet hast, während er einwilligte, verschiedene Vereinbarungen zu unterschreiben. Du köderst ihn mit einer Hochzeit, nicht wahr? Ich weiß nicht, warum ich so lange gebraucht habe, um das zu begreifen«, fügte er traurig hinzu. »Du bist jedenfalls schlauer, als ich vermutet habe.«

»Welch prachtvolles Kompliment«, dankte Rohan zornig.

»Da ich so lange gebraucht habe, um dahinterzukommen, würde ich sagen, es war wirklich ein ausgezeichnetes Kompliment. Lord Narat hat mich heute nachmittag gefragt, ob du wohl fähig wärest, ein Prinzenreich zu regieren – natürlich nicht direkt, aber genau das hat er gemeint. Und Lord Reze hat dich heute morgen im Rat der *Athr'im* ganz offen einen Narren genannt. Ihretwegen brauchst du dir wohl keine Sorgen zu machen, aber an deiner Stelle würde ich ein wachsames Auge auf die Prinzessinnen haben.«

»Was könnten die schon tun?« Rohan lachte.

»Jemanden heiraten, der fast ebenso mächtig ist wie du, und dir das Leben zur Hölle machen.«

»Der einzige Prinz, der mir in seiner Macht fast gleichkommt, ist Roelstra – und das nicht mehr lange.«

»Ehrgeizig bist du überhaupt nicht, was? Aber für den Augenblick könnten diese Töchter auch Sioned das Leben zur Hölle machen!«

»Das würden sie nicht wagen!«

»Ach nein? Tobin hat erzählt, daß sie und Sioned und Camigwen mit Ianthe und der anderen Hübschen – Pandsala heißt sie wohl – zusammengestoßen sind. Die beiden haben versucht, ihre Messer an Sioned zu wetzen – und dabei denken sie jetzt ja noch, daß sie eine abgewiesene Braut wäre. Was meinst du wohl, wie die sich erst aufführen werden, wenn du Sioned als deine Gemahlin präsentierst?«

»Wer sagt denn, daß ich das vorhabe?«

»Verdammt noch mal, Rohan! Hör auf damit! Ich kann dir nicht helfen, wenn du mir gegenüber nicht ehrlich bist!«

»Wenn du mir sagen willst, daß ich mir Sorgen um Sioned machen sollte, dann spar dir die Mühe. Sie wird beobachtet. So dumm bin ich auch wieder nicht.«

»Wer würde schon eine Frau verdächtigen, und noch dazu eine Prinzessin? Roelstras Töchter begehren dich, Rohan. Nicht, weil du so charmant bist, sondern weil du ihnen die Möglichkeit bietest, aus der Felsenburg zu entfliehen und Macht zu gewinnen. Dabei ist es natürlich nicht von Nachteil, daß du weder Pockennarben noch einen Buckel hast oder schielst. Aus ihren Augen spricht auch das Verlangen nach dir als Mann. Aber wenn du sie zurückweist, hast du sie zum Narren gemacht – und sie werden hinter Sioned her sein. Sie ist deine schwache Stelle.«

»Es gibt auch andere Prinzen – andere Lords, die ebensoviel Geld und Macht wie ich besitzen. Warum muß es ausgerechnet ich sein?«

Chay schüttelte den Kopf. »Du verstehst es nicht. Ich muß mich bei dir entschuldigen, weil ich all die Jahre glaubte, du wärest ein netter kleiner Junge. Ich habe dich beobachtet, seit Zehava tot ist. Du bist ebenso rücksichtslos wie Andrade und viel gefährlicher, als dein Vater je gewesen ist. Seine Armeen kämpften auf dem Felde. Deine sind unsichtbar. Deine Ideen sind deine Soldaten, und deine Pläne sind deine Armeen, die für dich in die Schlacht ziehen. Niemand erwartet das. Du spielst den dummen Prinzen, aber dich umgibt etwas, das du niemals wirst verbergen können, nicht, nachdem du diesen Drachen getötet hast. Es ist die Macht – und es ist etwas sehr Persönliches. Das verleiht dir einen großen Wert für jede Frau, besonders wenn es sie selbst nach Macht gelüstet.«

Rohan starrte ihn an. Nie zuvor hatte Chay so mit ihm geredet, und deshalb hatte er jetzt keine Ahnung, wie er reagieren sollte.

»Du glaubst doch wohl nicht, daß Roelstra diesen Mädchen irgendeine nützliche Aufgabe gibt, mit der sie ihre Zeit ausfüllen können, oder?« fuhr Chay fort. »Zehava hat Tobin immer beschäftigt – er hat ihr genug Arbeit gegeben, – daß sie ihre eigene Kraft einschätzen lernte. Sie war ihre eigene Frau, ehe sie meine wurde. Sioned ist genauso. Sie hat diesen Ausdruck. Sie weiß, wer sie ist, und besitzt in ihren eigenen Augen Wert. Aber diese Prinzessinnen – du bist ihre einzige Chance, etwas anderes zu werden als nur eine von siebzehn Töchtern. Ihr Leben lang haben sie in diesem Schloß geschmort und auf den Tag gewartet, an dem sie einen Mann ehelichen können, der es ihnen erlaubt, mit seiner Macht zu spielen. Und wenn sie dahinterkommen, daß du sie alle zum Narren gehalten hast...«

Rohans Finger krampften sich um Büschel feuchten Grases. »Du hast recht, Chay. Ich bin dumm, wenn es um Frauen geht.«

»Du kennst nur Tobin und deine Mutter, Maeta und ein paar andere. Keine von ihnen besitzt auch nur eine Spur von Bosheit. Rohan, alles verdirbt, wenn man es nicht leben läßt. Noch ein paar Jahre, und ich hätte angefangen, Angst um dich zu haben. Aber jetzt hast du deine eigene Kraft und Macht gespürt. Die Prinzessinen sehen sie. Sie begehren sie.«

»Ich hätte auf Sioned hören sollen«, murmelte er. »Sie hat versucht, mir dasselbe zu sagen.«

»Ich dachte, du würdest mit dem armen Mädchen nie auch nur ein Wort reden!«

»Weißt du noch, wie ich immer die Treffen zwischen dir und Tobin arrangiert habe? Walvis beherzigt alle Tricks, die ich ihm beigebracht habe.«

»Du verführst also unschuldige Jugendliche. Du solltest dich schämen!«

»Ich? Wer hat es mir denn überhaupt erst gezeigt?«

»Ich kenne noch ein paar Tricks mehr, und ich werde meine Leute anweisen, diese zu benutzen, um sie zu beaufsichtigen.«

»So, wie du auch mich bewachen läßt«, mutmaßte Rohan.

Chay grinste in der Dunkelheit und stand auf. »Das muß ich gar nicht.« Er deutete auf den Hügel am Fluß. Rohan spähte in Richtung auf die Bäume, und nach einer Weile konnte er die Gestalt eines großen Mannes ausmachen. »Ihre Freunde, die Lichtläufer, wechseln sich ab«, informierte ihn Chay trocken.

Sprachlos vor Wut sprang Rohan auf. Ganz langsam und jede einzelne Silbe betonend schimpfte er dann: »Diese hinterlistige, verschlagene, verschwiegene kleine –«

Chay lachte und klopfte ihm auf die Schulter. »Das alles zeigt doch nur, daß sie genauso ist wie du!«

Rohan brachte ein sehr säuerliches Lächeln zustande und ging am Ufer entlang, den Blick auf den Schatten neben einem Baum geheftet. Die Zweige bewegten sich, und der Mondschein fiel in neuen Mustern hindurch, und er konnte die Umrisse einer Gestalt erkennen, die weit kräftiger war als er selbst. »Meath!« rief er versuchsweise, und der Schatten bewegte sich abrupt. Rohan schnaubte: »Ich habe Euch gesehen. Ihr könnt also ebensogut kommen und mir alles erklären.«

Der *Faradhi* trat aus seinem Versteck und verneigte sich formell, ehe er sich zu voller Größe aufrichtete. »Ich bitte um Vergebung, Herr. Lady Andrade –«

»Ich verstehe«, unterbrach Rohan ihn. Er wußte sehr wohl, daß der Lichtläufer ihm entsprechend Sioneds Anweisungen eine bequeme Lüge auftischen wollte, und er wollte die nicht hören. »Ich weiß eure Besorgnis zu schätzen, aber ich möchte euch um einen Gefallen bitten, Meath – da ist etwas, an das meine Tante scheinbar nicht gedacht hat.«

»Ja, Herr?«

»Ihr kennt die Gerüchte, die Sioned betreffen. Es ist nicht sehr wahrscheinlich, daß Roelstras Töchter diese Gerüchte sehr freundlich aufnehmen werden.«

»Ich habe sie mit ihr und Prinzessin Tobin auf dem Markt gehört, Herr«, bemerkte Meath leise.

»Richtig.« Rohan wußte, daß er nichts weiter sagen mußte, und lächelte vor sich hin. Sioned würde jetzt nicht nur von seinen und Chays Leuten bewacht werden, sondern auch von ihren eigenen – und ohne ihr Wissen dazu. Ein hübscher Streich, den er ihr dafür spielte, daß sie ihn überwachen ließ, und noch dazu einer, der das Problem ihres Schutzes lösen würde. »Vielen Dank, Meath. Ich denke, wir sollten uns jetzt alle zurückziehen, damit wir morgen bei den Rennen frisch sind. Ich hoffe, Ihr schließt eine Wette auf Lord Chaynals Pferde ab –«

Plötzlich versetzte ihm Meath einen kräftigen Stoß, und Rohan taumelte auf Hände und Knie. Chay fluchte, und als Rohan aufsah, stürzte Meath bereits zum Fluß hinunter.

»Was, zum Teufel –?« rief Chay aus und half Rohan auf die Füße. »Ist alles in Ordnung mit dir?«

»Natürlich.« Er wischte seine Kleider ab. »Aber was sollte das?«

Meath kehrte bald darauf zurück. Er trug eine schlaffe Gestalt über der Schulter. »Verzeihung, Herr«, sagte er zu Rohan und ließ seine Last zu Boden fallen. »Ich hoffe, Ihr seid nicht verletzt.«

»Überhaupt nicht. Wer ist denn das?«

Meath beschwor eine kleine Flamme über der Gestalt des Mannes herauf, und Rohan stieß einen erstickten Schrei aus.

Chay beugte sich nieder und berührte das Gesicht des Mannes. Er drehte es von einer Seite auf die andere, als könnte er einfach nicht glauben, was er sah. Doch das dunkle Haar und die rituelle Narbe am Kinn wiesen selbst in dieser schwachen Beleuchtung eindeutig auf das Königshaus der Merida hin.

»Ihr scheint nicht übermäßig überrascht zu sein, Herr«, meinte der *Faradhi.*

Rohan blickte auf. Er war erstaunt, daß der Mann dies bemerkt hatte, und sah erst jetzt den dunklen Fleck an Meaths linkem Arm. »Ich wußte nicht, daß Lady Andrade es ihren Lichtläufern gestattet, mit Löchern in ihren Kleidern herumzulaufen«, sagte er sanft, obwohl sich sein ganzer Körper vor Wut zusammenkrampfte. Es war eine Sache, wenn seine eigenen Leute bei seiner Verteidigung verletzt wurden; es war etwas ganz anderes, wenn das Blut eines Lichtläufers vergossen wurde.

»Nur ein Kratzer, Herr.« Meath zog ein bösartig blinkendes Wurfmesser hervor. Die gläserne Klinge blitzte im Schein der beschworenen Flamme. »Ich bin stark genug, so daß kein Schaden angerichtet worden ist«, fügte er hinzu.

Rohan räusperte sich. »Dann kommt in mein Zelt. Mein Knappe wird Euch versorgen, wenn es nichts Ernstes ist. Mir wäre es lieber, wenn Andrade nichts davon erfährt.« Er wandte sich an Chay. »Und kein Wort zu Tobin oder sonst jemanden, bitte. Meath hat recht – ich bin nicht übermäßig erstaunt, abgesehen von der Tatsache, daß ein Sohn des Merida-Geschlechts verantwortlich ist.«

»Wovon sprichst du?« wollte Chay wissen.

»Komm mit, dann zeige ich es dir. Und laß den hier«, sagte er und wies mit dem Kopf auf den Merida. »Es würde zuviel Mühe machen, ihn gefangen zu halten, und ich wünsche, daß er lebt und seinen Brüdern erzählt, daß sein Versuch fehlgeschlagen ist.«

Auf Umwegen gelangten die drei Männer zu Rohans Zelt,

wo Walvis augenblicklich aus einem leichten Schlaf erwachte. Er riß die Augen auf, als Meath aus seinem Hemd schlüpfte und den Messerstich zeigte, und dann untersuchte er sofort Rohan, um sich zu vergewissern, daß sein Herr nicht ähnliche Löcher davongetragen hatte. Während der Knabe die Wunde säuberte und verband, wie es alle Knappen in Stronghold von Prinzessin Milar lernten, suchte Rohan in seinen Satteltaschen nach dem anderen Messer und präsentierte es schweigend Chay.

»Wann?« erkundigte sich der Ältere.

»Auf dem Weg hierher. Zwei Messer haben mich verfehlt. Ich glaube, das andere ist im Fluß gelandet, aber dieses hier steckte im Schlamm am Ufer. Merida«, fügte er überflüssigerweise hinzu.

»Das kann ich selbst sehen!« grollte Chay. »Warum hast du niemandem davon erzählt?«

Rohan zuckte die Achseln.

»Manchmal bist du der dümmste –«

»Was hätte ich denn deiner Meinung nach tun sollen? Wenn ich nicht wollte, daß Andrade oder Tobin sich Sorgen machten – oder du.«

»Was ist mit den Merida?«

»Ich würde lieber herausfinden, welches Spiel sie spielen, als sie an diesem Punkt zu stören.«

Chay holte Luft, um zu explodieren, aber Meath, dessen Wunde jetzt unter einem Verband unsichtbar war, sprach zuerst. »Ihr werdet gut bewacht, Herr, wie Ihr wohl wißt. Ich halte Euren Entschluß, im Augenblick nichts zu unternehmen, für ausgesprochen weise.«

Walvis hatte sich umgedreht, um Rohan einen Blick reinsten Vorwurfs zuzuwerfen. »Warum habt Ihr nichts gesagt, Herr?«

»Schon gut, Walvis«, meinte Chaynal. »Du und ich, wir wissen beide, daß er immer nur tut, was er will, ohne an irgend jemand sonst zu denken. Nun gut, Rohan, nachdem so viele Augen über dich wachen, bist du wohl sicher genug, denke ich. Hat es Sinn zu fragen, ob du eine Vorstellung hast, was der Grund dafür ist?«

»Ein paar.«

»Aber du nennst sie nicht.« Chay seufzte.

Rohan lächelte. »Meath, wenn Ihr Euch von Eurem Andenken trennen könnt, würde ich es gern eine Weile aufheben.«

Der *Faradhi* reichte ihm das Messer, und Rohan betastete den Schaft. »Sie künden ihre Anwesenheit an«, grübelte er. »Dieses Messer geziemt einem Prinzen – schaut nur, all die Juwelen. Selbst wenn es nicht aus Glas wäre...«

Meath zögerte. Dann sagte er: »Das ist nur gut, Herr. Es ist nur ein Gerücht, und ich kenne niemanden, der es ausprobiert hätte – aber es heißt, daß Lichtläufer, die durch Stahl verwundet werden, ihre Kräfte nicht kontrollieren können.«

Chay runzelte die Stirn. »Ich kann verstehen, daß das nur ein Gerücht ist. Es gibt eine ganze Reihe Menschen, die sich dafür interessieren würden –, wenn es stimmt.«

Meath zuckte mit den Achseln und fuhr leicht zusammen, als seine verletzte Schulter sich meldete. Rohan deutete auf die Tür. »Kehrt zurück in Euer Zelt und ruht Euch aus. Ich verdanke Euch mein Leben, Meath.«

»Sie haben nicht ernsthaft versucht, es Euch zu nehmen, Herr, weder heute nacht noch damals. Wenn sie es ernst gemeint hätten, dann wäret Ihr jetzt tot.« Meath verbeugte sich und verließ sie.

»Er hat recht, weißt du«, meinte Chay. »Drei Merida-Messer, das sind drei Warnungen. Aber wovor?«

»Sie wollen mich wohl nervös machen, damit ich Fehler begehe. Ich frage mich, in wessen Zelten sie schlafen?«

»In denen des Hoheprinzen Roelstra«, murmelte Walvis, während er seine Medikamente aufräumte.

»Dafür haben wir keinen Beweis«, wies Rohan ihn zurecht.

»Nur Augenschein«, fügte Chay hinzu und spielte mit dem Glasmesser in seiner Hand. »Und wir können spekulieren, was sie durch deinen Tod gewinnen würden.«

»Einen Fünfjährigen auf dem Wüsten-Thron. Oh, mit einem sehr fähigen Truppenkommandeur und einer Prinzessin, die herrscht, solange er minderjährig ist, aber immerhin doch ein Kind.« Rohan setzte sich und starrte auf seine Stiefel. »Ich bin mir dessen nie zuvor bewußt gewesen, Chay – daß Maarken und Jahni in Gefahr schweben, nur weil sie meine Erben sind, meine ich. Der Göttin sei Dank, daß sie in Stronghold sicher sind.«

»Mir ist das auch nie in den Sinn gekommen«, gestand Chay. »Aber vom Augenblick seiner Geburt an wird dein eigener Sohn Ziel der Merida sein.«

»Ich weiß.«

»Sioned auch?«

Darauf konnte ihm Rohan keine Antwort geben. Chay reichte Walvis das Messer und ging stumm davon. Der Knappe befühlte die Klinge eine Weile. Sein junges Gesicht war dunkel vor Sorge. Endlich sagte er: »Herr, sie würden doch nicht wirklich versuchen, Euch zu töten, oder?«

»Muß ich dir darauf antworten, Walvis? Aber sieh nicht so böse drein. Es gibt genügend Menschen, die mich bewachen. Und morgen werde ich mich die ganze Zeit inmitten einer Menschenmenge befinden. Da kann mir nichts geschehen.«

»In einer Menge aus Prinzessinnen? Da habe ich am meisten Angst um Euch, Herr!«

Rohan lachte. »Oh, gegen die Prinzessinnen habe ich eine sehr tüchtige Leibwache. Meine Schwester.« Die sich auch um Sioned kümmern würde, sagte er sich. Ihm kam plötzlich die Frage in den Sinn, ob ein Teil von Andrades Motiv, ihm eine Lichtläuferin zu schicken, wohl auch darin bestand, ein Netz zu seinem Schutz um ihn zu wirken – um ihn gegen die Merida zu schützen oder gegen Roelstra oder gegen beide?

Kapitel dreizehn

Es lag schon mehrere Generationen zurück, daß man zwischen dem Lager der Prinzen und dem Rennplatz Bäume gepflanzt hatte, sowohl um den Tieren Ruhe und Frieden zu verschaffen als auch um die Zelte vor Staub und Gestank zu schützen. Weiden und Sattelplätze waren ebenfalls schon vor langer Zeit geplant worden, und die Rennbahn dröhnte unter unzähligen Hufen, *Rialla* um *Rialla.* Das Oval der Rennbahn war eine volle Länge rund und breit genug, um zwanzig Pferden zwischen den vielfarbigen Gattern Platz zu bieten. Jedes Drittel war einem Richter unterstellt, der von einem kleinen Holzturm aus aufpaßte, daß niemand gegen die Regeln verstieß – aber alles, was außerhalb ihres Gesichtskreises geschah, blieb ungestraft.

Die Tribünen wiesen gen Süden. Die für den Adel reservierten Plätze wurden in diesem Jahr von einem blattgrünen Baldachin geschützt, der Prinz Clutha ein halbes Jahreseinkommen gekostet hatte; er hätte noch mehr gekostet, aber Prinz Lleyn hatte ihm einen Nachlaß auf das Material gewährt, denn er haßte es selbst, sich einen Sonnenbrand zuzuziehen, wenn er bei den Rennen zusah. Das gemeine Volk drängte sich am Rande der Bahn, kostete Essen und Trinken an den Ständen, die dort aufgebaut waren – der Tag des Rennens war der einzige Tag des *Rialla,* an dem es den Händlern erlaubt war, ihre Waren über den Fluß zu bringen. Doch gleich, ob Edler oder Gemeiner, ein jeder schloß seine Wette ab; nur die eingesetzten Summen unterschieden sich.

Rohan hatte die Tage des Rennens immer gemocht. In diesem Jahr war es noch reizvoller, weil er sich nicht auf die Zunge beißen und den Unwissenden spielen mußte. Als Sohn seines Vaters erwartete man von ihm, Pferdekenner zu sein, und es bedeutete eine Erleichterung, daß er sein Wissen kundtun konnte, während er eine Zeitlang über den Sattelplatz schlenderte und Chays Konkurrenten abschätzte, ehe er sich zu seinem Schwager gesellte.

Chay war mit der Überprüfung von Akkal fertig und schwang sich in den Sattel. »Ich sehe verdammt noch mal aus wie ein Regenbogen«, beschwerte er sich und zupfte an einem roten Seidenärmel. Eine weiße Hose aus Elchleder und dazu passende Stiefel komplettierten seine eigenen Farben, und zu Ehren seines Prinzen trug er eine blaue Schärpe um die Taille.

»Tobin findet, daß du wundervoll aussiehst, also sprich nicht mehr davon. Achte lieber auf Lord Rezes großen Grauen da drüben. Das ist das einzige Pferd im ganzen Feld, das Beine hat.«

»Willst du auf ihn wetten?« Chay grinste und tätschelte Akkals Hals.

»So schnell sieht er nun auch wieder nicht aus!« Rohan wandte den Kopf, als die Trompete zum ersten Rennen rief. »Da ist das Signal. Es ist eine schnelle Bahn, aber ich glaube, im zweiten Drittel habe ich ein schwieriges Stück gesehen.«

»Danke. Geh und halte Tobin die Hand und erinnere sie daran, daß ich in meinem ganzen Leben noch nie vom Pferd gefallen bin.«

»Blesandin hat dich vor zwei Jahren abgeworfen.«

»In dem Biest steckte der Teufel, und außerdem war ich damals betrunken.«

Rohan lachte und sah zu, wie Chay Akkal auf seinen Startplatz lenkte. Er wußte, ihm blieb noch einige Zeit bis zum Start des Rennens, und er konnte seine eigenen Pferde inspizieren. Chaynal züchtete seine Tiere aus geschäftlichen Gründen, aber Rohan hatte beschlossen, das Rennen rein aus Spaß mitzumachen. Er rief seine Knechte um sich zusammen und erteilte die letzten Anweisungen. Auf einmal sah er Ostvel, der sich am Rand der Gruppe aufhielt und ein trauriges Gesicht machte.

Rohan winkte ihn zu sich. »Deine Gedanken stehen dir ins Gesicht geschrieben«, bemerkte er lächelnd.

»Ich weiß«, erwiderte der junge Mann traurig. »Herr, ich wollte eigentlich nicht fragen, aber –«

»Siehst du den Apfelschimmel da drüben? Die Stute heißt Eliziel und ist selbst an ihren besten Tagen schon schwierig, also sei vorsichtig. Du wirst im vierten Rennen meine Farben tragen.«

Ostvels Augen leuchteten, und einen Moment lang sah es so aus, als würde er aus Dankbarkeit auf ein Knie niedersinken. Doch die Vernunft siegte über das Gefühl, sehr zu Rohans Erleichterung. »Dank Euch, Herr! Sie ist eine Schönheit! Ich werde das Rennen für Euch gewinnen, das verspreche ich!«

»Das möchte ich dir auch geraten haben«, drohte Rohan scherzhaft. Er benannte die anderen und schritt dann zu den königlichen Logen hinüber. Es machte Spaß, ein herrschender Prinz zu sein, wenn man damit anderen Menschen eine Freude machen konnte, so wie er es gerade bei Ostvel getan hatte. Er hielt nach Andrades blonden Haaren Ausschau, und stieg dann zu den Plätzen hinauf, wo sie mit Camigwen saß.

»Guten Morgen, meine Damen«, grüßte er, als er neben seiner Tante Platz nahm. »Wo ist Tobin?«

»Bei Sioned und den reizenden Töchtern des Hoheprinzen«, erwiderte Andrade.

»Oh.« Er wollte gar nicht daran erinnert werden, daß die Prinzessinnen existierten, und schon gar nicht wollte er sich Gedanken darüber machen, welches Gift sie mit ihren Bemerkungen gegen Sioned verspritzen würden. »Sagt mir, Tante, beabsichtigt Tobin, sich gut mit ihnen zu amüsieren?«

»Ich möchte das nicht ausschließen, Herr«, erklärte Camigwen mit funkelnden Augen. »Von ihr kann man einiges lernen.«

»Dem stimme ich zu – aber die Lektionen waren recht schmerzhaft, bis ich größer war als sie.«

»Hast du noch immer die Narbe, wo sie dich gebissen hat?« erkundigte sich Andrade belustigt.

»Bis ans Ende meiner Tage. Aber verrate mein Geheimnis nicht, Camigwen – mein Knappe denkt, ich hätte sie im Kampf erworben, und verbreitet überall, wie tapfer und mutig ich bin.«

»Da ich Eure Schwester kenne, denke ich, Euer Knappe hat recht!« erklärte sie lachend.

Andrade deutete auf die Rennbahn. »Da ist Chay. Besser, er gewinnt dies Rennen – ich habe mit Lleyn um ein 100-l-Faß Wein gegen eine halbe Länge seiner besten Seide gewettet.«

»Dann plane nur schon deine neue Garderobe«, meinte Rohan.

Jervis, Stadtherr von Waes, hatte die Ehren des Starters auf seinen ältesten Sohn Lyell übertragen. Der Knabe war ein schlaksiger Sechzehnjähriger, stand aber groß und stolz auf der Plattform und hielt die leuchtendgelbe Flagge hoch. Die Pferde nahmen Aufstellung, und selbst inmitten des Durcheinanders aus bunter Seide war es leicht, Chays Rot und Weiß zu erkennen, besonders, nachdem die Fahne gesenkt wurde und Akkal sofort die Führung übernahm.

Das erste Rennen ging über drei Längen und war eine Herausforderung für Herz, Lunge und Beine. Das Äquivalent würde als letztes Rennen des Tages gelaufen werden; dieselben Pferde und Reiter mußten dann noch einmal über dieselbe Distanz gehen, wodurch die möglichen Käufer einen ausgezeichneten Eindruck von den Eigenschaften jedes der Tiere bekamen. An der Marke überholte Lord Rezes Grauer Akkal, und die Menge stöhnte auf. Chay war immer ein beliebter Favorit, sowohl wegen seines persönlichen Charmes als auch wegen seiner Gewohnheit zu siegen, und die Zuschauer hielten den Atem an, als Akkal den Abstand verringerte. Die beiden Pferde blieben über eine Strecke von mehr als zwei Dritteln einer Länge nebeneinander. Plötzlich wurde ein Arm in Weiß, mit rostroten Streifen und Ossetias dunklem Grün ein-, zweimal erhoben, eine Peitsche landete mit grausamer Kraft auf dem Hinterteil des Grauen. Chays Hände ließen die Zügel niemals los, aber Akkals Schritte wurden ausgreifender, bis es aussah, als würde er fliegen. Als die gelbe Fahne endlich gesenkt wurde, erhob sich rund um die Rennbahn ein Brüllen –, denn fast alle hatten auf Chay gesetzt und gewonnen.

»Also dann«, meinte Andrade erfreut. »Die Seide war mir ja zeitweise nicht ganz sicher.«

»Wenn die Damen mich jetzt entschuldigen wollen. Ich werde einen Blick auf diesen Grauen werfen und sehen, ob er heute nachmittag noch in Form sein wird für seine Rache.«

Rohan traf Chay auf dem Weg zurück zum Sattelplatz, wo Akkal bewegt wurde und wo er sich dann für das Schlußrennen ausruhen sollte. Der Herr von Radzyn war abgestiegen und erging sich in einigen einfallsreichen Beschreibungen seines Gegners.

»Weißt du, was dieser Hurensohn getan hat?« fragte er Rohan wütend. »Er hat Akkal mit seiner Peitsche geschlagen, mitten im dritten Feld, wo ihn niemand sehen konnte! Ich habe Akkal niemals auch nur die Sporen gegeben, und er hatte den Nerv...!« Zärtlich streichelte er den schlanken Hals des Hengstes.

»Ich habe es nicht gesehen«, gab Rohan zu. »Aber ich habe mir den Grauen gerade eben angesehen. Du wirst ihn im letzten Rennen schlagen, Chay. Kein Problem.«

»Ihn schlagen?« Chays Augen blitzten. »Er wird an unserem Staub ersticken!« Ein Knecht näherte sich, und Chay übergab ihm Akkals Zügel mit präzisen Anweisungen für die Pflege des Hengstes, was für den Knaben offensichtlich eine Beleidigung bedeutete. Als sie an den Sattelplätzen entlangschritten erklang das Signal zum zweiten Rennen, und Chay lächelte verbissen beim Anblick einer seiner Lieblingsstuten, die eifrig tänzelnd der Bahn zustrebte. »Reze hat in diesem Rennen auch eine Stute gemeldet«, sagte er. »Ich hoffe, er wird sich daran gewöhnen, gegen mich zu verlieren. Aber ist das nicht Ostvel da drüben, mit Eliziel?«

»Ich lasse ihn im vierten Rennen starten. Er wollte Eindruck auf Camigwen machen.« Rohan zwinkerte dem Freund zu. »Das ist nicht ungewöhnlich für einen verliebten Mann.«

»Als nächstes reitest du wohl noch selber!«

»Weißt du was? Die Idee ist gar nicht übel.«

»Sei nicht albern. Prinzen starten nicht bei diesen Rennen!«

»Nein?« Er rief einen seiner Stallknechte zu sich. »Wie geht es Pashta heute?«

»Gut, Herr. Welches Rennen habt Ihr Euch denn gedacht?« Der Mann grinste.

»Brochwell Bay, um die Smaragde«, erwiderte er leichthin und wartete darauf, daß Chay explodierte. Der enttäuschte ihn auch nicht.

»Du bist vollkommen verrückt!«

»Ich werde mich augenblicklich darum kümmern, Herr«, versprach der Knecht. »Darf ich mir erlauben zu sagen, daß ich mich freue, daß Ihr Euch zur Teilnahme entschlossen habt?«

»Das darfst du nicht«, fuhr Chay ihn an und drehte sich dann zu seinem Schwager um. »Mach Eindruck auf das Mädchen, wenn du mußt, aber riskiere dabei nicht deinen Hals! Es gibt keine Frau auf der Welt, die dir dankbar ist, wenn du mit gebrochenen Beinen oder Schlimmerem zur Hochzeitsnacht erscheinst.«

»Was ich zu meiner Hochzeitsnacht bringe, wird perfekt funktionieren«, widersprach Rohan.

»Oh, wundervoll.« Chays Stimme war reinster Hohn.

»Das werde ich allen erzählen, während du nach Brochwell Bay und zurück reitest, mit ganzen Längen dazwischen, bei denen niemand ein Auge auf dich haben kann – Rohan, hast du eigentlich kein Wort von dem mitbekommen, was wir gestern besprochen haben?«

»Ich reite, und damit Schluß«, erklärte der, wandte sich um und sah sich Prinzessin Ianthe Auge in Auge gegenüber. Kühl und lieblich in einem lavendelfarbenen Gewand mit Silberschmuck war sie sicher nicht zu den Sattelplätzen gekommen, um die Pferde zu bewundern, und das wußten sie beide.

»Es war ein aufregendes Rennen, Lord Chaynal«, lobte sie anmutig. »Eure Gemahlin wird in dem Rubinschmuck prächtig aussehen.«

»Wie ich hörte, seid Ihr verantwortlich für diese Neuerung«, ließ sich Rohan vernehmen.

»Entschuldigt mich«, unterbrach Chay, »einer meiner Stallknechte macht mir ein Zeichen.«

Rohan sah sich um, konnte jedoch nichts dergleichen entdecken und warf Chay einen mordlüsternen Blick zu. Der andere grinste jedoch nur und ließ ihn mit der Prinzessin allein.

»Amüsierst du dich gut, Vetter?« fragte sie ihn.

»Mehr als beim letzten Mal, ehe ich ein richtiger Prinz geworden bin«, antwortete er geradeheraus, und sie kehrten zu den Tribünen zurück.

Sie errötete, und das Ergebnis war faszinierend. »Das muß anstrengend für dich sein.«

»Ich bin sicher, du machst als unverheiratete Prinzessin dasselbe durch.«

»Ich sehe in der Hauptsache Abgesandte«, erwiderte sie und blickte auf ihre Hände hinab. »Aber für mich kommt kein Mann in Frage, der sich nicht einmal die Mühe macht, mich persönlich aufzusuchen.« Sie war kleiner als Sioned, und als sie zu ihm aufblickte, lagen ihre schweren dunklen

Wimpern wie dichte Schleier vor ihren Augen. »Es ist ein wenig so, als würde man auf dem Markt feilgeboten.«

»Ein wenig«, stimmte er zu. »Darf ich dich zu deinen Schwestern begleiten? Beim nächsten Rennen nimmt eines meiner Pferde teil, und ich möchte gerne zusehen.«

So kam es, daß er, als Sioned ihn an diesem Tag zum ersten Mal sah, Ianthe zu einem Platz geleitete, wobei ihre Fingerspitzen elegant auf seinem Handgelenk ruhten. Rohan erkannte sofort, daß er etwas getan hatte, was gleichzeitig schlau und dumm war. Es war von Vorteil, in der Öffentlichkeit mit Roelstras Töchtern gesehen zu werden, wie er seine Aufmerksamkeit zwischen ihnen teilte. Aber er hatte persönlich einen Fehler gemacht, indem er sich selbst in eine Position gebracht hatte, wo er sie direkt mit Sioned vergleichen konnte. Die war zwar weniger schön, weniger königlich, weniger elegant – und doch war sie die einzige Frau, die er begehrte.

»Da bist du ja endlich!« rief Tobin fröhlich, als er sich setzte. »Ist Chay noch heil? Ich nehme an, er wird den ganzen Tag mit Akkal statt mit mir verbringen. Es ist leicht zu sehen, wen von uns beiden er mehr schätzt. Aber ich habe eine wundervolle Zeit mit unseren Cousinen verbracht, und es ist so angenehm, nicht in der prallen Sonne sitzen zu müssen. Wie nett von Prinz Lleyn, so für unsere Bequemlichkeit zu sorgen!«

So ging es noch ein Weilchen weiter, und Rohan segnete sie, weil sie sich seinetwegen in ein Plappermaul verwandelte. Sioned saß kühl und schweigsam da, ihr Rücken steif und ihr Gesicht wie aus Stein gemeißelt. Sie trug ein rostfarbenes Leinengewand und keinen Schmuck außer ihren Lichtläuferringen und dem Smaragd. Er konnte nicht umhin zu lächeln, als er den Ring bemerkte, und wandte sich hastig von ihr ab und Pandsala zu.

Die erwiderte seinen Blick, ohne mit der Wimper zu zukken, und im Gegensatz zu ihrer Schwester Ianthe errötete sie auch nicht. Er machte eine höfliche Bemerkung zum Wetter; sie antwortete mit einem höflichen Nicken. Er erkundigte sich, ob ihr die Rennen Spaß machten; sie nickte erneut und starrte auf die Rennbahn. Rohan wurde langsam zornig. Er hatte Besseres als das verdient und war schon fast entschlossen, es sich zu holen, als er begriff, daß das genau das war, was Pandsala wollte. Die Erkenntnis, daß seine kluge Wenigkeit von diesem Mädchen fast überlistet worden wäre, amüsierte und irritierte ihn. Pandsala mit ihrer gespielten Gleichgültigkeit und Ianthe mit ihrem offensichtlichen Interesse waren ein starkes Paar. Ganz plötzlich fragte er sich, ob Andrade seine Reaktion wohl vorhergesehen und Sioned geschickt hatte, um jeglichen Reizen entgegenzuwirken, die die Prinzessinnen auf ihn ausüben mochten. Gewiß war er heute zweimal nahe daran gewesen, seine mögliche Lebenserwartung zu vergessen, wenn er eine der beiden ehelichte. Aber der Gedanke an Sioned hielt ihn von jeglicher Gefahr fern.

Sein Pferd in diesem Rennen ging als zweites ins Ziel. Während der nächsten Pause und dem folgenden Rennen teilte er seine Aufmerksamkeit zwischen seiner Schwester und den beiden Prinzessinnen und ignorierte Sioned vollkommen. Sie schien dies überhaupt nicht zu bemerken.

An Ianthe gewandt, sagte er: »Ich setze große Hoffnungen in mein Pferd im vierten Rennen. Da ist es ja – die Stute heißt Eliziel, was soviel wie ›Wolkenfuß‹ in der alten Sprache bedeutet.«

»Sie ist wunderschön«, erwiderte Ianthe herzlich. »Interessierst du dich für die alte Sprache, Vetter?«

»Nur bedingt. Hauptsächlich, wenn es um Namen für meine Pferde geht.«

Sioned zog die Brauen hoch. »Wir lernen in der Schule der Göttin, daß die alten Worte über große Macht verfügen und nicht leichthin gebraucht werden sollten, Herr.«

»Wie seltsam«, murmelte Pandsala.

»Wer ist denn das da auf Eliziel?« warf Tobin hastig ein.

»Ostvel«, informierte sie Sioned tonlos. »Ich staune, Herr, daß Ihr jemandem aus der Schule der Göttin erlaubt, eines Eurer kostbaren Pferde zu reiten.«

»Er hat sich dieses Privileg auf der Reise hierher mehr als verdient. So habe ich ihn mit der Ehre belohnt, sie zu reiten.«

Sein eigener Lohn war eisiges Schweigen. Tobin kicherte und zeigte nach rechts. »Oh, seht – da ist Camigwen mit Andrade. Sie sieht aus, als wüßte sie nicht, ob sie stolz oder ängstlich sein soll!«

Ostvel war schon auf einem normalen Pferd ein ausgezeichneter Reiter; auf einer Stute wie Eliziel würde er das Rennen unweigerlich gewinnen. Rohan grinste selbstzufrieden.

»Camigwen werden die Karneole wunderbar stehen«, überlegte Tobin.

»Ist das der Preis für dieses Rennen?« fragte Pandsala ihre Schwester und wandte sich dann Rohan zu, ohne eine Antwort abzuwarten. »Wirst du dem Reiter wirklich die Edelsteine überlassen, die dein Pferd gewonnen hat?«

»Er benötigt ein Hochzeitsgeschenk für seine Dame.« Es freute ihn, daß er nicht nur Ostvel, sondern auch Cami eine Freude gemacht hatte. Ein Prinz zu sein war wirklich wundervoll.

»Wie großzügig von dir«, erklärte Ianthe lächelnd. »Und welch ein Glück, daß Karneole der Dame seines Herzens so gut stehen werden, wie deine Schwester sagt. Aber derartige Schmuckstücke sind doch gewiß ein wenig zu vornehm für eine *Faradhi.*«

»Eine schöne Frau verdient schöne Geschenke«, widersprach Tobin mit süßer Stimme. »Um so besser, wenn der Mann soviel Geschmack hat, das Brautgeschenk auf ihre Haut- und Haarfarbe abzustimmen.«

»Keine zwei Frauen sind sich gleich«, stimmte Rohan fröhlich zu und erntete einen verständnislosen Blick von

Sioned angesichts dieser idiotischen Bemerkung. »Für Pandsala zum Beispiel käme nichts anderes in Frage als Diamanten, die dem Funkeln ihrer Augen gleichkämen. Und Ianthe – die dunkelsten Granate, wenngleich sie nur armselige Rivalen für die Farbe ihrer Lippen darstellten.«

»Und Lady Sioned?« schnurrte Ianthe.

»Smaragde natürlich«, sagte Pandsala, ehe Rohan den Mund öffnen konnte. »Ihr habt bemerkenswerte Augen«, fügte sie, zur Lichtläuferin gewandt, hinzu.

Sioned nickte zum Dank für das Kompliment. »Ich wäre auch mit einfachen Flußkieseln zufrieden, wenn ich einen Mann wirklich lieben würde.«

»Ein Mann, der Euch ehrlich liebt, würde Euch Smaragde schenken«, fuhr Rohan dazwischen. »Wer immer es auch sein mag, ich hoffe, ich habe ihm mit diesem Ring ein Beispiel gegeben.«

»Du hast ihr den geschenkt?« Pandsala war so schockiert, daß sie eine ehrliche Reaktion zeigte, und Rohan kämpfte tapfer gegen ein Lachen.

»Das hat er allerdings«, bestätigte Tobin. »Sie hat das Leben meiner Söhne bei der Jungdrachen-Jagd gerettet.«

»Nicht ich, Euer Hoheit«, protestierte Sioned. »Es war Prinz Rohan, der den Drachen vertrieben hat.«

»Einen Drachen!« rief Ianthe aus. »Vetter, das mußt du uns in allen Einzelheiten erzählen!«

»Das werde ich, irgendwann einmal«, versprach er und erhob sich. »Ihr Damen müßt mich jetzt entschuldigen – ich muß mit Prinz Lleyn sprechen. Wir haben im nächsten Rennen gewettet, und ich möchte sein Gesicht sehen, wenn er verliert.« Er verteilte Lächeln nach allen Seiten und verließ erleichtert das seidene Schlachtfeld.

Nach dem fünften Rennen – das Rohan sehr zum Entzücken des alten Mannes an Prinz Lleyn verlor –, gab es eine Pause für Erfrischungen und um Schulden zu zahlen. Rohan lehnte Lleyns Angebot, mit ihm zu essen, ab und begab sich zur Rennbahn; dort wurden Hürden für die nächsten Rennen aufgestellt. Zwei Zäune, zwei Hecken und zwei Mauern aus bemaltem Holz – er maß sie mit den Augen ab und nickte. Damit konnte Pashta mit Leichtigkeit fertig werden.

Dem sechsten und siebenten Rennen sah er von unten aus zu und prägte sich ein, wie viele Schritte zwischen den Sprüngen erforderlich waren. Niemand kümmerte sich weiter um den schlanken, schlicht gekleideten jungen Mann, der Lord Chaynals Pferden zujubelte. Das Pferd von Prinz Haldor aus Syr gewann das sechste Rennen, und ein Hengst aus Burg Radzyn das siebente. Als zum achten Rennen gerufen wurde, fühlte Rohan, daß jemand an seinem Ärmel zupfte.

»Es wird Zeit, Herr«, sagte sein Kammerdiener. »Ich habe Euer Hemd gebracht.« Er hielt eine himmelblaue Seidenbluse hoch, und Rohan schlüpfte aus seiner Tunika, ehe er die Arme in seine Farben gleiten ließ. Die Männer und Frauen um ihn her hatten die ehrenvolle Anrede gehört und gesehen, wie er die Kleider wechselte, und jetzt starrten sie ihn mit offenem Mund an. Dann jubelte irgend jemand auf und hieb Rohan auf den Rücken.

»Ich werde auf Euch setzen, Herr!«

»Die Wetten stehen gewiß recht hoch gegen mich!« erwiderte Rohan grinsend. »Freut Euch über Eure Gewinne.«

Auf dem Weg zum Sattelplatz versorgte ihn sein Diener mit einer Fülle an Informationen. Die Bahn war leicht, bis der Anstieg zu den Klippen begann. Dort wurde die Bahn felsig und gefährlich; viele Pferde würden auf dem Weg nach oben scheitern, und noch mehr auf dem Weg nach unten. Pashtas Training in der Wüste würde ihm hier gute Dienste leisten. Was die anderen Tiere anging, so hielt man sie alle für unterlegen, aber Rohan sollte ein Auge auf Prinz Haldors Hengst haben. Das Pferd aus Syr war ein Schlachtroß, dazu abgerichtet, seine Zähne in alles zu schlagen, was in seine Reichweite geriet.

»Ich würde Pashta auf den beiden Längen auf dem Rückweg von der Bay ein wenig zurückhalten, Herr«, schloß der Diener. »Von sich aus wird er für die Sprünge nicht viel Kraft zurückbehalten – Ihr wißt, er gibt alles für Euch, also müßt Ihr dafür sorgen, daß er sich schont.«

»Ich werde daran denken.« Er betrat den Sattelplatz und näherte sich dem Hengst, der in guter Verfassung war und zu wissen schien, daß all diese Aufmerksamkeit bedeutete, daß er heute ein Rennen laufen würde. Spielerisch stieß er Rohans Schulter mit der Nase an, und der Prinz lachte.

»Keine einfachen Flußkiesel für unsere Sioned, was, mein Alter?« flüsterte er und rieb die weiße Blesse im Gesicht des Hengstes. »Wir werden sie alle schlagen.«

Pashtas große, dunkle Augen schlossen sich langsam, fast wie ein Zwinkern. Wieder lachte Rohan, stieg dann auf und ergriff die Zügel.

»Ich muß Gewichte auflegen, Herr«, berichtete der Stallknecht. »Die Regeln verlangen, daß alle Pferde dasselbe Gewicht tragen. Ihr habt nicht einmal genug Fleisch, um eure eigenen Knochen zu bedecken, geschweige denn, um das vorgeschriebene Gewicht zu bekommen – denkt also daran, daß er heute mehr tragen muß als sonst.«

Die blaue Seide klebte in der Nachmittagshitze an ihm, und Rohan zuckte mit den Schultern, als ihm Schweiß das Rückgrat hinabrann. Als das Trompetensignal erklang, erhob er sich in den Steigbügeln, um anzuzeigen, daß er bereit sei. Er sagte sich, daß er nicht nervös wäre. Nie zuvor war er ein *Rialla*-Rennen geritten – das hatte noch kein Prinz getan –, und als er Pashta sittsam zum Start lenkte, wurden die Siegerjuwelen angesichts der Gefahr, sich zum Narren zu machen, zweitrangig. Er blickte nur ein einziges Mal zu den Tribünen hinauf, konnte aber Sioneds rot-goldenes Haar in der Menge nicht ausmachen. Vielleicht war es besser so.

Doch nichts vermochte zu verhindern, daß sie ihn sah, und ihre sorgsam bewahrte Haltung wäre fast dahin gewesen. Was glaubte dieser Verrückte eigentlich, was er tat? Sie wechselte einen entsetzten Blick mit Tobin.

»Ianthe, sieh nur!« rief Pandsala aus. »Da ist Rohan!«

»Ich wußte nicht, daß er selbst mitreiten würde!« meinte Ianthe.

»Ich auch nicht«, murmelte Sioned. »Ich hätte nicht gedacht, daß er so dumm ist.«

Ein Teil des Zaunes war verlegt worden, so daß die Pferde die Bahn vor dem ersten Sprung verlassen konnten. Aufgeregte Zuschauer drängten sich an den Zäunen, als die gelbe Flagge gesenkt wurde. Sioned hielt den Atem an, als dreißig Pferde vorüberdonnerten und sich um den besten Platz durch die Lücke drängten. Bestimmt war sie zu eng, als daß alle hindurchpassen würden, aber irgendwie schafften sie es. Jeder der Zuschauer kniff die Augen zusammen, um einen letzten Blick auf die Pferde zu werfen, ehe sie hinter einem Hügel verschwanden.

Sioned lauschte den Wetten, die gerufen wurden und wünschte, sie hätte den Mut, den Sonnenschein zu reiten und dem Rennen zu folgen. Ihr war es gleich, ob Rohan gewann; sie betete nur darum, daß er sich nicht den Hals brach. Sie hatte nämlich vor, diese Aufgabe selbst zu übernehmen, um ihm seinen Wahnsinn heimzuzahlen.

»Wollt Ihr nicht auf Prinz Rohans Erfolg wetten, wie wir anderen?« Ianthes Stimme war glatt wie warmer Honig.

»Ich besitze nichts von Wert«, fing Sioned an und spreizte die Hände, um ihre Armut anzudeuten – dann fiel ihr Blick auf den Smaragd. »Was wettet Ihr gegen diesen Smaragd, Euer Gnaden?«

»Ihr würdet gegen den Prinzen wetten?«

Sie lächelte und fragte sich, ob Rohans Waghalsigkeit sie schon angesteckt hatte. »Ich stelle ihn als Mann in Frage, nicht als Reiter. Ich hatte eine andere Wette im Sinn.«

»Ja?« Die dunklen Augen blickten mißtrauisch, und die Lippen waren zu einem falschen Lächeln verzogen.

»Mein Smaragd gegen jedes, das Ihr wünscht, daß weder Ihr noch Eure Schwester *ihn* gewinnt!«

»Wie könnt Ihr es wagen«, zischte Ianthe.

Sioned lachte. »Euer Gnaden! Ihr wollt mir doch wohl nicht erzählen, daß Ihr an Euch selbst als Frau zweifelt!«

»Ich zweifle an Euren Manieren, Lichtläuferin! Aber ich kann nicht verlieren, denn es ist niemand sonst hier, der Rohan verdient – wie gerade Ihr selbst wissen solltet. Wollt Ihr ihn für Euch selbst?«

»Das habe ich noch nicht entschieden«, log sie leichthin. »Aber wenn Ihr Euer selbst in dieser Angelegenheit nicht sicher seid...«

»Einverstanden!« höhnte die Prinzessin. »Euer Smaragd gegen alles Silber, das ich trage!«

»Die Wette gilt«, nickte Sioned und beleidigte die Prinzessin noch weiter, indem sie sichtbar eine Bestandsaufnahme ihrer Kette, Ohrringe, Armreifen und des Gürtels durchführte. Ianthe lief vor Zorn rot an und kehrte Sioned den Rücken zu.

Diese starrte auf ihren Smaragd. Sie glaubte keinen Augenblick, daß sie ihn verlieren könnte, begriff aber plötzlich, wieviel er ihr bedeutete. Sie biß sich auf die Lippe und schaute sich schnell nach ihren Kameraden um. Diese machten es Ianthe nach und ignorierten sie. Sioned faßte einen Entschluß, stand auf und bahnte sich ihren Weg zu den Plätzen, wo das Sonnenlicht nicht von dem grünen Seidenbaldachin abgehalten wurde.

Sie fühlte die süße Wärme auf der Haut, die ihre Knochen und ihr Blut durchdrang. Sie verschränkte die Finger miteinander und spürte, wie die Ringe warm wurden – sogar der Smaragd – und sie wurde an den Abend in der Großen Halle in Stronghold erinnert, an Tobins Versprechen, daß diesem Ring sein eigener Zauber innewohne. Sie blickte in die Richtung, die Rohan eingeschlagen hatte, und ihr Blick wanderte auf dem Sonnenlicht dahin, bis sie ihn sah, wie er sich an Pashtas Nacken schmiegte, als sie sich dem Wald näherten. Ihr Atem ging schneller, genau wie seiner; sie zuckte – gemeinsam mit ihm – zusammen, wenn Äste sein Hemd und sein Haar peitschten, als er in den Wald einritt. Der Klippenpfad, der nun vor ihm lag, war mörderisch, und Sioneds Herz fing an, sehr schnell zu schlagen.

Rohan fluchte, als ein scharfer Zweig seine Schulter ritzte. Rund um ihn her erklangen Warn- und Angstschreie, und seine Hände schwitzten in seinen Reithandschuhen. Er dirigierte sein Pferd um einen gestürzten Reiter, dankte der Göttin für Pashtas Jahre in der Wüste, die dem Pferd schnelleren Geist und flinkere Hufe verliehen hatten als den meisten anderen Pferden. Sie ließen den Wald hinter sich und wandten sich dem steilen Hang zu, der in einem grünen Turm in der Nähe des Klippenrandes gipfelte. Hinter sich hörte Rohan einen entsetzten Schrei und dann ein Krachen, das wie knirschende Knochen klang. Aber er hatte keine Zeit zurückzuschauen, denn vor ihm ragte der Turm auf – und das Pferd neben ihm, dessen Reiter Lord Rezes Farben trug, ließ ihm kaum genug Platz, um die Kurve zu nehmen. Pashta legte drohend die Ohren an; das andere Pferd stolperte leicht auf einer schlüpfrigen Stelle, und Rohan nutzte die Gelegenheit und trieb Pashta durch die schmale Öffnung und näher zum Turm. Er umrundete ihn knapp – und hörte einen Augenblick später einen schrecklichen Schrei, gefolgt von einem lauten Platschen in der Brandung weiter unten. Rohan fuhr zusammen; das hätten auch er und Pashta sein können. Sein einziges Ziel bestand jetzt darin, lebend aus diesem wilden Ritt hervorzugehen.

Nur noch zwanzig Reiter waren vom Feld übriggeblieben. Nach Rohans Meinung waren das neunzehn zuviel, und Pashta teilte diese Ansicht. Der Hengst, der niemals einem anderen Pferd den Vortritt ließ, jagte hinter den anderen her. Rohan preßte seine Wange an Pashtas Hals. Zweige zerfetzten sein Hemd, und er klammerte sich nur noch fest.

Aus dem Nichts tauchte plötzlich ein Falbe auf und näherte sich ihnen von rechts. Rohan wäre fast aus dem Sattel gestürzt. Der andere Reiter trug das Rosa und Karmesinrot von Lord Tibayan aus Pyrme – aber das Gesicht, das ihn bösartig angrinste, wies die braunen Augen, das dunkle Haar und die rituelle Kinn-Narbe der Merida-Herrscher auf. Rohan fluchte, als er ihn erkannte, und der Merida lachte.

Sioned hatte ihn im Wald aus den Augen verloren, aber als die Pferde auf die flache Ebene galoppierten, erstarrte sie vor Schreck, als ein gelbbrauner Hengst mit Pashta zusammenstieß. Doch Rohan war auf den Angriff vorbereitet – seine Faust schoß vor und brachte den anderen Reiter zum Schwanken. Sioned hielt den Atem an, als eine Peitsche in der Hand des Mannes erschien. Er hieb damit auf Rohans ohnehin schon verletzten Rücken ein, und dessen blonder Kopf zuckte vor Schmerz. Sioneds Finger verkrampften sich und wurden gefühllos und blutleer. Das Feuer in ihren Ringen breitete sich in ihrem ganzen Körper aus, als stünde sie plötzlich in Flammen. Dann sprang es auf dem verwebten Sonnenschein davon. Ihre Lippen bewegten sich, als sie sich sammelte, um eine uralte Technik zu aktivieren, die Urival sie in Stronghold gelehrt hatte.

Rohans Rücken brannte vor Schmerz. Er wandte den Kopf, gerade noch rechtzeitig, um zu sehen, daß der Merida eine Hand hob. Ein gläsernes Messer blitzte im Sonnenlicht. Rohan konnte nicht glauben, daß der Mann einen Wurf vom Pferd auf ein sich bewegendes Ziel wagen würde – änderte seine Meinung aber, als das Messer nur um Haaresbreite an seiner Schulter vorbeizischte.

Pashta wurde noch schneller und scheute nicht im geringsten vor der blitzenden Klinge zurück, die von den Steinen vor ihm abprallte. Rohan, dessen Schenkel schmerzten, so fest klammerte er sich an sein Pferd, ließ dem Hengst seinen Willen. Er wollte jetzt nichts anderes, als die Entfernung zwischen sich und dem Merida vergrößern, bevor das nächste Messer sein Ziel treffen konnte. Dieser Wunsch deckte sich mit der Sehnsucht des Tieres, die vier Hengste vor sich zu überholen. Sie näherten sich jetzt der Rennbahn und überholten ein Pferd beim Galopp durch die Öffnung im Zaun. Rohan fielen die Warnungen seines Knechtes wieder ein, und er zügelte den Hengst leicht. Pashta reagierte auf winzigste Signale mit Händen und Knien und nahm das erste Hindernis mit präziser Eleganz – im Gegensatz zu dem Pferd direkt vor ihnen, dessen Reiter nachlässig gewesen war. Der Apfelschimmel kam aus dem Rhythmus und strauchelte, und auch die Peitsche des Reiters konnte ihm keine höhere Geschwindigkeit abringen. Rohan überholte ihn zwischen den Sprüngen und zuckte zusammen, als er den blutigen Schaum auf den Flanken des Tieres bemerkte.

Wieder wagte er einen Blick zurück. Der Merida holte schnell auf. Rohan drehte sich um, sah dem nächsten Hindernis entgegen und half Pashta hinüber. Doch als die Hufe des Hengstes im Staub aufkamen, wurde Rohan schwindlig. Er schüttelte den Kopf, seine Kehle und seine Nase waren voller Staub, und er dachte, was er jetzt bräuchte, wäre Luft. Doch er konnte es nicht lassen, einen weiteren Blick über die Schulter zu werfen.

Er sah nichts – aber die schmalen Lippen des Merida öffneten sich in einem schrillen Schrei, sein Körper wich zurück, als müßte er einer entsetzlichen Vision entkommen, und seine dunklen Augen blickten starr vor Entsetzen, als sein Tier in den Zaun raste.

Zwischen einer Hecke und einem Steinwall kam Rohan an einem müden Pferd vorbei, dessen Reiter das Syrener Türkis trug. Auf einmal fuhr der Kopf des Hengstes herum, um ein Stück aus Rohans Schenkel zu beißen. Pashta legte die Ohren an, und Rohan mußte seine ganze Geschicklichkeit aufbieten, um die beiden Pferde daran zu hindern, auf der Stelle zu kämpfen. Pashta unterwarf sich Rohans Befehl, streckte den Hals und rannte.

Nur ein Pferd lag jetzt noch vor ihnen und nahm mit Leichtigkeit das fünfte Hindernis, und als Rohan die Entfernung abschätzte, flüsterte er Pashta ins Ohr: »Es macht nichts, wenn wir dieses Pferd nicht kriegen, weißt du. Ich kann es mir leisten, ein paar Smaragde aus meiner eigenen Tasche zu bezahlen.«

Aber sein Tier stammte von Chays besten Hengsten und Stuten ab und sah jetzt nur noch ein Pferd und ein Hindernis zwischen sich und dem Sieg. Rohan gab die Zügel frei, nachdem sie den letzten Zaun genommen hatten. Es gab nur noch freie Fläche, die strahlenden Farben der Zäune und die gelbe Flagge, die nach unten fuhr wie eine Drachenschwinge – das andere Pferd eine halbe Länge hinter ihm.

Sioned öffnete die Finger und rieb sie an ihren Schenkeln. Die Beschwörung war gleichzeitig leichter und schwieriger gewesen, als sie befürchtet hatte. Urival hatte sie gut unterrichtet, aber das entsetzliche Feuerbild eines Drachen festzuhalten, und sei es auch nur für diese wenigen, wesentlichen Sekunden – und noch dazu nur für die Augen eines einzigen Mannes –, hatte ihr all ihre Energie geraubt. Sie empfand nur Freude, als der Feind vom Pferd stürzte – doch einen Augenblick später schrie sie mit dem Rest der Menge auf, als der Hengst zusammenbrach.

»O nein, das wollte ich doch nicht...« hauchte sie, entsetzt über das, was sie getan hatte. »O nein, bitte!« Aber wenn sich der Hengst auch wieder hochrappelte, der Reiter, der halb über die Bahn geschleudert worden war, rührte sich nicht.

Sie hörte Tobin aufschreien und zwang sich, zu den anderen zurückzukehren. Die drei Prinzessinnen eilten die Stufen hinab. Sioned wartete, bis sie wieder ruhig atmen konnte. Dann folgte sie ihnen, wobei sie sorgfältig auf Abstand achtete.

Als sie sie schließlich einholte, warteten sie am Sattelplatz auf Rohan. Er ritt langsam heran, stieg ab und ignorierte alle, während er den schaumbedeckten Hengst herumführte, sanft auf ihn einsprach und ihm liebevoll Nacken und Flanken abrieb. Ein Knecht eilte herbei und warf seine Arme zuerst um seinen Prinzen, dann um das Pferd, ehe er letzteres für die dringend benötigte Rast davonführte. Rohan schwankte ein wenig auf den Füßen, zuckte zusammen und nahm dankbar einen großen Kelch Wein entgegen.

Sorge lag im Widerstreit mit Stolz, als Sioned das zerfetzte Hemd und die blutigen Kratzer auf seinem Rücken, im Gesicht und an den Armen sah, weit schlimmer, als sie gedacht hatte. Sie wollte zu ihm eilen, ihn wegen seiner Dummheit schelten, und ihn dann so fest umarmen, daß es ihm den Atem verschlug, ehe sie ihre verbale Schelterei erneut aufnahm. Doch all das war ihr verboten, und so sah sie neidisch zu, wie seine Schwester all diese Dinge tat.

»Deine Kleider sind nur noch Fetzen, du bist so zerkratzt, daß man dein rohes Fleisch sieht, und ich bin sicher, daß du hinkst, du Idiot«, schimpfte Tobin in scharfem Ton. »Zieh diese Lumpen aus und geh dich waschen, augenblicklich. Ich weiß nicht, wie viele von diesen Rissen sich entzünden werden, wenn du das nicht sofort tust.«

»Ja, Tobin«, antwortete er mit spöttischer Unterwerfung. »Aber umarme mich bitte nicht wieder!« Erst jetzt schien er die anderen Frauen zu bemerken. »Seht nicht so entsetzt aus«, sagte er leicht lächelnd. »Es war nur ein Rennen.«

Ianthes zarter Finger zupfte an seinem Ärmel. »Du bist ein sehr großes Risiko eingegangen, Vetter«, sagte sie. »Das Pferd hinter dir hatte nicht so viel Glück.«

Rohans Miene erstarrte, und Sioned wandte sich ab.

»Auf dem Weg hierher haben wir gehört, der Reiter hätte sich den Hals gebrochen«, berichtete Pandsala. »Das Pferd wird überleben, aber nie wieder ein Rennen laufen. Was tatsächlich geschehen ist – niemand scheint es zu wissen oder jemals etwas dergleichen gesehen zu haben. Sie untersuchen den Fall jetzt.«

Sioned sah alles um sich herum an, nur nicht Rohan. Sie hatte seinetwegen einen Mann getötet. Schlimmer noch, sie hatte es getan, indem sie ihre *Faradhi*-Gaben einsetzte – etwas, das absolut verboten war, das Schlimmste, was ein Lichtläufer tun konnte. Sie konnte sich schon hören, wie sie Andrade gestand, daß sie niemandes Tod verursachen wollte, daß sie… doch als sie dann wieder zu Rohan hinübersah, erkannte sie die bittere Wahrheit: Er war ihr Preis.

»Es war ein Merida«, erzählte der Prinz.

»Was?« Tobins Wangen wurden weiß.

»Er versuchte mich während des Rennens aus dem Sattel zu stoßen. Ach, hör auf, Tobin, es geht mir gut«, fügte er wütend hinzu und schüttelte ihre Sorge ab. »Ein Jammer, daß er tot ist. Ich wollte mit ihm reden.«

Sioned sah, daß Bruder und Schwester einen warnenden Blick wechselten und beeilte sich, schnellstmöglich die nötige Ablenkung von diesem Thema zu schaffen. So scharf sie konnte, erklärte sie: »Ein Risiko, das Eure Hoheit sehr teuer hätte zu stehen kommen können.«

»Kein Wort der Gratulation zu meinem Sieg, Lady Sioned?«

Sie hätte ihn erwürgen können für den Ausdruck seiner Augen. Tobin kam ihr zu Hilfe, indem sie sagte: »Geh zum Fluß und tauche unter. Ich schwöre, ich konnte dich bis zu den Tribünen hinüber riechen!«

Er lächelte sie an. »Liebste Schwester, du tust meiner Selbstachtung ja so gut.«

»Aber du meiner Nase nicht! Chay!« rief sie, als ihr Gemahl auf sie zukam. »Bring Rohan zum Fluß und wirf ihn hinein.«

»Keine Zeit«, antwortete Chay und blieb stehen, um Rohan zu umarmen und hochzuheben, so heftig, daß der Prinz das Gesicht verzog, so schmerzten ihn seine Schnitte und Prellungen. Chay stellte ihn wieder auf die Füße und fuhr fort: »Wundervoller Ritt, du Teufelskerl! Ich muß mich für das letzte Rennen fertig machen, aber heute abend beim Essen mußt du mir alles erzählen!« Er bückte sich, küßte seine Frau und marschierte davon.

»Vielleicht sollten wir zu den Tribünen zurückkehren und Lord Chaynal bei seinem Rennen zusehen«, schlug Sioned kühl vor.

»Ihr habt mir noch immer nicht gratuliert«, erinnerte Rohan sie mit dem süßesten Lächeln und einem boshaften Leuchten in den Augen. »Aber vielleicht habt Ihr gegen mich gesetzt und verloren?«

»Oh, ich habe schon gewettet, Herr«, antwortete sie ebenso süß und mit einem Blick auf Ianthe. »Aber es geht um ein ganz anderes Rennen.«

Chay gewann sein Rennen mit einem guten Vorsprung und ließ Lord Rezes Pferd so weit hinter sich zurück, daß es Staub schluckte, wie er angekündigt hatte. Danach zogen sich die Edlen in ihre Zelte zurück, um zu ruhen, ehe sie sich für das Bankett dieses Abends zurechtmachten. Die Gemeinen kehrten auf den Markt zurück und die Diener an ihre Arbeit im Lager ihrer Herren. Sioned wußte, daß sie an den Feierlichkeiten hätte teilnehmen können, wenn sie es wünschte, denn Tobin hatte sie ganz entschieden zu ihrer Freundin erkoren, aber sie wußte auch, daß sie es keinen Augenblick länger in der Gesellschaft der Prinzessinnen ertragen würde – schon gar nicht, wenn Rohan in der Nähe war. Deshalb ging sie zum Fluß hinunter, setzte sich unter einen Baum und versuchte, nicht an ihn zu denken – und daran, was sie heute für ihn getan hatte.

So erfüllt von sich selbst war er gewesen, so strahlend angesichts seines Triumphes und dem sicheren Entrinnen aus einer tödlichen Gefahr. Da hatte er mit diesen unerträglichen Schwestern geflirtet, hatte diese Augen und dieses Lächeln eingesetzt mit einer Wirkung, die er nur zu gern erkundete. Und er hatte nur mit Sioned gesprochen, weil er ihren Zorn erregen wollte. Zum Teufel mit ihm!

Von Hoheprinz Roelstras Zelten drang Jubel herüber, und sie verzog das Gesicht. Die Preisverleihung hatte begonnen. Tobin würde ihre Rubine erhalten, Cami ihre Karneole. Sioned hoffte, Rohan möge an seinen Smaragden ersticken.

»Meinen Glückwunsch, Prinz«, murmelte sie und legte sich rücklings ins feuchte Gras, um die Wolken zu betrachten, die an den aufsteigenden Monden vorübertrieben. Sie wußte, was ihr Problem war – eines ihrer Probleme zumindest. Sie war eifersüchtig. Eifersüchtig auf den Schmuck und die Seidengewänder und die Schönheit der beiden Prinzessinnen, eifersüchtig, weil sie mit ihm flirten konnten und sie nicht, eifersüchtig, weil er ihnen Komplimente und Aufmerksamkeit schenkte. »Aber du gehörst mir, du hinterlistiger, blauäugiger Sohn eines Drachen«, wisperte sie. »Und bei der Göttin, ich werde es dir beweisen.«

Aber wollte sie wirklich einen Mann, der sie dazu bringen konnte zu tun, was sie heute getan hatte? Lange stritt sie so mit sich selbst. Eine innere Stimme erklärte ihr, daß sie Rohan wahrscheinlich das Leben gerettet hatte, als sie den Drachen beschwor, der den Merida erschreckte. Aber diese Beschwörung hatte getötet. Gegen ihre Absicht hatte sie den wichtigsten Schwur der *Faradhi* gebrochen. Es war der Höhepunkt all dessen, wovor Urival sie gewarnt hatte – ihre Macht allein für Rohan einzusetzen und sich keinen Deut um irgend jemanden außer ihm zu kümmern. Ihre Gefühle hatten sie zur Mörderin werden lassen. Konnte es dafür eine Rechtfertigung geben? War es möglich, *Faradhi* und Prinzessin zu etwas völlig Neuem zu vereinen? Wie konnten sie von ihr verlangen, so vielen Dingen gegenüber gleichzeitig loyal zu sein? Ihrer Ausbildung in der Schule der Göttin, ihrer Liebe zu Rohan, ihrer Pflicht der Wüste gegenüber – was war mit ihrer Pflicht ihr selbst, Sioned, gegenüber? Sie war nicht einmal sicher, daß ihr überhaupt eine Wahl blieb.

Sie konnte Rohan heiraten und ihren Gaben abschwören, sie konnte einfach nur eine Prinzessin werden und jegliche

Versuchung zurückweisen, diese Gaben zu seinem Vorteil einzusetzen. Aber begehrte er sie nicht zum Teil auch wegen der Macht, die sie besaß? Und hatte Andrade sie nicht gerade deshalb zusammengebracht? Man erwartete von ihr, sowohl *Faradhi* als auch Prinzessin zu sein. Wenn sie aufhörte, *Faradhi* zu sein, welches Beispiel hätten ihre Kinder dann, wie man die Gaben weise einsetzte, die sie höchstwahrscheinlich erben würden? Sie würden die königliche Macht von Rohan erhalten – aber sie würden gleichzeitig sicher auch *Faradh'im* sein. Die Loyalität eines Lichtläufers galt der Schule der Göttin, nicht einem einzelnen Prinzenreich. Man verlangte von ihr – und das würde bei ihren Kindern ebenso sein –, sich zwischen Andrade und Rohan zu entscheiden, und diese Wahl drohte sie zu zerreißen.

Nein. Das war eine Lüge. Sie schlug die Hände vors Gesicht und drehte sich auf den Bauch. Sie fühlte sich unfähig, die Berührung des weichen, kühlen Mondlichts auf ihren Wangen zu ertragen. Sie hatte ihre Wahl heute getroffen. Sie hatte ihre Kräfte eingesetzt, um zu töten.

Es war ja auch nicht der erste derartige Tod. Sie erinnerte sich an den Kellermeister in Stronghold, wie er zwischen ihr und Roelstras *Faradhi* hin- und hergerissen worden und wie er gestorben war. Auch damals hatte sie ihre Wahl getroffen und es noch nicht einmal bemerkt.

Aber da sie jetzt wußte, worum es ging, konnte sie sich weigern, Rohan zu heiraten. Sie konnte eine Lichtläuferin bleiben, ohne Prinzessin zu werden, bar jeglicher Versuchung. Sie konnte zusehen, wie er eine andere Frau ehelichte.

Niemals.

Lange Zeit lag sie da und atmete tief den feuchten, beißenden Geruch des zerdrückten Grases unter ihrer Wange ein. Die nächtliche Kälte ließ sie schaudern. Ihr blieb keine Wahl, und sie wußte das. Sie selbst hatte sich die Falle gestellt, mit ihren eigenen Gefühlen, ihrem Stolz, ihren Bedürfnissen. Sie würde Rohan heiraten und würde Lichtläuferin und Prinzessin sein. Wenn sie es von ihr erwarteten... dann erwartete sie es auch selbst von sich.

Sioned richtete sich auf, fuhr sich mit den Fingern durch das ungekämmte Haar und starrte eine Weile düster auf den Fluß. Schließlich erhob sie sich, ging zu dem sandigen Ufer hinunter und suchte im Mondschein nach ein paar glatten Flußkieseln. Sie rollte sie zwischen den Fingern, und ein grimmiges Lächeln zog über ihr Gesicht. Sie mußte der Wahrheit ins Auge sehen. Rohan war der Lohn, der sie erwartete, denn sie war gekauft worden. Ein merkwürdiger Friede ging von diesem Wissen aus. Aber jetzt war die Zeit gekommen, wo er bezahlen mußte.

Sie steckte die Steine ein und dachte an ihre Einkäufe auf dem Markt, und langsam breitete sich Erregung in ihrem Innern aus. Sie nährte diese Gefühle sorgfältig und rief sich Einzelheiten in Erinnerung: zarte, goldene Haut, seidiges, blondes Haar, ein geschmeidiger Körper, der sich an sie preßte, warmes Fleisch und geöffnete Lippen... Heute nacht würde sie einen Sieg erringen, der dem seinen um nichts nachstand, und die Prinzessinnen konnten toben, soviel sie wollten. Sie lachte laut auf, als sie sich deren Wut ausmalte. Rohan gehörte ihr; sie hatte für ihn bezahlt.

Ihre Sinne warnten sie abrupt, daß sie nicht mehr allein war. Sie wandte sich um, als eine tiefe Stimme sagte: »Euer Lachen ist so lieblich wie Euer Name, Lady Sioned. Und Euer Gesicht ist noch lieblicher.«

»Königliche Hoheit!« brachte sie mühsam hervor und beugte ihre Knie vor dem Hoheprinzen. Ihre Gedanken wirbelten wild herum.

»Es war nicht meine Absicht, Euch zu erschrecken«, fuhr er fort. »Ich komme gerade zurück, nachdem ich Lady Palila zum Schiff geleitet habe. Sie schläft dort besser als im Zelt.«

»Dann ist das Bankett beendet, Euer Gnaden?«

»Gerade eben. Es hat früh angefangen, und ich bin dankbar, daß es nicht so lange gedauert hat. Morgen ist eine Menge Arbeit zu tun. Aber ich konnte noch nicht schlafen und habe beschlossen, einen Spaziergang am Fluß zu machen. Schön, nicht wahr? Vor allem im Mondschein.«

Er sprach weder vom Fluß noch schaute er zu ihm hin; er spielte auf Sioned selbst an, und sie wußten das beide. Sie spürte seine Männlichkeit tief in ihren Knochen, und ihr bereits sensibilisierter Körper reagierte auf Roelstras unbestreitbare Anziehungskraft. »Sehr schön, Euer Gnaden«, stammelte sie und fühlte sich durch ihre eigene Unbeholfenheit gedemütigt.

»Würdet Ihr mir die Ehre erweisen, den Mondschein mit mir zu teilen, Lady Sioned?«

Man lehnte eine Bitte des Hoheprinzen nicht ab, schon gar nicht, wenn man beabsichtigte, die Gemahlin seines ärgsten Rivalen zu werden. Sie konnte die Zeit nutzen, um Informationen für Rohan zu erlangen, und wenn sie klug war und Glück hatte, vielleicht noch etwas über Roelstras Lichtläufer in Erfahrung bringen. Sie lächelte, gewann ihre Haltung wieder und nickte zustimmend.

»Haben Euch die Rennen heute gefallen?« erkundigte er sich, als sie gemeinsam den Fluß entlanggingen. »Ich habe Euch mit meinen Töchtern und Prinzessin Tobin in der Menge gesehen.«

»Es war sehr aufregend. Lord Chaynal ist gut geritten, nicht wahr? Man hat mir erzählt, das wäre immer so.« Sie blieb stehen, als er ihr einen Zweig aus dem Weg räumte.

»Hat sich die Prinzessin über ihre Rubine gefreut?«

»Natürlich. Es liegt in der Natur einer schönen Frau, Dinge zu begehren, die ihre Schönheit noch unterstreichen.«

»Deshalb bin ich überrascht, Euch so einfach gekleidet zu sehen – wenn auch hübsch – und ganz ohne Schmuck. Ihr solltet von Seide und Smaragden umgeben sein, Lady.« Er lächelte.

Warte nur ab, hätte sie am liebsten gesagt. »Vielleicht bin ich nicht hübsch genug, um begierig zu sein, oder vielleicht treibt Lady Andrade es uns *Faradh'im* auch aus.«

»Ich bin sicher, daß irgendein großzügiger Mann nur darauf wartet, Euch mit allem zu überschütten, was Ihr verdient.«

Einen Augenblick wurde sie bei dem Gedanken, er hätte das Spiel durchschaut, das Rohan und sie spielten, von Panik ergriffen. Aber als sie ihm einen verstohlenen Blick aus dem Augenwinkel zuwarf, erkannte sie, daß er an einen anderen Mann dachte – und diese Erkenntnis brachte sie fast zu Fall.

»Aber – aber ich bin eine ganz unwichtige Person, Hoheit. Ich hätte einem Mann nur sehr wenig zu geben.«

»Euer reizendes Selbst wäre mehr als genug, selbst wenn Ihr keine Lichtläuferin wäret. Ihr schätzt Euch zu niedrig ein, meine Liebe.«

»Und welchen Wert würdet Ihr mir geben, Prinz Roelstra?«

»Ich denke, Ihr wißt die Antwort auf diese Frage, Lady.«

Er war ein gefährlicher Mann. Der Preis für diese erschrekkende Erkenntnis wurde schnell größer.

»Es ist schon sehr spät«, fing sie nervös an.

»Nicht später, als es vor wenigen Augenblicken war, ehe gewisse Dinge gesagt wurden.« Er berührte ihre Schulter.

Seine Augen waren von einem blasseren Grün als ihre und voller Begierde, als sie ihr Gesicht und ihren Körper musterten. Sioned war erstaunt. Seine Mätresse war die schönste Frau, die sie jemals gesehen hatte. Er konnte jedes weibliche Wesen haben, das er begehrte; er mußte nur fordern. Sie war völlig verwirrt.

»Ich sehe, ich habe Euch verwirrt«, meinte Roelstra und nahm seine Hand von ihrer Schulter. Ihr Fleisch fühlte sich kalt an, nachdem die Hitze seiner Finger vergangen war. »Ich habe Euch in den vergangenen Tagen häufig beobachtet, aber Ihr habt mich überhaupt nicht angesehen. Ich weiß, ich bin für Euch ein Fremder. Aber ich hoffe, Ihr gestattet mir, das zu ändern.« Seine Stimme war tief, leise, liebevoll, verführerisch, und ihre Reaktion darauf ängstigte sie. »Ich bin ein geduldiger Mann, Sioned, und ein mächtiger dazu. Ich kann warten, bis Ihr zu der Erkenntnis gekommen seid, daß der kleine Prinz nicht Manns genug ist.«

»Was bietet ihr mir?« flüsterte sie, wußte aber sehr wohl, was er meinte.

»Was immer Ihr von mir wünscht. Als Entschädigung würde ich gewisse Dinge erwarten – nichts, was Ihr nicht frohen Herzens geben könntet.«

»Wie?«

»Ich finde Euch schön und begehrenswert, Sioned. Ich denke Ihr wißt, was es heißt, wenn eine Frau die Blicke des Hoheprinzen einfängt. Ich würde Euch ehren und über alle anderen erheben, und wir würden einander geben, was uns beiden gefällt.«

»Und Ihr würdet nehmen, was Ihr wollt – vor allem meine Ehre.« Jetzt wußte sie, was er tatsächlich begehrte, und war entsetzt.

»Meine Tochter Ianthe hat Euch als stolz beschrieben, aber ich glaube, ich könnte Eure Meinung ändern.« Er trat näher an sie heran, und seine Fingerspitzen glitten von ihren Schultern ihren Hals empor und streichelten ihre Wange.

Ein Zittern lief durch ihren Körper, entsprungen aus Angst und Verlangen, und sie fragte sich verzweifelt, ob Rohan in Ianthes Gegenwart dasselbe verspürte. Es zu akzeptieren würde den Tod bedeuten – und doch lag Faszination in der Berührung dieses Mannes. Galt das auch für seine Töchter? Sie wich zurück und schüttelte den Kopf. »Ich werde nie die Hure eines Mannes sein, selbst wenn es sich bei dem Mann um Euch handelt.«

Er lachte. »Wenn du mich reizen wolltest, hättest du keinen besseren Weg finden können. Aber wenn du beabsichtigst, mich zurückzuweisen, dann würde ich dir raten, noch einmal zu überlegen, Sioned.« Noch immer lächelnd blickte er auf sie herab und überwand dann ohne Vorwarnung den Schritt, der sie noch voneinander trennte. Ehe sie sich rühren oder protestieren konnte, hatte er erneut ihre Schultern gepackt und sich gebückt. Er hielt jetzt ihren Mund gefangen. Genauso plötzlich gab er sie wieder frei, verneigte sich so tief, als wäre sie von königlichem Blut, und marschierte den Hang hinauf zu seinen Zelten.

Sioned war wie gelähmt und zitterte dann, als Angst und Lust in ihr miteinander kämpften. Der Hoheprinz begehrte sie – und als Frau konnte sie einem solchen Kompliment von diesem mächtigen, verführerischen Mann nicht unempfänglich sein. Aber sie war auch Lichtläuferin, wie derjenige, der bereits dazu gebracht worden war, seinesgleichen zu verraten. Roelstra hatte es auf ihre *Faradhi*-Fähigkeiten abgesehen.

Und wollte Rohan nicht dasselbe?

Sie schlang die Arme um sich und zitterte krampfhaft. Rohan liebte sie. Das sagte sie sich wieder und wieder. Es half nichts. Auch er würde ihre Gabe benutzen, genauso wie Roelstra. Allerdings hatte Rohan den Segen von Lady Andrade, die das alles arrangiert hatte. Sie zog die Flußkiesel aus der Tasche und hielt sie umklammert, bis sie glaubte, ihre Knochen würden brechen. Wer war sie, daß sie glaubte beurteilen zu können, welcher Prinz es eher verdiente, sie zu benutzen? Sie lachte bitter. Sie hatte keine Wahl. Wie sie alle dafür haßte!

Rohan schlief schon fast, als er zwischen die Laken seines Bettes glitt. Sein Kopf war vom Wein umnebelt, und er triumphierte noch immer über seinen Sieg. Er murmelte Walvis zu, daß er entlassen sei, und der verließ darauf das Zelt. Dann suchte Rohan nach einer Position, die ihm trotz der Schnitte an seinen Schultern und auf seinem Rücken keine

Schmerzen bereiten würde. Aber der Wein hatte die Schmerzen betäubt, und als der Schlaf kam, träumte er nur noch von Sioned.

Durch sein verschlafenes Hirn zog der Gedanke, er hätte ihre Fähigkeit zur Beschwörung übernommen, denn sie fühlte sich fast real in seinen Armen an, ihre sanften Lippen liebkosten seine Stirn, und ihre schlanken Finger streichelten seine Wange. Er lächelte und streckte die Arme nach ihr aus und fand es völlig natürlich, daß da tatsächlich runde Schultern unter seinen Händen waren und Haut so weich wie Samt. Sie saß neben ihm auf dem Bett und fing jetzt an, begierig seinen Körper zu erforschen. Als sie die Decke beiseite schob, stöhnte er laut auf, und seine Augen weiteten sich, als ihre Hand sein sich regendes Fleisch umfing.

»Shhh«, hauchte sie und legte ihre Finger auf seine Lippen. Er küßte sie und wünschte, die Lampe wäre näher am Bett, damit er ihr Gesicht sehen könnte. Das weiche Licht der Kerze hinter dem Glasschirm auf dem Tisch am anderen Ende des Zelts vermischte sich mit dem Leuchten der Wachtfeuer, das durch die Zeltwände drang und auf ihr nachtdunkles Haar fiel. Sie setzte ihre Liebkosungen fort, und Empfindungen, wie er sie nie zuvor gespürt hatte, zuckten durch seinen Körper.

»Hör auf«, sagte er schließlich. »Jetzt bin ich an der Reihe, verdammt, Mädchen –« Er war überrascht, seine Stimme so tief und kehlig zu hören. Seine Hände glitten an ihren Armen entlang nach unten und dann zurück zu ihren Schultern, über ihre Brüste, die von Seide bedeckt waren, warm von der Hitze ihres Körpers. Er umklammerte ihr Handgelenk und zog sie näher.

Und erstarrte.

Schlank ja, aber nicht so fest, wie er es in Erinnerung hatte. Geschmeidig, so wie ihre Schultern und Arme gewesen waren, mit einer dünnen Schicht aus weichem Fleisch zwischen Knochen und Haut. Aber er wußte, daß Sioned muskulös war, sehr kräftig und nicht so weichfleischig wie diese hier. Ein Duft von starkem Parfüm ging von ihrem Körper aus, nicht der saubere Geruch nach Wind und wilden Dingen, den er mit Sioned in Verbindung brachte.

Das war nicht Sioned.

Das plötzliche Aufflackern eines Feuers in der Schale draußen vor dem Zelt ließ die Schatten im Inneren schärfer werden und die Umrisse deutlicher hervortreten. Die Frau wandte erschrocken den Kopf, und Rohan konnte ihr Profil deutlich erkennen. Er reagierte so heftig, daß er sie aus dem Bett stieß, so daß sie nach Atem ringend auf dem Teppich landete.

»Ianthe«, flüsterte er im selben Augenblick, als die Wachen draußen riefen, daß es brannte.

»Versteck mich!« flehte sie verzweifelt. »Wenn mich hier irgend jemand findet –«

»Raus! Es ist mir verdammt egal, was mit dir geschieht!« Er sprang auf und riß das Laken vom Bett, um seine eigene Nacktheit zu verbergen. Ihm war übel. »Ich werde sie ablenken, aber du mußt schnell rennen. Los!«

»Rohan, bitte –«

Ihr Gesicht wurde von den Flammen außerhalb des seidenen Zeltes in bläuliches Licht getaucht. »Du willst hier drinnen mit mir gefunden werden!«

»Ja!«

Er riß sie an einem Ellbogen hoch und schüttelte sie. »Hast du geglaubt, du könntest mich zu einer Heirat zwingen, indem du mich durch einen Trick dazu bringst, dich zu entehren? Du Närrin! Verschwinde!«

»Du hast mich begehrt!« schleuderte sie ihm entgegen.

»Schweig!« Er zerrte sie zum Eingang und schlug eine der Klappen auf. Die Wachen bemühten sich, das kleine Feuer auszutreten, das von der Schale aufs Gras übergesprungen war. »Wenn du noch hier bist, wenn ich zurückkomme, werde ich dafür sorgen, daß alle Welt erfährt, welche Hure du bist. Warte, bis ihre Aufmerksamkeit mir gilt, und dann lauf!«

Er trat hinaus und zog die Decke fest um seine Taille. Er kam sich wie ein kompletter Idiot vor. Er befahl den Wachen, zu rennen und Wassereimer zu holen; sie gehorchten. Er allein sah Ianthes Flucht. Andere Menschen kamen mit schläfrigen Gesichtern aus ihren Zelten, und Rohan schickte sie mit beruhigenden Worten zurück. Das Feuer war erloschen, und es bestand keine Gefahr mehr.

Als alles ruhig war, kehrte er zu der Schale zurück. Das grüne Gras hätte nicht brennen dürfen. Er untersuchte den Fleck, der jetzt mit Wasser durchtränkt war und erwartete, ihn verkohlt zu finden. Doch das war er nicht. Es hatte kein Feuer gegeben – jedenfalls keines von der üblichen Art.

Rohan blickte sich um, und in einem fernen Schatten glaubte er eine schlanke Gestalt in einem dunklen Gewand zu erkennen. Er wollte auf sie zugehen, doch einer der Wächter näherte sich ihm mit Entschuldigungen.

»Herr, ich weiß nicht, wie es dazu kommen konnte! Das Feuer ist direkt aus der Schale gesprungen!«

»Es ist ja nichts passiert.« Er kehrte in sein Zelt zurück, denn der Schatten war verschwunden. Gleich hinter dem Eingang blieb er stehen. Sein nackter Fuß war gegen ein paar kleine, harte Gegenstände auf dem Teppich gestoßen. Er bückte sich, hob sie auf und lächelte dann. Wann hatte sie sie hierher gebracht? überlegte er. Während Ianthe davoneilte und er mit den anderen sprach? Das erschien ihm wahrscheinlich.

»So, dann hast du also heute nacht persönlich auf mich achtgegeben«, wisperte er. »Hoffentlich kann ich dich immer ebenso wirksam verteidigen, Geliebte.«

Er hielt die Steine noch eine Weile in der Hand. Dann legte er sie in seine Schmucktruhe neben die Smaragde, die er an diesem Tag gewonnen hatte.

Kapitel vierzehn

Trotz der fedrigen Wolken, die noch in der Nacht über den Himmel gezogen waren, goß es bei Tagesanbruch in Strömen, so daß jedermann mindestens bis zum Mittag im Zelt blieb. Die meisten der Edlen erwachten mit dem ersten Donnerschlag, hörten den Regen und rollten sich achselzuckend herum, um weiterzuschlafen. Ihr Gefolge verhielt sich ebenso, abgesehen von ein paar weniger glücklichen Seelen, die die Feuer entfachen mußten, denn unweigerlich würde schon bald nach dampfend heißem Taze verlangt werden.

Lady Palilas Diener an Bord der Barke hatten Glück. Sie mußten keinen Schutz für ihr Feuer aufstellen, sondern konnten ihre Herrin und deren frühe Besucherin mit einem vollständigen Frühstück bewirten, das in der Kombüse vorbereitet worden war. Wenn es sie auch überraschte, daß ausgerechnet Prinzessin Pandsala das Mahl mit Palila teilte, sprachen sie darüber doch nur höchstens im Flüsterton und nur untereinander.

»So, Ianthe hat also letzte Nacht versucht, eine Hure aus sich zu machen«, sagte Palila, und ihre Augen spiegelten die Befriedigung in denen von Pandsala wider. »Nach allem, was ich von unserem goldhaarigen Helden weiß, gehört er nicht gerade zu denen, die so etwas schätzen.«

»Du hättest sie sehen sollen, wie sie zum Zelt zurückkam, das Haar zerzaust und die Füße völlig verdreckt.« Pandsala lachte. »Sie ist immer noch da und tut so, als hätte sie einen Spaziergang gemacht und sich verkühlt, damit sie niemandem gegenübertreten muß. Ich wünsche ihr viel Vergnügen mit Naydras Mittelchen.«

»Und Lenalas glänzender Konversation! Es war nett von dir, mir davon zu erzählen und mir heute morgen Gesellschaft zu leisten. Ich glaube wirklich, ich habe dir all die

Jahre Unrecht getan, Sala. Wir werden gut zusammenarbeiten.«

»Wir haben viel zu gewinnen, und wir hassen Ianthe alle beide. Das macht uns zu natürlichen Verbündeten.«

»Also, diesmal hat sie sich selbst geschadet. Selbst wenn Roelstra nicht davon hört, unser edler Prinz Rohan wird sie jetzt bestimmt nicht mehr haben wollen. Ich würde sagen, du hast gewonnen, meine Liebe.«

»Noch nicht ganz.« Mit einem goldenen Löffel, dessen Spitze ein Amethyst zierte, rührte Pandsala ihren Taze um. »An diesem Lichtläufer-Mädchen ist etwas, das mich beunruhigt. Er hat nie ein gutes Wort für sie übrig, und sie ist auch nur gerade einmal höflich zu ihm. Aber Tobin und Andrade drängen sie beide. Rohan scheint mir schwach genug, daß er vielleicht nachgibt, wenn die beiden darauf bestehen.«

»Ich glaube nicht, daß Rohan so dumm ist«, meinte Palila nachdenklich. »Und sie rechnen natürlich nicht mit deiner Entschlossenheit, ihn für dich zu gewinnen. Außerdem ist das Mädchen eine *Faradhi* ohne nennenswerte Familie – selbst wenn Tobin immer wieder von ihrer Verbindung mit Syr und Kierst spricht. Sie hat nichts zu bieten, was auch nur annähernd deiner Mitgift gleichkommt.«

»Ich wünschte trotzdem, sie wäre endlich aus dem Weg.« Sie schenkte frischen Taze ein und reichte Palila einen Becher. »Es war nicht klug von dir, den ganzen Weg von der Felsenburg bis hierher zu reisen, wo deine Zeit schon fast gekommen ist. Wir wollen doch nicht, daß du vorzeitig ein Kind zur Welt bringst, und das an einem Ort, wo wir die Ereignisse nicht unter Kontrolle haben.«

»Was glaubst du wohl, warum ich darauf bestanden habe, die anderen Frauen auch mitzunehmen? Ich habe Stunden gebraucht, um deinen Vater zu überzeugen, daß ich ihre Pflege und Gesellschaft ebenso brauche wie die meiner eigenen Hofdamen. Ein Jammer, daß nicht eine von denen gleichzeitig mit mir schwanger wurde.«

»Dir bleiben noch dreißig Tage oder so«, erklärte Pandsala und musterte Palila kritisch. »Wenngleich ich finde, daß du aussiehst, als wärest du schon ebenso lange über die Zeit.«

Palida verbarg ihren Zorn über diesen Hinweis auf ihren geschwollenen Leib. »Möge die Göttin verhüten, daß ich jemals ein Kind über die normale Zeit hinaus tragen muß!«

»Nicht einmal einen Sohn?« erkundigte sich Pandsala spitz. »Ich habe übrigens alle Mittel aufgetrieben, die wir benötigen. Es war nicht schwer. Es sind Händler genug anwesend, so daß ich eines hier, ein anderes dort kaufen konnte. Ein, zwei Schluck gemischter Wein, und sie bekommen fast sofort ihre Wehen. Es ist für alles gesorgt.«

»Außer wir bringen alle vier Töchter zur Welt.« Palila kaute mit gerunzelter Stirn an ihren Nägeln. »Um noch mehr sicherzugehen, hätten wir die beiden anderen auch mitbringen sollen.«

»Unmöglich. Sogar Vater wäre da mißtrauisch geworden, selbst wenn eine schwangere Frau für ihn kaum noch erwähnenswert ist.«

Diese Anspielung auf Roelstras Abscheu gegenüber schwangeren Frauen gefiel Palila überhaupt nicht. »Ich habe ihm erzählt, daß ich mir ihre Gesellschaft wünsche – und es ist wahrhaftig sterbenslangweilig. Wenn ich sie nicht brauchen würde, hätte ich ihnen allen schon längst die Zunge rausreißen lassen, nicht erst später. Ihnen zuzuhören ist eine echte Qual. Aber ich muß sie jeden Tag ein paar Stunden lang ertragen, um den Schein zu wahren. Was vernünftige Unterhaltung angeht, da bin ich von dir abhängig.«

»Und auch, um zu hören, was beim *Rialla* passiert. Es ist wirklich ein Jammer, daß du nicht mehr herumlaufen kannst.«

Auch dies war ein wunder Punkt, und diesmal machte sich Palila nicht die Mühe, ihren Zorn zu verbergen. Roelstra bestand darauf, daß sie den wichtigen Anlässen beiwohnte – dem Bankett, den Feierlichkeiten des Letzten Tages – aber sie hatte keine Energie mehr, und ihre Füße waren so geschwollen, daß sie in keinen Schuh mehr paßten. Bei früheren *Riall'im* war sie nicht von seiner Seite gewichen, war bewundert, umschwärmt und beneidet worden. Aber gestern abend hatten es viele Frauen gewagt, offen mit Roelstra zu flirten – und dazu in Palilas Gegenwart. Es war schrecklich, so dick und häßlich und kränklich zu sein. Ihr Sohn würde viel gutzumachen haben, wenn er erst einmal geboren war.

»Sioned macht mir Sorgen«, sagte Pandsala und kam schon wieder auf ihr früheres Thema zurück. »Sie sieht nicht übermäßig gut aus, ist auch nicht besonders intelligent, aber sie hat etwas...«

»Das sagtest du bereits«, erwiderte Palila ungeduldig. »Ich sage dir, Sala, mach dir ihretwegen keine Gedanken. Nachdem Ianthe sich durch ihre eigene Dummheit ruiniert hat, brauchst du dir keine Sorgen mehr zu machen. Ich sehe dich bei den Feierlichkeiten des Letzten Tages bereits an Prinz Rohans Seite stehen. Als seine Braut.«

Das Bild entzückte die Prinzessin, und sie lachte auf. »Habe ich dir schon erzählt, was er gestern über meine Augen sagte? Mein Brautschmuck wird aus Diamanten sein!«

»Entzückend«, erklärte Palila und bemühte sich, begeistert zu klingen. »Aber jetzt, wo deine neue Stellung gesichert ist, sollten wir ein paar Pläne schmieden. Ich werde dafür sorgen, daß dein Vater dir Feruche als Hochzeitsgeschenk überläßt, und über den Paß dort werden wir in der Lage sein, den größten Teil des Handels zu kontrollieren – zu beiderseitigem Gewinn, wie wir es geplant haben. Unsere Söhne werden sehr reiche Herren sein.«

»Sehr reiche Prinzen«, verbesserte Pandsala sie mit seidenweicher Stimme. »Und die engsten Freunde.«

Palila lächelte ihr süßestes Lächeln. »Natürlich, meine Liebe! So, jetzt sollten wir uns aber wirklich überlegen, was du bei den Feierlichkeiten des Letzten Tages tragen wirst.«

Den Rest des Vormittags verbrachten die beiden seltsamen und gefährlichen Verbündeten damit, Pandsalas Hochzeitskleid zu besprechen.

Sioned hatte weniger Glück, was ihre Lage betraf. Anstatt in einer gemütlichen, trockenen Kabine an Bord von Roelstras Barke – was sie als Lichtläuferin allerdings kaum geschätzt hätte – befand sie sich in einem undichten Zelt. Kaum hatten Camigwen und Hildreth und sie ein Loch gestopft, da fing es schon an einer anderen Stelle zu tropfen an. Die Betten waren feucht, und der nasse Wollteppich stank schrecklich. Aber sie konnten nirgendwohin fliehen, und als Cami ein Schachspiel vorschlug, um sich von ihrem Unglück abzulenken, willigte Sioned freudig ein.

Aber sie war mit den Gedanken nicht beim Spiel. Sie konnte nicht aufhören, daran zu denken, was sie am Vorabend gesehen hatte. Hatte Rohan Ianthe willkommen geheißen? Hatte das Feuer sie vielleicht erst aufgeschreckt, nachdem sie bereits Liebkosungen ausgetauscht hatten? Sioneds Reaktion auf Roelstras Avancen hatte ihr schmerzlich bewußt gemacht, wie groß die Faszination seiner tödlichen Brut möglicherweise war. Hatte Rohan dasselbe empfunden?

In weniger als fünfzehn Zügen verlor sie an Cami. Sie erhob sich, griff sich einen Umhang und zog die Kapuze über ihr Haar. »Ich mache einen Spaziergang.«

»Du wirst dich erkälten«, warnte Hildreth sie.

»Das ist ein Umhang, den Tobin mir geliehen hat – siehst du?« Sie breitete ihn aus, um das Pelzfutter zu zeigen. »Der wird warm genug sein.« Als Cami zu protestieren anfing, rief Sioned aus: »Ich muß hier raus!«

Sie schlug die triefend nasse Zeltklappe auf und trat hinaus. Der Umhang war für die viel kleinere Tobin angefertigt worden und reichte ihr nur bis zu den Knien. Sie wußte, daß sie sicher absurd aussah, aber es war niemand da, der sie in dem leuchtendroten Umhang über ihrem einfachen Gewand hätte sehen können. Ein paar Wachen kauerten im schwachen Schutz von Zelteingängen; ein oder zwei Bedienstete eilten durch den Regen, um Aufträge auszuführen. Sioned verließ die Zeltstadt auf dem Weg zum Fluß und überquerte die Brücke zum Markt. Die Buden waren verschlossen und verlassen, die leuchtenden Stoffbahnen durchweicht, das Holz dunkel vom Regen. Die Händler hatten ihre Waren zum Zeltdorf auf der anderen Seite des Hügels mitgenommen, wo sie sicher und vor dem Sturm geschützt waren, und zweifellos hockten sie jetzt dort und verfluchten das Wetter, das sie um die Einnahmen eines ganzen Tages brachte. Der Platz vor ihr lag jetzt still und verlassen da wie ein Schlachtfeld. Nur Leichen und schwarzgeflügelte Vögel, die die Knochen sauber pickten, fehlten daran noch.

Sioned zuckte zornig mit den Achseln, als ihre Gedanken so eine grimmige Wendung nahmen, dann ging sie weiter einen Hügel empor. Ein kleiner Hain bot ihr willkommenen, wenn auch unzulänglichen Schutz. Zum Teufel mit Rohans löchrigen Zelten. Zum Teufel überhaupt mit Rohan.

Sie ließ sich neben tropfnassem Farn nieder und zwang sich, die Dinge noch einmal zu überdenken. Es war nicht einmal die Szene aus der vergangenen Nacht, die sie beunruhigte, gestand sie sich ein; sie konnte verstehen, wenn Rohan Ianthe begehrt hatte. Ihr war es bei Ianthes Vater ebenso gegangen. Das Problem lag tiefer, und als sie auf ihre Ringe hinabblickte, verzog ein bitteres Lächeln ihre Lippen.

Was würde Andrade sagen, wenn sie erfuhr, was Sioned diesem Merida angetan hatte? Sie hatte ihn nur erschrecken wollen, und doch hatte ihre Beschwörung ihn getötet. Schlimmer noch, sie empfand nicht einmal echte Reue über den Tod dieses Mannes. Er hatte versucht, Rohan zu töten; das war Grund genug für seinen Tod.

Sie versuchte zu glauben, daß sie Rohan haßte, weil er ihr das alles antat. Doch in Wirklichkeit haßte sie sich selbst, weil sie zuließ, daß so etwas geschah. Sie hatte auch nicht gewollt, daß der Kellermeister in Stronghold starb, aber er war tot, und sein Geist war zerrissen worden durch die beiden Lichtläufer, die um die Vorherrschaft rangen. Sioned war zum Teil verantwortlich. Aber auch seinetwegen konnte sie kaum Reue empfinden.

Sie hatte für Rohan getötet und konnte sich noch nicht einmal damit entschuldigen, daß sie seine Prinzessin war. Was würde erst in Zukunft geschehen, wenn sie sich jederzeit bequem hinter dieser Verpflichtung verstecken konnte? Rohans Macht über sie war erschreckend, aber es war auch Macht, die sie ihm geschenkt hatte, zusammen mit ihrem Herzen und ihrer Seele. Sie konnte nur seine Prinzessin sein – und sich fühlen, als wäre sie nur ein halber Mensch, wenn sie es aufgab, eine *Faradhi* zu sein.

Es mußte doch möglich sein, ein Gleichgewicht zu schaffen und beides zu sein, Lichtläufer und Prinzessin. Andrade hätte dies niemals geplant, wenn es gänzlich unmöglich war, beides zu verbinden. Kein Prinz, keine Prinzessin war jemals gleichzeitig ein aktiver Lichtläufer gewesen; es war zu gefährlich. Sie kuschelte sich fester in ihren Umhang und schloß die Augen. Sie fragte sich, warum Andrade glaubte, sie wäre stark genug, dem Wunsch zu widerstehen, ihre Macht einzusetzen, wenn ihr Gemahl oder ihr Land es erforderlich machten. Sioned hatte nicht beabsichtigt zu töten, aber das war keine Entschuldigung. Sie hatte den wichtigsten Eid der *Faradhi* gebrochen, um Rohan zu verteidigen.

Ganz plötzlich kam ihr der Gedanke, daß Andrade vielleicht genau darauf gesetzt hatte.

Sie war verblüfft. Die Herrin war ehrgeizig und arrogant und manipulierte gern, aber sie konnte doch nicht voraussetzen, daß Sioned alle Zurückhaltung ignorieren würde, die ihr die Tradition auferlegte, wenn es um den Einsatz der *Faradhi*-Macht ging. Gewiß konnte sie nicht so grausam sein und Sioned verantwortlich machen.

Aber vielleicht war sie es doch. Vielleicht hatte Andrade

einkalkuliert, daß ihre Gaben lediglich zu Mitläufern werden würden, und daß Sioned zum Wohle des Prinzen ihren Eid brechen würde. Andrade hätte so etwas niemals befehlen können, sie hätte nicht einmal offen sagen können, daß sie dies von Sioned erwartete. Und doch ergab es plötzlich einen Sinn. Andrade hatte nichts gesagt, aber Sioned begriff auf einmal, was von ihr verlangt wurde. Sie sollte nicht nur einen Sohn zur Welt bringen, der gleichzeitig Prinz und Lichtläufer war – sondern auch die neuen Regeln, nach denen ihr Sohn dann zu leben hatte.

Und Rohan – was würde er von ihr verlangen? Konnte sie sich darauf verlassen, daß er nicht von ihr verlangen würde, diese Wahl wieder und immer wieder zu treffen? Sie zitterte trotz des schweren Pelzes und wußte, daß sie ihre Wahl trotz allem getroffen hatte: Rohan. Und für ihn würde sie tun, was sie tun mußte, als *Faradhi* und als Prinzessin.

Als sie so unter den regennassen Zweigen saß, gab es noch etwas, das sie verwirrte, bis sie die Antwort plötzlich erkannte. Die Prinzen würden zornig werden, wenn sie herausfanden, daß Andrade die Absicht hatte, eine ihrer Lichtläuferinnen mit einem Prinzen zu verehelichen. Dank Rohans kleinem Spielchen mit Roelstras Töchtern wußten sie es aber noch nicht. Als sie sich den Regen vom Gesicht wischte, lächelte sie grimmig in Erwartung des Aufruhrs. Wenn ihnen dieses Ereignis schon nicht behagte, dann würden sie regelrechte Anfälle bekommen, wenn Kinder geboren würden.

Sioned bemerkte ihre Freunde nicht, die sie aus dem schwachen Schutz der Bäume beobachteten. Walvis war nahezu unsichtbar. Er bibberte in einem Umhang, der ihn von der Nase bis zu den Stiefeln einhüllte. Meath war tatsächlich unsichtbar, sowohl für den Knappen als auch für die Lichtläuferin, der er gefolgt war, seit Hildreth ihn auf Sioneds Rastlosigkeit aufmerksam gemacht hatte. Er sagte sich, daß sie, wenn sie allein sein wollte, um nachzudenken, doch wenigstens ein hübsches, trockenes Zelt hätte aufsuchen können, anstatt draußen herumzulaufen. Leise fluchend kauerte er sich näher an den Baum.

Zur selben Zeit verfluchte Rohan sich selbst, weil er seine radikalen Vorstellungen ahnungslosen Prinzen auferlegte. Trotz des Regens ging die Konferenz weiter – wenn man den derzeitigen hitzigen Disput mit diesem höflichen Ausdruck benennen konnte. Rohan hatte einen schweren Fehler begangen, der sich nicht einmal mit seiner Müdigkeit entschuldigen ließ. Er hatte nicht mehr geschlafen, nachdem Ianthe ihn verlassen hatte, und war nahe daran gewesen, Sioned aufzusuchen, um die Begierde zu befriedigen, die die Prinzessin in ihm erweckt hatte. Die bloße Vorstellung hatte ihn abgestoßen. Dennoch hatte er bis zur Morgendämmerung kein Auge zugemacht, denn als er über Ianthes Tun nachdachte, wuchsen seine Sorgen darüber, was das bedeuten mochte. Und um seinem Unbehagen noch die Krone aufzusetzen, machte ihn der Regen bis ins Mark seiner wüstegewohnten Knochen nervös. Aber ein Prinz konnte sich nicht für seine Fehler entschuldigen, nicht einmal vor sich selbst. Rohan lauschte dem Streit, der um ihn her tobte, und wünschte, er hätte seinen dummen Mund gehalten.

Alles hatte ganz gut angefangen. Unschuldig hatte er erklärt, daß es nützlich für ihn wäre, zu wissen, wo seine Grenzen lägen. Schließlich müsse er wirklich wissen, über was er als Prinz herrsche. Seine Absicht war offenkundig gewesen, selbst für einen dummen Prinzen wie Saumer aus Isel. Der Angriff der Merida hatte wieder einmal die Frage nach den Rechten an gewissen Wüstenbereichen aufgeworfen – und es war Roelstra, der nachgefaßt hatte –, und Rohan wollte festlegen, was ihm gehörte und – was noch wichtiger war – was nicht mehr seinen Feinden gehörte. Die Prinzen erkannten nicht, daß seine eigentlichen Ziele viel subtiler waren. Wenn sich alle einig waren, was ihm gehörte, und die Merida sich nicht aus dem Wüstenland entfernten, dann lieferte dies Rohan die Entschuldigung für eine Invasion. Kein anderer Prinz würde es wagen, den Merida zu helfen, solange Rohan damit zu tun hatte, zurückzuerobern, was gemäß ihrem Beschluß ihm gehörte. Aber darüber hinaus wußte er auch, daß eine feste Regierung feste Grenzen verlangte. Er hatte die Absicht gehabt, damit anzufangen, deutliche Grenzen für seine eigenen Ländereien vorzuschlagen und wollte dann, in späteren Jahren, andere Prinzen ermutigen, dasselbe zu tun. Aber sie waren zu Dingen übergegangen, von denen Rohan gehofft hatte, sie bis zum nächsten *Rialla* aufheben zu können. Er hatte nicht mit der hitzigen Konkurrenz zwischen Prinz Saumer und Prinz Volog gerechnet. Sie teilten sich ihre Insel in einem Waffenstillstand, der nichts von echtem Frieden an sich hatte, und ihre Grenzen änderten sich jährlich. Als Rohan vorschlug, seinen eigenen Besitz genau zu definieren, hatten sie sich auf dieses Konzept gestürzt wie Drachen, die einen Hirsch entdecken.

»Was soll als Präzedenzfall gelten?« hatte Roelstra in die Diskussion geworfen, und die Schlacht hatte angefangen.

Jeder hatte ein Beispiel. Jedermanns Urgroßvater hatte ein Beispiel gehabt. Darum ging es doch schließlich bei den Gebietsstreitigkeiten. Rohan schalt sich einen Narren, denn es sah so aus, als würde jeden Augenblick ein weiterer Krieg ausbrechen. Aber er konnte niemandem außer sich selbst die Schuld daran geben.

Doch als er zu dem Hoheprinzen hinüberschaute und überlegte, warum Roelstra sich nicht einmischte, um die Ruhe wiederherzustellen, lernte er etwas sehr Interessantes. Roelstra wünschte sich, daß sie sich gegenseitig an die Gurgel gingen. Der Konflikt zwischen Saumer und Volog hatte zu einem ähnlichen Streit zwischen den Prinzen aus Firon und Fessenden geführt. Und obwohl Roelstras Züge ernst waren, funkelten seine Augen vor Freude. Ihre Uneinigkeit war sein Ziel und sein Entzücken. Es war der Schlüssel zu seiner persönlichen Macht, wenn sie sich entzweiten.

Rohan lehnte sich in seinem Sessel zurück und kaute auf seiner Lippe. Nie zuvor hatte er begriffen, wie Roelstra es schaffte, daß die Prinzen ziemlich genau das machten, was er wollte. Jetzt verstand er es. Sie kämpften gegeneinander, ermutigt vom Hoheprinzen, der abwartete, bis beide Parteien bereit waren, sich in Fetzen zu reißen. Und dann schlug er einen Kompromiß vor, der dafür sorgte, daß beide Seiten ihm verpflichtet waren. Und das nannte Roelstra dann »Friedensstiftung«.

Rohan starrte auf seine Hände hinab, um den Abscheu zu verbergen, der, wie er wußte, aus seinen Augen sprechen mußte. Er wollte nur beanspruchen, was ihm gehörte, und dieses dann in wahrem Frieden hegen. Hege, Vorsicht und Kooperation würden die Wüste aufblühen lassen; seine Vasallen mußten gemeinsam arbeiten, um zu überleben und mußten ihre kleinlichen Differenzen beilegen. In den reicheren Ländern war es jedoch anders. Nur wenig Arbeit war nötig, um Obst und Blumen in der Prinzenmark, in Ossetia oder auf Kierst-Isel zu erzeugen. Den Herrschern dieser Länder blieb Zeit für andere Dinge, und durch viele Jahre hatte Roelstra dafür gesorgt, daß sie ihre Energien in irgendwelchen Streitigkeiten vergeudeten. Die ganze Zeit waren all diese Ressourcen, all diese Kraft des Geistes, all dieser Reichtum – all das war vergeudet worden. Rohan war über diese Verschwendung so wütend, als hätte er jemanden dabei ertappt, wie er das kostbare Wasser aus den Zisternen in Stronghold absichtlich verschüttete.

Regieren, das war die hohe Kunst der Koordination. Herrschen war die subtile Kunst der Machtausübung. Was immer Rohan sich wünschte – Frieden, indem er mit Gesetzen herrschte, die alle verstanden –, Roelstra würde mit aller Macht versuchen, das zu verhindern. Das begriff Rohan jetzt. Mehr noch, er verstand Ianthes Verzweiflung, die sie letzte Nacht zu ihm getrieben hatte. Sie hatte die Chance gesehen, durch ihn Macht zu erlangen, und das war das einzige, das sie jemals zu begehren gelernt hatte. Sie hatte nur das Vorbild ihres Vaters an Vergeudung und Verrat, von dem sie lernen konnte.

Plötzlich dachte er an Sioned, und sein Herz tat ihm weh. Er selbst hatte an Roelstras Spiel teilgenommen, ohne es auch nur zu wissen, und hatte Sioned gegen die Prinzessinnen ausgespielt, wie Roelstra die Prinzen gegenseitig ausspielte, während er sich zurücklehnte und das Schauspiel genoß. Rohan hatte demgegenüber sogar sein eigenes Herz verhärtet, was er doch für so schlau gehalten hatte. Aber er konnte auf diese Art nicht leben. Er brauchte Sioned neben sich – offen und ehrlich. Jetzt sah er sich selbst auf einmal als arrogantes Kind, das ein falsches Spiel gespielt und nicht nur so, sondern auch sich selbst dabei verletzt hatte.

Er wurde sich bewußt, daß Prinz Lleyn ihn beobachtete. Dessen blasse, blaue Augen lächelten einen Moment lang verständnisvoll. Dann erhob sich der alte Mann.

»Meine Herren«, fing er an und fuhr dann lauter fort: »Meine Herren!« Sie beruhigten sich. »Ich möchte Prinz Rohan zu seiner ausgezeichneten, wenngleich revolutionären Idee beglückwünschen. Aber ich denke, daß wir ohne Landkarten und Dokumente unsere Zeit vergeuden.«

»Könnt Ihr denn unsere Probleme lösen, Vetter?« erkundigte sich Roelstra honigsüß.

»Ich denke ja. Wir müssen uns an Lady Andrade halten.«

»Wozu das?« In den beiden Worten Saumers lag eine ganze Welt des Mißtrauens.

»Gewiß nicht, um zu regieren«, beruhigte Lleyn ihn. »Aber vielleicht können wir sie überreden, bis zum nächsten *Rialla* Claims zu beschaffen, so daß jedermann weiß, wo er steht – buchstäblich. Ich schlage vor, daß wir uns das Aufzeichnen der Grenzen bis zur nächsten Zusammenkunft in drei Jahren aufheben und in unseren Archiven nach guten Beispielen suchen.«

»Das billige ich«, erklärte der Hoheprinz. »Eure Worte

sind klug wie immer. Tatsächlich inspirieren sie mich dazu, noch etwas anderes, recht Neues vorzuschlagen. Ich schlage vor, daß die Dinge so bleiben, wie sie jetzt sind, und als die rechtmäßigen Grenzen unserer Besitztümer gelten, bis wir sie in drei Jahren ändern, falls dies notwendig ist. Ich schlage weiter vor, daß jeder Prinz, der einen anderen angreift, von uns allen augenblicklich bestraft wird.«

Saumer runzelte die Stirn. »Damit ich das richtig verstehe, Roelstra. Wenn, sagen wir, Chale Haldor wegen ein paar Quadratlängen angreift, die umstritten sind –«

»Dann werde ich so bald wie möglich mit all meinen Streitkräften herbeieilen, um Prinz Haldors Rechte zu verteidigen. Und auch alle anderen von uns, die an den Grenzen von Meadowlord oder Syr – Prinz Rohan zum Beispiel –, würden ebenfalls zu Haldors Verteidigung kommen. Das würde den Krieg weniger rentabel machen, und wir könnten damit aufhören, Energie und Geld in sinnlosen Kriegen zu verschwenden.«

»Das gefällt mir«, erklärte Ajit aus Firon.

»Mir auch«, sagte Saumer nach einem Blick auf Volog, der lächelte.

»Darf ich etwas sagen?« hörte sich Rohan sagen.

»Aber bitte, Vetter«, antwortete Roelstra galant.

»Ich finde, daß Prinz Lleyn der oberste Schiedsrichter bei jeglichem ernsthaften Disput sein sollte. Es geht hier nicht um Angelegenheiten, die Lady Andrade zu entscheiden hat, und auf seiner Insel hat Lleyn nur wenig Interesse daran, wer was auf dem Festland besitzt.«

»Seid Ihr mit diesem Vorschlag einverstanden, Lleyn?«

Der alte Mann verneigte sich vor dem Hoheprinzen. »Ich betrachte es als Ehre, diese Aufgabe zu übernehmen.«

Endlich sind sie vernünftig geworden, dachte Rohan dankbar.

»Ich hoffe«, fuhr Roelstra fort, »daß wir in der Lage sein werden, Differenzen unter uns selbst beizulegen, ohne

Lleyn damit behelligen zu müssen.« Keiner der Männer überhörte diesen Wink, nicht einmal Saumer. »Und nun, meine Herren, haben wir uns eine Pause verdient. Prinz Vissarion hat in seinem Zelt Erfrischungen bereitgestellt. Heute nachmittag treffen wir uns wieder hier.«

Rohan entfloh der stickigen Atmosphäre des violetten Zelts und schlug als Schutz vor dem Regen die Kapuze seines Umhangs hoch. Der Vormittag war nicht ganz so schlimm verlaufen, wie er es schon befürchtet hatte, aber es gab vieles, über das er nachdenken mußte. Er wollte allein sein, aber er wußte nicht, wo das hier im Lager möglich war. In Stronghold wäre er für ein paar Stunden verschwunden, wie es ihm beliebte, aber wo konnte sich ein Prinz beim *Rialla* verstecken?

Er ging zum Fluß hinunter und hoffte, daß niemand sonst dort einen Spaziergang im Regen machen würde. Aus den Augenwinkeln bemerkte er Meath, der sich am gegenüberliegenden Ufer durch die Bäume schlängelte. Er sagte sich, daß er dankbar sein sollte, weil ständig jemand über ihn wachte, aber es ärgerte ihn auch. Ganz kurz erwog er, ein Spiel daraus zu machen und zu versuchen, den *Faradhi* hinters Licht zu führen, aber der gehorsame Teil in ihm verbot das. Er wäre ein Idiot, wenn er ohne Wache ausging, wo sich so viele Merida in der Nähe herumtreiben konnten.

Endlich entdeckte Rohan den perfekten Platz, um allein zu sein: die Stufen, die zur Brücke emporführten. Er kam sich ein wenig dumm vor, als er darunterschlüpfte und sich, vor dem Regen geschützt, dort zusammenkauerte. Sollte Meath doch denken, was er wollte! Er zog seinen Umhang enger um sich – wie ein Drache, der die Flügel gegen den Regen faltet, sagte er sich grinsend. Die Holzplanken über ihm leckten ein wenig, und er rutschte herum, bis er einen Fleck fand, wo die Tropfen ihn nicht erreichten. Schließlich machte er es sich bequem, trocken und neugierigen Blicken entzogen.

Der Morgen war gar nicht so schlecht gewesen, überlegte er, obgleich ihn Roelstras Vorschlag, was die gegenseitige Hilfe und Verteidigung anging, beunruhigte. Möglichkeiten, hier Unheil zu stiften, gab es unendlich viele. Er versuchte, die Gedanken des Hoheprinzen nachzuvollziehen – die viel zu durchsichtig für seinen Seelenfrieden waren –, und die Szenen, die vor seinem geistigen Auge auftauchten, waren alles andere als beruhigend. Jeder Angriff, von wem auch immer er ausging, würde die anderen Prinzen zur Bestrafung zwingen. Fragen würden erst später gestellt werden – falls die Kämpfe zu einem Ende kamen. Denn es gab Zwietracht unter den Prinzen, und die würde nicht einfach angesichts irgendeines Vertrages vergehen. *Athr'im* kämpften ständig miteinander, meistens aufgrund der Befehle ihrer Prinzen, die sich für gewöhnlich aus der eigentlichen Schlacht heraushielten. Rohans eigener Vater hatte diese Taktik oft genug angewandt, obwohl er den Kampf geliebt hatte und fast ständig mitten in einem unbedeutenden Krieg steckte. Rohan jedoch hatte nicht die Absicht, so zu leben.

Aber er konnte sich leicht vorstellen, wie eine Armee aus Söldnern eine Burg belagerte und die Schuld auf jemand anderen abwälzte. Hoheprinz Roelstra würde dann zur Verteidigung des angegriffenen Prinzen eilen – und genau den Schaden anrichten, den er selbst im Sinn hatte. Bis schließlich alles ausdiskutiert war, würde niemand mehr wissen, was genau geschehen war.

Aber vielleicht würde jetzt jeder zweimal nachdenken, ehe er einen Krieg anfing. Lokale Konflikte waren eine Sache; aber große Kriege brachten niemandem Profit. Rohan zuckte mit den Schultern. Er wußte, er konnte nur hoffen, daß alles gutging.

Er hatte jetzt ein besseres Gefühl, was seinen eigenen Vorschlag, legale Grenzen festzulegen, anging. Nicht umsonst war er jedes einzelne Dokument in Strongholds Archiven durchgegangen. Er wußte bereits, was gesetzmäßig ihm gehörte – nicht nur in bezug auf die Merida, sondern auch, was seine Grenzen zu Syr, der Prinzenmark, Meadowlord und Cunaxa anging. Er würde das eine oder andere Gut aufgeben müssen, aber er würde dafür andererseits auch wichtige Besitztümer zurückerhalten. Bei der Größe seiner Ländereien konnte er es sich sowieso leisten, ein wenig aufzugeben, um dadurch das Recht an dem Rest festgeschrieben zu erhalten. Natürlich mußten die betroffenen Vasallen besänftigt werden, jetzt, da sie das Land selber besitzen sollten, aber dank seines Vaters hatte er genug Geld, um sie über den Verlust von ein paar Quadratlängen hier und dort hinwegtrösten zu können.

Was hatte er heute doch für ein Drachenei angeknackt, sagte er sich lächelnd. Die Prinzen würden bei der Suche nach alten Verträgen und den Berichten, die die *Faradh'im* vor langer Zeit dazu verfaßt hatten, wahnsinnig werden. Durch diese Suche würden sie, ohne es auch nur zu bemerken, das Gesetz und seine Präzedenzfälle schätzen lernen. Mit ein wenig Glück und einem kleinen Schubs hier und da konnte er sie sicher dazu bringen, diesen Glauben auch auf andere Bereiche auszudehnen.

Schritte erklangen über ihm auf der Brücke, die vom anderen Ufer zurückkehrten, und einen Moment lang glaubte er, es handele sich um Meath. Aber die Schritte waren zu leicht, um zu dem großen Lichtläufer zu gehören. Als die Person den Kiesweg entlangschritt, übermannte ihn die Neugierde. Er spähte aus seinem Versteck und erkannte zu seiner großen Freude, welches Mädchen da in einen viel zu kurzen Umhang gehüllt war.

»Sioned!«

»Wer ist da?« Sie wirbelte herum, und Angst klang aus ihrer Stimme.

»Ich bin es nur. Rohan. Ich bin unter der Brücke. Komm her, raus aus dem Regen.«

Sie näherte sich, ihre Reitstiefel bis über die Knie

schlammverschmiert, und bückte sich, um in sein Versteck zu spähen. »Was treibst du denn hier?«

»Ich könnte dich dasselbe fragen. Komm.« Er hielt ihr eine Hand hin, die sie jedoch bewußt übersah. »Du solltest sicher und trocken in deinem Zelt sein«, schalt er, als sie sich neben ihn kauerte.

»Dein verdammtes, leckes Zelt«, verbesserte sie ihn. »Und du solltest eigentlich an einer Konferenz teilnehmen.«

»Ich habe mich gelangweilt.« Er drehte sich so, daß er hinter ihr kniete, und ungeachtet des Schlamms, fing er an, ihre Arme und Schultern zu reiben. Sie zitterte unter dem pelzgefütterten Umhang. »Du bist völlig durchnäßt! Wie lange bist du draußen gewesen, Frau? Hier, laß dich wärmen.« Er versuchte, sie an sich zu ziehen, und wollte sie umarmen, während er von den Schwierigkeiten dieses Tages erzählte, aber sie schüttelte ihn wütend ab.

»Behandelt mich nicht so, als würde ich Euch gehören«, murmelte sie. »Noch besitzt Ihr mich nicht, mein lieber Herr.«

Verwirrt hielt er den Mund. Gleich darauf sollte er für seine Selbstbeherrschung belohnt werden.

»Ich habe gestern nacht gesehen, daß Ianthe aus deinem Zelt kam! Der einzige Grund dafür, daß ich überhaupt noch mit dir spreche, ist der, daß sie nicht gerade glücklich aussah.«

Rohan war froh, daß sie ihm den Rücken zuwandte und deshalb sein entzücktes Grinsen nicht sehen konnte. »Ich habe ihr auch keinen Anlaß dazu gegeben. Du hast das FEUER letzte Nacht beschworen, nicht wahr?«

»Und wenn?« meinte sie trotzig. »Sie war da, um dich zu verführen oder umzubringen, und ich habe nicht vor, sie das eine oder andere tun zu lassen.«

»Ich frage mich, was wohl schlimmer gewesen wäre?«

Sie wirbelte herum und starrte ihn an. Regentropfen hingen an ihren Wimpern, und er sehnte sich danach, sie fortzuküssen. »Wie gerne würde ich dich hassen können«, wisperte sie.

Rohan deutete diese Worte zu Recht als ein Geständnis von Emotionen, die nichts mit Haß zu tun hatten, und zog sie in seine Arme. Sie saßen im Schlamm unter der tropfenden Brücke und küßten einander, beeinträchtigt durch die dicke Kleidung, die Kälte und einen absoluten Mangel an Platz. Rohan war nie im Leben glücklicher gewesen.

Sie hätten den ganzen Nachmittag über bis tief in die Nacht so sitzen können, aber allmählich wurde sich Rohan bewußt, daß kein Regen mehr auf sein Haar tropfte und daß das blaugraue Dämmerlicht in ihrem Versteck goldenem Sonnenschein gewichen war. Zögernd ließ er sie los. Sie kuschelte den Kopf bequem an seine Schulter.

»Es gibt so viel, was ich dir erzählen möchte, und nie haben wir Zeit dafür. Rohan, es wird Spaß machen, dich heimlich zu treffen, wenn wir verheiratet sind und es eigentlich nicht nötig haben. Nur um miteinander zu reden. Aber im Augenblick ist es einfach lächerlich!«

»Warte nur, bis ich dich in diesem Winter allein in Stronghold habe!« versprach er.

»Dann sattle die Pferde und laß uns heimreiten!« Sie lachte und zog sich von ihm zurück. »Nur noch ein Weilchen länger, ich weiß. Vergiß bloß nie, daß ich die Dinge, die ich vor anderen Leuten sage, nicht wirklich meine.«

»Auch nicht deine Bemerkung über Flußkiesel?« neckte er. »Ich habe sie gestern abend gefunden. Sehr romantisch.«

Sie lief dunkelrot an und boxte ihn gegen seine Schulter. »Verschwinde von hier, ehe sie dich vermissen. Und zieh dir frische Kleider an – diese hier sind schlammverkrustet.«

»Soviel zur Romantik.« Er raubte ihr einen weiteren Kuß. »Was dich angeht, Mylady, geh und trockne dich ab und zieh dir etwas Warmes an.«

»Mir war warm, bis ich dich losgelassen habe«, beschwerte sie sich und legte die Arme erneut um ihn.

»Hör auf damit. Sioned, ich verbiete dir strengstens, mich zu verführen.«

»Muß ich das denn?« Sie kicherte. »Also schön. Ich gehe. Ich schätze, es ist nicht sehr elegant, wenn ich während unserer Hochzeit die ganze Zeit über niesen muß. Aber mit diesen Smaragden werde ich wunderbar aussehen.«

»Gierige Hexe«, meinte er vorwurfsvoll. »Schon allein deshalb sollte ich dir eine Kette aus Flußkieseln machen lassen.«

»O nein, das wirst du hübsch bleiben lassen!« Sie nahm sein Gesicht zwischen ihre Hände und gab ihm einen herzhaften Kuß. Als sie ihn losließ, sagte er das einzige, was unter diesen Umständen möglich war.

»Ich liebe dich!«

Ihre grünen Augen füllten sich mit Tränen. »Das hast du noch nie gesagt.«

»Natürlich habe ich das.«

»Nein, es war das erste Mal.«

»Aber du hast es gewußt, Sioned. Du mußt es gewußt haben.«

»Ich möchte es manchmal gern hören, Rohan. Das macht alles leichter.«

»Was denn, Liebes? Die Prinzessinnen? Kümmere dich nicht um sie.«

»Du hast es aber getan«, erinnerte sie ihn spitz. »Aber sie sind es eigentlich nicht.«

»Was dann?«

Sie hob die Hand mit dem Smaragd. »Ich weiß nicht, wie lange ich die anderen Ringe noch in Ehren tragen kann.«

»Das verstehe ich nicht.«

Ein leiser Seufzer kam über ihre Lippen. »Ich weiß nicht mehr, was ich sein soll. Lichtläuferin oder Prinzessin oder beides? Ich fühle mich – in der Falle.«

Jetzt endlich verstand er, was sie zuvor gemeint hatte. »Sioned, niemand kann dich besitzen, außer du läßt es zu. Nicht ich, nicht Andrade. Jeder, der es versucht, macht es mit der Absicht, dich zu benutzen. Ich verspreche dir, daß ich das nicht tun werde. Ich liebe dich so sehr – ich will niemals sehen, daß dich etwas verletzt. Hab keine Angst vor mir, Geliebte. Ich werde dich nicht einfangen.«

»Das hast du schon.« Sie gebot seinem Protest mit einem weiteren Kuß Einhalt. »Halte du nur einfach dein Versprechen, Rohan. Sei mir gegenüber immer ehrlich. Bitte.«

Sie krochen aus ihrem kleinen Versteck, schaudernd in dem rauhen Wind, der die Wolken vertrieben hatte, und trennten sich – Sioned kehrte zu ihren Lichtläuferfreunden zurück und Rohan zu seinen Prinzen. Keiner von ihnen bemerkte ihre Schatten: eines ein *Faradhi*, eines ein Knappe und außerdem ein erfahrener Schwertkämpfer aus Rohans eigener Wache. Und keiner von diesen dreien sah die Gestalt im dunkelvioletten Umhang, die von einem Baum verborgen blieb. Haß glühte in ihren dunklen Augen.

Am nächsten Nachmittag stand Lady Andrade im Konferenzzelt und drückte das Siegel der Schule der Göttin auf eine Reihe von Dokumenten. Alle Prinzen sahen zu, wie sie heißes, schwarzes Wachs auf die weißen Bänder tropfen ließ, die Urival auf jedes Pergament gelegt hatte, und wie sie dann ihr Siegel hineindrückte, das ein Bildnis des großen Schlosses hinterließ. Sekretäre waren den ganzen Tag über an der Arbeit gewesen, um die erforderliche Anzahl von Kopien anzufertigen – und es waren recht viele zu machen, überlegte Andrade, und auch der Name ihres Neffen tauchte auf mehreren auf. Insgeheim war sie erstaunt, wieviel er hier erreicht hatte. Er hatte eine Menge gewonnen und dabei ebenso wenig gegeben, wie Zehava es immer getan hatte. Andrade vermutete, daß die anderen Prinzen langsam begriffen, daß sich hinter Rohans arglosem Lächeln und seinen unschuldigen, blauen Augen ein gerissener Verstand und Ehrgeiz verbarg, aber sie waren offenbar alle erpicht darauf, Verträge mit dem Mann zu schließen, in dem sie einen zukünftigen Schwiegersohn von Roelstra sahen. Der Hoheprinz hatte sie selber dazu gebracht, dies zu glauben; Rohan hatte nichts dergleichen sagen oder tun müssen. Und alle Prinzen waren für die kommenden drei Jahre an diese Vereinbarungen gebunden.

Sie nickte Roelstra herzlich zu, als das letzte Dokument ihr Siegel trug, und er wandte sich an die versammelten Prinzen. »Vettern, ich danke Euch für ein friedliches und profitables *Rialla.* Mögen wir alle den uns zustehenden Lohn unserer Arbeit hier erhalten und uns in drei Jahren in noch größerer Freundschaft wieder versammeln.«

Als alle sich vor Andrade verneigten und nacheinander das Zelt verließen, zog sie ihren Umhang ein wenig enger, denn eine scharfe Brise wehte durch den Eingang herein. Urival räumte Bänder, Siegel und Wachs in ihr Kistchen und verstaute die Kopien für die Schule der Göttin in einer Transporttruhe. Die anmutigen Bewegungen seiner Hände zogen ihre Aufmerksamkeit auf sich und lullten sie beinahe ein. Daher fuhr sie zusammen, als Roelstras Stimme plötzlich hinter ihr erklang.

»Einige wenige Augenblicke Eurer Zeit, Andrade.«

»Natürlich. Urival, ich erwarte, daß die Liste morgen vormittag fertig ist. Laß dir von Camigwen helfen. Sie hat eine saubere Handschrift.«

»Wenn ich sie von Ostvel fortlocken kann«, murmelte der lächelnd. Er nahm die beiden Kistchen, verneigte sich und ließ Andrade mit dem Hoheprinzen allein.

»Bitte setzt Euch«, forderte er sie auf, und Andrade ließ sich in einen Sessel sinken. Roelstra nahm ihr gegenüber am Tisch Platz. »Ihr kennt meine Hoffnungen hinsichtlich Eures Neffen und einer meiner Töchter?«

»Die könnte selbst ein Blinder nicht übersehen«, antwortete sie freundlich. »Ihr könnt so subtil sein, wenn es Euch gefällt. Ich frage mich, warum Ihr diesmal Eure Pläne so offen an den Tag legt.«

»Ohne Euch beleidigen zu wollen, muß ich sagen, daß es meiner Meinung nach keine andere Möglichkeit gab, Rohan diese Vorstellung nahezubringen. Er hat sich sehr stark auf die Geschäfte hier beim *Rialla* konzentriert und daher nur auf die allerdeutlichsten Hinweise meiner Mädchen reagiert.«

»Ich denke, er hat den Eindruck bekommen, den er Eurer Meinung nach gewinnen sollte«, erklärte ihm Andrade, ohne eine Miene zu verziehen.

»Aber ich habe gehört, Ihr hättet eine eigene Kandidatin für ihn.«

Sie nickte. »Auf ihre Art ist Sioned ebenso stur wie Rohan.«

»Ich möchte Euch ein Angebot machen, Andrade. Lady Sioned will ihn nicht wirklich. Für ihn wäre es viel besser – was Reichtum und Prestige angeht –, wenn er eines meiner Mädchen nehmen würde. Eine Verschwägerung mit mir wäre eine sehr gute Sache, das wissen wir doch alle.« Roelstra machte eine Pause. »Wie Ihr außerdem wißt, bin ich in der Felsenburg seit Jahren ohne einen Lichtläufer.«

»Das lag an Euch, nicht an mir. Johoda war höchst talentiert, aber Ihr habt seine Dienste zurückgewiesen.«

»Was ich sehr bedaure. Wie Ihr wohl wißt, verfüge ich über andere Informationsquellen. Aber letztlich benötige ich doch einen *Faradhi.*«

»Und Ihr wünscht Sioned?« Ihre Finger trommelten gleichmäßig auf den Tisch. »Die bekommt Ihr nicht, Roelstra.«

»Und wenn sie selbst es wünschen sollte?«

Andrade lachte laut auf. »Um der Ehre willen, Eure Hure zu sein? Macht Euch nichts vor, Roelstra – weder, was dieses Mädchen, noch, was Euch selbst angeht. Ihr seid nicht mehr jung. Ihr seid dicker, als es früher der Fall war, und die Jahre zeigen sich auch bei Euch allmählich. Ihr seid wohl kaum noch der gutaussehende Jüngling, der vor nahezu dreißig

Jahren auf der Suche nach einer Gemahlin in die Burg meines Vaters geritten kam.«

Roelstra lächelte ihr verbissen zu. »Der Göttin sei Dank, daß ich weder Euch noch Eure geistlose Zwillingsschwester gewählt habe.«

»Wie ich sehe, läßt auch Euer Gedächtnis nach«, spottete Andrade. »Milar verachtete Euch auf den ersten Blick, und ich hatte bereits gesehen, was aus Euch werden würde.«

»Ich werde Sioned haben!«

»Ihr werdet nichts haben!« Sie beugte sich vor, und jetzt lächelte sie nicht mehr. »Glaubt Ihr wirklich, ich würde auch nur flüchtig in Erwägung ziehen, dieses Mädchen einem Mann zu überlassen, der bereits einen *Faradhi* korrumpiert hat? O ja, ich weiß alles darüber – und Ihr wußtet, daß ich es wußte. Ihr habt meine Erlaubnis, mir das zu erklären.«

Er sprang auf die Füße und richtete sich hoch vor ihr auf. »Eure Erlaubnis? Wie könnt Ihr es wagen, mich zu beschuldigen –«

»Ich hätte Euch wohl vor den anderen Prinzen beschuldigen sollen?«

»Und warum habt Ihr es nicht getan?« schoß er zurück. »Seid Ihr zu stolz zuzugeben, daß Ihr nicht alles und jeden auf dieselbe Art beherrschen könnt wie Rohan?«

»Wie kommt Ihr darauf, ich würde ihm sagen, was er zu tun oder zu sagen hat? Ihr müßt noch eine Menge über ihn lernen, Roelstra.«

»Ich warne Euch, Andrade –«

Sie erhob sich und zog ihren Umhang fester. »Es war Euer Gesicht, das Gesicht, das Ihr jetzt zeigt, beschmutzt von der Macht, das ich am FEUER sah, als ich noch ein junges Mädchen war. Lebt Euer Leben, wie Ihr es wollt. Aber ich warne Euch, Roelstra. Rührt nie wieder einen meiner *Faradh'im* an.«

Sie rauschte aus dem Zelt, von einem inneren Beben erschüttert. O Göttin, wie sie diesen Mann haßte, wie sehr sie wünschte, ihn zu ruinieren – aber ohne den abtrünnigen Lichtläufer an der Hand hatte sie keinen Beweis. Sie war selbst überrascht darüber, wie stark ihr Bedürfnis war, den Hoheprinzen völlig gebrochen zu sehen. Und sie wußte auch: Erst wenn das der Fall war, würden Rohan und Sioned sicher sein.

Der Hoheprinz kümmerte sich nicht um seine Diener, als er zu seiner Barke marschierte. Er hörte Palilas Stimme seinen Namen rufen, hatte aber keine Zeit für sie – die nutzlose, aufgedunsene Palila, die ihm niemals einen Sohn gebären würde. Er betrat seine eigene Kabine und versperrte die Tür vor ihr. Sollte sie es ruhig fertigbringen, ihren schweren Leib von ihrer Liege zu hieven! Dann dachte er an Sioneds schlanke Gestalt, an ihre geschmeidigen Bewegungen und an Sioneds unergründliche grüne Augen – und Sioneds *Faradhi*-Ringe.

Er öffnete ein Fach, das in der Holzvertäfelung verborgen war, und zog ein kleines Samtsäckchen hervor. Er wog es nachdenklich in der Hand und überdachte Crigos Bedürfnisse. Der Mann war wertlos. Er würde nicht mehr bekommen als das, was er bereits in seinem Zelt hatte.

Hier hatte er mehr als genug *Dranath* für Sioned.

Kapitel fünfzehn

Rohan verließ das Zelt des Hoheprinzen in bester Laune, denn von allen Prinzen war er der einzige, der Andrade gut genug kannte, um ihre Miene zu verstehen, als sie mit leicht hochgezogenen Brauen die von ihm unterzeichneten Verträge durchsah. Für einen vorgeblichen Idioten hatte er gar nicht so schlecht abgeschnitten, sagte er sich – aber er überlegte doch, ob seine Tante wohl seine wahre Absicht hinter einigen ansonsten unschuldigen Vereinbarungen mit den Prinzen Clutha und Volog erkannte.

Keine Kuh mit einer gewissen Menge Selbstachtung blieb freiwillig länger als eine Saison in der Wüste, ganz gleich, wie gut die Zucht war, Meadowlord hatte dagegen in den letzten Jahren ohnehin zuviel Vieh hervorgebracht. Rohan hatte sich erboten, Clutha einige von Chays besten Pferden und eine ordentliche Summe Bargeld für die Häute von Vieh zu geben, das geschlachtet worden war, um die Herden auszudünnen. Dies war der erste Schritt auf einem langen Weg; das Abkommen mit Volog war der zweite. Diesem Prinzen – Sioneds Vetter – hatte er die Erlaubnis abgehandelt, im Austausch gegen größere Schiffsladungen von Glasbarren an die Handwerker in Kierst zwei Meister in der Kunst der Pergamentfertigung auszuleihen. Offizieller Grund für sein Handeln war, daß er die Ausbildung seiner Neffen mit Hilfe von Kopien der Bücher verbessern wollte, die sich in Rohans eigener, umfassender Bibliothek befanden. Dadurch erklärte sich auch Chays Beteiligung.

Doch was er wirklich wollte, irgendwann in der Zukunft, war der Aufbau einer Schule. Rohan hatte den Vorteil eines nachgiebigen – wenn auch sehr irritierten – Vaters gehabt, der bereit war, jede erdenkliche Summe auszugeben, um seinen wißbegierigen Sohn mit Büchern zu versorgen. Doch nicht jeder junge Edle, und schon gar nicht die niedrigen Klassen, waren ebenso vom Glück begünstigt. Er wollte unter anderem Mittel und Wege dafür finden, daß talentierte junge Männer und Frauen ausgebildet werden konnten und daß man ihren Geist trainierte und ihre besonderen Fähigkeiten erkundete. Es gab Schulen für einige der wichtigsten Handwerkskünste – die Kristallmeister in Firon, die Weber in Cunaxa –, aber die meisten Menschen waren gefangen in einem Familienunternehmen, ganz gleich, worin ihre eigenen angeborenen Neigungen bestanden. Er wußte, daß sein

Plan von Sioned begeistert unterstützt werden würde, denn sie war ebenso wißbegierig wie er. Er freute sich auf einen Winter allein mit ihr in Stronghold, und nicht nur aus den Gründen, die auf der Hand lagen.

Rohan stapelte die Unterlagen und lehnte sich zurück und streckte sich. Dann hörte er Schritte auf der anderen Seite der Trennwand, die seine Privatgemächer von dem öffentlicheren Bereich seines Zeltes trennte. »Walvis?« rief er, und einen Augenblick später erschien der Knappe. Rohan starrte ihn an und stieß einen leisen Pfiff aus. »Große Göttin, was ist denn mit dir passiert?«

Die sommersprossigen Wangen des Knappen liefen rot an, wodurch die schwarz-blaue Verfärbung seines Auges noch betont wurde. »Nichts, Herr«, murmelte er.

»Komm her und laß sehen.« Rohan drehte den Knaben so, daß dessen Gesicht dem Licht zugewandt war, das durch das feine Maschenwerk vor einem Fenster fiel. »Wenn das ›nichts‹ ist, dann möchte ich nicht wissen, was du unter ›etwas‹ verstehst.« Er nahm die rechte Hand des Knappen, um sie zu untersuchen. »So wie deine Knöchel aussehen, hast du aber auch ganz schön ausgeteilt.«

»Das kann man wohl sagen, Herr«, antwortete Walvis grimmig.

»Würdest du mir bitte erzählen, worum es dabei ging?«

»Eine Ehrensache.«

»Deine oder meine Ehre?«

»Sowohl als auch.« Plötzlich ragte das verbissene Kinn eines Mannes aus dem kindlich-runden Gesicht. »Einer von Prinz Durrikens Knappen hat behauptet – er hat gesagt, Ihr wäret –«

»Ja?« bohrte Rohan und erkannte, daß er unter keinen Umständen lachen durfte.

»Ich wiederhole derartige Dinge nicht gern, Herr.«

»Tu's trotzdem.«

Der Knabe schluckte und lief erneut rot an. »Er sagte – daß

Ihr Probleme haben würdet, von irgendeiner Frau einen Sohn zu bekommen, weil Ihr – verzeiht mir, Herr – weil Ihr zu dumm wäret, um den Pißpott zu finden, geschweige denn –«

»Verstehe.« Rohan verbot seinen Gesichtsmuskeln jegliches Entgleisen.

»Ich habe ihm die Beleidigung heimgezahlt, Herr.«

»Das sehe ich.«

Walvis betastete das blaue Auge und meinte achselzukkend: »Vor einer Weile sah ich wirklich schlimm aus.«

»Mmm.« Rohan wandte sich ab und beschäftigte sich mit der Anordnung der Papiere auf seinem Reiseschreibtisch. Als er wieder ein ernstes Gesicht machen konnte, erklärte er: »Ich vertraue darauf, daß dir deine Gliedmaßen gut genug gehorchen, daß du unseren Juwelier auf dem Markt aufsuchen kannst.«

»Sind die Smaragde für Mylady fertig?«

»Ich möchte, daß du das herausfindest. Wenn sie fertig sind, bring sie mir. Und wenn nicht –«

»Werde ich herausfinden, warum!«

»Aber sanft, bitte«, ermahnte ihn Rohan lächelnd. »Schließlich haben wir dem armen Mann kaum Zeit gelassen. Und jetzt fort mit dir.« Als der Knappe die Trennwand erreichte, rief Rohan leise: »Walvis?«

Der Knabe drehte sich um. »Ja, Herr?«

»Ich wette, Prinz Durrikens Mann sieht viel schlimmer aus als du.«

Walvis grinste stolz. »Der wird ein paar Tage lang nichts Härteres beißen können als Wasser – und auch nicht aufrecht gehen!«

Diesmal konnte Rohan sein Lachen nicht unterdrücken. Als sich Walvis verneigt und ihn verlassen hatte, wurde seine Belustigung zu einem Seufzer. Ach, wäre er doch noch so jung und könnte den direkten Weg zu einem Ziel nehmen – am liebsten mit einer soliden Rechten gegen Roelstras Kinn. Noch immer dachte er an die Hindernisse, die der Hoheprinz ihm bei seinen Verhandlungen bezüglich des harmlosen Tausches von Glas und Pferden gegen die Handwerker und Lederhäute in den Weg gelegt hatte. Es war nahezu unmöglich gewesen, den Mund zu halten und verwirrt zuzusehen, wie Volog und Clutha die Diskussion für ihn führten.

Lärm drang von draußen herein und lenkte ihn ab, und durch die Fensteröffnung konnte er Camigwen sehen, die das Aufstellen von einem Dutzend langer Tische überwachte. Zu spät fiel Rohan ein, daß er an diesem Abend zu einem inoffiziellen Dinner geladen hatte. Anschließend würde getanzt werden, und es würde gewiß sehr spät werden – denn alle Arbeit war getan, und es war an der Zeit, das gesellschaftliche Leben in vollen Zügen zu genießen, ehe morgen die Feierlichkeiten des Letzten Tages stattfinden würden.

»Camigwen? Darf ich Euch einen Augenblick stören?«

Sie wandte sich um und blinzelte, um durch den Stoff sehen zu können, und sagte: »Aber natürlich, Herr.« Sie eilte zum Eingang und trat ein. Neugierig betrachtete sie die Einrichtung seiner Privatgemächer. »Es läuft alles prächtig, Herr«, berichtete sie. »Von Süden zieht kein Regen mehr herauf, also ist unser Fest im Freien nicht in Gefahr, ins Wasser zu fallen. Die Köche liegen gut in der Zeit – die Braten sind fertig, Eiscremes und Weine sind im Fluß gekühlt, und ich habe es so eingerichtet, daß die Brote genau rechtzeitig zu Beginn des Mahles heiß und durch sein werden.«

»Ihr seid eine Perle«, lobte er lächelnd. »Ihr habt hier und auch unterwegs wundervoll für mich gesorgt – und ich habe mich gefragt, ob Ihr wohl bereit wäret, eine dauerhafte Einrichtung daraus zu machen.«

Camigwen runzelte die Stirn. »Ich kann alles schriftlich festhalten –«

»Das habe ich nicht gemeint, und Ihr wißt das«, schalt er sanft. »Setzt Euch, bitte.«

Sie sank auf einen kleinen, gepolsterten Schemel, die

Hände im Schoß gefaltet, und einen Moment bewunderte er nur stumm ihre außergewöhnlichen, dunklen Augen. Es war, als könnte man ihr Herz und ihre Seele durch sie sehen, so klar blickten sie. Einen Augenblick lang beneidete er Ostvel darum, daß ihn diese Augen jeden Tag seines Lebens anstrahlten, doch dann lächelte er. Es würde ein anderes Augenpaar geben, so grün wie Sommerblätter und genauso außergewöhnlich, das ihn ansehen würde.

»Ihr habt in Stronghold gelebt«, fing er an, »daher wißt Ihr auch, wie komplex das Leben dort sein kann. Ich brauche jemanden, der mich nicht zur Verzweiflung treibt, so wie mein jetziger Haushofmeister es tut. Im Grunde ist er der Kammerherr meiner Mutter, nicht meiner. Außerdem brauche ich jemanden, der die Wachen beaufsichtigt und all das erledigt, was mein Vater selbst getan hat, was mich aber nie interessiert hat. Würdet Ihr und Ostvel einmal darüber nachdenken, daß Ihr in Stronghold leben und diese Pflichten übernehmen wollt? Ich weiß, es ist keine sehr wichtige Arbeit, verglichen mit dem, was Ihr als Lichtläufer an anderen Höfen leisten könntet. Und ich weiß, daß Ostvel das Talent und den Ehrgeiz hat, eines Tages Präfekt in der Schule der Göttin zu werden. Aber ich wünschte, Ihr würdet beide darüber nachdenken.«

Eine zarte Röte überflog ihre dunkle Haut. »Es ist sehr freundlich von Euch zu fragen, Herr.«

»Nein. Ich bin selbstsüchtig. Ich brauche Euch beide. Ich würde es für eine Ehre erachten, wenn Ihr Stronghold zu Eurem Heim machen würdet.«

Walvis stürmte ins Zelt, gerade als Camigwen zu einer Antwort ansetzte. Der Knabe kam schlitternd auf dem Teppich zum Stehen, ließ den Samtbeutel fast fallen, den er trug und keuchte: »Herr, sie sind fertig – seht nur!«

Er leerte den Beutel auf den Schreibtisch. Acht Smaragde, so groß wie Rohans Daumennagel und gefaßt in einen Hauch zarten Silbers, als wäre Mondschein auf *Faradhi*-Art um die

Steine verwebt worden. Zwei weitere Smaragde waren zu passenden Ohrringen verarbeitet worden, und ein dritter krönte eine phantastische silberne Haarnadel, auf der winzige Diamanten funkelten. Die beiden letzten Schmuckstücke hatte Rohan weder in Auftrag gegeben, noch hatte er die Diamanten geliefert; der Juwelier war offensichtlich inspiriert worden.

»Neben Lady Sioned wird selbst das Sternenlicht verblassen«, erklärte Walvis stolz.

»O ja«, murmelte Rohan. Nur mit Mühe konnte er den Blick von den Schmuckstücken wenden, als er sie in den Beutel zurückgleiten ließ. »Sperr sie für den Augenblick noch fort, Walvis. Und danke.«

»Ihr habt also doch vor, sie zu heiraten!« rief Camigwen aus.

»Ich dachte, das wüßtet Ihr!« antwortete er überrascht.

Sie sprang auf die Füße und warf die Arme um Rohan. »Natürlich kommen wir nach Stronghold, Ostvel und ich! Wir dachten, Ihr wolltet sie nicht!«

»Aber, aber, wer hat Euch denn auf diesen Gedanken gebracht?« brummte er und erwiderte ihre Umarmung.

»Ihr, Herr«, erklärte Walvis grinsend.

Cami trat zurück, die Hände auf die Hüften gestützt, mit blitzenden Augen. »Ihr seid ein gefährlicher Mann, mein Prinz.«

»Man hat mich schon vieles genannt, aber – gefährlich? Ach, eine Bedingung gibt es noch, wenn Ihr nach Stronghold kommt.« Er bemühte sich um Ernst, aber weder Stimme noch Gesicht gehorchten. »Ich muß mit gutem Beispiel vorangehen, wißt Ihr, und ich werde nicht zulassen, daß Ihr und Ostvel in meinem Haushalt lebt, außer Ihr seid anständig verheiratet. Nun, was habt Ihr dazu zu sagen?«

Sie versank in einem tiefen Hofknicks, wobei ihre Schultern bebten und sie leise kicherte. »Ich schwöre, Ihr seid von Drachen gezeugt!«

»Tatsächlich werden Sioned und ich wohl Eurem Beispiel folgen, denn ich hatte für Euch und Ostvel an morgen gedacht, und es wird einige Zeit dauern, bis eine Hochzeit für uns vorbereitet werden kann. Seid Ihr einverstanden?«

»Und ob!«

Rohan erhob sich und küßte sie impulsiv. »Ein glücklicher Mann, unser Ostvel«, sagte er, um sie erröten zu machen.

»Eine glückliche Frau, unsere Sioned!« gab sie zurück, und sie lachten beide.

Palila saß allein in ihrer Kabine, entsetzlich gelangweilt. Eine ihrer Damen war gerade damit fertig, Öl in ihren Körper zu massieren, damit die Schwangerschaft keine Spuren an ihrem Fleisch hinterließ, doch selbst dieses sinnliche Vergnügen beinhaltete keinen Reiz mehr für sie. Sie wollte draußen in der Welt sein, wollte die bewundernden Blicke der Männer und das neidische Funkeln der Frauen genießen. Beim Gott des Sturmes! Sie haßte es, schwanger zu sein!

Als Roelstra ihre Kabine betrat, verschlug es ihr fast die Sprache vor Überraschung. Sie dankte der Göttin, daß sie in einen üppigen Morgenmantel gehüllt und ihr Haar so frisiert war, wie er es gerne sah. Doch er schien es überhaupt nicht zu bemerken. Jeder andere Mann hätte in ihr die blühende Verkörperung der Mutterschaft gesehen und sich voll Stolz daran weiden können. Aber Roelstra hatte mehr schwangere Frauen gesehen als irgendein anderer Mann, abgesehen von einem Arzt.

»Crigo scheint es nicht gut zu gehen«, erklärte er ohne Umschweife.

»Hat er zuviel oder zu wenig genommen?«

»Wahrscheinlich ersteres, nach seinem Entzug auf der Reise hierher.« Rastlos schritt er in der Kabine umher, strich mit den Fingern über Tische, Stühle, Messingknäufe, Tapeten und Vorhänge, die die Fenster verhüllten. »Ich habe vergessen, wie groß die übliche Dosis *Dranath* im Wein ist. Es ist lange her, daß wir ihn zu uns geholt haben – den nutzlosen Narren«, fügte er zornig hinzu.

Jeder Instinkt, der ihr innewohnte, erhob sich und heulte eine Warnung, aber sie brachte ein Lächeln zustande. »Eine gewinnträchtige Zeit, Herr. Ich glaube, es ist eine halbe Handvoll auf einen großen Krug. Aber warum fragt Ihr ihn nicht selber? Er bereitet ihn sich doch seit Jahren selbst zu.«

Der Hoheprinz zuckte mit den Schultern. »Hast du mich nicht gehört? Er hat zuviel genommen. Jetzt sitzt er in seinem Zelt, kaum bei Bewußtsein, und kann mir nicht einmal sagen, wo er es aufbewahrt. Wir müssen es für ihn rationieren, Palila. Wo ist der Vorrat?«

»In der dritten Schublade in meinem Schrank.« Sie sah zu, wie er das Holzkästchen unter einem Stapel ihrer feinsten, seidenen Unterwäsche hervorzog – ein Anblick, der in ihm sonst unweigerlich die Lust beschwor, die Frau zu lieben, der diese Wäsche gehörte. Aber diesmal sah er sie nicht einmal. »Was soll ich ihm sagen, wenn er mehr will?«

»Das wird er nicht. Ich wünsche nicht, daß er dich belästigt, mein Schatz.« Mit einem Finger fuhr er über die Schnitzereien des Kästchens. Dann begegnete er ihrem Blick und lächelte. »Nichts soll dich beunruhigen, sonst stört es noch unseren Sohn.«

Sie stieß einen glücklichen Schrei aus. »Das ist das erste Mal, daß du gesagt hast, daß es ein Knabe wird!«

»Ich hoffe, es wird so sein«, verbesserte er sie. »Aber ich hege diese Hoffnung immerhin schon seit fünfundzwanzig Jahren. Trotzdem, vielleicht kann ich der Versammlung beim nächsten *Rialla* schon den künftigen Hoheprinzen präsentieren.«

»Ich hoffe, er pinkelt Andrade an«, erklärte sie, und das Lächeln zauberte Grübchen auf ihre Wangen.

»Kein Sohn von mir hätte derartig barbarische Manieren –

aber die Vorstellung gefällt mir!« Er kam zu ihr und streichelte ihr mit einem Finger über die Wange. »Ruh dich gut aus, meine Liebe. Ich möchte, daß du bei den Feierlichkeiten des Letzten Tages so gut wie möglich aussiehst.«

»Wie Ihr befehlt, Herr«, versprach sie und lächelte zu ihm auf.

»Ich wünschte, meine Töchter wären ebenso darauf bedacht, mir eine Freude zu bereiten wie du, Palila. Erinnere mich daran, dir von ihren Manövern zu erzählen, vor allem in Hinblick auf diese Lichtläuferin.« Seine Augen funkelten vor Belustigung – und noch etwas anderem –, als er lächelte und sie verließ.

Sie sank in ihre Kissen zurück und zerriß gedankenverloren deren Spitze. Ihr Instinkt nagte weiter an ihr, während sie in Gedanken jedes Wort dieser Unterhaltung durchging, und ihr wurde kalt bis ins Mark, als seine Worte zu einem einzigen, entsetzlichen Satz wurden: ihre Entlassung und Crigos Todesurteil.

Sie hatte nicht seit mehr als vierzehn Jahren mit Roelstra gelebt, um ihn jetzt nicht zu verstehen. Sein Blick wanderte zu anderen, jedes Mal, wenn sich der Tag der Geburt näherte, aber immer war es ihr gelungen, selbst damit fertig zu werden, immer hatte sie dafür gesorgt, daß seine Affairen kurz und unproduktiv blieben. Die Mädchen waren jedesmal aus der Felsenburg verschwunden, sobald sich Palila körperlich von der Geburt erholt hatte. Daß sie so lange schon Roelstras Mätresse war, lag zum Teil auch daran, daß sie sich um sein Vergnügen kümmerte, selbst wenn sie nicht in der Lage war, diese Freuden mit ihm zu teilen.

Aber diesmal war es anders. Sie spürte es mit jedem Nerv. Sie ging noch einmal die Beschreibungen der Prinzessinnen durch, die das *Faradhi*-Mädchen gesehen hatten und machte Abstriche mit allem, was auf Eifersucht zurückzuführen war. Dann fügte sie Roelstras eigene Worte über Crigos Nutzlosigkeit hinzu. Diesmal war sein Bedürfnis nach einer neuen Frau mit dem Bedarf an einem neuen Lichtläufer zusammengefallen – und seine Wahl für beides war auf diese Sioned gefallen.

In ihrer Panik erhob sich Palila von der Liege. Ihr Rücken schmerzte, als sie zum Kleiderschrank ging und in den unteren Regalen nach einem kleinen Päckchen suchte, das sie immer bei den weniger wertvollen Schmuckstücken aufbewahrte. *Dranath* war ein Kraut, dessen Potenz mit der Zeit zunahm, und dieses Päckchen war tatsächlich sehr alt – eines der ersten, das ihr die alte Berghexe gegeben hatte. Sie stöhnte, als sie mit der Droge in der Hand wieder auf die Beine und nach diesem kleinen Ausflug atemlos zu ihrer Liege zurückkehrte. Crigo würde hier zu ihr gebracht werden und heute abend eine starke Dosis bekommen; die Barke würde sich dann im schlimmsten Sturm befinden können, und doch würde er glauben, trockenen Boden unter den Füßen zu haben. Er würde all die falsche Kraft benötigen, die *Dranath* ihm geben konnte, denn heute abend sollte er etwas für sie tun, was er seit fünf Wintern nicht mehr für sie getan hatte. Er sollte bewußt die Farben eines anderen *Faradhi* im Mondschein suchen.

Andrade saß in einem bequemen Sessel, einen Teller mit Speisen im Schoß und ein trockenes Lächeln auf den Lippen. Die Atmosphäre bei Rohans Abendgesellschaft im Freien war romantisch genug, selbst für ihren törichten Neffen. Fackeln tauchten vom Wein gerötete Gesichter in goldenes Licht, eine Brise vom Fluß bewegte die riesigen Blumensträuße, die in Eimern die Tanzfläche begrenzten, und Musiker spielten sanfte Weisen, die sie aus ihrer Kindheit kannte. Sie war diesen Dingen gegenüber immun, beobachtete aber, wie die Paare um sie herum ihnen erlagen – einige junge Edle und ihre auserwählten Damen, die sie selbst am folgenden Tag miteinander verbinden würde, und mehrere verheiratete Paare, die diese Art Unsinn schon längst hätten hinter sich haben sollen. Camigwen und Ostvel hatten für niemanden außer sich selbst Augen; Chay und Tobin führten sich auf, als hätten sie sich gerade erst ineinander verliebt. Sie standen bei Rohans Zelt und fütterten einander mit weingetränkten Beeren, und dabei kicherten sie wie die Kinder. Andrade seufzte. Es würde schwierig werden für sie, heute nacht mit irgend jemandem ein intelligentes Gespräch zu führen. Der Göttin sei Dank, daß sie niemals ihr Herz oder ihren Verstand an einen Mann verloren hatte. Und doch, als sie einen jungen Edlen mit seiner Braut am Arm vorübergleiten sah, fragte sie sich, was ihr entgangen war.

Urival näherte sich ihr ein wenig unsicher, in der einen Hand eine Schüssel mit Obst und Wein, in der anderen einen Kelch. Er sank zu ihren Füßen nieder, lächelte glücklich zu ihr auf und verkündete: »Ein wundervoller Abend!«

»Alles wird erträglich, wenn man genug Wein getrunken hat. Wieviel ist es denn in deinem Fall?« Sie deutete mit dem Kopf auf den Weinkelch.

»Meine Dame«, antwortete er mit gespieltem Bedauern, »ich habe aufgehört zu zählen.« Dann grinste er. »Rohan ist ein wenig zu deutlich, was?«

»Sind sie das nicht alle? Trotzdem, es tut gut, sie glücklich zu sehen. Möge der Segen der Göttin auf ihnen ruhen.« Automatisch suchte ihr Blick Roelstra. Er saß mit einigen seiner Töchter unter einem Baum.

»Keine Sorge«, beruhigte Urival. »Er hat heute abend nichts anderes getan, als zu lächeln und zu essen. Er bemerkt nicht einmal, wie Rohan sich zum Narren macht.«

»Das tut er nicht. Sioned würde es nie zulassen.« Andrade kicherte. »Sieh nur – er geht schon wieder zu ihr hinüber. Sie wird ein wenig die Stirn runzeln, zurückweichen, und – da, sie ist verschwunden!«

»Nur gut, daß einer von ihnen noch nüchtern ist. Waren wir jemals so jung? Was meinst du?«

»Das ist länger her, als mir lieb ist, mein Freund.«

Urival lachte. »Trink noch ein wenig Wein. Dann fällt dir vielleicht mehr ein, als gut für deine Würde ist.«

Als sich Rohan des Gegenstands seiner Begierde beraubt sah, ging er zu seiner Schwester und nahm ihr ihren Kelch einfach aus der Hand. »Ich habe Durst!« erklärte er.

»Rohan! Gib den zurück! Und hör auf, dich Sioned gegenüber wie ein Idiot zu verhalten. Du sollst ein geistloser Prinz sein, der seine Entscheidung noch nicht getroffen hat – kein wirklich geistloser Kerl, der die Tatsache nicht verbergen kann, daß er verliebt ist oder betrunken oder beides!«

Er grinste sie an und hielt den Kelch so hoch, daß sie nicht heranreichte. »Weder Ianthe noch Pandsala sind hier, und sie sind die einzigen ernsthaften Bewerber um meine königliche Hand, meinen Arm und den ganzen Rest. Außerdem habe ich den ganzen Abend über keine zehn Worte mit Sioned gesprochen.« Er machte eine Pause. »Aber vielleicht tanze ich mit ihr.«

»Wag es ja nicht!«

»Ich fürchte, du hast recht«, seufzte er. »Wenn ich sie berühren würde, wäre das Ende nicht bloß ein Tanz.«

Chay, der mit nachsichtigem Lächeln gelauscht hatte, nahm Rohan den Weinkelch seiner Gemahlin aus der Hand. »Einem betrunkenen Prinzen wird alles verziehen.«

»Trunken vor Glück«, stimmte Rohan zu.

Tobin kicherte. »Rohan, du bist wundervoll.«

»Das bin ich! Und du auch!« fügte er großzügig hinzu. »Ah, da kommt Pandsala endlich, um zu speisen. Ich werde hingehen und sehr nett zu ihr sein. Soll ich? Damit bringe ich alle durcheinander!«

Er tanzte mit Pandsala und auch mit Roelstras anderen Töchtern. Er führte seine Schwester bei einer Mäsure und brachte sie so sehr zum Lachen, daß sie die Schritte vergaß. Er tanzte mit den Ehefrauen und Töchtern der anderen Prinzen und Burgherren und zeigte ihnen, was sie zu sehen erwarteten: einen jungen Mann, aufgeregt, weil er seine erste große Gesellschaft gab, und mehr als nur ein wenig trunken von seinem eigenen Wein. Wenn irgend jemand außerhalb seines engsten Kreises die wahre Quelle seiner guten Laune vermutete – nun, sie konnten denken, was sie wollten, bis morgen abend. Er konnte es kaum erwarten.

Musik und Wein flossen bis spät in die Nacht hinein. Die Monde gingen strahlend und rund auf, und Rohan befahl, die meisten Fackeln zu löschen, so daß silberne Schatten weich auf feiner Seide und reizenden Gesichtern spielen konnten. Er war gerade betrunken genug, um zu wagen, Sioned zum Tanz aufzufordern, aber als er sich nach ihr umsah, war von ihrem rotgoldenen Kopf nichts zu sehen. Er seufzte traurig. Wahrscheinlich war sie wieder eifersüchtig geworden, als sie sah, wie er mit jeder Dame außer ihr getanzt hatte, und deshalb in ihr Zelt zurückgekehrt.

Nun, das war eine Idee.

Lächelnd und in der Absicht, seine eigene Feier zu verlassen, drehte er sich um – und sah sich Ianthe gegenüber, die sich kühn zum nächsten Tanz in seine Arme schmiegte. Sie war verführerisch in ihrem tiefvioletten Gewand, das mit winzigen Silberperlen bestickt war, die im Mondschein leuchteten. Er nahm ihre Hände auf seinen Schultern hin, legte seine um ihre Taille, und sie fingen mit den langsamen Schritten an, die die Musik verlangte.

»Ist es nicht interessant, daß sie aufgehört haben, diese Volkstänze zu spielen?« fragte sie.

»Wieviel hast du dafür bezahlt?«

Sie warf den Kopf zurück und lachte. »Ein hübsches Sümmchen! Du bist nicht der Dummkopf, der zu sein du vorgibst, Rohan.«

»Du schmeichelst mir, Base. Ich bin nicht klug genug, um irgend etwas vorzugeben.«

»Du lügst, Vetter.« Ihr Körper preßte sich an seinen, und der Druck ihrer Hände verstärkte sich. »Wäre es nicht schöner, bei mir zu liegen, statt zu lügen?«

»Soweit ich mich erinnere, haben wir das bereits geklärt.«

»Ach nein.« Ihre Finger glitten an seinem Arm nach unten, dann zurück zu seinem Hals. »Du brauchst mich, Rohan. In deinen Augen steht Leidenschaft, die ich befriedigen kann. Ich kann dir auch mit meinem Vater helfen – niemand kennt ihn so gut wie ich.«

»Du bist ein kluges Mädchen.«

»Ich bin ja so froh, daß du das endlich begreifst.« Ihre Blicke trafen sich, leuchtendes Blau und tiefes Braun. »Du begehrst mich«, hauchte sie. »Du hast mich neulich nacht begehrt, und du begehrst mich jetzt.«

»Ich wollte eine Frau, und du warst für eine Weile sehr bequem«, erklärte er grob. »Glaubst du, dein Vater wäre mir dankbar dafür, wenn ich seine Tochter entehre?«

»Glaubst du, er schert sich auch nur einen Deut um uns?«

»Dann ist er der Narr, nicht ich. Er sollte Euch beobachten, ohne auch nur zu blinzeln. Ihr seid ein verzweifeltes Pack, Ihr Prinzessinnen.«

»Ja«, gab sie leise zu. »O ja.«

Der Tanz und ihr Gespräch endeten hier. Er verneigte sich und entfernte sich von ihr, auf der Suche nach einem neuen Kelch mit Wein, um sein Fleisch zu kühlen, da, wo ihre Finger ihn berührt hatten. Dasselbe FEUER sprang von Sioneds Körper auf ihn über – und doch war es so ganz anders. Er fragte sich, warum.

Als er sich wieder besser unter Kontrolle hatte, kehrte er zu der Feier zurück. Aber Ianthe war inzwischen gegangen, und ebenso Pandsala – und auch ihr Vater.

Sioned war nicht annähernd so nüchtern, wie ihre Zurückhaltung im Umgang mit Rohan vermuten ließ. Aus dem Schatten einer Zeltwand heraus sah sie zu, wie er mit jeder Frau tanzte, auf die sein Blick fiel, und es amüsierte sie, bis Ianthe aus dem Nichts auftauchte. Der Anblick der beiden, Brust an Brust, rief etwas in Sioned wach. Dieser Mann gehörte ihr, und es war an der Zeit, daß er sich entsprechend benahm. Mehr noch, es war an der Zeit, daß diese verdammten königlichen Huren verstanden, wer seine Prinzessin werden würde.

Sie kicherte leise vor sich hin, als sein Tanz mit Ianthe zu Ende war und er sich auf den nächstbesten Weinkelch stürzte – ganz offensichtlich brauchte er ihn. Aber ihr Hauptaugenmerk galt Ianthe, die einen Moment lang stehenblieb und Rohan mit blitzenden Augen beobachtete. Ganz plötzlich fiel ihr Blick auf Sioned, und Haß breitete sich auf dem stolzen Gesicht der Prinzessin aus. Sioned lächelte süß. Ianthe funkelte sie an, raffte ihre langen, violetten Röcke und marschierte davon, in die Nacht hinaus. Sioned leerte ihr Glas, stellte es auf einen Tisch und ging hinter ihr her.

»Hoheit!« rief sie spöttisch, und Ianthe wirbelte herum. Sie befanden sich knapp außerhalb von Rohans Lager, wo nur die Monde den Pfad erhellten. »Wie ich sehe, tragt Ihr heute Euren Silberschmuck nicht. Heißt das, ich kann damit rechnen, ihn in meinem Zelt zu finden? Als Zeichen Eurer Niederlage?«

Ianthe zog leicht die Brauen hoch. »Sieht es für Euch so aus, als wäre ich geschlagen? Es ist keine zurückgewiesene Frau, die ihre Zeit in Prinz Rohans Armen verbringt, Lichtläuferin.«

»Merkwürdig, daß Ihr das sagt, wenn man bedenkt, welch kurze Zeit Ihr neulich nacht dort verbracht habt.« Sioned wußte, daß diese Bemerkung ein Fehler war. Man erniedrigte keine Frau, die so gefährlich werden konnte wie Prinzessin Ianthe. Aber sie konnte der Gelegenheit nicht widerstehen, ihr ein paar Beleidigungen heimzuzahlen.

Wortlos wandte sich Ianthe ab, starr vor Zorn, und schickte sich an, weiterzugehen. Sioned folgte ihr, leise lachend, um sie zu quälen. Schließlich wirbelte die Prinzessin wieder herum.

»Laßt mich in Ruhe!«

»Aber ich dachte, wir würden in Euer Zelt gehen, damit ich mir meinen Gewinn holen kann«, antwortete Sioned unschuldig.

»Ihr habt nichts gewonnen!«

»Und Ihr wißt noch nicht einmal, welches Spiel gespielt worden ist!«

»Ihr täuscht Euch, wenn Ihr glaubt, Ihr hättet es gewählt.« Ianthe lächelte plötzlich überheblich. Sioned ignorierte die Warnung und lachte erneut.

»Ich dachte, es wäre klar gewesen, daß es sich um Rohans Spiel handelt.«

»Nicht heute nacht.« Mit diesen Worten zog die Prinzessin ein schmales Silbermesser aus dem Gürtel, dessen Schaft mit blitzenden purpurnen und karmesinroten Juwelen besetzt war.

Sioned war entzückt. Fast nachlässig hob sie eine Hand, und die Klinge fing an zu glühen. Lichtläufer-Feuer leckte am Messer entlang und bewegte sich auf Ianthes Finger zu, ohne daß Sioned die Kontrolle verlor. Sie mußte zugeben, daß die Prinzessin nicht feige war; die winzigen Flammen berührten schon fast ihre Hand, ehe sie das Messer schließlich fallen ließ.

»Du *Faradhi*-Hexe!« zischte Ianthe. »Ich werde ihn bekommen, so oder so – und wenn ich seine Prinzessin bin, werde ich dafür sorgen, daß kein anderer Hof dich haben will! Du wirst den Rest deines Lebens eingesperrt hinter den Mauern der Schule der Göttin verbringen!«

»Das ist es, was Ihr am meisten fürchtet, nicht wahr? Auf dieselbe Art in der Felsenburg eingesperrt zu sein!« Sie verneigte sich spöttisch vor der Prinzessin. »Lernt erst einmal die Regeln des Spiels, ehe Ihr versucht, es zu spielen, Hoheit. Gute Nacht.«

Als Sioned ging, zitterte Ianthe vor ohnmächtiger Wut. Sioned hingegen tanzte förmlich zum Fluß hinab, so erregt war sie nach diesem Treffen. Sie sah bereits ähnliche Szenen voraus, wenn sie nicht nur die Kraft einer Lichtläuferin besaß, sondern darüber hinaus noch die Macht, die ihr ihre Stellung als Prinzessin verleihen würde. Die erste und möglicherweise die beste derartige Situation würde sich morgen abend bieten, wenn sie an Rohans Seite als seine Erwählte erscheinen würde. Die Aussicht auf Ianthes Zorn und Elend entzückten sie, und sie lachte laut.

»Ich hatte gehofft, Euch allein zu treffen, Mylady«, ertönte eine vertraute Stimme hinter ihr.

Palila saß auf dem Rand ihres Sofas und starrte auf Crigos hingestreckten Körper auf ihrem Teppich. »Verdammt, wach auf!« zischte sie. »Du hast genug Wein in dich hineingeschüttet, um einen Händler damit über Wasser zu halten.«

Eine ihrer Damen stand händeringend dabei. »Herrin, er sieht aber gar nicht gut aus –«

»Natürlich nicht, du Närrin! Gib ihm mehr Wein.«

Das Einflößen eines weiteren Kelches drogenversetzten Wein – von dem sich das meiste von den schlaffen Lippen des Lichtläufers auf den Teppich ergoß – entrang ihm ein Stöhnen. Palila machte eine ungeduldige Handbewegung, und das Mädchen half Crigo, sich aufzusetzen. Seine trüben Augen fingen an, klarer zu werden.

»Schlag ihn«, befahl Palila.

Ein Schlag, zwei – Crigos Hand schoß empor und packte die Frau am Handgelenk. »Nicht mehr«, bat er mit belegter Stimme. »Laßt mich.«

»Verschwinde«, befahl nun auch Palila. Das Mädchen floh aus dem Zimmer, und die Tür fiel hinter ihm ins Schloß. »Kannst du jetzt klar denken, oder brauchst du noch mehr?«

Er fuhr sich mit der Hand durch sein feuchtes Haar. »Ich habe geschlafen.«

»Egal! Ich werde dir erzählen, was du versäumt hast. Roelstra hat ein Auge auf eine neue Mätresse geworfen und auf einen neuen Lichtläufer – und dabei handelt es sich um dieselbe Frau!«

»Sioned?« keuchte er.

»Weder du noch ich können es uns leisten, daß er sie genauso mit *Dranath* in die Falle lockt, wie er es bei dir gemacht hat.«

»Warum warnt Ihr sie nicht? Oh – natürlich. Sie würde Euch wohl kaum glauben. Und dann ist da Euer kleines Abkommen mit Pandsala.«

Palila rang nach Luft. »Woher wißt Ihr –«

»Ist das wichtig? Sagen wir einfach, Ihr wollt nicht, daß das Mädchen zu bald schon gerettet wird. Wenn Roelstra sie erst besessen hat, wird Rohan sie nicht mehr wollen, und Pandsala hat freie Bahn. Ist es nicht so gedacht, Palila?«

»Du denkst sehr scharfsinnig, bedenkt man die Verfassung, in der du warst, als sie dich hierher gebracht haben.«

»Sonderbares Zeug, dieses *Dranath.*« Zittrig kam er auf die Füße, stützte sich an einem Stuhl.

»Tatsache ist, daß wir beide kurz davor stehen, ersetzt zu werden, und du kannst es verhindern.«

Crigo ließ sich auf den Stuhl fallen und schloß die Augen. »Gütige Göttin! Wieviel habt Ihr mir gegeben?«

»Wärest du lieber tot aufgewacht?« fauchte sie.

»Ihr seid zu liebenswürdig, wie immer. Ich soll sie also warnen?«

»Aber, wie du schon sagtest, nicht zu früh.«

Crigo fing an zu lachen. »Arme Palila! Warum sollte ich Euch helfen? Euren Untergang zu beobachten wäre schließlich meine Rache an Euch.«

»Bist du so abhängig von deiner Droge, daß es dir sogar gleichgültig ist –«

»Eure Droge, Herrin, die Ihr mir gegeben habt, wieder und wieder, und –« Er lachte erneut, was in einem Hustenanfall endete.

»Wenn Roelstra sie hat, braucht er dich nicht mehr – und

er kann dich nicht am Leben lassen! Willst du wirklich sterben?«

Crigo zuckte mit den Schultern. »Ich sehe nicht, welchen Unterschied das noch macht.« Er holte tief Luft und schüttelte den Kopf. »Ich brauche Mondlicht«, schloß er knapp.

Sie stöhnte vor Erleichterung fast auf und wies auf die Fenster. »Bedien dich.«

»So weit kann ich nicht laufen. Helft mir.« Als sich ihr Gesicht vor Abscheu verzerrte, höhnte er: »Wenn Ihr das wollt, müßt Ihr mir helfen! Ihr habt mir genug gegeben, um zehn *Fardh'im* abhängig zu machen! Verdammt, Palila, helft mir!«

Er stützte sich bei den wenigen Schritten zu den Fenstern schwer auf sie. Sie bemühte sich, die schweren Vorhänge beiseite zu schieben, als Crigo sich an die Wand lehnte und den Atem anhielt. Mondlicht fiel herein und strömte über seine aschfahlen Wangen und seine Augen, die in dunklen, tiefen Höhlen lagen.

»Tu etwas!« befahl Palila.

»Schweigt!« fuhr er sie grob und hart atmend an. »Ihr habt mir zuviel gegeben. Ich kann es fühlen. Ich weiß nicht, wie schnell ich tot sein werde, aber ich weiß verdammt gut, daß ich sterbe.«

»Aber das darfst du nicht! Nicht, ehe du –«

»Ehe ich Euch geholfen habe? Im Namen der Göttin, Palila, glaubt Ihr wirklich, ich würde das für Euch machen?« Er stieß ein schwaches Lachen aus. »Es liegt eine gewisse Freiheit darin, wißt Ihr – in dem Wissen, daß man sterben wird.«

Sie schrak vor ihm zurück. Er bemerkte es kaum. Ein letztes Mal sammelte er sein Wissen und seine schwindende Kraft, um ein letztes Mal das kühle Mondlicht zu verweben, so wie Lady Andrade selbst es ihm vor Jahren beigebracht hatte, als er noch jung gewesen war und die Ringe verdient hatte, die er trug. Er ließ in Gedanken seine eigenen Farben erstehen und staunte, daß die Finsternis, die sie nun so lange gedämpft hatte, von ihnen gewichen war, als hätte der bevorstehende Tod Gaben neu poliert, die er befleckt hatte. Wie schön, dachte er und tastete nach den Mondstrahlen und wirkte sich in sie hinein, dieses eine, letzte Mal als ein wahrer *Faradhi,* ein Lichtläufer, der das Licht reiten konnte.

Die süße Macht erfüllte ihn, und die Fäden verschränkten sich auf sein Kommando zu einem einzigen, geschmeidigen Strang. Seine eigenen Farben verbanden sich mit dem Mondschein, verblaßten und verwischten, als er absichtlich das Lichtmuster vergaß, das nur ihm allein gehörte. Es bedeutete ihm nichts mehr. Der Schattentod wäre entsetzlich gewesen, aber Crigo würde auf dem Licht sterben. Er verwebte sich selbst in kühles Mondfeuer, floh hinein und verlor sich selbst. Das letzte Mal – aber welch süße Freiheit auf dem Mondschein, welcher Frieden.

Andrades Ringe schimmerten, als sie eine Hand hob, um sich etwas über die Stirn zu wischen. Da war etwas, vielleicht ein Insekt. Ihre Finger fühlten nichts als eine lose Haarsträhne. Sie ging schneller auf ihr Zelt zu, schüttelte den Kopf, um den Wein zu vertreiben, und schalt sich selbst, weil sie der ausgezeichneten Syrener Rebe gegenüber schwach geworden war, die Rohan zum Essen hatte servieren lassen. Da war es wieder, dieses Gefühl, als hätte etwas Geflügeltes ihre Stirn berührt, und wieder wischte sie zornig darüber. Dann taumelte sie gegen Urival, als ein tiefer Schrei die Nachtstille zerriß. Drachen. Sie schaute auf und sah ihre ausgebreiteten Schwingen dunkel vor den Sternen und Monden. »Drachenschrei vor Sonnenaufgang«, flüsterte sie und starrte auf die düsteren Schatten, die von einem einzigen männlichen Tier angeführt wurden, das jetzt erneut seine Herrschaft über den Himmel hinausbrüllte.

»Nun sag bloß nicht, du glaubst an diese Legende«, meinte Urival, aber seine Stimme klang nicht so locker wie seine Worte.

»Drachenschrei vor Sonnenaufgang«, wiederholte Andrade gedämpft. »Tod vor Sonnenaufgang. Spürst du es denn nicht?« Sie schauderte, rieb mit beiden Händen ihr Gesicht. Aber die Farben ihrer Ringe drangen in ihre Augen, stießen auf Farben, die absichtlich zerstört wurden, und bleiche Glassplitter betäubten ihre Gefühle. Sie schrie auf und klammerte sich an Urivals Arm. Er rief ihren Namen, aber sie hatte keinen Willen oder keine Stimme mehr, ihm zu antworten. Ihr Gesicht wandte sich den Monden zu, kaltes, weißes Licht, verdunkelt von Drachenschwingen, gnadenlos und schön. Sie spürte die Berührung eines Lichtläufers, hörte eine Stimme, die gleichzeitig schwach und ekstatisch war, und griff nach den verblassenden Farben. Sie wußte, wer dieser Mann war, denn sie erinnerte sich an das elegante Muster aus einer Zeit vor vielen, vielen Jahren – aber er entwich ihr und floh auf dem dünnen Mondlicht, während sie noch bemüht war, das Gewebe zusammenzuhalten. Er war tot – aber zuvor sagte er ihr noch, was sie wissen mußte.

»Sioned!« schrie sie. »O Göttin, nein!«

Urival fing sie auf und stürzte mit ihr zu ihrem Zelt. In der Sicherheit der blauen Seidenwände verlor der Mondschein die Herrschaft über sie. Urival legte sie auf eine Pritsche und kniete neben ihr. Er rieb ihre Hände. »Erzähl es mir«, krächzte er.

»Du mußt Sioned finden! Sag Rohan – Roelstra hat sie, er wird –«

»Woher weißt du das?«

Über ihnen am Nachthimmel kreischte der Drache erneut, und Andrade schrak zurück vor dem imaginären Gefühl seiner Schwingen an ihrem Gesicht.

»Drachenschrei vor Sonnenaufgang – Urival, er ist tot, der Lichtläufer ist tot – starb, als er mir alles erzählte –, laß Sioned nicht auch sterben!«

Kapitel sechzehn

Rohan starrte auf das Hemd, das er gerade auf den Teppich hatte fallen lassen. Nein, es war zu anstrengend, es wieder aufzuheben – und außerdem gefährlich, wenn man bedachte, in welchem Zustand sich sein Kopf befand. Nur gut, daß Sioned nicht in ihrem Zelt gewesen war, denn heute nacht hätte er für sie kaum von Nutzen sein können. Er nahm sich vor, bei seinem Hochzeitsgelage nichts Stärkeres als Wasser zu trinken. Er würde sich schon genug Gedanken machen müssen, auch ohne dies Problem.

Sich zu recken und zu gähnen waren riskante Abenteuer, und nach einigen Versuchen stand er ganz still, bis sein Kopf aufgehört hatte zu wirbeln. Seine Lippen waren wie betäubt; desgleichen seine Nase. Er fragte sich, ob seine Mutter Walvis mit irgendwelchen Mitteln gegen einen morgendlichen Kater ausgerüstet hatte. Wo war sein Knappe überhaupt? Ein einziges Mal brauchte Rohan wirklich jemanden, der ihn zu Bett brachte, und da war der Knabe verschwunden. Er seufzte, von Mitleid für den armen Prinzen erfüllt, der gezwungen war, sich selbst die Stiefel auszuziehen, und ließ sich aufs Bett fallen, um nachzudenken, ob er es versuchen sollte.

Der Drachenschrei durchfuhr ihn, als hätte er diesen Laut nie zuvor im Leben gehört. Was machte ein Drache um diese Jahreszeit über Waes? Der Schrei kam wieder, und er stählte sich dagegen. Das Echo hallte noch in ihm nach, als er in die Kissen sank. In der tiefen Stille hörte er seinen keuchenden Atem und das schnelle Schlagen seines Herzens, und das hatte wenig mit den Unmengen Wein zu tun, die er an diesem Abend konsumiert hatte. Der dritte durchdringende Schrei zuckte wie ein Schwert durch seinen Schädel, und er schlang die Arme um den Kopf, während sein ganzer Körper bebte. Ein Drache, fern der üblichen Flugstrecken, der noch dazu des Nachts reiste, wo die Landschaft unter ihm nur schwach von den Monden erhellt wurde –

»He! Ihr da! Ihr könnt jetzt nicht hineingehen, mein Herr ist –«

»Aus dem Weg!«

Er erkannte Urivals Stimme und mühte sich in eine sitzende Position, als der *Faradhi* ins Zelt stürmte. »Was –«

»Hört mir zu«, erklärte der Lichtläufer mit rauher Stimme. »Roelstra hat Sioned.«

Die Folgen des Weines vergingen, als wäre ein brausender Wind vom Weiten Sand durch seinen Körper gefahren. Er sprang auf die Füße und stürzte an Urival vorbei in die Nacht hinaus. Unwillkürlich blickte er zu den Drachenschatten empor. Urival packte ihn von hinten und wirbelte ihn herum.

»Denkt nach! So gerne ihr ihn auch töten wollt, ihr könnt es nicht tun! Rohan, denkt nach!«

Wieder schrie der Drache über ihnen, und Rohan erstarrte, als über seine Haut bei diesem schrecklichen Schrei ein Schauder lief. Urival schüttelte ihn, und seine Finger bohrten sich in Rohans Schultern. »Nehmt die Hände fort«, bellte dieser.

»Hört zu! Andrade hat gefühlt, wie der abtrünnige Lichtläufer sie auf dem Mondschein angerufen hat. Er starb, indem er sie warnte. Aber es könnte eine Falle sein.«

Glaubte Urival, er wußte nicht, wie Roelstras Verstand arbeitete? »Verdammt, ich kann denken! Jetzt laßt mich los!«

Der ältere Mann sah ihm tief in die Augen. Dann lockerte er seinen Griff. »Gut. Ich komme mit Euch.«

»Kommt mir bloß nicht in die Quere.«

Er rannte nicht. Sein Herz hämmerte zu schnell, und er konnte scheinbar nicht richtig denken, so dick war der Klumpen aus Wut in seiner Brust. Aber er konnte keine Rücksicht darauf nehmen. Urival hatte recht. Er konnte es sich nicht leisten, den Hoheprinzen zu töten. Aber wenn Roelstra auch nur einen Finger an Sioned gelegt hatte – allein das Bild stieß ihn ab. Er durfte es nicht einmal in Erwägung ziehen. Er mußte nachdenken.

Urivals Status als hochrangiger Lichtläufer brachte sie an den Wachtposten vorbei, die in dem halbnackten jungen Mann, der ihn begleitete, Prinz Rohan gewiß nicht erkannt hätten. Ein Blitz von juwelenbesetzten Ringen, und sie würden unter Verneigungen vorübergelassen, bis sie sich in Roelstras stillem Lager befanden.

»Heb deine Fackel hoch, Mann, und sieh ihn dir an«, brummte Urival den Wachtposten an. »Erkennst du seine Königliche Hoheit etwa nicht?«

»Euer Gnaden! Aber was führt Euch um diese Zeit hierher? Man hat mir nicht gesagt, daß ich mit Besuchern zu rechnen hätte.«

»Private Dinge unter Prinzen«, bellte Urival. »Laß uns vorbei.«

Rohans Schritte wurden länger. Der Marsch hatte seinen Körper gefestigt. Er reckte die Schultern und spürte, wie sein Gesicht zu einer harten, grimmigen Maske wurde. Als er sich Roelstras Zelt näherte, hörte er Walvis wütende junge Stimme, gequetscht, als würde ihn jemand an der Kehle pakken.

»Wagt es nicht, meine Herrin anzufassen!«

Innen brannte eine Lampe, und zwei Gestalten warfen ihre Schatten auf die Seide. Die eine war Roelstra. Er ragte vor dem Knaben auf, der offenbar an einen Stuhl gefesselt war. Rohan hörte Urivals hochmütigen Befehl den Wachen gegenüber, die gekommen waren, um über die Ruhe ihres Prinzen zu wachen und hörte, daß sein eigenes Herz wieder lauter schlug. Dann endlich vernahm er Sioneds Stimme, belegt und undeutlich.

»Laßt den Knaben los.«

Roelstra lachte.

Denk nach, befahl sich Rohan selbst. Das kann ihr Leben retten. Denk nach, verdammter Kerl!

»Was war in dem Wein?« fragte Sioned.

»Etwas, das sich als sehr nützlich erwiesen hat, um Leute wie dich zu zähmen. Aber es wird unser Vergnügen nicht verderben, meine Liebe.«

»Laßt sie in Ruhe!« schrie Walvis.

»Schrei nur, soviel du willst, mein Kind. Hier kommt euch niemand zu Hilfe. Hier sind nur meine Männer – und ihre Loyalität mir gegenüber macht sie taub.«

Rohan warf einen Blick über die Schulter. Urival stand so, daß das Feuer zwischen ihm und den vier Wachen lag. Seine drohende Haltung war offensichtlich. Taub mochten Roelstras Leute ja sein, aber sie waren nicht blind, was die neun blitzenden Ringe des *Faradhi* anging.

»Was wollt Ihr von mir, Roelstra?« fragte Sioned. »Meinen Körper, meine Fähigkeiten als Lichtläufer, oder beides?«

»Wenn Ihr sie anfaßt, werdet Ihr sterben«, erklärte der Knappe. »Es ist verboten, einen *Faradhi* zu verletzen – und sie steht auch unter dem Schutz meines Herrn!«

Auf einmal begriff Rohan, daß die beiden mit Roelstras Aufmerksamkeit spielten wie mit einem Ball, um Zeit zu gewinnen. Was immer man Sioned gegeben hatte, und wie hilflos der Knappe auch war, so besaßen beide noch Verstand genug, um einander Stichworte zuzuspielen, als hätten sie ihr Leben lang geübt. Rohan dankte der Göttin dafür, daß diese beiden denken konnten, und folgte ihrem Beispiel. Er mußte wissen, wo genau im Zelt sich Sioned befand. Der Winkel der beiden sichtbaren Schatten verriet, daß die Lampe in der Mitte des Zeltes stand, vielleicht auf einem Tisch; Sioned mußte also auf der anderen Seite des Lichts sein, fern von Roelstra. Gut, sagte er sich; dadurch blieb ihm Raum zu handeln.

»Andrade wird das nicht besonders gefallen, wißt Ihr«, murmelte Sioned. »Ihr habt einen *Faradhi* zu Eurem eigenen Gebrauch entführt. Ich glaube nicht, daß sie das ein zweites Mal dulden wird.«

»Herrin«, warf Walvis ein, »von ihm wird nichts übrig bleiben, mit dem Lady Andrade etwas anfangen kann, wenn mein Herr erst mit ihm fertig ist.«

»Genug!« befahl Roelstra. Rohan sah, daß er sich umdrehte und jetzt mit dem Rücken zum Zelteingang stand. Er schlüpfte lautlos durch die Klappen hinein.

Sioned kauerte auf dem riesigen Bett, die Knie ans Kinn gezogen. Die Lampe auf dem Tisch in der Mitte beleuchtete grausam ihr spitzes Gesicht, und in ihren Augen lag etwas Sonderbares, als könnte sie kaum sehen. Aber sie bemerkte ihn und senkte ihre langen Wimpern über die Augen, als sie den Kopf müde auf die Knie sinken ließ.

»Für eine Vergewaltigung habt Ihr sie recht ungeschickt gefesselt, werter Hoheprinz«, bemerkte Rohan leise.

Roelstra wirbelte herum. »Wie könnt Ihr es wagen, mein Lager zu betreten? Narr, der Ihr seid –«

»Ihr könnt es Euch sparen, Eure Wachen zu rufen«, riet Rohan. »Bedenkt doch nur, daß sie Zeugen werden. Würde ihre Loyalität die Dinge überstehen, zu denen Lady Andrade fähig ist?«

»Er sucht Schutz hinter dem Rock seiner Tante«, höhnte der Hoheprinz.

Rohan lächelte. »Bindet den Knaben los. Sofort.«

Roelstra zuckte mit den Schultern. Rohan machte einen weiteren Schritt auf den Knaben zu, der an den Stuhl gefesselt war. Doch Roelstra packte den Knaben überraschend flink am Haar, riß seinen Kopf zurück und hielt ihm ein Messer an die Kehle.

»Zeugen?« fragte er sanft. »Wer sagt, daß es welche geben wird?«

»Ihr solltet Eure Geschichten wirklich durchdenken, Roelstra«, sagte Rohan, froh darüber, daß seine Stimme kühl blieb. »Wenn Ihr wirklich intelligent wäret, dann wäret Ihr längst auf die Idee verfallen, die Dame oder den Knappen oder auch mich eines Mordversuchs zu bezichtigen. Auf diese Weise könntet Ihr uns alle mit Eurem eigenen Messer töten, könntet Andrade und meine Familie beschämen und gleichzeitig Euren eigenen Ruf verbessern.« Er machte einen weiteren vorsichtigen Schritt ins Zelt hinein.

»Wie klug von Euch, meine Gedanken zu erraten, Prinzchen. Wer von Euch wäre gern der erste? Vielleicht dieses plappernde Kind?«

»Ihr habt ein Problem«, erklärte Rohan ihm und trat einen weiteren kleinen Schritt vor. »Ihr denkt nicht mit Eurem Verstand, sondern mit dem, was Ihr zwischen den Beinen habt. Welches Motiv könnte einer von uns haben, Euch zu töten? Mein Knappe, ein Mörder? Die Fesseln werden Spuren an ihm hinterlassen. Dazu wird es Fragen geben, wißt Ihr. Was nun die Dame angeht – warum sollte eine Lichtläuferin Euch Böses wünschen? Es ist ihnen doch ausdrücklich untersagt zu töten. Und warum sollte ich Euch ermorden lassen? Ich habe mir Eure Töchter angesehen – und ein Mann bringt schließlich nicht seinen zukünftigen Schwiegervater um, nicht wahr? Außerdem würde jeder glauben, daß ich gewiß schlau genug wäre zu erkennen, daß ich über die Prinzenmark regieren würde, wenn Ihr tot und eine Eurer Töchter bereits meine Gemahlin ist? Nein, Roelstra«, schloß er lächelnd. »Ich würde Euch nach der Hochzeit töten, nicht vorher.« Er stand jetzt mitten auf dem Teppich neben dem Tisch. In angemessener Reichweite – wenn er nur an sein eigenes Messer kommen konnte, ehe Roelstra Walvis die Kehle durchschnitt. Der Kopf des Knaben war schmerzhaft nach hinten verrenkt, aber er blickte Rohan mit absolutem Vertrauen an. Das tat weh.

»Meine Töchter werden ohne Euren kindlichen Charme leben müssen«, erklärte Roelstra. Er ließ Walvis los und machte einen Schritt fort von dem Stuhl. »Ich glaube, Ihr werdet der erste sein, kleiner Prinz.«

»Ihr denkt schon wieder nicht nach«, sagte Rohan und schüttelte den Kopf, als hätte er es mit einem verwirrten Schüler zu tun. »Ich dachte, der Plan wäre, mich mit einer Eurer charmanten Töchter zu vermählen und zu warten, bis wir einen Sohn hätten, und mich dann umzubringen. Was würde es Euch nützen, mich schon jetzt zu töten?«

»Roelstra!« Sioned bewegte sich auf dem Bett, brachte den Holzrahmen zum Knacken und lenkte so die Aufmerksamkeit des Hoheprinzen auf sich. »Laßt sie frei, und ich werde tun, was Ihr wollt!«

Rohan segnete sie für diese Ablenkung. Als Roelstras Blick unwillkürlich zu ihr hinüberzuckte, zog Rohan das Messer aus seinem rechten Stiefel. Die Klinge schimmerte im Lampenlicht, so düster wie das plötzliche Lächeln auf Roelstras Gesicht.

»Gut«, lobte er, wirbelte hinter Walvis' Stuhl, den Blick jetzt auf den jungen Prinzen geheftet. »Das macht es interessanter. Ihr seid nicht so schlau, wie Ihr gerne glauben würdet, Prinzchen. Das Messer zu ziehen bedeutet Hochverrat gegenüber dem Hoheprinzen. Ich habe das Recht, das Todesurteil persönlich zu vollstrecken.«

»Versucht es nur«, forderte Rohan ihn freundlich auf. »Eure Merida-Verbündeten haben versagt – aber Ihr wolltet auch gar nicht wirklich, daß sie Erfolg hatten, nicht wahr? O ja, hinter ihnen konntet nur Ihr stecken, das habe ich die ganze Zeit gewußt. Ihr wolltet mir angst machen, damit ich mich auf eine Ehe einlasse, um Euren Schutz zu gewinnen – und was wäre einleuchtender gewesen, als wenn ich schließlich durch die Hand eines Merida ums Leben gekommen wäre?«

Er entfernte sich von Roelstra, während er redete, und gleichzeitig analysierte ein Teil seines Verstandes seinen Gegner. Der Hoheprinz war groß und schwer, aber Rohan war jünger, kräftiger und schneller, und außerdem lag ihm diese Art des Kampfes. Wenngleich er gut mit dem Schwert umgehen konnte, hatte er schon früh festgestellt, daß ihm die für einen Messerkampf nötige Hinterlist angeboren war. Er lächelte, als Roelstra sich mit einem Ausfall auf ihn stürzte, dem er geschickt auswich.

»Andererseits, wenn ich Eure entzückenden Mädchen zurückweisen würde, würde ich da nicht mit einem Glasmesser zwischen den Rippen ein Ende finden, irgendwo auf dem Weg zurück nach Stronghold? Die Merida würden über die Wüste herrschen – aber nur, bis Ihr mit Euren Armeen eintreffen würdet, so wie es der gegenseitige Verteidigungsvertrag vorsieht.« Wieder bewegte er sich mit einer knappen Bewegung aus der Reichweite von Roelstras Klinge. »Hört Ihr denn überhaupt nicht auf, Euch absurd zu verhalten? Meine Vasallen würden niemals Eure Armee auf ihrem Boden dulden. Und er gehört ihnen jetzt, habt Ihr nicht davon gehört?« Wieder ein spielerisches Ausweichen vor der blitzenden Klinge. »Ein Mann wird an der Seite seines Prinzen kämpfen, aber er wird jeden zerstören, der über Land marschiert, das von Gesetz wegen ihm gehört.«

»Könnt Ihr auch kämpfen? Oder nur reden?« höhnte Roelstra und unterstrich seine Worte mit einem mächtigen Stoß. Rohan hatte auf diese Ungeduld gewartet, wie sein Vater und Maeta es ihn gelehrt hatten. Nun grinste er und beantwortete Roelstras Frage mit seinem Messer.

Er stellte fest, daß Roelstras schwere Bewegungen auch Vorteile hatten, und war überrascht, als der Hoheprinz weiter vorwärtsstürzte, selbst nachdem Rohans Messer ihn bereits an der Schulter verletzt hatte. Ein heißer Schmerz an seinen Rippen war eine weitere Überraschung, und als er sich fallen ließ und aus der Reichweite rollte, hörte er Sioned stöhnen, als hätte sie es auch gespürt. Roelstras Stiefel schoß vor. Rohans Messer wurde in die Schatten geschleudert, und er unterdrückte ein Stöhnen über die Schmerzen in dem Handgelenk. Als der Hoheprinz zurücktrat und auf ihn herablachte, richtete sich Rohan auf ein Knie auf.

»Schnell, durchs Herz?« erkundigte sich Roelstra, »oder lieber langsam, über Eure Kehle, damit ich zusehen kann, wie Euer Leben ausblutet?«

Rohan zog blitzschnell sein zweites Messer aus dem linken Stiefel. Niemand hatte ihm diesen Trick beigebracht, aber er hatte gelernt, daß der sehr wirkungsvoll war. Roelstra zischte wütend und griff ihn an, genau wie Rohan gehofft hatte. Noch immer auf ein Knie gestützt, wich er zur Seite aus und stieß die Klinge nach oben und gleichzeitig zur Seite, um Roelstras Messerhand zu treffen. Ein Stolpern, eine ungeschickte Drehung, ein entsetztes Aufstöhnen, weil er verletzt worden war – und Roelstra sah sich plötzlich einem Gegner gegenüber, der nun wieder auf den Füßen stand, zum Kampf entschlossen, lächelnd.

»Ich habe meine eigenen Pläne mit Euch«, erklärte Rohan. »Deshalb werde ich diesen Vorfall ignorieren – offiziell. Ich möchte das *Rialla* nicht gerne durch eine Bestattung am Schluß ruinieren.«

Roelstra wechselte sein Messer von der rechten in die linke Hand. »Ich habe deinen Tod schon seit langer Zeit geplant, Prinzchen. Ob er nun durch meine Hand eintritt oder später durch ein Merida-Messer ist unwichtig.«

Wieder umkreisten sie einander, bis Rohan einen Ausfall nach links machte, dann eine schnelle Bewegung nach rechts, wodurch er Roelstras Deckung durchstieß und ihm einen schnellen Schnitt kreuzförmig über der ersten Verletzung beibrachte. Mit der anderen Hand packte er Roelstras Linke und verdrehte sie.

»Laß es fallen«, forderte Rohan ihn leise auf. »Laß es fallen, oder ich breche dir den Arm.« Um seiner Drohung mehr Gewicht zu verleihen, verstärkte er seinen Griff und hielt die Messerspitze an die Kehle des Mannes.

Roelstras freie Hand bewegte sich auf Rohans Arm zu. Die Spitze seiner Klinge ritzte Rohans Haut. »Du kannst es nicht wagen, mich zu töten«, krächzte er.

»Wenn du dir da so sicher bist, schneide mich doch.«

Das Messer des Hoheprinzen glitt zu Boden.

Rohan ließ ihn los und nahm den Dolch auf. »Wenn du das gut verbindest und lange Ärmel trägst, wird dir niemand peinliche Fragen stellen«, riet er und verbarg sein Bedauern darüber, daß Roelstra ihm keinen Vorwand geliefert hatte, ihn zu töten. Er warf einen Blick zum Zelteingang, wo Urival Wache hielt, ein zufriedenes Lächeln auf dem Gesicht. »Binde den Knaben los«, forderte er den *Faradhi* auf, während er selbst zu Sioned hinüberging. »Kannst du stehen?« erkundigte er sich liebevoll, und sie hob die Hände, die bislang in den Falten ihres Rockes verborgen waren. Er holte scharf Luft, als er die Seile sah, und schnitt sie mit seinem Messer durch. Andere Fesseln lagen um ihre Knöchel; auch diese zerschnitt er. Dann schob er beide Messer in seinen Gürtel und hielt ihre bleichen Wangen einen Moment zwischen seinen Händen. »Es ist alles gut, Sioned.«

Sie nickte. »Ich weiß.«

Er half ihr auf die Füße, einen Arm um ihre Taille. Gemeinsam traten sie Roelstra gegenüber, der seinen blutenden Arm hielt.

»Ich werde dein Messer als Andenken behalten«, erklärte Rohan. »Ich schlage vor, du hebst dir meines ebenfalls auf, wenn du es findest. Als Erinnerung daran, daß ich dich hätte töten können.« Er lächelte.

»Soll ich etwa dankbar sein, daß du es nicht getan hast?«

»Ehrlich gesagt, ja. Walvis, bist du in Ordnung?«

»Ja, Herr.« Der Knappe trat zu ihm, aufrecht und stolz. Rohan verspürte neue Wut, als er die Blutergüsse an den Handgelenken und die dunklen Flecken an seiner Kehle sah. »Es tut mir leid, daß ich meine Herrin nicht besser beschützt habe.«

»Ich weiß, du hast getan, was du konntest.«

»Verlaßt mein Zelt«, befahl Roelstra.

»Schweig«, forderte Rohan ihn auf. »Und jetzt hör mir gut

zu, Hoheprinz. Offiziell ist das hier niemals geschehen. Ich bin in erster Linie ein Prinz und erst in zweiter ein Mann – etwas, das du wohl nie verstehen würdest, also versuche es erst gar nicht. Aber ich schwöre dir, auch wenn der Prinz es ignoriert, der Mann wird es niemals vergessen.«

Roelstra lachte, jedoch nicht mehr sehr überzeugend. »Das Prinzchen weiß doch gar nicht, was ein Mann ist!«

Rohan fuhr fort, als wäre er überhaupt nicht unterbrochen worden. »Wenn du in den kommenden drei Jahren die von uns getroffenen Abkommen auch nur in einem einzigen Punkt verletzt oder wenn auch nur ein einziger deiner Männer unaufgefordert seinen Fuß auf mein Land setzt, dann werde ich es erfahren – und ich überlasse es dir, zu raten, welche Schritte ich unternehmen werde. Wenn du nur einen falschen Gedanken hast, der mich betrifft, werde ich auch das erfahren. Was nun die Merida angeht – ich werde mich selbst mit ihnen befassen. Aber wenn auch nur ein einziger Pfeil, ein Schwert oder ein Stück Brot in ihrem Besitz von dir geliefert wurde, dann werde ich das nicht nur erfahren, sondern dafür sorgen, daß auch alle anderen Prinzen das vernehmen. Dein eigener Vorschlag wird auf dich zurückfallen, Roelstra. Und dann kannst du versuchen, deinen Thron für einen Sohn zu bewahren, den du niemals haben wirst.«

»Große Worte für einen kleinen Prinzen.«

»Glaub sie lieber. Da wäre nur noch eines.« Er zog Sioned näher. »Wenn du meine Gemahlin noch einmal anrührst, werde ich dich töten.«

Er wartete gerade lange genug, um Entsetzen und Wut wie einen Sturm über das Antlitz des Hoheprinzen ziehen zu sehen. Dann zog er Sioned sanft mit sich hinaus in die saubere Nachtluft.

Urival und Walvis folgten ihnen. Die Wachen, die bis jetzt von dem Lichtläufer im Zaum gehalten worden waren, eilten in Roelstras Zelt, und gleich darauf erklangen Rufe nach

Wasser, Verbandszeug und dem Leibarzt des Hoheprinzen. Sioned stolperte, als Roelstra lautstark den Befehl erteilte, allein gelassen zu werden. Seine Stimme ließ sie zusammenfahren. Rohan machte eine Bewegung, als wollte er sie tragen, aber sie schüttelte stumm den Kopf. Sie ließen Roelstras Lager hinter sich, und niemand sagte ein Wort, bis sie das erste der blauen Wüstenzelte erreichten.

Schließlich hielt Walvis es nicht länger aus und platzte los: »Es tut mir leid, Herr! Ich habe zugesehen und bin gefolgt, aber sie haben mich genauso überrascht wie meine Herrin –«

»Du trägst daran keine Schuld«, beruhigte ihn Rohan. »Und du hast deine Sache sehr gut gemacht, Walvis, indem du ihn so lange abgelenkt hast. Ich bin stolz auf dich, weil du nicht geschrien hast. Es hätte nichts genützt, aber du wärest vielleicht umgebracht worden. Ich kann es mir nicht leisten, dich zu verlieren.« Er bemerkte, daß Sioneds Schritte unsicher waren und fuhr fort: »Urival, bitte sag Andrade, daß es uns gut geht. Sioned bleibt bei mir. Walvis, sollte irgend jemand nach mir fragen, erzähle ihm, was immer du willst. Laß bloß niemanden wissen, daß ich in meinem Zelt bin.«

»Ja, Herr«, antworteten beide wie aus einem Mund.

»Rohan«, wisperte Sioned, »ich will fort von hier. Jetzt.«

Er brachte sie zum Fluß hinunter, angsterfüllt, als sie sich schwer auf ihn stützte und um Atem rang. Er wollte stehenbleiben, aber sie bestand darauf, so lange weiterzugehen, bis niemand sie finden konnte. Rohan wußte, daß sie beobachtet wurden; er spürte Blicke auf seinem Rücken, wußte aber, daß es sich um *Faradhi*-Augen handelte und daß sich *Faradhi* auf ihre Art um jeden kümmern würden, der versuchte, ihnen zu folgen.

Schließlich führte ihn Sioned zu einem Baum. Dünne, biegsame Zweige erstreckten sich über ihre Köpfe und hingen dann bis zum Boden herab. Sie formten so ein kleines, intimes, dunkles Zelt für sie. Hier fanden sie Schutz, sogar vor freundlichen Blicken, und waren von der Nacht durch silbrig-grüne Blätter abgeschirmt. Der Baum wölbte sich über ihnen und rauschte leise in der nächtlichen Brise.

»Mein Kopf tut weh«, murmelte Sioned.

Rohan zog sie an sich. »Vergib mir, Geliebte, daß ich nicht besser auf dich acht gegeben habe.«

»Es war nicht deine Schuld. Ich hätte es wissen müssen.« Sie bewegte sich in seinen Armen. »Roelstra – hat schon früher solche Dinge zu mir gesagt.«

»Was? Warum hast du es mir nicht erzählt?«

»Du wärest nur wütend gewesen. Und hättest wahrscheinlich etwas gesagt, was du nicht hättest sagen dürfen und was deine Pläne ruiniert hätte.«

»Zur Hölle mit meinen Plänen!«

»Siehst du? Jetzt bist du böse.« Sie rieb ihre Wange an seiner nackten Schulter. »Ist dir nicht kalt?«

»Nein.«

»Ich frage mich immer noch, wie es ihm gelungen ist, etwas in meinen Wein zu tun. Und was es war. Ich habe gesehen, wie du mit Ianthe getanzt hast, und als sie ging, bin ich ihr gefolgt. Glaubst du, das war ihre Absicht, damit ihr Vater mich allein erwischen konnte?«

»Du mußt nicht darüber reden, Geliebte«, sagte er.

»Ich muß begreifen, was geschehen ist«, erklärte sie starrköpfig und rieb sich mit den Fingerspitzen über die Schläfen. Dann reckte sie den Hals, um die verspannten Muskeln zu lockern. »Gütige Göttin, diese Kopfschmerzen! Er hatte zwei Weinkelche und reichte mir einen davon. Ich kann ja so dumm sein.«

»Wie hättest du es wissen können?«

»Nun ja… ich habe schließlich etwas noch viel Dümmeres getan, als ich überhaupt in sein Zelt gegangen bin. Ich war mir nicht ganz sicher, was vor sich ging, denke ich. Er hat mir noch mehr Wein gegeben.« Sie machte eine Pause. »Ich wünschte, du hättest ihn getötet.«

»Ich auch.«

»Aber es ist vielleicht gut, daß du es nicht getan hast. Ich mußte die Fesseln vor dir verstecken – ich wußte, daß sie dich nur noch wütender gemacht hätten.« Sie lachte leise. »Ach, Liebster, hast du sein Gesicht gesehen, als du mich deine Gemahlin genannt hast?«

»Psst. Ruh dich jetzt aus. Du bist in Sicherheit, und niemand kann uns hier finden. Du bist jetzt bei mir, und ich werde dich nie wieder gehen lassen.«

»Es war entsetzlich, so gefesselt zu sein. Ich konnte nicht einmal einen Funken Feuer beschwören. Jedenfalls anfangs nicht. Ich habe es später versucht – und die Flamme flakkerte auf und hat mich zu Tode erschreckt. Und dann hat er Walvis geschnappt, und ich wagte nicht, überhaupt noch irgend etwas zu versuchen. Ich frage mich, was in diesem Wein war«, wiederholte sie verzweifelt.

»Psst. Denk nicht mehr daran.« Er strich ihr zerzaustes Haar glatt.

»Mmm...« Sie kuschelte sich an ihn, und ihre Hände glitten leicht über seine Brust. »Du bist so warm, Rohan. Ganz Gold und Silber und wunderschöne Muskeln... hast du eigentlich gewußt, wie schön du bist, mein Liebster?«

»Du bist betrunken«, erklärte er errötend.

»Ein wenig«, gab sie zu. »Aber die Kopfschmerzen vergehen endlich. Ich fühle mich allmählich ganz wunderbar, um ehrlich zu sein.« Sie lachte erneut. »Noch nie hat ein Mann meinetwegen mit einem Rivalen gekämpft, weißt du.«

»Rivale? Zum Teufel!« murmelte er, als ihre Lippen das Grübchen an seiner Kehle liebkosten.

»Ganz schön selbstsicher, mein Prinz, nicht wahr?«

»Sioned –« Es war ihm unmöglich zu denken, als ihr Mund zarte Küsse auf seine Schulter drückte. Die Schmerzen in seinen blauen Flecken, das Brennen des Kratzers an der Hüfte waren genauso vergangen wie ihre Kopfschmerzen, so schien es, und das aus demselben Grund.

»O ja, ich fühle mich schon viel besser«, murmelte sie, legte die Arme um ihn, und ihre Finger tanzten auf seinem Rücken. »Und du fühlst dich wunderbar an…«

»Sioned«, sagte er wieder und spürte ein Beben in seinem Körper. Ein neuer Schmerz regte sich in seinem Magen, und als er sie in den Armen hielt, staunte er darüber, daß er jemals einen anderen Körper für den ihren hatte halten können, ein anderes Feuer für diese Flamme, die sich jetzt in seinem Blut entzündete. »Ich – es gibt da etwas, das ich dir sagen sollte –«

»Es interessiert mich nicht, außer du willst mir sagen, daß du mich liebst.«

Ihre Hände glitten nach unten, um die Messer aus seinem Gürtel zu ziehen, und sie kicherte leise. »Ich habe von der Klausel in Tobins Ehevertrag gehört. Muß ich von dir verlangen, auch einzuwilligen?«

»Wenn du nicht damit aufhörst –«

»Ach, Rohan! In Wirklichkeit willst du doch gar nicht, daß ich aufhöre.«

»Nein«, gab er zu und lächelte, als sie ihn ins weiche Moos drückte.

»Wir werden einen Baum wie diesen in Stronghold pflanzen müssen, damit wir uns immer an das erste Mal erinnern können, wo wir uns geliebt haben.«

»Glaubst du, das könnte ich jemals vergessen? Und überhaupt«, fügte er ein wenig atemlos hinzu, »tun wir das denn?«

»Dummer Prinz.«

Er zog sich von ihr zurück, denn er wollte ihr Gesicht sehen: geheimnisvoll im Schatten, die Lippen in wissendem Lächeln geöffnet, die Augen förmlich glühend. Sie war so wunderschön, daß ihm sein Herz schmerzhaft in der Brust schlug. »Sioned«, erklärte er mit belegter Stimme, »für mich ist es das erste Mal.«

»Du bist ein süßer Lügner, mein Liebling«, sagte sie, ließ

sich ins Moos sinken und streckte die Arme nach ihm aus. »Für mich auch, glaube ich. Nichts anderes zählt.«

»Nichts«, stimmte er zu, als er sie an sein Herz drückte, und er wußte, daß das die Wahrheit war.

Kapitel siebzehn

Palila konnte einfach nicht aus ihrem Alptraum aufwachen.

Sie war in weiße Seide gehüllt, die sich um ihren geschwollenen Leib bauschte wie ein ganzes Meer aus Schnee. Über ihr kreischte ein Schwarm Vögel, leuchtende Geschöpfe mit erschreckten Augen und eisigen Klauen, bei deren Berührung ihr Fleisch sich zusammenzog. Alles war durchdrungen von Schmerz, der sie wie mit Dolchen durchbohrte, bis sie laut schrie und sich unter der weißen Seide wand, um trockenes Land zu erreichen, sonnenhelles Land, wo sie alles hinter sich lassen und endlich ausruhen konnte.

Aber es gab kein Ausruhen, kein Entweichen vor dem Schmerz, und als er sie erneut krampfhaft durchzuckte, erinnerte sie sich. Palila schrie, als sie Crigos offene, leblose Augen sah, die sie aus seinem bleichen Gesicht im Mondschein anstarrten.

»Ihr Idioten, laßt mich durch!« ertönte eine neue Stimme, spröde und entschlossen. »Steht hier nicht herum wie dumme Kühe! Bereitet alles für sie vor! Verschwindet, und kommt erst wieder, wenn ihr Lady Andrade gefunden habt!«

»Nein!« schrie Palila und bemühte sich, sich aufzusetzen. Aber Ianthe beugte sich über sie, die dunklen Augen weit aufgerissen. Sie genoß jeden Schmerz der anderen.

»Sei ruhig. Ja, ich bin es. Hör auf so zu tun, als hättest du noch nie ein Kind bekommen.«

Palila zuckte vor den Händen zurück, die ihr über das Haar streichelten. Sie konnte noch keine Wehen haben, das war unmöglich. Wo waren ihre bequemen, vertrauten Gemächer der Felsenburg, ihr Leibarzt und ihr Minnesänger, der besänftigende Weisen spielte? Sie konnte dieses Kind jetzt nicht bekommen. Ihr Tag sollte erst im Spätherbst kommen. Aber als ein neuerlicher Krampf ihren Körper erschütterte, als sie sich wieder in den weißen Seidenlaken aufbäumte, erinnerte sie sich noch einmal an Crigos bleiche, tote Augen und den entsetzlichen Schrei des Drachen.

Ianthes Hände, kühl und erstaunlich geschickt, stützten sie während der Wehe. Die Prinzessin wischte Palilas Gesicht ab, gab ihr einen Schluck Wasser, die ganze Zeit mit diesem glatten, erfreuten Lächeln im Gesicht. Als der Schmerz verebbte, funkelte Palila matt zu ihr empor.

»Warum willst du denn Andrade nicht hier haben?« murmelte Ianthe in süßem Ton. »Was ist heute abend geschehen, Palila, daß wir Crigo tot hier in deiner Kabine finden, und dich selbst bewußtlos auf dem Boden? Vaters Arzt ist damit beschäftigt, eine Wunde zu vernähen, die er sich – wie er behauptet – bei einem Sturz zugezogen hat. Natürlich glaubt ihm niemand. Warum ist Crigo tot und Vater verwundet, Palila?«

Die Mätresse wich schaudernd vor den helfenden Händen zurück. »Kluge Ianthe«, flüsterte sie. »Kannst du es nicht erraten?«

»Wenn du die Wahrheit jetzt auch nicht zugibst, so wirst du sie doch gewiß Andrade erzählen, wenn sie eintrifft. Oh, keine Sorge, Crigos Leichnam wurde versteckt. Aber wenn du mir nicht erzählst, wie und warum er gestorben ist, werde ich seinen Leichnam in ihr Zelt werfen lassen.« Noch immer lächelnd, legte sie eine Hand auf Palilas Bauch. »Die anderen sind fort. Du kannst reden. Ich kann Andrade sehr gut belügen. Ich denke, du wirst bald deinen ganzen Atem brauchen, um zu schreien.«

»Also gut – ich werde es dir erzählen –« Sie wich vor den eisigen Fingern der Prinzessin zurück. »Roelstra wollte das *Faradhi*-Mädchen haben.«

»Das weiß ich«, unterbrach Ianthe sie ungeduldig. »Es war nicht so schwer, sie von den anderen fortzulocken, wie Vater dachte.«

»Du hast ihm geholfen?«

»Natürlich. Ich mag dich nicht, Palila. Mochte dich noch nie. Aber diese Sioned mag ich noch weniger, und die Vorstellung, daß sie die Mätresse und Lichtläuferin meines Vaters werden könnte, ist offen gesagt mehr, als ich hinzunehmen gewillt bin. Ja, er kam zu mir und bat mich um meine Hilfe.« Achselzuckend fuhr sie fort. »Er vertraut mir, weißt du. So, wie er jedem traut. Aber du hast es ruiniert, weil du Crigo aufgetragen hast, das Mädchen zu warnen, nicht wahr?«

»Nein – ja – ich weiß nicht! Ich wollte, daß er es tut, und er willigte ein, aber ich weiß nicht, was er getan hat oder was geschehen ist, nachdem er... er...« Sie kniff die Augen zusammen, um die Erinnerung zu vertreiben, aber das tote Gesicht verfolgte sie, ganz gleich, wohin sie im Geiste auch floh.

Ianthes Stimme brachte sie zurück. »Anstatt also eine neue Mätresse und einen neuen *Faradhi* zu bekommen, wird Vater nur ein oder zwei Narben behalten, die von den Aufregungen dieser Nacht künden. Verstehe. Und diese Ziege von Lichtläuferin bleibt makellos. Verdammt! Ich sollte sehr böse mit dir sein, Palila.« Sie machte eine Pause, um ihre Worte wirken zu lassen. Dann fragte sie: »Reicht eine einzelne Dosis *Dranath* aus, um abhängig zu machen?«

»Wenn die Dosis groß genug ist, kann sie sogar töten – o Göttin«, stöhnte Palila und biß die Zähne zusammen. »Woher kennst du den Namen?«

»Ich weiß mehr, als du je für möglich gehalten hättest. Ich hoffe, die Dosis war riesig – ich hoffe, sie stirbt daran! Aber stell dir vor, Palila, ich werde mich nicht an dir rächen, indem ich dich wegen dieser Sache Vater verrate. Ist das nicht nett von mir? In ein paar Stunden wirst du ihm seinen ersten Sohn präsentieren.« Sie grinste. »Auch wenn es nicht sein eigener ist!«

Palila fand Kraft genug, nach dem zufriedenen Gesicht der Prinzessin zu schlagen. Ianthe lachte, packte ihre zu Klauen gekrümmten Finger und streichelte sie fast zärtlich.

»Frage dich nur, woher ich es weiß«, schlug sie vor. »Dann hast du etwas, was dich von deinen Schmerzen ablenkt.«

»Ianthe – verrate mich nicht! Ich tue alles – sag mir nur, was – aber ruiniere mich nicht!«

»O ja, du wirst alles tun, was ich verlange, glaube mir. Darum geht es ja. Ich werde jetzt nach unten zu Pandsala gehen. Drei andere Frauen sind in derselben Verfassung wie du. Dank uns. Denk über alles nach, Palila. Kannst du sicher sein, daß ich deine Tochter gegen einen Knaben austauschen werde? Oder werde ich deinen Sohn nehmen und an seine Stelle eine weitere nutzlose Tochter legen?«

Palila heulte vor Wut und Entsetzen und den erneuten Schmerzen der Geburt laut auf. Ianthe lachte nur und verließ die Kabine. Auf dem schmalen Gang blieb sie noch einmal kurz stehen, um den Laut zu genießen. Sie stellte sich vor, wie Sioned aus ähnlicher Furcht und unter ähnlichen Schmerzen schrie, während ihr Körper dem Verlangen nach *Dranath* unterlag. Wenn die Dosis, die Roelstra ihr verabreicht hatte, sie nicht tötete, dann würde es der Entzug vielleicht tun. Oder, was möglicherweise noch besser war, sie würde überleben und abhängig sein. Nicht, daß sie sich gestatten würde, lange als Sklavin der Droge zu leben. Nein, sie war zu stolz, um diese Schande zu ertragen. Auf keinen Fall würde die Lichtläuferin Rohan heiraten. Und Pandsala ebenso wenig.

Ianthe stieg die Stufen zu einem Raum unterhalb der Wasserlinie hinab. Er war vollgestopft mit Vorräten, fensterlos und stickig, und das einzige Licht kam von einer Kerze, die in einem Halter an der Wand steckte. In ihrem schwachen Flackern betrachtete Ianthe nachdenklich die Anwesenden. Drei der schwitzenden Gesichter waren schmerzverzerrt. Die Wehen kamen zu früh. Die vierte Frau war Pandsala, gespannt wartend und nervös vor Angst. Sie erhob sich von ihrem Stuhl, als Ianthe eintrat.

»Ich dachte, ich hätte dir aufgetragen, sie gefesselt zu lassen«, bemerkte Ianthe und wies auf die drei Frauen, die auf Strohlagern am Boden lagen.

»Wie könnten sie jetzt entfliehen?« gab Pandsala zurück. »Wir sind in dieser Angelegenheit rücksichtslos gewesen, Ianthe, aber es gibt keinen Grund, jetzt noch besonders grausam zu sein.«

Die jüngere Prinzessin zuckte mit den Schultern. »Mir wurde erzählt, die Blonde hätte bereits drei Knaben geboren. Beobachte sie aufmerksam.«

Die hellhaarige Frau stützte sich auf einen Ellbogen. Haß schimmerte dumpf in ihren braunen Augen. »Ihr werdet uns töten müssen. Glaubt Ihr, das wüßte ich nicht?«

»Vielleicht lassen wir auch nur die Zungen herausreißen«, meinte Ianthe lächelnd. »Kannst du schreiben? Ich glaube nicht. Ich muß dir wohl nicht erst sagen, daß du es besser nicht lernst, oder?« Sie wandte sich ihrer Schwester zu. »Palilas Frauen werden für sie tun, was sie können. Aber eine von uns muß da sein, wenn Andrade eintrifft.«

»Wer hat sie rufen lassen? Sie darf bei der Geburt doch nicht anwesend sein!«

»Natürlich nicht. Aber ich habe nach ihr gesandt, weil sie eine unfehlbare Zeugin dessen sein wird, was wir jedermann glauben machen wollen. Ich werde schon für genug Ablenkung sorgen, keine Angst. Hast du daran gedacht, die Decken herunterzubringen?«

»Da drüben.« Pandsala wies mit dem Kopf auf drei große

Vierecke aus gefaltetem Samt, violett, von Goldfäden durchzogen. »Sie sind wirklich identisch mit dem, was für Palilas Balg gefertigt wurde. Du denkst auch an alles, Ianthe.«

Sie lächelte, als die blonde Frau stöhnte und sich den Bauch hielt. »O ja. An alles – und noch mehr.«

Andrade erholte sich vom Tod des Lichtläufers, weil sie es mußte. Sie saß in einem Sessel, als Urival zurückkehrte, und hörte sich seinen Bericht gleichgültig an. Sie ordnete an, daß jemand Antoun suchte, den Lichtläufer, der Sioned in dieser Nacht hatte bewachen sollen, und ließ dann Camigwen in ihr Zelt rufen. All dies tat sie vollkommen ruhig. Während sie darauf warteten, daß das Mädchen eintraf, erkundigte sich Andrade bei Urival ausführlich nach allem, was Roelstra gesagt hatte, und dachte dann schweigend darüber nach.

Camigwen kam zusammen mit Ostvel, und Andrade zog angesichts ihrer zerdrückten Kleidung, die sie ganz offensichtlich in großer Eile übergeworfen hatten, die Brauen hoch, ehe sie ihnen einen kurzen Bericht über die Ereignisse dieser Nacht gab.

»Ich weiß nicht, ob du dich noch an Crigo erinnerst. Er war ein paar Jahre älter als du. Er war ein guter Mann, ein anständiger Mann. Was genau Roelstra ihm angetan hat, ist im Augenblick noch unklar, aber ich wünsche, daß du dafür sorgst, daß bei Anbruch des morgigen Tages alle *Faradh'im* gewarnt sind. Ich glaube, wir können dies für uns behalten, aber jeder einzelne von uns muß Bescheid wissen.«

Camigwen wechselte einen besorgten Blick mit ihrem Erwählten. »Wie gefährlich ist diese Droge? Kennen wir ihren Namen?«

»Roelstra hat ihn nicht erwähnt«, antwortete Urival.

»Er wird es mir sagen«, versprach Andrade grimmig.

»Zweifellos«, lautete der Kommentar ihres Präfekten. »Er sagte etwas davon, daß er mit ihrer Hilfe in der Lage wäre, *Faradh'im* zu kontrollieren. Ich glaube jedoch nicht, daß

Sioned im Vollbesitz ihrer Kräfte war«, fügte er nachdenklich hinzu. »Und deshalb wundere ich mich, daß Crigo fähig war, das zu tun, was er offensichtlich seit Jahren für Roelstra getan hat.«

»Aber wie anfällig sind *Faradh'im* für diese Droge?« wollte Ostvel wissen.

Andrade zuckte die Schultern. »Wenn ich von Roelstra erst einmal die Information habe und wenn Sioned uns erzählt hat, wie diese Droge wirkt, dann sollten wir ziemlich sicher sein.« Sie blickte auf, als draußen ihr Name gerufen wurde und erwartete, daß jemand mit Neuigkeiten über ihren vermißten Lichtläufer gekommen war. Aber statt dessen erschien ein Mann im Violett der Lakaien des Hoheprinzen. Er atmete schwer. Nach einem scharfen Blick von Urival ließ er sich auf ein Knie nieder.

»Herrin, Ihr müßt sofort kommen.«

Andrade richtete sich auf ihrem Stuhl auf und setzte an, dem Mann deutlich zu erklären, was sie von derartigen groben Unterbrechungen hielt. »Laßt Roelstra von seinem eigenen Arzt zusammenflicken!« fauchte sie, aber der Mann schüttelte den Kopf.

»Es geht nicht um den Hoheprinzen, Mylady. Die Damen von Lady Palila haben mich geschickt, Euch sogleich zu holen.«

»Palila? Warum denn das?« Sie starrte ihn an und wechselte dann einen kurzen Blick mit Urival. »O Göttin! Sie hat Wehen, ja?«

»Ja, Herrin, es sieht ganz so aus. Man sagte mir, es wäre zu früh. Ihre Damen sind verzweifelt, denn der Leibarzt des Hoheprinzen steht nicht zur Verfügung.«

Nach allem, was Urival ihr von Roelstras Wunden erzählt hatte, konnte Andrade das glauben. Sie erhob sich. »Also gut. Ich komme.« Auf die Proteste der anderen hin erklärte sie: »Seid nicht albern. Ich bin völlig sicher, und Palila wird Hilfe benötigen. Urival, bleib hier und befrage Antoun, wenn er zurückgebracht wird – hoffentlich in einem Stück. Cami, du und Ostvel, ihr trefft euch mit den anderen Lichtläufern und berichtet ihnen, was heute nacht hier besprochen wurde. Sie werden euch morgen früh helfen. Und keinen Streit!« Sie wandte sich an Roelstras Mann. »Du, wie immer du heißt –«

»Gernius, Herrin.«

»Also gut, Gernius, du hast die Ehre, meine Tasche mit Medikamenten tragen zu dürfen und mich zur Barke des Hoheprinzen zu geleiten. Laß uns gehen.«

Im selben Augenblick, als sie einen Fuß auf das Schiff setzte, fing ihr Magen an zu rebellieren. Sie biß die Zähne gegen die Übelkeit und das schmerzhafte Pochen hinter den Augen zusammen, klammerte sich an ihre Würde und folgte einer Magd in Palilas luxuriöse Kabine. Sie sah sofort, daß Roelstras Mätresse sich in schlechtem Zustand befand. Während sie den nutzlosen Frauen, die sie umgaben, Befehle zubellte, stellte sie voll Abscheu fest, daß sie – wie ihre Herrin – froh waren, daß jemand die Verantwortung übernahm. Sie untersuchte Palila flink und gründlich und gab Anweisungen, die Palilas Qualen ein wenig lindern würden. Andrade hatte schon genügend Geburten erlebt, um zu wissen, daß diese hier noch geraume Zeit dauern würde, aber sie erwähnte es Palila gegenüber nicht. Die Mätresse schrie laut genug, um den Gott des Sturmes aus seinem Winterschlaf zu reißen.

»Ach, hört auf«, riet sie nicht unfreundlich, als sie auf dem Bett neben der zuckenden Gestalt Platz nahm. »Kämpft nicht so hart. Ihr verbraucht Eure ganze Kraft beim Schreien.« Palilas Nägel bohrten sich in Andrades Arme, und diese fügte diesen neuen Schmerz philosophisch dem grotesken Hämmern in ihrem Schädel hinzu. »Beruhigt Euch. Ihr macht das prächtig.«

»Mylady?« Das Murmeln an Andrades Schulter ließ diese herumfahren, und sie sah sich ausgerechnet Prinzessin Ianthe gegenüber. »Unten warten noch drei weitere«, sagte das Mädchen.

»Drei weitere?« wiederholte Andrade verständnislos.

»Gebärende.«

»Gütige Göttin!« rief sie aus. »Warum habt Ihr mir das nicht gesagt?«

»Aber das tue ich doch.« Ianthes Lippen zuckten, als sie versuchte, ein Grinsen zu unterdrücken. »Außerdem handelt es sich nur um Dienerinnen.«

»Es sind Frauen wie Ihr und ich!«

Palila stöhnte. »Verlaßt mich nicht!« Das Entsetzen in ihren Augen ging weit über das hinaus, was man sonst bei einer feigen Frau mit Wehen fand. Ihr Blick war auf die Prinzessin gerichtet, und Andrade schloß daraus, daß der Haß in der Felsenburg noch weit größer war, als sie bislang vermutet hatte.

»Ich komme so bald wie möglich zurück«, versprach sie Palila. »Ianthe, bleibt bei ihr.«

»Nein!« kreischte Palila.

Aber Ianthe ließ sich in einen Sessel neben dem Bett sinken und streichelte beruhigend Palilas Hand – sie mußte sich sehr bemühen, um dieses hübsche Bild der Besorgnis hinzukriegen, wie Andrade bemerkte. Mit einem Achselzucken tat sie ihr ungutes Gefühl ab und verließ die Kabine.

Sie stieg eine steile, dunkle Treppe hinab, fluchte leise, als das sanfte Schaukeln der Barke sie stolpern ließ und drohte, sie ihres Abendessens zu berauben. Sie hielt sich krampfhaft an einem Tau fest, das als Geländer diente, und atmete bemüht regelmäßig. Sie weigerte sich einfach, die Übelkeit zu akzeptieren. Als sie dem schmerzerfüllten Stöhnen folgte, erreichte sie einen kleinen, stickigen Raum, in dem ausgerechnet Prinzessin Pandsala sich um die drei Frauen kümmerte. Eine hatte die Geburt schon hinter sich gebracht und hielt nun eifersüchtig ein Neugeborenes an die Brust gedrückt. Eine andere hatte so große Schmerzen, daß sie nichts bemerkte. Aber die dritte, eine hellhaarige Frau mit brennenden dunklen Augen, funkelte die Prinzessin in stummer Verachtung an und hielt ihren geschwollenen Leib umfaßt, als wollte sie das Kind sicher darin festhalten.

Andrade kniete neben der jungen Mutter nieder und bekämpfte den Schwindel und die Übelkeit angesichts des Gestanks aus Blut und Schweiß in diesem Raum. »Sagt bloß nicht, Ihr hättet dieses Kind zur Welt geholt«, sagte sie über die Schulter zu Pandsala.

»Ianthe hat geholfen. Es ging sehr schnell, wirklich.«

»Kein Wunder«, zischte die blonde Frau.

Pandsala schoß ihr einen bösen, warnenden Blick zu. »Sie hat schon früher ein Kind gehabt – und du ebenfalls. Hübsche Söhne, sie sind jetzt daheim in der Felsenburg, nicht wahr?«

Die Frau wandte ihr Gesicht ab. Andrade war durch dieses Spielchen verwirrt und überlegte, ob sie etwas übersehen hatte. Ihr Kopf schmerzte zu sehr, als daß sie den Gedanken jetzt hätte verfolgen können. Der jungen Mutter ging es gut, trotz ihrer unerfahrenen Helferinnen. Ihr Baby war ein rosiges, gesundes Mädchen mit der richtigen Anzahl von Fingern und Zehen. Andrade selbst war nie Mutter geworden, aber tief in ihr schlummerten mütterliche Gefühle, die ihren Ausdruck darin fanden, daß sie Babies bewunderte, auch wenn sie an ihnen kein persönliches oder politisches Interesse hatte. Sie gratulierte der jungen Mutter herzlich und begab sich zu der Frau neben ihr.

»Warum macht die Göttin so viele Töchter?« fragte Pandsala plötzlich.

»In der Felsenburg scheint es diese wirklich im Übermaß zu geben. Vielleicht liegt es an der Luft.« Andrade half der kämpfenden Frau in eine bequeme Position und murmelte: »Ruhig, meine Liebe, jetzt wird es gleich besser. Nur noch ein Weilchen, das verspreche ich.«

Eines geboren, noch drei weitere unterwegs, sagte sich

Andrade. Es war schwer zu glauben, daß vier Frauen in derselben Nacht zu derselben Zeit Kinder zur Welt brachten. Aber welche andere Erklärung dafür gab es als einen sonderbaren Zufall? Was machte es, wenn diese Dienerinnen ihre Kinder in derselben Nacht bekamen wie Roelstras Mätresse? Andrade rieb sich die Mitte ihrer Stirn, wo sich der Schmerz festgesetzt hatte, und versuchte, ihre Gedanken zu sammeln. Die meisten Lichtläufer verloren auf dem Wasser nicht nur ihr Essen, sondern auch ihre Denkfähigkeit. Aber nicht diese Lichtläuferin, schwor sie sich.

»Es heißt, es würde länger dauern, einen Knaben zur Welt zu bringen als ein Mädchen«, fuhr die Prinzessin fort. »Stimmt das?«

»Keine Ahnung. Kommt her, Pandsala, und trocknet sie ab. Sie wird noch eine Weile brauchen. Ich werde eine der Frauen nach unten schicken, damit sie Euch hilft.«

»Ianthe soll kommen«, erklärte Pandsala schnell. »Die anderen machen mir angst.«

»Wie Ihr wünscht. Warum allerdings eine Prinzessin drei Dienerinnen bei der Geburt behilflich sein soll –«

Das Mädchen zuckte die Achseln. »Ihr habt oben gesehen, wie nutzlos diese anderen sind. Schließlich sind wir unseren Leuten gegenüber verpflichtet. Außerdem muß sich schließlich jemand um sie kümmern, während wir auf Vaters Arzt warten.«

Urivals lebhafte Beschreibung des Messerkampfes trat vor Andrades geistiges Auge. Roelstra war jetzt sicher doppelt gefährlich – das war mit verwundeten Tieren immer so –, aber Andrade genoß die Vorstellung, wie Rohans Klinge das Fleisch des Hoheprinzen aufschnitt. Ein Jammer, daß es nicht sein Herz gewesen war, das er herausgeschnitten hatte, aber Andrade bezweifelte, daß sich so etwas bei Roelstra finden ließ.

Schließlich wandte sie sich der blonden Frau zu, untersuchte sie sorgfältig und nickte zufrieden. »Ihr haltet Euch ausgezeichnet, meine Liebe. Habt ein Auge auf Eure Freundin, ich bitte Euch. Ihr könnt sie beruhigen, da Ihr das bereits durchgemacht habt.«

»Bittet die Göttin, daß mein Baby ein Mädchen wird«, hauchte die Frau.

Verwirrt durch das Flehen in ihrer Stimme, antwortete Andrade: »Ganz ruhig. Knabe oder Mädchen, Ihr werdet bald ein weiteres Kind in den Armen halten.«

»Herrin – bitte, laßt mich nicht mit ihr allein!« Die Frau klammerte sich an Andrades Arm.

»Sie hat sich um wichtigere Dinge zu kümmern als um dich!« fuhr Pandsala dazwischen.

»Es wird alles gut werden«, tröstete Andrade. Dankbar floh sie dann aus diesem merkwürdigen, stickigen Raum die Treppe hinauf nach oben an Deck. Sie hoffte, die Nachtluft würde ihren Kopf kühlen und klären. Die Mannschaft, nervös, wie Männer immer sind, wenn Frauen Kinder zur Welt bringen, stand in Grüppchen herum und spekulierte über das Geheimnis von Babys. Andrade lächelte müde bei der Vorstellung, wie Rohan darauf wartete, daß sein Kind geboren würde. Chay würde ihn so betrunken machen, daß er sicher seinen eigenen Namen vergessen würde und sich auch nicht mehr um Sioned sorgen würde.

Die kalte Feuchtigkeit des Flusses drang in ihre Knochen und fügte dem Schmerz in ihrem Kopf und ihrem Magen einen weiteren hinzu. Das würde Roelstra ihr büßen, nahm sie sich vor, ehe sie taumelte, weil eine winzige Welle die Barke aus dem Rhythmus brachte, an den sich Andrade inzwischen mehr oder weniger gewöhnt hatte. Sie preßte sich entsetzt eine Hand vor den Mund und fühlte, wie ein kräftiger Arm sie stützte.

»Kein Grund sich zu schämen, Herrin«, erklang eine tiefe, freundliche Stimme. »Das erwartet man schließlich von euch *Faradh'im.*«

Einen Moment später wurde ihr ihre Würde unwichtig.

Der Matrose Gernius hielt geschickt ihren Kopf über die Reling, als sie ihren Kampf mit dem Fluß verlor. Sie bemühte sich, nicht noch zusätzlich ohnmächtig zu werden, und nachdem er ihren Mund abgewischt und ihr aus einer Flasche zu trinken gegeben hatte, hörten die Sterne auf zu tanzen.

»So, Herrin«, meinte Gernius, »jetzt wird es Euch gleich besser gehen. Ich bin schon früher mit *Faradh'im* gesegelt, und es ist immer besser, wenn man sofort nachgibt.«

Andrade nickte kurz und dankte ihm für seine Fürsorge mit einem solchen Mangel an Anmut, daß er nur lächeln konnte. Sie erwartete, daß ihr Kopf jeden Augenblick platzen würde wie eine Drachenschale, als sie den Gang entlang zurück zu Palilas Kabine ging. Die Tür wurde von Frauen versperrt, die eigentlich drinnen bei der Geburt helfen sollten. Die Wut verlieh ihr neue Kräfte – und sorgte gleichzeitig dafür, daß sich noch unbekannte Nerven in ihrem Schädel ebenfalls lautstark meldeten. »Warum seid ihr nicht drinnen?« wollte sie wissen.

»Sie hat uns fortgeschickt, Herrin! Alle außer der Prinzessin.«

»Verdammt, Ianthe!« fluchte Andrade leise. Eine Prinzessin half Dienerinnen, die andere kümmerte sich um die Mätresse, obwohl sie alle sie verabscheuten. Sie würde dahinterkommen, und wenn es die ganze Nacht dauern sollte. »Laßt mich vorbei. Jemand soll den Hoheprinzen holen. Zwei von euch, geht nach unten und –«

Ein dünnes Heulen aus der Kabine unterbrach sie, unverkennbar das Weinen eines Neugeborenen. Die Frauen schrien auf, drängten vorwärts und stießen Andrade von der Tür fort.

»Sie ist verschlossen!« rief eine von ihnen.

»Ianthe! Öffnet die Tür!« befahl Andrade und zuckte unter der Lautstärke ihrer eigenen Stimme zusammen. Aber sie wußte, daß die Prinzessin buchstäblich alle Hände voll zu tun hatte, und knirschte ungeduldig mit den Zähnen. Die Dienerinnen traten nervös von einem Fuß auf den anderen, und eine von ihnen schlug vor, ein paar Matrosen zu rufen, damit sie die Tür eintreten könnten. Andrade wollte gerade den Befehl dazu erteilen, als die Tür weit aufgerissen wurde.

Drinnen stand Ianthe, ein violett eingewickeltes Bündel im Arm und ein süßes Lächeln auf den Lippen. Andrade schenkte ihr einen prüfenden Blick, ehe sie an ihr vorbei zum Bett eilte.

»Ist alles in Ordnung mit Euch?« fragte sie Palila.

»Hmm?« Verträumte Augen lächelten sie an. »O ja. Ja! Ich habe einen Sohn!« Sie fing an zu lachen. »Einen Sohn, Andrade! Einen Sohn!«

»Mit dem Segen der Göttin«, antwortete diese automatisch, während ihre Gedanken bei dem Versuch wirbelten, zu ergründen, welche Folgen diese Geburt haben mochte. Sie rief Palilas Frauen herbei, die vortraten, um es ihr bequem zu machen und sie anzukleiden, damit sie den Hoheprinzen empfangen konnte. Da wird Roelstra triumphieren, dachte Andrade sauer, während sie zusah. So, er hatte also endlich einen Sohn. Verdammt.

Auf der Suche nach Ianthe wandte sie sich um. Aber die Prinzessin war verschwunden – und mit ihr das Kind.

Ianthe starrte auf das wimmernde Bündel in ihren Armen und lachte leise vor Erregung. Für sie war das Geschlecht des Kindes ohne Bedeutung. Knabe oder Mädchen, sie hatte gewonnen. Jetzt mußte sie nur noch zwischen den Vorteilen wählen; sie hatte alle Möglichkeiten durchdacht.

Sie blieb im Gang stehen, lauschte und lachte wieder, als die Schiffsglocke mit schrillen Klängen die Geburt verkündete. Das war das vereinbarte Zeichen, und Pandsala würde gleich hierher kommen. Wenn sie kein männliches Baby greifbar hatte, würde sie ein Mädchen bringen müssen. Ein Jammer, daß Roelstra noch nicht gekommen war – aber Andrade würde einen noch besseren Zeugen abgeben. Sie hörte das leise Weinen eines anderen Neugeborenen, das hastig beruhigt wurde, und hielt den Atem an. Ihr eigenes Spiel konnte beginnen, das Spiel, für das sie die Regeln erdacht hatte.

»Ianthe?« erklang Andrades Stimme hinter ihr, und sie verbarg ihren Jubel über diesen perfekten Zeitpunkt. »Was machst du hier? Das Kind wird sich erkälten.«

»O nein, das ist eine sehr dicke Decke.« Sie drehte sich lächelnd um. »Ich dachte, das ganze Geschwätz dort drinnen würde das arme, kleine Ding ängstigen. So ein hübsches Baby – ich wünsche mir so sehr ein eigenes Kind.«

Andrades Ausdruck verriet deutlich ihre Zweifel daran, daß Ianthe der mütterliche Typ war. »Laß mich einmal einen Blick darauf werfen«, bat sie und schob die Decke vom Gesicht des Kindes. »Ein hübsches Kind. Sieh nur, all das Haar!«

Sie hatten in normaler Lautstärke gesprochen, aber das Läuten der Glocke und das Durcheinander in Palilas Kabine hatten ihre Stimmen übertönt. So trat Pandsala vollkommen unvorbereitet von der Treppe in die Halle und rief: »Ianthe, ich habe ein anderes Kind mit mir nach oben gebracht, aber–« Sie blieb abrupt stehen und stöhnte: »Lady Andrade!«

Ianthe wußte, daß ihr eigenes Gesicht ein perfektes Bild des Erstaunens war; sie hatte diesen Ausdruck vor einem Spiegel geübt, bis sie ihn ohne das geringste, amüsierte Zukken beibehalten konnte. »Pandsala! Warum hast du das Kind da von seiner Mutter getrennt?«

Pandsala wurde krankhaft bleich. Sie taumelte leicht gegen eine Wand, und ihre Arme schlossen sich krampfhaft um das violette Bündel. Ianthe genoß einen Moment das Entsetzen in den Augen ihrer Schwester. Dann wandte sie sich an Andrade.

»Ja«, meinte auch diese. »Warum hast du das Baby hierher gebracht?«

Pandsala starrte Ianthe noch immer an. Entsetzen verzerrte ihr Gesicht, als ihr klar wurde, wie man sie hereingelegt hatte. Ihre Lippen öffneten sich und bewegten sich, aber kein Laut kam über sie. Ein weiterer Glockenschlag verkündete die Ankunft des Hoheprinzen, und sie alle hörten Roelstras glückliches Rufen.

»Im Namen der Göttin! Könnt Ihr es glauben? Ich habe einen Sohn!«

Ianthe schaute Andrade an. »Wer hat ihm denn das erzählt?« hauchte sie.

Licht sprühte aus Andrades vielen Ringen, als sie Ianthes Arm schmerzhaft umklammerte. »Ist es ein Mädchen? Eine Tochter?«

»Ein sehr süßes kleines Mädchen«, antwortete Ianthe mit genau dem richtigen Maß an Verwirrung. »Vater ist doch inzwischen daran gewöhnt.«

Roelstras Gegenwart erfüllte den schmalen Gang. »Andrade! Was bringt Euch hierher? Ihr seid doch gewiß nicht gekommen, um mir zu meinem Sohn zu gratulieren!«

»Da Euer Leibarzt nicht zur Verfügung stand, kam ich, um Eurer Dame zu helfen. Doch ich glaube nicht, daß der Gang der geeignete Ort für Euch ist, um Euer neues Kind zu begrüßen.« Mit einem kalten Blick befahl sie Pandsala und Ianthe in die Kabine. Roelstra folgte. Er spürte, daß etwas nicht stimmte. Andrade befahl den Dienerinnen, das Baby aus Pandsalas verzweifelter Umklammerung zu befreien und den Raum zu verlassen. Dann verriegelte sie die Tür und trat den im Raum Anwesenden mit eisigem Lächeln gegenüber.

»Und nun«, erklärte sie, »will ich die Wahrheit wissen.«

»Wovon redet Ihr?« erkundigte sich Roelstra. »Ich wünsche meinen Sohn zu sehen!« Er blickte von einer Prinzessin auf die andere und dann auf die geschlossene Tür. Das zweite Kind war von einer Magd fortgebracht worden. Seine Augen färbten sich langsam dunkel. »Ich glaube nicht, daß es sich um Zwillinge handelt«, fügte er hinzu.

»Ihr habt keinen Sohn«, klärte Andrade ihn auf, und Ianthe hörte die grimmige Zufriedenheit in ihrer Stimme. »Ich frage mich, welche Eurer Töchter Euch etwas erklären will.«

Der Hoheprinz wirbelte herum und durchbohrte Palila mit seinem Blick. »Was weißt du davon?« brüllte er.

»Nichts!« keuchte sie und sank in die Kissen zurück, die nicht weißer waren als ihre Wangen.

Roelstra wandte sich seinen Töchtern zu. »Wessen Kind ist da fortgebracht worden?«

»Vater – bitte!« schrie Pandsala auf, und Ianthe kam zu dem Schluß, daß dies ein ziemlich ungeeigneter Moment war, ihrem Vater die achtzehnte Tochter zu präsentieren.

»Es tut mir leid, daß es wieder ein Mädchen ist, Vater, aber es ist sehr hübsch.«

Roelstra ignorierte sie. »Andrade, findet die Wahrheit darüber heraus. Wenn ich wieder spreche, dann nur, um den Befehl zu ihrer Hinrichtung zu geben.« Er marschierte zum Fenster, riß den Vorhang beiseite und verschränkte die Hände hinter seinem Rücken. Er bebte.

Ianthe setzte sich, das Baby auf dem Schoß. »Ich verstehe das nicht, Mylady. Ihr habt mich mit diesem Kind gesehen, und dann kam Pandsala mit einem anderen. Was geht hier vor?«

»Sollen wir es herausfinden?« fragte Andrade ganz ruhig, und Ianthe erlebte einen Augenblick schieren Entsetzens, als durchdringende blaue Augen ihr Gesicht erforschten. Vor ein paar Nächten war sie demselben Blick von Rohan ausgesetzt gewesen. Sie zwang sich, ruhig zu bleiben, denn selbst wenn Andrade das ganze Spiel durchschaute, konnte ihr nichts nachgewiesen werden.

»Diese Schlangen!« kreischte Palila plötzlich. »Sie haben meinen Sohn gestohlen!«

»Erst wißt Ihr nichts, und jetzt wißt Ihr, wessen Schuld das ist«, bemerkte Andrade. »Wie interessant. Pandsala, erklärt mir diese kleine Komödie.«

»Ich –« Sie warf Ianthe einen gequälten Blick zu. »Es war ihre Idee! Sie hat geplant, daß wir ein Mädchen gegen einen Knaben austauschen würden –«

»Was?« rief Ianthe mit großen Augen.

»Ruhig!« fuhr Andrade sie an. »Weiter, Pandsala – von Anfang an.«

Ianthe hörte zu, als ihre Schwester hastig die ganze Geschichte hervorsprudelte, und sie war entzückt über Pandsalas schuldbewußtes Gestammel. Andrades Ausdruck wechselte langsam von kühler Beherrschung zu Entsetzen. Palila lag in ihren Kissen und sah aus, als sehne sie ihren Tod herbei. Roelstra drehte sich um und starrte Pandsala an, als hätte sie plötzlich Krallen und einen Schwanz. Ianthe saß da und wiegte das Baby.

»Wenn ich Euch richtig verstehe«, sagte Andrade bedrückt, als Pandsala schluchzend verstummte, »dann ist es folgendermaßen gewesen. Ianthe hat vorgeschlagen, ein Mädchen gegen einen Knaben auszutauschen, sollte Palila einen Sohn bekommen. Zu diesem Zweck habt ihr dafür gesorgt, daß diese armen Frauen mitgenommen wurden, und ihre Geburt eingeleitet werden konnte, sobald Palilas Wehen einsetzten. Ich zweifle nicht daran, daß wir die entsprechenden Kräuter zwischen Euren Sachen finden werden, Pandsala, nicht bei Ianthe.

Aber dann habt Ihr Euch auf einen Handel mit der Mätresse Eures Vaters eingelassen. Im Tausch gegen ihre Mithilfe dabei, Prinz Rohan für Euch zu gewinnen, wolltet Ihr einen Knaben gegen das Mädchen austauschen, sollte Palila noch eine weitere Tochter zur Welt bringen. Da die einzige Frau, die bislang ein Kind zur Welt gebracht hat, eine Tochter hatte, blieb Euch keine andere Wahl, als diese heraufzubringen, nur für den Fall, daß ein Sohn ausgetauscht werden mußte. In diesem Fall wäre Palila für Euch nicht von Nutzen gewesen, und deshalb wolltet Ihr dann auf Ianthes ursprünglichen Plan zurückgreifen. Ist das richtig?«

Pandsala nickte, Tränen liefen über ihr Gesicht. »Vater – es tut mir so leid – ich wollte dir nur den Sohn schenken, den du dir so sehr gewünscht hast –«

»Roelstra!« rief Andrade scharf, als der einen drohenden Schritt auf seine Tochter zu machte, den Arm zum Schlag erhoben. Ianthe sah den weißen Verband, als sein Ärmel zurückfiel, und fragte sich, ob diese Hexe Sioned ihm die Wunde beigebracht hatte, als sie ihre nicht vorhandene Ehre verteidigte. Ihre Lippen verzogen sich, und sie neigte den Kopf über das Kind.

»Wir müssen die Geschichte auch noch von Euch hören, Ianthe«, erklärte Andrade.

Die blickte auf. »Was kann ich dazu sagen? Ich habe noch nie im Leben etwas so Lächerliches gehört! Wie hätte irgend jemand sicher sein können, daß diese Frauen Kinder vom richtigen Geschlecht zur Welt bringen würden, für welchen Tausch auch immer, den Pandsala geplant zu haben scheint? Offen gesagt, ich bin verwirrt. Soll ich jetzt eine Verschwörung angezettelt haben, um Vater einen Sohn zu schenken oder um ihn eines Sohnes zu berauben?«

»Weiter«, forderte Andrade eisig.

Ianthe zuckte die Schultern. »Was müßte das für ein Ungeheuer sein, das einen königlichen Prinzen – und noch dazu den eigenen Bruder! – fortgibt, so daß er als gemeiner Diener aufwächst? Ich bin weder so schlecht, Vater, noch so dumm. Glaubst du wirklich, ich wäre zu einem so entsetzlichen Plan fähig? Noch dazu zu einem, der so unglaublich unpraktisch ist?«

»Nein«, antwortete Roelstra sehr leise, und seine grünen Augen funkelten. »Wenn es ein Knabe gewesen wäre, dann hättest du ihn ermorden lassen. Ich kenne dich, Ianthe.«

»Vater!« Für einen Moment war sie entsetzt.

»Hört auf, alle beide!« Andrade musterte sie voll Abscheu. »Ihr seid alle Schlangen, jeder einzelne von Euch. Was wollt Ihr jetzt tun, Roelstra?«

»Mich interessiert im Augenblick mehr, was für die Frauen da unten geplant war.« Er starrte Ianthe weiterhin an. »Was würdest du tun, meine Liebe?«

»Nichts, weil ich nichts damit zu tun habe«, antwortete sie prompt.

»Aber wenn du es hättest?« drängte er.

»Vater – glaubst du ernstlich, ich hätte diese Frauen ermorden lassen?«

»Ich dachte, du würdest die Notwendigkeit erkennen. Du bist schon immer klug gewesen, Ianthe.« Dann wandte er sich Pandsala zu und fragte: »Weißt du, welche Strafe auf Verrat steht?« Sein Blick zuckte zu Palila, die einen Schrei ausstieß.

»Vater – nein!« Am ganzen Leib zitternd fiel Pandsala auf die Knie.

»Verrat«, wiederholte er leise.

Andrade trat zwischen sie. »Roelstra«, bat sie leise. »Tut das nicht.«

»Das geht Euch nichts an, *Faradhi*.«

»Tötet sie nicht, überlaßt sie mir.«

»Was? Warum?«

»Ihr seid mir noch etwas schuldig. Der Lichtläufer, den Ihr korrumpiert habt, ist heute nacht gestorben.«

»Crigo ist tot?« Roelstra schien erschüttert.

»Es war ein Unfall.« Palila richtete sich verzweifelt auf, die Hände ausgestreckt und bebend wie zarte Blätter. »Er hat zuviel genommen, und ich –«

»Schweig!« brüllte Roelstra sie an.

»Ich werde Pandsala als Entschädigung nehmen«, erklärte Andrade, und Ianthe kicherte innerlich. »Und das neue Kind ebenso. Das letzte, was Ihr braucht, ist eine weitere Tochter. Gebt sie mir.«

»Lebendig begraben in der Schule der Göttin«, murmelte er nachdenklich, und seine Augen leuchteten in grausamem Humor. Pandsala schrie auf. »Also gut. Sie gehören Euch.«

»Vater, nein!«

»Was ist mit Palila?« fragte Andrade.

»Ihr werdet nicht leugnen, daß sie den Tod verdient, weil sie Euren *Faradhi* getötet hat. Ich bin sicher, Eure kostbare Sioned hat Euch inzwischen alles über *Dranath* erzählt, nicht wahr? Schade, daß ich sie damit heute abend nicht getötet habe.«

Der Hoheprinz und die Herrin der Schule der Göttin starrten einander an, und Ianthe beobachtete sie verwirrt. Was war heute nacht tatsächlich mit Sioned geschehen?

»Mischt Euch nicht ein, Andrade. Ich warne Euch.« Er machte eine Pause. »Ianthe.«

Sie erhob sich, wachsam, obwohl sie fast sicher war, soeben einen Sieg errungen zu haben.

»Zeig sie mir.«

Sie trat vor und streckte ihm das Baby entgegen. Er sah es einen Moment an, wickelte es dann aus der violetten Decke, um sich zu vergewissern, daß das Kind tatsächlich weiblich war. »Chiana«, sagte er. »Nennt sie so, Andrade, damit sie es nie vergißt.«

Ianthe unterdrückte einen Schauder. Das Wort bedeutete »Verrat« in der alten Sprache. Andrade nahm ihr das Kind ab und warf einen Blick auf die weinende Pandsala.

»Steh auf. Als erstes wirst du lernen, daß ein Lichtläufer vor niemandem niederkniet. Nicht einmal vor einem Hoheprinzen.«

»Außer, es handelt sich um meinen Lichtläufer, nicht den Euren«, widersprach Roelstra, und Andrade bedachte ihn mit einem bösen Blick.

Ianthe blickte in Pandsalas Augen, Augen, die stumpf waren vor hoffnungslosem Entsetzen und unfähig zu glauben, was geschehen war. Ganz plötzlich schien sie Ianthe zu erkennen und sprang auf. Ihre Hände schlossen sich um den Hals ihrer Schwester.

Roelstra zerrte seine Töchter auseinander. Pandsala brach

auf dem Teppich zusammen, und Ianthe schluckte krampfhaft. Ihre Kehle schmerzte. Der Hoheprinz riß die Kabinentür auf und rief nach den Wachen, die Pandsala in Andrades Zelt bringen sollten – gefesselt und geknebelt, wenn nötig. Ianthe hörte sie schreien, als sie im Gang war, ein Heulen von Haß und Verzweiflung, und sie erschauderte.

Dann trat Stille ein. Palilas Angst war so groß, daß sie nur stumm vor Entsetzen im Bett liegen konnte. Andrade hielt das Baby fest an sich gepreßt und starrte Roelstra an.

»Wo ist Crigo?« fragte sie.

»Ich lasse ihn in Euer Zelt bringen, wenn Ihr es wünscht.«

»Tut das«, bellte sie.

Ianthe wich vor der Heftigkeit ihrer Gefühle zurück. Dies war ein uralter Haß, weit mächtiger als alles, was sie je zuvor erblickt hatte. Er besaß ein ganz eigenes, bitteres Leben und war in der Luft zwischen den beiden nahezu greifbar.

»Ich werde ihn zerstören«, erklärte Roelstra plötzlich. »Seine Ehe wird sein Ende sein.«

»Ihr wolltet vor langer Zeit eine ähnliche Ehe eingehen. Mit einer anderen Lichtläuferin.«

»Daher also seid Ihr auf diesen Einfall gekommen. Habt Ihr meinen Zorn mit eingerechnet, als Ihr alles vorbereitet habt?«

»Euer Zorn ist Euer eigenes Problem. Ich habe nichts vorbereitet. Die Göttin –«

»Tut für gewöhnlich, was Ihr ihr sagt. Sucht nur Entschuldigungen. Wenn Ihr glaubt, seine Söhne werden ihm auf den Thron folgen, dann täuscht Ihr Euch.«

»Und das von einem Mann, der immer noch glaubt, er könnte einen eigenen Sohn bekommen?« Sie lachte boshaft. »Sucht Euch eine andere Mätresse, Roelstra! Schwängert noch ein Dutzend anderer Frauen! Es wird keinen Sohn für Euch geben!«

»Raus!« brüllte er.

Andrades Gelächter schien noch lange, nachdem sie die

Tür hinter sich zugeworfen hatte, durch die Kabine zu hallen. Ianthe sank in einen Sessel und schloß die Augen. Sie hatte gewonnen. Wenn Roelstra ihr glaubte – und selbst wenn nicht. Sie hatte gewonnen. Er hatte sie nicht zusammen mit Pandsala verurteilt.

»Roelstra – o nein, Herr, bitte – im Namen unserer Kinder –«

Ianthes Kopf fuhr hoch. Palila kauerte in den weißen Kissen, ihre Augen waren riesig, als sie wie gebannt auf die Kerze starrte, die Roelstra von einem Tisch genommen hatte.

»Ich erinnere mich an das Feuer, Palila«, sagte er fast zärtlich, und sie wimmerte. »Hast du heute nacht den Drachenschrei gehört?«

Ianthe sprang auf die Füße. Sie hatte diesen Ton noch nie in der Stimme ihres Vaters vernommen –, und sie wollte fort. Sofort. Er spürte die Bewegung hinter sich und befahl, ohne sich umzudrehen: »Bleib.« Ianthe erstarrte und wagte kaum zu atmen. Roelstra trat näher an Palilas Bett, in der Hand die nackte Kerze. Die Flamme zuckte gierig in die Luft.

»Weißt du, wo Feruche liegt, Ianthe?« fragte er.

»Ja, Vater.«

»Es liegt an der Grenze zwischen der Prinzenmark und der Wüste«, fuhr er fort. »Ich habe schon seit geraumer Zeit über Feruche nachgedacht, und darüber, wen ich dort unterbringen könnte. Es muß jemand sein, dem ich trauen kann.« Er warf ihr über die Schulter einen Blick zu. »Willst du das Prinzchen immer noch haben?«

»Ja«, erklärte sie ohne Umschweife.

»Dein Glück hat dich verlassen, meine Liebe«, erklärte er ihr mit grimmiger Belustigung. »Feruche magst du bekommen, aber Rohan bekommst du nicht. Wie es scheint, hat die Lichtläuferin ältere Ansprüche.«

»Die Lichtläuferin«, wisperte Ianthe. Ganz plötzlich verstand sie den Haß, der zwischen ihrem Vater und Andrade durch die Luft gepeitscht war. Wut und verletzter Stolz und das Verlangen nach Rache durchfuhren sie und erzeugten einen Haß, den sie empfing wie einen Liebhaber. Ihr Leben lang war sie leer gewesen und hatte darauf gewartet, mit diesem süßen, heißen Ding gefüllt zu werden, das jetzt in ihr wuchs, von Blut und Rache singend. Jetzt endlich hatte sie ihre Definition der Macht gefunden – und das nicht durch einen prinzlichen Ehemann oder durch ihren Vater oder irgendeinen anderen Menschen – die Definition einer Macht, die stärker war als die Gaben einer Lichtläuferin. Das war es, was ihren Vater zu einem so mächtigen Prinzen machte: Er konnte hassen.

»Wie ich sehe, verstehst du mich«, sagte er. »Kehre ins Lager zurück, Ianthe, und warte auf mich. Wir haben viel zu besprechen, wenn ich hier fertig bin.«

Als sie die Tür schloß, sah sie noch, wie die Flamme vor Palilas entsetztem Gesicht hochschlug. Und als sie vom Schiff an Land trat, hörte sie den ersten von vielen, vielen Schreien.

Das Licht der Morgendämmerung fiel durch blasse, silbergrüne Blätter, ein Licht, so samtig wie neue Rosen. Sioned, wie alle *Faradh'im* empfänglich für Farben, lag auf der Seite und fragte sich, ob sie je zuvor solch schönes Licht gesehen hatte. Sie lächelte über ihre eigene Dummheit; es war nicht die Farbe, nicht einmal ihre Weichheit, die an ihr Herz rührte. Es war das schlafende Gesicht, das von dem Licht liebkost wurde.

Zu Anfang war es scheu gewesen, zitternd und unsicher –, bis die Verschlüsse ihres Rockes ihn so erbittert hatten, daß er einen Fluch murmelte, der sie zum Lachen brachte. Und plötzlich kicherten sie beide wie die Kinder, wurden die verknoteten Bänder ihrer Kleider und seine eng anliegenden Stiefel zu lächerlichen Hindernissen nach all dem anderen, was sie für diesen Moment erduldet hatten.

Sioned strich ihm das seidige Haar aus der Stirn. Sie

wußte, daß ihre Vision vor einigen Jahren richtig gewesen war. Sie war diejenige, die ihn zum Prinzen gemacht hatte – und zum Mann. Eine kurze Weile waren die beiden völlig ineinander aufgegangen. Von einem Drachenlord gezeugt, dessen viriles Bild ihm immer noch nachhing, sich in Gedanken selbst einem hohen Maßstab verpflichtet, und der Mann war seiner Fähigkeit, diesem gewachsen zu sein, nicht sicher gewesen. Aber in ihren Armen hatte er zur Übereinstimmung dieser beiden Seiten seines Seins gefunden. Der Prinz und der Mann vereinten sich und wurden zu ihrem Geliebten.

Seine Liebkosungen hatten auf ihrer Haut gebrannt, sein Flüstern strahlte wie Sonnenschein in ihrem Geist, und seine Küsse leuchteten in seinen Farben, die sie in all ihrer Kraft und Reinheit berührt hatte; Diamant, Saphir, Topas. All ihre Sinne erwachten für ihn, wissend, daß das Lichtläuferblut in ihm mit dem ihren verschmelzen und ihren Sohn zu einem *Faradhi*-Prinzen machen würde.

»Solange er nur deine Augen hat, Geliebter«, flüsterte sie und fuhr mit der Fingerspitze an dem seidigen Schwung seiner Wimpern entlang. Sie lächelte, als er langsam die Augen öffnete. Es schien, als sei es für ihn fast zu schwer, die Lider zu heben.

»Ohhh…« hauchte er. »Was hast du mit mir gemacht?«

Sioned streichelte seine Wange und genoß die Stoppeln seines blonden Bartes. »Möchtest du, daß ich es noch einmal mache?«

»Später einmal, wenn ich lebendig genug bin, um es zu genießen«, antwortete er schläfrig. Er zog sie in seine Arme und barg ihren Kopf an seiner Schulter. »Verdammt. Ich habe vergessen, deine Zöpfe zu lösen. Ich wollte dein Haar offen sehen.«

»Oh, heb doch wenigstens etwas für unsere Hochzeitsnacht auf«, kicherte sie.

»Aber das habe ich doch. Chay hat mir erzählt –«

»Rohan!«

»– etwas, was ich immer schon ausprobieren wollte«, schloß er. »Es wird eine Überraschung.« Er rieb die Wange an ihrem Haar. »Hmmm, du riechst gut.«

»Nicht ich, die Beeren. Ich glaube, wir haben sie zu Wein zerdrückt.« Sie rollte auf den Bauch und zog ihren Rock unter seinem Kopf hervor, wo er ihnen als Kissen gedient hatte. »Siehst du?« Sie steckte einen Finger unter das Moos, wo sich dicke, grüne Beeren verbargen.

Rohan drehte sich mit wenig elegantem Grunzen um. »Sind noch welche übrig, die wir nicht zerquetscht haben? Ich bin am Verhungern.« Er schob das Moos beiseite und zupfte ein paar der dicken Kugeln ab. »Hier – Mund auf.«

»Schon wieder?«

Rohan riß entsetzt die Augen auf, aber im nächsten Moment kicherten sie schon wieder alle beide. Sie lagen Seite an Seite und fütterten einander mit den Beeren, während die Sonne das Laubdach über ihnen wärmte. Schließlich sagte sie: »Das reicht. Wir werden noch krank. Besser, wir schleichen jetzt zurück ins Lager, ehe man uns vermißt.«

»Ich schwöre dir, das ist das absolut letzte Mal, daß ich mit dir irgendwohin schleiche, weil ich es muß. Es nicht zu müssen wird Spaß machen. Aber hiervon habe ich genug!« Rohan setzte sich auf und streckte faul die Arme aus, um den Vorhang aus Zweigen zu teilen. »Es ist schrecklich hell am Fluß, wenn man bedenkt, wie früh es noch ist. Schau mal.«

Sie rückte näher, legte ihr Kinn auf seine Schulter und preßte sich an seinen muskulösen Rücken. Das Licht schmerzte ein wenig in ihren Augen, und ihr Kopf fing wieder an zu pochen. Aber sie blieb stumm, denn sie wollte die friedliche Stimmung dieses Morgens nicht stören. Sie blinzelte ins Tageslicht und runzelte die Stirn. »Rohan, das ist die falsche Richtung für einen Sonnenaufgang.«

»Riech mal den Wind«, forderte er gepreßt.

»Feuer«, hauchte sie.

»Zieh dich an. Beeil dich.«

Hand in Hand liefen sie flußaufwärts, die aufsteigende Sonne im Rücken. Der Rauch verdichtete sich, als der Wind drehte. »Ist es die Brücke?« fragte sie.

»Nein.«

Sie ließen die Bäume hinter sich. Roelstras Barke war ein Inferno, das sanft auf dem Wasser schaukelte, und ihre violetten Segel glichen roten, flammenden Flügeln.

Kapitel achtzehn

In allen Lagern schwirrten am letzten Tag des *Rialla* die Gerüchte: Roelstra hätte alle seine Töchter getötet. Sie hätten ihn umgebracht. Lady Andrade hätte die Barke in Brand gesetzt und sie alle getötet. Roelstra sei von Unbekannten beseitigt worden, möglicherweise von den Merida. Prinz Rohan sei im Feuer umgekommen. Er sei in Roelstras Zelt gestorben. Er hätte seine Armeen herbeigerufen und befohlen, die Felsenburg zu stürmen. Er würde Prinzessin Pandsala heiraten – nein, Prinzessin Ianthe – nein, beide. Er würde außerdem die anderen Mädchen als Konkubinen aufnehmen. Lady Andrade befände sich auf dem Weg zurück zur Schule der Göttin. Zusammen mit Prinzessin Ianthe – Prinzessin Pandsala –

Das einzige, was man mit Sicherheit wußte, war, daß die Barke des Hoheprinzen rauchend und verkohlt auf dem Faolain schaukelte, während die Mannschaft sich in einer Taverne in Waes betrank. Noch etwas anderes war interessant: Lord Chaynal hatte den Preis seiner Pferde erhöht, die jetzt sehr gefragt sein würden, um alles, was noch von der Gesellschaft aus der Felsenburg übrig war, heimzubefördern.

Prinz Clutha aus Meadowlord und Lord Jervis aus Waes waren so höflich, die Gerüchte zu ignorieren. Sie ordneten an, daß die Zeremonien wie immer weitergeführt wurden, und am späten Vormittag war ein Hügel fertig vorbereitet, von dem aus die Lager zu sehen waren. Die Edlen versammelten sich, flüsterten sich die neusten Nachrichten zu und warteten auf die Prozession der Bräute. Als Lady Andrade eintraf, erklang ein kollektiver Seufzer reinster Erleichterung.

Eindeutig neugierige Blicke empfingen Roelstras Töchter. Ihr Vater und eine Tochter fehlten, aber sie selbst waren so kostbar gekleidet wie Bräute. Pandsalas Abwesenheit verstärkte die Vermutung, daß sie die von Prinz Rohan Erwählte sei; Ianthes düsteres Gesicht schien das zu bestätigen. Aber als die Hochzeitsprozession die blumenbestreute Seite des Hügels emporschritt, war die fehlende Prinzessin nicht unter den Bräuten.

Einer der ersten, der vortrat, um verheiratet zu werden, war der junge Lord Eltanin aus Tiglath, der immer noch aussah, als wäre er erstaunt darüber, Lord Jervis mittlere Tochter für sich gewonnen zu haben. Sie war ein kleines, zartes Ding mit goldbraunem Haar und dem klingenden Namen Antalya, was in der alten Sprache soviel wie »Kelch des Frühlings« bedeutete. Mit den in ihr Haar geflochtenen Wildblumen und den Spangen an ihren Armen stellte sie die Verkörperung jugendlicher Schönheit dar. Als sie von ihrem Vater ihrem neuen Ehemann übergeben wurde, sah sie mit leuchtenden Augen zu Eltanin auf. Rohan, der Oberlord des jungen Mannes, übergab ihn seiner Braut mit einer eleganten Verbeugung. Andrade rief den Segen der Göttin auf das Paar herab, und Tobin war überzeugt, daß ihr Bruder vor Entzücken gleich zu tanzen anfangen würde. Eine Verbindung zwischen seinem Vasallen und dem mächtigen *Athri* von Waes würde seine Beziehung zu Meadowlord stärken; Cluthas Ländereien waren ein Puffer zwischen der Wüste und der Prinzenmark, und Jervis war Cluthas Mann. Aber Tobin entdeckte auch eine mehr private Freude im Lächeln ihres Bruders. Es war nur natürlich, daß ein junger Mann, der seine eigene Geliebte gewonnen hatte, allen um sich her dasselbe Glück wünschte. Tobin hatte von Camigwen erfahren, daß Sioned in der vergangenen Nacht nicht in ihr Zelt zurückgekehrt war, und sie fragte sich, was Rohan davon abhielt, sein Entzücken in die Welt hinauszuschreien.

Jüngere Söhne hatten Bräute gefunden, Erbinnen Ehemänner, und die Parade von Vätern und Oberlords, die die jungen Männer und Frauen zu Andrade brachten, damit sie deren Segen empfingen, ging weiter und weiter. Eine süße Brise von Osten hatte den Rauch fortgeblasen, der nach dem morgendlichen Feuer noch in der Luft gehangen hatte, und der Tag leuchtete in der letzten spätsommerlichen Sonne. Die Hügelkuppe war die perfekte Umgebung für den Beginn eines neuen Lebens. Tobin lächelte vor sich hin und blickte dann zu ihrem Lord empor und dachte an ihre eigene Vermählung auf den Klippen in der Nähe von Burg Radzyn.

Andrade hatte angeordnet, daß Camigwen und Ostvel als letzte kommen sollten. »Wer wünscht eine Lichtläuferin zu ehelichen, eine *Faradhi*, die das Mondlicht reitet?« rief sie aus, und Ostvel schritt, mit Urival als Sponsor, über den Blumenteppich.

»Ich, Herrin«, erklärte der junge Mann stolz. »Ich bin ihr Erwählter, und sie ist die meine.«

»Dann laß sie neben dich treten«, erwiderte Andrade lächelnd.

Scheu, dunkel und exotisch sah Camigwen aus, als sie vortrat. Aber das Gewand, das sie trug, war ganz anders als ihre Alltagskleidung; dafür hatte Tobin gesorgt. Ihr Kleid war von der Farbe sehr alter Bronze und an den Stoffbahnen entlang mit goldenen Blüten bestickt. Die kleine Tasche an ihrer Taille war prall von Ostvels Hochzeitsschmuck. Sioned ging neben ihr. Sie trug ein schlichtes, rostrotes Kleid, und ihr Smaragdring blitzte, wo sich ihre Finger mit denen der Freundin verschränkten. Tobin wußte, daß die Menge nicht nur murmelte, weil eine *Faradhi* nur selten in der Öffentlichkeit heiratete, sondern auch wegen des inzwischen allgemein bekannten Gerüchts, daß Sioned Rohans Auserwählte sei. Tobin warf einen verstohlenen Blick auf ihren Bruder. Er stand bei Eltanin und Antalya, und sie bemerkte überrascht eine feine, besorgte Falte auf seiner Stirn. Als sie zu Sioned hinüberschaute, begriff sie, warum. Während Camigwen strahlte, wirkte Sioned fast zerbrechlich. Ihr flammendes Haar schien alle Farbe aus ihren Wangen und Lippen gezogen zu haben. Urival hatte nicht viel gesagt, aber er hatte drogenversetzten Wein erwähnt. Tobin verfluchte den abwesenden Hoheprinzen.

Andrade legte die Hände der beiden jungen Leute ineinander, und Sioned und Urival traten zurück. Die Worte, die eine Lichtläuferin und ihren Erwählten miteinander verbanden, waren kunstvoller als die für irgend jemanden sonst, außer für den König, denn es gab Schwüre zu bedenken, die nichts mit der Ehe zu tun hatten. Tobin hörte das Echo der Worte, die Andrade schon bald zu Rohan und Sioned sagen würde, und sie sah, wie die grünen Augen des Mädchens lebendig wurden, auch wenn der Rest ihres Körpers erstarrt schien.

Ostvel zog das Karneol-Halsband aus einer Tasche seiner Tunika, und als er ungeschickt versuchte, es um Camis schlanken Hals zu legen, strahlten die Steine in einem dumpfen, dunklen Rot. Nicht einmal Eltanins Saphire, deren Anblick Antalya den Atem geraubt hatte, waren so prächtig wie diese Steine. Dann erhob sich Cami auf die Zehenspitzen und legte eine dünne Goldkette um Ostvels Hals. Ein einzelnes großes Stück schwarze Koralle, geschnitzt wie eine explodierende Sonne, zierte sie – der Stein Gilads, Ostvels Heimat, und das Symbol der Sonne, das ihren Status als *Faradhi* repräsentierte.

»So wie die Sonne und die Monde die Welt der Wasser umkreisen«, sang Andrade, »wie die Wasser die Lande umkreisen; wie die Lande den Körper der Welt umkreisen, so sollt auch Ihr einander umkreisen und stützen. Seid das Licht für die Augen des anderen und das lebensspendende Wasser für seine Seele. Schenkt einander die Reichtümer der Erde. Fangt den Wind ein, auf daß er allen Zweifel, allen Schmerz, alle Furcht beiseite fegt. Seid einander alles in Eurer Liebe.«

Sie wandte sich an Ostvel und hielt die linke Hand empor, die Handfläche auswärts gekehrt, und ihre Ringe funkelten in der Morgensonne. »In deiner Obhut befindet sich eine Lichtläuferin, eine, die das FEUER ruft und das Licht verwebt. Hilf ihr, die wahren Pfade zu wandeln, ohne Schatten, frei von allen schmerzlichen Dingen. Du wirst der Ahnherr von *Faradh'him* werden. Ich halte dich dessen für wert, Ostvel aus Gilad.«

Er neigte den Kopf und antwortete: »Euer Vertrauen ehrt mich, Herrin, wie die Liebe der *Faradhi.*«

Andrade lächelte leicht. Zu Camigwen sagte sie: »Du bist eine Lichtläuferin und kennst deine Arbeit und deine Eide: zu dienen, die Wahrheit zu sprechen, das Licht über die Welt zu weben, zusammen mit deinen Brüdern und Schwestern. Dein Wissen richtig einzusetzen und niemals zu töten. All diese Dinge sind in dein Herz gebrannt. Dir übergebe ich nun diesen Mann, auf daß du ihn wärmst mit der Flamme deines Rufens und bewachst mit der Kraft, die nur wir kennen. Ruhe in seinem Herzen und lausche seiner Seele.« Sie nahm die verschränkten Hände der beiden in ihre. »Möge der Segen der Göttin ein Leben lang mit euch sein.«

Sie schauten sich an und lächelten, als sich erst Blicke, dann Lippen trafen. Tobin seufzte und schnüffelte ein wenig und fühlte, wie Chay an ihrer Seite von unterdrücktem Gelächter geschüttelt wurde. »Hör auf«, flüsterte sie. »Es war wunderbar.«

»Für eine Prinzessin mit einem politischen Kopf auf den Schultern bist du schrecklich sentimental.«

»Ach ja? Und wer denkt immer daran, zu diesen Zeremonien sein eigenes Hochzeits-Halsband zu tragen, hmm?«

»Nun...« Ertappt zuckte er die Achseln, und seine Wangen waren unter der Sonnenbräune plötzlich rot. Tobin streckte die Hand aus und betastete die elegante Silberkette, die sie ihm vor Jahren geschenkt hatte. Jedes der flachen Glieder war mit einem kleinen Diamanten besetzt, so daß es aussah, als wäre sein kräftiger Hals von Sternen umgeben.

»Sentimentaler Kerl«, schalt sie liebevoll.

Andrade hatte entschieden, genug sei genug. »Ostvel, laß das Mädchen atmen!«

Die Menge brüllte vor Lachen. Die Musiker fingen an zu spielen, während Freunde und Familien herbeieilten, um den neuvermählten Paaren zu gratulieren. Tobin und Chay fanden Eltanin und seine Braut, die sich gegenseitig zu überbieten schienen, wenn es ums Erröten ging, und sich dann suchend nach Rohan umsahen.

»Sie fragen sich alle, warum er heute nicht mit einer eigenen Braut der erste war«, beobachtete Chay grinsend. »Woher hat Ianthe nur den Nerv genommen, hier zu erscheinen?«

»Ich weiß es nicht, und es interessiert mich auch nicht. Wo steckt er nur, mein unglückseliger Bruder? Und überhaupt, was ist eigentlich mit Sioned passiert?«

»Andrade ist auch nicht da«, bemerkte Chay, nachdem er die Menge mit zusammengekniffenen Augen betrachtet hatte, und auf einmal lächelte er nicht mehr. »Sie ist uns eine Erklärung schuldig.«

»Sind sie das nicht alle?«

Sie bahnten sich ihren Weg bis zum Rand der Menge, und Tobins Blick fiel auf einen blonden und einen rotgoldenen Kopf. Sioned bewegte sich wie eine alte Frau. Rohan stützte sie bei jedem ihrer stockenden Schritte. Er sah sich um, als

Tobin seinen Namen rief. Angst hatte alle Freude aus seinen Augen weichen lassen. »Das ist die verdammte Droge, die er ihr verabreicht hat«, erklärte er. »Ich hätte ihn umbringen sollen.«

Chaynal legte einen Arm um Sioneds hängende Schultern. »War eine harte Nacht gestern, was?« fragte er leichthin.

»Das kann man wohl sagen. Gütige Göttin, diese Kopfschmerzen! Die kommen und gehen mit derselben Vorwarnung wie die Nebel in der Schule der Göttin.«

»Was hat er dir gegeben?« wollte Tobin wissen, während sie weiter den Hügel hinabgingen.

»Ich weiß nicht. Ich habe mich ganz gut gefühlt, und dann fühlte ich mich schrecklich –« Sie brachte für Rohan ein Lächeln zustande. »Und dann fühlte ich mich wundervoll.«

»Jede Wette«, meinte Chay, um ein munteres Geplänkel in Gang zu halten.

»Ach, hör auf«, murmelte Rohan, rot bis zu den Ohren. Aber seine Augen leuchteten so zufrieden, daß ein gedämpftes Kichern über Tobins Lippen kam.

»Ich kann es kaum erwarten, die ganze Geschichte zu hören«, fuhr Chay fort.

»Du hast es ihm noch nicht erzählt, Tobin?« fragte Rohan.

»Es war noch keine Zeit.« Sie verstummte, als sie das Lager erreichten, und ging voraus, um die Klappen von Rohans Zelt aufzuschlagen. Die beiden Männer mußten Sioned fast tragen, und sofort war Walvis mit Kissen zur Stelle, die er hinter ihren Kopf stopfte, als sie auf Rohans Bett sank.

»Ich werde Lady Andrade suchen«, erklärte der Knappe, ohne einen Befehl abzuwarten, und verschwand.

Rohan setzte sich neben Sioned. Er strich ihr das Haar aus der Stirn und hielt ihre Hand. In seinen Augen lagen tödliche Wut und schmerzende Zärtlichkeit im Widerstreit miteinander. Tobin wechselte einen Blick mit Chay, und sie zogen sich beide niedrige Schemel heran und setzten sich.

»Du und Roelstra, ihr steht nicht mehr nur einfach auf verschiedenen Seiten«, bemerkte Tobin. »Ihr seid Feinde.«

»Ich hätte ihn umbringen sollen«, erklärte Rohan wieder.

»Komm schon, heraus damit«, sagte Chay ungeduldig. »Ich will jetzt alles hören.«

Rohan erzählte es in knappen Worten. Sioned sagte nichts, sondern blickte nur zu ihm empor, bis er zu dem Punkt kam, wo sie beide am Fluß entlang gingen. Sie lächelte und sagte: »Ich denke, Chay wird nicht auf den Einzelheiten dessen bestehen, was danach geschehen ist.« Rohan errötete wieder, und Tobin grinste ihrem Gatten zu.

»Heute morgen«, fuhr Rohan fort und funkelte seinen Schwager an, als wollte er jeglichen Spott untersagen, »wachten wir auf und stellten fest, daß Roelstras Barke brannte. Und da beginnt der Teil, den ich von Andrade hören will. Wenn jemand weiß, was passiert ist, dann sie.«

»Hat es dir denn niemand erzählt?« erkundigte sich Chay. Jeglicher Humor war aus seinem Gesicht verschwunden.

»Ich höre nicht auf Gerüchte.«

»Ich ebenso wenig«, ließ sich Andrade in ihrem Rücken vernehmen. Sie warf einen schnellen, abschätzenden Blick auf Sioned und runzelte die Stirn. »Das *Dranath*?«

»Wenn das der Name der Droge ist, dann ja«, antwortete die Lichtläuferin.

Andrade machte eine ungeduldige Handbewegung, und Chaynal brachte ihr einen Stuhl. Sie setzte sich und verkündete: »Die königliche Mätresse hat letzte Nacht ein Kind zur Welt gebracht. Aus Gründen, die nichts damit zu tun haben, daß es sich um eine weitere Tochter handelte, hat Roelstra Palila in ihrem Bett verbrannt.«

»Gütige Göttin!« hauchte Sioned. »Rohan, ich wünschte, du hättest ihn getötet.«

Andrade nickte. »Ich auch. Welche Symptome ruft die Droge hervor?«

»Irrsinnige Kopfschmerzen. Sie kommen und gehen.«

»Hat der Wein irgendwie sonderbar geschmeckt?«

»Es war Wein aus Gilad, aber ich weiß nicht genug darüber, um sagen zu können, ob etwas mit dem Geschmack nicht stimmte.«

»Verdammt«, murmelte Andrade. »Kannst du heute abend erscheinen?«

»Natürlich kann ich!« Sioned versuchte sich aufzusetzen.

Rohan drückte sie sanft in die Kissen zurück. »Es geht dir nicht gut genug. Denk gar nicht –«

»Ich werde dabei sein«, erklärte sie stur. »Versuch mal, mich davon abzuhalten.«

»Sioned«, fing er warnend an.

»Sei nicht albern, Rohan!« rief Andrade. »Sie muß dort sein!«

Tobin war der Ansicht, es wäre Zeit, das Thema zu wechseln, ehe die gespannten Nerven rissen. »Tante, warum hat mich heute morgen niemand in dein Zelt lassen wollen?«

Die Herrin sah sie gleichzeitig grimmig und amüsiert an. »Ich habe einen Gast, der meine Gastfreundschaft gar nicht schätzt. Prinzessin Pandsala.«

Andrade zeigte keinen Funken der üblichen Freude über das schockierte Schweigen, das diese unglaubliche Mitteilung hervorgerufen hatte. Sie erzählte die ganze Geschichte in knappen Worten. Schrecken und Abscheu standen in ihren Augen, ganz gleich, wie sehr sie ihre Stimme auch beherrschte. Als sie geendet hatte, sah sie einen nach dem anderen an, und schließlich blieb ihr Blick an ihrem Neffen hängen. »Wir haben Ianthe stark unterschätzt, wie es scheint. Ich weiß nicht, was Roelstra glaubt, aber ich weiß, daß Pandsala die Wahrheit sagt. Der ganze Plan stammt von Ianthe, und mir wird übel, wenn ich bedenke, was das bedeutet. Sie saß dort, kühl und düster wie eine Wolke, ohne eine Spur von schlechtem Gewissen – und ich bin sicher, sie hat wirklich keines, denn sie hat zumindest einen Teil dessen bekommen, was sie wollte.«

»Aber nicht Rohan«, erklärte Sioned matt.

»Sie wird andere Mittel und Wege zur Macht finden, dessen kannst du sicher sein. Wir werden sie in den kommenden Jahren sorgfältig beobachten müssen. Wie es heißt, hat er ihr Feruche übergeben.«

»Nein!« rief Rohan wütend. »Feruche wird mir gehören! Und ich will diese Hure nicht haben, nicht in einem Umkreis von einhundert Längen um mein Land!«

»Du kannst nichts dagegen tun«, erklärte ihm Andrade grob. »Gib jemandem, dem du völlig vertrauen kannst, das Kommando über die Garnison unterhalb des Schlosses. Das ist für den Augenblick die einzig sinnvolle Maßnahme.«

»Ich wäre dir dankbar, wenn du mir die Disposition meiner Truppen selbst überlassen würdest«, fuhr er sie an.

Sioned legte sanft ihre Hand auf seinen Arm. »Was ist mit den anderen, Herrin? Die Mannschaft und die Diener – und diese anderen Frauen und Kinder. Sind sie entkommen?«

»Die Mannschaft ja. Die Diener größtenteils. Was die Frauen und die Babys angeht – ich weiß es nicht. Ich habe den ganzen Morgen über versucht, eine Spur von ihnen zu finden, aber...« Sie zuckte mit den Schultern. Es war eine lockere Geste, die nicht zu der kalten Wut in ihren Augen paßte. »Es wird eine lange, harte Reise zurück zur Felsenburg werden, für den Hoheprinzen und alle, die von seinem Gefolge noch übrig sind. Du wirst einen ordentlichen Gewinn machen, Chay. Wie ich höre, hast du deine Preise erhöht.«

»Das war, noch ehe ich das alles erfahren habe!« schoß Chay zurück. »Der Kerl kann verdammt noch mal zu Fuß gehen! Was muß das für ein Mann sein, der eine Frau umbringt, die seine Kinder zur Welt gebracht hat?«

»Töchter«, verbesserte Tobin ihn sanft. »Das ist der Unterschied, Chay.«

»Nein«, erklärte Andrade. »Palila starb, weil sie sich des Verrats schuldig gemacht hatte.«

»Ianthe ebenso«, gab Rohan zu bedenken. »Roelstra ist arrogant, aber nicht dumm. Er muß wissen, daß sie hinter allem steckte. Pandsala ist klug genug, um sich die Variante auszudenken, aber nur Ianthe konnte den ursprünglichen Plan aushecken. Die Tatsache, daß Roelstra sie mit Feruche belohnt, bestätigt dies in meinen Augen.« Er hielt Sioneds Finger noch fester und blickte auf sie hinab. »Er will, daß sich Ianthes Talente gegen uns richten. Vor allem gegen dich.«

»Das macht es noch wichtiger, daß ich heute abend mit dir erscheine, genauso, wie wir es geplant hatten«, erklärte sie. »Das wird ein Schlag in sein Gesicht, und ich habe mich schon so darauf gefreut.« Sie schenkte ihm ein angespanntes Lächeln. »Ich habe keine Angst vor ihr, Rohan. Und du ebenso wenig.«

»Gut so«, lobte Tobin, was ihr einen wütenden Blick von ihrem Bruder einbrachte. »Und abgesehen davon muß sie heute abend noch gesund und lächelnd auftreten. Das ganze Lager wird inzwischen von Gerüchten voll sein über – wie hast du es genannt, Tante?«

»*Dranath*. Schweig, Rohan, die beiden haben recht.«

Chay beugte sich vor und fragte direkt: »Wie können wir helfen?«

Andrade musterte Sioned noch einmal. »Du siehst furchterregend aus. Tobin, du und Cami, ihr müßt etwas dagegen tun.«

»Dann muß sie als erstes einmal Ruhe haben«, entschied Tobin. »Chay, Rohan – raus!«

»Ich lasse sie nicht allein«, widersetzte sich Rohan.

»Hör zu, Liebster«, murmelte Sioned. »Ich kann mich nicht ausruhen, wenn du neben mir sitzt und aussiehst wie ein Rache-Drache.«

Chay packte Rohan am Kragen und zerrte ihn auf die Füße. »Komm schon. Wir müssen dich auch ein bißchen hübsch machen, weißt du. Walvis kann deine Kleider und so weiter in mein Zelt bringen. Laß das Mädel schlafen. Weiß der Himmel, du hast sie letzte Nacht sicher kaum zur Ruhe kommen lassen!«

Nachdem er noch ein Weilchen trotzig protestiert hatte, ließ sich Rohan schließlich mitziehen. Sioned erwiderte Tobins Blick und flüsterte: »Er war so glücklich. Und nun dies.«

»Ihr werdet schon bald frei sein«, versprach Andrade.

»Und habt alle Zeit der Welt, um glücklich zu sein«, schloß Tobin. »Mach die Augen zu, Sioned. Camigwen und ich werden uns um alles kümmern.«

Bei Sonnenuntergang blickte Sioned in den Spiegel und sah sich einer Fremden gegenüber. Ihre Augen waren mit dunkelgrünem Stift umrahmt worden, und ein Hauch Goldpuder auf den Lidern verlieh ihrem Blick eine Spur des gewöhnlichen Leuchtens. Cremes waren auf ihre Wangen und Lippen aufgetragen worden, um gesunde Farbe vorzutäuschen. Alle Geschicklichkeit von Tobin und Camigwen zusammen war nötig gewesen, um den Anschein zu erwecken, als sei das Make-up auf ihr normales Gesicht aufgetragen worden. Sie hatten ihr Haar zu einer Vielzahl feiner Zöpfe geflochten, die sich um ihren Kopf legten und wie ein Feuer über ihren Nacken ergossen. Sie nahm an, daß sie schön war.

»Wo ist denn Walvis mit dem Schmuck hin?« sorgte sich Camigwen, während Tobin den Rock des Gewandes über Sioneds Haar streifte und um ihre Taille zurecht zupfte.

»Man sollte doch meinen, mein dummer Bruder wäre inzwischen zu seiner eigenen Zufriedenheit gekleidet und besäße soviel Anstand, an Sioneds Smaragde zu denken.«

Sioned war damit fertig, die Spitzen des Rockes zu binden, und starrte verwirrt auf ihr Spiegelbild. Das Kleid war genauso, wie sie erwartet hatte, als sie die schwere Seide das erste Mal in der Bude des Händlers erblickt hatte. Sah so eine Prinzessin aus?

»Perfekt«, erklärte Cami und trat einen Schritt von ihr zurück.

»Das finde ich auch«, bemerkte Rohan leise.

Sioned wandte sich um. Seiner schlichten, schwarzen Kleidung, ähnlich der, die er in Stronghold getragen hatte, hatte er eine ärmellose schwarze Seidentunika hinzugefügt, die auf der Vorderseite von der Taille bis zum knietiefen Saum geschlitzt war, und die ein Silbergürtel schmückte. Er und Sioned starrten einander an, bis Tobin mit ihrem Lachen den Bann brach.

»Seht zu, daß ihr eure Augen wieder in die Köpfe bekommt!«

»Ist das meine Sioned unter all dem?« staunte Rohan spöttisch.

»Willst du einen Beweis?« Sie hielt die Hand mit dem Smaragd hoch.

»Oh, bitte, etwas Wichtigeres als das«, schlug Cami lachend vor.

Sioned warf ihr einen Seitenblick zu, ging dann zu Rohan und küßte seine Lippen. Das Feuer flammte zwischen ihnen auf. Sie wagte nicht, die Arme um ihn zu legen, und wußte, daß er sich aus demselben Grund zurückhielt. Sie kannten jetzt den Körper des anderen und hatten die Ekstase kennengelernt. Als sie von ihm zurücktrat, zitterten sie beide.

»O ja, das bist wirklich du«, murmelte er mit verschleiertem Blick. Dann schüttelte er sich und griff in seine Tasche. »Tobin, leg du sie ihr an. Ich würde sie fallen lassen.«

Innerhalb von Augenblicken sah sich Sioned von grünem Feuer umfunkelt. Sie konnte nichts anderes sehen als die Smaragde, die von einem ganz eigenen Leben erfüllt schienen. Ein schwarzer Schatten, gekrönt von goldenem Haar, trat hinter sie, und als er die Hände leicht auf ihre Schultern legte, trafen sich ihre Blicke im Spiegel.

»Nur etwas fehlt noch«, sagte Tobin und förderte zwei dünne Silberreife zutage, die hinten offen waren. Sie reichte beide Rohan, der überrascht blinzelte, ehe er lächelte und sie auf die Wange küßte.

»Zwei Dinge«, verbesserte er. »Aber am Ende doch nur eines«, fügte er rätselhaft hinzu. Sioned lächelte.

»Keiner von euch geht von hier fort, ehe Chay und ich wieder bei euch sind«, warnte Tobin. »Wo steckt er überhaupt?«

»Er ist fertig angekleidet und wartet auf dich«, antwortete Rohan abwesend und befingerte die Reife. »Sioned, geht es dir gut? Wirklich?«

»Wirklich«, erwiderte sie. Sie zwinkerte ihm im Spiegel zu, und er grinste.

»Jetzt bin ich absolut sicher, daß du es bist.«

Sorgfältig auf ihre kunstvollen Zöpfe achtend, drückte er einen der Reife auf ihre Stirn. Dann reichte er ihr mit scheuem Lächeln den zweiten. Sioned biß sich auf die Lippe; dies war ihre Vision, und sie war endlich wahr geworden. Sie verlieh ihm das Zeichen der Königswürde und zupfte Strähnen goldenen Haares zurecht, so daß der Reif nur auf seiner Stirn sichtbar blinkte. Prinzessin in jeder Beziehung, außer durch die eigentliche Zeremonie, schaute sie ihrem Prinzen lange schweigend in die Augen, ohne jeglichen Zweifel, völlig in Frieden.

Andrade überließ es Urival, sich um Pandsala und das Baby zu kümmern. Sie fühlte sich sicher in dem Bewußtsein, daß erstere nicht entfliehen konnte und der Säugling eine Amme hatte. Urivals Verzweiflung war schon fast komisch gewesen; Andrade bemitleidete ihn wegen eines unmöglichen Abends, den er allein mit einer verzweifelten Prinzessin, einem Neugeborenen und einem Mädchen verbringen mußte, das nicht wegen seines Verstandes, sondern einzig wegen seiner Brüste ausgewählt worden war. Aber es gab niemanden sonst, dem sie es zugetraut hätte, Pandsala im Zaum zu halten. Das Mädchen hatte zwei Mal fortzulaufen versucht und war bis zu der äußersten Reihe von Rohans Zelten gelangt, ehe die *Faradh'im* es eingeholt hatte, da die gewöhnlichen Wachen sich fürchteten, ihre groben Hände an die Tochter des Hoheprinzen zu legen. Urival kannte derartige Skrupel nicht. Andrade hoffte, daß er den Abend dazu nutzen würde, ihr ein paar Realitäten klarzumachen. Das Mädchen war im Kern nicht wirklich böse, dachte sie – im Gegensatz zu Ianthe, die so verdreht war, daß es an ein Wunder grenzte, daß ihre eigenen Eingeweide ihr nicht die Luft abdrückten.

Der niedrige Adel würde sein eigenes Fest feiern, so wie auch alle Bediensteten, abgesehen von Lord Jervis eigenen. Als Andrade ihr Zelt verließ, sog sie anerkennend den Duft von Rostbraten und Brot ein, das für die beiden anderen Bankette unten am Fluß vorbereitet wurde. Doch Jervis hatte den Hochzeits-Hügel als Ort für das Bankett des Letzten Tages ausgewählt, und als Andrade den Hang empor gestiegen war, sehnte sie sich nach einer Erfrischung. Sie wählte einen Kelch mit Fruchtsaft – unfermentiert, da sie noch immer gegen die Auswirkungen ihrer Übelkeit an Bord ankämpfte, die durch den Kummer über Crigos Tod noch verstärkt wurden. Sie erinnerte sich an ihn. Er war ein stolzer, ehrgeiziger Mann gewesen, sehr aufgeregt, weil ihm eine wichtige Aufgabe übertragen worden war. Ein fähiger Lichtläufer, der von Roelstra und seinem *Dranath* verdorben worden war.

»Seid gegrüßt, Herrin«, vernahm sie Prinz Lleyns Stimme an ihrer Seite und wandte sich um. »Erweist Ihr mir die Ehre, heute abend neben mir zu sitzen, Andrade?« fuhr er weniger formell fort. »Ich habe Dinge gehört, über die ich gern die Wahrheit wissen würde, wenn Ihr so freundlich wäret. In gewisser Weise sind wir beide jetzt dafür zuständig, über den Kontinent zu wachen.«

»Ich beneide Euch nicht um Eure Aufgabe, Grenzansprüche zu klären.«

Der Schatten eines Lächelns zeigte sich auf seiner Miene, und die Konturen seines Gesichtes wirkten milder im dämmrigen Abendlicht. »Ich bin dankbar dafür, daß meine Insel wirklich eine Insel ist – und ganz mir gehört.«

»Kierst-Isel wird ein Problem«, pflichtete sie ihm bei. »Wenn Ihr wünscht, lasse ich meine Leute die Aufzeichnungen in der Schule der Göttin durchsehen und alles, was von Interesse ist, Eurem Lichtläufer übermitteln.«

»Meinen Dank. Aber ich gebe Eolie, dem armen Kind, mit der Suche nach den besten Fischereigewässern und Muschelbänken, mit der Warnung vor Stürmen und ähnlichem genug zu tun.«

»Und damit, allem auf der Spur zu bleiben, was die anderen vorhaben«, schloß Andrade trocken. »Ich vermute, Ihr spielt auf einen weiteren *Faradhi* an. Wie wäre es mit Meath? Das ist der große Jüngling in meiner Gesellschaft, der aussieht, als könnte er einen Pflugelch mit bloßen Händen erwürgen.«

»Ich wäre zutiefst dankbar. Natürlich wird es ihm nicht sonderlich gefallen, das Wasser überqueren zu müssen – aber ich stelle ihm eine eigene Kabine und seinen eigenen Eimer zur Verfügung.« Lleyn grinste boshaft.

»Zu freundlich!« Andrade sah sich in der zunehmenden Dunkelheit um. Fackeln, von Cluthas Hof-Lichtläufer entzündet, bildeten eine Doppelreihe aus Feuer, das zu dem gigantischen Zelt auf der Kuppe des Hügels hinaufführte. »So, wie das hier aussieht, werdet Ihr Prinzen von Fanfaren zum Dinner gerufen. Ich werde einen Stuhl für Euch reservieren.«

Clutha und Jervis wurden von Jahr zu Jahr ehrgeiziger, was die Wunder anging, die das Bankett des Letzten Tages begleiteten. Andrade als Herrin der Schule der Göttin hatte den Vorrang vor allen anderen und betrat das Zelt als erste, um sich den besten Platz am besten Tisch auszuwählen. Die Folge davon war, daß die anderen ihr angekündigt wurden – eine Belustigung, die sie heute mehr genoß als gewöhnlich.

Ein Staatsbankett für fünfzig Personen war niemals leicht

zu arrangieren, besonders da alle Anwesenden an Pracht gewöhnt waren. Beim *Rialla* erwarteten sie noch größeren Prunk, was eine Herausforderung für die vereinten Haushalte des Prinzen aus Meadowlord und des Lords von Waes darstellte. Von einem einfachen Mahl im Freien, um die erfolgreiche Beendigung des *Riallas* zu feiern, hatten sich die Feierlichkeiten des Letzten Tages im Laufe der Jahre zu einem Schauplatz kulinarischer Künstler gewandelt, und jetzt handelte es sich um eine Vollzeitbeschäftigung für eine Reihe von Meistern, die über die Ressourcen eines Prinzenreichs befehligten. Andrade, die schon seit langem an die Zurschaustellung von Reichtümern gewöhnt war, hielt sich selbst für recht abgehärtet derartigen Spektakeln gegenüber. Doch als sie unter Verneigungen in das grüne Zelt geleitet wurde, kam dennoch ein Ausruf reinsten Entzückens über ihre Lippen.

Ein Dutzend runder Tische war kunstvoll um einen tiefgrünen Teppich angeordnet, der so dick war, daß er sich unter den Füßen wie Frühlingsgras anfühlte. In jeder Ecke des Zeltes ergossen sich Wasserfälle über Felsblöcke, was nicht nur der Schönheit zugute kam, sondern auch für die Kühlung der Tafelnden sorgte, wenn die Fackeln erst entzündet waren. Die äußere Eingrenzung bildeten Farne, Blumen und Bäume in großen Silberkübeln; Grünpflanzen hingen aus dem Lattengerüst unter der Decke und waren mit weiteren Blüten geschmückt. Der ganze Raum wirkte lebendig.

Doch die wahren Wunder waren die riesigen Skulpturen, die das Zelt umstanden. Eine jede war eine getreue Reproduktion des Wohnsitzes eines Prinzen. Da waren Rohans Stronghold, Roelstras Felsenburg, Vissarions Summer River, Lleyns Greypearl und all die anderen. Andrade war überrascht und geschmeichelt, auch ein Abbild der Schule der Göttin vorzufinden. Die Bilder waren aus flüssigem Zucker geformt und mit Essenzen aus einer Vielzahl von Kräutern und Blumen eingefärbt worden; Meister der Zukkerbäckerkunst hatten die blaugrauen Wellen unterhalb von Andrades Burg reproduziert, den feinen, goldenen Sand, der Stronghold umgab, die riesigen Lustgärten von Vologs New Raetia in all ihren leuchtenden Farben. Cluthas *Faradhi* mußte bei der Erschaffung all dieser Meisterwerke geholfen haben, denn niemand, außer einem Lichtläufer, konnte Landschaften und Schlösser so detailliert erfassen, daß sie auf diese Weise nachgebildet werden konnten.

Andrade wählte einen Platz mit allerbester Sicht. Die Gemahlinnen, Söhne und Töchter der Prinzen – diejenigen, die es gewagt hatten, die manchmal gefährliche Reise aus ihrem Land nach Waes zu unternehmen – strömten herein und stießen Rufe der Bewunderung aus, ehe sie daran dachten, sich vor ihr zu verneigen. Tobin und Chay kamen als letzte. Sie nahmen an diesem Fest teil und nicht an dem der *Athr'im*, weil sie mit Rohan verwandt waren und ihm in seiner eigenen Person Wichtigkeit zukam. Andrade lächelte, als sie sich vor ihr verneigte. Jeder andere Mann hätte seine einzigartige Position genutzt, um sein eigenes Prinzenreich auszurufen, nicht so Chay. Rohan hatte mehr Glück, als ihm bewußt war.

Bald waren nur noch die Plätze für die Prinzen selbst frei, und nach einer Pause ertönten drei Trompeten mit hellen Fanfaren. Jeder Prinz wurde von einem kurzen Fanfarenstoß und der schallenden Stimme des Haushofmarschalls von Clutha angekündigt, der stolz rief, daß der Höchstedle Prinz von Soundso aus Wo-auch-immer den bescheidenen Boden von Meadowlord beehre. Heil seiner Gnaden. Diese Zeremonie, die Andrade immer höchstens pompös gefunden hatte, rührte sie plötzlich, denn gleich würde sie auch Rohan eintreten sehen. Ein Jammer, daß sich Sioned offensichtlich nicht wohl genug gefühlt hatte, ebenfalls zu erscheinen; sie hätte es sicher auch genossen.

Auf welchem Wind auch immer deine Seele jetzt reitet, Zehava, blicke herab auf deinen Sohn und sei stolz. Er ist den Kummer wohl wert, den er uns allen bereitet hat. Und da haben wir den Sohn des Drachen persönlich – o gütige Göttin! Er hat Sioned bei sich!

Der Bruch des Protokolls mochte auf viele Dinge zurückzuführen sein. Rohan mochte vorgeben, so jung und unerfahren zu sein, daß er nicht wußte, daß von einem Prinzen erwartet wurde, daß er allein einzutreten hatte; er war vielleicht auch so sorglos, so von Freude erfüllt, daß er es einfach vergessen hatte; oder er wollte mit seinem *Faradhi*-Preis angeben. Aber Andrade wußte, daß er jedem zeigen wollte, daß seine Gemahlin seinen Status und seine Macht als Prinz ebenso mit ihm teilen würde wie sein Bett.

Der Haushofmarschall war entsetzt. Die Trompeten waren verblüfft verstummt, ehe er einen Atemzug tat, der die Spitzen seiner Tunika fast abriß. »Der Höchstedle Prinz Rohan der Wüste, und... und Seine Erwählte Gemahlin, Lady Sioned!«

Rohans Augen funkelten vor Freude angesichts des Schocks, den er hervorgerufen hatte. Er war ganz in Schwarz und Silber gekleidet, der perfekte Hintergrund für Sioneds Weiß und Smaragde. Sie traten vor, um ihre Verbeugung zu machen, und Andrade unterdrückte ein Stöhnen: beide trugen die Reife der Königswürde. Rohan geleitete seine Dame zu dem Tisch, an dem seine Schwester und ihr Gemahl saßen, und endlich setzte der Applaus für sie ein wie für die anderen Prinzen. Aber auf einigen Gesichtern stand Mißtrauen und Schock auf anderen. Andrades Blick wanderte über die Tische und suchte nach äußeren Zeichen einer Rebellion. Doch es würde wohl keinen Ärger geben, keinen Protest angesichts dieser Ehe eines Prinzen mit einer Lichtläuferin.

Roelstras eigener Auftritt gleich anschließend war das genaue Gegenteil. Das versteinerte Gesicht des Hoheprinzen verriet sein Mißfallen daran, von dem jungen Prinzen übertrumpft worden zu sein. Lleyn, der direkt vor Rohan und

Sioned gekommen war, gluckste an Andrades Seite vor Vergnügen.

»Oha, Euer Rohan ist ja ein ganz Gerissener. Jetzt hat er Roelstras Verdauung durcheinandergebracht, und dabei hat das Mahl noch nicht einmal angefangen.«

»Wenn Zehava ihn jetzt sehen könnte, würde er sicher wahnsinnig werden vor Lachen – oder vor Stolz platzen.« Nicht einmal Tobin und Chay – in lebhaftem Rot mit Weiß, mit Rubinen und Diamanten, was sie zu einem passenden Paar sowohl in der Kleidung als auch in allem anderen machte – waren ein so königliches und elegantes Paar wie Rohan und Sioned. Andrade mußte ihre ganze Selbstbeherrschung aufbringen, um Roelstra nicht ins Gesicht zu lachen, als er an ihrem Tisch vorüberkam.

Der erste Gang wurde der erstaunten Gesellschaft präsentiert, damit er angemessen bewundert werden konnte, ehe er auf den Tischen herumgereicht wurde. Lleyn lehnte sich in seinem Stuhl zurück und deutete auf das Festmahl.

»Clutha hat mir erzählt, es würde ein ›leichtes Essen‹ geben«, berichtete er.

»Ich schaudere bei der Vorstellung, was er dann als gutes, anständiges Essen bezeichnet«, meinte Andrade. »Habt Ihr diese monströsen Hummer aus Dorval mitgebracht?«

»Meine Hummer sind weit edlere Geschöpfe als diese schwächlichen Dinger aus Snowcoves«, gab er empört zurück, während er dem Lakaien mit einer Geste bedeutete, mehr von dem Meeresgetier auf seinen Teller zu häufen. Andrade lachte.

Während der ersten Pause versammelten sich Musiker in der Mitte des Zeltes, um die Verdauung mit sanften Melodien zu fördern. Andrade war überrascht und erfreut, Mardeen, einen von ihren eigenen *Faradh'im*, zu der Begleitung von Streichern und Flöten singen zu hören. Er ehrte jeden Prinzen mit einem Volkslied aus seinem eigenen Land. Andrade hatte ihn schon viele Male zuvor gehört und würde das Wunder seiner Stimme sicher noch öfter hören können. Deshalb nutzte sie die Zeit, um zu sehen, wie Sioned sich hielt.

Das Mädchen sah natürlich wunderbar aus. Aber die Anstrengung zeigte sich in ihren stark geschminkten Augen, und unter dem künstlichen Rosa waren Wangen und Lippen blaß. Andrade betete, daß sie den Abend durchhielt, und sie vermutete, daß Rohan dasselbe dachte. Er selbst wirkte freundlich und heiter, aber wann immer er zu Sioned hinübersah, trat Sorge in seinen Blick und gefror sein Lächeln.

»Ein exquisites Paar«, beobachtete Lleyn. »Das Mädchen läßt sogar die Sterne verblassen.«

Andrade nippte an einem Kelch mit Eiswasser und sah ihn über den Rand hinweg an. »Ihr wollt mit Eurem Verhör anfangen, nicht wahr?«

»›Befragung‹ wäre ein höflicheres Wort«, antwortete er ungerührt. »Man hört viele merkwürdige Dinge über das Feuer auf Roelstras Schiff.«

»Allerdings.«

»Ein Jammer, daß er seine fabelhafte Mätresse verloren hat – und ihr Kind.«

»Die Mätresse«, klärte Andrade ihn knapp auf, »ist zu Asche verbrannt. Aber das Kind lebt.«

»Ah.« Er fragte nicht weiter, und sie wußte, daß er sich absichtlich so verhielt, um sie zu erzürnen. Heute abend jedoch konnte er damit keinen Erfolg erzielen. Sie lächelte ihm zu und trank einen weiteren Schluck Wasser.

Aber Lleyn war älter als sie, ebenso autokratisch und an der Politik des Festlandes nur aus Gründen der Unterhaltung interessiert. Er wartete einfach. Andrade durchschaute ihn, gab aber schließlich doch nach, wenn auch mit Spott in der Stimme.

»Also schön. Ich habe das Baby an mich genommen – und auch Pandsala. – Ihr wirkt nicht überrascht.«

»In meinem Alter überrascht mich nur noch wenig. Roelstra hat verbreiten lassen, daß seine Tochter wünscht, eine *Faradhi* zu werden, deshalb wußte ich bereits von Pandsala. Ich bin jedoch neugierig. Kann sie Eure Wege lernen?«

»Ich habe sie noch nicht erprobt.« Gesang und Applaus überdeckten ihr Gespräch aufs beste, obwohl ohnehin niemand um sie her an dem langweiligen Geschwätz der beiden alten Leute interessiert war. »Die Übelkeit auf dem Wasser ist nur das offensichtlichste Anzeichen. Nicht jeder *Faradhi* leidet darunter.«

»Ich dachte, nur jene, die bei dem bloßen Gedanken an Wasser bereits blaß werden, könnten Lichtläufer werden.«

»Ich habe da so meine Theorie«, meinte sie nachdenklich. »Es könnte sich um eine Schwäche handeln, die aufgrund der Inzucht so häufig zum Vorschein kommt.«

»War es denn schon immer so? Ich meine, mit der Seekrankheit.«

»Bei einigen ja. Aber es scheint immer mehr Verbreitung zu finden, seit wir Eure Insel verlassen haben.« Andrade kicherte, als der alte Mann die Augen aufriß. »Aha! Hab' ich Euch erwischt! Das habt Ihr wohl nicht gewußt, was? Alter Schwatzkopf«, schalt sie spöttisch.

»Ihr fasziniert mich, Herrin«, murmelte er. »Bitte fahrt fort.«

»Ihr kennt doch die Ruinen auf der anderen Seite von Dorval. Dort stand einst eine Burg, die noch imposanter war als jene, über die ich jetzt herrsche. Ihre Mauern standen dort mehr als eintausend Jahre lang, ehe die *Faradh'im* selbst das Schloß niedergerissen haben.«

Lleyn nickte zögernd. »Mein Vater und ich haben dort ein wenig herumgeschnüffelt, als ich noch ein Knabe war. Wunderbarer alter Ort. Ich habe noch immer ein paar Münzen und Kachelstücke, die ich damals gesammelt habe. Warum sind sie fortgezogen?«

»Sie beschlossen, in die Welt hinauszugehen – oder vielleicht auch, aus dem Exil dort zurückzukehren, da bin ich nicht sicher. Die Unterlagen sind unvollständig. Sie hatten sich mit Ritualen und Mystik umgeben, und aus irgendeinem Grund lehnten sie diese Art zu leben dann ab.«

»Was ist mit dem Baumkreis auf der Klippe in der Nähe der Ruinen? Gehörte der auch ihnen?«

»Zweifellos, wiewohl ich nichts davon wußte.«

Lleyn grinste. »Ich sollte meinen Vorteil nutzen und ein wenig damit prahlen, daß ich etwas wußte, was Euch unbekannt war. Ihr braucht nicht zu fragen. Ich werde es von Meath und Eolie untersuchen lassen. Aber jetzt möchte ich gern mehr über Eure alten *Faradh'im* erfahren.«

»Abgeschieden auf Eurer Insel der Seide, der Perlen und des Goldes – wer könnte da sagen, warum sie fortgegangen sind? Aber in den Unterlagen wird nichts davon erwähnt, daß sie bei der Überfahrt krank geworden wären, was mich zu der Vermutung veranlaßt, daß es sich hier um eine verhältnismäßig neue Eigenschaft handelt. Ich bin jedoch nie dahintergekommen, wie die Gabe weitergegeben wird. Urival und ich haben seit Jahren versucht, es mit Hilfe der Genealogien herauszufinden. Es hat nichts mit dem Geschlecht zu tun. Ganze Generationen können vergehen, ohne daß sie auftaucht. Nehmen wir zum Beispiel Sioneds Familie. Ihr werdet von ihrer Verbindung zu Syr seitens ihres Vaters wissen, aber durch die Mutter ist sie mit Volog aus Kierst verwandt.«

Lleyn richtete sich auf. »Der Lichtläuferin, die von dem Prinzen – wie war gleich sein Name – gestohlen wurde?«

»Sinar. Ja – ihre Großmutter. Ich habe darauf gewartet, daß Volog die Verbindung herausstellt. Er wird es für nützlich halten, wenn er mit Rohan zu tun hat.«

»Das würde mich nicht wundern. Aber Eure Sioned – oder vielleicht sollte ich sagen, Rohans Sioned – ist sie die erste, die die Anzeichen aufweist?«

Sie nickte. »Aber manchmal tauchen sie auch in Familien auf, in denen es überhaupt keine Vorgeschichte davon gibt.«

»Ihr hättet gerne alles hübsch ordentlich«, meinte Lleyn. »Aber das Leben ist nicht mehr so.«

»Man kann ihm hier und da einen kleinen Stoß versetzen.«

»Wie bei Rohan und Sioned?«

Der Gesang hatte aufgehört. Ihnen wurde jetzt eine Süßspeise serviert, eine fabelhafte Kreation aus Früchten, Soße und Kruste in der Form eines Schlosses hoch oben auf einem Hügel. Lleyn und Andrade nickten anerkennend, und daraufhin wurde sie zum nächsten Tisch getragen.

»Was habt Ihr mit ihnen vor, Andrade?« fuhr der alte Prinz fort. »Eine Linie von *Faradhi*-Prinzen? Das wird den anderen nicht gefallen.«

»Ich tue, wie die Göttin mir gebietet«, erwiderte sie kalt.

»Ich habe nie daran geglaubt, daß Wahrheiten einfach so enthüllt werden«, war sein Kommentar. »Es gehören Arbeit und Experimente und Bestätigung dazu. Wissen zu erlangen. Sind Rohan und Sioned Euer Experiment, Andrade?«

»Ihr vermutet zuviel, Lleyn.«

»Ihr ebenfalls.« Er schenkte sich noch mehr Wein ein. »Ich bin zu alt, um mir um meine eigene Stellung Sorgen zu machen. Mein Sohn Chadric wird mir nachfolgen. Und auf ihn dann seine Söhne. Weil ihr *Faradh'im* Dorval verlassen habt und niemals zurückkehren werdet.«

»Jetzt seid Ihr es, der nach einem Muster sucht. Warum glaubt Ihr, daß wir nicht mehr an die Orte unserer Vergangenheit zurückkehren werden?«

»Aus dem einfachen Grund, weil es die Vergangenheit ist – und weil ich es, offen gesagt, nie zulassen würde.« Er betrachtete sie nachdenklich. »Deshalb mag ich den jungen Rohan. Er will die Dinge zum Besseren ändern, und er weigert sich, zurückzuschauen. Aber seine Pläne passen möglicherweise nicht zu Euren, Andrade.«

»Meine Pläne sind nichts, was ich öffentlich bekanntmachen möchte«, murmelte sie.

»Aber es ist das Wissen, das zählt, nicht wahr? Ihr Lichtläufer habt die selbstsüchtige Isolation der Wissenden abgelehnt, habt Euch für ein Leben auf dem Festland entschieden, wo ihr euch in den Dienst der Prinzenreiche stellen konntet. Wissen ist sinnlos, wenn es nicht geteilt wird. Und das sollte die Basis dafür sein, daß Ihr *Faradhi*-Kinder aus dieser Verbindung wünscht. Die alten Lichtläufer scheinen gewußt zu haben, daß man nicht abseits vom Leben stehen kann, und sie wurden zur lebenden Verbindung zwischen den Ländern. Jetzt wollt Ihr sie mit königlichem Blut verbinden. Ihr wünscht Dinge, die für die anderen Prinzen gefährlich sind, Andrade.«

Sie wußte aus langer Erfahrung, daß sie ihn nicht mit einem starren Blick unterwerfen konnte, wie sie es bei fast jedem sonst tat. Das machte ihn kostbar. »Hat das Alter Euch zum Philosophen werden lassen, Mylord?« erkundigte sie sich in scharfem Ton.

»Das ist einer der wenigen Vorzüge.« Er machte eine Pause. »Da gibt es noch ein Gerücht, das ich gern geklärt hätte, wenn Ihr so freundlich wärt. Wie es heißt, hat Roelstra einen von Euch benutzt. Ich werde nicht fragen, wie. Aber ich kann sehen, daß es Euch ängstigt. Bedeutet es doch, daß Ihr Lichtläufer verletzlich seid.«

»Und Ihr wißt wohl alles über Verletzlichkeit, obwohl Ihr da auf Eurer uneinnehmbaren Insel hockt!«

»Friede, Andrade. Auch ich bin verletzlich, wißt Ihr. Ich suche die Abwechslung. So alt ich auch bin, bin ich doch immer noch jung genug, um Aufruhr zu genießen, wenn er zu einer Verbesserung führt. Das ist bei jedem Menschen gefährlich, aber bei einem Prinzen ist es unverzeihlich.« Er lächelte. »Ich werde Rohan unterstützen, keine Angst. Abgesehen davon, daß ich ihn gern habe, bin ich zufällig seiner Meinung.«

»Warum diskutieren wir dann darüber?«

»Wegen der Verwundbarkeit, von der ich vorhin sprach.

Das ist sehr wichtig, denn sie verhindert Tyrannei. Ihr und ich, wir wissen, daß Ihr Lichtläufer schwache Stellen habt. Die anderen Prinzen tun das nicht. Das beides stellt Eure Kraft dar. Weil Ihr wißt, daß Ihr verwundbar seid, übertreibt Ihr nicht – was möglicherweise eure Schwäche zutage bringen und die Macht zerstören würde, die Ihr in den Prinzenreichen habt. Nehmen wir einmal Roelstra im jetzigen Fall. Er wußte nicht, daß seine Pläne mit Rohan durch ein Mädchen mit Feuerhaar angreifbar wurden. Also strebte er die Tyrannei an – und es mißlang. Und jetzt ist er äußerst gefährlich. Betrachtet auch einmal Euch selbst. Ihr habt nicht gewußt, daß Eure Leute anfällig für etwas sind, das Roelstra mit Eurem *Faradhi* gemacht hat – und auch das bedeutet einen Mißerfolg.«

»Heißt Ihr mich etwa eine Tyrannin?«

»Ihr habt das Potential dazu«, antwortete er liebenswürdig. »Laßt mich Euch noch einen Moment länger erzürnen, und dann werden wir nichts weiter tun, als über unsere Nachbarn schwatzen. Ich beschreibe Euch einen Kreis, Andrade. Am Grunde wart Ihr Lichtläufer isoliert und ohnmächtig. Jetzt erklimmt Ihr den Bogen, bis Ihr Euch dem höchsten Punkt des Kreises nähert. Aber da ist noch eine Hälfte – der Sturz aus der Macht.«

»Ich wünsche keine Macht«, protestierte sie.

»Vielleicht nicht für Euch persönlich. Aber für Eure Art. Ich bin froh darüber, daß Eure Faradh'im in die Welt gezogen sind, daß Ihr Eure Kenntnisse und Fähigkeiten mit anderen teilt. Aber versucht nicht, die Welt zu werden, Andrade.«

»Ihr anderen habt ein ganz schönes Durcheinander daraus gemacht.«

»Glaubt Ihr, Ihr könntet es besser?«

Andrade grübelte noch über diese Frage nach, als ein Stück des süßen Turmes vor sie gestellt wurde. Eine aus Zucker gesponnene Flagge wehte an einem Zuckerstab. »Ich weiß nicht«, erklärte sie Lleyn ganz ehrlich. »Aber ich beabsichtige, es zu versuchen.«

Roelstra stand die Feierlichkeiten durch, weil sein Haß ihn stützte. Während des Mahles zählte er zusammen, wen er alles vernichten wollte. Es war eine interessante Liste, die eines Hoheprinzen würdig war. Andrade stand an der Spitze, gefolgt von dieser Lichtläufer-Hexe in ihrem weiß-silbernen Gewand und den Smaragden, die neben Rohan thronte wie eine lebende Flamme. Der kleine Prinz kam als nächster und seine Schwester und ihr unerträglicher Gemahl desgleichen. Er würde die gesamte Familie auslöschen – Blatt, Zweig und Wurzel. Ianthe würde ihm helfen, das zu erreichen, denn sie hatte die wichtigste Lektion ihres Lebens gelernt: zu hassen. Er würde sie die wahre Macht lehren; wie sie in anderen genährt werden konnte: wie man Mißtrauen und Entzweiung durch den geschickten Einsatz von Halbwahrheiten und Andeutungen säte, die Art und Weise also, wie er seit Jahren das Prinzenreich regiert hatte. Sie würde eine fähige Schülerin werden, denn von all seinen Töchtern ähnelte sie ihm am meisten. Aber gerade deshalb würde er ihr niemals völlig trauen können.

Sobald es möglich war, ohne den Anstand zu verletzen, verließ er Cluthas absurde seidene Grotte. Niemand würde von ihm erwarten, daß er blieb. Es hatte hochgezogene Brauen gegeben, als er erschienen war, denn alle wußten von der Tragödie an Bord seines Schiffes. Auf dem Weg zurück zum Zelt tröstete er sich mit der Erinnerung an Palilas Schreie, als er erst die Vorhänge an ihrem Bett und dann ihr hübsches Haar in Brand gesteckt hatte. Es hatte gebrannt wie feines, trockenes Gras in der Prärie. Roelstra fand es ausgesprochen schade, daß der Raum so schnell von Rauch erfüllt gewesen war, so daß er hatte gehen müssen; er hätte es genossen, zu sehen, wie ihr Fleisch kross geworden wäre.

Nachdem er seine Diener entlassen hatte, gab er Befehl,

daß der einzige männliche Besucher, der sein Zelt an diesem Abend aufsuchen würde, ohne weiteres vorzulassen sei. Dann zog er sich in einen seidenen Sessel zurück und lehnte den Kopf an ein Kissen. Wenn er die Augen schloß, konnte er Sioned sehen. Vergangene Nacht war sie in seiner Hand gewesen. Nie zuvor hatte sich ihm eine Frau verweigert, und sie würde es noch bedauern – würde lange Zeit unter den größten Qualen leben, die er sich ausdenken konnte, wenn er sie erst auf jede erdenkliche Weise besessen hatte.

Aber Roelstra konnte auf seine Rache warten. Dies war ein wesentlicher Aspekt des Hasses, den Ianthe noch lernen mußte. Rohan würde erwarten, daß sein Land angegriffen wurde, und mit jeder Jahreszeit, die verging, mit jedem Jahr ohne einen Vergeltungsschlag, würden die Nerven des Prinzchens sich weiter spannen. So klug er auch sein mochte, nicht einmal Rohan würde in der Lage sein, die Richtung zu erraten, aus der Roelstras Rache kommen würde.

Die Kerzen waren hinter ihren bunten Kristallschirmen schon weit heruntergebrannt, als er draußen leise Schritte hörte. Er hob den Kopf und nahm die Haltung eines Prinzen ein, der jemandem eine Gunst gewährt. Der Mann, den er hatte rufen lassen, sollte nicht glauben, er könnte verhandeln. Doch nicht der erwartete Besucher betrat sein Zelt. Es war Rohan.

Eine Weile starrten sie einander schweigend an, abschätzend, nicht als Prinzen, sondern als eingeschworene Feinde. Roelstra bemerkte, daß der Jüngling sich seiner feinen Kleidung und Juwelen entledigt hatte und statt dessen ein schlichtes, dunkles Gewand und schwarze Stiefel angelegt hatte. Er wollte sich nicht an die Kraft in Rohans Griff erinnern, an den geschmeidigen, muskulösen Körper. In der Wüste aufgewachsen, nahm dieser Mann Reichtum als gegeben hin, würde aber niemals durch Luxus verweichlichen.

Der Hoheprinz erkannte, daß er in Rohan plötzlich keinen Knaben mehr sah. Ein Mann war in den Tagen des *Rialla* herangereift – erwachsen, zuversichtlich und mächtig.

»Erzähl mir etwas über *Dranath*«, sagte Rohan schließlich.

»Wirkt es immer noch, hm?« Achselzuckend fügte Roelstra hinzu: »Sie wird es überleben.«

»Erzähl mir davon.«

»Es wächst nur im Veresch. Es gibt kein Gegenmittel, wenn es das ist, was du wissen willst. Sie wird leiden, bis es aus ihrem Blut gewichen ist.« Roelstra lächelte. »In dem Tisch da drüben ist noch mehr – zweite Schublade auf der Rückseite. Ich habe ihr nicht genug gegeben, daß sie gleich beim ersten Mal süchtig werden könnte. Aber vielleicht würde ihr ein zweiter Versuch gefallen?«

»Was bewirkt es?«

»Hast du nicht zugehört? Es macht süchtig. Bei einem Mann oder einer Frau, die anfällig dafür sind, wirkt es schlimmer als Wein. Denn wenn man erst einmal abhängig ist, bedeutet das Absetzen der Droge den Tod.«

»Du hast es bei dem anderen *Faradhi* also eingesetzt, um ihn zu kontrollieren.«

»Natürlich.«

Ohne Roelstra aus den Augen zu lassen, ging Rohan zum Schreibtisch hinüber, öffnete ihn und tastete nach dem kleinen Päckchen. Er schob es in die Tasche seiner Tunika. »Ich werde das nehmen.«

»Es gibt noch mehr dort, woher dieses stammt. Aber nur ich weiß, wo man es bekommt und wie es raffiniert wird. Das war Palilas Geschenk für mich. Sie schenkte mir ihr Wissen über *Dranath* – der arme Liebling.«

Die blauen Augen starrten ihn kalt an. »Metzger.«

»Sie hat den Tod verdient. Du auch. Aber bei dir wird es viel länger dauern als bei ihr. Jetzt, wo du hast, warum du gekommen bist, verschwinde von hier.«

»Ich wollte das hier, ja«, erklärte Rohan langsam. »Aber ich wollte dich auch ein letztes Mal ansehen.«

»Und wer von uns wird vor dem nächsten *Rialla* sterben, was meinst du?« Roelstra kicherte.

»Ich muß dich nicht umbringen. Sosehr du den Tod auch verdienst, Roelstra, ich muß nichts weiter tun, als dich brechen.« Die fein geschwungenen Lippen verzogen sich zu einem entschlossenen Lächeln. »Und ich werde dich brechen.«

»Versuch es«, forderte Roelstra ihn auf.

»Mein Wort darauf.« Rohan gewährte ihm eine ironische kleine Verbeugung und verschwand.

Roelstra verschränkte die Arme und lehnte sich zurück, um zu warten. Nach einer Weile hörte er weitere Schritte, die die Ankunft jenes Gastes ankündigten, den er ursprünglich erwartet hatte. Er rief den Wachtposten, der eintrat und Haltung annahm.

»Bringt meine Tochter Ianthe hierher, augenblicklich.«

»Sehr wohl, Hoheit.«

Der Mann neben dem Eingang war dünn und angespannt und hatte die rituelle Narbe am Kinn, die alle seine edlen Verwandten der Merida aufwiesen. Er sah Roelstra mit gerunzelter Stirn an. »Eine Frau? Hier? Wie könnte sie uns helfen?«

Der Hoheprinz lächelte. »Beliaev, mein lieber Nachkomme einer toten Dynastie – Ihr habt meine Tochter noch nicht kennengelernt.«

Zwischenspiel

Die Reise zurück zur Felsenburg war so lang und beschwerlich, wie es seine Feinde dem Hoheprinzen Roelstra nur wünschen konnten. Da ihm die kräftigen, schnellen Pferde von Radzyn versagt blieben, mußte er sich mit weniger guten Tieren zufrieden geben. Ohne eigene Gepäckwagen mußte er warten, bis Prinz Clutha Karren auftrieb, die robust genug waren, um die rauhen Wege durch die Berge zu bewältigen. Die Verzögerung bedeutete, daß Roelstra in die ersten Herbststürme geriet, als er einen Paß überqueren mußte, der selbst im Sommer gefährlich genug war. Regen ließ Schlamm und Felsbrocken von den Klippen rieseln, bis der Weg versperrt war. Alle waren ständig durchnäßt, und aus einer Reise von zwölf Tagen bei gutem Wetter wurde jetzt eine, die mehr als dreißig Tage dauerte. Als die erschöpfte Reisegesellschaft schließlich die Felsenburg erreichte, schloß sich Roelstra mit Beliaev und Prinzessin Ianthe in seinen Gemächern ein, und als sie einige Tage später wieder herauskamen, war seine Laune kaum besser als die, die er mit hineingenommen hatte.

Die Reise zurück nach Stronghold verlief gänzlich anders. Lady Andrade begleitete Rohan bis zu einem Hügel gleich hinter der Grenze zur Wüste. Auf seiner Kuppe vollzog die Herrin der Schule der Göttin die Ehe ihres Neffen mit seiner rothaarigen Lichtläufer-Hexe. Familie und Freunde umgaben sie dabei, und unter ihnen rauschte der Faolain in der Sonne. Anschließend kehrte Andrade mit ihren *Faradh'im* in das große Schloß am Westrand von Ossetia zurück, während der Prinz und die neue Prinzessin gemächlich die Rückreise zur Burg fortsetzten. Dort schloß sich Rohan mit

Sioned in seinen Gemächern ein, und als er mehrere Tage später herauskam, wirkte er glücklich und zufrieden mit sich und der Welt.

Im folgenden Frühjahr wurde Ianthe in Schloß Feruche eingesetzt. Es gab keinen Beweis – nicht, daß irgend jemand erwartet hätte, einen solchen zu finden –, daß sie hinter dem Angriff der Merida auf Tiglath im selben Jahr steckte. Der junge Lord Eltanin, voll Stolz auf seine schöne Gemahlin und den erwarteten Erben, schlug die Merida mit der Unterstützung von Rohans Armeen und dem Geld seines Schwiegervaters zurück. Angesichts von dreihundert Trupps und dem Wissen, daß Jervis aus Waes endlose Mittel bereitstellen würde, um das neue Heim seiner Tochter zu sichern, zogen sich die Merida zurück. Sie marschierten zurück in ihre nördlichen Gebiete und blieben unruhig, wagten gelegentliche Vorstöße in Rohans Territorium und vertrauten darauf, daß diesmal Roelstra und Ianthe zu ihren Gunsten eingreifen würden.

Rohan und Sioned freuten sich sehr, als Eltanins sanfte Antalya einen gesunden und kräftigen Sohn zur Welt brachte. Es war das Jahr der Geburten, so schien es; nur wenige Tage nachdem sie die Nachricht aus Tiglath erhalten hatten, schenkte Tobin Zwillingssöhnen das Leben, und zu Beginn des Sommers überraschte auch Camigwen Ostvel mit einem Sohn. Aber für den Prinzen und die Prinzessin gab es kein derartiges glückliches Ereignis.

Im folgenden Jahr erreichten sie Gerüchte, daß Ianthe einen Sohn geboren habe und mit einem weiteren schwanger sei. Aus der Garnison am Fuße von Feruche wurden diese Gerüchte bestätigt, und die Prozession hübscher, junger Edler, die durch Ianthes Bett zogen, machte es für jedermann unmöglich, zu sagen, wer der Vater ihrer Kinder war. Rohan stellte dazu fest, daß von Roelstras Lieblingstochter kaum etwas anderes zu erwarten gewesen sei. Jeder fragte sich, ob der Hoheprinz einen ihrer Söhne zu seinem Erben ernennen würde. Weder hatte eine der anderen Töchter bisher geheiratet, noch war es wahrscheinlich, daß sie es je taten.

Häufig erreichten sie auf dem Sonnenschein Nachrichten aus der Schule der Göttin, wo Chiana heranwuchs und Pandsala allmählich ihr Schicksal hinnahm – wenn auch trotzig, das war sicher. Andrade berichtete von überraschenden *Faradhi*-Talenten der Prinzessin und erging sich in Vermutungen, daß die schon vor langer Zeit verstorbene Gemahlin Lallante die Gabe weitergegeben habe. Roelstras eigene Familie brachte diese Gabe ebenso wenig hervor wie er Söhne.

Und dann kam erneut ein *Rialla*-Jahr, ein Drachenjahr. Die Prinzen trafen Vorbereitungen, packten ihre alten Karten und Verträge zusammen, die sie als Herren über das Land auswiesen, das sie besaßen – oder zu besitzen wünschten; Clutha und Jervis verwarfen eine Reihe von Plänen für die Feierlichkeiten des Letzten Tages, die noch spektakulärer sein sollten, als die des vorhergehenden *Rialla*; Rohan und Sioned warteten darauf, daß die Drachen am Himmel erschienen, und nährten insgeheim die Hoffnung, daß Sioned diesmal ihr kürzlich empfangenes Kind voll austragen könnte. Die Merida verhielten sich ruhig; von Ianthe aus Feruche hörte man nichts, und der Hoheprinz verhielt sich in der Felsenburg ebenfalls ruhig.

Doch mit den Drachen kam auch die Seuche. Sie überschwemmte den Kontinent und wütete unter der menschlichen Bevölkerung. Sie machte aus dem Sommer des Jahres 701 eine Zeit des Todes, vom Weiten Sand bis zum Meer der Dunkelheit.

Und die Drachen starben zu Hunderten.